U0125506

第四十九回

三藏有灾沉水宅　观音救难现鱼篮

　　却说孙大圣与八戒、沙僧辞陈老来至河边，道："兄弟，你两个议定，那一个先下水。"八戒道："哥啊，我两个手段不见怎的，还得你先下水。"行者道："不瞒贤弟说，若是山里妖精，全不用你们费力；水中之事，我去不得。就是下海行江，我须要捻着避水诀，或者变化甚么鱼蟹之形，才去得；若是那般捻诀，却抢不得铁棒，使不得神通，打不得妖怪。我久知你两个乃惯水之人，所以要你两个下去。"沙僧道："哥啊，小弟虽是去得，但不知水底如何。我等大家都去。哥哥变作甚么模样，或是我驮着你，分开水道，寻着妖怪的巢穴，你先进去打听打听。若是师父不曾伤损，还在那里，我们好努力征讨；假若不是这怪弄法，或者淹杀师父，或者被妖吃了，我等不须苦求，早早的别寻道路何如？"行者道："贤弟说得有理。你们那个驮我？"八戒暗喜道："这猴子不知捉弄了我多少，今番原来不会水。等老猪驮他，也捉弄他捉弄！"呆子笑嘻嘻的叫道："哥哥，我驮你。"行者就知有意，却便将计就计道："是，也好，你比悟净还有些膂力。"八戒就背着他。

　　沙僧剖开水路，弟兄们同入通天河内。向水底下行有百十里远近，那呆子要捉弄行者。行者随即拔下一根毫毛，变作假身，伏在八戒背上，真身变作一个猪虱子，紧紧的贴在他耳朵里。八戒正行，忽然打个

533

踵，得故子①把行者往前一掼，扑的跌了一跤。原来那个假身本是毫毛变的，却就飘起去，无影无形。沙僧道："二哥，你是怎么说？不好生走路，就跌在泥里便也罢了，却把大哥不知跌了那里去了！"八戒道："那猴子不禁跌，一跌就跌化了。兄弟，莫管他死活，我和你且去寻师父去。"沙僧道："不好，还得他来，他虽不知水性，他比我们乖巧。若无他来，我不与你去。"行者在八戒耳朵里，忍不住高叫道："悟净！老孙在这里也。"沙僧听得，笑道："罢了！这呆子是死了！你怎么就敢捉弄他！如今弄得闻声不见面，却怎是好？"八戒慌得跪在泥里磕头道："哥哥，是我不是了。待救了师父，上岸陪礼。你在那里做声？就影②杀我也！你请现原身出来。我驮着你，再不敢冲撞你了。"行者道："是你还驮着我哩。我不弄你，你快走！快走！"那呆子絮絮叨叨，只管念诵着陪礼，爬起来与沙僧又进。

行了又有百十里远近，忽抬头望见一座楼台，上有"水鼋之第"四个大字。沙僧道："这厢想是妖精住处，我两个不知虚实，怎么上门索战。"行者道："悟净，那门里外可有水么？"沙僧道："无水。"行者道："既无水，你再藏隐在左右，待老孙去打听打听。"好大圣，爬离了八戒耳朵里，却又摇身一变，变作个长脚虾婆，两三跳跳到门里。睁眼看时，只见那怪坐在上面，众水族摆列两边，有个斑衣鳜婆坐于侧手，都商议要吃唐僧。行者留心，两边寻找不见，忽看见一个大肚虾婆走将来，径往西廊下立定。行者跳到面前称呼道："姆姆，大王与众商议要吃唐僧，唐僧却在那里？"虾婆道："唐僧被大王降雪结冰，昨日拿在宫后石匣中间。只等明日，他徒弟们不来吵闹，就奏乐享用也。"

行者闻言，演了一会，径直寻到宫后，看果有一个石匣，却像人家槽房里的猪槽，又似人间一口石棺材之样，量量足有六尺长短；却伏在上面，听了一会，只听得三藏在里面嘤嘤的哭哩。行者不言语，侧耳再听，那师父挫得牙响，哏了一声道：

---

① 得故子——借机会、抓住机会。

② 影——方言。指对不确定、不可确知的事物的一种担心、害怕的精神感觉。此处谓闻声而不能见面，令人恐惧。

自恨江流命有愆，生时多少水灾缠。

出娘胎腹淘波浪，拜佛西天堕渺渊。

前遇黑河身有难，今逢冰解命归泉。

不知徒弟能来否，可得真经返故园？

行者忍不住叫道："师父莫恨水灾。《经》云，'土乃五行之母，水乃五行之源。无土不生，无水不长。'老孙来了！"三藏闻得道："徒弟啊，救我耶！"行者道："你且放心，待我们擒住妖精，管教你脱难。"三藏道："快些儿下手！再停一日，足足闷杀我也！"行者道："没事！没事！我去也！"急回头，跳将出去，到门外现了原身，叫："八戒！"那呆子与沙僧近道："哥哥，如何？"行者道："正是此怪骗了师父。师父未曾伤损，被怪物盖在石匣之下。你两个快早挑战，让老孙先出水面。你若擒得他就擒；擒不得，做个佯输，引他出水，等我打他。"沙僧道："哥哥放心先去，待小弟们鉴貌辨色。"这行者捻着避水诀，钻出波中，停立岸边等候不题。

你看那猪八戒行凶，闯至门前，厉声高叫："泼怪物！送我师父出来！"慌得那门里小妖急报："大王，门外有人要师父哩！"妖邪道："这定是那泼和尚来了。"教："快取披挂兵器来！"众小妖连忙取出。妖邪结束了，执兵器在手，即命开门，走将出来。八戒与沙僧对列左右，见妖邪怎生披挂。好怪物！你看他：

头戴金盔晃且辉，身披金甲掣虹霓。

腰围宝带团珠翠，足踏烟黄靴样奇。

鼻准高隆如峤耸，天庭广阔若龙仪。

眼光闪灼圆还暴，牙齿钢锋尖又齐。

短发蓬松飘火焰，长须潇洒挺金锥。

只咬一枝青嫩藻，手拿九瓣赤铜锤。

一声咿哑门开处，响似三春惊蛰雷。

这等形容人世少，敢称灵显大王威。

妖邪出得门来，随后有百十个小妖，一个个抡枪舞剑，摆开两哨，对八戒道："你是那寺里和尚？为甚到此喧嚷？"八戒喝道："我把你这打不死的泼物！你前夜与我顶嘴，今日如何推不知来问我？我本是东土大唐圣僧之徒弟，往西天拜佛求经者。你弄玄虚，假做甚么灵感大王，专在陈家庄要吃童男童女，我本是陈清家一秤金，你不认得我么？"那妖邪道："你这和尚，甚没道理！你变作一秤金，该一个冒名顶替之罪。我倒不曾吃你，反被你伤了我手背。已此让了你，你怎么又寻上我的门来？"八戒道："你既让我，却怎么又弄冷风，下大雪，冻结坚冰，害我师父？快早送我师父出来，万事皆休！牙迸半个'不'字，你只看看手中钯！决不饶你！"妖邪闻言，微微冷笑道："这和尚卖此长舌，胡夸大口。果然是我作冷下雪冻河，摄你师父。你今嚷上门来，思量取讨，只怕这一番不比那一番了。那时节我因赴会，不曾带得兵器，误中你伤。你如今且休要走，我与你交敌三合。三合敌得我去，还你师父；敌不过，连你一发吃了。"八戒道："好乖儿子！正是这等说！仔细看钯！"妖邪道："你原来是半路上出家的和尚。"八戒道："我的儿，你真个有些灵感，怎么就晓得我是半路出家的？"妖邪道："你会使钯，想是雇在那里种园，把他钉钯拐将来也。"八戒道："儿子，我这钯，不是那筑地之钯。你看：

> 巨齿铸就如龙爪，逊金妆来似蟒形。
> 若逢对敌寒风洒，但遇相持火焰生。
> 能与圣僧除怪物，西方路上捉妖精。
> 抡动烟云遮日月，使开霞彩照分明。
> 筑倒太山千虎怕，掀翻大海万龙惊。
> 饶你威灵有手段，一筑须教九窟窿。"

那个妖邪那里肯信，举铜锤劈头就打。八戒使钉钯架住道："你这泼物，原来也是半路上成精的邪魔！"那怪道："你怎么认得我是半路上成精的？"八戒道："你会使铜锤，想是雇在那个银匠家扯炉，被你得了手，偷将出来的。"妖邪道："这不是打银之锤，你看：

> 九瓣攒成花骨朵，一竿虚孔万年青。

原来不比凡间物，出处还从仙苑名。

绿房紫葯①瑶池老，素质清香碧沼生。

因我用功抟炼过，坚如钢锐彻通灵。

枪刀剑戟浑难赛，钺斧戈矛莫敢经。

纵让你钯能利刃，荡着吾锤逆折钉！”

沙和尚见他两个攀话，忍不住近前高叫道："那怪物，休得浪言！古人云，'口说无凭，做出便见。'不要走！且吃我一杖！"妖邪使锤杆架住道："你也是半路里出家的和尚。"沙僧道："你怎么认得？"妖邪道："你这个模样，像一个磨博士出身。"沙僧道："如何认得我像个磨博士？"妖邪道："你不是磨博士，怎么会使擀面杖？"沙僧骂道："你这孽障，是也不曾见！

这般兵器人间少，故此难知宝杖名。

出自月宫无影处，梭罗仙木琢磨成。

外边嵌宝霞光耀，内里钻金瑞气凝。

先日也曾陪御宴，今朝秉正保唐僧。

西方路上无知识，上界宫中有大名。

唤做降妖真宝杖，管教一下碎天灵。”

那妖邪不容分说，三家变脸，这一场，在水底下好杀：

铜锤宝杖与钉钯，悟能悟净战妖邪。一个是天蓬临世界，一个是上将降天涯。他两个夹攻水怪施威武，这一个独抵神僧势可夸。有分有缘成大道，相生相克秉恒沙。土克水，水干见底；水生木，木旺开花。禅法参修归一体，还丹炮炼伏三家。土是母，发金芽，金生神水产婴娃；水为本，润木华，木有辉煌烈火霞。攒簇五行皆别异，故然变脸各争差。看他那铜锤九瓣光明好，宝杖千丝彩绣佳。钯按阴阳分九曜，不明解数乱如麻。捐躯弃命因僧难，舍死忘

①葯——莲实。

生为释迦。致使铜锤忙不坠，左遮宝杖右遮钯。

三人在水底下斗经两个时辰，不分胜败。猪八戒料道不得赢他，对沙僧丢了个眼色，二人诈败佯输，各拖兵器，回头就走。那怪物教："小的们，扎住在此，等我赶上这厮，捉将来与汝等凑吃呀！"你看他如风吹败叶，似雨打残花，将他两个赶出水面。

那孙大圣在东岸上，眼不转睛，只望着河边水势，忽然见波浪翻腾，喊声号吼，八戒先跳上岸道："来了！来了！"沙僧也到岸边道："来了！来了！"那妖邪随后叫："那里走！"才出头，被行者喝道："看棍！"那妖邪闪身躲过，使铜锤急架相还。一个在河边涌浪，一个在岸上施威。搭上手未经三合，那妖遮架不住，打个花，又淬于水里，遂此风平浪息。

行者回转高崖道："兄弟们，辛苦啊。"沙僧道："哥啊，这妖精，他在岸上觉到不济，在水底也尽厉害哩！我与二哥左右齐攻，只战得个两平，却怎么处置，救师父也？"行者道："不必疑迟，恐被他伤了师父。"八戒道："哥哥，我这一去哄他出来。你莫做声，但只在半空中等候。估着他钻出头来，却使个捣蒜打，照他顶门上着着实实一下！纵然打不死他，好道也护疼发晕，却等老猪赶上一钯，管教他了帐！"行者道："正是！正是！这叫做'里迎外合'，方可济事。"他两个复入水中不题。

却说那妖邪败阵逃生，回归本宅。众妖接到宫中，鳜婆上前问道："大王，赶那两个和尚到那方来？"妖邪道："那和尚原来还有一个帮手。他两个跳上岸去，那帮手抡一条铁棍打我，我闪过与他相持。也不知他那棍子有多少斤重，我的铜锤莫想架得他住。战未三合，我却败回来也。"鳜婆道："大王，可记得那帮手是甚相貌？"妖邪道："是一个毛脸雷公嘴，查耳朵，折鼻梁，火眼金睛和尚。"鳜婆闻说，打了一个寒噤道："大王啊！亏了你识俊①，逃了性命！若再三合，决然不得全生！那和尚我认得他。"妖邪道："你认得他是谁？"鳜婆道："我当年在东洋海内，曾闻得老龙王说他的名誉，乃是五百年前大闹天宫，

_____

① 识俊——知趣，识相。

混元一气上方太乙金仙美猴王齐天大圣。如今归依佛教，保唐僧往西天取经，改名唤做孙悟空行者。他的神通广大，变化多端。大王，你怎么惹他！今后再莫与他战了。"

说不了，只见门里小妖来报："大王，那两个和尚又来门前索战哩！"妖精道："贤妹所见甚长，再不出去，看他怎么。"急传令，教："小的们，把门关紧了。正是'任君门外叫，只是不开门。'让他缠两日，性摊了回去时，我们却不自在受用唐僧也？"那小妖一齐都搬石头，塞泥块，把门闭杀。八戒与沙僧连叫不出，呆子心焦，就使钉钯筑门。那门已此紧闭牢关，莫想能够；被他七八钯，筑破门扇，里面却都是泥土石块，高叠千层。沙僧见了道："二哥，这怪物惧怕之甚，闭门不出，我和你且回上河崖，再与大哥计较去来。"八戒依言，径转东岸。

那行者半云半雾，提着铁棒等哩。看见他两个上来，不见妖怪，即按云头，迎至岸边，问道："兄弟，那话儿怎么不上来？"沙僧道："那怪物紧闭宅门，再不出来见面；被二哥打破门扇看时，那里面都使些泥土石块实实的叠住了。故此不能得战，却来与哥哥计议，再怎么设法去救师父。"行者道："似这般却也无法可治。你两个只在河岸上巡视着，不可放他往别处走了，待我去来。"八戒道："哥哥，你往那里去？"行者道："我上普陀岩拜问菩萨，看这妖怪是那里出身，姓甚名谁。寻着他的祖居，拿了他的家属，捉了他的四邻，却来此擒怪救师。"八戒笑道："哥啊，这等干，只是忒费事，担搁了时辰了。"行者道："管你不费事，不担搁！我去就来！"

好大圣，急纵祥光，躲离河口，径赴南海。那里消半个时辰，早望见落伽山不远。低下云头，径至普陀崖上。只见那二十四路诸天与守山大神、木叉行者、善财童子、捧珠龙女，一齐上前，迎着施礼道："大圣何来？"行者道："有事要见菩萨。"众神道："菩萨今早出洞，不许人随，自入竹林里观玩。知大圣今日必来，吩咐我等在此候接大圣，不可就见。请在翠岩前聊坐片时，待菩萨出来，自有道理。"行者依言，还未坐下，又见那善财童子上前施礼道："孙大圣，前蒙盛意，幸菩萨不弃收留，早晚不离左右，专侍莲台之下，甚得善慈。"行者知是红孩儿，笑道："你那时节魔业迷心，今朝得成正果，才知老孙是好人也。"

行者久等不见，心焦道："列位与我传报传报，但迟了，恐伤吾师之命。"诸天道："不敢报。菩萨吩咐，只等他自出来哩。"行者性急，那里等得，急纵身往里便走。噫！

> 这个美猴王，性急能鹊薄①。
> 诸天留不住，要往里边跮②。
> 拽步入深林，睁眼偷觑着。
> 远观救苦尊，盘坐衬残箬。
> 懒散怕梳妆，容颜多绰约。
> 散挽一窝丝，未曾戴缨络。
> 不挂素蓝袍，贴身小袄缚。
> 漫腰束锦裙，赤了一双脚。
> 披肩绣带无，精光两臂膊。
> 玉手执钢刀，正把竹皮削。

行者见了，忍不住厉声高叫道："菩萨，弟子孙悟空志心朝礼。"菩萨教："外面俟候。"行者叩头道："菩萨，我师父有难，特来拜问通天河妖怪根源。"菩萨道："你且出去，待我出来。"

行者不敢强，只得走出竹林，对众诸天道："菩萨今日又重置家事哩。怎么不坐莲台，不妆饰，不喜欢，在林里削篾做甚？"诸天道："我等却不知。今早出洞，未曾妆束，就入林中去了。又教我等在此接候大圣，必然为大圣有事。"行者没奈何，只得等候。

不多时，只见菩萨手提一个紫竹篮儿出林，道："悟空，我与你救唐僧去来。"行者慌忙跪下道："弟子不敢催促，且请菩萨着衣登座。"菩萨道："不消着衣，就此去也。"那菩萨撇下诸天，纵祥云腾空而去。孙大圣只得相随。顷刻间，到了通天河界。八戒与沙僧看见道："师兄性急，不知在南海怎么乱嚷乱叫，把一个未梳妆的菩萨逼将

---

① 鹊薄——挖苦、讥诮。

② 跮——原意指赤脚，这里作"度、进、蹭"解释。

来也。"说不了，到于河岸。二人下拜道："菩萨，我等擅干，有罪！有罪！"菩萨即解下一根束祆的丝绦，将篮儿拴定，提着丝绦，半踏云彩，抛在河中，往上溜头扯着，口念颂子道："死的去，活的住！死的去，活的住！"念了七遍，提起篮儿，但见那篮里亮灼灼一尾金鱼，还斩眼①动鳞。菩萨叫："悟空，快下水救你师父耶。"行者道："未曾拿住妖邪，如何救得师父？"菩萨道："这篮儿里不是？"八戒与沙僧拜问道："这鱼儿怎生有那等手段？"菩萨道："他本是我莲花池里养大的金鱼，每日浮头听经，修成手段。那一柄九瓣铜锤，乃是一枝未开的菡萏，被他运炼成兵。不知是那一日，海潮泛涨，走到此间。我今早扶栏看花，却不见这厮出拜。掐指巡纹，算着他在此成精，害你师父，故此未及梳妆，运神功，织个竹篮儿擒他。"

行者道："菩萨，既然如此，且待片时，等我叫陈家庄众信人等，看看菩萨的金面：一则留恩，二来说此收怪之事，好教凡人信心供养。"菩萨道："也罢，你快去叫来。"那八戒与沙僧一齐飞跑至庄前，高呼道："都来看活观音菩萨！都来看活观音菩萨！"一庄老幼男女，都向河边，也不顾泥水，都跪在里面磕头礼拜。内中有善图画者，传下影神，这才是鱼篮观音现身。当时菩萨就归南海。

八戒与沙僧分开水道，径往那水鼋之第找寻师父。原来那里水怪鱼精，尽皆死烂。却入后宫，揭开石匣，驮着唐僧，出离波津，与众相见。那陈清兄弟叩头称谢道："老爷不依小人劝留，致令如此受苦。"行者道："不消说了。你们这里人家，下年再不用祭赛。那大王已此除根，永无伤害。陈老儿，如今才好累你，快寻一只船儿，送我们过河去也。"那陈清道："有！有！有！"就教解板打船。众庄客闻得此言，无不喜舍。那个道，我买桅篷；这个道，我办篙桨有的说，我出绳索；有的说，我雇水手。

正都在河边上吵闹，忽听得河中间高叫："孙大圣不要打船，花费人家财物我送你师徒们过去。"众人听说，个个心惊，胆小的走了回家，胆大的战兢兢贪看。须臾，那水里钻出一个怪来，你道怎生模样：

———————
　　① 斩眼——眨眼。

方头神物非凡品，九助灵机号水仙。

曳尾能延千纪寿，潜身静隐百川渊。

翻波跳浪冲江岸，向日朝风卧海边。

养气含灵真有道，多年粉盖赖头鼋。

那老鼋又叫："大圣，不要打船，我送你师徒过去。"行者抢着铁棒道："我把你这个孽畜！若到边前，这一棒就打死你！"老鼋道："我感大圣之恩，情愿办好心送你师徒，你怎么反要打我？"行者道："与你有甚恩惠？"老鼋道："大圣，你不知这底下水鼋之第，乃是我的住宅。自历代以来，祖上传留到我。我因省悟本根，养成灵气，在此处修行，被我将祖居翻盖了一遍，立做一个水鼋之第。那妖邪乃九年前海啸波翻，他赶潮头，来于此处，仗逞凶顽，与我争斗，被他伤了我许多儿女，夺了我许多眷族。我斗他不过，将巢穴白白的被他占了。今蒙大圣至此搭救唐师父，请了观音菩萨扫净妖氛，收去怪物，将第宅还归于我，我如今团圆老小，再不须挨土帮泥，得居旧舍。此恩重若丘山，深如大海。且不但我等蒙惠，只这一庄上人，免得年年祭赛，全了多少人家儿女！此诚所谓'一举而两得'之恩也！敢不报答？"

行者闻言，心中暗喜，收了铁棒道："你端的是真实之情么？"老鼋道："因大圣恩德洪深，怎敢虚谬？"行者道："既是真情，你朝天赌咒。"那老鼋张着红口，朝天发誓道："我若真情不送唐僧过此通天河，将身化为血水！"行者笑道："你上来，你上来。"老鼋却才负近岸边，将身一纵，爬上河崖。众人近前观看，有四丈围圆的一个大白盖。行者道："师父，我们上他身，渡过去也。"三藏道："徒弟呀，那层冰厚冻，尚且遭迍，况此鼋背？恐不稳便。"老鼋道："师父放心。我比那层冰厚冻，稳得紧哩，但歪一歪，不成功果！"行者道："师父啊，凡诸众生，会说人话，决不打诳语。"教："兄弟们，快牵马来。"

到了河边，陈家庄老幼男女，一齐来拜送。行者教把马牵在白鼋盖上，请唐僧站在马的颈项左边，沙僧站在右边，八戒站在马后，行者站在马前；又恐那鼋无礼，解下虎筋绦子，穿在老鼋的鼻之内，扯起来，像一条缰绳；却使一只脚踏在盖上，一只脚蹬在头上；一只手执着铁棒，一只手扯着缰绳，叫道："老鼋，慢慢走啊。歪一歪儿，就照头一下！"老鼋道："不敢！不敢！"他却蹬开四足，踏水面如行平地。众人都在岸上焚香叩头，都念"南无阿弥陀佛"。这正是真罗汉临凡，活菩萨出现。众人只拜的望不见形影方回，不题。

却说那师父驾着白鼋，那消一日，行过了八百里通天河界，干手干脚的登岸。

观音救难现鱼篮

三藏上崖，合手称谢道："老鼋累你。无物可赠，待我取经回谢你罢。"老鼋道："不劳师父赐谢。我闻得西天佛祖无灭无生，能知过去未来之事。我在此间，整修行了一千三百余年；虽然延寿身轻，会说人语，只是难脱本壳。万望老师父到西天与我问佛祖一声，看我几时得脱本壳，可得一个人身。"三藏响允道："我问，我问。"那老鼋才淬水中去了。行者遂伏侍唐僧上马，八戒挑着行囊，沙僧跟随左右。师徒们找大路，一直奔西。这的是：

圣僧奉旨拜弥陀，水远山遥灾难多。

意志心诚不惧死，白鼋驮渡过天河。

毕竟不知此后还有多少路程，还有甚么凶吉，且听下回分解。

第五十回

情乱性从因爱欲　神昏心动遇魔头

词曰：

　　心地频频扫，尘情细细除，莫教坑堑陷毗卢①。本体常清净，方可论元初。　　性烛须挑剔，曹溪任吸呼，勿令猿马气声粗。昼夜绵绵息，方显是功夫。

　　这一首词，牌名《南柯子》，单道着唐僧脱却通天河寒冰之灾，幸白鼋负登彼岸。四众奔西，正遇严冬之景，但见那林光漠漠烟中淡，山骨棱棱水外清。师徒们正当行处，忽然又遇一山，阻住去道，路窄崖高，石多岭峻，人马难行。三藏在马上兜住缰绳，叫声"徒弟"。那孙行者引八戒、沙僧近前侍立道："师父，有何吩咐？"三藏道："你看那前面山高，只恐有虎狼作怪，妖兽伤人，今番是必仔细！"行者道："师父放心莫虑。我等兄弟三人，性和意合，归正求真，使出荡怪降妖之法，怕甚么虎狼妖兽！"三藏闻言，只得放怀前进。到于谷口，促马登崖，抬头观看，好山：

① 毗卢——佛名。是毗卢舍那的略称。梵文是光明遍照的意思。

嵯峨矗矗，峦削巍巍。嵯峨矗矗冲霄汉，峦削巍巍碍碧空。怪石乱堆如坐虎，苍松斜挂似飞龙。岭上鸟啼娇韵美，崖前梅放异香浓。涧水潺湲流出冷，巅云黯淡过来凶。又见那飘飘雪，凛凛风，咆哮饿虎吼山中。寒鸦拣树无栖处，野鹿寻窝没定踪。可叹行人难进步，皱眉愁脸把头蒙。

　　师徒四众，冒雪冲寒，战澌澌，行过那巅峰峻岭，远望见山凹中有楼台高耸，房舍清幽。唐僧马上欣然道："徒弟啊，这一日又饥又寒，幸得那山凹里有楼台房舍，断乎是庄户人家，庵观寺院。且去化些斋饭，吃了再走。"行者闻言，急睁睛看，只见那壁厢凶云隐隐，恶气纷纷，回首对唐僧道："师父，那厢不是好处。"三藏道："见有楼台亭宇，如何不是好处？"行者笑道："师父啊，你那里知道？西方路上多有妖怪邪魔，善能点化庄宅。不拘甚么楼台房舍，馆阁亭宇，俱能指化了哄人。你知道'龙生九种'，内有一种名'蜃'。蜃气放出，就如楼阁浅池。若遇大江昏迷，蜃现此势。倘有鸟鹊飞腾，定来歇翅。那怕你上万论千，尽被他一气吞之。此意害人最重。那壁厢气色凶恶，断不可入。"三藏道："既不可入，我却着实饥了。"行者道："师父果饥，且请下马，就在这平处坐下，待我别处化些斋来你吃。"三藏依言下马。八戒采定缰绳，沙僧放下行李，即去解开包裹，取出钵盂，递与行者。行者接钵盂在手，吩咐沙僧道："贤弟，却不可前进。好生保护师父稳坐于此，待我化斋回来，再往西去。"沙僧领诺。行者又向三藏道："师父，这去处少吉多凶，切莫要动身别往。老孙化斋去也。"唐僧道："不必多言，但要你快去快来。我在这里等你。"行者转身欲行，却又回来道："师父，我知你没甚坐性，我与你个安身法儿。"即取金箍棒，幌了一幌，将那平地下周围画了一道圈子，请唐僧坐在中间，着八戒、沙僧侍立左右，把马与行李都放在近身，对唐僧合掌道："老孙画的这圈，强似那铜墙铁壁。凭他甚么虎豹狼虫，妖魔鬼怪，俱莫敢近。但只不许你们走出圈外，只在中间稳坐，保你无虞；但若出了圈儿，定遭毒手。千万，千万！至祝，至祝！"三藏依言，师徒俱端然坐下。

　　行者才起云头，寻庄化斋。一直南行，忽见那古树参大，乃一村庄舍。按下云头，仔细观看，但只见：

　　　　雪欺衰柳，冰结方塘。疏疏修竹摇青，郁郁乔松凝翠。几间茅屋半装银，一座小桥斜砌粉。篱边微吐水仙花，檐下长垂冰冻筋。飒飒寒风送异香，雪漫不见梅开处。

　　行者随步观看庄景，只听得呀的一声，柴扉响处，走出一个老者，手拖藜杖，头顶羊裘，身穿破衲，足踏蒲鞋，拄着杖，仰身朝天道："西北风起，明日晴了。"说不了，后边跑出一个哈巴狗儿来，望着行者，汪汪的乱吠，老者却才转过头来，看见行者捧着钵盂，打个问讯道："老施主，我和尚是东土大唐钦差上西天拜佛求经者。适路过宝方，我师父腹中饥馁，特造尊府募化一斋。"老者闻言，点头顿杖道："长老，你且休化斋，你走错路了。"行者道："不错。"老者道："往西天大路，在那直北下。此间到那里有千里之遥，还不去找大路而行？"行者笑道："正是直北下，我师父现在大路上端坐，等我化斋哩。"那老者道："这和尚胡说了。你师父在大路上等你化斋，似这千里之遥，就会走路，也须得六七日，走回去又要六七日，却不饿坏他也？"行者笑道："不瞒老施主说。我才然离了师父，还不上一盏热茶之时，却就走到此处。如今化了斋，还要趁去作午斋哩。"老者见说，心中害怕道："这和尚是鬼！是鬼！"急抽身往里就走。行者一把扯住道："施主那里去？有斋快化些儿。"老者道："不方便！不方便！别转一家儿罢！"行者道："你这施主，好不会事！你说我离此有千里之遥，若再转一家，却不又有千里？真是饿杀我师父也。"那老者道："实不瞒你说。我家老小六七口，才淘了三升米下锅，还未曾煮熟。你且到别处去转转再来。"行者道："古人云，'走三家不如坐一家。'我贫僧在此等一等罢。"那老者见缠得紧，恼了，举藜杖就打。行者公然不惧，被他照光头上打了七八下，只当与他拂痒。那老者道："这是个撞头的和尚！"行者笑道："老官儿，凭你怎么打，只要记得杖数明白，一杖一升米，慢慢量来。"那老者闻言，急丢了藜杖，跑进去把门关了，只嚷："有鬼！有鬼！"慌得那一家儿战战兢兢，把前后门俱关上。行者见他关了门，心中暗想："这老贼才说淘米下锅，不知是虚是实。常言道，'道化贤良释化愚。'且等老孙进去看看。"好大圣，捻着诀，使个隐身遁法，径走入厨中看处，果然那锅里气腾腾的，煮了半锅干饭。就把钵盂往里一挓，满满的挓了一钵盂，即驾云回转不题。

却说唐僧坐在圈子里，等待多时，不见行者回来，欠身怅望道："这猴子往那里化斋去了！"八戒在旁笑道："知他往那里耍子去来！化甚么斋，却教我们在此坐牢！"三藏道："怎么谓之坐牢？"八戒道："师父，你原来不知。古人划地为牢。他将棍子划个圈儿，强似铁壁铜墙，假如有虎狼妖兽来时，如何挡得他住？只好白白的送与他吃罢了。"三藏道："悟能，凭你怎么处治。"八戒道："此间又不藏风，又不避冷。若依老猪，只该顺着路，往西且行。师兄化了斋，驾了云，必然来快，让他赶来。如有斋，吃了再走。如今坐了这一会，老大脚冷！"

三藏闻此言，就是晦气星进宫，遂依呆子，一齐出了圈外。沙僧牵了马，八戒担了担，那长老顺路步行前进。不一时，到了那楼阁之所，原来是坐北向南之家。门外八字粉墙，有一座倒垂莲升斗门楼，都是五色装的。那门儿半开半掩。八戒就把马拴在门枕石鼓上。沙僧歇了担子。三藏畏风，坐于门限之上。八戒道："师父，这所在想是公侯之宅，相辅之家。前门外无人，想必都在里面烘火。你们坐着，让我进去看看。"唐僧道："仔细耶！莫要冲撞了人家。"呆子道："我晓得。自从归正禅门，这一向也学了些礼数，不比那村莽之夫也。"

那呆子把钉钯撒在腰里，整一整青锦直裰，斯斯文文，走入门里。只见是三间大厅，帘栊高控，静悄悄全无人迹，也无桌椅家伙。转过屏门，往里又走，乃是一座穿堂。堂后有一座大楼，楼上窗格半开，隐隐见一顶黄绫帐幔。呆子道："想是有人怕冷，还睡哩。"他也不分内外，拽步走上楼来。用手掀开看时，把呆子唬了一个跳踵。原来那帐里象牙床上，白媸媸的一堆骸骨，骷髅有巴斗大，腿挺骨有四五尺长。呆子定了性，止不住腮边泪落，对骷髅点头叹云："你不知是：

> 那代那朝元帅体，何邦何国大将军。
>
> 当时豪杰争强胜，今日凄凉露骨筋。
>
> 不见妻儿来侍奉，那逢士卒把香焚？
>
> 谩观这等真堪叹，可惜兴王霸业人。"

八戒正才感叹，只见那帐幔后有火光一幌。呆子道："想是有侍奉香火之人在后面哩。"急转步过帐观看，却是穿楼的窗扇透光。那壁厢有一张彩漆的桌子，桌子上乱搭着几件锦绣绵衣。呆子提起来看时，却是三件纳锦背心儿。他也不管好歹，拿下楼来，出厅房，径到门外道："师父，这里全没人烟，是一所亡灵之宅。老猪走进里面，直至高楼之上，黄绫帐内，有一堆骸骨。串楼旁有三件纳锦的背心，被我拿来了，也是我们一程儿造化。此时天气寒冷，正当用处。师父，且脱了偏衫，把他且穿在底下，受用受用，免得吃冷。"三藏道："不可！不可！律云，'公取窃取皆为盗。'倘或有人知觉，赶上我们，到了当官，当断是一个窃盗之罪。还不送进去与他搭在原处！我们在此避风坐一坐，等悟空来时走路。出家人不要这等爱小①。"八戒道："四顾无人，虽鸡犬亦不知之，但只我们知道，谁人告我？有何证见？就如拾到的一般，那里论甚么公取窃取也！"三藏道："你胡做啊！虽是人不知之，天何盖焉！玄帝垂训云，'暗室亏心，神目如电。'趁早送去还他，莫爱非礼之物。"

那呆子莫想肯听，对唐僧笑道："师父啊，我自为人，也穿了几件背心，不曾见这等纳锦的。你不穿，且待老猪穿一穿，试试新，晤晤②脊背。等师兄来，脱了还他走路。"沙僧道："既如此说，我也穿一件儿。"两个齐脱了上盖直裰，将背心套上。才紧带子，不知怎么立站不稳，扑的一跌。原来这背心儿赛过绑缚手，霎时间，把他两个背剪手贴心捆了。慌得个三藏跌足报怨，急忙上前来解，那里便解得开？三个人在那里吆喝之声不绝，却早惊动了魔头也。

话说那座楼房果是妖精点化的，终日在此拿人。他在洞里正坐，忽闻得怨恨之声，急出门来看，果见捆住几个人了。妖魔即唤小妖，同到那厢，收了楼台房屋之形，把唐僧揪住，牵了白马，挑了行李，将八戒、沙僧一齐捉到洞里。老妖魔登台高坐，众小妖把唐僧推近台边，跪伏于地。妖魔问道："你是那方和尚？怎么这般胆大，白日里偷盗我的衣服？"三藏滴泪告曰："贫僧是东土大唐钦差往西天取经的。因腹中

---

① 爱小——贪便宜、打小算盘。

② 晤晤——就是焐焐的意思。

饥馁，着大徒弟去化斋未回，不曾依得他的言语，误撞仙庭避风。不期我这两个徒弟爱小，拿出这衣物。贫僧决不敢坏心，当教送还本处。他不听吾言，要穿此晤晤脊背，不料中了大王机会，把贫僧拿来。万望慈悯，留我残生，求取真经，永注大王恩情，回东土千古传扬也！"那妖魔笑道："我这里常听得人言，有人吃了唐僧一块肉，发白还黑，齿落更生。幸今日不请自来，还指望饶你哩！你那大徒弟叫做甚么名字？往何方化斋？"八戒闻言，即开口称扬道："我师兄乃五百年前大闹天宫齐天大圣孙悟空也。"那妖魔听说是齐天大圣孙悟空，老大有些悚惧，口内不言，心中暗想道："久闻那厮神通广大，如今不期而会。"教："小的们，把唐僧捆了，将那两个解下宝贝，换两条绳子，也捆了。且抬在后边，待我拿住他大徒弟，一发刷洗，却好凑笼蒸吃。"众小妖答应一声，把三人一齐捆了，抬在后边，将白马拴在槽头，行李挑在屋里。众妖都磨兵器，准备擒拿行者不题。

却说孙行者自南庄人家摄了一钵盂斋饭，驾云回返旧路。径至山坡平处，按下云头，早已不见唐僧，不知何往。棍划的圈子还在，只是人马都不见了。回看那楼台处，亦俱无矣，惟见山根怪石。行者心惊道："不消说了！他们定是遭那毒手也！"急依路看着马蹄，向西而赶。

行有五六里，正在凄怆之际，只闻得北坡外有人言语。看时，乃一个老翁，毡衣苫体，暖帽蒙头，足下踏一双半新半旧的油靴，手持着一根龙头拐棒，后边跟一个年幼僮仆，折一枝腊梅花，自坡前念歌而走。行者放下钵盂，觌面道个问讯，叫："老公公，贫僧问讯了。"那老翁即便回礼道："长老那里来的？"行者道："我们东土来的，往西天拜佛求经。一行师徒四众。我因师父饥了，特去化斋，教他三众坐在那山坡平处相候。及回来不见，不知往那条路上去了。动问公公，可曾看见？"老者闻言，呵呵冷笑道："你那三众，可有一个长嘴大耳的么？"行者道："有！有！有！""又有一个晦气色脸的，牵着一匹白马，领着一个白脸的胖和尚么？"行者道："是！是！是！"老翁道："你们走错路了。你休寻他，各人顾命去也。"行者道："那白脸者是我师父，那怪样者是我师弟。我与他共发虔心，要往西天取经，如何不寻他去！"老翁道："我才然从此过时，看见他错走了路径，闯入妖魔口里去了。"行者道："烦公公指教指教，是个甚么妖魔，居于何方，我好上门索他等，往西天去也。"老翁道："这座山，叫做金兜山，山前有个金兜洞。那洞中有个独角兕大王。那大王神通广大，威武高强。那三众此回断没命了。你若去寻，只怕连你也难保，不如不去之为愈也。我也不敢阻你，也不敢留你，只凭你心中度量。"行者再拜称谢道："多蒙公公指教。我岂有不寻之理！"把这斋饭倒与他，将这空钵盂自家收拾。那老翁放下拐棒，接了钵盂，递与僮仆，现出本相，双双跪下，叩头叫："大圣，小神不敢隐瞒。我们两个就是此山山神、土地，在此候接大圣。这斋饭连钵盂，小神收下，让大圣身轻好施法力。待救唐僧出难，将此斋还奉唐僧，方显得大圣至恭至孝。"行者喝道："你这毛鬼讨打！既知我到，何不早迎？却又这般藏头露尾，是甚道理？"土地道："大圣性急，小神不敢造次，恐犯威颜，故此隐像告知。"行者息怒道："你且记打！好生与我收着钵盂！待我拿那妖精去来！"土地、山神遵领。

这大圣却才束一束虎筋绦，拽起虎皮裙，执着金箍棒，径奔山前，找寻妖洞。转过山崖，只见那乱石磷磷，翠崖边有两扇石门，门外有许多小妖，在那里抡枪舞剑。真个是：

烟云凝瑞，苔藓堆青。峻嶒怪石列，崎岖曲道索。猿啸鸟啼风景丽，鸾飞凤舞若蓬瀛。向阳几树梅初放，弄暖千竿竹自青。陡崖之下，深涧之中，陡崖之下雪堆粉，深涧之中水结冰。两林松柏千年秀，几簇山茶一样红。

这大圣观看不尽，拽开步径至门前，厉声高叫道："那小妖，你快进去与你那洞主说，我本是唐朝圣僧徒弟齐天大圣孙悟空。快教他送我师父出来。免教你等丧了性命！"

那伙小妖，急入洞里报道："大王，前面有一个毛脸勾嘴的和尚，称是齐天大圣孙悟空，来要他师父哩！"那魔王闻得此言，满心欢喜道："正要他来哩！我自离了本宫，下降尘世，更不曾试试武艺。今日他来，必是个对手。"即命："小的们，取出兵器。"那洞中大小群魔，一个个精神抖擞，即忙抬出一根丈二长的点钢枪，递与老怪。老怪传令，教："小的们，各要整齐。进前者赏，退后者诛！"众妖得令，随着老怪，腾出门来。叫道："那个是孙悟空？"行者在旁闪过，见那魔王生得好不凶丑：

> 独角参差，双眸幌亮。顶上粗皮突，耳根黑肉光。舌长时搅
> 鼻，口阔版牙黄。毛皮青似靛，筋挛硬如钢。比犀难照水，像牯不
> 耕荒。全无喘月①犁云用，倒有欺天振地强。两只焦筋蓝靛手，雄
> 威直挺点钢枪。细看这等凶模样，不枉名称兕大王！

孙大圣上前道："你孙外公在这里也！快早还我师父，两无毁伤！若道半个'不'字，我教你死无葬身之地！"那魔喝道："我把你这个大胆泼猴精！你有些甚手段，敢出这般大言！"行者道："你这泼物，是也不曾见我老孙的手段！"那妖魔道："你师父偷盗我的衣服，实是我拿住了，如今待要蒸吃。你是个甚么好汉，就敢上我的门来取讨！"行者道："我师父乃忠良正直之僧，岂有偷你甚么妖物之理？"妖魔道："我在山路边点化一座仙庄，你师父潜入里面，心爱情欲，将我三领纳锦绵装背心儿偷穿在身，见有赃证，故此我才拿他。你今果有手段，即与我比试。假若三合敌得我，饶了你师之命；如敌不过我，教你一路归阴！"

行者笑道："泼物！不须讲口！但说比试，正合老孙之意。走上来，吃吾之棒！"那怪物那怕甚么赌斗，挺钢枪劈面迎来。这一场好杀！你看那：

> 金箍棒举，长杆枪迎。金箍棒举，亮藿藿似电掣金蛇；长杆枪
> 迎，明幌幌如龙离黑海。那门前小妖擂鼓，排开阵势助威风；这壁
> 厢大圣施功，使出纵横逞本事。他那里一杆枪，精神抖擞；我这里
> 一条棒，武艺高强。正是英雄相遇英雄汉，果然对手才逢对手人。
> 那魔王口喷紫气盘烟雾，这大圣眼放光华结绣云。只为大唐僧有
> 难，两家无义苦争论。

---

① 喘月——水牛畏暑，看见月亮以为日头，所以就喘起来。

西游记

神昏心动遇魔头

他两个战经三十合，不分胜负。那魔王见孙悟空棍法齐整，一往一来，全无些破绽，喜得他连声喝采道："好猴儿！好猴儿！真个是那闹天宫的本事！"这大圣也爱他枪法不乱，右遮左挡，甚有解数，也叫道："好妖精！好妖精！果然是一个偷丹的魔头！"

二人又斗了一二十合。那魔王把枪尖点地，喝令小妖齐来。那些泼怪，一个个拿刀弄杖，执剑抢枪，把个孙大圣围在中间。行者公然不惧，只叫："来得好！来得好！正合吾意！"使一条金箍棒，前迎后架，东挡西除。那伙群妖，莫想肯退。行者忍不住焦躁，把金箍棒丢将起去，喝声："变！"即变作千百条铁棒，好便似飞蛇走蟒，盈空里乱落下来。那伙妖精见了，一个个魄散魂飞，抱头缩颈，尽往洞中逃命。老魔王嘻嘻冷笑道："那猴不要无礼！看手段！"即忙袖中取出一个亮灼灼白森森的圈子来，望空抛起，叫声："着！"唿喇一下，把金箍棒收做一条，套将去了。弄得孙大圣赤手空拳，翻筋斗逃了性命。那妖魔得胜回归洞，行者朦胧失主张。这正是：

道高一尺魔高丈，性乱情昏错认家。

可恨法身无坐位，当时行动念头差。

毕竟不知这番怎么结果，且听下回分解。

第五十一回

心猿空用千般计　水火无功难炼魔

话说齐天大圣，空着手败了阵，来坐于金𫗦山后，扑梭梭两眼滴泪，叫道："师父啊，指望和你：

> 佛恩有德有和融，同幼同生意莫穷。
> 同住同修同解脱，同慈同念显灵功。
> 同缘同相心真契，同见同知道转通。
> 岂料如今无主杖，空拳赤脚怎兴隆！"

大圣凄惨多时，心中暗想道："那妖精认得我。我记得他在阵上夸奖道，'真个是闹天宫之类！'这等啊，决不是凡间怪物，定然是天上凶星。想因思凡下界。又不知是那里降下来魔头，且须上界去查勘查勘。"

行者这才是以心问心，自张自主，急翻身，纵起祥云，直至南天门外。忽抬头见广目天王，当面迎着长揖道："大圣何往？"行者道："有事要见玉帝。你在此何干？"广目道："今日轮该巡视南天门。"说未了，又见那马、赵、温、关四大元帅作礼道："大圣，失迎。请待茶。"行者道："有事哩。"遂辞了广目并四元帅，径入南天门里。直至灵霄殿外，果又见张道陵、葛仙翁、许旌阳、丘弘济四天师并南斗六司、北斗七元都在殿前迎着行者，一齐起手道："大圣如何到此？"又问："保唐僧之功完否？"行者道："早哩！早哩！路遥魔广，才有一半之功，见如今阻住在金峣山金峣洞。有一个凶怪，把唐师父拿于洞里，是老孙寻上门与他交战一场，那厮的神通广大，把老孙的金箍棒抢去了，因此难缚魔王。疑是上界那个凶星思凡下界，又不知是那里降来的魔头，老孙因此来寻寻玉帝，问他个钳束不严。"许旌阳笑道："这猴头还是如此放刁！"行者道："不是放刁，我老孙一生是这口儿紧些，才寻的着个头儿。"张道陵道："不消多说，只与他传报便了。"行者道："多谢！多谢！"

当时四天师传奏灵霄，引见玉陛。行者朝上唱个大喏道："老官儿，累你！累你！我老孙保护唐僧往西天取经，一路凶多吉少，也不消说。于今来在金峣山金峣洞，有一凶怪，把唐僧拿在洞里，不知是要蒸，要煮，要晒。是老孙寻上他门，与他交战，那怪却就有些认得老孙，卓是①神通广大，把老孙的金箍棒抢去，因此难缚妖魔。疑是上天凶星，思凡下界，为此老孙特来启奏。伏乞天尊垂慈洞鉴，降旨查勘凶星，发兵收剿妖魔，老孙不胜战栗屏营之至！"却又打个深躬道："以闻。"旁有葛仙翁笑道："猴子是何前倨后恭？"行者道："不敢！不敢！不是甚前倨后恭，老孙于今是没棒弄了。"

彼时玉皇天尊闻奏，即忙降旨可韩司知道："既如悟空所奏，可随查诸天星斗，各宿神王，有无思凡下界，随即复奏施行，以闻。"可韩丈人真君领旨，当时即同大圣去查。先查了四天门门上神王官吏；次查了三微垣垣中大小群真；又查了雷霆官将陶、张、辛、邓、苟、毕、庞、刘；最后才查三十三天，天天自在；又查二十八宿：东七宿，角、亢、氐、房、参、尾、箕；西七宿、斗、牛、女、虚、危、室、壁；南七宿，北七宿，宿宿安宁；又查了太阳、太阴、水、火、木、金、土七政；罗睺、计都、炁、孛四余。满天星斗，并无思凡下界。行者道："既是如此，我老孙也不消上那灵霄宝殿。打搅玉皇大帝，深为不便。你自回旨去罢，我只在此等你回话便了。"那可韩丈人真君依命。孙行者等候良久，作诗纪兴曰：

_____

① 卓是——着是，着实是。

风清云霁乐升平，神静星明显瑞祯。

河汉安宁天地泰，五方八极偃戈旌。

那可韩司丈人真君，历历查勘，回奏玉帝道："满天星宿不少，各方神将皆存，并无思凡下界者。"玉帝闻奏："着孙悟空挑选几员天将，下界擒魔去也。"

四大天师奉旨意，即出灵霄宝殿，对行者道："大圣啊，玉帝宽恩，言天宫无神思凡，着你挑选几员天将擒魔去哩。"行者低头暗想道："天上将不如老孙者多，胜似老孙者少。想我闹天宫时，玉帝遣十万天兵，布天罗地网，更不曾有一将敢与我比手。向后来，调了小圣二郎，方是我的对手。如今那怪物手段又强似老孙，却怎么得能够取胜？"许旌阳道："此一时，彼一时，大不同也。常言道，一物降一物哩，你好违了旨意？但凭高见，选用天将，勿得迟疑误事。"行者道："既然如此，深感上恩。果是不好违旨。一则老孙又不可空走这遭，烦旌阳转奏玉帝，只教托塔李天王与哪吒太子。他还有几件降妖兵器，且下界与那怪见一仗，以看如何。果若能擒得他，是老孙之幸；若不能，那时再作区处。"

真个那天师启奏了玉帝，玉帝即令李天王父子，率领众部天兵，与行者助力。那天王即奉旨来会行者。行者又对天师道："蒙玉帝遣差天王，谢谢不尽。还有一事，再烦转达：但得两个雷公使用，等天王战斗之时，教雷公在云端里下个雷楔，照顶门上锭死那妖魔，深为良计也。"天师笑道："好！好！好！"天师又奏玉帝，传旨教九天府下点邓化、张蕃二雷公，与天王合力缚妖救难。遂与天王、孙大圣径下南天门外。顷刻而到。行者道："此山便是金峄山，山中间乃是金峄洞。列位商议，却教那个先去索战？"天王停下云头，扎住天兵在于山南坡下，道："大圣素知小儿哪吒，曾降九十六洞妖魔，善能变化，随身有降妖兵器，须教他先去出阵。"行者道："既如此，等老孙引太子去来。"

那太子抖擞雄威，与大圣跳在高山，径至洞口。但见那洞门紧闭，崖下无精。行者上前高叫："泼魔！快开门！还我师父来也！"那洞里把门的小妖看见，急报道："大王，孙行者领着一个小童男，在门前叫战哩。"那魔王道："这猴子铁棒被我夺了，空手难争，想是请得救兵来也。"叫："取兵器！"魔王绰枪在手，走到门外观看，那小童男，生得相貌清奇，十分精壮。真个是：

玉面娇容如满月，朱唇方口露银牙。

眼光掣电晴珠暴，额阔凝霞发髻鬐。

绣带舞风飞彩焰，锦袍映日放金花。

环绦灼灼攀心镜，宝甲辉辉衬战靴。

身小声洪多壮丽，三天护教恶哪吒。

魔王笑道："你是李天王第三个孩儿，名唤做哪吒太子，却如何到我这门前呼喝？"太子道："因你这泼魔作乱，困害东土圣僧，奉玉帝金旨，特来拿你！"魔王大怒道："你想是孙悟空请来的。我就是那圣僧的魔头哩！量你这小儿曹有何武艺，敢出浪言！不要走！吃吾一枪！"这太子使斩妖剑，劈手相迎。他两个搭上手，却才赌斗，那大圣急转山坡，叫："雷公何在？快早去，着妖魔下个雷，助太子降伏来也！"

邓、张二公，即踏云光。正欲下手，只见那太子使出法来，将身一变，变作三头六臂，手持六般兵器，望妖魔砍来；那魔王也变作三头六臂，三柄长枪抵住。这太子又弄出降妖法力，将六般兵器抛将起去。是那六般兵器？却是砍妖剑、斩妖刀、缚妖索、降魔杵、绣球、火轮儿。大叫一声："变！"一变十，十变百，百变千，千变万，都是一般兵器，如骤雨冰雹，纷纷密密，望妖魔打将去。那魔王公然不惧，一只手取出那白森森的圈子来，望空抛起，叫声："着！"嗰喇的一下，把六般兵器套将下来，慌得那哪吒太子，赤手逃生。魔王得胜而回。邓、张二雷公，在空中暗笑道："早是我先看头势，不曾放了雷掤。假若被他套将去，却怎么回见天尊？"二公按落云头，与太子来山南坡下对李天王道："妖魔果神通广大！"悟空在旁笑道："那厮神通也只如此，争奈那个圈子厉害。不知是甚么宝贝，丢起来善套诸物。"哪吒恨道："这大圣甚不成人！我等折兵败阵，十分烦恼，都只为你；你反喜笑何也！"行者道："你说烦恼，纵然我老孙不烦恼？我如今没计奈何，哭不得，所以只得笑也。"天王道："似此怎生结果？"行者道："凭你等再怎计较，只是圈子套不去的，就可拿住他了。"天王道："套不去者，惟水火最利。常言道，'水火无情。'"行者闻言道："说得有理！你且稳坐在此，待老孙再上天走走来。"邓、张二公道："又去做甚的？"行者道："老孙这去，不消启奏玉帝，只到南天门里，上彤华宫，请火德星君来此放火，烧那怪物一场，或者连那圈子烧做灰烬，捉住妖魔。一则取兵器还汝等归天，二则可解脱吾师之难。"太子闻言甚喜，道："不必迟疑，请大圣早去早来，我等只在此恭候。"

行者纵起祥光，又至南天门外。那广目与四将迎道："大圣如何又来？"行者道："李天王着太子出师，只一阵，被那魔王把六件兵器捞了去了。我如今要到彤华宫请火德星君助阵哩。"四将不敢久留，让他进去。至彤华宫，只见那火部众神，即入报道："孙悟空欲见主公。"那南方三炁火德星君，整衣出门迎进道："昨日可韩司查点小宫，更无一人思凡。"行者道："已知。但李天王与太子败阵，失了兵器，特来请你救援救援。"星君道："那哪吒乃三坛海会大神，他出身时，曾降九十六洞妖魔，神通广大，若他不能，小神又怎敢望也？"行者道："因与李天王计议，天地间至利者，惟水火也。那怪物有一个圈子，善能套人的物件，不知是甚么宝贝，故此说火能灭诸物，特请星君领火部到下方纵火烧那妖魔，救我师父一难。"

火德星君闻言，即点本部神兵，同行者到金峍山南坡下，与天王、雷公等相见了。天王道："孙大圣，你还去叫那厮出来，等我与他交战。待他拿动圈子，我却闪过，教火德帅众烧他。"行者笑道："正是，我和你去来。"火德共太子、邓、张二公立于高峰之上，与他挑战。

这大圣到了金峍洞口，叫声"开门！快早还我师父！"那妖又急通报道："孙悟空又来了！"那魔帅众出洞，见了行者道："你这泼猴，又请了甚么兵来耶？"这壁厢转上托塔天王，喝道："泼魔头！认得我么？"魔王笑道："李天王，想是要与你令郎报仇，欲讨兵器么？"天王道："一则报仇要兵器，二来是拿你救唐僧！不要走！吃吾一刀！"那怪物侧身躲过，挺长枪，随手相迎。他两个在洞前，这场好杀！你看那：

天王刀砍，妖怪枪迎。刀砍霜光喷烈火，枪迎锐气逆愁云。一个是金峣山生成的恶怪，一个是灵霄殿差下的天神。那一个因欺禅性施威武，这一个为救师灾展大伦。天王使法飞沙石，魔怪争强播土尘。播土能教天地暗，飞沙善着海江浑。两家努力争功绩，皆为唐僧拜世尊。

那孙大圣，见他两个交战，即转身跳上高峰，对火德星君道："三昧用心者！"你看那个妖魔与天王正斗到好处，却又取出圈子来。天王看见，即拨祥光，败阵而走。这高峰上火德星君，忙传号令，教众部火神，一齐放火。这一场真个厉害。好火：

经云："南方者火之精也。"虽星星之火，能烧万顷之田；乃三昧之威，能变百端之火。今有火枪、火刀、火弓、火箭，各部神祇，所用不一，但见那半空中，火鸦飞噪；满山头，火马奔腾。双双赤鼠，对对火龙。双双赤鼠喷烈焰，万里通红；对对火龙吐浓烟，千方共黑。火车儿推出，火葫芦撒开。火旗摇动一天霞，火棒搅行盈地燎。说甚么宁戚鞭牛，胜强似周郎赤壁。这个是天火非凡真厉害，烘烘火风红！

那妖魔见火来时，全无恐惧。将圈子望空抛起，唿喇一声，把这火龙、火马、火鸦、火鼠、火枪、火刀、火弓、火箭，一圈子又套将下去，转回本洞，得胜收兵。

这火德星君，手执着一杆空旗，招回众将，会合天王等，坐于山南坡下，对行者道："大圣啊，这个凶魔，真是罕见！我今折了火具，怎生是好？"行者笑道："不须报怨。列位且请宽坐坐，待老孙再去去来。"天王道："你又往那里去？"行者道："那怪物既不怕火，断然怕水。常言道，'水能克火。'等老孙去北天门里，请水德星君施布水势，往他洞里一灌，把魔王淹死，取物件还你们。"天王道："此计虽妙，但恐连你师父都淹杀也。"行者道："没事！淹死我师，我自有个法儿教他活来。如今稽迟列位，甚是不当。"火德道："即如此，且请行，请行。"

好大圣，又驾筋斗云，径到北天门外。忽抬头，见多闻天王向前施礼道："孙大圣何往？"行者道："有一事要入乌浩宫见水德星君。你在此作甚？"多闻道："今日轮该巡视。"正说处，又见那庞、刘、苟、毕四大天将，进礼邀茶。行者道："不劳！不劳！我事急矣！"遂别却诸神，直至乌浩宫，着水部众神即时通报。众神报道："齐天大圣孙悟空来了。"水德星君闻言，即将查点四海五湖、八河四渎、三江九派并各处龙王俱遣退，整冠束带，接出宫门，迎进宫内道："昨日可韩司查勘小宫，恐有本部之神，思凡作怪，正在此点查江海河渎之神，尚未完也。"行者道："那魔王不是江河之神，此乃广大之精。先蒙玉帝差李天王父子并两个雷公下界擒拿，被他弄个圈子，将六件神兵套去。老孙无奈，又上彤华宫请火德星君帅火部众神放火，又将火龙、火马等物，一圈子套去。我想此物既不怕火，必然怕水，特来告请星君，施水势，与我捉那妖精，取兵器归还天将。吾师之难，亦可救也。"

水德闻言，即令黄河水伯神王："随大圣去助功。"水伯自衣袖中取出一个白玉盂儿道："我有此物盛水。"行者道："看这盂儿能盛几何！妖魔如何淹得？"水伯道："不瞒大圣说。我这一盂，乃是黄河之水。半盂就是半河，一盂就是一河。"行者喜道："只消半盂足矣。"遂辞别水德，与黄河神急离天阙。

那水伯将盂儿望黄河舀了半盂，跟大圣至金皘山，向南坡下见了

水火无功难炼魔

天王、太子、雷公、火德，具言前事。行者道："不必细讲，且教水伯跟我去。待我叫开他门，不要等他出来，就将水往门里一倒，那怪物一窝子可都淹死，我却去捞师父的尸首，再救活不迟。"那水伯依命，紧随行者，转山坡，径至洞口，叫声："妖怪开门！"那把门的小妖，听得是孙大圣的声音，急又去报道："孙悟空又来矣！"

那魔闻说，带了宝贝，绰枪就走；响一声，开了石门。这水伯将白玉盂向里一倾，那妖见是水来，撒了长枪，即忙取出圈子，撑住二门。只见那股水骨都都的都往外泛将出来，慌得孙大圣急纵筋斗，与水伯跳在高峰。那天王同众都驾云停于高峰之前观看，那水波涛泛涨，着实狂澜。好水！真个是：

一勺之多，果然不测。盖唯神功运化，利万物而流涨百川。只听得那潺潺声振谷，又见那滔滔势漫天。雄威响若雷奔走，猛涌波如雪卷颠。千丈波高漫路道，万层涛激泛山岩。冷冷如漱玉，滚滚似鸣弦。触石沧沧喷碎玉，回湍渺渺漩窝圆。低低凹凹随流荡，满涧平沟上下连。

行者见了心慌道："不好啊！水漫四野，淹了民田，未曾灌在他的洞里，曾奈之何？"唤水伯急忙收水。水伯道："小神只会放水，却不会收水。常言道，'泼水难收。'"咦！那座山却也高峻，这场水只奔低流。须臾间，四散而归涧壑。

又只见那洞外跳出几个小妖，在外边吆吆喝喝，伸拳逻袖，弄棒拈枪，依旧喜喜欢欢耍子。天王道："这水原来不曾灌入洞内，枉费一场之功也！"行者忍不住心中怒发，双手轮拳，闯至妖魔门首，喝道："那里走！看打！"唬得那几个小妖，丢了枪棒，跑入洞里，战兢兢的报道："大王！打将来了！"魔王挺长枪，迎出门前道："这泼猴老大惫懒！你几番家敌不过我，纵水火亦不能近，怎么又踵将来送命？"行者道："这儿子反说了哩！不知是我送命，是你送命！走过来，吃老外公一拳！"那妖魔笑道："这猴儿强勉缠帐①！我倒使枪，他却使拳。

---

① 缠帐——纠缠。

那般一个筋髇子①拳头，只好有个核桃儿大小，怎么称得个锤子起也？罢！罢！罢！我且把枪放下，与你走一路拳看看！"行者笑道："说得是！走上来！"

那妖撩衣进步，丢了个架子，举起两个拳来，真似打油的铁锤模样。这大圣展足挪身，摆开解数，在那洞门前，与那魔王递走拳势。这一场好打！咦！

> 拽开大四平，踢起双飞脚。韬胁劈胸墩，剜心摘胆着。仙人指
> 路，老子骑鹤。饿虎扑食最伤人，蛟龙戏水能凶恶。魔王使个蟒翻
> 身，大圣却施鹿解角。翘跟淬地龙，扭腕擎天橐。青狮张口来，鲤
> 鱼跌子跃。盖顶撒花，绕腰贯索。迎风贴扇儿，急雨催花落。妖精
> 便使观音掌，行者就对罗汉脚。长掌开阔自然松，怎比短拳多紧
> 削？两个相持数十回，一般本事无强弱。

他两个在那洞门前厮打，只见这高峰头，喜得个李天王厉声喝采，火德星鼓掌夸称。那两个雷公与哪吒太子，帅众神跳到跟前，都要来相助；这壁厢群妖摇旗播鼓，舞剑抡刀一齐护。孙大圣见事不谐，将毫毛拔下一把，望空撒起，叫："变！"即变作三五十个小猴，一拥上前，把那妖缠住，抱腿的抱腿，扯腰的扯腰，抓眼的抓眼，捋毛的捋毛。那怪物慌了，急把圈子拿将出来。大圣与天王等见他弄出圈套，拨转云头，走上高峰逃阵。那妖把圈子往上抛起，唿喇的一声，把那三五十个毫毛变的小猴，收为本相，套入洞中，得了胜，领兵闭门，贺喜而去。

这太子道："孙大圣还是个好汉！这一路拳，走得似锦上添花；使分身法，正是人前显贵。"行者笑道："列位在此远观，那怪的本事，比老孙如何？"李天王道："他拳松脚慢，不如大圣的紧疾。他见我们去时，也就着忙；又见你使出分身法来，他就急了，所以大弄个圈套。"行者道："魔王好治，只是圈子难降。"火德与水伯道："若还取胜，除非得了他那宝贝，然后可擒。"行者道："他那宝贝如何可得？只除是偷去来。"邓、张二公笑道："若要行偷礼，除大圣再无能

---

① 筋髇子——髋子肉。这里形容瘦得皮包骨。

者，想当年大闹天宫时，偷御酒，偷蟠桃，偷龙肝、凤髓及老君之丹，那是何等手段！今日正该拿此处用也。"行者道："好说！好说！既如此，你们且坐，等老孙打听去来。"

好大圣，跳下峰头，私至洞口，摇身一变，变作个麻苍蝇儿。真个秀溜①！你看他：

> 翎翅薄如竹膜，身躯小似花心。手足比毛更奘②，星星眼窟明明。善自闻香逐气，飞时迅速乘风。称来刚压定盘星，可爱些些有用。

轻轻的飞在门上，爬到门缝边，钻进去。只见那大小群妖，舞的舞，唱的唱，排列两旁；老魔王高坐台上，面前摆着些蛇肉、鹿脯、熊掌、驼峰、山蔬果品，有一把青磁酒壶，香喷喷的羊酪椰醪，大碗家宽怀畅饮。行者落于小妖丛里，又变作一个獾头精，慢慢的演近台边，看够多时，全不见宝贝放在何方。急抽身转至台后，又见那后厅上高吊着火龙吟啸，火马号嘶。忽抬头，见他的那金箍棒靠在东壁，喜得他心痒难挝，忘记了更容变像，走上前拿了铁棒，现原身丢开解数，一路棒打将出去。慌得那群妖胆战心惊，老魔王措手不及，却被他推倒三个，放倒两个，打开一条血路，径自出了洞门。这才是：

> 魔头骄傲无防备，主杖还归与本人。

毕竟不知吉凶如何，且听下回分解。

----

① 秀溜——秀气。
② 奘——粗、大。

第五十二回

悟空大闹金岘洞　如来暗示主人公

　　话说孙大圣得了金箍棒，打出门前，跳上高峰，对众神满心欢喜。李天王道："你这场如何？"行者道："老孙变化进他洞去，那怪物越发唱唱舞舞的，吃得胜酒哩，更不曾打听得他的宝贝在那里。我转他后面，忽听得马叫龙吟，知是火部之物。东壁厢靠着我的金箍棒，是老孙拿在手中，一路打将出来也。"众神道："你的宝贝得了，我们的宝贝何时到手？"行者道："不难！不难！我有了这根铁棒，不管怎的，也要打倒他，取宝贝还你。"正讲处，只听得那山坡下锣鼓齐鸣，喊声振地。原来是兕大王帅众精灵来赶行者。行者见了，叫道："好！好！好！正合吾意！列位请坐，待老孙再去捉他。"好大圣，举铁棒劈面迎来，喝道："泼魔那里走！看棍！"那怪使枪支住，骂道："贼猴头！着实无礼！你怎么白昼劫吾物件？"行者道："我把你这个不知死的孽畜！你倒弄圈套白昼抢夺我物！那件儿是你的？不要走！吃老爷一棍！"那怪物抢枪隔架。这一场好战：

　　大圣施威猛，妖魔不顺柔。两家齐斗勇，那个肯甘休！这一个铁棒如龙尾，那一个长枪似蟒头。这一个棒来解数如风响，那一个枪架雄威似水流。只见那彩雾朦朦山岭暗，祥云霭霭树林愁。满空飞鸟皆停翅，四海狼虫尽缩头。那阵上小妖呐喊，这壁厢行者抖

悟空大闹金岘洞

撖。一条铁棒无人敌，打遍西方万里游。那杆长枪真对手，永镇金岘称上筹。相遇这场无好散，不见高低誓不休。

那魔王与孙大圣战经三个时辰，不分胜败，早又见天色将晚。妖魔支着长枪道："悟空，你住了。天昏地暗，不是个赌斗之时，且各歇息歇息，明朝再与你比拼。"行者骂道："泼畜休言！老孙的兴头才来，管甚么天晚！是必与你定个输赢！"那怪物喝一声，虚幌一枪，逃了性命，帅群妖收转干戈，入洞中将门紧紧闭了。

这大圣拽棍方回，天神在岸头贺喜，都道："是有能有力的大齐天，无量无边的真本事！"行者笑道："承过奖！承过奖！"李天王近前道："此言实非褒奖，真是一条好汉子！这一阵也不亚当时瞒地网罩天罗也！"行者道："且休提凤话。那妖魔被老孙打了这一场，必然疲倦。我也说不得辛苦，你们都放怀坐坐，等我再进洞去打听他的圈子，务要偷了他的，捉住那怪，寻取兵器，奉还汝等归天。"太子道："今已天晚，不若安眠一宿，明早去罢。"行者笑道："这小郎不知世事！那见做贼的好白日里下手？似这等掏摸的，必须夜去夜来，不知不觉，才是买卖哩。"火德与雷公道："三太子休言。这件事我们不知。大圣是个惯家熟套，须教他趁此时候，一则魔头困倦，二来夜黑无防，就请快去！快去！"

好大圣，笑嘻嘻的将铁棒藏了。跳下高峰，又至洞口。摇身一变，变作一个促织儿。真个：

> 嘴硬须长皮黑，眼明爪脚丫叉。风清月明叫墙涯，夜静如同人话。 泣露凄凉景色，声音断续堪夸。客窗旅思怕闻他，偏在空阶床下。

蹬开大腿三五跳，跳到门边，自门缝里钻将进去，蹲在那壁根下，迎着里面灯光，仔细观看。只见那大小群妖，一个个狼餐虎咽，正都吃东西哩。行者揲揲锤锤①的叫了一遍。少时间，收了家伙，又都去安排窝铺，各各安身。约摸一更时分，行者才到他后边房里。只听那老魔传令，教："各门上小的醒睡！恐孙悟空又变甚么，私入家偷盗。"又有些该班坐夜的，涤涤托托，梆铃齐响。这大圣越好行事。钻入房门，见有一架石床，左右列几个抹粉搽胭的山精树鬼，展铺盖伏侍老魔，脱脚的脱脚，解衣的解衣。只见那魔王宽了衣服，左胳膊上，白森森的套着那个圈子，原来像一个连珠镯头模样。你看他更不取下，转往上抹了两抹，紧紧的勒在胳膊上，方才睡下。行者见了，将身又变，变作一个黄皮虼蚤，跳上石床，钻入被里，爬在那怪的胳膊上，着实一口，叮的那怪翻身骂道："这些少打的奴才！被也不抖，床也不拂，不知甚么东西，咬了我这一下！"他却把圈子又捋上两捋，依然睡下。行者爬上那圈子，又咬一口。那怪睡不得，又翻过身来道："刺闹②杀我也！"

行者见他关防得紧，宝贝又随身，不肯除下，料偷他的不得。跳下床来，还变作促织儿，出了房门，径至后面，又听得龙吟马嘶。原来那层门紧锁，火龙、火马，都吊在里面。行者现了原身，走近门前，使个解锁法，念动咒语，用手一抹，扢扠一声，那锁双镤俱就脱落；推开门，闯将进去观看，原来那里面被火器照得明晃晃的，如白日一般。忽见东西两边斜靠着几件兵器，都是太子的砍妖刀等物，并那火德的火弓、火箭等物。行者映火光，周围看了一遍，又见那门背后一张石桌子上有一个蔑丝盘儿，放着一把毫毛。大圣满心欢喜，将毫毛拿起来，

---

① 揲揲锤锤——形容促织儿叫的声音。

② 刺闹——痒。

呵了两口热气，叫声："变！"即变作三五十个小猴；教他都拿了刀、剑、杵、索、球、轮及弓、箭、枪、车、葫芦、火鸦、火鼠、火马一应套去之物，跨了火龙，纵起火势，从里边往外烧来。只听得烘烘、扑扑乒乒，好便似炸雷连炮之声。慌得那些大小妖精，梦梦查查①的，抱着被，蒙着头，喊的喊，哭的哭，一个个走投无路，被这火烧死大半。美猴王得胜回来，只好有三更时候。

却说那高峰上，李天王众位，忽见火光幌亮，一拥前来。见行者骑着龙，喝喝呼呼，纵着小猴，径上峰头，厉声高叫道："来收兵器！来收兵器！"火德与哪吒答应一声，这行者将身一抖，那把毫毛复上身来。哪吒太子收了他六件兵器，火德星君着众火部收了火龙等物，都笑吟吟赞贺行者不题。

却说那金䤴洞里火焰纷纷，唬得个兕大王魂不附体，急欠身开了房门，双手拿着圈子，东推东火灭，西推西火消，满空中冒烟突火，执着宝贝跑了一遍，四下里烟火俱熄。急忙收救群妖，已此烧杀大半，男男女女，收不上百十余丁；又查看藏兵之内，各件皆无；又去后面看处，见八戒、沙僧与长老还捆住未解，白龙马还在槽上，行李担亦在屋里。妖魔遂恨道："不知是那个小妖不仔细，失了火，致令如此！"旁有近侍的告道："大王，这火不干本家之事，多是个偷营劫寨之贼，放了那火部之物，盗了神兵去也。"老魔方然省悟道："没有别人，断乎是孙悟空那贼！怪道我临睡时不得安稳！想是那贼猴变化进来，在我这胳膊叮了两口。一定是要偷我的宝贝，见我抹勒得紧，不能下手。故此盗了兵器，纵着火龙，放此狠毒之心，意欲烧杀我也。——贼猴啊！你枉使机关，不知我的本事！我但带了这件宝贝，就是入大海而不能溺，赴火池而不能焚哩！这番若拿住那贼，只把刮了点垛②，方趁我心！"

说着话，懊恼多时，不觉的鸡鸣天晓。那高峰上太子得了六件兵器，对行者道："大圣，天色已明，不须怠慢。我们趁那妖魔挫了锐气，与火部等扶住你，再去力战，庶几这次可擒拿也。"行者笑道：

①　梦梦查查——这里作"迷迷糊糊解释。

②　点垛——把刮下来的肉聚成堆叫一垛；点垛，点天灯。就是把人当作灯点着，这是封建社会极其残酷的刑法之一。

"说得有理。我们齐了心，耍子儿去耶！"一个个抖擞威风，喜弄武艺，径至洞口。行者叫道："泼魔出来！与老孙打者！"原来那里两扇石门被火气化成灰烬，门里边有几个小妖，正然扫地撮灰。忽见众圣齐来，慌得丢了扫帚，撇下灰耙，跑入里面，又报道："孙悟空领着许多天神，又在门外骂战哩！"那兕怪闻报大惊，扢迸迸钢牙咬响；滴溜溜环眼睁圆。挺着长枪，带了宝贝，走出门来，泼口乱骂道："我把你这个偷营放火的贼猴！你有多大手段，敢这等藐视我也？"行者笑脸儿骂道："泼怪物！你要知我的手段，且上前来，我说与你听：

自小生来手段强，乾坤万里有名扬。当时颖悟修仙道，昔日传来不老方。立志拜投方寸地，虔心参见圣人乡。学成变化无量法，宇宙长空任我狂。闲在山前将虎伏，闷来海内把龙降。祖居花果称王位，水帘洞里逞刚强。几番有意图天界，数次无知夺上方。御赐齐天名大圣，敕封又赠美猴王。只因宴设蟠桃会，无简相邀我性刚。暗闯瑶池偷玉液，私行宝阁饮琼浆；龙肝凤髓曾偷吃，百味珍馐我窃尝；千载蟠桃随受用，万年丹药任充肠；天宫异物般般取，圣府奇珍件件藏。玉帝访我有手段，即发天兵摆战场。九曜恶星遭我贬，五方凶宿被吾伤。普天神将皆无敌，十万雄师不敢当。威逼玉皇传旨意，灌江小圣把兵扬。相持七十单二变，各弄精神个个强。南海观音来助战，净瓶杨柳也相帮。老君又使金刚套，把我擒拿到上方。绑见玉皇张大帝，曹官拷较罪该当。即差大力开刀斩，刀砍头皮火焰光。百计千方弄不死，将吾押赴老君堂。六丁神火炉中炼，炼得浑身硬似钢。七七数完开鼎看，我身跳出又凶张。诸神闭户无遮挡，众圣商量把佛央。其实如来多法力，果然智慧广无量。手中赌赛翻筋斗，将山压我不能强。玉皇才设安天会，西域方称极乐场。压困老孙五百载，一些茶饭不曾尝。当得金蝉长老临凡世，东土差他拜佛乡。欲取真经回上国，大唐帝主度先亡。观音劝我皈依善，秉教迦持不放狂。解脱高山根下难，如今西去取经章。泼魔休弄獐狐智，还我唐僧拜法王！"

那怪闻言，指着行者道："你原来是个偷天的大贼！不要走！吃吾一枪！"这大圣使棒来迎。两个正自相持，这壁厢哪吒太子生嗔，火德星君发狠，即将那六件神兵，火部等物，望妖魔身上抛来，孙大圣更加雄势。一边又雷公使揾，天王举刀，不分上下，一拥齐来。那魔头巍巍冷笑，袖中暗暗将宝贝取出，撒手抛起空中，叫声："着！"唿喇的一下，把六件神兵、火部等物、雷公揾、天王刀、行者棒，尽情又都捞去。众神灵依然赤手，孙大圣仍是空拳。妖魔得胜回身，叫："小的们，搬石砌门，动土修造，从新整理房廊。待齐备了，杀唐僧三众来谢土，大家散福受用。"众小妖领命维持不题。

却说那李天王帅众回上高峰，火德怨哪吒性急，雷公怪天王放刁，惟水伯在旁无语。行者见他们面不厮睹，心有萦思，没奈何，怀恨强欢，对众笑道："列位不须烦恼。自古道，'胜败兵家之常。'我和他论武艺，也只如此；但只是他多了这个圈子。所以为害，把我等兵器又套将去了。你且放心，待老孙再去查查他的脚色来也。"太子道："你前启奏玉帝，查勘满天世界，更无一点踪迹；如今却又何处去查？"行者道："我想起来，佛法无边。如今且上西天问我佛如来，教他着慧眼观看大地四部洲，看这怪是那方生长，何处乡贯住居，圈子是件甚么宝贝。不管怎的，一定要拿他，与列位出气，还汝等欢喜归天。"众神道："既有此意，不须久停，快去！快去！"好行者，说声去，就纵筋斗云，早至灵山。落下祥光，四方观看，好去处：

灵峰疏杰，叠嶂清佳，仙岳顶巅摩碧汉。西天瞻巨镇，形势压中华。元气流通天地远，威风飞彻满台花。时闻钟磬音长，每听经声明朗。又见那青松之下优婆①讲，翠柏之间罗汉行。白鹤有情来鹫岭，青鸾着意仁闲亭。玄猴对对擎仙果，寿鹿双双献紫英。幽鸟声频如诉语，奇花色绚不知名。回峦盘绕重重顾，古道湾环处处平。正是清虚灵秀地，庄严大觉佛家风。

那行者正然点看山景，忽听得有人叫道："孙悟空，从那里来？

---

① 优婆——梵文，意谓善男信女。是优婆塞（善男）、优婆夷（善女）的略称。

往何处去？"急回头看，原来是比丘尼尊者。大圣作礼道："正有一事，欲见如来。"比丘尼道："你这个顽皮，既然要见如来，怎么不登宝刹，且在这里看山？"行者道："初来贵地，故此大胆。"比丘尼道："你快跟我来也。"这行者紧随至雷音寺山门下，又见那八大金刚，雄赳赳的，两边挡住。比丘尼道："悟空，暂候片时，等我与你奏上去来。"行者只得住立门外。那比丘尼至佛前合掌道：

如来暗示主人公

"孙悟空有事，要见如来。"如来传旨令入，金刚才闪路放行。

行者低头礼拜毕，如来问道："悟空，前闻得观音尊者解脱汝身，皈依释教，保唐僧来此求经，你怎么独自到此？有何事故？"行者顿首道："上告我佛。弟子自秉迦持，与唐朝师父西来，行至金峣山金峣洞，遇着一个恶魔头，名唤兕大王，神通广大，把师父与师弟等摄入洞中。弟子向伊求取，没好意，两家比迸，被他将一个白森森的一个圈子，抢了我的铁棒。我恐他是天将思凡，急上界查勘不出。蒙玉帝差遣李天王父子助援，又被他抢了太子的六般兵器。及请火德星君放火烧他，又被他将火具抢去。又请水德星君放水淹他，一毫又淹他不着，弟子费若干精神气力，将那铁棒等物偷出，复去索战，又被他将前物依然套去，无法收降。因此特告我佛，望垂慈与弟子看看，果然是何物出身，我好去拿他家属四邻，擒此魔头，救我师父，合拱虔诚，拜求正果。"如来听说，将慧眼遥观，早已知识。对行者道："那怪物我虽

569

知之，但不可与你说。你这猴儿口敞[1]，一传道是我说他，他就不与你斗，定要嚷上灵山，反遗祸于我也。我这里着法力助你擒他去罢。”行者再拜称谢道：“如来助我甚么法力？”如来即令十八尊罗汉开宝库取十八粒“金丹砂”与悟空助力。行者道：“金丹砂却如何？”如来道：“你去洞外，叫那妖魔比试。演他出来，却教罗汉放砂，陷住他，使他动不得身，拔不得脚，凭你揪打便了。”行者笑道：“妙！妙！妙！趁早去来！”

那罗汉不敢迟延，即取金丹砂出门。行者又谢了如来。一路查看，止有十六尊罗汉，行者嚷道：“这是那个去处，却卖放人！”众罗汉道：“那个卖放？”行者道：“原差十八尊，今怎么只得十六尊？”说不了，里边走出降龙、伏虎二尊，上前道：“悟空，怎么就这等放刁？我两个在后听如来吩咐话的。”行者道：“忒卖法！忒卖法！才自若嚷迟了些儿，你敢就不出来了。”众罗汉笑呵呵驾起祥云。

不多时，到了金峨山界。那李天王见了，帅众相迎，备言前事。罗汉道：“不必絮繁，快去叫他出来。”这大圣捻着拳头，来于洞口，骂道：“腯[2]泼怪物，快出来与你孙外公见个上下！”那小妖又飞跑去报。魔王怒道：“这贼猴又不知请谁来猖獗也！”小妖道：“更无甚将，止他一人。”魔王道：“那根棒子已被我收来，怎么却又一人到此？敢是又要走拳？”随带了宝贝，绰枪在手，叫小妖搬开石块，跳出门来，骂道：“贼猴！你几番家不得便宜，就该回避，如何又来吆喝？”行者道：“这泼魔不识好歹！若要你外公不来，除非你服了降，陪了礼，送出我师父、师弟，我就饶你！”那怪道：“你那三个和尚已被我洗净了，不久便要宰杀，你还不识起倒？去了罢！”

行者听说“宰杀”二字，扢蹬蹬，腮边火发，按不住心头之怒，丢了架子，抡着拳，斜行拗步，望妖魔使个挂面。那怪展长枪，劈手相迎。行者左跳右跳，哄那妖魔。妖魔不知是计，赶离洞口南来。行者即招呼罗汉把金丹砂望妖魔一齐抛下，共显神通，好砂！正是那：

---

① 口敞——乱说，说话没有顾忌、不能保密。

② 腯——骂人肥肿叫腯。

似雾如烟初散漫，纷纷霭霭下天涯。白茫茫，到处迷人眼；昏漠漠，飞时找路差。打柴的樵子失了伴，采药的仙童不见家。细细轻飘如麦面，粗粗翻复似芝麻。世界朦胧山顶暗，长空迷没太阳遮。不比嚣尘随骏马，难言轻软衬香车。此砂本是无情物，盖地遮天把怪拿。只为妖魔侵正道，阿罗奉法逞豪华。手中就有明珠现，等时刮得眼生花。

那妖魔见飞砂迷目，把头低了一低，足下就有三尺余深；慌得他将身一纵，跳在浮上一层，未曾立得稳，须臾，又有二尺余深。那怪急了，拔出脚来，即忙取圈子，往上一撒，叫声："着！"唿喇的一下，把十八粒金丹砂又尽套去，拽回步，径归本洞。

那罗汉一个个空手停云。行者近前问道："众罗汉，怎么不下砂了？"罗汉道："适才响了一声，金丹砂就不见矣。"行者笑道："又是那话儿套将去了。"天王等众道："这般难伏啊，却怎么捉得他，何日归天，何颜见帝也！"旁有降龙、伏虎二罗汉，对行者道："悟空，你晓得我两个出门迟滞何也？"行者道："老孙只怪你躲避不来，却不知有甚话说。"罗汉道："如来吩咐我两个说：'那妖魔神通广大，如失了金丹砂，就教孙悟空上离恨天兜率宫太上老君处寻他的踪迹，庶几可一鼓而擒也。'"行者闻言道："可恨！可恨！如来却也闪赚老孙！当时就该对我说了，却不免教汝等远涉！"李天王道："既是如来有此明示，大圣就当早起。"

好行者，说声去，就纵一道筋斗云，直入南天门里。时有四大元帅，擎拳拱手道："擒怪事如何！"行者且行且答道："未哩！未哩！如今有处寻根去也。"四将不敢留阻，让他进了天门。不上灵霄殿，不入斗牛宫，径至三十三天之外离恨天兜率宫前，见两仙童侍立，他也不通姓名，一直径走，慌得两童扯住道："你是何人？待往何处去？"行者才说："我是齐天大圣，欲寻李老君哩。"仙童道："你怎这样粗鲁？且住下，让我们通报。"行者那容分说，喝了一声，往里径走。忽见老君自内而出，撞个满怀。行者躬身唱个喏道："老官，一向少看。"老君笑道："这猴儿不去取经，却来我处何干？"行者道："取经取经，昼夜无停；有些阻碍，到此行行。"老君道："西天路阻，与

571

我何干？"行者道："西天西天，你且休言；寻着踪迹，与你缠缠。"老君道："我这里乃是无上仙宫，有甚踪迹可寻？"

行者入里，眼不转睛，东张西看。走过几层廊宇，忽见那牛栏边一个童儿盹睡，青牛不在栏中。行者道："老官，走了牛也！走了牛也！"老君大惊道："这孽畜几时走了？"正嚷间，那童儿方醒，跪于当面道："爷爷，弟子睡着，不知是几时走的。"老君骂道："你这厮如何盹睡？"童儿叩头道："弟子在丹房里拾得一粒丹，当时吃了，就在此睡着。"老君道："想是前日炼的'七返火丹'，掉了一粒，被这厮拾吃了。那丹吃一粒，该睡七日哩。那孽畜因你睡着，无人看管，遂乘机走下界去，今亦是七日矣。"即查可曾偷甚宝贝。行者道："无甚宝贝，只见他有一个圈子，甚是厉害。"

老君急查看时，诸般俱在，止不见了"金钢琢"。老君道："是这孽畜偷了我'金钢琢'去了！"行者道："原来是这件宝贝！当时打着老孙的是他！如今在下界张狂，不知套了我等多少物件！"老君道："这孽畜在甚地方？"行者道："现住金岘山金岘洞。他捉了我唐僧进去，抢了我金箍棒。请天兵相助，又抢了太子的神兵。及请火德星君，又抢了他的火具。惟水伯虽不能淹死他，倒还不曾抢他物件。至请如来着罗汉下砂，又将金丹砂抢去。似你这老官，纵放怪物，抢夺伤人，该当何罪？"老君道："我那'金钢琢'，乃是我过函关化胡之器，自幼炼成之宝。凭你甚么兵器、水火，俱莫能近他。——莫偷去我的'芭蕉扇儿'，连我也不能奈他何矣。"

大圣才欢欢喜喜，随着老君。老君执了芭蕉扇，驾着祥云同行，出了仙宫。南天门外，低下云头，径至金岘山界，见了十八尊罗汉、雷公、水伯、火德、李天王父子，备言前事一遍。老君道："孙悟空还去诱他出来，我好收他。"

这行者跳下峰头，又高声骂道："腌臜孽畜！趁早出来受死！"那小妖又去报知。老魔道："这贼猴又不知请谁来也。"急绰枪举宝，迎出门来。行者骂道："你这泼魔，今番坐定是死了！不要走！吃吾一掌！"急纵身跳个满怀，劈脸打了一个耳刮子，回头就跑。那魔抢枪就赶，只听得高峰上叫道："那牛儿还不归家，更待何日？"那魔抬头，看见是太上老君，就唬得心惊胆战道："这贼猴真个是个地里鬼！却怎么就访得我的主公来也？"

老君念个咒语，将扇子扇了一下，那怪将圈子丢来，被老君一把接住；又一扇，那怪物力软筋麻，现了本相，原来是一只青牛。老君将"金钢琢"吹口仙气，穿了那怪的鼻子，解下勒袍带，系于琢上，牵在手中。至今留下个拴牛鼻的拘儿，又名"宾郎"，职此之谓。老君辞了众神，跨上青牛背上，驾彩云，径归兜率院；缚妖怪，高升离恨天。

孙大圣才同天王等众打入洞里，把那百十个小妖尽皆打死。各取兵器，谢了天王父子回天，雷公入府，火德归宫，水伯回河，罗汉向西；然后才解放唐僧、八戒、沙僧，拿了铁棒。他三人又谢了行者，收拾马匹行装，师徒们离洞，找大路方走。

正走间，只听得路旁叫："唐圣僧，吃了斋饭去。"那长老心惊。不知是甚么人叫唤，且听下回分解。

第五十三回

禅主吞餐怀鬼孕　黄婆运水解邪胎

德行要修八百，阴功须积三千。均平物我与亲冤，始合西天本愿。魔兕刀兵不怯，空劳水火无愆。老君降伏却朝天，笑把青牛牵转。

话说那大路旁叫唤者谁？乃金山山神、土地，捧着紫金钵盂叫道："圣僧啊，这钵盂饭是孙大圣向好处化来的。因你等不听良言，误入妖魔之手，致令大圣劳苦万端，今日方救得出。且来吃了饭，再去走路。莫辜负孙大圣一片恭孝之心也。"三藏道："徒弟，万分亏你！言谢不尽！早知不出圈痕，那有此杀身之害。"行者道："不瞒师父说。只因你不信我的圈子，却教你受别人的圈子。多少苦楚，可叹！可叹！"八戒道："怎么又有个圈子。"行者道："都是你这辈嘴辈舌的夯货，弄师父遭此一场大难！着老孙翻天覆地，请天兵水火与佛祖丹砂，尽被他使一个白森森的圈子套去。如来暗示了罗汉，对老孙说出那妖的根源，才请老君来收伏，却是个青牛作怪。"三藏闻言，感激不尽道："贤徒，今番经此，下次定然听你吩咐。"遂此四人分吃那饭。那饭热气腾腾的。行者道："这饭多时了，却怎么还热？"土地跪下道："是小神知大圣功完，才自热来伺候。"须臾饭毕。收拾了钵盂，辞了土地、山神。

那师父才攀鞍上马，过了高山。正是涤虑洗心饭正觉，餐风宿水向

574

西行。行够多时，又值早春天气。听了些：

　　　　紫燕呢喃，黄鹏睍睆。紫燕呢喃香嘴困，黄鹏睍睆巧音频。满
　　地落红如布锦，遍山发翠似堆茵。岭上青梅结豆，崖前古柏留云。
　　野润烟光淡，沙暄日色曛。几处园林花放蕊，阳回大地柳芽新。

　　正行处，忽遇一道小河，澄澄清水，湛湛寒波。唐长老勒过马观
看，远见河那边有柳阴垂碧，微露着茅屋几椽。行者遥指那厢道："那
里人家，一定是摆渡的。"三藏道："我见那厢也似这般，却不见
船只，未敢开言。"八戒卸下行李，厉声高叫道："摆渡的！撑船过
来！"连叫几遍，只见那柳阴里面，咿咿哑哑的，撑出一只船儿。不多
时，相近这岸。师徒们仔细看了那船儿，真个是：

　　　　短棹分波，轻桡泛浪。橄堂油漆彩，艎板满平仓。船头上铁缆
　　盘窝，船后边舵楼明亮。虽然是一苇之航，也不亚泛湖浮海。纵无
　　锦缆牙樯，实有松桩桂桨。固不如万里神舟，真可渡一河之隔。往
　　来只在两崖边，出入不离古渡口。

　　那船儿须臾顶岸。有梢子叫云："过河的，这里去。"三藏纵马近
前看处，那梢子怎生模样：

　　　　头裹锦绒帕，足踏皂丝鞋。身穿百纳棉裆袄，腰束千针裙布
　　衫。手腕皮粗筋力硬，眼花眉皱面容衰。声音娇细如莺啭，近观乃
　　是老裙钗。

　　行者近于船边道："你是摆渡的？"那妇人道："是。"行者道：
"艄公如何不在，却着艄婆撑船？"妇人微笑不答，用手拖上跳板。
沙和尚将行李挑上去，行者扶着师父上跳，然后顺过船来，八戒牵上白
马，收了跳板。那妇人撑开船，摇动桨，顷刻间过了河。
　　身登西岸，长老教沙僧解开包，取几文钱钞与他。妇人更不争多
寡，将缆拴在傍水的桩上，笑嘻嘻径入庄屋里去了。三藏见那水清，一

时口渴，便着八戒："取钵盂，舀些水来我吃。"那呆子道："我也正要些儿吃哩。"即取钵盂舀了一钵，递与师父。师父吃了有一少半，还剩了多半，呆子接来，一气饮干，却伏侍三藏上马。

师徒们找路西行，不上半个时辰，那长老在马上呻吟道："腹痛！"八戒随后道："我也有些腹痛。"沙僧道："想是吃冷水了？"说未毕，师父声唤道："疼的紧！"八戒也道："疼得紧！"他两个疼痛难禁，渐渐肚子大了。用手摸时，似有血团肉块，不住的骨冗①骨冗乱动。三藏正不稳便，忽然见那路旁有一村舍，树梢头挑着两个草把。

禅主吞餐怀鬼孕

行者道："师父，好了，那厢是个卖酒的人家。我们且去化他些热汤与你吃，就问可有卖药的，讨贴药，与你治治腹痛。"

三藏闻言甚喜，却打白马。不一时，到了村舍门口下马。但只见那门儿外有一个老婆婆，端坐在草墩上织麻。行者上前，打个问讯道："婆婆，贫僧是东土大唐来的，我师父乃唐朝御弟。因为过河吃了河水，觉肚腹疼痛。"那婆婆喜哈哈的道："你们在那边河里吃水来？"行者道："是，在此东边清水河吃的。"那婆婆欣欣的笑道："好耍子！好耍子！你都进来，我与你

① 骨冗——方言，婴儿在母腹内蠕动叫骨冗。现代汉语写作"咕容"。

说。"行者即搀唐僧，沙僧即扶八戒。两人声声唤唤，腆着肚子，一个个只疼得面黄眉皱，入草舍坐下。行者只叫："婆婆，是必烧些热汤与我师父，我们谢你。"那婆婆且不烧汤，笑嘻嘻跑走后边，叫道："你们来看！你们来看！"那里面，蹼踟蹼踏的，又走出两三个半老不老的妇人，都来望着唐僧洒笑。行者大怒，喝了一声，把牙一嗟，唬得那一家子跌跌，往后就走。行者上前，扯住那老婆子道："快早烧汤，我饶了你！"那婆子战兢兢的道："爷爷呀，我烧汤也不济事，也治不得他两个肚疼。你放了我，等我说。"行者放了他，他说："我这里乃是西梁女国。我们这一国尽是女人，更无男子，故此见了你们欢喜。你师父吃的那水不好了。那条河，唤做子母河，我那国王城外，还有一座迎阳馆驿，驿门外有一个'照胎泉'。我这里人，但得年登二十岁以上，方敢去吃那河里水。吃水之后，便觉腹痛有胎。至三日之后，到迎阳馆照胎水边照去。若照得有了双影，便就降生孩儿。你师吃了子母河水，以此成了胎气，也不日要生孩子。热汤怎么治得？"

三藏闻言，大惊失色道："徒弟啊！似此怎了？"八戒扭腰撒胯的哼道："爷爷呀！要生孩子，我们却是男身！那里开得产门？如何脱得出来？"行者笑道："古人云，'瓜熟自落。'若到那个时节，一定从胁下裂个窟窿，钻出来也。"

八戒见说，战兢兢，忍不得疼痛道："罢了，罢了！死了，死了！"沙僧笑道："二哥，莫扭，莫扭！只怕错了养儿肠，弄做个胎前病。"那呆子越发慌了，眼中噙泪，扯着行者道："哥哥！你问这婆婆，看那里有手轻的稳婆，预先寻下几个，这半会一阵阵的动荡得紧，想是摧阵疼。快了！快了！"沙僧又笑道："二哥，既知摧阵疼，不要扭动，只恐挤破浆泡耳。"

三藏哼着道："婆婆啊，你这里可有医家？教我徒弟去买一贴堕胎药吃了，打下胎来罢。"那婆子道："就有药也不济事。只是我们这正南街上有一座解阳山，山中有一个破儿洞，洞里有一眼'落胎泉'。须得那泉里水吃一口，方才解了胎气。却如今取不得水了，向年来了一个道人，称名如意真仙，把那破儿洞改作聚仙庵，护住落胎泉水，不肯善

---

① 蹼踟蹼踏——形容拖着鞋走路的声音。

赐与人；但欲求水者，须要花红表礼，羊酒果盘，志诚奉献，只拜求得他一碗儿水哩。你们这行脚僧，怎么得许多钱财买办？但只可挨命，待时而生产罢了。"行者闻得此言，满心欢喜道："婆婆，你这里到那解阳山有几多路程？"婆婆道："有三十里。"行者道："好了！好了！师父放心，待老孙取些水来你吃。"好大圣，吩咐沙僧道："你好仔细看着师父。若这家子无礼，侵哄师父，你拿出旧时手段来，装婴虎唬他，等我取水去。"沙僧依命。只见那婆子端出一个大瓦钵来，递与行者道："拿这钵头儿去，是必多取些来，与我们留着用急。"行者真个接了瓦钵，出草舍，纵云而去。那婆子才望空礼拜道："爷爷呀，这和尚会驾云！"才进去叫出那几个妇人来，对唐僧磕头礼拜，都称为罗汉菩萨。一壁厢烧汤办饭，供奉唐僧不题。

却说那孙大圣筋斗云起，少顷间见一座山头，阻住云角，即按云光，睁睛看处，好山！但见那：

> 幽花摆锦，野草铺蓝。涧水相连落，溪云一样闲。重重谷壑藤萝密，远远峰峦树木繁。鸟啼雁过，鹿饮猿攀。翠岱如屏嶂，青崖似鬓鬟。尘埃滚滚真难到，泉石涓涓不厌看。每见仙童采药去，常逢樵子负薪还。果然不亚天台景，胜似三峰西华山！

这大圣正然观看那山不尽，又只见背阴处，有一所庄院，忽闻得犬吠之声。大圣下山，径至庄所，却也好个去处。看那：

> 小桥通活水，茅舍倚青山。
> 村犬汪篱落，幽人自往还。

不时来至门首，见一个老道人，盘坐在绿茵之上。大圣放下瓦钵，近前道问讯。那道人欠身还礼道："那方来者？至小庵有何勾当？"行者道："贫僧乃东土大唐钦差西天取经者。因我师父误饮了子母河之水，如今腹疼肿胀难禁。问及土人，说是结成胎气，无方可治。访得解阳山破儿洞有'落胎泉'可以消得胎气，故此特来拜见如意真仙，求些泉水，搭救师父。累烦老道指引指引。"那道人笑道："此间就是破儿洞，今改为聚仙庵了。我却不是别人，即是如意真仙老爷的大徒弟。你叫做甚么名字？待我好与你通报。"行者道："我是唐三藏法师的大徒弟，贱名孙悟空。"那道人问曰："你的花红、酒礼，都在那里？"行者道："我是个过路的挂搭僧，不曾办得来。"道人笑道："你好痴呀！我老师父护住山泉，并不曾白送与人。你回去办将礼来，我好通报。不然请回。莫想！莫想！"行者道："人情大似圣旨。你去说我老孙的名字，他必然做个人情，或者连井都送我也。"

那道人闻此言，只得进去通报。却见那真仙抚琴，只待他琴终，方才说道："师父，外面有个和尚，口称是唐三藏大徒弟孙悟空，欲求落胎泉水，救他师父。"那真仙不听说便罢，一听得说个悟空名字，却就怒从心上起，恶向胆边生；急起身，下了琴床，脱了素服，换上道衣，取一把如意钩子，跳出庵门。叫道："孙悟空何在？"行者转头，观见那真仙打扮：

第五十三回 禅主吞餐怀鬼孕 黄婆运水解邪胎

> 头戴星冠飞彩艳，身穿金缕法衣红。
> 足下云鞋堆锦绣，腰间宝带绕玲珑。
> 一双纳锦凌波袜，半露裙襕闪绣绒。
> 手拿如意金钩子，镈利杆长若蟒龙。
> 凤眼光明眉蒟竖，钢牙尖利口翻红。
> 额下髯飘如烈火，鬓边赤发短蓬松。
> 形容恶似温元帅，争奈衣冠不一同。

行者见了，合掌作礼道："贫僧便是孙悟空。"那先生笑道："你真个是孙悟空，却是假名托姓者？"行者道："你看先生说话。常言道，'君子行不更名，坐不改姓。'我便是悟空。岂有假托之理？"先生道，"你可认得我么？"行者道："我因归正释门，秉诚僧教，这一向登山涉水，把我那幼时的朋友也都疏失，未及拜访，少识尊颜。适间问道子母河西乡人家，言及先生乃如意真仙，故此知之。"那先生道："你走你的路，我修我的真，你来访我怎的？"行者道："因我师父误饮了子母河水，腹疼成胎，特来仙府，拜求一碗落胎泉水，救解师难也。"

那先生怒目道："你师父可是唐三藏么？"行者道："正是，正是。"先生咬牙恨道："你们可曾会着一个圣婴大王么？"行者道："他是号山枯松涧火云洞红孩儿妖怪的绰号。真仙问他怎的？"先生道："是我之舍侄，我乃牛魔王的兄弟。前者家兄处有信来报我，称说唐三藏的大徒弟孙悟空惫懒，将他害了。我这里正没处寻你报仇，你倒来寻我，还要甚么水哩？"行者陪笑道："先生差了。你令兄也曾与我做朋友，幼年间也曾拜七弟兄，但只是不知先生尊府，有失拜望。如今令侄得了好处，现随着观音菩萨，做了善财童子，我等尚且不如，怎么反怪我也？"

先生喝道："这泼猢狲！还弄巧舌！我舍侄还是自在为王好，还是与人为奴好？不得无礼！吃我这一钩！"大圣使铁棒架住道："先生莫说打的话，且与些泉水去也。"那先生骂道："泼猢狲！不知死活！如若三合敌得我，与你水去；敌不去，只把你剁为肉酱，方与我侄子报仇。"大圣骂道："我把你不识起倒的孽障！既要打，走上来看棍！"那先生如意钩劈手相还。二人在聚仙庵好杀：

> 圣僧误食成胎水，行者来寻如意仙。那晓真仙原是怪，倚强护住落胎泉。及至相逢讲仇隙，争持决不遂如然。言来语去成僝僽①，意恶情凶要报冤。这一个因师伤命来求水，那一个为侄亡身不与泉。如意钩强如蝎毒，金箍棒狠似龙颠。当胸乱刺施威猛，着脚斜钩展妙玄。阴手棍丢伤处重，过肩钩起近头鞭。锁腰一棍鹰持雀，压顶三钩螂捕蝉。往往来来争胜败，返返复复两回还。钩拿棒打无前后，不见输赢在那边。

那先生与大圣战经十数合，敌不得大圣。这大圣越加猛烈，一条棒似滚滚流星，着头乱打，先生败了筋力，倒拖着如意钩，往山上走了。

大圣不去赶他，却来庵内寻水。那个道人早把庵门关了。大圣拿着瓦钵，赶至门前，尽力气一脚，踢破庵门，闯将进去。见那道人伏在井栏上，被大圣喝了一声，举棒要打，那道人往后跑了。却才寻出吊

---

① 僝僽——责骂。

桶来，正自打水，又被那先生赶到前边，使如意钩子把大圣钩着脚一跌，跌了个嘴唝地。大圣爬起来，使铁棒就打。他却闪在旁边，执着钩子道："看你可取得我的水去！"大圣骂道："你上来！你上

孙悟空战如意仙

来！我把你这个孽障，直打杀你！"那先生也不上前拒敌，只是禁住了，不许大圣打水。大圣见他不动，却使左手抡着铁棒，右手使吊桶，将索子才突鲁鲁的放下。他又来使钩。大圣一只手撑持不得，又被他一钩钩着脚，扯了个跐踵，连井索通跌下井去了。大圣道："这厮却是无礼！"爬起来，双手抡棒，没头没脸的打将上去。那先生依然走了，不敢迎敌。大圣又要去取水，奈何没有吊桶，又恐怕来钩扯，心中暗暗想道："且去叫个帮手来！"

好大圣，拨转云头，径至村舍门首，叫一声："沙和尚。"那里边三藏忍痛呻吟，猪八戒哼声不绝。听得叫唤，二人欢喜道："沙僧啊，悟空来也。"沙僧连忙出门接着道："大哥，取水来了？"大圣进门，对唐僧备言前事。三藏滴泪道："徒弟啊，似此怎了？"大圣道："我来叫沙兄弟与我同去。到那庵边，等老孙和那厮敌斗，教沙僧乘便取水来救你。"三藏道："你两个没病的都去了，丢下我两个有病的，教谁

伏侍？"那个老婆婆在旁道："老罗汉只管放心。不须要你徒弟，我家自然看顾伏侍你。你们早间到时，我等实有爱怜之意；却才见这位菩萨云来雾去，方知你是罗汉菩萨。我家决不敢复害你。"行者咄的一声道："汝等女流之辈，敢伤那个？"老婆子笑道："爷爷呀，还是你们有造化，来到我家！若到第二家，你们也不得囫囵了！"八戒哼哼的道："不得囫囵，是怎么的？"婆婆道："我一家儿四五口，都是有几岁年纪的，把那风月事尽皆休了，故此不肯伤你。若还到第二家，老小众大，那年小之人，那个肯放过你去！就要与你交合。假如不从，就要害你性命，把你们身上肉，都割了去做香袋儿哩。"八戒道："若这等，我决无伤。他们都是香喷喷的，好做香袋；我是个臊猪，就割了肉去，也是臊的，故此可以无伤。"行者笑道："你不要说嘴，省些力气，好生产也。"那婆婆道："不必迟疑，快求水去。"行者道："你家可有吊桶？借个使使。"那婆子即往后边取出一个吊桶，又窝了一条索子，递与沙僧。沙僧道："带两条索子去。恐一时井深要用。"沙僧接了桶索，即随大圣出了村舍，一同驾云而去。那消半个时辰，却到解阳山界。按下云头，径至庵外。大圣吩咐沙僧道："你将桶索拿了，且在一边躲着，等老孙出头索战。你待我两人交战正浓之时，你乘机进去，取水就走。"沙僧谨依言命。

孙大圣掣了铁棒，近门高叫："开门！开门！"那守门的看见，急入里通报道："师父，那孙悟空又来了也。"那先生心中大怒道："这泼猴老大无状！一向闻他有些手段，果然今日方知。他那条棒真是难敌。"道人道："师父，他的手段虽高，你亦不亚与他，正是个对手。"先生道："前面两回，被他赢了。"道人道："前两回虽赢，不过是一猛之性；后面两次打水之时，被师父钩他两跌，却不是相比肩也？先既无奈而去，今又复来，必然是三藏胎成身重，埋怨得紧，不得已而来也。决有慢他师之心。管取我师决胜无疑。"真仙闻言，喜孜孜满怀春意，笑盈盈一阵威风，挺如意钩子，走出门来喝道："泼猢狲！你又来作甚？"大圣道："我来只是取水。"真仙道："泉水用乃吾家之井，凭是帝王宰相，也须表礼羊酒来求，方才仅与些须；况你又是我的仇人，擅敢白手来取？"大圣道："真个不与？"真仙道："不与，不与！"大圣骂道："泼孽障！既不与水，看棍！"丢一个架子，抢个满怀，不容说，着头便打。那真仙侧身躲过，使钩子急架相还。这一场比前更胜。好杀：

> 金箍棒，如意钩，二人愤怒各怀仇。飞砂走石乾坤暗，播土扬尘日月愁。大圣救师来取水，妖仙为侄不容求。两家齐努力，一处赌安休，咬牙争胜负，切齿定刚柔。添机见，越抖擞，喷云嗳雾鬼神愁。朴朴兵兵钩棒响，喊声哮吼震山丘。狂风滚滚催林木，杀气纷纷过斗牛。大圣愈争愈喜悦，真仙越打越绸缪。有心有意相争战，不定存亡不罢休。

他两个在庵门外交手，跳跳舞舞的，斗到山坡之下，恨苦相持不题。

却说那沙和尚提着吊桶，闯进门去，只见那道人在井边挡住道："你是甚人，敢来取水！"沙僧放下吊桶，取出降妖宝杖，不对话，着头便打。那道人躲闪不及，把左臂打折，道人倒在地下，挣命。沙僧骂道："我要打杀你这孽畜，怎奈你是个人身！我还怜你，饶你去罢！让我打水！"那道人叫天叫地的，爬到后面去了。沙僧却才将吊桶向井中满满的打了一吊桶水，走出庵门，驾起云雾，望着行者喊道："大哥，我已取了水去也，饶他罢！饶他罢！"

大圣听得，方才使铁棒支住钩子道："你听老孙说，我本待斩尽杀绝，争奈你不曾犯法；二来看你令兄牛魔王的情上。先头来，我被钩了两下，未得水去。才然来，我是个调虎离山计，哄你出来争战，却着我师弟取水去了。老孙若肯拿出本事来打你，莫说你是一个甚么如意真仙，就是再有几个，也打死了。正是打死不如放生，且饶你教你活几年耳。已后再有取水者，切不可勒揝①他。"那妖仙不知好歹，演一演，就来钩脚；被大圣闪过钩头，赶上前，喝声："休走！"那妖仙措手不及，推了一个蹼辣②，挣扎不起。大圣夺过如意钩来，折为两段；总拿着又一抉，抉作四段，掷之于地道："泼孽畜！再敢无礼么？"那妖仙

---

① 勒揝——要挟、需索。

② 蹼辣——跌倒的声音。这里用作"跌跟头"的形容词。

战战兢兢，忍辱无言。这大圣笑呵呵，驾云而起。有诗为证，诗曰：

> 真铅若炼须真水，真水调和真汞干。
> 真汞真铅无母气，灵砂灵药是仙丹。
> 婴儿枉结成胎象，土母施功不费难。
> 推倒旁门宗正教，心君得意笑容还。

　　大圣纵着祥光，赶上沙僧。得了真水，喜喜欢欢，回于本处。按下云头，径来村舍。只见猪八戒膁着肚子，倚在门枋上哼哩。行者悄悄上前道："呆子，几时占房①的？"呆子慌了道："哥哥莫取笑。可曾有水来么？"行者还要耍他，沙僧随后就到，笑道："水来了！水来了！"三藏忍痛欠身道："徒弟啊，累了你们也！"那婆婆却也欢喜，几口儿都出礼拜道："菩萨呀，却是难得！难得！"即忙取个花磁盏子，舀了半盏儿，递与三藏道："老师父，细细的吃；只消一口，就解了胎气。"八戒道："我不用盏子，连吊桶等我喝了罢。"那婆子道："老爷爷，唬杀人罢了！若吃了这吊桶水，好道连肠子肚子都化尽了！"吓得呆子不敢胡为，也只吃了半盏。

　　那里有顿饭之时，他两个腹中绞痛，只听毂辘毂辘三五阵肠鸣。肠鸣之后，那呆子忍不住，大小便齐流。唐僧也忍不住要往静处解手。行者道："师父啊，切莫出风地里去。怕人子，一时冒了风，弄做个产后之疾。"那婆婆即取两个净桶来，教他两个方便。须臾间，各行了几遍，才觉住了疼痛，渐的消了肿胀，化了那血团肉块。那婆婆家又煎些白米粥与他补虚。八戒道："婆婆，我的身子实落，不用补虚。且烧些汤水与我洗个澡，却好吃粥。"沙僧道："哥哥，洗不得澡，坐月子的人弄了水浆致病。"八戒道："我又不曾大生，左右只是个小产，怕他怎的？洗洗儿干净。"真个那婆子烧些汤与他两个净了手脚。唐僧才吃两盏儿粥汤，八戒就吃了十数碗，还只要添。行者笑道："夯货！少吃些！莫弄做个'沙包肚'，不像模样。"八戒道："没事！没事！我又不是母猪，怕他做甚？"那家子真个又去收拾煮饭。老婆婆对唐僧

---

　　① 占房——指生产。旧时孕妇生产时，不准有外人进入产房，所以叫占房。

道："老师父，把这水赐了我罢。"行者道："呆子，不吃水了？"八戒道："我的肚腹也不疼了，胎气想是已行散了。洒然无事，又吃水何为？"行者道："既是他两个都好了，将水送你家罢。"那婆婆谢了行者，将余剩之水，装于瓦罐之中，埋在后边地下，对众老小道："这罐水，够我的棺材本也！"众老小无不欢喜。整顿斋饭，调开桌凳，唐僧们吃了斋。消消停停，将息了一宿。

次日天明，师徒们谢了婆婆家，出离村舍。唐三藏攀鞍上马，沙和尚挑着行囊，孙大圣前边引路，猪八戒拢了缰绳，这里才是：

洗净口孽身干净，销化凡胎体自然。

毕竟不知到国界中还有甚么理会，且听下回分解。

585

第五十四回

法性西来逢女国　心猿定计脱烟花

话说三藏师徒别了村舍人家，依路西进，不上三四十里，早到西梁国界。唐僧在马上指道："悟空，前面城池相近，市井上人语喧哗，想是西梁女国。汝等须要仔细，谨慎规矩，切休放荡情怀，紊乱法门教旨。"三人闻言，谨遵严命。

言未尽，却至东关厢街口。那里人都是长裙短袄，粉面油头，不分老少，尽是妇女。正在两街上做买做卖，忽见他四众来时，一齐都鼓掌呵呵，整容欢笑道："人种来了！人种来了！"慌得那三藏勒马难行。须臾间就塞满街道，惟闻笑语。八戒口里乱嚷道："我是个销猪！我是个销猪！"行者道："呆子，莫胡谈，拿出旧嘴脸便是。"八戒真个把头摇上两摇，竖起一双蒲扇耳，扭动莲蓬吊搭唇，发一声喊，把那些妇女们唬得跌跌爬爬。有诗为证。诗曰：

> 圣僧拜佛到西梁，国内衢阴世少阳。
> 农士工商皆女辈，渔樵耕牧尽红妆。
> 娇娥满路呼人种，幼妇盈街接粉郎。
> 不是悟能施丑相，烟花围困苦难当。

遂此众皆恐惧，不敢上前。一个个都捻手焌腰，摇头咬指，战战兢兢，排塞街旁路下，都看唐僧。孙大圣却也弄出丑相开路，沙僧也装婴虎维持，八戒采着马，掬着嘴，摆着耳朵。一行前进，又见那市井上房屋齐整，铺面轩昂，一般有卖盐卖米，酒肆茶房；鼓角楼台通货殖，旗亭候馆挂帘栊。师徒们转弯抹角，忽见有一女官侍立街下，高声叫道："远来的使客，不可擅入城门。请投馆驿注名上簿，待下官执名奏驾，验引放行。"三藏闻言下马，观看那衙门上有一匾，上书"迎阳驿"三字。长老道："悟空，那村舍人家传言是实，果有迎阳之驿。"沙僧笑道："二哥，你却去'照胎泉'边照照，看可有双影。"八戒道："莫弄我！我自吃了那盏儿落胎泉水，已此打下胎来了，还照他怎的？"三藏回头吩咐道："悟能，谨言！谨言！"遂上前与那女官作礼。

女官引路，请他们都进驿内，正厅坐下，即唤看茶。又见那手下人尽是三绺梳头，两截穿衣之类。你看他拿茶的也笑。少顷，茶罢，女官欠身问曰："使客何来？"行者道："我等乃东土大唐王驾下钦差上西天拜佛求经者。我师父便是唐王御弟，号曰唐三藏。我乃他大徒弟孙悟空。这两个是我师弟：猪悟能、沙悟净。一行连马五口。随身有通关文牒，乞为照验放行。"那女官执笔写罢，下来叩头道："老爷恕罪。下官乃迎阳驿驿丞，实不知上邦老爷，知当远接。"拜毕起身，即令管事的安排饮馔。道："爷爷们宽坐一时，待下官进城启奏我王，倒换关文，打发领给，送老爷们西进。"三藏欣然而坐不题。

且说那驿丞整了衣冠，径入城中五凤楼前，对黄门官道："我是迎阳馆驿丞，有事见驾。"黄门即时启奏。降旨传宣至殿，问曰："驿丞有何事来奏？"驿丞道："微臣在驿，接得东土大唐王御弟唐三藏，有三个徒弟，名

法性西来逢女国

587

唤孙悟空、猪悟能、沙悟净，连马五口，欲上西天拜佛取经。特来启奏主公，可许他倒换关文放行？"女王闻奏满心欢喜，对众文武道："寡人夜来梦见金屏生彩艳，玉镜展光明，乃是今日之喜兆也。"众女官拥拜丹墀道："主公，怎见得是今日之喜兆？"女王道："东土男人，乃唐朝御弟。我国中自混沌开辟之时，累代帝王，更不曾见个男人至此。幸今唐王御弟下降，想是天赐来的。寡人以一国之富，愿招御弟为王，我愿为后，与他阴阳配合，生子生孙，永传帝业，却不是今日之喜兆也？"众女官拜舞称扬，无不欢悦。

驿丞又奏道："主公之论，乃万代传家之好；但只是御弟三徒凶恶，不成相貌。"女王道："卿见御弟怎生模样？他徒弟怎生凶丑？"驿丞道："御弟相貌堂堂，丰姿英俊，诚是天朝上国之男儿，南赡中华之人物。那三徒却是形容狰恶，相貌如精。"女王道："既如此，把他徒弟与他领给，倒换关文，打发他往西天，只留下御弟，有何不可？"众官拜奏道："主公之言极当，臣等钦此钦遵。但只是匹配之事，无媒不可。自古道，'姻缘配合凭红叶，月老夫妻系赤绳。'"女王道："依卿所奏，就着当驾太师作媒，迎阳驿丞主婚，先去驿中与御弟求亲。待他许可，寡人却摆驾出城迎接。"那太师、驿丞，领旨出朝。

却说三藏师徒们在驿厅上正享斋饭，只见外面人报："当驾太师与我们本官老姆来了。"三藏道："太师来却是何意？"八戒道："怕是女王请我们也。"行者道："不是相请，就是说亲。"三藏道："悟空，假如不放，强逼成亲，却怎么是好？"行者道："师父只管允他，老孙自有处治。"说不了，二女官早至，对长老下拜。长老一一还礼道："贫僧出家人，有何德能，敢劳大人下拜？"那太师见长老相貌轩昂，心中暗喜道："我国中实有造化，这个男子，却也做得我王之夫。"二官拜毕起来，侍立左右道："御弟爷爷，万千之喜了！"三藏道："我出家人，喜从何来？"太师躬身道："此处乃西梁女国，国中自来没个男子。今幸御弟爷爷降临，臣奉我王旨意，特来求亲。"三藏道："善哉！善哉！我贫僧只身来到贵地，又无儿女相随，止有顽徒三个，不知大人求的是那个亲事？"驿丞道："下官才进朝启奏，我王十分欢喜道，夜来得一吉梦，梦见金屏生彩艳，玉镜展光明。知御弟乃中华上国男儿，我王愿以一国之富，招赘御弟爷爷为夫，坐南面称孤，我王愿为帝后。传旨着太师作媒，下官主婚，故此特来求这亲事也。"三藏闻言，低头不语。太师道："大丈夫遇时，不可错过。似此招赘之事，天下虽有；托国之富，世上实稀。请御弟速允，庶好回奏。"长老越加痴痖。

八戒在旁掬着碓挺嘴，叫道："太师，你去上复国王，我师父乃久修得道的罗汉，决不爱你托国之富，也不爱你倾国之容。快些儿倒换关文，打发他往西去，留我在此招赘，如何？"太师闻说胆战心惊，不敢回话。驿丞道："你虽是个男身，但只形容丑陋，不中我王之意。"八戒笑道："你甚不通变。常言道，'粗柳簸箕细柳斗，世上谁见男儿丑？'"行者道："呆子，勿得胡谈，任师父尊意。可行则行，可止则止。莫要耽搁了媒妁工夫。"

三藏道："悟空，凭你怎么说好。"行者道："依老孙说，你在这里也好。自古道，'千里姻缘似线牵'哩。那里再有这般相应处？"三藏道："徒弟，我们在这里贪图富贵，谁却去西天取经，那不望坏了我大唐之帝主也？"太师道："御弟在上，微臣不敢隐言。我王旨意，原只教求御弟为亲，教你三位徒弟赴了会亲筵宴，发付领给，倒换关文，往西天取经去哩。"行者道："太师说得有理。我等不必作难，情愿留下师父，与你主为夫。快换关文，打发我们西去。待取经回来，好到此拜爷娘，讨盘缠，回大唐也。"那太师与驿丞对行者作礼道："多谢老师玉成之恩！"八戒道："太师，切莫要'口里摆菜碟儿'^①，既然我们许诺，且教你主先安排一席，与我们吃盅肯酒^②，如何？"太师道："有，有，有，就教摆设筵宴来也。"那驿丞与太师，欢天喜地，回奏女主不题。

却说唐长老一把扯住行者，骂道："你这猴头，弄杀我也！怎么说出这般话来，教我在此招婚，你们西天拜佛，我就死也不敢如此！"行者道："师父放心。老孙岂不知你性情，但只是到此地，遇此人，不得不将计就计。"三藏道："怎么叫做将计就计？"行者道："你若使住法儿不允他，他便不肯倒换关文，不放我们走路。倘或意恶心毒，喝令

---

① 口里摆菜碟儿——口惠而实不至，说空话。
② 肯酒——订婚酒，表示女方允亲了。

多人，割了你肉，做甚么香袋啊，我等岂有善报？一定要使出降魔荡怪的神通。你知我们的手脚又重，器械又凶，但动动手儿，这一国的人，尽打杀了。他虽然阻挡我等，却不是怪物妖精，还是一国人身；你又平素是个好善慈悲的人，在路上一灵不损；若打杀无限的平人，你心何忍！诚为不善了也。”三藏听说，道："悟空，此论最善。但恐女主招我进去，要行夫妇之礼，我怎肯丧元阳，败坏了佛家德行；走真精，坠落了本教人身。"行者道："今日允了亲事，他一定以皇帝礼，摆驾出城接你；你更不要推辞，就坐他凤辇龙车，登宝殿，面南坐下，问女王取出御宝印信来，宣我们兄弟进朝，把通关文牒用了印，再请女王写个手字花押，盖押了交付与我们。一壁厢教摆筵宴，就当与女王会喜，就与我们送行。待筵宴已毕，再叫排驾，只说送我们三人出城，回来与女王配合。哄得他君臣欢悦，更无阻挡之心，亦不起毒恶之念，却待送出城外，你下了龙车凤辇，教沙僧伺候左右，伏侍你骑上白马，老孙却使个定身法儿，教他君臣人等皆不能动，我们顺大路只管西行。行得一昼夜我却念个咒，解了术法，还教他君臣们苏醒回城。一则不伤了他的性命，二来不损了你的元神。这叫做'假亲脱网'之计。岂非一举两全之美也？"三藏闻言，如醉方醒，似梦初觉，乐以忘忧，称谢不尽，道："深感贤徒高见。"四众同心合意，正自商量不题。

却说那太师与驿丞，不等宣诏，直入朝门白玉阶前，奏道："主公佳梦最准，鱼水之欢就矣。"女王闻奏，卷珠帘，下龙床，启樱唇，露银齿，笑吟吟娇声问曰："贤卿见御弟，怎么说来？"大师道："臣等到驿，拜见御弟毕，即备言求亲之事。御弟还有推托之辞，幸亏他大徒弟慨然见允，愿留他师父与我王为夫，面南称帝，只教先倒换关文，打发他三人西去；取得经回，好到此拜认爷娘，讨盘费回大唐也。"女王笑道："御弟再有何说？"太师奏道："御弟不言，愿配我主，只是他那二徒弟，先要吃席肯酒。"女王闻言，即传旨，教光禄寺排宴。一壁厢排大驾，出城迎接夫君。众女官即钦遵王命，打扫宫殿，铺设庭台。一班儿摆宴的，火速安排；一班儿摆驾的，流星整备。你看那西梁国虽是妇女之邦，那銮舆不亚中华之盛。但见：

六龙喷彩，双凤生祥。六龙喷彩扶车出，双凤生祥驾辇来。馥郁异香蔼，氤氲瑞气开。金鱼玉佩多官拥，宝髻云鬟众女排。鸳鸯掌扇遮銮驾，翡翠珠帘影凤钗。笙歌音美，弦管声谐。一片欢情冲碧汉，无边喜气出灵台。三檐罗盖摇天宇，五色旌旗映御阶。此地自来无合卺①，女王今日配男才。

不多时，大驾出城，早到迎阳馆驿。忽有人报三藏师徒道："驾到了。"三藏闻言，即与三徒，整衣出厅迎驾。女王卷帘下辇道："那一位是唐朝御弟？"太师指道："那驿门外香案前穿襕衣者便是。"女王闪凤目，簇蛾眉，仔细观看，果然一表非凡。你看他：

丰姿英伟，相貌轩昂。齿白如银砌，唇红口四方。顶平额阔天仓②满，目秀眉清地阁③长。两耳有轮真杰士，一身不俗是才郎。好个妙龄聪俊风流子，堪配西梁窈窕娘。

女王看到那心欢意美之外，不觉淫情汲汲，爱欲恣恣，展放樱桃小口，呼道："大唐御弟，还不来占凤乘鸾也？"三藏闻言，耳红面赤，羞答答不敢抬头。猪八戒在旁，掬着嘴，饧眼观看那女王，却也袅娜。真个：

眉如翠羽，肌似羊脂。脸衬桃花瓣，鬟堆金凤丝。秋波湛湛妖娆态，春笋纤纤娇媚姿。斜軃红绡飘彩艳，高簪珠翠显光辉。说甚么昭君美貌，果然是赛过西施。柳腰微展鸣金珮，莲步轻移动玉肢。月里嫦娥难到此，九天仙子怎如斯。宫妆巧样非凡类，诚然王母降瑶池。

那呆子看到好处，忍不住口嘴流涎，心头撞鹿，一时间骨软筋麻，好便似雪狮子向火，不觉的都化去也。

---

① 合卺——结婚时新娘、新郎喝的交杯酒。

② 天仓——相术家称两额角为天仓。

③ 地阁——相术家称下颏为地阁。

只见那女王走近前来，一把扯住三藏，俏语娇声，叫道："御弟哥哥，请上龙车，和我同上金銮宝殿，匹配夫妇去来。"这长老战兢兢立站不住，似醉如痴。行者在侧教道："师父不必太谦，请共师娘上辇，快快倒换关文，等我们取经去罢。"长老不敢回言，把行者抹了两抹，止不住落下泪来。行者道："师父切莫烦恼。这般富贵，不受用还待怎么哩？"三藏没及奈何，只得依从。揩了眼泪，强整欢容，移步近前，与女主：

同携素手，共坐龙车。那女主喜孜孜欲配夫妻，这长老忧惶惶只思拜佛。一个要洞房花烛交鸳侣，一个要西宇灵山见世尊。女帝真情，圣僧假意。女帝真情，指望和谐同到老；圣僧假意，牢藏情意养元神。一个喜见男身，恨不得白昼并头谐伉俪；一个怕逢女色，只思量即时脱网上雷音。二人和会同登辇，岂料唐僧各有心！

那些文武官，见主公与长老同登凤辇，并肩而坐，一个个眉花眼笑，拨转仪从，复入城中。孙大圣才教沙僧挑着行李，牵着白马，随大驾后边同行。猪八戒往前乱跑，先到五凤楼前，嚷道："好自在，好现成呀！这个弄不成！这个弄不成！吃了喜酒进亲才是！"唬得些执仪从引导的女官，一个个回至驾边道："主公，那一个长嘴大耳的，在五凤楼前嚷道，要喜酒吃哩。"女主闻奏，与长老倚香肩，偎并桃腮，开檀口，俏声叫道："御弟哥哥，长嘴大耳的是你那个高徒？"三藏道："是我第二个徒弟。他生得食肠宽大，一生要图口肥；须是先安排些酒食与他吃了，方可行事。"女主急问："光禄寺安排筵宴，完否？"女官奏道："已完，设了荤素两样，在东阁上哩。"女王又问："怎么两样？"女官奏道："臣恐唐朝御弟与高徒等平素吃斋，故有荤素两样。"女王却又笑吟吟，偎着长老的香腮道："御弟哥哥，你吃荤吃素？"三藏道："贫僧吃素，但是徒弟未曾戒酒，须得几杯素酒，与我二徒弟吃些。"

说未了，太师启奏："请赴东阁会宴。今宵吉日良辰，就可与御弟爷爷成亲。明日天开黄道，请御弟爷爷登宝殿，面南，改年号即位。"女王大喜，即与长老携手相搀，下了龙车，共入端门里。但见那：

风飘仙乐下楼台，阊阖中间翠辇来。

凤阙大开光蔼蔼，皇宫不闭锦排排。

麒麟殿内炉烟袅，孔雀屏边房影回。

亭阁峥嵘如上国，玉堂金马更奇哉。

既至东阁之下，又闻得一派笙歌声韵美，又见两行红粉貌娇娆。正中堂排设两般盛宴：左边上首是素筵，右边上首是荤筵，下两路尽是单席。那女王敛袍袖，十指尖尖，奉着玉杯，便来安席。行者近前道："我师徒都是吃素。先请师父坐了左手素席，转下三席，分左右，我兄弟们好坐。"太师喜道："正是，正是。师徒即父子也，不可并肩。"众女官连忙调了席面。女王一一传杯，安了他弟兄三位。行者又与唐僧丢个眼色，教师父回礼。三藏下来，却也擎玉杯，与女王安席。那些文武官，朝上拜谢了皇恩，各依品从，分坐两边，才住了音乐请酒。

那八戒那管好歹，放开肚子，只情吃起。也不管甚么玉屑米饭、蒸饼、糖糕、蘑菇、香蕈、笋芽、木耳、黄花菜、石花菜、紫菜、蔓菁、芋头、萝菔、山药、黄精，一骨辣①噇了个馨尽，喝了五七杯酒。口里嚷道："看添换来！拿大觥来！再吃几觥，各人干事去。"沙僧问道："好筵席不吃，还要干甚事？"呆子笑道："古人云，'造弓的造弓，造箭的造箭。'我们如今招的招，嫁的嫁，取经的还去取经，走路的还去走路，莫只管贪杯误事。快早儿打发关文。正是'将军不下马，各自奔前程'。"女王闻说，即命取大杯来。近待官连忙取几个鹦鹉杯、鸬鹚杓、金叵罗、银凿落、玻璃盏、水晶盆、蓬莱碗、琥珀盅，满斟玉液，连注琼浆，果然都各饮一巡。

三藏欠身而起，对女王合掌道："陛下，多蒙盛设，酒已够了。请登宝殿，倒换关文，赶天早，送他三人出城罢。"女王依言，携着长老，散了筵宴，上金銮宝殿，即让长老即位。三藏道："不可！不可！适太师言过，明日天开黄道，贫僧才敢即位称孤。今日即印关文，打发他去也。"女王依言，仍坐了龙床，即取金交椅一张，放在龙床左手，

① 一骨辣——一齐的意思。犹一股脑儿、一搭括子。

请唐僧坐了，叫徒弟们拿上通关文牒来。大圣便教沙僧解开包袱，取出关文。大圣将关文双手捧上。

那女王细看一番，上有大唐皇帝宝印九颗，下有宝象国印，乌鸡国印，车迟国印。女王看罢，娇滴滴笑语道：“御弟哥哥又姓陈？”三藏道：“俗家姓陈，法名玄奘。因我唐王圣恩认为御弟，赐姓我为唐也。”女王道：“关文上如何没有高徒之名？”三藏道：“三个顽徒，不是我唐朝人物。”女王道：“既不是你唐朝人物，为何肯随你来？”三藏道：“大的个徒弟，祖贯东胜神洲傲来国人氏；第二个乃西牛贺洲乌斯庄人氏；第三个乃流沙河人氏。他三人都因罪犯天条，南海观世音菩萨解脱他苦，秉善皈依，将功折罪，情愿保护我上西天取经。皆是途中收得，故此未注法名在牒。”女王道：“我与你添注法名，好么？”三藏道：“但凭陛下尊意。”女王即令取笔砚来，浓磨香翰，饱润香毫，牒文之后，写上孙悟空、猪悟能、沙悟净三人名讳，却才取出御印，端端正正印了；又画个手字花押，传将下去。孙大圣接了，教沙僧包裹停当。那女王又赐出碎金碎银一盘，下龙床递与行者道：“你三人将此权为路费，早上西天；待汝等取经回来，寡人还有重谢。”行者道：“我们出家人，不受金银，途中自有乞化之处。”女王见他不受，又取出绫锦十匹，对行者道：“汝等行色匆匆，裁制不及，将此路上做件衣服遮寒。”行者道：“出家人穿不得绫锦，自有护体布衣。”女王见他不受，教：“取御米三升，在路权为一饭。”八戒听说个‘饭’字，便就接了，捎在包袱之间。行者道：“兄弟，行李见今沉重，且倒有气力挑米？”八戒笑道：“你那里知道，米好的是个日消货。只消一顿饭，就了帐也。”遂此合掌谢恩。

三藏道：“敢烦陛下相同贫僧送他三人出城，待我嘱付他们几句，教他好生西去，我却回来，与陛下永受荣华。无挂无牵，方可会鸾交凤友也。”女王不知是计，便传旨摆驾，与三藏并倚香肩，同登凤辇，出西城而去。满城中都盏添净水，炉降真香。一则看女王銮驾，二来看御弟男身。没老没小，尽是粉容娇面、绿鬓云鬟之辈。不多时，大驾出城，到西关之外。

行者、八戒、沙僧，同心合意，结束整齐，径迎着銮舆，厉声高叫道：“那女王不必远送，我等就此拜别。”长老慢下龙车，对女王拱手道："陛下请回，让贫僧取经去也。"女王闻言，大惊失色，扯住唐僧道："御弟哥哥，我愿将一国之富，招你为夫，明日高登宝位，即位称君，我愿为君之后，喜筵通皆吃了，如何却又变卦？"八戒听说，发起个风来，把嘴乱扭，耳朵乱摇，闯至驾前，嚷道："我们和尚家和你这粉骷髅做甚夫妻！放我师父走路！"那女王见他那等撒泼

心猿定计脱烟花

弄丑，唬得魂飞魄散，跌入辇驾之中。沙僧却把三藏抢出人丛，伏侍上马。只见那路旁闪出一个女子，喝道："唐御弟，那里走！我和你要风月儿去来！"沙僧骂道："贼辈无知！"掣宝杖劈头就打。那女子弄阵旋风，鸣的一声，把唐僧摄将去了，无影无踪，不知下落何处。咦！正是：

脱得烟花网，又遇风月魔。

毕竟不知那女子是人是怪，老师父的性命得死得生，且听下回分解。

595

第五十五回

色邪淫戏唐三藏　性正修持不坏身

　　却说孙大圣与猪八戒正要使法定那些妇女，忽闻得风响处，沙僧嚷闹，急回头时，不见了唐僧。行者道："是甚人来抢师父去了？"沙僧道："是一个女子，弄阵旋风，把师父摄了去也。"行者闻言，唿哨跳在云端里，用手搭凉篷，四下里观看。只见一阵灰尘，风滚滚，往西北上去了。急回头叫道："兄弟们，快驾云同我赶师父去来！"八戒与沙僧，即把行囊捎在马上，响一声，都跳在半空里去。

　　慌得那西梁国君臣女辈，跪在尘埃，都道："是白日飞升的罗汉，我主不必惊疑。唐御弟也是个有道的禅僧，我们都有眼无珠，错认了中华男子，枉费了这场神思。请主公上辇回朝也。"女王自觉惭愧，多官都一齐回国不题。

　　却说孙大圣兄弟三人腾空踏雾，望着那阵旋风，一直赶来，前至一座高山，只见灰尘息静，风头散了，更不知怪向何方。兄弟们按落云雾，找路寻访，忽见一壁厢青石光明，却似个屏风模样。三人牵着马转过石屏，石屏后有两扇石门，门上有六个大字，乃是"毒敌山琵琶洞"。八戒无知，上前就使钉钯筑门。行者急止住道："兄弟莫忙。我们随旋风赶便赶到这里，寻了这会，方遇此门，又不知深浅如何。倘不是这个门儿，却不惹他见怪？你两个且牵了马，还转石屏前立等片时，待老孙进去打听打听，察个有无虚实，却好行事。"沙僧听说，大喜道："好！好！好！正是粗中有细，果然急处从宽。"他二人牵马回头。

孙大圣显个神通，捻着诀，念个咒语，摇身一变，变作蜜蜂儿，真个轻巧！你看他：

　　　　翅薄随风软，腰轻映日纤。
　　　　嘴甜曾觅蕊，尾利善降蟆。
　　　　酿蜜功何浅，投衙礼自谦。
　　　　如今施巧计，飞舞入门檐。

行者自门瑕处钻将进去，飞过二层门里，只见正当中花亭子上端坐着一个女怪，左右列几个彩衣绣服、丫髻两擘①的女童，都欢天喜地，正不知讲论甚么。这行者轻轻的飞上去，叮在那花亭格子上，侧耳才听。又见两个总角蓬头女子，捧两盘热腾腾的面食，上亭来道："奶奶，一盘是人肉馅的荤馍馍，一盘是邓沙馅的素馍馍。"那女怪笑

色邪淫戏唐三藏

①　丫髻两擘——指双髻如丫字分梳在头上两边。

597

道："小的们，搀出唐御弟来。"几个彩衣绣服的女童，走向后房，把唐僧扶出。那师父面黄唇白，眼红泪滴。行者在暗中嗟叹道："师父中毒了！"

那怪走下亭，露春葱十指纤纤。扯住长老道："御弟宽心。我这里虽不是西梁女国的宫殿，不比富贵奢华，其实却也清闲自在，正好念佛看经。我与你做个道伴儿，真个是百岁和谐也。"三藏不语。那怪道："且休烦恼。我知你在女国中赴宴之时，不曾进得饮食。这里荤素面饭两盘，凭你受用些儿压惊。"三藏沉思默想道："我待不说话，不吃东西，此怪比那女王不同，女王还是人身，行动以礼；此怪乃是妖神，恐为加害，奈何？我三个徒弟，不知我困陷在于这里，倘或加害，却不枉丢性命？"以心问心，无计所奈，只得强打精神，开口道："荤的何如？素的何如？"女怪道："荤的是人肉馅馍馍，素的是邓沙馅馍馍。"三藏道："贫僧吃素。"那怪笑道："女童，看热茶来，与你家长爷爷吃素馍馍。"一女童，果捧着香茶一盏，放在长老面前。那怪将一个素馍馍劈破，递与三藏。三藏将个荤馍馍囫囵递与女怪。女怪笑道："御弟，你怎么不劈破与我？"三藏合掌道："我出家人，不敢破荤。"那女怪道："你出家人不敢破荤，怎么前日在子母河边吃水高①，今日又好吃邓沙馅？"三藏道："水高船去急，沙陷马行迟。"

行者在格子眼听着两个言语相攀，恐怕师父乱了真性，忍不住，现了本相，掣铁棒喝道："孽畜无礼！"那女怪见了，口喷一道烟光，把花亭子罩住，教："小的们，收了御弟！"他却拿一柄三股钢叉，跳出亭门，骂道："泼猴愆懒！怎么敢私入吾家，偷窥我容貌！不要走！吃老娘一叉！"这大圣使铁棒架住，且战且退。二人打出洞外。那八戒、沙僧，正在石屏前等候，忽见他两人争持，慌得八戒将白马牵过道："沙僧，你只管看守行李、马匹，等老猪去帮打帮打。"好呆子，双手举钯，赶上前叫道："师兄靠后，让我打这泼贱！"那怪见八戒来，他又使个手段，呼了一声，鼻中出火，口内生烟，把身子抖了一抖，三股叉飞舞冲迎。那女怪也不知有几只手，没头没脸的滚将来。这行者与八戒，两边攻住。那怪道："孙悟空，你好不识进退！我便认得你，你是

---

① 水高——"高"与"糕"字同音。借水糕为喻。

不认得我。你那雷音寺里佛如来，也还怕我哩，量你这两个毛人，到得那里！都上来，一个个仔细看打！"这一场怎见得好战：

> 女怪威风长，猴王气概兴。天蓬元帅争功绩，乱举钉钯要显能。那一个手多叉紧烟光绕，这两个性急兵强雾气腾。女怪只因求配偶，男僧怎肯泄元精！阴阳不对相持斗，各逞雄才恨苦争。阴静养荣思动动，阳收息卫爱清清。致令两处无和睦，叉钯铁棒赌输赢。这个棒有力，钯更能，女怪钢叉丁对丁。毒敌山前三不让，琵琶洞外两无情。那一个喜得唐僧谐凤侣，这两个必随长老取真经。惊天动地来相战，只杀得日月无光星斗更！

三个斗罢多时，不分胜负。那女怪将身一纵，使出个倒马毒桩[1]，不觉的把大圣头皮上扎了一下。行者叫声："苦啊！"忍耐不得，负痛败阵而走。八戒见事不谐，拖着钯彻身而退。那怪得了胜，收了钢叉。

行者抱头，皱眉苦面，叫声"厉害！厉害！"八戒到跟前问道："哥哥，你怎么正战到好处，却就叫苦连天的走了？"行者抱着头，只叫："疼！疼！疼！"沙僧道："想是你头风发了？"行者跳道："不是！不是！"八戒道："哥哥，我不曾见你受伤，却头疼，何也？"行者哼哼的道："了不得！了不得！我与他正然打处，他见我破了他的叉势，他就把身子一纵，不知是件甚么兵器，着我头上扎了一下，就这般头疼难禁，故此败了阵来。"八戒笑道："只这等静处常夸口，说你的头是修炼过的。却怎么就不禁这一下儿？"行者道："正是，我这头，自从修炼成真，盗食了蟠桃仙酒，老子金丹；大闹天宫时，又被玉帝差大力鬼王、二十八宿，押赴斗牛宫外处斩，那些神将使刀斧锤剑，雷打火烧，及老子把我安于八卦炉，锻炼四十九日，俱未伤损。今日不知这妇人用的是甚么兵器，把老孙头弄伤也！"沙僧道："你放了手，等我看看。莫破了！"行者道："不破！不破！"八戒道："我去西梁国讨个膏药你贴贴。"行者道："又不肿，不破，怎么贴得膏药？"八戒笑道："哥啊，我的胎前产后病倒不曾有，你倒弄了个脑门痈了。"

---

① 倒马毒桩——蝎子螫人用尾尖，所以叫倒马桩。

沙僧道：“二哥且休取笑。如今天色晚矣，大哥伤了头，师父又不知死活，怎的是好！”行者哼道：“师父没事。我进去时，变作蜜蜂儿，飞入里面，见那妇人坐在花亭子上。少顷，两个丫鬟，捧两盘馍馍：一盘是人肉馅，荤的；一盘是邓沙馅，素的。又着两个女童扶师父出来吃一个压惊，又要与师父做甚么道伴儿。师父始初不与那妇人答话，也不吃馍馍；后见他甜言美语，不知怎么，就开口说话，却说吃素的。那妇人就将一个素的劈开，递与师父。师父将个囫囵荤的递与那妇人。妇人道：‘怎不劈破？’师父道：‘出家人不敢破荤。’那妇人道：‘既不破荤，前日怎么在子母河边饮水高，今日又好吃邓沙馅？’师父不解其意，答他两句道：‘水高船去急，沙陷马行迟。’我在格子上听见，恐怕师父乱性，便就现了原身，掣棒就打。他也使神通，喷出烟雾，叫‘收了御弟’，就抢钢叉，与老孙打出洞来也。”沙僧听说，咬指道：“这泼贱也不知从那里就随将我们来，把上项事都知道了！”八戒道：“这等说，便我们安歇不成？莫管甚么黄昏半夜，且去他门上索战，嚷嚷闹闹，搅他个不睡，莫教他捉弄了我师父。”行者道：“头疼，去不得！”沙僧道：“不须索战。一则师兄头痛；二来我师父是个真僧，决不以色空乱性。且就在山坡下，闭风处，坐这一夜，养养精神，待天明再作理会。”遂此，三个弟兄，拴牢白马，守护行囊，就在坡下安歇不题。

却说那女怪放下凶恶之心，重整欢愉之色，叫：“小的们，把前后门都关紧了。”又使两个支更，防守行者。但听门响，即时通报。却又教：“女童，将卧房收拾齐整，掌烛焚香，请唐御弟来，我与他交欢。”遂把长老从后边揽出。那女怪弄出十分娇媚之态，携定唐僧道：“常言，‘黄金未为贵，安乐值钱多。’且和你做会夫妻儿，耍子去也。”

这长老咬定牙关，声也不透。欲待不去，恐他生心害命，只得战兢兢，跟着他步入香房，却如痴如痖，那里抬头举目，更不曾看他房里是甚床铺幔帐，也不知有甚箱笼梳妆。那女怪说出的雨意云情，亦漠然无听。好和尚，真是那：

目不视恶色，耳不听淫声。他把这锦绣娇容如粪土，金珠美貌若灰尘。一生只爱参禅，半步不离佛地。那里会惜玉怜香，只晓得修真养性。

那女怪，活泼泼，春意无边；这长老，死丁丁，禅机有在。一个似软玉温香，一个如死灰槁木。那一个，展鸳衾，淫兴浓浓；这一个，束偏衫，丹心耿耿。那个要贴胸交股和鸾凤，这个要画壁归山访达摩。女怪解衣，卖弄他肌香肤腻；唐僧敛衽，紧藏了糙肉粗皮。女怪道："我枕剩衾闲何不睡？"唐僧道："我头光服异怎相陪！"那个道："我愿作前朝柳翠翠。"这个道："贫僧不是月阇黎。"女怪道："我美若西施还袅娜。"唐僧道："我越王因此久埋尸。"女怪道："御弟，你记得'宁教花下死，做鬼也风流'？"唐僧道："我的真阳为至宝，怎肯轻与你这粉骷髅……"

他两个散言碎语的，直斗到更深，唐长老全不动念。那女怪扯扯拉拉的不放，这师父只是老老成成的不肯。直缠到有半夜时候，把那怪弄得恼了。叫："小的们，拿绳来！"可怜将一个心爱的人儿，一条绳捆的像个猱狮模样。又教拖在房廊下去，却吹灭银灯，各归寝处。一夜无词。

不觉的鸡声三唱。那山坡下孙大圣欠身道："我这头疼了一会，到如今也不疼不麻，只是有些作痒。"八戒笑道："痒便再教他扎一下，何如？"行者啐了一口道："放！放！放！"八戒又笑道："放！放！放！我师父这一夜倒浪！浪！浪！"沙僧道："且莫斗口。天亮了，快赶早儿捉妖怪去。"行者道："兄弟，你只管在此守马，休得动身。猪八戒跟我去。"

那呆子抖擞精神，束一束皂锦直裰，相随行者，各带了兵器，跳上山崖，径至石屏之下。行者道："你且立住。只怕这怪物夜里伤了师父，先等我进去打听打听。倘若被他哄了，丧了元阳，真个亏了德行，却就大家散伙；若不乱性情，禅心未动，却好努力相持，打死精怪，救师西去。"八戒道："你好痴呀！常言道，'干鱼可好与猫儿作枕头'？就不如此，就不如此，也要抓你几把是！"行者道："莫胡疑乱说，待我看去。"

好大圣，转石屏，别了八戒，摇身还变个蜜蜂儿，飞入门里。见那门里有两个丫鬟，头枕着梆铃，正然睡哩。却到花亭子观看，那妖精原来弄了半夜，都辛苦了，一个个都不知天晓，还睡着哩。行者飞来后面，隐隐的只听见唐僧声唤。忽抬头，见那步廊下四马攒蹄捆着师父。行者轻轻的叮在唐僧头上，叫："师父。"唐僧认得声音，道："悟空来了？快救我命！"行者道："夜来好事如何！"三藏咬牙道："我宁死也不肯如此！"行者道："昨日我见他有相怜相爱之意，却怎么今日把你这般挫折？"三藏道："他把我缠了半夜，我衣不解带，身未沾床。他见我不肯相从，才捆我在此。你千万救我取经去也！"他师徒们正然问答，早惊醒了那个妖精。妖精虽是下狠，却还有流连不舍之意。一觉翻身，只听见"取经去也"一句，他就滚下床来，厉声高叫道："好夫妻不做，却取甚么经去！"行者慌了，撇却师父，急展翅，飞将出去，现了本相，叫声："八戒。"那呆子转过石屏道："那话儿成了否？"行者笑道："不曾！不曾！老师父被他摩弄不从，恼了，捆在那里，正与我诉说前情，那怪惊醒了，我慌得出来也。"八戒道："师父曾说甚来？"行者道："他只说衣不解带，身未沾床。"八戒笑道："好！好！好！还是个真和尚！我们救他去！"

　　呆子粗鲁，不容分说，举钉钯，望他那石头门上尽力气一钯，唿喇喇筑做几块。唬得那几个枕梆铃睡的丫环，跑至二层门外，叫声："开门！前门被昨日那两个丑男人打破了！"那女怪正出房门，只见四五个丫鬟跑进去报道："奶奶，昨日那两个丑男人又来把前门已打碎矣。"那怪闻言，即忙叫："小的们！快烧汤洗面梳妆！"叫："把御弟连绳抬在后房收了，等我打他去！"好妖精，走出来，举着三股叉，骂道："泼猴！野彘！老大无知！你怎敢打破我门！"八戒骂道："滥淫贱货！你倒困陷我师父，返敢硬嘴！我师父是你哄将来做老公的，快快送出饶你！敢再说半个'不'字，老猪一顿钯，连山也筑倒你的！"那妖精那容分说，抖擞身躯，依前弄法，鼻口内喷烟冒火，举钢叉就刺八戒。八戒侧身躲过，着钯就筑。孙大圣使铁棒并力相帮。那怪又弄神通，也不知是几只手，左右遮拦。交锋三五个回合，不知是甚兵器，把八戒嘴唇上，也又扎了一下。那呆子拖着钯，捂着嘴，负痛逃生。行者却也有些醋他，虚丢一棒，败阵而走。那妖精得胜而回，叫小的们搬石块垒叠了前门不题。

却说那沙和尚正在坡前放马，只听得那里猪哼，忽抬头，见八戒捂着嘴，哼将来。沙僧道："怎的说？"呆子哼道："了不得！了不得！疼！疼！疼！"说不了，行者也到跟前，笑道："好呆子啊！昨日咒我是脑门痛，今日却也弄做个肿嘴瘟了！"八戒哼道："难忍难忍！疼得紧！厉害，厉害！"

三人正然难处，只见一个老妈妈儿，左手提着一个青竹篮儿，自南山路上挑菜而来。沙僧道："大哥，那妈妈来得近了，等我问他个信儿，看这个是甚妖精，是甚兵器，这般伤人。"行者道："你且住，等老孙问他去来。"行者急睁睛看，只见头直上有祥云盖顶，左右有香雾笼身。行者认得，即叫："兄弟们，还不来叩头！那妈妈是菩萨来也。"慌得猪八戒忍疼下拜，沙和尚牵马躬身，孙大圣合掌跪下，叫声"南无大慈大悲救苦救难灵感观世音菩萨"。

那菩萨见他们认得元光，即踏祥云，起在半空，现了真相，原来是鱼篮之相。行者赶到空中，拜告道："菩萨，恕弟子失迎之罪！我等努力救师，不知菩萨下降，今遇魔难收，万望菩萨搭救搭救！"菩萨道："这妖精十分厉害，他那三股叉是生成的两只钳脚。扎人痛者，是尾上一个钩子，唤做'倒马毒'。本身是个蝎子精。他前者在雷音寺听佛谈经，如来见了，不合用手推他一把，他就转过钩子，把如来左手中拇指扎了一下。如来痛疼难禁，即着金刚拿他。他却在这里。若要救得唐僧，除是别告一位方好。我也是近他不得。"行者再拜道："望菩萨指示指示，别告那位去好，弟子即去请他也。"菩萨道："你去东天门光明宫告求昴日星官，方能降伏。"言罢，遂化作一道金光，径回南海。

孙大圣才按云头，对八戒、沙僧道："兄弟放心，师父有救星了。"沙僧道："是那里救星？"行者道："才然菩萨指示，教我告请昴日星

蝎子精

603

官。老孙去来。"八戒捂着嘴哼道："哥啊！就问星官讨些止疼的药饵来！"行者笑道："不须用药，只似昨日疼过夜就好了。"沙僧道："不必繁叙，快早去罢。"

好行者，急忙驾筋斗云。须臾，到东天门外。忽见增长天王当面作礼道："大圣何往？"行者道："因保唐僧西方取经，路遇魔障缠身，要到光明宫见昴日星官走走。"忽又见陶、张、辛、邓四大元帅，也问何往。行者道："要寻昴日星官去降妖救师。"四元帅道："星官今早奉玉帝旨意，上观星台巡礼去了。"行者道："可有这话？"辛天君道："小将等与他同下斗牛宫，岂敢说假？"陶天君道："今已许久，或将回矣。大圣还先去光明宫；如未回，再去观星台可也。"大圣遂喜，即别他们，至光明宫门首，果是无人，复抽身就走，只见那壁厢有一行兵士摆列，后面星官来了。那星官还穿的是拜驾朝衣，一身金缕。但见他：

> 冠簪五岳金光彩，笏执山河玉色琼。
> 袍挂七星云叆叇，腰围八极宝环明。
> 叮当珮响如敲韵，迅速风声似摆铃。
> 翠羽扇开来昴宿，天香飘袭满门庭。

前行的兵士，看见行者立于光明宫外，急转身报道："主公，孙大圣在这里也。"那星官敛云雾整束朝衣，停执事分开左右，上前作礼道："大圣何来？"行者道："专来拜烦救师父一难。"星官道："何难？在何地方？"行者道："在西梁国毒敌山琵琶洞。"星官道："那山洞有甚妖怪，却来呼唤小神？"行者道："观音菩萨适才显化，说是一个蝎子精。特举先生方能治得，因此来请。"星官道："本欲回奏玉帝。奈大圣至此，又感菩萨举荐，恐迟误事，小神不敢请献茶，且和你去降妖精，却再来回旨罢。"

大圣闻言，即同出东天门，直至西梁国。望见毒敌山不远，行者指道："此山便是。"星官按下云头，同行者至石屏前山坡之下。沙僧见了道："二哥起来，大哥请得星官来了。"那呆子还捂着嘴道："恕罪！恕罪！有病在身，不能行礼。"星官道："你是修行之人，何病之有？"八戒道："早间与那妖精交战，被他着我唇上扎了一下，至今还疼呀。"星官道："你上来，我与你医治医治。"呆子才放了手，口里哼哼喷喷道："千万治治！待好了谢你。"那星官用手把嘴唇上摸了一摸，吹一口气，就不疼了。呆子欢喜下拜道："妙啊！妙啊！"行者笑道："烦星官也把我头上摸摸。"星官道："你未遭毒，摸他何为？"行者道："昨日也曾遭过，只是过了夜，才不疼；如今还有些麻痒，只恐发天阴，也烦治治。"星官真个也把头上摸了一摸，吹口气，也就解了余毒，不麻不痒了。八戒发狠道："哥哥，去打那泼贱去！"星官道："正是，正是。你两个叫他出来，等我好降他。"

行者与八戒跳上山坡，又至石屏之后。呆子口里乱骂，手似捞钩，一顿钉钯，把那洞门外垒叠的石块爬开；闯至一层门，又一钉钯，将二门筑得粉碎。慌得那门里小妖飞报："奶奶，那两个丑男人，又把二层门也打破了！"那怪正教解放唐僧，讨素茶饭与他吃哩。听见打破二门，即便跳出花亭子，抢叉来刺八戒。八戒使钉钯迎架。行者在旁，又使铁棒来打。那怪赶至身边，要下毒手，他两个识得方法，回头就走。

那怪赶过石屏之后，行者叫声："昴宿何在？"只见那星官立于山坡上，现出本相，原来是一只双冠子大公鸡，昂起头来，约有六七尺高，对着妖精叫一声，那怪即时就现了本相，是个琵琶来大小的蝎子精。星官再叫一声，那怪浑身酥软，死在坡前。有诗为证。诗曰：

> 花冠绣颈若团缨，爪硬距长目怒睛。
> 踊跃雄威全五德，峥嵘壮势美三鸣。
> 岂如凡鸟啼茅屋，本是天星显圣名。
> 毒蝎枉修人道行，还原反本见真形。

八戒上前，一只脚蹦住那怪的胸背道："孽畜！今番使不得倒马毒了！"那怪动也不动，被呆子一顿钉钯，捣做一团烂酱。那星官复聚金光，驾云而去。行者与八戒、沙僧朝天拱谢道："有累！有累！改日赴宫拜酬。"

三人谢毕。却才收拾行李、马匹，都进洞里。见那大小丫鬟，两边跪下，拜道："爷爷，我们不是妖邪，都是西梁国女人，前者被这妖精摄来的。你师父在后边香房里坐着，哭哩。"行者闻言，仔细观看，果然不见妖气，遂入后边叫道："师父！"那唐僧见众齐来，十分欢喜道："贤徒，累及你们了！那妇人何如也？"八戒道："那厮原是个大母蝎子。幸得观音菩萨指示，大哥去天宫里请得那昴日星官下降，把那厮收伏。才被老猪筑做个泥了，方敢深入于此，得见师父之面。"唐僧谢之不尽。又寻些素米、素面，安排了饮食，吃了一顿。把那些摄将来的女子赶将下山，指与回家之路。点上一把火，把几间房宇，烧毁罄尽。请唐僧上马，找寻大路西行。正是：

割断尘缘离色相，推干金海悟禅心。

毕竟不知几年上才得成真，且听下回分解。

第五十六回

神狂诛草寇　道昧放心猿

诗曰：

> 灵台无物谓之清，寂寂全无一念生。
>
> 猿马牢收休放荡，精神谨慎莫峥嵘。
>
> 除六贼，悟三乘，万缘都罢自分明。
>
> 色除永灭超真界，坐享西方极乐城。

话说唐三藏咬钉嚼铁，以死命留得一个不坏之身；感蒙行者等打死蝎子精，救出琵琶洞。一路无词，又早是朱明①时节。但见那：

> 熏风时送野兰香，濯雨才晴新竹凉。
>
> 艾叶满山无客采，蒲花盈涧自争芳。
>
> 海榴娇艳游蜂喜，溪柳阴浓黄雀狂。
>
> 长路那能包角黍，龙舟应吊汨罗江。

他师徒们行赏端阳之景，虚度中天之节，忽又见一座高山阻路。长

---

① 朱明——夏。

老勒马回头叫道："悟空，前面有山，恐又生妖怪，是必谨防。"行者答道："师父放心，我等皈命投诚，怕甚妖怪！"长老闻言甚喜，加鞭催骏马，放辔趱蛟龙。须臾，上了山崖，举头观看。真个是：

顶巅松柏接云青，石壁荆榛挂野藤。万丈崔巍，千层悬削。万丈崔巍峰岭峻，千层悬削壑崖深。苍苔碧藓铺阴石，古桧高槐结大林。林深处，听幽禽，巧声眤眤实堪吟。涧内水流如泻玉，路旁花落似堆金。山势恶，不堪行，十步全无半步平。狐狸麋鹿成双遇，白鹿玄猿作对迎。忽闻虎啸惊人胆，鹤鸣震耳透天庭。黄梅红杏堪供食，野草闲花不识名。

四众进山，缓行良久，过了山头。下西坡，乃是一段平阳之地。猪八戒卖弄精神，教沙和尚挑着担子，他双手举钯，上前赶马。那马更不惧他，凭那呆子嗒嗒嗒的赶，只是缓行不紧。行者道："兄弟，你赶他怎的？让他慢慢走罢了。"八戒道："天色将晚，自上山行了这一日，肚里饿了，大家走动些，寻个人家化些斋吃。"行者闻言道："既如此，等我教他快走。"把金箍棒晃一晃，喝了一声，那马溜了缰，如飞似箭，顺平路往前去了，你说马不怕八戒，只怕行者何也？行者五百年前曾受玉帝封在大罗天御马监养马，官名"弼马温"，故此传留至今，是马皆惧猴子。那长老挽不住缰口，只扳紧着鞍鞒，让他放了一路辔头，有二十里向开田地，方才缓步而行。

正走处，忽听得一棒锣声，路两边闪出三十多人，一个个枪刀棍棒，拦住路口道："和尚！那里走！"唬得个唐僧战兢兢，坐不稳跌下马来，蹲在路旁草科里，只叫："大王饶命！大王饶命！"那为头的两个大汉道："不打你，只是有盘缠留下。"长老方才省悟，知他是伙强人，却欠身抬头观看。但见他：

一个青脸獠牙欺太岁，一个暴睛圆眼赛丧门。鬓边红发如飘火，颌下黄须似插针。他两个头戴虎皮花磕脑，腰系貂裘彩战裙。一个手中执着狼牙棒，一个肩上横担挖挞藤。果然不亚巴山虎，真个犹如出水龙。

三藏见他这般凶恶，只得走起来，合掌当胸道："大王，贫僧是东土唐王差往西天取经者，自别了长安，年深日久，就有些盘缠也使尽了。出家人专以乞化为由，那得个财帛？万望大王方便方便，让贫僧过去罢！"那两个贼帅众向前道："我们在这里起一片虎心，截住要路，专要些财帛，甚么方便方便？你果无财帛，快早脱下衣服，留下白马，放你过去！"三藏道："阿弥陀佛！贫僧这件衣服，是东家化布，西家化针，零零碎碎化来的。你若剥去，可不害杀我也？只是这世里做得好汉，那世里变畜生哩！"

那贼闻言大怒，掣大棍，上前就打。这长老口内不言，心中暗想道："可怜！你只说你的棍子，还不知我徒弟的棍子哩！"那贼那容分说，举着棒，没头没脸的打来。长老一生不会说谎，遇着这急难处，没奈何，只得打个诳语道："二位大王，且莫动手。我有个小徒弟，在后面就到。他身上有几两银子，把与你罢。"那贼道："这和尚是也吃不得亏，且捆起来。"众喽啰一齐下手，把一条绳捆了，高高吊在树上。

却说三个撞祸精，随后赶来。八戒呵呵大笑道："师父去得好快，不知在那里等我们哩。"忽见长老在树上，他又说："你看师父。等便罢了，却又有这般心肠，爬上树去，扯着藤儿打秋千耍子哩！"行者见了道："呆子，莫乱谈。师父吊在那里不是？你两个慢来，等我去看看。"好大圣，急登高坡细看，认得是伙强人。心中暗喜道："造化！造化！买卖上门了！"即转步，摇身一变，变作个干干净净的小和尚，穿一领缁衣，年纪只有二八，肩上背着一个蓝布包袱。拽开步，来到前边，叫道："师父，这是怎么说话？这都是些甚么歹人？"三藏道："徒弟呀，还不救我一救，还问甚的？"行者道："是干甚勾当的？"三藏道："这一伙拦路的，把我拦住，要买路钱。因身边无物，遂把我吊在这里，只等你来计较计较。不然，把这匹马送与他罢。"行者闻言笑道："师父不济。天下也有和尚，似你这样皮松的却少。唐太宗差你往西天见佛，谁教你把这龙马送人？"三藏道："徒弟呀，似这等吊起来，打着要，怎生是好？"行者道："你怎么与他说来？"三藏道："他打的我急了，没奈何，把你供出来也。"行者道："师父，你好没搭撒。你供我怎的？"三藏道："我说你身边有些盘缠，且教道莫打我，是一时救难的话儿。"行者道："好！好！好！承你抬举。正是这样供。若肯一个月供得七八十遭，老孙越有买卖。"

那伙贼见行者与他师父讲话，撒开势，围将上来道："小和尚，你师父说你腰里有盘缠，趁早拿出来，饶你们性命！若道半个'不'字，就都送了你的残生！"行者放下包袱道："列位长官，不要嚷。盘缠有些在此包袱，不多，只有马蹄金二十来锭，粉面银二三十锭，散碎的未曾见数。要时就连包儿拿去，切莫打我师父。古书云，'德者，本也；财者，末也。'此是末事。我等出家人，自有化处；若遇着个斋僧的长者，衬钱也有，衣服也有，能用几何？只望放下我师父来，我就一并奉承。"那伙贼闻言，都甚欢喜道："这老和尚悭吝，这小和尚倒还慷慨。"教："放下来。"那长老得了性命，跳上马，顾不得行者，操着鞭，一直跑回旧路。行者忙叫道："走错路了。"提着包袱，就要追去。那伙贼拦住道："那里走？将盘缠留下，免得动刑！"行者笑道："说开，盘缠须三分分之。"那贼头道："这小和尚忒乖，就要瞒着他师父留起些儿。也罢，拿出来看。若多时，也分些与你背地里买果子吃。"行者道："哥呀，不是这等说。我那里有甚盘缠？说你两个打劫别人的金银，是必分些与我。"那贼闻言大怒，骂道："这和尚不知死活！你倒不肯与我，反问我要！不要走！看打！"抢起一条挖挞藤棍，照行者光头上打了七八下。行者只当不知，且满面陪笑道："哥呀，若是这等打，就打到来年打罢春，也是不当真的。"那贼大惊道："这和尚好硬头！"行者笑道："不敢，不敢，承过奖了。也将就看得过。"那贼那容分说，两三个一齐乱打。行者道："列位息怒，等我拿出来。"

好大圣，耳中摸一摸，拔出一个绣花针儿道："列位，我出家人，果然不曾带得盘缠，只这个针儿送你罢。"那贼道："晦气呀！把一个富贵和尚放了，却拿住这个穷秃驴！你好道会做裁缝？我要针做甚的？"行者听说不要，就拈在手中，晃了一晃，变作碗来粗细的一条棍子。那贼害怕道："这和尚生得小，倒会弄术法儿。"行者将棍子插在地下道："列位拿得动，就送你罢。"两个贼上前抢夺，可怜就如蜻蜓撼石柱，莫想弄动半分毫。这条棍本是如意金箍棒，天秤称的，一万三千五百斤重，那伙贼怎么知得。大圣走上前，轻轻的拿起，丢一个蟆翻身拗步势，指着强人道："你都造化低，遇着我老孙了！"那贼上前来，又打了五六十个。行者笑道："你也打得手困了，且让老孙打一棒儿，却休当真。"你看他展开棍子，晃一晃，有井栏粗细，七八丈长短，荡的一棍，把一个打倒在地，嘴唇土，再不做声。那一个开言骂道："这秃厮老大无礼！盘缠没有，转伤我一个人！"行者笑道："且消停，且消停！待我一个个打来，一发教你断了根罢！"荡的又一棍，把第二个又打死了，唬得那众喽啰撒枪弃棍，四路逃生而走。

却说唐僧骑着马，往东正跑，八戒、沙僧拦住道："师父往那里去？错走路了。"长老兜马道："徒弟啊，趁早去与你师兄说，教他棍下留情，莫要打杀那些强盗。"八戒道："师父住下，等我去来。"呆子一路跑到前边，厉声高叫道："哥哥，师父教你莫打人哩。"行者道："兄弟，那曾打人？"八戒道："那强盗往那里去了？"行者道："别个都散了，只是两个头儿在这里睡觉哩。"八戒笑道："你两个遭瘟的，好道是熬了夜，这般辛苦，不往别处睡，却睡此处！"呆子行到身边，看看道："倒与我是一起的，干净张着口睡，淌出些粘涎来了。"行者道："是老孙一棍子打出豆腐来了。"八戒道："人头上又有豆腐？"行者道："打出脑子来了！"

八戒听说打出脑子来，慌忙跑转去，对唐僧道："散了伙也！"三藏道："善哉！善哉！往那条路上去了？"八戒道："打也打得直了脚，又会往那里去走哩！"三藏道："你怎么说散伙？"八戒道："打杀了，不是散伙是甚的？"三藏问："打的怎么模样？"八戒道："头上打了两个大窟窿。"三藏教："解开包，取几文衬钱，快去那里讨两个膏药与他两个贴贴。"八戒笑道："师父好没正经。膏药只好贴得活人的疮肿，那里好贴得死人的窟窿？"三藏道："真打死了？"就恼起来，口里不住的絮絮叨叨，猢狲长，猴子短。兜转马，与沙僧、八戒至死人前，见那血淋淋的，倒卧山坡之下。

这长老甚不忍见，即着八戒："快使钉钯，筑个坑子埋了，我与他念卷《倒头经》。"八戒道："师父左使了人也。行者打杀人，还该教他去烧埋，怎么教老猪做土工？"行者被师父骂恼了，喝着八戒道："泼懒夯货，趁早儿去埋！迟了些儿，就是一棍！"呆子慌了，往山坡下筑了有三尺深，下面都是石脚石根，挦住钯齿；呆子丢了钯，便把嘴

611

拱，拱到软处，一嘴有二尺五，两嘴有五尺深，把两个贼尸埋了，盘作一个坟堆。三藏叫："悟空，取香烛来，待我祷祝，好念经。"行者努着嘴道："好不知趣！这半山之中，前不巴村，后不着店，那讨香烛？就有钱也无处去买。"三藏恨恨的道："猴头过去！等我撮土焚香祷告。"这是三藏离鞍悲野冢，圣僧善念祝荒坟。祝云：

拜惟好汉，听祷原因：念我弟子，东土唐人。奉太宗皇帝旨意，上西方求取经文。适来此地，逢尔多人，不知是何府、何州、何县，都在此山内结党成群。我以好话，哀告殷勤。尔等不听，返善生嗔。却遭行者，棍下伤身。切念尸骸暴露，吾随掩土盘坟。折青竹为香烛，无光彩，有心勤；取顽石作施食，无滋味，有诚真。你到森罗殿下兴词，倒树寻根，他姓孙，我姓陈，各居异姓。冤有头，债有主，切莫告我取经僧人。

八戒笑道："师父推了干净。他打时却也没有我们两个。"三藏真个又撮土祷告道："好汉告状，只告行者，也不干八戒、沙僧之事。"大圣闻言，忍不住笑道："师父，你老人家忒没情义。为你取经，我费了多少殷勤劳苦，如今打死这两个毛贼，你倒教他去告老孙。虽是我动手打，却也只是为你。你不往西天取经，我不与你做徒弟，怎么会来这里，会打杀人！索性等我祝他一祝。"攒着铁棒，望那坟上捣了三下，道："遭瘟的强盗，你听着！我被你前七八棍，后七八棍，打得我不疼不痒的，触恼了性子，一差二误，将你打死了，尽你到那里去告，我老孙实是不怕：玉帝认得我，天王随得我；二十八宿惧我，九曜星官怕我；府县城隍跪我，东岳天齐怖我；十代阎君曾与我为仆从，五路猖神曾与我当后生；不论三界五司，十方诸宰，都与我情深面熟，随你那里去告！"三藏见说出这般恶话，却又心惊道："徒弟呀，我这祷祝是教你体好生之德，为良善之人，你怎么就认真起来？"行者道："师父，这不是好耍子的勾当。且和你赶早寻宿去。"那长老只得怀嗔上马。

孙大圣有不睦之心，八戒、沙僧亦有嫉妒之意，师徒都面是背非。依大路向西正走，忽见路北下有一座庄院。三藏用鞭指定道："我们到那里借宿去。"八戒道："正是。"遂行至庄舍边下马。看时，却也好个住场，但见：

> 野花盈径，杂树遮扉。远岸流山水，平畦种麦葵。蒹葭露润轻
> 鸥宿，杨柳风微倦鸟栖。青柏间松争翠碧，红蓬映蓼斗芳菲。村犬
> 吠，晚鸡啼，牛羊食饱牧童归。爨烟结雾黄粱熟，正是山家入暮
> 时。

长老向前，忽见那村舍门里走出一个老者，即与相见，道了问讯。那老者问道："僧家从那里来？"三藏道："贫僧乃东土大唐钦差往西天求经者。适路过宝方，天色将晚，特来檀府告宿一宵。"老者笑道："你贵处到我这里，程途迢递，怎么涉水登山，独自到此？"三藏道："贫僧还有三个徒弟同来。"老者问："高徒何在？"三藏用手指道："那大路旁立的便是。"老者猛抬头，看见他们面貌丑陋，急回身往里就走；被三藏扯住道："老施主，千万慈悲，告借一宿！"老者战兢兢钳口难言，摇着头，摆着手道："不，不，不，不像人模样！是，是，是几个妖精！"三藏陪笑道："施主切休恐惧。我徒弟生得是这等相貌，不是妖精！"老者道："爷爷呀，一个夜叉，一个马面，一个雷公！"行者闻言，厉声高叫道："雷公是我孙子，夜叉是我重孙，马面是我玄孙哩！"那老者听见，魄散魂飞，面容失色，只要进去。三藏挽住他，同到草堂，陪笑道："老施主，不要怕他。他都是这等粗鲁，不会说话。"

正劝解处，只见后面走出一个婆婆，携着五六岁的一个小孩儿，道："爷爷，为何这般惊恐？"老者才叫："妈妈，看茶来。"那婆婆真个丢了孩儿，入里面捧出二盅茶来。茶罢，三藏却转下来，对婆婆作礼道："贫僧是东土大唐差往西天取经的。才到贵处，拜求尊府借宿，因是我三个徒弟貌丑，老家长见了虚惊也。"婆婆道："见貌丑的就这等虚惊，若见了老虎豺狼，却怎么好？"老者道："妈妈呀，人面丑陋还可，只是言语一发吓人。我说他像夜叉、马面、雷公，他吆喝道，雷公是他孙子，夜叉是他重孙，马面是他玄孙。我听此言，故然悚惧。"唐僧道："不是，不是，像雷公的是我大徒孙悟空；像马面的，是我二徒猪悟能；像夜叉的，是我三徒沙悟净。他们虽是丑陋，却也秉教沙

门，皈依善果，不是甚么恶魔毒怪，怕他怎么！"公婆两个，闻说他名号，皈正沙门之言，却才定性回惊，教："请来，请来。"长老出门叫来。又吩咐道："适才这老者甚恶你等。今进去相见，切勿抗礼，各要尊重些。"八戒道："我俊秀，我斯文，不比师兄撒泼。"行者笑道："不是嘴长、耳大、脸丑，便也是一个好男子。"沙僧道："莫争讲，这里不是那抓乖弄俏之处。且进去！且进去！"

遂此把行囊马匹，都到草堂上，齐同唱了个喏，坐定。那妈妈儿贤慧，即便携转小儿，吩咐煮饭，安排一顿素斋，他师徒吃了。渐渐晚了，又掌起灯来，都在草堂上闲叙。长老才问："施主高姓？"老者道："姓杨。"又问年纪。老者道："七十四岁。"又问："几位令郎？"老者道："止得一个，适才妈妈携的是小孙。"长老："请令郎相见拜揖。"老者道："那厮不中拜。老拙命苦，养不着他，如今不在家了。"三藏道："何方生理？"老者点头而叹："可怜！可怜！若肯何方生理，是吾之幸也！那厮专生恶念，不务本等，专好打家截道，杀人放火！相交的都是些狐群狗党！自五日之前出去，至今未回。"三藏闻说，不敢言喘，心中暗想道："或者悟空打杀的就是也。"长老神思不安，欠身道："善哉！善哉！如此贤父母，何生恶逆儿！"行者近前道："老官儿，似这等不良不肖、奸盗邪淫之子，连累父母，要他何用！等我替你寻他来打杀了罢。"老者道："我待也要送了他，奈何再无以次人丁，纵是不才，一定还留他与老汉掩土。"沙僧与八戒笑道："师兄，莫管闲事，你我不是官府。他家不肖，与我何干！且告施主，见赐一束草儿，在那厢打铺睡觉，天明走路。"老者即起身，着沙僧到后园里拿两个稻草，教他们在园中草团瓢①内安歇。行者牵了马，八戒挑了行李，同长老俱到团瓢内安歇不题。

却说那伙贼内果有老杨的儿子。自天早在山前被行者打死两个贼首，他们都四散逃生。约摸到四更时候，又结做一伙，在门前打门。老者听得门响，即披衣道："妈妈，那厮们来也。"妈妈道："既来，你去开门，放他来家。"老者方才开门，只见那一伙贼都嚷道："饿了！饿了！"这老杨的儿子忙入里面，叫起他妻来，打米煮饭，却厨下无

---

① 草团瓢——草舍。

柴，往后园里拿柴到厨房里，问妻道："后园里白马是那里的？"其妻道："是东土取经的和尚，昨晚至此借宿，公公婆婆管待他一顿晚斋，教他在草团瓢内睡哩。"

那厮闻言，走出草堂，拍手打掌笑道："兄弟们，造化！造化！冤家在我家里也。"众贼道："那个冤家？"那厮道："却是打死我们头儿的和尚，来我家借宿，现睡在草团瓢里。"众喊道："却好！却好！拿住这些秃驴，一个个剁成肉酱，一则得那行囊、白马，二来与我们头儿报仇！"那厮道："且莫忙。你们且去磨刀。等我煮饭熟了，大家吃饱些，一齐下手。"真个那些贼磨刀的磨刀，磨枪的磨枪。

那老儿听得此言，悄悄的走到后园，叫起唐僧四位道："那厮领众来了，知得汝等在此，意欲图害。我老拙念你远来，不忍伤害。快早收拾行李，我送你往后门出去罢！"三藏听说，战兢兢的叩头谢了老者，即唤八戒牵马，沙僧挑担，行者拿了九环锡杖。老者开后门，放他去了，依旧悄悄的来前睡下。

却说那厮们磨快了刀枪，吃饱了饮食，时已五更天气，一齐来到园中看处，却不见了。即忙点灯着火。寻够多时，四无踪迹，但见后门开着，都道："从后门走了！走了！"发一声喊："赶将上拿来。"一个个如飞似箭，直赶到东方日出，却才望见唐僧。那长老忽听得喊声，回头观看，后面有二三十人，枪刀簇簇而来。便叫："徒弟啊，贼兵追至，怎生奈何！"行者道："放心！放心！老孙了他去来！"三藏勒马道："悟空，切莫伤人，只吓退他便罢。"行者那肯听信，急掣棒回首相迎道："列位那里去？"众贼骂道："秃厮无礼！还我大王的命来！"那厮们圈子阵把行者围在中间，举枪刀乱砍乱搠。这大圣把金箍棒晃一晃，碗来粗细，把那伙贼打得星落云散，荡着的就死，挽着的就亡；磕着的骨折，擦着的皮伤；乖些的跑脱几个，痴些的都见阎王。

三藏在马上，见打倒许多人，慌的放马奔西。猪八戒与沙和尚，紧随鞭镫而去。行者问那不死带伤的贼人道："那个是那杨老儿的儿子？"那贼哼哼的告道："爷爷，那穿黄的是！"行者上前，夺过刀来，把个穿黄的割下头来，血淋淋提在手中，收了铁棒，拽开云步，赶到唐僧马前，提着头道："师父，这是杨老儿的逆子，被老孙取将首级来也。"三藏见了，大惊失色，慌得跌下马来，骂道："这泼猢狲唬杀我也！快拿过！快拿过！"八戒上前，将人头一脚踢下路旁，使钉钯筑些土盖了。

　　沙僧放下担子，搀着唐僧道："师父请起。"那长老在地下正了性，口中念起紧箍儿咒来，把个行者勒得耳红面赤，眼胀头昏，在地下打滚，只教："莫念！莫念！"那长老念够有十余遍，还不住口。行者翻筋斗，竖蜻蜓，疼痛难禁，只叫："师父饶我罪罢！有话便说。莫念！莫念！"三藏却才住口道："没话说，我不要你跟了，你回去罢！"行者忍疼磕头道："师父，怎的就赶我去耶？"三藏道："你这泼猴，凶恶太甚，不是个取经之人。昨日在山坡下，打死那两个贼头，我已怪你不仁。及晚了到老者之家，蒙他赐斋借宿；又蒙他开后门放我等逃了性命；虽然他的儿子不肖，与我无干，也不该就枭他首，况又杀死多人，坏了多少生命，伤了天地多少和气。屡次劝你，更无一毫善念，要你何为！快走！快走！免得又念真言！"行者害怕，只教："莫念，莫念！我去也！"说声去，一路筋斗云，无影无踪，遂不见了。咦！这正是：

　　　　心有凶狂丹不熟，神无定位道难成。

　　毕竟不知那大圣投向何方，且听下回分解。

第五十七回

真行者落伽山诉苦　假猴王水帘洞誊文

却说孙大圣恼恼闷闷，起在空中，欲待回花果山水帘洞，恐本洞小妖见笑，笑我出乎尔反乎尔，不是个大丈夫之器；欲待要投奔天宫，又恐天宫内不容久住；欲待要投海岛，却又羞见那三岛诸仙；欲待要奔龙宫，又不伏气求告龙王。真个是无依无倚，苦自忖量道："罢！罢！罢！我还去见我师父，还是正果。"

遂按下云头，径至三藏马前侍立道："师父，恕弟子这遭！向后再不敢行凶，受师父教诲，千万还得我保你西天去也。"唐僧见了，更不答应，兜住马，即念紧箍儿咒。颠来倒去，又念有二十余遍，把大圣咒倒在地，箍儿陷在肉里有一寸来深浅，方才住口道："你不回去，又来缠我怎的？"行者只教："莫念！莫念！我是有处过日子的，只怕你无我去不得西天。"三藏发怒道："你这猢狲杀生害命，连累了我多少，如今实不要你了！我去得去不得，不干你事！快走，快走！迟了些儿，我又念真言。这番决不住口，把你脑浆都勒出来哩！"大圣疼痛难忍，见师父更不回心，没奈何，只得又驾筋斗云，起在空中。忽然省悟道："这和尚负了我心，我且向普陀崖告诉观音菩萨去来。"

好大圣，拨回筋斗，那消一个时辰，早至南洋大海，住下祥光，直至落伽山上，撞入紫竹林中。忽见木叉行者迎面作礼道："大圣何往？"行者道："要见菩萨。"木叉即引行者至潮音洞口，又见善财童子作礼道："大圣何来？"行者道："有事要告菩萨。"善财听见一个"告"字，笑道："好刁嘴的猴儿！还像当时我拿住唐僧被你欺哩！我菩萨是个大慈大悲，大愿大乘，救苦救难，无边无量的圣善菩萨，有甚不是处，你要告他？"行者满怀闷气，一闻此言，心中怒发，咄的一声，把善财童子喝了个倒退，道："这个背义忘恩的小畜生！你那时节作怪成精，我请菩萨收了你，叛正迦持，如今得这等极乐长生，自在逍遥，与天同寿，还不拜谢老孙，转倒这般侮慢！我是有事来告求菩萨，却怎么说我刁嘴要告菩萨？"善财陪笑道："还是个急猴子。我与你作笑耍子，你怎么就变脸了？"

正讲处，只见白鹦哥飞来飞去，知是菩萨呼唤，木叉与善财，遂向前引导，至宝莲台下。行者望见菩萨，倒身下拜，止不住泪如泉涌，放声大哭。菩萨教木叉与善财扶起道："悟空，有甚伤感之事，明明说来。莫哭，莫哭，我与你救苦消灾也。"行者垂泪再拜道："当年弟子为人，曾受那个气来？自蒙菩萨解脱天灾，秉教沙门，保护唐僧往西天拜佛求经，我弟子舍身拼命，救解他的魔障，就如老虎口里夺脆骨，蛟龙背上揭生鳞。只指望归真正果，洗孽除邪，怎知那长老背义忘恩，直迷了一片善缘，更不察皂白之苦！"菩萨道："且说那皂白原因来我听。"行者即将那打杀草寇前后始终，细陈了一遍。却说唐僧因他打死多人，心生怨恨，不分皂白，遂念紧箍儿咒，赶他几次。上天无路，入地无门，特来告诉菩萨。菩萨道："唐三藏奉旨投西，一心要秉善为僧，决不轻伤性命。似你有无量神通，何苦打死许多草寇！草寇虽是不良，到底是个人身，不该打死。比那妖禽怪兽、鬼魁精魔不同。那个打死，是你的功绩；这人身打死，还是你的不仁。但祛退散，自然救了你师父。据我公论，还是你的不善。"

行者噙泪叩头道："纵是弟子不善，也当将功折罪，不该这般逐我。万望菩萨，舍大慈悲，将松箍儿咒念念，褪下金箍，交还与你，放我仍往水帘洞逃生去罢！"菩萨笑道："紧箍儿咒，本是如来传我的。当年差我上东土寻取经人，赐我三件宝贝，乃是锦襕袈裟、九环锡杖、金紧禁三个箍儿。秘授与咒语三篇，却无甚么松箍儿咒。"行者道："既如此，我告辞菩萨去也。"菩萨道："你辞我往那里去？"行者道："我上西天，拜告如来，求念松箍儿咒去也。"菩萨道："你

618

且住，我与你看看祥晦如何。"行者道："不消看，只这样不祥也够了。"菩萨道："我不看你，看唐僧的祥晦。"

好菩萨，端坐莲台，运心三界，慧眼遥观，遍周宇宙，霎时间开口道："悟空，你那师父顷刻之际，就有伤身之难，不久便来寻你。你只在此处，待我与唐僧说，教他还同你去取经，了成正果。"孙大圣只得皈依，不敢造次，侍立于宝莲台下不题。

却说唐长老自赶回行者，教八戒引马，沙僧挑担，连马四口，奔西走不上五十里远近，三藏勒马道："徒弟，自五更时出了村舍，又被那弼马温着了气恼，这半日饥又饥，渴又渴，那个去化些斋来我吃？"八戒道："师父且请下马，等我看可有邻近的庄村，化斋去也。"三藏闻言，滚下马来。呆子纵起云头，半空中仔细观看，一望尽是山岭，莫想有个人家。八戒按下云来，对三藏道："却是没处化斋。一望之间，全无庄舍。"三藏道："既无化斋之处，且得些水来解渴也可。"八戒道："等我去南山涧下取些水来。"沙僧即取钵盂，递与八戒。八戒托着钵盂，驾起云雾而去。那长老坐在路旁，等够多时，不见回来，可怜口干舌苦难熬。有诗为证。诗曰：

保神养气谓之精，情性原来一禀形。
心乱神昏诸病作，形衰精败道元倾。
三花不就空劳碌，四大萧条枉费争。
土木无功金水绝，法身疏懒几时成！

沙僧在旁，见三藏饥渴难忍，八戒又取水不来，只得稳了行囊，拴牢了白马道："师父，你自在着，等我去催水来。"长老含泪无言，但点头相答。沙僧急驾云光，也向南山而去。

那师父独炼自熬，困苦太甚。正在怆惶之际，忽听得一声响亮，唬得长老欠身看处，原来是孙行者跪在路旁，双手捧着一个磁杯道："师父，没有老孙，你连水也不能够哩。这一杯好凉水，你且吃口水解渴，待我再去化斋。"长老道："我不吃你的水！立地渴死，我当任命！不要你了！你去罢。"行者道："无我你去不得西天也。"三藏道："去得去不得，不干你事！泼猢狲！只管来缠我做甚！"那行者变了脸，发

619

西游记

怒生嗔，喝骂长老道："你这个狠心的泼秃，十分贱我！"抢铁棒，丢了磁杯，望长老脊背上砑了一下。那长老昏晕在地，不能言语，被他把两个青毡包袱，提在手中，驾筋斗云，不知去向。

却说八戒托着钵盂，只奔山南坡下，忽见山凹之间，有一座草舍人家。原来在先看时，被山高遮住，未曾见得；今来到边前，方知是个人家。呆子暗想道："我若是这等丑嘴脸，决然怕我，枉劳神思，断然化不得斋饭。须是变好！须是变好！"

好呆子，捻着决，念个咒，把身摇了七八摇，变作一个食痨病黄胖和尚，口里哼哼喷喷的，挨近门前，叫道："施主，厨中有剩饭，路上有饥人。贫僧是东土来，往西天取经的。我师父在路饥渴了，家中有锅巴冷饭，千万化些儿救口。"原来那家子男人不在，都去插秧种谷去了；只有两个女人在家，正才煮了午饭，盛起两盆，却收拾送下田，锅里还有些饭与锅巴，未曾盛了。那女人见他这等病容，却又说东土往西天去的话，只恐他是病昏了胡说，又怕跌倒，死在门首。只得哄哄拿拿，将些剩饭锅巴，满满的与了一钵。呆子拿转来，现了本相，径回旧路。

正走间，听得有人叫"八戒"。八戒抬头看时，却是沙僧站在山崖上喊道："这里来！这里来！"及下崖，迎至面前道："这涧里好清水不舀，你往那里去的？"八戒笑道："我到这里，见山凹子有个人家，我去化了这一钵干饭来了。"沙僧道："饭也用着，只是师父渴得紧了，怎得水去？"八戒道："要水也容易，你将衣襟来兜着这饭，等我使钵盂去舀水。"

二人欢欢喜喜，回至路上，只见三藏面磕地，倒在尘埃，白马撒缰，在路旁长嘶跑跳；行李担不见踪影。慌得八戒跌脚捶胸，大呼小叫道："不消讲！不消讲！这还是孙行者赶走的余党，来此打杀师父，抢了行李去了！"沙僧道："且去把马拴住！"只叫："怎么好！怎么好！这诚所谓半途而废，中道而止也！"叫一声："师父！"满眼抛珠，伤心痛哭。八戒道："兄弟，且休哭。如今事已到此，取经之事，且莫说了。你看着师父的尸灵，等我把马骑到那个府州县乡村店集卖几两银子，买口棺木，把师父埋了，我两个各寻道路散伙。"

沙僧实不忍舍，将唐僧扳转身体，以脸温脸，哭一声："苦命的师

620

父！"只见那长老口鼻中吐出热气，胸前温暖。连叫："八戒，你来！师父未伤命哩！"那呆子才近前扶起。长老苏醒，呻吟一会，骂道："好泼猢狲，打杀我也！"沙僧、八戒问道："是那个猢狲？"长老不言，只是叹息。却讨水吃了几口，才说："徒弟，你们刚去，那悟空更来缠我。是我坚执不收，他遂将我打了一棒，青毡包袱都抢去了。"八戒听说，咬响口中牙，发起心头火道："叵耐这泼猴子，怎敢这般无礼！"教沙僧道："你伏侍师父，等我到他家讨包袱去！"沙僧道："你且休发怒。我们扶师父到那山凹人家化些热茶汤，将先化的饭热热，调理师父，再去寻他。"

八戒依言，把师父扶上马，拿着钵盂，兜着冷饭，直至那家门首。只见那家止有个老婆子在家，忽见他们，慌忙躲过。沙僧合掌道："老母亲，我等是东土唐朝差往西天去者，师父有些不快，特拜府上，化口热茶汤，与他吃饭。"那妈妈道："适才有个食痨病的和尚，说是东土差来的，已化斋去了，又有个甚么东土的。我没人在家，请别转转。"长老闻言，扶着八戒，下马躬身道："老婆婆，我弟子有三个徒弟，合意同心，保护我上天竺国大雷音拜佛求经。只因我大徒弟——唤孙悟空——一生凶恶，不遵善道，是我逐回。不期他暗暗走来，着我背上打了一棒，将我行囊衣钵抢去。如今要着一个徒弟寻他取讨，因在那空路上不是坐处，特来老婆婆府上权安息一时。待讨将行李来就行，决不敢久住。"那妈妈道："刚才一个食痨病黄胖和尚，他化斋去了，也说是东土往西天去的，怎么又有一起？"八戒忍不住笑道："就是我。因我生得嘴长耳大，恐你家害怕，不肯与斋，故变作那等模样。你不信，我兄弟衣兜里不是你家锅巴饭？"

那妈妈认得果是他与的饭，遂不拒他，留他们坐了，却烧了一罐热茶，递与沙僧泡饭。沙僧即将冷饭泡了，递与师父。师父吃了几口，定性多时道："那个去讨行李？"八戒道："我前年因师父赶他回去，我曾寻他一次，认得他花果山水帘洞。等我去！等我去！"长老道："你去不得。那猢狲原与你不和，你又说话粗鲁，或一言两句之间，有些差池，他就要打你。着悟净去罢。"沙僧应承道："我去，我去。"长老又吩咐沙僧道："你到那里，须看个头势。他若肯与你包袱，你就假谢谢拿来；若不肯，切莫与他争竞，径至南海菩萨处，将此情告诉，请菩萨去问他要。"沙僧一一听从。向八戒道:"我今寻他去,你千万莫偻傫,好生供养师父。这人家亦不可撒泼,恐他不肯供饭。我去就回。"八戒点头道:"我理会得。但你去,讨得讨不得,次早回来,不要弄做'尖担担柴两头脱'也。"沙僧遂捻了诀,驾起云光,直奔东胜神洲而去。真个是:

> 身在神飞不守舍,有炉无火怎烧丹。
> 黄婆别主求金老,木母延师奈病颜。
> 此去不知何日返,这回难量几时还。
> 五行生克情无顺,只待心猿复进关。

那沙僧在半空里,行经三昼夜,方到了东洋大海。忽闻波浪之声,低头观看,真个是黑雾涨天阴气盛,沧溟衔日晓光寒。他也无心观玩,望仙山渡过瀛洲,向东方直抵花果山界。乘海风,踏水势,又多时,却望见高峰排戟,峻壁悬屏。即至峰头,按云找路下山,寻水帘洞。步近前,只听得一派喧声,见那山中无数猴精,滔滔乱嚷。沙僧又近前仔细再看,原来是孙行者高坐石台之上,双手扯着一张纸,朗朗的念道:

东土大唐王皇帝李,驾前敕命御弟圣僧陈玄奘法师,上西方天竺国娑婆灵山大雷音寺专拜如来佛祖求经。朕因促病侵身,魂游地府,幸有阳数臻长,感冥君放送回生,广陈善会,修建度亡道场。盛蒙救苦救难观世音菩萨金身出现,指示西方有佛有经,可度幽亡超脱,特着法师玄奘,远历千山,询求经偈。倘过西邦诸国,不灭善缘,照牒施行。

大唐贞观一十三年秋吉日御前文牒。自别大国以来,经度诸邦,中途收得大徒弟孙悟空行者,二徒弟猪悟能八戒,三徒弟沙悟净和尚。

念了从头又念。沙僧听得是通关文牒,止不住近前厉声高叫:"师兄,师父的关文你念他怎的?"那行者闻言,急抬头,不认得是沙僧,叫:"拿来!拿来!"众猴一齐围绕,把沙僧拖拖扯扯,拿近前来,喝道：“你是何人，擅敢近吾仙洞？”沙僧见他变了脸，不肯相认，只得朝上行礼道：“上告师兄。前者实是师父性暴，错怪了师兄，把师兄咒了几遍，逐赶回家。一则弟等未曾劝解，二来又为师父饥渴去寻水化斋。不意师兄好意复来，又怪师父执法不留，遂把师父打倒，昏晕在地，将行李抢去。后救转师父，特来拜兄。若不恨师父，还念昔日解脱之恩，同小弟将行李回见师父，共上西天，了此正果。倘怨恨之深，不肯同去，千万把包袱赐弟，兄在深山，乐桑榆晚景，亦诚两全其美也。”

行者闻言，呵呵冷笑道：“贤弟，此论甚不合我意。我打唐僧，抢行李，不因我不上西方，亦不因我爱居此地。我今熟读了牒文，我自己上西方拜佛求经，送上东土，我独成功，教那南赡部洲人立我为祖，万代传名也。”沙僧笑道：“师兄言之欠当。自来没个‘孙行者取经’之说。我佛如来造下三藏真经，原着观音菩萨向东土寻取经人求经，要我们苦历千山，询求诸国，保护那取经人。菩萨曾言：取经人乃如来门生，号曰金蝉长老，只因他不听佛祖谈经，贬下灵山，转生东土，教他果正西方，复修大道。遇路上该有这般魔障，解脱我等三人，与他做护法。兄若不得唐僧去，那个佛祖肯传经与你！却不是空劳一场神思也？”那行者道：“贤弟，你原来懵懂，但知其一，不知其二。谅你说你有唐僧，同我保护，我就没有唐僧？我这里另选个有道的真僧在此，老孙独力扶持，有何不可！已选明日大走起身去矣。你不信，待我请来你看。”叫：“小的们，快请老师父出来。”果跑进去，牵出一匹白马，请出一个唐三藏，跟着一个八戒，挑着行李；一个沙僧，拿着锡杖。

这沙僧见了大怒道：“我老沙行不更名，坐不改姓，那里又有一个沙和尚！不要无礼！吃我一杖！”好沙僧，双手举降妖杖，把一个‘假沙僧’劈头一下打死，原来这是一个猴精。那行者恼了，抢金箍棒，帅众猴，把沙僧围了。沙僧东冲西撞，打出路口，纵云雾逃生道：“这泼猴如此愈懒，我告菩萨去来！”那行者见沙僧打死一个猴精，把沙和尚逼得走了，他也不来追赶，回洞教小的们把打死的妖尸拖在一边，剥了皮，取肉煎炒，将椰子酒、葡萄酒，同众猴都吃了。另选一个会变化的妖猴，还变一个沙和尚，从新教道，要上西方不题。

沙僧一驾云离了东海，行经一昼夜，到了南海。正行时，早见落伽山不远，急至前，低停云雾观看。好去处！果然是：

> 包乾之奥，括坤之区。会百川而浴日滔星，归众流而生风漾月。潮发腾凌大鲲化，波翻浩荡巨鳌游。水通西北海，浪合正东洋。四海相连同地脉，仙方洲岛各仙宫。休言满地蓬莱，且看普陀云洞。好景致！山头霞彩壮元精，岩下祥风漾月晶。紫竹林中飞孔雀，绿杨枝上语灵鹦。琪花瑶草年年秀，宝树金莲岁岁生。白鹤几番朝顶上，素鸾数次到山亭。游鱼也解修真性，跃浪穿波听讲经。

沙僧徐步落伽山，玩看仙境。只见木叉行者当面相迎道："沙悟净，你不保唐僧取经，却来此何干？"沙僧作礼毕，道："有一事特来朝见菩萨，烦为引见引见。"木叉情知是寻行者，更不题起，即先进去对菩萨道："外有唐僧的小徒弟沙悟净朝拜。"孙行者在台下听见，笑道："这定是唐僧有难，沙僧来请菩萨的。"菩萨即命木叉门外叫进。这沙僧倒身下拜。拜罢，抬头正欲告诉前事，忽见孙行者站在旁边，等不得说话，就掣降妖杖望行者劈脸便打。这行者更不回手，侧身躲过。沙僧口里乱骂道："我把你个犯十恶造反的泼猴！你又来影瞒菩萨哩！"菩萨喝道："悟净不要动手。有甚事先与我说。"

沙僧收了宝杖，再拜台下，气冲冲的对菩萨道："这猴一路行凶，不可数计。前日在山坡下打杀两个剪路的强人，师父怪他；不期晚间就宿在贼窝主家里，又把一伙贼人尽情打死，又血淋淋提一个人头来与师父看。师父唬得跌下马来，骂了他几句，赶他回来。分别之后，师父饥渴太甚，教八戒去寻水。久等不来，又教我去寻他。不期孙行者见我二人不在，复回来把师父打一铁棍，将两个青毡包袱抢去。我等回来，将师父救醒，特来他水帘洞寻他讨包袱，不想他变了脸，不肯认我，将师父关文念了又念。我问他念了做甚，他说不保唐僧，他要自上西天取经，送上东土，算他的功果，立他为祖，万古传扬。我又说：'没唐僧，那肯传经与你？'他说他选了一个有道的真僧。及请出，果是一匹白马，一个唐僧，后跟着八戒、沙僧。我道，'我便是沙和尚，那里又有个沙和尚？'是我赶上前，打了他一宝杖，原来是个猴精。他就帅众拿我，是我特来告请菩萨。不知他会使筋斗云，预先到此处；又不知他将甚巧语花言，影瞒菩萨也。"菩萨道："悟净，不要赖人。悟空到此，今已四日，我更不曾放他回去，他那里有另请唐僧，自去取经之意？"沙僧道："见如今水帘洞有一个孙行者，怎敢欺诳？"菩萨道："既如此，你休发急，教悟空与你同去花果山看看。是真难灭，是假易除。到那里自见分晓。"这大圣闻言，即与沙僧辞了菩萨。这一去，到那：

花果山前分皂白，水帘洞口辨真邪。

毕竟不知如何分辨，且听下回分解。

第五十八回

二心搅乱大乾坤　一体难修真寂灭

　　这行者与沙僧拜辞了菩萨，纵起两道祥光，离了南海。原来行者筋斗云快，沙和尚仙云觉迟，行者就要先行。沙僧扯住道："大哥不必这等藏头露尾，先去安根。待小弟与你一同走。"大圣本是良心，沙僧却有疑意。真个二人同驾云而去。不多时，果见花果山。按下云头，二人洞外细看，果见一个行者，高坐石台之上，与群猴饮酒作乐。模样与大圣无异：也是黄发金箍，金睛火眼；身穿也是锦布直裰，腰系虎皮裙；手中也拿一条儿金箍铁棒，足下也踏一双麂皮靴；也是这等毛脸雷公嘴，朔腮别土星，查耳额颅阔，獠牙向外生。

　　这大圣怒发，一撒手，撇了沙和尚，掣铁棒上前骂道："你是何等妖邪，敢变我的相貌，敢占我的儿孙，擅居吾仙洞，擅作这威福！"那行者见了，公然不答，也使铁棒来迎。二行者在一处，果是不分真假。好打呀：

　　　　两条棒，二猴精，这场相敌实非轻。都要护持唐御弟，各施功绩立英名。真猴实受沙门教，假怪虚称佛子情。盖为神通多变化，无真无假两相平。一个是混元一气齐天圣，一个是久炼千灵缩地精。这个是如意金箍棒，那个是随心铁杆兵。隔架遮拦无胜败，撑持抵敌没输赢。先前交手在洞外，少顷争持起半空。

他两个各踏云光，跳斗上九霄云内。沙僧在旁，不敢下手，见他们战此一场，诚然难认真假；欲待拔刀相助，又恐伤了真的。忍耐良久，且纵身跳下山崖，使降妖宝杖，打近水帘洞外，惊散群妖，掀翻石凳，把饮酒食肉的器皿，尽情打碎；寻他的青毡包袱，四下里全然不见。原来他水帘洞本是一股瀑布飞泉，遮挂洞门，远看似一条白布帘儿，近看乃是一股水脉，故曰水帘洞。沙僧不知进步来历，故此难寻。即便纵云，赶到九霄云里，抢着宝杖，又不好下手。大圣道："沙僧，你既助不得力，且回复师父，说我等这般这般，等老孙与此妖打上南海普陀山菩萨前辨个真假。"道罢，那行者也如此说。沙僧见两个相貌、声音，更无一毫差别，皂白难分，只得依言，拨转云头，回复唐僧不题。

你看那两个行者，且行且斗，直嚷到南海，径至落伽山，打打骂骂，喊声不绝。早惊动护法诸天，即报入潮音洞里道："菩萨，果然两个孙悟空打将来也。"那菩萨与木叉行者、善财童子、龙女降莲台出门喝道："那孽畜那里走！"这两个递相揪住道："菩萨，这厮果然像弟子模样。才自水帘洞打起，战斗多时，不分胜负。沙悟净肉眼愚蒙，不能分识，有力难助，是弟子教他回西路去回复师父，我与这厮打到宝山，借菩萨慧眼，与弟子认个真假，辨明邪正。"道罢，那行者也如此说一遍。众诸天与菩萨都看良久，莫想能认。菩萨道："且放了手，两边站下，等我再看。"果然撒手，两边站定，这边说："我是真的！"那边说："他是假的！"

菩萨唤木叉与善财上前，悄悄吩咐："你一个帮住①一个，等我暗念紧箍儿咒，看那个害疼的便是真，不疼的便是假。"他二人果各帮一个。菩萨暗念真言，两个一齐喊疼，都抱着头，地下打滚，只叫："莫念！莫念！"菩萨不念，他两个又一齐揪住，照旧嚷斗。菩萨无计奈何，即令诸天、木叉，上前助力。众神恐伤真的，亦不敢下手。菩萨叫声："孙悟空"，两个一齐答应。菩萨道："你当年官拜弼马温，大闹天宫时，神将皆认得你；你且上界去分辨回话。"这大圣谢恩，那行者也谢恩。

---

① 帮住——靠拢挤住，使被挤者不能动。

二人扯扯拉拉，口里不住的嚷斗，径至南天门外。慌得那广目天王帅马、赵、温、关四大天将，及把门大小众神，各使兵器挡住道："那里走！此间可是争斗之处？"大圣道："我因保护唐僧往西天取经，在路上打杀贼徒，那三藏赶我回去，我径到普陀崖见观音菩萨诉苦，不想这妖精，几时就变作我的模样，打倒唐僧，抢去包袱。有沙僧至花果山寻讨，只见这妖精占了我的巢穴。后到普陀崖告请菩萨，又见我侍立台下，沙僧诳说是我驾筋斗云，又先在菩萨处遮饰。菩萨却是个正明，不听沙僧之言，命我同他到花果山看验。原来这妖精果像老孙模样。才自水帘洞打到普陀山见菩萨，菩萨也难识认，故打至此间，烦诸天眼力，与我认个真假。"说罢，那行者也似这般这般说了一遍。众天神看够多时，也不能辨。他两个吆喝道："你们既不能认，让开路，等我们去见玉帝！"众神搪抵不住，放开天门，直至灵霄宝殿。马元帅同张、葛、许、邱四天师奏道："下界有一般两个孙悟空，打进天门，口称见王。"说不了，两个直嚷将进来，唬得那玉帝即降立宝殿，问曰："你两个因甚事擅闹天宫，嚷至朕前寻死！"大圣口称："万岁！万岁！臣今皈命，秉教沙门，再不敢欺心诳上只因这个妖精变作臣的模样……"如此如彼，把前情备陈了一遍。"……指望与臣辨个真假！"那行者也如此陈了一遍。玉帝即传旨宣托塔李天王，教："把'照妖镜'来照这厮谁真谁假，叫他假灭真存。"天王即取镜照住，请玉帝同众神观看。镜中乃是两个孙悟空的影子，金箍、衣服，毫发不差。玉帝亦辨不出，赶出殿外。

这大圣呵呵冷笑，那行者也哈哈欢喜，揪头抹颈，复打出天门，坠落西方路上道："我和你见师父去！我和你见师父去！"

却说那沙僧自花果山辞他两个，又行了三昼夜，回至本庄，把前事对唐僧说了一遍。唐僧自家悔恨道："当时只说是孙悟空打我一棍，抢去包袱，岂知却是妖精假变的行者！"沙僧又告道："这妖又假变一个长老，一匹白马，又有一个八戒挑着我们包袱，又有一个变作是我。我忍不住恼怒，一杖打死，原是一个猴精。因此惊散，又到菩萨处诉苦。菩萨着我与师兄又同去识认，那妖果与师兄一般模样。我难助力，故先来回复师父。"三藏闻言，大惊失色。八戒哈哈大笑道："好！好！好！应了这施主家婆婆之言了！他说有几起取经的，这却不又是一起？"那家子老老小小的，都来问沙僧："你这几日往何处讨盘缠去的？"沙僧笑道："我往东胜神洲花果山寻大师兄取讨行李，又到南海普陀山拜见观音菩萨，却又到花果山，方才转回至此。"那老者又问："往返有多少路程？"沙僧道："约有二十余万里。"老者道："爷爷呀，似这几日，就走了这许多路，只除是驾云，方能够得到！"八戒道："不是驾云，如何过海？"沙僧道："我们那算得走路，若是我大师兄，只消一二日，可往回也。"那家子听言，都说是神仙。八戒道："我们虽不是神仙，神仙还是我们的晚辈哩！"

正说间，只听半空中喧哗人嚷。慌得都出来看，却是两个行者打将来。八戒见了，忍不住手痒道："等我去认认看。"好呆子，急纵身跳起，望空高叫道："师兄莫嚷，我老猪来也！"那两个一齐应道："兄弟，来打妖精！来打妖精！"那家子又惊又喜道："是几位腾云驾雾的罗汉歇在我家！就是发愿斋僧的，也斋不着这等好人！"更不计较茶饭，愈加供养。又说："这两个行者只怕斗出不好来，地覆天翻，作祸在那里！"三藏见那老者当面是喜，背后是忧，即开言道："老施主放心，莫生忧叹。贫僧收伏了徒弟，去恶归善，自然谢你。"那老者满口回答道："不敢！不敢！"沙僧道："施主休讲，师父可坐在这里，等我和二哥去，一家扯一个来到你面前，你就念念那话儿，看那个害疼的就是真的，不疼的就是假的。"三藏道："言之极当。"

沙僧果起在半空道："二位住了手，我同你到师父面前辨个真假去。"这大圣放了手，那行者也放了手。沙僧揽住一个，叫道："二哥，你也揽住一个。"果然揽住，落下云头，径至草舍门外。三藏见了，就念紧箍儿咒。二人一齐叫苦道："我们这等苦斗，你还咒我怎的？莫念！莫念！"那长老本心慈善，遂住了口不念，却也不认得真假。他两个挣脱手，依然又打。这大圣道："兄弟们，保着师父，等我与他打到阎王前折辨去也！"那行者也如此说。二人抓抓掜掜[①]，须臾，又不见了。

八戒道："沙僧，你既到水帘洞，看见'假八戒'挑着行李，怎么不抢将来？"沙僧道："那妖精见我使宝杖打他'假沙僧'，他就乱

---

　① 抓抓掜掜——形容拉拉扯扯的样子。

围上来要拿，是我顾性命走了。及告菩萨，与行者复至洞口，他两个打在空中，是我去掀翻他的石凳，打散他的小妖，只见一股瀑布泉水流，竟不知洞门开在何处，寻不着行李，所以空手回复师命也。"八戒道："你原来不晓得。我前年请他去时，先在洞门外相见；后被我说泛①了他，他就跳下，去洞里换衣来时，我看见他将身往水里一钻。那一股瀑布水流，就是洞门。想必那怪将我们包袱收在那里面也。"三藏道："你既知此门，你可趁他都不在家，可先到他洞里取出包袱，我们往西天去罢。他就来，我也不用他了。"八戒道："我去。"沙僧说："二哥，他那洞前有千数小猴，你一人恐弄他不过，反为不美。"八戒笑道："不怕！不怕！"急出门，纵着云雾，径上花果山寻取行李不题。

二心搅乱大乾坤

却说那两个行者又打嚷到阴山背后，唬得那满山鬼战战兢兢，藏藏躲躲。有先跑的，撞入阴司门里，报上森罗宝殿道："大王，背阴山上，有两个齐天大圣打得来也！"慌得那第一殿秦广王传报与二殿楚江王、三殿宋帝王、四殿卞城王、五殿阎罗王、六殿平等王、七殿泰山王、八殿都市王、九殿忤官王、十殿转轮王。一殿转一殿，霎时间，十王会齐，又着人

_____

① 说泛——说动。

飞报与地藏王。尽在森罗殿上，点聚阴兵，等擒真假。只听得那强风滚滚，惨雾漫漫，二行者一翻一滚的，打至森罗殿下。

阴君近前挡住道："大圣有何事，闹我幽冥？"这大圣道："我因保唐僧西天取经，路过西梁国，至一山，有强贼截劫我师，是老孙打死几个，师父怪我，把我逐回。我随到南海菩萨处诉告。不知那妖精怎么就绰着口气，假变作我的模样，在半路上打倒师父，抢夺了行李。师弟沙僧，向我本山取讨包袱，这妖假立师名，要往西天取经。沙僧逃遁至南海见菩萨，我正在侧，他备说原因，菩萨又命我同他至花果山观看，果被这厮占了我巢穴。我与他争辩到菩萨处，其实相貌、言语等俱一般，菩萨也难辨真假。又与这厮打上天堂，众神亦果难辨，因见我师。我师念紧箍儿咒试验，与我一般疼痛。故此闹至幽冥，望阴君与我查看生死簿，见'假行者'是何出身，快早追他魂魄，免教二心沌乱。"那怪亦如此说一遍。阴君闻言，即唤管簿判官一一从头查勘，更无个"假行者"之名。再看毛虫文簿，那猴子一百三十条已是孙大圣幼年得道之时，大闹阴司，消死名一笔勾之，自后来凡是猴属，尽无名号。查勘毕，当殿回报。阴君各执笏，对行者说："大圣，幽冥处既无名号可查，你还到阳间去折辨。"

正说处，只听得地藏王菩萨道："且住！且住！等我着谛听与你听个真假。"原来那谛听是地藏菩萨经案下伏的一个兽名。他若伏在地下，一霎时，将四大部洲山川社稷，洞天福地之间，赢虫、鳞虫、毛虫、羽虫、昆虫，天仙、地仙、神仙、人仙、鬼仙可以照鉴善恶，察听贤愚。那兽奉地藏钧旨，就于森罗庭院之中，俯伏在地，须臾，抬起头来，对地藏道："怪名虽有，但不可当面说破，又不能助力擒他。"地藏道："当面说出便怎么？"谛听道："当面说出，恐妖精恶发，搔扰宝殿，致令阴府不安。"又问："何为不能助力擒拿？"谛听道："妖精神通，与孙大圣无二。幽冥之神，能有多少法力，故此不能擒拿。"地藏道："似这般怎生祛除？"谛听言："佛法无边。"地藏早已省悟，即对行者道："你两个形容如一，神通无二，若要辨明，须到雷音寺释迦如来那里，方得明白。"两个一齐嚷道："说的是！说的是！我和你西天佛祖之前折辨去！"那十殿阴君送出，谢了地藏，回上翠云宫，着鬼使闭了幽冥关隘不题。

看那两个行者，飞云奔雾，打上西天。有诗为证。诗曰：

> 人有二心生祸灾，天涯海角致疑猜。
> 欲思宝马三公位，又忆金銮一品台。
> 南征北讨无休歇，东挡西除未定哉。
> 禅门须学无心诀，静养婴儿结圣胎。

他两个在那半空里，扯扯拉拉，抓抓揌揌，且行且斗。直嚷至大西天灵鹫仙山雷音宝刹之外。早见那四大菩萨、八大金刚、五百阿罗、三千揭谛、比丘尼、比丘僧、优婆塞、优婆夷诸大圣众，都到七宝莲台之下，各听如来说法。那如来正讲到这：

> 不有中有，不无中无。不色中色，不空中空。非有为有，非无为无。非色为色，非空为空。空即是空，色即是色。色无定色，色即是空。空无定空，空即是色。知空不空，知色不色。名为照了，始达妙音。

概众稽首皈依，流通诵读之际，如来降天花普散缤纷，即离宝座，对大众道："汝等俱是一心，且看二心竞斗而来也。"

大众举目看之，果是两个行者，吆天喝地，打至雷音胜境。慌得那八大金刚，上前挡住道："汝等欲往那里去？"这大圣道："妖精变作我的模样，欲至宝莲台下，烦如来为我辨个虚实也。"众金刚抵挡不住，直嚷至台下，跪于佛祖之前，拜告道："弟子保护唐僧，来造宝山，求取真经，一路上炼魔缚怪，不知费了多少精神。前至中途，偶遇强徒劫掳。委是弟子二次打伤几人。师父怪我赶回，不容同拜如来金身。弟子无奈，只得投奔南海，见观音诉苦。不期这个妖精，假变弟子声音、相貌，将师父打倒，把行李抢去。师弟悟净寻至我山，被这妖假捏巧言，说有真僧取经之故。悟净脱身至南海，备说详细。观音知之，遂令弟子同悟净再至我山。因此，两人比并真假，打至南海，又打到天宫，又曾打见唐僧，打见冥府，俱莫能辨认。故此大胆轻造，千乞大开方便之门，广垂慈悯之念，与弟子辨明邪正，庶好保护唐僧亲拜金身，

632

取经回东土，永扬大教。"大众听他两张口一样声俱说一遍，众亦莫辨，惟如来则通知之。正欲道破，忽见南下彩云之间，来了观音，参拜我佛。

我佛合掌道："观音尊者，你看那两个行者，谁是真假？"菩萨道："前日在弟子荒境，委不能辨。他又至天宫、地府，亦俱难认。特来拜告如来，千万与他辨明辨明。"如来笑道："汝等法力广大，只能普阅周天之事，不能遍识周天之物，亦不能广会周天之种类也。"菩萨又请示周天种类，如来才道："周天之内有五仙，乃天、地、神、人、鬼；有五虫：乃蠃、鳞、毛、羽、昆。这厮非天、非

六耳猕猴

地、非神、非人、非鬼；亦非蠃、非鳞、非毛、非羽、非昆。又有四猴混世，不入十类之种。"菩萨道："敢问是那四猴？"如来道："第一是灵明石猴，通变化，识天时，知地利，移星换斗。第二是赤尻马猴，晓阴阳，会人事，善出入，避死延生。第三是通臂猿猴，拿日月，缩千山，辨休咎，乾坤摩弄。第四是六耳猕猴，善聆音，能察理，知前后，万物皆明。此四猴者，不入十类之种，不达两间之名。我观'假悟空'乃六耳猕猴也。此猴若立一处，能知千里外之事；凡人说话，亦能知之；故此善聆音，能察理，知前后，万物皆明。与真悟空同象同音者，六耳猕猴也。"

那猕猴闻得如来说出他的本相，胆战心惊，急纵身，跳起来就走。如来见他走时，即令大众下手。早有四菩萨、八金刚、五百阿罗、三千揭谛、比丘僧、比丘尼、优婆塞、优婆夷、观音、木叉，一齐围绕。孙大圣也要上前。如来道："悟空休动手，待我与你擒他。"那猕猴毛骨悚然，料着难脱，即忙摇身一变，变作个蜜蜂儿，往上便飞。如来

一体难修真寂灭

将金钵盂撇起去，正盖着那蜂儿，落下来。大众不知，以为走了。如来笑云：“大众休言。妖精未走，见在我这钵盂之下。”大众一发上前，把钵盂揭起，果然见了本相，是一个六耳猕猴。孙大圣忍不住，抢起铁棒，劈头一下打死，至今绝此一种。如来不忍，道声：“善哉！善哉！”大圣道：“如来不该慈悯他。他打伤我师父，抢夺我包袱，依律问他个得财伤人，白昼抢夺也该个斩罪哩！”如来道：“你快去保护唐僧来此求经罢。”大圣叩头谢道：“上告如来得知，那师父定是不要我。我此去，若不收留，却不又劳一番神思！望如来方便，把松箍儿咒念一念，褪下这个金箍，交还如来，放我还俗去罢。”如来道：“你休乱想，切莫放刁。我教观音送你去，不怕他不收。好生保护他去，那时功成归极乐，汝亦坐莲台。”

那观音在旁听说，即合掌谢了圣恩。领悟空辄驾云而去。随后木叉行者、白鹦哥，一同赶上。不多时，到了中途草舍人家。沙和尚看见，急请师父拜门迎接。菩萨道："唐僧，前日打你的，乃'假行者'六耳猕猴也。幸如来知识，已被悟空打死。你今须是收留悟空。一路上魔障未消，须得他保护你，才得到灵山，见佛取经。再休嗔怪。"三藏叩头道："谨遵教旨。"

正拜谢时，只听得正东上狂风滚滚，众目视之，乃猪八戒背着两个包袱，驾风而至。呆子见了菩萨，倒身下拜道："弟子前日别了师父至花果山水帘洞寻得包袱。果见一个'假唐僧''假八戒'，都被弟子打死，原是两个猴身。却入里，方寻着包袱。当时查点，一物不少。却驾风转此。更不知两行者下落如何。"菩萨把如来识怪之事，说了一遍。那呆子十分欢喜，称谢不尽。师徒们拜谢了，菩萨回海，却都照旧合意同心，洗冤解怒。又谢了那村舍人家，整束行囊、马匹，找大路而西。正是：

中道分离乱五行，降妖聚会合元明。

神归心舍禅方定，六识祛降丹自成。

毕竟这去，不知三藏几时得面佛求经，且听下回分解。

第五十九回

唐三藏路阻火焰山　孙行者一调芭蕉扇

　　若干种性本来同，海纳无穷。千思万虑终成妄，般般色色和融。有日功完行满，圆明法性高隆。休教差别走西东，紧锁牢靰①。收来安放丹炉内，炼得金乌一样红。朗朗辉辉娇艳，任教出入乘龙。

　　话表三藏遵菩萨教旨，收了行者，与八戒、沙僧剪断二心，锁靰猿马，同心戮力，赶奔西天。说不尽光阴似箭，日月如梭。历过了夏月炎天，却又值三秋霜景。但见那：

　　薄云断绝西风紧，鹤鸣远岫霜林锦。光景正苍凉，山长水更长。征鸿来北塞，玄鸟归南陌。客路怯孤单，衲衣容易寒。

　　师徒四众，进前行处，渐觉热气蒸人。三藏勒马道："如今正是秋天，却怎返有热气？"八戒道："原来不知，西方路上有个斯哈哩国，乃日落之处，俗呼为'天尽头'。若到申酉时，国王差人上城，擂鼓吹角，混杂海沸之声。日乃太阳真火，落于西海之间，如火淬水，接声滚沸；若无鼓角之声混耳，即振杀城中小儿。此地热气蒸人，想必到日落之处也。"大圣听说，忍不住笑道："呆子莫乱谈！若论斯哈哩国，正

　　————————
　　① 牢靰——就是牢笼。

好早哩。似师父朝三暮二的，这等耽搁，就从小至老，老了又小，老小三生，也还不到。"八戒道："哥啊，据你说，不是日落之处，为何这等酷热？"沙僧道："想是天时不正，秋行夏令故也。"

他三个正都争讲，只见那路旁有座庄院，乃是红瓦盖的房舍，红砖砌的垣墙，红油门扇，红漆板榻，一片都是红的。三藏下马道："悟空，你去那人家问个消息，看那炎热之故何也。"大圣收了金箍棒，整肃衣裳，扭捏作个斯文气象，绰下大路，径至门前观看。那门里忽然走出一个老者，但见他：

> 穿一领黄不黄、红不红的葛布深衣；戴一顶青不青、皂不皂的篾丝凉帽。手中挂一根弯不弯、直不直、暴节竹杖；足下踏一双新不新、旧不旧挈靰鞶鞋①。面似红铜，须如白练。两道寿眉遮碧眼，一张哈口②露金牙。

那老者猛抬头，看见行者，吃了一惊，挂着竹杖，喝道："你是那里来的怪人？在我这门首何干？"行者答礼道："老施主，休怕我，我不是甚么怪人。贫僧是东土大唐钦差上西方求经者。师徒四人，适至宝方，见天气蒸热，一则不解其故，二来不知地名，特拜问指教一二。"那老者却才放心，笑云："长老勿罪。我老汉一时眼花，不识尊颜。"行者道："不敢。"老者又问："令师在那条路上？"行者道："那南首大路上立的不是！"老者教："请来，请来。"行者欢喜，把手一招，三藏即同八戒、沙僧，牵白马，挑行李近前，都对老者作礼。

老者见三藏丰姿标致，八戒、沙僧相貌奇稀，又惊又喜；只得请入里坐，教小的们看茶，一壁厢办饭。三藏闻言，起身称谢道："敢问公公，贵处遇秋，何返炎热？"老者道："敝地唤做火焰山。无春无秋，四季皆热。"三藏道："火焰山却在那边？可阻西去之路？"老者道："西方却去不得。那山离此有六十里远，正是西方必由之路，却有八百里火焰，四周围寸草不生。若过得山，就是铜脑盖，铁身躯，也要化成

---

① 挈靰鞶鞋——就是长筒皮靴。

② 哈口——形容嘴角含笑。

汁哩。"三藏闻言，大惊失色，不敢再问。

只见门外一个少年男子，推一辆红车儿，住在门旁，叫声："卖糕！"大圣拔根毫毛，变个铜钱，问那人买糕。那人接了钱，不论好歹，揭开车儿上衣裹，热气腾腾，拿出一块糕递与行者。行者托在手中，好似火盆里的灼炭，煤炉内的红钉。你看他左手倒在右手，右手换在左手，只道："热，热，热！难吃，难吃！"那男子笑道："怕热，莫来这里。这里是这等热。"行者道："你这汉子，好不明理。常言道，'不冷不热，五谷不结。'他这等热得很，你这糕粉米，自何而来？"那人道："若知糕粉米，敬求铁扇仙。"行者道："铁扇仙怎的？"那人道："铁扇仙有柄'芭蕉扇'。求得来，一扇熄火，二扇生风，三扇下雨，我们就布种，及时收割，故得五谷养生；不然，诚寸草不能生也。"

行者闻言，急抽身走入里面，将糕递与三藏道："师父放心，且莫隔年焦着，吃了糕，我与你说。"长老接糕在手，向本宅老者道："公公请糕。"老者道："我家的茶饭未奉，敢吃你糕？"行者笑道："老人家，茶饭倒不必赐。我问你：铁扇仙在那里住？"老者道："你问他怎的？"行者道："适才那卖糕人说，此仙有柄'芭蕉扇'，求将来，一扇熄火，二扇生风，三扇下雨，你这方布种收割，才得五谷养生。我欲寻他讨来扇熄火焰山过去，且使这方依时收种，得安生也。"老者道："固有此说。你们却无礼物，恐那圣贤不肯来也。"三藏道："他要甚礼物？"老者道："我这里人家，十年拜求一度。四猪四羊，花红表里，异香时果，鸡鹅美酒，沐浴虔诚，拜到那仙山，请他出洞，至此施为。"行者道："那山坐落何处？唤甚地名？有几多里数？等我问他要扇子去。"老者道："那山在西南方，名唤翠云山。山中有一仙洞，名唤芭蕉洞。我这里众信人等去拜仙山，往回要走一月，计有一千四百五六十里。"行者笑道："不打紧，就去就来。"那老者道："且住，吃些茶饭，办些干粮，须得两人做伴。那路上没有人家，又多狼虎，非一日可到。莫当耍子。"行者笑道："不用，不用！我去也！"说一声，忽然不见。那老者慌张道："爷爷呀！原来是腾云驾雾的神人也！"

且不说这家子供奉唐僧加倍。却说那行者霎时径到翠云山，按住祥

638

光，正自找寻洞口，忽然闻得丁丁之声，乃是山林内一个樵夫伐木。行者即趋步至前，又闻得他道：

> 云际依依认旧林，断崖荒草路难寻。
>
> 西山望见朝来雨，南涧归时渡处深。

行者近前作礼道："樵哥，问讯了。"那樵子撇了柯斧，答礼道："长老何往？"行者道："敢问樵哥，这可是翠云山？"樵子道："正是。"行者道："有个铁扇仙的芭蕉洞，在何处？"樵子笑道："这芭蕉洞虽有，却无个铁扇仙，只有个铁扇公主，又名罗刹女。"行者道："人言他有一柄芭蕉扇，能熄得火焰山，敢是他么？"樵子道："正是，正是。这圣贤有这件宝贝，善能熄火，保护那方人家，故此称为铁扇仙。我这里人家用不着他，只知他叫做罗刹女，乃大力牛魔王妻也。"

行者闻言，大惊失色。心中暗想道："又是冤家了！当年伏了红孩儿，说是这厮养的。前在那解阳山破儿洞遇他叔子，尚且不肯与水，要作报仇之意；今又遇他父母，怎生借得这扇子耶？"樵子见行者沉思默虑，嗟叹不已，便笑道："长老，你出家人，有何忧疑？这条小路儿向东去，不上五六里，就是芭蕉洞。休得心焦。"行者道："不瞒樵哥说，我是东土唐朝差往

铁扇公主

639

西天求经的唐僧大徒弟。前年在火云洞，曾与罗刹之子红孩儿有些言语，但恐罗刹怀仇不与。故生忧疑。"樵子道："大丈夫鉴貌辨色，只以求扇为名，莫认往时之溲话①，管情借得。"行者闻言，深深唱个大喏道："谢樵哥教诲，我去也。"遂别了樵夫，径至芭蕉洞口。但见那两扇门紧闭牢头，洞外风光秀丽。好去处！正是那：

　　山以石为骨，石作土之精。烟霞含宿润，苔藓助新青。嵯峨势耸欺蓬岛，幽静花香若海瀛。几树乔松栖野鹤，数株衰柳语山莺。诚然是千年古迹，万载仙踪。碧梧鸣彩凤，活水隐苍龙。曲径荜萝垂挂，石梯藤葛攀笼。猿啸翠岩忻月上，鸟啼高树喜晴空。两林竹荫凉如雨，一径花浓没绣绒。时见白云来远岫，略无定体漫随风。

　　行者上前叫："牛大哥，开门！开门！"呀的一声，洞门开了，里边走出一个毛儿女，手中提着花篮，肩上担着锄子，真个是一身褴缕无妆饰，满面精神有道心。行者上前迎着，合掌道："女童，累你转报公主一声。我本是取经的和尚，在西方路上，难过火焰山，特来拜借芭蕉扇一用。"那毛女道："你是那寺里和尚？叫甚名字？我好与你通报。"行者道："我是东土来的，叫做孙悟空和尚。"

　　那毛女即便回身，转于洞内，对罗刹跪下道："奶奶，洞门外有个东土来的孙悟空和尚，要见奶奶，拜求芭蕉扇，过火焰山一用。"那罗刹听见"孙悟空"三字，便似撮盐入火，火上烧油；骨都都红生脸上，恶狠狠怒发心头，口中骂道："这泼猴！今日来了！"叫："丫鬟，取披挂，拿兵器来！"随即取了披挂，拿两口青锋宝剑，整束出来。行者在洞外闪过，偷看怎生打扮。只见他：

　　头裹团花手帕，身穿纳锦云袍。腰间双束虎筋绦，微露绣裙偏绡。凤嘴弓鞋三寸，龙须膝裤金销。手提宝剑怒声高，凶比月婆容貌。

　　————————

　　① 溲话——食物因陈久变味叫馊。溲，就是"馊"字的借音。这里指老话、旧话而言。

那罗刹出门，高叫道："孙悟空何在？"行者上前，躬身施礼道："嫂嫂，老孙在此奉揖。"罗刹咄的一声道："谁是你的嫂嫂！那个要你奉揖！"行者道："尊府牛魔王，当初曾与老孙结义，乃七兄弟之亲。今闻公主是牛大哥令正，安得不以嫂嫂称之！"那罗刹道："你这泼猴！既有兄弟之亲，如何坑陷我子？"行者佯问道："令郎是谁？"罗刹道："我儿是号山枯松涧火云洞圣婴大王红孩儿，被你倾[1]了。我们正没处寻你报仇，你今上门纳命，我肯饶你！"行者满脸陪笑道："嫂嫂原来不察理，错怪了老孙。你令郎因是捉了师父，要蒸要煮，幸亏了观音菩萨收他去，救出我师。他如今现在菩萨处做善财童子，实受了菩萨正果，不生不灭，不垢不净，与天地同寿，日月同庚。你倒不谢老孙保命之恩，返怪老孙，是何道理！"罗刹道："你这个巧嘴的泼猴！我那儿虽不伤命，再怎生得到我的跟前，几时能见一面？"行者笑道："嫂嫂要见令郎，有何难处？你且把扇子借我，扇熄了火，送我师父过去，我就到南海菩萨处请他来见你，就送扇子还你，有何不可！那时节，你看他可曾损伤一毫。如有些须之伤，你也怪得有理。如比旧时标致，还当谢我。"罗刹道："泼猴，少要饶舌！伸过头来，等我砍上几剑！若受得疼痛，就借扇子与你；若忍耐不得，教你早见阎君！"行者叉手向前，笑道："嫂嫂切莫多言。老孙伸着光头，任尊意砍上多少，但没气力便罢。是必借扇子用

悟空战铁扇公主

----

① 倾——陷害。

641

第五十九回　唐三藏路阻火焰山　孙行者一调芭蕉扇

用。"那罗刹不容分说，双手抡剑，照行者头上乒乒乓乓，砍有十数下，这行者全不认真。罗刹害怕，回头要走。行者道："嫂嫂，那里去？快借我使使！"那罗刹道："我的宝贝原不轻借。"行者道："既不肯借，吃你老叔一棒！"

好猴王，一只手扯住，一只手去耳内掣出棒来，幌一幌，有碗来粗细。那罗刹挣脱手，举剑来迎。行者随又抢棒便打。两个在翠云山前，不论亲情，却只讲仇隙。这一场好杀：

> 裙钗本是修成怪，为子怀仇恨泼猴。行者虽然生狠怒，因师路阻让娥流。先言拜借芭蕉扇，不展骁雄耐性柔。罗刹无知抢剑砍，猴王有意说亲由。女流怎与男儿斗，到底男刚压女流。这个金箍铁棒多凶猛，那个霜刃青锋甚紧稠。劈面打，照头丢，恨苦相持不罢休。左挡右遮施武艺，前迎后架骋奇谋。却才斗到沉酣处，不觉西方坠日头。罗刹忙将真扇子，一扇挥动鬼神愁！

那罗刹女与行者相持到晚，见行者棒重，却又解数周密，料斗他不过，即便取出芭蕉扇，幌一幌，一扇阴风，把行者扇得无影无形，莫想收留得住。这罗刹得胜回归。

那大圣飘飘荡荡，左沉不能落地，右坠不得存身。就如旋风翻败叶，流水淌残花，滚了一夜，直至大明，方才落在一座山上，双手抱住一块峰石。定性良久，仔细观看，却才认得是小须弥山。大圣长叹一声道："好厉害妇人！怎么就把老孙送到这里来了？我当年曾记得在此处告求灵吉菩萨降黄风怪救我师父。那黄风岭至此直南上有三千余里，今在西路转来，乃东南方隅，不知有几万里。等我下去问灵吉菩萨一个消息，好回旧路。"

正踌躇间，又听得钟声响亮，急下山坡，径至禅院。那门前道人认得行者的形容，即入里面报道："前年来请菩萨去降黄风怪的那个毛脸大圣又来了。"菩萨知是悟空，连忙下宝座相迎，入内施礼道："恭喜！取经来耶？"悟空答道："正好未到！早哩，早哩！"灵吉道："既未曾得到雷音，何以回顾荒山？"行者道："自上年蒙盛情降了黄风怪，一路上，不知历过多少苦楚。今到火焰山，不能前进，询问土人，说有个铁扇仙芭蕉扇，扇得火灭，老孙特去寻访。原来那仙是牛魔王的妻，红孩儿的母。他说我把他儿子做了观音菩萨的童子，不得常见，跟我为仇，不肯借扇，与我争斗。他见我的棒重难撑，遂将扇子把我一扇，扇得我悠悠荡荡，直至于此，方才落住。故此轻造禅院，问个归路。此处到火焰山，不知有多少里数？"灵吉笑道："那妇人唤名罗刹女，又叫做铁扇公主。他的那芭蕉扇本是昆仑山后，自混沌开辟以来，天地产成的一个灵宝，乃太阳之精叶，故能灭火气。假若扇着人，要飘八万四千里，方息阴风。我这山到火焰山，只有五万余里。此还是大圣有留云之能，故止住了。若是凡人，正好不得住也。"行者道："厉害！厉害！我师父却怎生得度那方？"灵吉道："大圣放心。此一来，也是唐僧的缘法，合教大圣成功。"行者道："怎见成功？"灵吉道："我当年受如来教旨，赐我一粒'定风丹'，一柄'飞龙杖'。飞龙杖已降了风魔，这定风丹尚未曾见用，如今送了大圣，管教那厮扇你不动，你却要了扇子，扇熄火，却不就立此功也！"行者低头作礼，感谢不尽。那菩萨即于衣袖中取出一个锦袋儿，将那一粒定风丹与行者安在衣领里边，将针线紧紧缝了。送行者出门道："不及留款。往西北上去，就是罗刹的山场也。"

行者辞了灵吉，驾筋斗云，径返翠云山，顷刻而至。使铁棒打着洞门叫道："开门！开门！老孙来借扇子使使哩！"慌得那门里女童即忙来报："奶奶，借扇子的又来了！"罗刹闻言，心中悚惧道："这泼猴真有本事！我的宝贝，扇着人，要去八万四千里，方能停止，他怎么才吹去就回来也？这番等我一连扇他两三扇，教他找不着归路！"急纵身，结束整齐，双手提剑，走出门来道："孙行者！你不怕我，又来寻死！"行者笑道："嫂嫂勿得悭吝，是必借我使使。保得唐僧过山，就送还你。我是个志诚有余的君子，不是那借物不还的小人。"

罗刹又骂道："泼猢狲！好没道理，没分晓！夺子之仇，尚未报得；借扇之意，岂得如心！你不要走，吃我老娘一剑！"大圣公然不惧，使铁棒劈手相迎。他两个往往来来，战经五七回合，罗刹女手软难抡，孙行者身强善敌。他见事势不谐，即取扇子望行者扇了一扇，行者巍然不动。行者收了铁棒，笑吟吟的道："这番不比那番！任你怎么扇来，老孙若动一动，就不算汉子！"那罗刹又扇两扇，果然不动。罗刹慌了，急收宝贝，转回走入洞里，将门紧紧关上。

行者见他闭了门，却就弄个手段，拆开衣领，把定风丹噙在口中，摇身一变，变作一个蟭蟟虫儿，从他门隙处钻进。只见罗刹叫道："渴了！渴了！快拿茶来！"近侍女童，即将香茶一壶，沙沙的满斟一碗，冲起茶沫漕漕。行者见了欢喜，嘤的一翅，飞在茶沫之下。那罗刹渴极，接过茶，两三气都喝了。行者已到他肚腹之内，现原身厉声高叫道："嫂嫂，借扇子我使使！"罗刹大惊失色，叫："小的们，关了前门否？"俱说："关了。"他又说："即关了门，孙行者如何在家里叫唤？"女童道："在你身上叫哩。"罗刹道："孙行者，你在那里弄术哩？"行者道："老孙一生不会弄术，都是些真手段，实本事，已在尊嫂尊腹之内耍子，已见其肺肝矣。我知你也饥渴了，我先送你个坐碗儿解渴！"却就把脚往下一蹬。那罗刹小腹之中，疼痛难禁，坐于地下叫苦。行者道："嫂嫂休得推辞，我再送你个点心充饥！"又把头往上一顶。那罗刹心痛难禁，只在地上打滚，疼得他面黄唇白，只叫："孙叔叔饶命！"

行者却才收了手脚道："你才认得叔叔么？我看牛大哥情上，且饶你性命。快将扇子拿来我使使。"罗刹道："叔叔，有扇！有扇！你出来拿了去！"行者道："拿扇子我看了出来。"罗刹即叫女童拿一柄芭蕉扇，执在旁边。行者探到喉咙之上见了道："嫂嫂，我既饶你性命，不在腰肋之下搠个窟窿出来，还自口出。你把口张三张儿。"那罗刹果张开口。行者还作个蟭蟟虫，先飞出来，叮在芭蕉扇上。那罗刹不知，连张三次，叫："叔叔出来罢。"行者化原身，拿了扇子，叫道："我在此间不是？谢借了！谢借了！"拽开步，往前便走，小的们连忙开了门，放他出洞。

这大圣拨转云头，径回东路，霎时按落云头，立在红砖壁下。八戒见了欢喜道："师父，师兄来了！来了！"三藏即与本庄老者同沙僧出门接着，同至舍内。把芭蕉扇靠在旁边道："老官儿，可是这个扇子？"老者道："正是！正是！"唐僧喜道："贤徒有莫大之功。求此宝贝，甚劳苦了。"行者道："劳苦倒也不说。那铁扇仙，你道是谁？那厮原来是牛魔王的妻，红孩儿的母，名唤罗刹女，又唤铁扇公主。我寻到洞外借扇，他就与我讲起仇隙，把我砍了几剑。是我使棒吓他，他就把扇子扇了我一下，飘飘荡荡，直刮到小须弥山。幸见灵吉菩萨，送了我一粒定风丹，指与归路，复至翠云山。又见罗刹女，罗刹女又使扇子，扇我不动，他就回洞。是老孙变作一个蟭蟟虫，飞入洞去。那厮正讨茶吃，是我又钻在茶沫之下，到他肚里，做起手脚。他疼痛难禁，不住口的叫我做叔叔饶命，情愿将扇借与我，我却饶了他，拿将扇来，待过了火焰山，仍送还他。”三藏闻言，感谢不尽。师徒们俱拜辞老者。

一路西来，约行有四十里远近，渐渐酷热蒸人。沙僧只叫："脚底烙得慌！"八戒又道："爪子烫得痛！"马比寻常又快，只因地热难停，十分难进。行者道："师父且请下马。兄弟们莫走，等我扇熄了火，待风雨之后，地土冷些，再过山去。"行者果举扇，径至火边，尽力一扇，那山上火光烘烘腾起；再一扇，更着百倍；又一扇，那火足有千丈之高，渐渐烧着身体。行者急回，已将两股毫毛烧净，径跑至唐僧面前叫："快回去，快回去！火来了，火来了！"

那师父爬上马，与八戒沙僧，复东来有二十余里，方才歇下，道："悟空，如何了呀！"行者丢下扇子道："不停当！不停当！被那厮哄了！"三藏听说，愁促眉尖，闷添心上，止不住两泪交流，只道："怎生是好！"八戒道："哥哥，你急急忙忙叫回去是怎么说？"行者道："我将扇子扇了一下，火光烘烘；第二扇，火气愈盛；第三扇，火头飞有千丈之高。若是跑得不快，把毫毛都烧尽矣！"八戒笑道："你常说雷打不伤，火烧不损，如今何又怕火？"行者道："你这呆子，全不知事！那时节用心防备，故此不伤；今日只为扇熄火光，不曾捻避火诀，又未使护身法，所以把两股毫毛烧了。"沙僧道："似这般火盛，无路通西，怎生是好？"八戒道："只拣无火处走便罢。"三藏道："那方无火？"八戒道："东方、南方、北方俱无火。"又问："那方有经？"八戒道："西方有经。"三藏道："我只欲往有经处去哩！"沙僧道："有经处有火，无火处无经，诚是进退两难。"

师徒们正自胡谈乱讲，只听得有人叫道："大圣不须烦恼，且来吃些斋饭再议。"四众回看时，见一老人，身披飘风氅，头顶偃月冠，手持龙头杖，足踏铁靿靴，后带着一个雕嘴鱼腮鬼，鬼头上顶着一个铜盆，盆内有些蒸饼糕糜，黄粮米饭，于于西路下躬身道："我本是火焰山土地。知大圣保护圣僧，不能前进，特献一斋。"行者道："吃斋

645

小可，这火光几时灭得，让我师父过去？"土地道："要灭火光，须求罗刹女借芭蕉扇。"行者去路旁拾起扇子道："这不是？那火光越扇越着，何也？"土地看了，笑道："此扇不是真的，被他哄了。"行者道："如何方得真的？"那土地又控背躬身，微微笑道：

若还要借真蕉扇，须是寻求大力王。

毕竟不知大力王有甚缘故，且听下回分解。

第六十回

牛魔王罢战赴华筵　孙行者二调芭蕉扇

　　土地说：“大力王即牛魔王也。”行者道：“这山本是牛魔王放的火，假名火焰山？”土地道：“不是，不是。大圣若肯赦小神之罪，方敢直言。”行者道：“你有何罪？直说无妨。”土地道：“这火原是大圣放的。”行者怒道：“我在那里，你这等乱谈！我可是放火之辈？”土地道：“是你也认不得我了。此间原无这座山，因大圣五百年前，大闹天宫时，被显圣擒了，压赴老君，将大圣安于八卦炉内，煅炼之后开鼎，被你蹬倒丹炉，落了几个砖来，内有余火，到此处化为火焰山。我本是兜率宫守炉的道人，当被老君怪我失守，降下此间，就做了火焰山土地也。”猪八戒闻言，恨道：“怪道你这等打扮！原来是道士变的土地！”

　　行者半信不信道：“你且说，早寻大力王何故？”土地道：“大力王乃罗刹女丈夫。他这向撇了罗刹，现在积雷山摩云洞。有个万岁狐王。那狐王死了，遗下一个女儿，叫做玉面公主。那公主有百万家私，无人掌管。二年前，访着牛魔王神通广大，情愿倒陪家私，招赘为夫。那牛王弃了罗刹，久不回顾。若大圣寻着牛王，拜求来此，方借得真扇。一则扇熄火焰，可保师父前进；二来永除火患，可保此地生灵；三者赦我归天，回缴老君法旨。”行者道：“积雷山坐落何处？到彼有多少程途？”土地道：“在正南方。此间到彼，有三千余里。”行者闻言，即吩咐沙僧、八戒保护师父。又教土地陪伴勿回。随即忽的一声，渺然不见。

那里消半个时辰，早见一座高山凌汉。按落云头，停立巅峰之上观看，真是好山：

> 高不高，顶摩碧汉；大不大，根扎黄泉。山前日暖，岭后风寒。山前日暖，有三冬草木无知；岭后风寒，见九夏冰霜不化。龙潭接涧水长流，虎穴依崖花放早。水流千派似飞琼，花放一心如布锦。湾环岭上湾环树，扢挞石外扢挞松。真个是，高的山，峻的岭，陡的崖，深的涧，香的花，美的果，红的藤，紫的竹，青的松，翠的柳：八节四时颜不改，千年万古色如龙。

大圣看够多时，步下尖峰，入深山，找寻路径。正自没个消息，忽见松阴下，有一女子，手折了一枝香兰，袅袅娜娜而来。大圣闪在怪石之旁，定睛观看，那女子怎生模样：

> 娇娇倾国色，缓缓步移莲。貌若王嫱，颜如楚女。如花解语，似玉生香。高髻堆青碧鸦，双睛蘸绿横秋水。湘裙半露弓鞋小，翠袖微舒粉腕长。说甚么暮雨朝云，真个是朱唇皓齿。锦江滑腻蛾眉秀，赛过文君与薛涛。

那女子渐渐走近石边，大圣躬身施礼，缓缓而言曰："女菩萨何往？"那女子未曾观看，听得叫问，却自抬头；忽见大圣的相貌丑陋，老大心惊，欲退难退，欲行难行，只得战兢兢，勉强答道："你是何方来者？敢在此间问谁？"大圣沉思道："我若说出取经求扇之事，恐这厮与牛王有亲，且只以假亲托意，来请魔王之言而答方可。"那女子见他不语，变了颜色，怒声喝道："你是何人，敢来问我！"大圣躬身陪笑道："我是翠云山来的，初到贵处，不知路径。敢问菩萨，此间可是积雷山？"那女子道："正是。"大圣道："有个摩云洞，坐落何处？"那女子道："你寻那洞做甚？"大圣道："我是翠云山芭蕉洞铁扇公主央来请牛魔王的。"

那女子一听铁扇公主请牛魔王之言，心中大怒，彻耳根子通红，泼口骂道：“这贱婢，着实无知！牛王自到我家，未及二载，也不知送了他多少珠翠金银，绫罗缎匹；年供柴，月供米，自自在在受用，还不识羞，又来请他怎的！”大圣闻言，情知是玉面公主，故意掣出铁棒大喝一声道：“你这泼贱，将家私买住牛王，诚然是陪钱嫁汉！你倒不羞，却敢骂谁！”那女子见了，唬得魄散魂飞，没好步乱金莲，战兢兢回头便走。这大圣吆吆喝喝，随后相跟。原来穿过松阴，就是摩云洞口。女子跑进去，扑的把门关了。大圣却收了铁棒，咳咳停步看时，好所在：

　　树林森密，崖削峻嶒。薜萝阴冉冉，兰蕙味馨馨。流泉漱玉穿修竹，巧石知机带落英。烟霞笼远岫，日月照云屏。龙吟虎啸，鹤唳莺鸣。一片清幽真可爱，琪花瑶草景常明。不亚天台仙洞，胜如海上蓬瀛。

且不言行者这里观看景致。却说那女子跑得粉汗淋淋，唬得兰心吸吸，径入书房里面。原来牛魔王正在那里静玩丹书。这女子没好气倒在怀里，抓耳挠腮，放声大哭。牛王满面陪笑道：“美人，休得烦恼。有甚话说？”那女子跳天索地，口中骂道：“泼魔害杀我也！”牛王笑道：“你为甚事骂我？”女子道：“我因父母无依，招你护身养命。江湖中说你是条好汉，你原来是个惧内的庸夫！”牛王闻说，将女子抱住道：“美人，我有那些不是处，你且慢慢说来，我与你陪礼。”女子道：“适才我在洞外闲步花阴，折兰采蕙，忽有一个毛脸雷公嘴的和尚，猛地前来施礼，把我吓了个呆挣。及定性问是何人，他说是铁扇公主央他来请牛魔王的。被我说了两句，他倒骂了我一场，将一根棍子，赶着我打。若不是走得快些，几乎被他打死！这不是招你为祸？害杀我也！”牛王闻言，却与他整容陪礼。温存良久，女子方才息气。魔王却发狠道：“美人在上，不敢相瞒，那芭蕉洞虽是僻静，却清幽自在。我山妻自幼修持，也是个得道的女仙，却是家门严谨，内无一尺之童，焉得有雷公嘴的男子央来？这想是那里来的怪妖，或者假绰名声，至此访我。等我出去看看。”

好魔王，拽开步，出了书房；上大厅取了披挂，结束了。拿了一条混铁棍，出门高叫道："是谁人在我这里无状？"行者在旁，见他那模样，与五百年前又大不同，只见：

头上戴一顶水磨银亮熟铁盔，身上贯一副绒穿锦绣黄金甲，足下踏一双卷尖粉底麂皮靴，腰间束一条攒丝三股狮蛮带。一双眼光如明镜，两道眉艳似红霓。口若血盆，齿排铜板。吼声响震山神怕，行动威风恶鬼慌。四海有名称混世，西方大力号魔王。

这大圣整衣上前，深深的唱个大喏道："长兄，还认得小弟么？"牛王答礼道："你是齐天大圣孙悟空么？"大圣道："正是，正是，一向久别未拜。适才到此问一女子，方得见兄。丰采果胜常，真可贺也！"牛王喝道："且休巧舌！我闻你闹了天宫，被佛祖降压在五行山下，近解脱天灾，保护唐僧西天见佛求经，怎么在号山枯松涧火云洞把我小儿牛圣婴害了？正在这里恼你，你却怎么又来寻我？"大圣作礼道："长兄勿得误怪小弟。当时令郎捉住吾师，要食其肉，小弟近他不得，幸观音菩萨欲救我师，劝他归正。现今做了善财童子，比兄长还高，享极乐之门堂，受逍遥之永寿，有何不可，返怪我耶？"牛王骂道："这个乖嘴的猢狲！害子之情，被你说过；你才欺我爱妾，打上我门何也？"大圣笑道："我因拜谒长兄不见，向那女子拜问，不知就是二嫂嫂；因他骂了我几句，是小弟一时粗鲁，惊了嫂嫂。望长兄宽恕宽恕！"牛王道："既如此说，我看故旧之情，饶你去罢。"大圣道："既蒙宽恩，感谢不尽；但尚有一事奉渎，万望周济周济。"牛王骂道："这猢狲不识起倒！饶了你，倒还不走，反来缠我！甚么周济周济！"大圣道："实不瞒长兄。小弟因保唐僧西鲁，路阻火焰山，不能前进。询问土人，知尊嫂罗刹女有一柄芭蕉扇，欲求一用。昨到旧府，奉拜嫂嫂，嫂嫂坚执不借，是以特求长兄。望兄长开天地之心，同小弟到大嫂处一行，千万借扇扇灭火焰，保得唐僧过山，即时完璧。"牛王闻言，心如火发，咬响钢牙骂道："你说你不无礼，你原来是借扇之故！一定先欺我山妻，山妻想是不肯，故来寻我！且又赶我爱妾！常言道，'朋友妻，不可欺；朋友妾，不可灭。'你既欺我妻，又灭我妾，多大无礼？上来吃我一棍！"大圣道："哥要说打，弟也不惧。但求宝贝，是我真心。万乞借我使使！"牛王道："你若三合敌得我，我着山妻借你；如敌不过，打死你，与我雪恨！"大圣道："哥说得是。小弟这一向疏懒，不曾与兄相会，不知这几年武艺比昔日如何，我兄弟们请演演棍看。"这牛王那容分说，挈混铁棍，劈头就打。这大圣持金箍棒，随手相迎。两个这场好斗：

　　金箍棒，混铁棍，变脸不以朋友论。那个说："正怪你这猢狲害子情！"这个说："你令郎已得道休嗔恨！"那个说："你无知怎敢上我门？"这个说："我有因特地来相问。"一个要求扇子保唐僧，一个不借芭蕉忒鄙客。语去言来失旧情，举家无义皆生忿。牛王棍起赛蛟龙，大圣棒迎神鬼遁。初时争斗在山前，后来齐驾祥云进。半空之内显神通，五彩光中施妙运。两条棍响震天关，不见输赢皆傍寸。

这大圣与那牛王斗经百十回合，不分胜负。正在难解难分之际，只听得山峰上有人叫道："牛爷爷，我大王多多拜上，幸赐早临，好安座也。"牛王闻说，使混铁棍支住金箍棒，叫道："猢狲，你且住了，等我去一个朋友家赴会来者！"言毕，按下云头，径至洞里。对玉面公主道："美人，才那雷公嘴的男子乃孙悟空猢狲，被我一顿棍打走了，再不敢来。你放心耍子。我到一个朋友处吃酒去也。"他才卸了盔甲，穿

牛魔王

一领鸦青剪绒袄子，走出门，跨上"辟水金睛兽"，着小的们看守门庭，半云半雾，一直向西北方而去。

大圣在高峰上看着，心中暗想道："这老牛不知又结识了甚么朋友，往那里去赴会。等老孙跟他走走。"好行者，将身幌一幌，变作一阵清风赶上，随着同走。不多时，到了一座山中，那牛王寂然不见。大圣聚了原身，入山寻看，那山中有一面清水深潭，潭边有一座石碣，碣上有六个大字，乃"乱石山碧波潭"。大圣暗想道："老牛断然下水去了。水底之精，若不是蛟精，必是龙精、鱼精，或是龟鳖鼋鼍之精，等老孙也下去看看。"

好大圣，捻着诀，念个咒语，摇身一变，变作一个螃蟹，不大不小的，有三十六斤重。扑的跳在水中，径沉潭底。忽见一座玲珑剔透的牌楼，楼下拴着那个辟水金睛兽。进牌楼里面，却就没水。大圣爬进去，仔细看时，只见那壁厢一派音乐之声，但见：

> 朱宫贝阙，与世不殊。黄金为屋瓦，白玉作门枢。屏开玳瑁甲，槛砌珊瑚珠。祥云瑞霭辉莲座，上接三光下八衢。非是天宫并海藏，果然此处赛蓬壶。高堂设宴罗宾主，大小官员冠冕珠。忙呼玉女捧牙槃，催唤仙娥调律吕。长鲸鸣，巨蟹舞，鳖吹笙，鼍击鼓，骊颔之珠照樽俎。鸟篆之文列翠屏，虾须之帘挂廊庑。八音迭奏杂仙韶，宫商响彻过云霄。青头鲈妓抚瑶瑟，红眼马郎品玉箫。鳜婆顶献香獐脯，龙女头簪金凤翘。吃的是，天厨八宝珍羞味；饮的是，紫府琼浆熟酝醪。

那上面坐的是牛魔王，左右有三四个蛟精，前面坐着一个老龙精，两边乃龙子、龙孙、龙婆、龙女。正在那里觥筹交错之际，孙大圣一直走将上去，被老龙看见，即命："拿下那个野蟹来！"龙子、龙孙一拥上前，把大圣拿住。大圣忽作人言，只叫："饶命！饶命！"老龙道："你是那里来的野蟹？怎么敢上厅堂，在尊客之前，横行乱走？快早供来，免汝死罪！"好大圣，假捏虚言，对众供道：

> 生自湖中为活，傍崖作窟权居。盖因日久得身舒，官受横行介

652

士。踏草拖泥落索①，从来未习行仪。不知法度冒王威，伏望尊慈恕罪！

座上众精闻言，都拱身对老龙作礼道："蟹介士初入瑶宫。不知王礼，望尊公饶他去罢。"老龙称谢了。众精即教："放了那厮，且记打，外面伺候。"大圣应了一声，往外逃命，径至牌楼之下。心中暗想道："这牛王在此贪杯，那里等得他散？就是散了，也不肯借扇与我。不如偷了他的金睛兽，变作牛魔王，去哄那罗刹女，骗他扇子，送我师父过山为妙。"

牛魔王罢战赴华筵

好大圣，即现本相，将金睛兽解了缰绳，扑一把跨上雕鞍，径直骑出水底。到于潭外，将身变作牛王模样。打着兽，纵着云，不多时，已至翠云山芭蕉洞口。叫声："开门！"那洞门里有两个女童，闻得声音开了门，看见是牛魔王嘴脸，即入报："奶奶，爷爷来家了。"那罗刹听言，忙整云鬟，急移莲步，出门迎接。这大圣下雕鞍，牵进金睛兽；弄大胆，诓骗女佳人。罗刹女肉眼，认他不出，即携手而入。着丫鬟设座看茶，一家子见是主公，无不敬谨。

---

① 落索——冷落萧索。螃蟹横行，独来独往，所以说落索。

须臾间，叙及寒温。大圣道："夫人久阔。"罗刹道："大王万福。"又云："大王宠幸新婚，抛撇奴家，今日是那阵风儿吹你来的？"大圣笑道："非敢抛撇，只因玉面公主招后，家事繁冗，朋友多顾，是以稽留在外，却也又治得一个家当了。"又道："近闻悟空那厮，保唐僧，将近火焰山界，恐他来问你借扇子。我恨那厮害子之仇未报，但来时，可差人报我，等我拿他，分尸万段，以雪我夫妻之恨。"罗刹闻言，滴泪告道："大王，常言说，'男儿无妇财无主，女子无夫身无主。'我的性命，险些儿不着这猢狲害了！"大圣得故子，发怒骂道："那泼猴几时过去了？"罗刹道："还未去。昨日到我这里借扇子，我因他害孩儿之故，披挂了，抢宝剑出门，就砍那猢狲。他忍着疼，叫我做嫂嫂，说大王曾与他结义。"大圣道："是五百年前曾拜为七兄弟。"罗刹道："被我骂也不敢回言，砍也不敢动手，后被我一扇子扇去；不知在那里寻得个定风法儿，今早又在门外叫唤。是我又使扇扇，莫想得动。急抢剑砍时，他就不让我了。我怕他棒重，就走入洞里，紧关上门。不知他又从何处，钻在我肚腹之内，险被他害了性命！是我叫他几声叔叔，将扇与他去也。"大圣又假意捶胸道："可惜！可惜！夫人错了，怎么就把这宝贝与那猢狲？恼杀我也！"

罗刹笑道："大王息怒。与他的是假扇，但哄他去了。"大圣问："真扇在于何处？"罗刹道："放心！放心！我收着哩。"叫丫鬟整酒接风贺喜。遂擎杯奉上道："大王，燕尔新婚，千万莫忘结发，且吃一杯乡中之水。"大圣不敢不接，只得笑吟吟，举觞在手道："夫人先饮，我因图治外产，久别夫人，早晚蒙护守家门，权为酬谢。"罗刹复接杯斟起，递与大王道："自古道，'妻者，齐也。'夫乃养身之父，讲甚么谢。"两人谦谦讲讲，方才坐下巡酒。大圣不敢破荤，只吃几个果子，与他言言语语。

酒至数巡，罗刹觉有半酣，色情微动，就和孙大圣挨挨擦擦，搭搭拈拈，携着手，俏语温存；并着肩，低声俯就。将一杯酒，你喝一口，我喝一口，却又哺果。大圣假意虚情，相陪相笑；没奈何，也与他相倚相偎。果然是：

钓诗钩，扫愁帚，破除万事无过酒。男儿立节放襟怀，女子忘情开笑口。面赤似夭桃，身摇如嫩柳。絮絮叨叨话语多，捻捻掐掐风情有。时见掠云鬟，又见轮尖手。几番常把脚儿跷，数次每将衣袖抖。粉项自然低，蛮腰渐觉扭。合欢言语不曾丢，酥胸半露松金钮。醉来真个玉山颓，饧眼摩娑几弄丑。

大圣见他这等酣然，暗自留心，挑斗道："夫人，真扇子你收在那里？早晚仔细。但恐孙行者变化多端，却又来骗去。"罗刹笑嘻嘻的，口中吐出，只有个杏叶儿大小，递与大圣道："这个不是宝贝？"大圣接在手中，却又不信，暗想着："这些些儿，怎生扇得火灭？怕又是假的。"罗刹见他看着宝贝沉思，忍不住上前，将粉面贴在行者脸上，叫道："亲亲，你收了宝贝吃酒罢。只管出神想甚么哩？"大圣就趁脚儿跷，问他一句道："这般小小之物，如何扇得八百里火焰？"罗刹酒陶真性，无忌惮，就说出方法道："大王，与你别了二载，你想是昼夜贪欢，被那玉面公主弄伤了神思；怎么自家的宝贝事情，也都忘了？只将左手大指头捻着那柄儿上第七缕红丝，念一声'啁嘘呵吸嘻吹呼'，即长一丈二尺长短。这宝贝变化无穷！那怕他八万里火焰，可一扇而消也。"大圣闻言，切切记在心上。却把扇儿也噙在口里，把脸抹一抹，现了本相。厉声高叫道："罗刹女！你看看我可是你亲老公！就把我缠了这许多丑勾当！不羞！不羞！"那女子一见是孙行者，慌得推倒桌席，跌落尘埃，羞愧无比，只叫："气杀我也！气杀我也！"

这大圣，不管他死活，摔脱手，拽大步，径出了芭蕉洞。正是无心贪美色，得意笑颜回。将身一纵，踏祥云，跳上高山，将扇子吐出来，演演方法。将左手大指头捻着那柄上第七缕红丝，念了一声'啁嘘呵吸嘻吹呼'，果然长了有一丈二尺长短。拿在手中，仔细看了又看，比前番假的果是不同，只见祥光幌幌，瑞气纷纷，上有三十六缕红丝，穿经度络，表里相联。原来行者只讨了个长的方法，不曾讨他个小的口诀，左右只是那等长短。没奈何，只得塞在肩上，找旧路而回不题。

却说那牛魔王在碧波潭底与众精散了筵席，出得门来，不见了辟水金睛兽。老龙王聚众精问道："是谁偷放牛爷的金睛兽也？"众精跪下道："没人敢偷。我等俱在筵前供酒捧盘，供唱奏乐，更无一人在前。"老龙道："家乐儿断乎不敢，可曾有甚生人进来？"龙子、龙孙道："适才安座之时，有个蟹精到此。那个便是生人。"牛王闻说，顿然省悟道："不消讲了！早间贤友着人邀我时，有个孙悟空保唐僧取经，路遇火焰山难过，曾问我求借芭蕉扇。我不曾与他，他和我赌斗一场，未分胜负，我却丢了他，径赴盛会。那猴子千般伶俐，万样机关，断乎是那厮变作蟹精，来此打探消息，偷了我兽，去山妻处骗了那一把芭蕉扇儿也！"众精见说，一个个胆战心惊，问道："可是那大闹天宫的孙悟空么？"牛王道："正是。列公若在西天路上，有不是处，切要躲避他些儿。"老龙道："似这般说，大王的骏骑，却如之何？"牛王笑道："不妨，不妨，列公各散，等我赶他去来。"遂而分开水路，跳出潭底，驾黄云，径至翠云山芭蕉洞。只听得罗刹女跌脚捶胸，大呼小叫，推开门，又见辟水金睛兽拴在下边，牛王高叫："夫人，孙悟空那厢去了？"众女童看见牛魔，一齐跪下道："爷爷来了？"罗刹女扯住牛王，磕头撞脑，口里骂道："泼老天杀的！怎样这般不谨慎，着那猢狲偷了金睛兽，变作你的模样，到此骗我！"牛王切齿道："猢狲那厢去了？"罗刹捶着胸膛骂道："那泼猴赚了我的宝贝，现出原身走了！气杀我也！"牛王道："夫人保重，勿得心焦。等我赶上猢狲，夺了宝贝，剥了他皮，锉碎他骨，摆出他的心肝，与你出气！"叫："拿兵器来！"女童道："爷爷的兵器，不在这里。"牛王道："拿你奶奶的兵器来罢！"侍婢将两把青锋宝剑捧出。牛王脱了那赴宴的鸦青绒袄，束一束贴身的小衣，双手绰剑，走出芭蕉洞，径奔火焰山上赶来。正是那：

忘恩汉，骗了痴心妇；烈性魔，来近木叉人。

毕竟不知此去吉凶如何，且听下回分解。

西游记

第六十一回

猪八戒助力败魔王　孙行者三调芭蕉扇

　　话表牛魔王赶上孙大圣，只见他肩膊上掮着那柄芭蕉扇，怡颜悦色而行。魔王大惊道：“猢狲原来把运用的方法也叨饸①得来了。我若当面问他索取，他定然不与。倘若扇我一扇，要去十万八千里远，却不遂了他意？我闻得唐僧在那大路上等候。他二徒弟猪精，三徒弟沙流精，我当年做妖怪时，也曾会他。且变作猪精的模样，返骗他一场。料猢狲以得意为喜，必不详细提防。”好魔王，他也有七十二变，武艺也与大圣一般，只是身子狼犹些，欠钻疾，不活达②些。把宝剑藏了，念个咒语，摇身一变，即变作八戒一般嘴脸，抄下路，当面迎着大圣，叫道：“师兄，我来也！”

　　这大圣果然欢喜。古人云：“得胜的猫儿欢似虎”也，只倚着强能，更不察来人的意思。见是个八戒的模样，便就叫道：“兄弟，你往那里去？”牛魔王绰着经儿道：“师父见你许久不回，恐牛魔王手段大，你斗他不过，难得他的宝贝，教我来迎你的。”行者笑道：“不必费心，我已得了手了。”牛王又问道：“你怎么得的？”行者道：“那老牛与我战经百十合，不分胜负。他就撇了我，去那乱石山碧波潭底，

_____

① 叨饸——同“饕餮”。这里作“鼓捣、讨访、术骗”解释。

② 活达——灵便、活便。

与一伙蛟精、龙精饮酒。是我暗跟他去，变作个螃蟹，偷了他所骑的辟水金睛兽，变了老牛的模样，径至芭蕉洞哄那罗刹女。那女子与老孙结了一场干夫妻，是老孙设法骗将来的。"牛王道："却是生受①了。哥哥劳碌太甚，可把扇子我拿。"孙大圣那知真假，也虑不及此，遂将扇子递与他。

原来那牛王，他知那扇子收放的根本；接过手，不知捻个甚么诀儿，依然小似一片杏叶，现出本相。开言骂道："泼猕猴！认得我么？"行者见了，心中自悔道："是我的不是了！"恨了一声，跌足高呼道："咦！逐年家打雁，今却被小雁儿鹐②了眼睛。"狠得他爆躁如雷，掣铁棒，劈头便打，那魔王就使扇子扇他一下；不知那大圣先前变蟭蟟虫入罗刹女腹中之时，将定风丹噙在口里，不觉的咽下肚里，所以五脏皆牢，皮骨皆固；凭他怎么扇，再也扇他不动。牛王慌了，把宝贝丢入口中，双手抡剑就砍。那两个在那半空中这一场好杀：

> 齐天孙大圣，混世泼牛王，只为芭蕉扇，相逢各骋强。粗心大圣将人骗，大胆牛王把扇诓。这一个，全箍棒起无情义；那一个，双刃青锋有智量。大圣施威喷彩雾，牛王放泼吐毫光。齐斗勇，两不良，咬牙锉齿气昂昂。播土扬尘天地暗，飞砂走石鬼神藏。这个说："你敢无知反骗我！"那个说："我妻许你共相将！"言村语泼，性烈情刚。那个说："你哄人妻女真该死！告到官司有罪殃！"伶俐的齐天圣，凶顽的大力王，一心只要杀，更不待商量。棒打剑迎齐努力，有些松慢见阎王。

且不说他两个相斗难分。却表唐僧坐在途中，一则火气蒸人，二来心焦口渴，对火焰山土地道："敢问尊神，那牛魔王法力如何？"土地道："那牛王神通不小，法力无边，正是孙大圣的敌手。"三藏道："悟空是个会走路的，往常家二千里路，一霎时便回，怎么如今去了一

---

① 生受——说自己的时候，是受苦受罪的意思，就是活受罪的省词；对别人说，是难为、有劳的意思。

② 鹐——鸟啄人叫鹐。

日？断是与那牛王赌斗。"叫："悟能，悟净！你两个，那一个去迎你师兄一迎？倘或遇敌，就当用力相助，求得扇子来，解我烦躁，早早过山，赶路去也。"八戒道："今日天晚，我想着要去接他，但只是不认得积雷山路。"土地道："小神认得。且教卷帘将军与你师父做伴，我与你去来。"三藏大喜道："有劳尊神，功成再谢。"

那八戒抖擞精神，束一束皂锦直裰，搴着钯，即与土地纵起云雾，径回东方而去。正行时，忽听得喊杀声高，狂风滚滚。八戒按住云头看时，原来孙行者与牛王厮杀哩。土地道："天蓬还不上前怎的？"呆子掣钉钯，厉声高叫道："师兄，我来也！"行者恨道："你这夯货，误了我多少大事！"八戒道："师父教我来迎你，因认不得山路，商议良久，教土地引我，故此来迟；如何误了大事？"行者道："不是怪你来迟。这泼牛十分无礼！我向罗刹处弄得扇子来，却被这厮变作你的模样，口称迎我，我一时欢悦，转把扇子递在他手，他却现了本相，与老孙在此比并，所以误了大事也。"八戒闻言大怒。举钉钯，当面骂道："我把你这血皮胀的遭瘟！你怎敢变作你祖宗的模样，骗我师兄，使我兄弟不睦！"你看他没头没脸的使钉钯乱筑。那牛王，一则是与行者斗了一日，力倦神疲；二则是见八戒的钉钯凶猛，遮架不住，败阵就走。只见那火焰山土地，帅领阴兵，当面挡住道："大力王，且住手。唐三藏西天取经，无神不保，无天不佑，三界通知，十方拥护。快将芭蕉扇来扇熄火焰，教他无灾无障，早过山去；不然，上天责你罪愆，定遭诛也。"牛王道："你这土地，全不察理！那泼猴夺我子，欺我妾，骗我妻，番番无道，我恨不得囫囵吞他下肚，化作大便喂狗，怎么肯将宝贝借他！"

说不了，八戒赶上骂道："我把你个结心癀①！快拿出扇来，饶你性命！"那牛王只得回头，使宝剑又战八戒，孙大圣举棒相帮。这一场在那里好杀：

> 成精豕，作怪牛，兼上偷天得道猴。禅性自来能战炼，必当用

---

① 结心癀——牛病的一种。症状是胆汁凝结成粒状或块，一般称为牛黄。这里是诅咒生病的意思。

土合元由。钉钯九齿尖还利，宝剑双锋快更柔。铁棒卷舒为主仗，土神助力结丹头。三家刑克相争竞，各展雄才要运筹。捉牛耕地金钱长，唤豕归炉木气收。心不在焉何作道，神常守舍要拴猴。胡乱嚷，苦相求，三般兵刃响嗖嗖。钯筑剑伤无好意，金箍棒起有因由。只杀得星不光兮月不皎，一天寒雾黑悠悠！

那魔王奋勇争强，且行且斗，斗了一夜，不分上下，早又天明。前面是他的积雷山摩云洞口，他三个与土地、阴兵，又喧哗震耳，惊动那玉面公主，唤丫鬟看是那里人嚷。只见守门小妖来报："是我家爷爷与昨日那雷公嘴汉子并一个长嘴大耳的和尚同火焰山土地等众厮杀哩！"玉面公主听言，即命外护的大小头目，各执枪刀助力。前后点起七长八短，有百十余口，一个个卖弄精神，拈枪弄棒，齐告："大王爷爷，我等奉奶奶内旨，特来助力也！"牛王大喜道："来得好！来得好！"众妖一齐上前乱砍。八戒措手不及，倒拽着钯，败阵而走。大圣纵筋斗云，跳出重围。众阴兵亦四散奔走。老牛得胜，聚众妖归洞，紧闭了洞门不题。

行者道："这厮骁勇！自昨日申时前后，与老孙战起，直到今夜，未定输赢，却得你两个来接力。如此苦斗半日一夜，他更不见劳困。才这一伙小妖，却又莽壮。他将洞门紧闭不出，如之奈何？"八戒道："哥哥，你昨日巳时离了师父，怎么到申时才与他斗起？你那两个时辰，在那里的？"行者道："别你后，顷刻就到这座山上，见一个女子，问讯，原来就是他爱妾玉面公主。被我使铁棒唬他一唬，他就跑进洞，叫出那牛王来。与老孙剿言剿语，嚷了一会，又与他交手，斗了有一个时辰。正打处，有人请他赴宴去了。是我跟他到那乱石山碧波潭底，变作一个螃蟹，探了消息，偷了他辟水金睛兽，假变牛王模样，复至翠云山芭蕉洞，骗他罗刹女，哄得他扇子。出门试演试演方法，把扇子弄长了，只是不会收小。正掮了走处，被他假变作你的嘴脸，反骗了去。故此耽搁两三个时辰也。"八戒道："这正是俗语云，'大海里翻了豆腐船，汤里来，水里去。'如今难得他扇子，如何保得师父过山？且回去，转路走他娘罢！"土地道："大圣休焦恼，天蓬莫懈怠。但说转路，就是入了傍门，不成个修行之类，古语云，'行不由径'，岂可转走？你那师父，在正路上坐着，眼巴巴只望你们成功哩！"行者发狠道："正是，正是！呆子莫要胡谈！土地说得有理。我们正要与他：

　　赌输赢，弄手段，等我施为地煞变。自到西方无对头，牛王本是心猿变。今番正好会源流，断要相持借宝扇。趁清凉，息火焰，打破顽空参佛面。行满超升极乐天，大家同赴龙华宴！"

那八戒听言，便生努力。殷勤道：

　　是，是，是！去，去，去！管甚牛王会不会，木生在亥配为猪，牵转牛儿归土类。申下生金本是猴，无刑无克多和气。用芭蕉，为水意，焰火消除成既济。昼夜休离苦尽功，功完赶赴"盂兰会"。

他两个领着土地、阴兵一齐上前，使钉钯，抢铁棒，乒乒乓乓，把一座摩云洞的前门，打得粉碎。唬得那外护头目，战战兢兢，闯入里边报道："大王！孙悟空率众打破前门也！"那牛王正与玉面公主备言其事，懊恨孙行者哩。听说打破前门，十分发怒，急披挂，拿了铁棍，从里边骂出来道："泼猢狲！你是多大个人儿，敢这等上门撒泼，打破我门扇？"八戒近前乱骂道："泼老剥皮！你是个甚样人物，敢量那个大小！不要走！看钯！"牛王喝道："你这个囔糟食的夯货，不见怎的！快叫那猴儿上来！"行者道："不知好歹的饲草①！我昨日还与你论兄弟，今日就是仇人了！仔细吃吾一棒！"那牛王奋勇而迎。这场比前番更胜。三个英雄，厮混在一处。好杀：

　　钉钯铁棒逞神威，同帅阴兵战老牺。牺牲独展凶强性，遍满同天法力恢。使钯筑，着棍擂，铁棒英雄又出奇。三般兵器叮当响，隔架遮拦谁让谁？他道他为首，我道我夺魁。士兵为证难分解，木土相煎上下随。这两个说："你如何不借芭蕉扇！"那一个道：

---

　　① 饲草——骂人的话，吃草的货，吃草的畜生。

"你焉敢欺心骗我妻！赶妾害儿仇未报，敲门打户又惊疑！"这个说："你仔细堤防如意棒，擦着些儿就破皮！"那个说："好生躲避钯头齿，一伤九孔血淋漓！"牛魔不怕施威猛，铁棍高擎有见机。翻云覆雨随来往，吐雾喷风任发挥。恨苦这场都拼命，各怀恶念喜相持。丢架子，让高低，前迎后挡总无亏。兄弟二人齐努力，单身一棍独施为。卯时战到辰时后，战罢牛魔束手回。

他三个舍死忘生，又斗有百十余合。八戒发起呆性，仗着行者神通，举钯乱筑。牛王遮架不住，败阵回头，就奔洞门。却被土地、阴兵拦住洞门，喝道："大力王，那里走！吾等在此！"那老牛不得进洞，急抽身，又见八戒、行者赶来，慌得卸了盔甲，丢了铁棍，摇身一变，变作一只天鹅，望空飞走。

行者看见，笑道："八戒！老牛去了。"那呆子漠然不知，土地亦不能晓，一个个东张西觑，只在积雷山前后乱找。行者指道："那空中飞的不是？"八戒道："那是一只天鹅。"行者道："正是老牛变的。"土地道："既如此，却怎生么？"行者道："你两个打进此门，把群妖尽情剿除，拆了他的窝巢，绝了他的归路，等老孙与他赌变化去。"那八戒与土地，依言攻破洞门不题。

这大圣收了金箍棒，捻诀念咒，摇身一变，变作一个海东青，飕的一翅，钻在云眼里，倒飞下来，落在天鹅身上，抱住颈项嗛眼。那牛王也知是孙行者变化，急忙抖抖翅，变作一只黄鹰，返来嗛海东青。行者又变作一个乌凤，专一赶黄鹰。牛王识得，又变作一只白鹤，长唳一声，向南飞去。行者立定，抖抖翎毛，又变作一只丹凤，高鸣一声。那白鹤见凤是鸟王，诸禽不敢妄动，刷的一翅，淬下山崖，将身一变，变作一只香獐，乜乜些些①，在崖前吃草。行者认得，也就落下翅来，变作一只饿虎，剪尾跑蹄，要来赶獐作食。魔王慌了手脚，又变作一只金钱花斑的大豹，要伤饿虎。行者见了，迎着风，把头一幌，又变作一只金眼狻猊，声如霹雳，铁额铜头，复转身要食大豹。牛王着了急，又变作一个人熊，放开脚，就来擒那狻猊。行者打个滚，就变作一只赖象，

———————————

① 乜乜些些——形容痴痴呆呆的样子。

鼻似长蛇，牙如竹笋，撒开鼻子，要去卷那人熊。

牛王嘻嘻的笑了一笑，现出原身——一只大白牛：头如峻岭，眼若闪光。两只角，似两座铁塔。牙排利刃。连头至尾，有千余丈长短；自蹄至背，有八百丈高下。对行者高叫道："泼猢狲！你如今将奈我何？"行者也就现了原身，抽出金箍棒来，把腰一躬，喝声叫："长！"长得身高万丈，头如泰山，眼如日月，口似血池，牙似门扇，手执一条铁棒，着头就打。那牛王硬着头，使角来触。这一场，真个是撼岭摇山，惊天动地！有诗为证。诗曰：

> 道高一尺魔千丈，奇巧心猿用力降。
> 若得火山无烈焰，必须宝扇有清凉。
> 黄婆大志扶元老，木母留情扫荡妖。
> 和睦五行归正果，炼魔涤垢上西方。

他两个大展神通，在半山中赌斗，惊得那过往虚空，一切神众与金头揭谛、六甲六丁、一十八位护教伽蓝都来围困魔王。那魔王公然不惧，你看他东一头，西一头，直挺挺，光耀耀的两只铁角，往来抵触；南一撞，北一撞，毛森森，筋暴暴的一条硬尾，左右敲摇。孙大圣当面迎，众多神四面打，牛王急了，就地一滚，复本相，便投芭蕉洞去。行者也收了法相，与众多神随后追袭。那魔王闯入洞里，闭门不出。概众把一座翠云山围得水泄不通。

正都上门攻打，忽听得八戒与土地、阴兵嚷嚷而至。行者见了，问曰："那摩云洞事体如何？"八戒笑道："那老牛的娘子，被我一钯筑死，剥开衣看，原来是个玉面狸精。那伙群妖，俱是些驴、骡、犊、特、獾、狐、貉、獐、羊、虎、麋、鹿等类。已此尽皆剿戮，又将他洞府房廊放火烧了。土地说他还有一处家小，住居此山，故又来这里扫荡也。"行者道："贤弟有功。可喜！可喜！老孙空与那老牛赌变化，未曾得胜。他变作无大不大的白牛，我变了法天象地的身量。正和他抵触之间，幸蒙诸神下降。围困多时，他却复原身，走进洞去矣。"八戒道："那可是芭蕉洞么？"行者道："正是！正是！罗刹女正在此间。"八戒发狠道："既是这般，怎么不打进去，剿除那厮，问他要扇子，倒让他停留长智，两口儿叙情！”

好呆子，抖擞威风，举钯照门一筑，忽辣的一声，将那石崖连门筑倒了一边。慌得那女童忙报："爷爷！不知甚人把前门都打坏了！"牛王方跑进去，喘嘘嘘的，正告诉罗刹女与孙行者夺扇子赌斗之事，闻报，心中大怒。就口中吐出扇子，递与罗刹女。罗刹女接扇在手，满眼垂泪道："大王！把这扇子送与那猢狲，教他退兵去罢。"牛王道："夫人啊，物虽小而恨则深。你且坐着，等我再和他比拼去来。"那魔重整披挂，又选两口宝剑，走出门来。正遇着八戒使钯筑门，老牛更不打话，掣剑劈脸便砍。八戒举钯迎着，向后倒退了几步，出门来，早有大圣抡棒当头。那牛魔即驾狂风，跳离洞府，又都在那翠云山上相持。众多神四面围绕，土地兵左右攻击。这一场，又好杀哩：

猪八戒大战牛魔王

　　云迷世界，雾罩乾坤。飒飒阴风砂石滚，巍巍怒气海波浑。重磨剑二口，复挂甲全身。结冤深似海，怀恨越生嗔。你看齐天大圣因功绩，不讲当年老故人。八戒施威求扇子，众神护法捉牛君。牛王双手无停息，左遮右挡弄精神。只杀得那过鸟难飞皆敛翅，游鱼不跃尽潜鳞；鬼泣神嚎天地暗，龙愁虎怕日光昏！

那牛王拼命捐躯，斗经五十余合，抵敌不住，败了阵，往北就走。早有五台山秘魔岩神通广大泼法金刚阻住，道："牛魔，你往那里去！

我等乃释迦牟尼佛祖差来，布列天罗地网，至此擒汝也！”正说间，随后有大圣、八戒、众神赶来。那魔王慌转身向南走；又撞着峨眉山清凉洞法力无量胜至金刚挡住，喝道：“吾奉佛旨在此，正要拿住你也！”牛王心慌脚软，急抽身往东便走；却逢着须弥山摩耳崖毗卢沙门大力金刚迎住道：“你老牛何往！我蒙如来密令，教来捕获你也！”牛王又悚然而退，向西就走；又遇着昆仑山金霞岭不坏尊王永住金刚敌住，喝道：“这厮又将安走！我领西天大雷音寺佛老亲言，在此把截，谁放你也！”那老牛心惊胆战，悔之不及。见那四面八方都是佛兵天将，真个似罗网高张，不能脱命。正在仓惶之际，又闻得行者帅众赶来，他就驾云头，望上便走。却好有托塔李天王并哪吒太子，领鱼肚药叉、巨灵神将，幔住空中，叫道：“慢来！慢来！吾奉玉帝旨意，特来此剿除你也！”牛王急了，依前摇身一变，还变作一只大白牛，使两只铁角去触天王。天王使刀来砍。随后孙行者又到。哪吒太子厉声高叫：“大圣，衣甲在身，不能为礼。愚父子昨日见佛如来，发檄奏闻玉帝，言唐僧路阻火焰山，孙大圣难伏牛魔王，玉帝传旨，特差我父王领众助力。”行者道：“这厮神通不小！又变作这等身躯，却怎奈何？”太子笑道：“大圣勿疑，你看我擒他。”

这太子即喝一声：“变！”变得三头六臂，飞身跳在牛王背上，使斩妖剑望颈项上一挥，不觉得把个牛头斩下。天王收刀，却才与行者相见。那牛王腔子里又钻出一个头来，口吐黑气，眼放金光。被哪吒又砍一剑，头落处，又钻出一个头来。一连砍了十数剑，随即长出十数个头。哪吒取出火轮儿挂在那老牛的角上，便吹真火，焰焰烘烘，把牛王烧得张狂哮吼，摇头摆尾。才要变化脱身，又被托塔天王将照妖镜照住本相，腾挪不动，无计逃生，只叫：“莫伤我命！情愿归顺佛家也！”哪吒道：“既惜身命，快拿扇子出来！”牛王道：“扇子在我山妻处收着哩。”哪吒见说，将缚妖索子解下，跨在他那颈项上，一把拿住鼻头，将索穿在鼻孔里，用手牵来。孙行者却会聚了四大金刚、六丁六甲、护教伽蓝、托塔天王、巨灵神将并八戒、土地、阴兵，簇拥着白牛，回至芭蕉洞口。老牛叫道：“夫人，将扇子出来，救我性命！”罗刹听叫，急卸了钗环，脱了色服，挽青丝如道姑，穿缟素似比丘，双手捧那柄丈二长短的芭蕉扇子，走出门，又见有金刚众圣与天王父子，慌忙跪在地下，磕头礼拜道："望菩萨饶我夫妻之命，愿将此扇奉承孙叔叔成功去也！"行者近前接了扇，同大众共驾祥云，径回东路。

却说那三藏与沙僧，立一会，坐一会，盼望行者，许久不回，何等忧虑！忽见祥云满空，瑞光满地，飘飘飖飖，盖众神行将近，这长老害怕道："悟净！那壁厢是谁神兵来也？"沙僧认得道："师父啊，那是四大金刚、金头揭谛、六甲六丁、护教伽蓝与过往众神，牵牛的是哪吒三太子，拿镜的是托塔李天王，大师兄执着芭蕉扇，二师兄并土地随后，其余的都是护卫神兵。"三藏听说，换了毗卢帽，穿了袈裟，与悟净拜迎众圣，称谢道："我弟子有何德能，敢劳列位尊圣临凡也！"四大金刚道："圣僧喜了，十分功行将完！吾等奉佛旨差来助汝，汝当竭力修持，勿得须臾怠惰。"三藏叩齿叩头，受身受命。

孙行者三调芭蕉扇

孙大圣执着扇子，行近山边，尽气力挥了一扇，那火焰山平平息焰，寂寂除光；行者喜喜欢欢，又扇一扇，只闻得习习潇潇，清风微动；第三扇，满天云漠漠，细雨落霏霏。有诗为证。诗曰：

火焰山遥八百程，火光大地有声名。
火煎五漏丹难熟，火燎三关道不清。
时借芭蕉施雨露，幸蒙天将助神功。
牵牛归佛休颠劣，水火相联性自平。

此时三藏解燥除烦，清心了意。四众皈依，谢了金刚，各转宝山。六丁六甲，升空保护。过往神祇四散。天王、太子，牵牛径归佛地回缴。止有本山土地，押着罗刹女，在旁伺候。

行者道："那罗刹，你不走路，还立在此等甚？"罗刹跪道："万望大圣垂慈，将扇子还了我罢。"八戒喝道："泼贱人，不知高低！饶了你的性命，就够了，还要讨甚么扇子？我们拿过山去，不会卖钱买点心吃？费了这许多精神力气，又肯与你！雨蒙蒙的，还不回去哩！"罗刹再拜道："大圣原说扇熄了火还我。今此一场，诚悔之晚矣。只因不偢倸①，致令劳师动众。我等也修成人道，只是未归正果。见今真身现相归西，我再不敢妄作。愿赐本扇，从立自新，修身养命去也。"土地道："大圣！趁此女深知息火之法，断绝火根，还他扇子，小神居此苟安，拯救这方生民，求些血食，诚为恩便。"行者道："我当时问着乡人说，'这山扇熄火，只收得一年五谷，便又火发。'如何治得除根？"罗刹道："要是断绝火根，只消连扇四十九扇，永远再不发了。"

行者闻言，执扇子，使尽筋力，望山头连扇四十九扇，那山上大雨淙淙。果然是宝贝：有火处下雨，无火处天晴。他师徒们立在这无火处，不遭雨湿。坐了一夜，次早才收拾马匹、行李，把扇子还了罗刹。又道："老孙若不与你，恐人说我言而无信。你将扇子回山，再休生事。看你得了人身，饶你去罢！"那罗刹接了扇子，念个咒语，捏做个杏叶儿，噙在口里。拜谢了众圣，隐姓修行。后来也得了正果，经藏中万古流名。罗刹、土地，俱感激谢恩，随后相送。行者、八戒、沙僧，保着三藏遂此前进，真个是身体清凉，足下滋润。诚所谓：

坎离既济真元合，水火均平大道成。

毕竟不知几年才回东土，且听下回分解。

---

① 不偢倸——偢倸，豪爽而无拘束的样子。这里衍作"不爽快"的意思。

第六十二回

涤垢洗心惟扫塔　缚魔归正乃修身

　　十二时中忘不得，行功百刻全收。五年十万八千周，休教神水涸，莫纵火光愁。水火调停无损处，五行联络如钩。阴阳和合上云楼，乘鸾登紫府，跨鹤赴瀛洲。

　　这一篇词，牌名《临江仙》。单道唐三藏师徒四众，水火既济，本性清凉。借得纯阴宝扇，扇息燥火过山。不一日行过了八百之程。师徒们散诞逍遥，向西而去。正值秋末冬初时序，见了些：

　　野菊残英落，新梅嫩蕊生。村村纳禾稼，处处食香羹。平林木落远山现，曲涧霜浓幽壑清。应钟气，闭蛰营，纯阴阳月，帝玄溟，盛水德，舜日怜晴。地气下降，天气上升。虹藏不见影，池沼渐生冰。悬崖挂索藤花败，松竹凝寒色更青。

　　四众行够多时，前又遇城池相近。唐僧勒住马叫徒弟："悟空，你看那厢楼阁峥嵘，是个甚么去处？"行者抬头观看，乃是一座城池。真个是：

　　龙蟠形势，虎踞金城。四垂华盖近，百转紫墟平。玉石桥栏排巧兽，黄金台座列贤明。真个是神洲都会，天府瑶京。万里邦畿固，千年帝业隆。蛮夷拱服君恩远，海岳朝元圣会盈。御阶洁净，辇路清宁。酒肆歌声闹，花楼喜气生。未央宫外长春树，应许朝阳彩凤鸣。

　　行者道："师父，那座城池，是一国帝王之所。"八戒笑道："天下府有府城，县有县城，怎么就见是帝王之所？"行者道："你不知帝王之居，与府县自是不同。你看他四面有十数座门，周围有百十余里，楼台高耸，云雾缤纷。非帝京邦国，何以有此壮丽？"沙僧道："哥哥眼明，虽识得是帝王之处，却唤做甚么名色？"行者道："又无牌匾旌号，何以知之？须到城中询问，方可知也。"

　　长老策马，须臾到门。下马过桥，进门观看。只见六街三市，货殖通财；又见衣冠隆盛，人物豪华。正行时，忽见有十数个和尚，一个个披枷戴锁，沿门乞化，着实的褴缕不堪。三藏叹曰："兔死狐悲，物伤其类。"叫："悟空，你上前去问他一声，为何这等遭罪？"行者依言，即叫："那和尚，你是那寺里的？为甚事披枷戴锁？"众僧跪倒道："爷爷，我等是金光寺负屈的和尚。"行者道："金光寺坐落何方？"众僧道："转过隅头就是。"行者将他带在唐僧前，问道："怎生负屈，你说我听。"众僧道："爷爷，不知你们是那方来的，我等似有些面善。此间不敢在此奉告，请到荒山，具说苦楚。"长老道："也是。我们且到他那寺中去，仔细询问缘由。"同至山门，门上横写七个金字，"敕建护国金光寺"。师徒们进得门来观看，但见那：

　　古殿香灯冷，虚廊叶扫风。凌云千尺塔，养性几株松。满地落花无客过，檐前蛛网任攀笼。空架鼓，枉悬钟，绘壁尘多彩象朦。讲座幽然僧不见，禅堂静矣鸟常逢。凄凉堪叹息，寂寞苦无穷。佛前虽有香炉设，灰冷花残事事空。

　　三藏心酸，止不住眼中出泪。众僧们顶着枷锁，将正殿推开，请长老上殿拜佛。长老进殿，奉上心香，叩齿三咂。却转于后面，见那方丈檐柱上又锁着六七个小和尚，三藏甚不忍见。及到方丈，众僧俱来叩头，问道：“列位老爷像貌不一，可是东土大唐来的么？”行者笑道：“这和尚有甚未卜先知之法？我们正是。你怎么认得？”众僧道：“爷爷，我等有甚未卜先知之法，只是痛负了屈苦，无处分明，日逐家只是叫天叫地。想是惊动天神，昨日夜间，各人都得一梦，说有个东土大唐来的圣僧，救得我等性命，庶此冤苦可伸。今日果见老爷这般异像，故认得也。”

三藏闻言大喜道：“你这里是何地方？有何冤屈？”众僧跪告：“爷爷，此城名唤祭赛国，乃西邦大去处。当年有四夷朝贡，南，月陀国；北，高昌国；东，西梁国；西，本钵国。年年进贡美玉明珠，娇妃骏马。我这里不动干戈，不去征讨，他那里自然拜为上邦。”三藏道：“既拜为上邦，想是你这国王有道，文武贤良。”众僧道：“爷爷，文也不贤，武也不良，国君也不是有道。我这金光寺，自来宝塔上祥云笼罩，瑞霭高升；夜放霞光，万里有人曾见；昼喷彩气，四国无不同瞻。故此以为天府神京，四夷朝贡。只是三年之前，孟秋朔日，夜半子时，下了一场血雨。天明时，家家害怕，户户生悲。众公卿奏上国王，不知天公甚事见责。当时延请道士打醮，和尚看经，答天谢地。谁晓得我这寺里黄金宝塔污了，这两年外国不来朝贡。我王欲要征伐，众臣谏道：我寺里僧人偷了塔上宝贝，所以无祥云瑞霭，外国不朝。昏君更不察理。那些赃官，将我僧众拿了去，千般拷打，万样追求。当时我这里有三辈和尚，前两辈已被拷打不过，死了；如今又捉我辈，问罪枷锁。老爷在上，我等怎敢欺心，盗取塔中之宝！万望爷爷怜念，方以类聚，物以群分，舍大慈大悲，广施法力，拯救我等性命！”

三藏闻言，点头叹道：“这桩事暗昧难明。一则是朝廷失政，二来是汝等有灾。既然天降血雨，污了宝塔，那时节何不启本奏君，致令受苦？”众僧道：“爷爷，我等凡人，怎知天意？况前辈俱未辨得，我等如何处之！”三藏道：“悟空，今日甚时分了？”行者道：“有申时前后。”三藏道：“我欲面君倒换关文，奈何这众僧之事，不得明白，难以对君奏言。我当时离了长安，在法门寺里立愿，上西方逢庙烧香，遇寺拜佛，见塔扫塔。今日至此，遇有受屈僧人，乃因宝塔之累。你与我办一把新笤帚，待我沐浴了，上去扫扫，即看这污秽之事何如，不放光之故何如，访着端的，方好面君奏言，解救他们这苦难也。”

这些枷锁的和尚听说，连忙去厨房取把厨刀，递与八戒道："爷爷，你将此刀打开那柱子上锁的小和尚铁锁，放他去安排斋饭香汤，伏侍老爷进斋沐浴。我等且上街化把新笤帚来与老爷扫塔。"八戒笑道："开锁有何难哉？不用刀斧，教我那一位毛脸老爷，他是开锁的积年。"行者真个近前，使个解锁法，用手一抹，几把锁簧俱退落下。那小和尚俱跑到厨中，净刷锅灶，安排茶饭。三藏师徒们吃了斋，渐渐天昏。只见那枷锁的和尚，拿了两把笤帚进来，三藏甚喜。

正说处，一个小和尚点了灯，来请洗澡。此时满天星月光辉，谯楼上更鼓齐发。正是那：

> 四壁寒风起，万家灯火明。
> 六街关户牖，三市闭门庭。
> 钓艇归深树，耕犁罢短绳。
> 樵夫柯斧歇，学子诵书声。

三藏沐浴毕，穿了小袖偏衫，束了环绦，足下换一双软公鞋[①]，手里拿一把新笤帚，对众僧道："你等安寝，待我扫塔去来。"行者道："塔上既被血雨所污，又况日久无光，恐生恶物；一则夜静风寒，又没个伴侣，自去恐有差池。老孙与你同上如何？"三藏道："甚好！甚好！"两人各持一把，先到大殿上，点起琉璃灯，烧了香，佛前拜道："弟子陈玄奘奉东土大唐差往灵山参见我佛如来取经，今至祭赛国金光寺，遇本僧言宝塔被污，国王疑僧盗宝，衔冤取罪，上下难明。弟子竭诚扫塔，望我佛威灵，早示污塔之原因，莫致凡夫之冤屈。"祝罢，与行者开了塔门，自下层望上而扫。只见这塔，真是：

> 峥嵘倚汉，突兀凌空。正唤做五色琉璃塔，千金舍利峰。梯转
> 如穿窟，门开似出笼。宝瓶影射天边月，金铎声传海上风。但见那
> 虚檐拱斗，绝顶留云。虚檐拱斗，作成巧石穿花凤；绝顶留云，造
> 就浮屠绕雾龙。远眺可观千里外，高登似在九霄中。层层门上琉璃

---

① 软公鞋——软翁鞋，就是长筒皮靴。

灯，有尘无火；步步檐前白玉栏，积垢飞虫。塔心里，佛座上，香烟尽绝；窗棂外，神面前，蛛网牵蒙。炉中多鼠粪，盏内少油镕。只因暗失中间宝，苦杀僧人命落空。三藏发心将搭扫，管教重见旧时容。

唐僧用帚子扫了一层，又上一层。如此扫至第七层上，却早二更时分。那长老渐觉困倦，行者道："困了，你且坐下，等老孙替你扫罢。"三藏道："这塔是多少层数？"行者道："怕不有十三层哩。"长老耽着劳倦道："是必扫了，方趁本愿。"又扫了三层，腰酸腿痛，就于十层上坐倒道："悟空，你替我把那三层扫净下来罢。"行者抖擞精神，登上第十一层，霎时又上到第十二层。正扫处，只听得塔顶上有人言语。行者道："怪哉！怪哉！这早晚有三更时分，怎么得有人在这顶上言语？断乎是邪物也！且看看去。"

好猴王，轻轻的挟着笤帚，撒起衣服，钻出前门，踏着云头观看。只见第十三层塔心里坐着两个妖精，面前放一盘下饭，一只碗，一把壶，在那里猜拳吃酒哩。行者使个神通，丢了笤帚，掣出金箍棒，拦住塔门喝道："好怪物！偷塔上宝贝的原来是你！"两个怪物慌了，急起身，拿壶拿碗乱掼，被行者横铁棒拦住道："我若打死你，没人供状。"只把棒逼将去。那怪贴在壁上，莫想挣扎得动，口里只叫："饶命！饶命！不干我事！自有偷宝贝的在那里也。"行者使个拿法，一只手抓将过来，径拿下第十层塔中。报道："师父，拿住偷宝贝之贼了！"

三藏正自盹睡，忽闻此言，又惊又喜道："是那里拿来的？"行者把怪物揪到面前跪下道："他在塔顶上猜拳吃酒耍子，是老孙听得喧哗，一纵云，跳到顶上拦住，未曾着力。但恐一棒打死，没人供状，故此轻轻捉来。师父可取他个口词，看他是那里妖精，偷的宝贝在于何处。"

那怪物战战兢兢，口叫："饶命！"遂从实供道："我两个是乱石山碧波潭万圣龙王差来巡塔的。他叫做奔波儿灞，我叫做灞波儿奔。他是鲇鱼怪，我是黑鱼精。因我万圣老龙生了一个女儿，就唤做万圣公主。那公主花容月貌，有二十分人才。招得一个驸马，唤做九头驸马，神通广大。前年与龙王来此，显大法力，下了一阵血雨，污了宝塔，偷了塔中的舍利子佛宝。公主又去大罗天上，灵霄殿前，偷了王母娘娘的九叶灵芝草，养在那潭底下，金光霞彩，昼夜光明。近日闻得有个孙悟空往西天取经，说他神通广大，沿路上专一寻人的不是，所以这些时常差我等来此巡拦。若还有那孙悟空到时，好准备也。"行者闻言，嘻嘻冷笑道："那孽畜等这等无礼！怪道前日请牛魔王在那里赴会！原来他结交这伙泼魔，专干不良之事！"

说未了，只见八戒与两三个小和尚，自塔下提着两个灯笼，走上来道："师父，扫了塔不去睡觉，在这里讲甚么哩？"行者道："师弟，你来正好。塔上的宝贝，乃是万圣老龙偷了去。今着这两个小妖巡塔，探听我等来的消息，却才被我拿住也。"八戒道："叫做甚么名字，甚么妖精？"行者道："才然供了口词，一个叫做奔波儿灞，一个叫做灞波儿奔；一个是鲇鱼怪，一个是黑鱼精。"八戒掣钯就打，道："既是妖精，取了口词，不打死何待？"行者道："你不知。且留着活的，好去见皇帝讲话，又好做凿眼^①去寻贼追宝。"好呆子，真个收了钯，一家一个，都抓下塔来。那怪只叫："饶命！"八戒道："正要你鲇鱼、黑鱼做些鲜汤，与那负屈的和尚吃哩！"两三个小和尚，欢欢喜喜，提着灯笼，引长老下了塔。一个先跑报众僧道："好了！好了！我们得见青天了！偷宝贝的妖怪，已是爷爷们捉将来矣！"行者教："拿铁索来，穿了琵琶骨，锁在这里。汝等看守，我们睡觉去，明日再做理会。"那些和尚都紧紧的守着，让三藏们安寝。

不觉的天晓，长老道："我与悟空入朝，倒换关文去来。"长老即穿了锦襕袈裟，戴了毗卢帽，整束威仪，拽步前进。行者也束一束虎皮裙，整一整绵布直裰，取了关文同去。八戒道："怎么不带这两个妖贼？"行者道："待我们奏过了，自有驾帖着人来提他。"遂行至朝门外。看不尽那朱雀黄龙，清都绛阙。三藏到东华门，对阁门大使作礼道："烦大人转奏，贫僧是东土大唐差去西天取经者，意欲面君，倒换关文。"那黄门官果与通报，至阶前奏道："外面有两个异容异服僧人，称言南赡部洲东土唐朝差往西方拜佛求经，欲朝我王，倒换关

① 凿眼——眼线、作眼。

文。"

国王闻言，传旨教宣。长老即引行者入朝。文武百官，见了行者，无不惊怕。有的说是猴和尚，有的说是雷公嘴和尚。个个悚然，不敢久视。长老在阶前舞蹈山呼的行拜，大圣叉着手，斜立在旁，公然不动。长老启奏道："臣僧乃南赡部洲东土大唐国差来拜西方天竺国大雷音寺佛，求取真经者。路经宝方，不敢擅过。有随身关文，乞倒验方行。"那国王闻言大喜。传旨教宣唐朝圣僧上金銮殿，安绣墩赐坐。长老独自上殿，先将关文捧上，然后谢恩敢坐。

那国王将关文看了一遍，心中喜悦道："似你大唐王有疾，能选高僧，不避路途遥远，拜我佛取经；寡人这里和尚，专心只是做贼，败国倾君！"三藏闻言，合掌道："怎见得败国倾君？"国王道："寡人这国，乃是西域上邦，常有四夷朝贡，皆因国内有个金光寺，寺内有座黄金宝塔，塔上有光彩冲天。近被本寺贼僧，暗窃了其中之宝，三年无有光彩，外国这二年也不来朝，寡人心痛恨之。"三藏合掌笑道："万岁，差之毫厘，失之千里矣。贫僧昨晚到于天府，一进城门，就见十数个枷纽之僧。问及何罪，他道是金光寺负冤屈者。因到寺细审，更不干寺僧人之事。贫僧入夜扫塔，已获那偷宝之妖贼矣。"国王大喜道："妖贼安在？"三藏道："现被小徒锁在金光寺里。"

那国王急降金牌："着锦衣卫快到金光寺取妖贼来，寡人亲审。"三藏又奏道："万岁，虽有锦衣卫，还得小徒去方可。"国王道："高徒在那里？"三藏用手指道："那玉阶旁立者便是。"国王见了，大惊道："圣僧如此丰姿，高徒怎么这等像貌？"孙大圣听见了，厉声高叫道："陛下，'人不可貌相，海水不可斗量'。若爱丰姿者，如何捉得妖贼也？"国王闻言，回惊作喜道："圣僧说的是。朕这里不选人才，只要获贼得宝归塔为上。"再着当驾官看车盖，教锦衣卫好生伏侍圣僧去取妖贼来。那当驾官即备大轿一乘，黄伞一柄，锦衣卫点起校尉，将行者八抬八绰，大四声喝路，径至金光寺。自此惊动满城百姓，无处无一人不来看圣僧及那妖贼。

八戒、沙僧听得喝道，只说是国王差官，急出迎接，原来是行者坐在轿上。呆子当面笑道："哥哥，你得了本身也！"行者下了轿，挽着八戒道："我怎么得了本身？"八戒道："你打着黄伞，抬着八人轿，却不是猴王之职分？故说你得了本身。"行者道："且莫取笑。"遂解下两个妖物，押见国王。沙僧道："哥哥，也带挈小弟带挈。"行者道："你只在此看守行李、马匹。"那枷锁之僧道："爷爷们都去承受皇恩，等我们在此看守。"行者道："既如此，等我去奏过国王，却来放你。"八戒揪着一个妖贼，沙僧揪着一个妖贼，孙大圣依旧坐了轿，摆开头搭，将两个妖怪押赴当朝。

须臾，至白玉阶。对国王道："那妖贼已取来了。"国王遂降龙床，与唐僧及文武多官，同目视之。那怪一个是暴腮乌甲，尖嘴利牙；一个是滑皮大肚，巨口长须。虽然是有足能行，大抵是变成的人像。国王问曰："你是何方贼怪，那处妖精，几年侵吾国土，何年盗我宝贝，一盘共有多少贼徒，都唤做甚么名字，从实一一供来！"二怪朝上跪下，颈内血淋淋的，更不知疼痛。供道：

　　三载之外，七月初一，有个万圣龙王，帅领许多亲戚，住居在本国东南，离此处路有百十，潭号碧波，山名乱石。生女多娇，妖娆美色。招赘一个九头驸马，神通无敌。他知你塔上珍奇，与龙王合盘做贼，先下血雨一场，后把舍利偷讫。见如今照耀龙宫，纵黑夜明如白日。公主施能，寂寂密密，又偷了王母灵芝，在潭中温养宝物。我两个不是贼头，乃龙王差来小卒。今夜被擒，所供是实。

国王道："既取了供，如何不供自家名字？"那怪道："我唤做奔波儿灞，他唤做灞波儿奔。奔波儿灞是个鲇鱼怪，灞波儿奔是个黑鱼精。"国王教锦衣卫好生收监。传旨："赦了金光寺众僧的枷锁，快教光禄寺排宴，就于麒麟殿上谢圣僧获贼之功，议请圣僧捕擒贼首。"

光禄寺即时备了荤素两样筵席。国王请唐僧四众上麒麟殿叙坐。问道："圣僧尊号？"唐僧合掌道："贫僧俗家姓陈，法名玄奘。蒙君赐姓唐，贱号三藏。"国王又问："圣僧高徒何号？"三藏道："小徒俱无号。第一个名孙悟空，第二个名猪悟能，第三个名沙悟净，此乃南海观世音菩萨起的名字。因拜贫僧为师，贫僧又将悟空叫做行者；悟能叫做八戒；悟净叫做和尚。"国王听毕，请三藏坐了上席；孙行者坐了侧首左席；猪八戒、沙和尚坐了侧首右席。俱是素果、素菜、素茶、素饭。前面一席莘的，坐了国王；下首有百十席莘的，坐了文武多官。众臣谢了君恩，徒告了师罪，坐定。国王把盏，三藏不敢饮酒，他三个各受了安席酒。下边只听得管弦齐奏，乃是教坊司动乐。你看八戒放开食嗓，真个是虎咽狼吞，将一席果菜之类，吃得罄尽。少顷间，添换汤饭又来，又吃得一毫不剩。巡酒的来，又杯杯不辞。这场筵席，直乐到午后方散。

三藏谢了盛宴。国王又留住道："这一席聊表圣僧获怪之功。"教光禄寺："快翻席①到建章宫里，再请圣僧定捕贼首，取宝归塔之计。"三藏道："既要捕贼取宝，不劳再宴。贫僧等就此辞王，就擒捉妖怪去也。"国王不肯，一定请到建章宫，又吃了一席。国王举酒道："那位圣僧帅众出师，降妖捕贼？"三藏道："教大徒弟孙悟空去。"大圣拱手应承。国王道："孙长老既去，用多少人马？几时出城？"八戒忍不住高叫道："那里用甚么人马！又那里管甚么时辰！趁如今酒醉饭饱，我共师兄去，手到擒来！"三藏甚喜道："八戒这一向勤紧啊！"行者道："既如此，着沙僧弟保护师父，我两个去来。"那国王道："二位长老既不用人马，可用兵器？"八戒笑道："你家的兵器，我们用不得。我弟兄自有随身器械。"国王闻说，即取大觥来，与二位长老送行。孙大圣道："酒吃不了，只教锦衣卫把两个小妖拿来，我们带了他去做凿眼。"国王传旨，即时提出。二人挟着两个小妖，驾风头，使个摄法，径上东南去了。噫！看那：

君臣一见腾风雾，才识师徒是圣僧。

毕竟不知此去如何擒获，且听下回分解。

---

① 翻席——将原席面移到另一处所叫翻席。

第六十三回

二僧荡怪闹龙宫　群圣除邪获宝贝

　　却说祭赛国王与大小公卿，见孙大圣与八戒腾云驾雾，提着两个小妖，飘然而去，一个个朝天礼拜道："话不虚传！今日方知有此辈神仙活佛！"又见他远去无踪，却拜谢三藏、沙僧道："寡人肉眼凡胎，只知高徒有力量，拿住妖贼便了，岂知乃腾云驾雾之上仙也。"三藏道："贫僧无些法力，一路上多亏这三个小徒。"沙僧道："不瞒陛下说，我大师兄乃齐天大圣皈依。他曾大闹天宫，使一条金箍棒，十万天兵，无一个对手，只闹得太上老君害怕，玉皇大帝心惊。我二师兄乃天蓬元帅果正，他也曾掌管天河八万水兵大众。惟我弟子无法力，乃卷帘大将受戒。愚弟兄若干别事无能，若说擒妖缚怪，拿贼捕亡，伏虎降龙，踢天弄井，以至搅海翻江之类，略通一二。这腾云驾雾，唤雨呼风，与那换斗移星，担山赶月，特余事耳，何足道哉！"国王闻说，愈十分加敬，请唐僧上坐，口口称为老佛，将沙僧等皆称为菩萨。满朝文武欣然，一国黎民顶礼不题。

　　却说孙大圣与八戒驾着狂风，把两个小妖摄到乱石山碧波潭，住定云头，将金箍棒吹了一口仙气，叫："变！"变作一把戒刀，将一个黑鱼怪割了耳朵，鲇鱼精割了下唇，撇在水里，喝道："快早去对那万圣龙王报知，说我齐天大圣孙爷爷在此，着他即送祭赛国金光寺塔上的宝贝出来，免他一家性命！若进半个'不'字，我将这潭水搅净，教他一

677

门儿老幼遭诛！"

　　那两个小妖，得了命，负痛逃生，拖着锁索，淬入水内。唬得那些鼋鼍龟鳖虾蟹鱼精，都来围住问道："你两个为何拖绳带索？"一个掩着耳，摇头摆尾；一个捂着嘴，跌足捶胸；都嚷嚷闹闹，径上龙王宫殿报："大王，祸事了！"那万圣龙王正与九头驸马饮酒，忽见他两个来，即停杯问何祸事。那两个即告道："昨夜巡拦，被唐僧、孙行者扫塔捉获，用铁索拴锁。今早见国王，又被那行者与猪八戒抓着我两个，一个割了耳朵，一个割了嘴唇，抛在水中，着我来报，要索那塔顶宝贝。"遂将前后事，细说了一遍。那老龙听说是孙行者齐天大圣，唬得魂不附体，魄散九霄，战兢兢对驸马事："贤婿啊，别个来还好计较，若果是他，却不善也！"驸马笑道："太岳①放心，愚婿自幼学了些武艺，四海之内，也曾会过几个豪杰，怕他做甚！等我出去与他交战三合，管取那厮缩首归降，不敢仰视。"

　　好妖怪，急纵身披挂了，使一般兵器，叫做月牙铲，步出宫，分开水道，在水面上叫道："是甚么齐天大圣！快上来纳命！"行者与八戒立在岸边，观看那妖精怎生打扮：

　　　　戴一顶烂银盔，光欺白雪；贯一副兜鍪甲，亮敌秋霜。上罩着锦征袍，真个是彩云笼玉；腰束着犀纹带，果然像花蟒缠金。手执着月牙铲，霞飞电掣；脚穿着猪皮靴，水利波分。远看时一头一面，近睹处四面皆人。前有眼，后有眼，八方通见；左也口，右也口，九口言论。一声吆喝长空震，似鹤飞鸣贯九宸。

　　他见无人对答，又叫一声："那个是齐天大圣？"行者按一按金箍，理一理铁棒道："老孙便是。"那怪道："你家居何处？身出何方！怎生得到祭赛国，与那国王守塔，却大胆获我头目，又敢行凶，上吾宝山索战？"行者骂道："你这贼怪，原来不识你孙爷爷哩！你上前，听我道：

------

　　① 太岳——岳父，即老丈人。

678

老孙祖住花果山，大海之间水帘洞。

自幼修成不坏身，玉皇封我齐天圣。

只因大闹斗牛宫，天上诸神难取胜。

当请如来展妙高，无边智慧非凡用。

为翻筋斗赌神通，手化为山压我重。

整到如今五百年，观音劝解方逃命。

大唐三藏上西天，远拜灵山求佛颂。

解脱吾身保护他，炼魔净怪从修行。

路逢西域祭赛城，屈害僧人三代命。

我等慈悲问旧情，乃因塔上无光映。

吾师扫塔探分明，夜至三更天籁静。

捉住鱼精取实供，他言汝等偷宝珍。

合盘为盗有龙王，公主连名称万圣。

血雨浇淋塔上光，将他宝贝偷来用。

殿前供状更无虚，我奉君言驰此境。

所以相寻索战争，不须再问孙爷姓。

快将宝贝献还他，免汝老少全家命。

敢若无知骋胜强，教你水涸山颓都蹭蹬！”

那驸马闻言，微微冷笑道：“你原来是取经的和尚，没要紧罗织①管事！我偷他的宝贝，你取佛的经文，与你何干，却来厮斗！”行者道：“这贼怪甚不达理！我虽不受国王的恩惠，不食他的水米，不该与他出力。但是你偷他的宝贝，污他的宝塔，屡年屈苦金光寺僧人，他是我一门同气，我怎么不与他出力，辨明冤枉？”驸马道：“你既如此，想是要行赌赛。常言道，‘武不善作’，但只怕起手处，不得留情，一时间伤了你的性命，误了你去取经！”

行者大怒，骂道：“这泼贼怪，有甚强能，敢开大口！走上来，吃老爷一棒！”那驸马更不心慌，把月牙铲架住铁棒，就在那乱石山头，这一场真个好杀：

————————
① 罗织——虚构罪名，陷害无辜的人。

679

妖魔盗宝塔无光，行者擒妖报国王。小怪逃生回水内，老龙破胆各商量。九头驸马施威武，披挂前来展素强。怒发齐天孙大圣，金箍棒起十分刚。那怪物，九个头颅十八眼，前前后后放毫光；这行者，一双铁臂千斤力，蔼蔼纷纷并瑞祥。铲似一阳初现月，棒如万里遍飞霜。他说：“你无干休把不平报！”我道：“你有意偷宝真不良！”那泼贼，少轻狂，还他宝贝得安康！棒迎铲架争高下，不见输赢练战场。

他两个往往来来，斗经三十余合，不分胜负。猪八戒立在山前，见他们战到酣美之处，举着钉钯，从妖精背后一筑。原来那怪九个头，转转都是眼睛，看得明白。见八戒在背后来时，即使铲镈架着钉钯，铲头抵着铁棒。又耐战五七合，挡不得前后齐抢，他却打个滚，腾空跳起，现了本相，乃是一个九头虫，观其形象十分恶，见此身模怕杀人！他生得：

二僧荡怪闹龙宫

毛羽铺锦，团身结絮。方圆有丈二规模，长短似鼋鼍样致。两只脚尖利如钩，九个头攒环一处。展开翅极善飞扬，纵大鹏无他力气；发起声远震天涯，比仙鹤还能高唳。眼多闪灼幌金光，气傲不同凡鸟类。

猪八戒看见心惊道：“哥啊，我自为人，也不曾见这等个恶物！是甚血气生此禽兽也？"行者道："真个罕有！真个罕有！等我赶上打去！"好大圣，急纵祥云，跳在空中，使铁棒照头便打。那怪物大显身，展翅斜飞，飕的打个转身，掠到山前，半腰里又伸出一个头来，张开口如血盆相似，把八戒一口咬着鬃，半拖半扯，捉下碧波潭水内而去。及至龙宫外，还变作前番模样，将八戒掷之于地，叫："小的们何在？"那里面鲭鲌鲤鳜之鱼精，龟鳖鼋鼍之介怪，一拥齐来，道声"有！"驸马道："把这个和尚，绑在那里，与我巡拦的小卒报仇！"众精推推囔囔，抬进八戒去时，那老龙王欢喜迎出道："贤婿有功，怎生捉他来也？"那驸马把上项原故，说了一遍，老龙即命排酒贺功不题。

第六十三回　二僧荡怪闹龙宫　群圣除邪获宝贝

却说孙行者见妖精擒了八戒，心中惧道："这厮怎般厉害！我待回朝见师，恐那国王笑我。待要开言骂战，曾奈我又单身？况水面之事不惯。且等我变化了进去，看那怪把呆子怎生摆布，若得便，且偷他出来干事。"好大圣，捻着诀，摇身一变，还变作一个螃蟹，淬于水内，径至牌楼之前。原来这条路是他前番袭牛魔王盗金睛兽走熟了的。直至那宫阙之下，横爬过去，又见那老龙王与九头虫阖家儿欢喜饮酒。行者不敢相近，爬过东廊之下，见几个虾精蟹精，纷纷纭纭耍子。行者听了一会言谈，却就学语学话，问道："驸马爷爷拿来的那长嘴和尚，这会死了不曾？"众精道："不曾死，缚在那西廊下哼的不是？"行者听说，又轻轻的爬过西廊，真个那呆子绑在柱上哼哩。行者近前道："八戒，认得我么？"八戒听得声音，知是行者，道："哥哥，怎么了！反被这厮捉住我也！"行者四顾无人，将钳咬断索子叫走，那呆子脱了手道："哥哥，我的兵器，被他收了，又奈何？"行者道："你可知道收在那里？"八戒道："当被那怪拿上宫殿去了。"行者道："你先去牌楼下等我。"八戒逃生，悄悄的溜出。行者复身爬上宫殿，观看左首下有光彩森森，乃是八戒的钉钯放光，使个隐身法，将钯偷出，到牌楼下，叫声："八戒！接兵器！"呆子得了钯，便道："哥哥，你先走，等老猪打进宫殿。若得胜，就捉住他一家子；若不胜，败出来，你在这潭岸上救应。"行者大喜，只教仔细，八戒道："不怕他！水里本事，我略有些儿。"行者丢了他，浮出水面不题。

这八戒束了皂直裰，双手缠钯，一声喊，打将进去。慌得那大小水族，奔奔波波，跑上宫殿，吆喝道："不好了！长嘴和尚挣断绳返打进来了！"那老龙与九头虫并一家子俱措手不及，跳起来，藏藏躲躲。这呆子不顾死活，闯上宫殿，一路钯，筑破门扇，打破桌椅，把些吃酒的家伙之类，尽皆打碎。有诗为证。诗曰：

木母遭逢水怪擒，心猿不舍苦相寻。

暗施巧计偷开锁，大显神威怒恨深。

驸马忙携公主躲，龙王战栗绝声音。

水宫绛阙门窗损，龙子龙孙尽没魂。

这一场，被八戒把玳瑁屏打得粉碎，珊瑚树掼得凋零。那九头虫将公主安藏在内，急取月牙铲，赶至前宫，喝道："泼夯豕彘！怎敢欺心惊吾眷族！"八戒骂道："这贼怪，你焉敢将我捉来！这场不干我事，是你请我来家打的！快拿宝贝还我，回见国王了事；不然，决不饶你一家命也！"那怪那肯容情，咬定牙齿，与八戒交锋。那老龙才定了神思，领龙子、龙孙，各执枪刀，齐来攻取。八戒见事体不谐，虚幌一钯，撤身便走，那老龙帅众追来。须臾，撺出水中，都到潭面上翻腾。

却说孙行者立于潭岸等候，忽见他们追赶八戒，出离水中，就半踏云雾，擎铁棒，喝声："休走！"只一下，把个老龙头打得稀烂。可怜血溅潭中红水泛，尸飘浪上败鳞浮！唬得那龙子、龙孙各各逃命，九头驸马收龙尸，转宫而去。

行者与八戒且不追袭，回上岸，备言前事。八戒道："这厮锐气挫了！被我那一路钯，打进去时，打得落花流水，魂散魄飞！正与那驸马厮斗，却被老龙王赶着，却亏了你打死。那厮们回去，一定停丧挂孝，决不肯出来。今又天色晚了，却怎奈何？"行者道："管甚么天晚！乘此机会，你还下去攻战，务必取出宝贝，方可回朝。"那呆子意懒情疏，佯佯推托，行者催逼道："兄弟不必多疑，还像刚才引出来，等我打他。"

两人正自商量，只听得狂风滚滚，惨雾阴阴，忽从东方径往南去。行者仔细观看，乃二郎显圣，领梅山六兄弟，架着鹰犬，挑着狐兔，抬着獐鹿，一个个腰挎弯弓，手持利刃，纵风雾踊跃而来。行者道："八戒，那是我七圣兄弟，倒好留请他们，与我助战。若得成功，倒是一场大机会也。"八戒道："既是兄弟，极该留请。"行者道："但内有显圣大哥，我曾受他降伏，不好见他。你去拦住云头，叫道，'真君，且略住住。齐天大圣在此进拜。'他若听见是我，断然住了。待他安下，我却好见。"

群圣除邪获宝贝

　　那呆子急纵云头，上山拦住，厉声高叫道："真君，且慢车驾，有齐天大圣请见哩。"那爷爷见说，即传令，就停住六兄弟，与八戒相见毕，问："齐天大圣何在？"八戒道："现在山下听呼唤。"二郎道："兄弟们，快去请来。"六兄弟乃是康、张、姚、李、郭、直，各各出营叫道："孙悟空哥哥，大哥有请。"行者上前，对众作礼，遂同上山。二郎爷爷迎见，携手相搀，一同相见道："大圣，你去脱大难，受戒沙门，刻日功完，高登莲座，可贺！可贺！"行者道："不敢，向蒙莫大之恩，未展斯须之报。虽然脱难西行，未知功行何如。今因路遇祭赛国，搭救僧灾，在此擒妖索宝。偶见兄长车驾，大胆请留一助，未审兄长自何而来，肯见爱否。"二郎笑道："我因闲暇无事，同众兄弟采猎而回，幸蒙大圣不弃留会，足感故旧之情。若命挟力降妖，敢不如命；却不知此地是何怪贼？"六圣道："大哥忘了？此间是乱石山，山下乃碧波潭，万圣之龙宫也。"二郎惊讶道："万圣老龙却不生事，怎么敢偷塔宝？"行者道："他近日招了一个驸马，乃是九头虫成精。他郎丈两个做贼，将祭赛国下了一场血雨，把金光寺塔顶舍利佛宝偷来。

683

那国王不解其意，苦拿着僧人拷打。是我师父慈悲，夜来扫塔，当被我在塔上拿住两个小妖，是他差来巡探的。今早押赴朝中，实实供招了。那国王就请我师收降，师命我等到此。先一场战，被九头虫腰里伸出一个头来，把八戒衔了去，我却又变化下水，解了八戒。才然大战一场，是我把老龙打死，那厮们收尸挂孝去了。我两个正议索战，却见兄长仪仗降临，故此轻渎也。"二郎道："既伤了老龙，正好与他攻击，使那厮不能措手，却不连窝巢都灭绝了？"八戒道："虽是如此，奈天晚何？"二郎道："兵家云，征不待时，何怕天晚！"

康、姚、郭、直道："大哥莫忙，那厮家眷在此，料无去处。孙二哥也是贵客，猪刚鬣又归了正果，我们营内，有随带的酒肴，教小的们取火，就此铺设：一则与二位贺喜，二来也当叙情。且欢会这一夜，待天明索战何迟？"二郎大喜道："贤弟说得极当。"却命小校安排，行者道："列位盛情，不敢固却。但自做和尚，都是斋戒，恐荤素不便。"二郎道："有素果品，酒也是素的。"众兄弟在星月光前，幕天席地，举杯叙旧。

正是寂寞更长，欢娱夜短，早不觉东方发白。那八戒几钟酒吃得兴抖抖的道："天将明了，等老猪下水去索战也。"二郎道："元帅仔细，只要引他出来，我兄弟们好下手。"八戒笑道："我晓得！我晓得！"你看他敛衣缠钯，使分水法，跳将下去，径至那牌楼下，发声喊，打入殿内。

此时那龙子披了麻，看着龙尸哭，龙孙与那驸马，在后面收拾棺材哩。这八戒骂上前，手起处，钯头着重，把个龙子夹脑连头，一钯筑了九个窟窿，唬得那龙婆与众往里乱跑，哭道："长嘴和尚又把我儿打死了！"那驸马闻言，即使月牙铲，带龙孙往外杀来。这八戒举钯迎敌，且战且退，跳出水中。这岸上齐天大圣与七兄弟一拥上前，枪刀乱扎，把个龙孙剁成几断肉饼。那驸马见不停当，在山前打个滚，又现了本相，展开翅，旋绕飞腾。二郎即取金弓，安上银弹，扯满弓，往上就打。那怪急扇翅，掠到边前，要咬二郎；半腰里才伸出一个头来，被那头细犬撺上去，汪的一口，把头血淋淋的咬将下来。那怪物负痛逃生，径投北海而去。八戒便要赶去，行者止住道："且莫赶他，正是'穷寇勿追'，他被细犬咬了头，必定是多死少生。等我变作他的模样，你分开水路，赶我进去，寻那宫主，诈他宝贝来也。"二郎与六圣道："不赶他，倒也罢了，只是遗这种类在世，必为后人之害。"至今有个九头虫滴血，是遗种也。

那八戒依言，分开水路，行者变作怪象前走，八戒吆吆喝喝后追。渐渐追至龙宫，只见那万圣宫主道："驸马，怎么这等慌张？"行者道："那八戒得胜，把我赶将进来，觉道不能敌他。你快把宝贝好生藏了！"那公主急忙难识真假，即于后殿里取出一个浑金匣子来，递与行者道："这是佛宝。"又取出一个白玉匣子，也递与行者道："这是九叶灵芝。你拿这宝贝藏去，等我与猪八戒斗上两三合，挡住他，你将宝贝收好了，再出来与他合战。"行者将两个匣儿收在身边，把脸一抹，现了本相道："公主，你看我可是驸马么？"公主慌了，便要抢夺匣子，被八戒跑上去，着背一钯，筑倒在地。

还有一个老龙婆撤身就走，被八戒扯住，举钯才筑，行者道："且住！莫打死他，留个活的，好去国内见功。"遂将龙婆提出水面。行者随后捧着两个匣子上岸，对二郎道："感兄长威力，得了宝贝，扫净妖贼也。"二郎道："一则是那国王洪福齐天，二则是贤昆玉神通无量，我何功之有！"兄弟们俱道："孙二哥既已功成，我们就此告别。"行者感谢不尽，欲留同见国王。诸公不肯，遂帅众回灌口去讫。

行者捧着匣子，八戒拖着龙婆，半云半雾，顷刻间到了国内。原来那金光寺解脱的和尚，都在城外迎接。忽见他两个云雾定时，近前磕头礼拜，接入城中。那国王与唐僧正在殿上讲论，这里有先走的和尚，仗着胆，入朝门奏道："万岁，孙、猪二老爷擒贼获宝而来也。"那国王听说，连忙下殿，共唐僧、沙僧，迎着称谢神功不尽，随命排筵谢恩。三藏道："且不须赐饮，着小徒归了塔中之宝，方可饮宴。"三藏又问行者道："汝等昨日离国，怎么今日才来？"行者把那战驸马，打龙王，逢真君，败妖怪，及变化诈宝贝之事，细说了一遍。三藏与国王，大小文武，俱喜之不胜。国王又问："龙婆能人言语否？"八戒道："乃是龙王之妻，生了许多龙子龙孙，岂不知人言？"国王道："既知人言，快早说前后做贼之事。"龙婆道："偷佛宝，我全不知，都是我那夫君龙鬼与那驸马九头虫，知你塔上之光乃是佛家舍利子，三年前下了血雨，乘机盗去。"又问："灵芝草是怎么偷的？"龙婆道：

685

"只是我小女万圣公主私入大罗天上，灵霄殿前，偷的王母娘娘九叶灵芝草。那舍利子得这草的仙气温养着，千年不坏，万载生光，去地下，或田中，扫一扫，即有万道霞光，千条瑞气。如今被你夺来，弄得我夫死子绝，婿丧女亡，千万饶了我的命罢！"八戒道："正不饶你哩！"行者道："家无全犯，我便饶你，只便要你长远替我看塔。"龙婆道："好死不如恶活。但留我命，凭你教做甚么。"行者叫取铁索来，当驾官即取铁索一条，把龙婆琵琶骨穿了，教沙僧："请国王来看我们安塔去。"

那国王即忙排驾，遂同三藏携手出朝，并文武多官，随至金光寺上塔。将舍利子安在第十三层塔顶宝瓶中间，把龙婆锁在塔心柱上，念动真言，唤出本国土地、城隍与本寺伽蓝，每三日送饮食一餐，与这龙婆度口，少有差讹，即行处斩。众神暗中领护。行者却将芝草把十三层塔层层扫过，安在瓶内，温养舍利子。这才是整旧如新，霞光万道，瑞气千条，依然八方共睹，四国同瞻。下了塔门，国王就谢道："不是老佛与三位菩萨到此，怎生得明此事也！"

行者道："陛下，金光二字不好，不是久住之物，金乃流动之物，光乃灼之气。贫僧为你劳碌这场，将此寺改做伏龙寺，教你永远常存。"那国王即命换了字号，悬上新匾，乃是"敕建护国伏龙寺"。一壁厢安排御宴，一壁厢召丹青写下四众生形，五凤楼注了名号。国王摆銮驾，送唐僧师徒，赐金玉酬答，师徒们坚辞，一毫不受。这真个是：

邪怪剪除万境静，宝塔回光大地明。

毕竟不知此去前路如何，且听下回分解。

第六十四回

荆棘岭悟能努力　木仙庵三藏谈诗

　　话表祭赛国王谢了唐三藏师徒获宝擒怪之恩，所赠金玉，分毫不受。却命当驾官照依四位常穿的衣服，各做两套，鞋袜各做两双，绦环各做两条，外备干粮烘炒，倒换了通关文牒，大排銮架，并文武多官，满城百姓，伏龙寺僧人，大吹大打，送四众出城。约有二十里，先辞了国王。众人又送二十里辞回。伏龙寺僧人送有五六十里不回，有的要同上西天，有的要修行伏侍。行者见都不肯回去，遂弄个手段，把毫毛拔了三四十根，吹口仙气，叫："变！"都变作斑斓猛虎，拦住前路，哮吼踊跃。众僧方惧，不敢前进，大圣才引师父策马而去。少时间，去得远了，众僧人放声大哭，都喊："有恩有义的老爷！我等无缘，不肯度我们也！"

　　且不说众僧啼哭，却说师徒四众，走上大路，却才收回毫毛，一直西去。正是时序易迁，又早冬残春至，不暖不寒，正好逍遥行路。忽见一条长岭，岭顶上是路。三藏勒马观看，那岭上荆棘丫叉，薜萝牵绕，虽是有道路的痕迹，左右却都是荆刺棘针。唐僧叫："徒弟，这路怎生走得？"行者道："怎么走不得？"又道："徒弟啊，路痕在下，荆棘在上，只除是蛇虫伏地而游，方可去了。若你们走，腰也难伸，教我如何乘马？"八戒道："不打紧，等我使出钯柴手来，把钉钯分开荆棘，莫说乘马，就抬轿也包你过去。"三藏道："你虽有力，长远难熬，却不知有多少远近，怎生费得这许多精神！"行者道："不须商量，等我

687

去看看。"将身一纵，跳在半空看时，一无望际。真个是：

匝地远天，凝烟带雨。夹道柔茵乱，漫山翠盖张。密密搓搓初发叶，攀攀扯扯正芬芳。遥望不知何所尽，近观一似绿云茫。蒙蒙茸茸，郁郁苍苍。风声飘索索，日影映煌煌。那中间有松有柏还有竹，多梅多柳更多桑。薜萝缠古树，藤葛缠垂杨。盘团似架，联络如床。有处花开真布锦，无端卉发远生香。为人谁不遭荆棘，那见西方荆棘长！

行者看罢多时，将云头按下道："师父，这去处远哩！"三藏问："有多少远？"行者道："一望无际，似有千里之遥。"三藏大惊道："怎生是好？"沙僧笑道："师父莫愁，我们也学烧荒的，放上一把火，烧绝了荆棘过去。"八戒道："莫乱谈！烧荒的须在十来月，草衰木枯，方好引火。如今正是繁盛之时，怎么烧得！"行者道："就是烧得，也怕人子。"三藏道："这般怎生得度？"八戒笑道："要得度，还依我。"

荆棘岭悟能努力

好呆子，捻个诀，念个咒语，把腰躬一躬，叫："长！"就长了有二十丈高下的身躯，把钉钯幌一幌，教："变！"就变了有三十丈长短的钯柄，拽开步，双手使钯，将荆棘左右搂开："请师父跟我来也！"三藏见了甚喜，即策马紧随。后面沙僧挑着行李，行者也使铁棒拨开。这一日未曾住手，行有百十里。将次天晚，见有一块空阔之处，当路上有一块石碣，上有三个大字，乃"荆棘岭"；下有两行十四个小字，乃"荆棘蓬攀八百里，古来有路少人行"。八戒见了笑道："等我老猪与他添上两句：自今八戒能开破，直透西方路尽平！"三藏欣然下马道："徒弟啊，累了你也！我们就在此住过今宵，待明日天光再走。"八戒道："师父莫住，趁此天色晴明，我等有兴，连夜搂开路走他娘！"那长老只得相从。八戒上前努力，师徒们，人不住手，马不停蹄，又行了一日一夜，却又天色晚矣。那前面蓬蓬结结，又闻得风敲竹韵，飒飒松声。却好又有一段空地，中间乃是一座古庙。庙门之外，有松柏凝青，桃梅斗丽。三藏下马，与三个徒弟同看，只见：

岩前古庙枕寒流，落日荒烟锁废丘。
白鹤丛中深岁月，绿芜台下自春秋。
竹摇青珮疑闻语，鸟弄余音似诉愁。
鸡犬不通人迹少，闲花野蔓绕墙头。

　　行者看了道："此地少吉多凶，不宜久坐。"沙僧道："师兄差疑了。似这杳无人烟之处，又无个怪兽妖禽，怕他怎的？"说不了，忽见一阵阴风，庙门后，转出一个老者，头戴角巾，身穿淡服，手持拐杖，足踏芒鞋，后跟着一个青脸獠牙、红须赤身鬼使，头顶着一盘面饼，跪下道："大圣，小神乃荆棘岭土地。知大圣到此，无以接待，特备蒸饼一盘，奉上老师父，各请一餐。此地八百里，更无人家，聊吃些儿充饥。"八戒欢喜，上前舒手，就欲取饼。不知行者端详已久，喝一声："且住！这厮不是好人！休得无礼！你是甚么土地，来诳老孙！看棍！"那老者见他打来，将身一转，化做一阵阴风，呼的一声，把个长老摄将起去，飘飘荡荡，不知摄去何所。慌得那大圣没跟寻处，八戒、沙僧俱相顾失色，白马亦只自惊吟。三兄弟连马四口，恍恍忽忽，远望高张，并无一毫下落，前后找寻不题。

　　却说那老者同鬼使，把长老抬到一座烟霞石屋之前，轻轻放下，与他携手相搀道："圣僧休怕，我等不是歹人，乃荆棘岭十八公是也。因风清月霁之宵，特请你来会友谈诗，消遣情怀故耳。"那长老却才定性，睁眼仔细观看，真个是：

漠漠烟云去所，清清仙境人家。

689

正好洁身修炼，堪宜种竹栽花。

每见翠岩来鹤，时闻青沼鸣蛙。

更赛天合丹灶，仍期华岳明霞。

说甚耕云钓月，此间隐逸堪夸。

坐久幽怀如海，朦胧月上窗纱。

　　三藏正自点看，渐觉月明星朗，只听得人语相谈，都道："十八公请得圣僧来也。"长老抬头观看，乃是三个老者：前一个霜姿丰采，第二个绿鬓婆娑，第三个虚心黛色。各各面貌、衣服俱不相同，都来与三藏作礼。长老还了礼道："弟子有何德行，敢劳列位仙翁下爱？"十八公笑道："一向闻知圣僧有道，等待多时，今幸一遇。如果不吝珠玉，宽坐叙怀，足见禅机真派。"三藏躬身道："敢问仙翁尊号？"十八公道："霜姿者号孤直公，绿鬓者号凌空子，虚心者号拂云叟，老拙号曰劲节。"三藏道："四翁尊寿几何？"

　　孤直公道：

我岁今经千岁古，撑天叶茂四时春。

香枝郁郁龙蛇状，碎影重重霜雪身。

自幼坚刚能耐老，从今正直喜修真。

乌栖凤宿非凡辈，落落森森远俗尘。

凌空子笑道：

吾年千载傲风霜，高干灵枝力自刚。

夜静有声如雨滴，秋晴荫影似云张。

盘根已得长生诀，受命尤宜不老方。

留鹤化龙非俗辈，苍苍爽爽近仙乡。

拂云叟笑道：

岁寒虚度有千秋，老景萧然清更幽。

不杂嚣尘终冷淡，饱经霜雪自风流。

七贤作侣同谈道，六逸为朋共唱酬。

戛玉敲金非琐琐，天然情性与仙游。

劲节十八公笑道：

我亦千年约有余，苍然贞秀自如如。

堪怜雨露生成力，借得乾坤造化机。

万壑风烟惟我盛，四时洒落让吾疏。

盖张翠影留仙客，博弈调琴讲道书。

三藏称谢道：“四位仙翁，俱享高寿，但劲节翁又千岁余矣。高年得道，丰采清奇，得非汉时之‘四皓’乎？”四者道：“承过奖！承过奖！吾等非四皓，乃深山之‘四操’也。敢问圣僧，妙龄几何？”三藏合掌躬身答曰：

四十年前出母胎，未产之时命已灾。

逃生落水随波滚，幸遇金山脱本骸。

养性看经无懈怠，诚心拜佛敢俄捱？

今蒙皇上差西去，路遇仙翁下爱来。

四老俱称道：“圣僧自出娘胎，即从佛教，果然是从小修行，真正有道之上僧也。我等幸接台颜，敢求大教，望以禅法指教一二，足慰生平。”长老闻言，慨然不惧，即对众言曰：

禅者，静也，法者，度也。静中之度，非悟不成。悟者，洗心涤虑，脱俗离尘是也。夫人身难得，中土难生，正法难遇：全此三者，幸莫大焉。至德妙道，渺漠希夷①，六根六识，遂可扫除。

———————

① 希夷——形容所谓“道”是抽象不可捉摸的。我国古代哲学家李耳在他的《老子》中说：“视之不见名曰夷，听之不闻名曰希。”

菩提者，不死不生，无余无欠，空色包罗，圣凡俱遣。访真了元始钳锤，悟实了牟尼手段。发挥象罔，踏碎涅槃。必须觉中觉了悟中悟，一点灵光全保护。放开烈焰照婆娑，法界纵横独显露。至幽微，更守固，玄关口说谁人度？我本元修大觉禅，有缘有志方记悟。

四老侧耳受了，无边喜悦，一个个稽首皈依，躬身拜谢，道："圣僧乃禅机之悟本也！"拂云叟道："禅虽静，法虽度，须要性定心诚，纵为大觉真仙，终坐无生之道。我等之玄，又大不同也。"三藏云："道乃非常，体用合一，如何不同？"拂云叟笑云：

水仙庵三藏谈诗

我等生来坚实，体用比尔不同。感天地以生身，蒙雨露而滋色。笑傲风霜，消磨日月。一叶不凋，千枝节操。似这话不叩冲虚，你执持梵语。道也者，本安中国，反来求证西方。空费了草鞋，不知寻个甚么？石狮子剜了心肝，野狐涎灌彻骨髓。忘本参禅，妄求佛果，都似我荆棘岭葛藤谜语，萝菔①浑言。此般君子，怎生接引？这等规模，如何印授？必须要检点见前面目，静中自有生涯。没底竹篮汲水，无根铁树生花。灵宝峰头牢着脚，归来雅会上龙华。

---

① 萝菔——这里泛指藤蔓的牵扯、纠缠。菔，地上所结的瓜果。

三藏闻言，叩头拜谢，十八公用手搀扶，孤直公将身扯起，凌空子打个哈哈道："拂云之言，分明漏泄。圣僧请起，不可尽信。我等趁此月明，原不为讲论修持，且自吟哦逍遥，放荡襟怀也。"拂云叟笑指石屋道："若要吟哦，且入小庵一茶，何如？"

长老真个欠身，向石屋前观看，门上有三个大字，乃"木仙庵"。遂此同入，又叙了坐次。忽见那赤身鬼使，捧一盘茯苓膏，将五盏香汤奉上。四老请唐僧先吃，三藏惊疑，不敢便吃。那四老一齐享用，三藏却才吃了两块，各饮香汤收去。三藏留心偷看，只见那里玲珑光彩，如月下一般：

> 水自石边流出，香从花里飘来。
> 满座清虚雅致，全无半点尘埃。

那长老见此仙境，以为得意，情乐怀开，十分欢喜，忍不住念了一句道：

> 禅心似月迥无尘。

劲节老笑而即联道：

> 诗兴如天青更新。

孤直公道：

> 好句漫裁抟锦绣。

凌空子道：

> 佳文不点唾奇珍。

拂云叟道：

六朝一洗繁华尽，四始重删雅颂分。

　　三藏道："弟子一时失口，胡谈几字，诚所谓班门弄斧。适闻列仙之言，清新飘逸，真诗翁也。"劲节老道："圣僧不必闲叙，出家人全始全终。既有起句，何无结句？望卒成之。"三藏道："弟子不能，烦十八公结而成篇为妙。"劲节道："你好心肠！你起的句，如何不肯结果？悭吝珠玑，非道理也。"三藏只得续后二句云：

　　半枕松风茶未熟，吟怀潇洒满腔春。

　　十八公道："好个'吟怀潇洒满腔春'！"孤直公道："劲节，你深知诗味，所以只管咀嚼，何不再起一篇？"十八公亦慨然不辞道："我却是顶针①字起，

　　春不荣华冬不枯，云来雾往只如无。"

　　凌空子道："我亦体前顶针二句，

　　无风摇拽婆娑影，有客欣怜福寿图。"

　　拂云叟亦顶针道：

　　图似西山坚节老，清如南国没心夫。

　　孤直公亦顶针道：

　　夫因侧叶称梁栋，台为横柯作宪乌②。

---

　　① 顶针——文字游戏的一种，作法是以上一句的末一字为下一句的头一字。
　　② 宪乌——御史台的异称，即宪台和乌台。

长老听了，赞叹不已道："真是阳春白雪①，浩气冲霄！弟子不才，敢再起两句。"孤直公道："圣僧乃有道之士，大养之人也。不必再相联句，请赐教全篇，庶我等亦好勉强而和。"三藏无已，只得笑吟一律曰：

杖锡西来拜法王，愿求妙典远传扬。
金芝三秀诗坛瑞，宝树千花莲蕊香。
百尺竿头须进步，十方世界立行藏。
修成玉像庄严体，极乐门前是道场。

四老听毕，俱极赞扬。十八公道："老拙无能，大胆僭越，也勉和一首。"云：

劲节孤高笑木王，灵椿不似我名扬。
山空百丈龙蛇影，泉泌千年琥珀香。
解与乾坤生气概，喜因风雨化行藏。
衰贱自愧无仙骨，惟有苓膏结寿场。

孤直公道："此诗起句豪雄，联句有力，但结句自谦太过矣，堪羡！堪羡！老拙也和一首。"云：

霜姿常喜宿禽王，四绝堂前大器扬。
露重珠缨蒙翠盖，风轻石齿碎寒香。
长廊夜静吟声细，古殿秋阴淡影藏。
元日迎春曾献寿②，老来寄傲在山场。

---

① 阳春白雪——我国古代的一种高深乐曲名。

② 元日迎春曾献寿——《汉官仪》记载，正旦以柏叶酒上寿。此处即引用这个故事暗示柏树。

凌空子笑而言曰："好诗！好诗！真个是月胁天心，老拙何能为和？但不可空过，也须扯谈几句。"曰：

> 梁栋之材近帝王，太清宫外有声扬①。
> 晴轩恍若来青气，暗壁寻常度翠香。
> 壮节凛然千古秀，深根结矣九泉藏。
> 凌云势盖婆娑影，不在群芳艳丽场。

拂云叟道："三公之诗，高雅清淡，正是放开锦绣之囊也。我身无力，我腹无才，得三公之教，茅塞顿开，无已，也打油几句，幸勿哂焉。"诗曰：

> 淇澳②园中乐圣王，渭川千亩③任分扬。
> 翠筠不染湘娥泪，斑箨堪传汉史香。
> 霜叶自来颜不改，烟梢从此色何藏？
> 子猷去世知音少④，亘古留名翰墨场。

三藏道："众仙老之诗，真个是吐凤喷珠，游夏莫赞⑤。厚爱高情，感之极矣。但夜已深沉，三个小徒，不知在何处等我。意者弟子不能久留，敢此告回寻访，尤无穷之至爱也，望老仙指示归路。"四老笑道："圣僧勿虑，我等也是千载奇逢，况天光晴爽，虽夜深却月明如昼，再宽坐坐，待天晓自当远送过岭，高徒一定可相会也。"

---

① 太清宫外有声扬——太清宫在安徽亳县。据《太清记》，亳州太清宫有八桧，皆老君手植，根株枝干皆左纽。桧精诗中引用的就是这一事迹。

② 淇澳——《诗经》篇名。由于篇中提到竹子，所以竹怪在这里引用此诗。

③ 渭川千亩——《史记》说："渭川千亩竹，其人与千户侯等。"意思是说种竹千亩，可以使生活富庶达到千户侯的水平。

④ 子猷去世知音少——借用唐罗隐《竹》诗句。"去世"，原诗作"殁后"。晋王羲之的儿子王徽之，字子猷。他生平最喜欢竹子，曾说："不可一日无此君。"此处即引用这个故事。

⑤ 游夏莫赞——历史记载，孔子写作《春秋》时，要删要取，或赞美，或批评，他的学生子游、子夏都不能说上一句话。后来即用这个故事，作为赞美之辞。

正话间，只见石屋之外，有两个青衣女童，挑一对绛纱灯笼，后引着一个仙女。那仙女拈着一枝杏花，笑吟吟进门相见。那仙女怎生模样？他生得：

> 青姿妆翡翠，丹脸赛胭脂。星眼光还彩，蛾眉秀又齐。下衬一条五色梅浅红裙子，上穿一件烟里火比甲轻衣。弓鞋弯凤嘴，绫袜锦拖泥。妖娆娇似天台女，不亚当年俏妲姬。

四老欠身问道："杏仙何来？"那女子对众道了万福，道："知有佳客在此赓酬，特来相访，敢求一见。"十八公指着唐僧道："佳客在此，何劳求见！"三藏躬身，不敢言语。那女子叫："快献茶来。"又有两个黄衣女童，捧一个红漆丹盘，盘内有六个细磁茶盂，盂内设几品异果，横担着匙儿，提一把白铁嵌黄铜的茶壶，壶内香茶喷鼻。斟了茶，那女子微露春葱，捧磁盂先奉三藏，次奉四老，然后一盏，自取而陪。凌空子道："杏仙为何不坐？"那女子方才去坐。茶毕，欠身问道："仙翁今宵盛乐，佳句请教一二句如何？"拂云叟道："我等皆鄙俚之言，惟圣僧真盛唐之作，甚可嘉羡。"那女子道："如不吝教，乞赐一观。"四老即以长老前诗后诗并禅法论，宣了一遍，那女子满面春风对众道："妾身不才，不当献丑。但聆此佳句，似不可虚也，勉强将后诗奉和一律如何？"遂朗吟道：

> 上盖留名汉武王①，周时孔子立坛场②。
> 董仙爱我成林积③，孙楚曾怜寒食香④。

---

① 上盖留名汉武王——神话传说，汉武帝刘彻访问蓬瀛，有献给他山杏的，后人叫这种杏为"武帝杏"或"金杏"。上盖留名，是说上溯到留名开始时。

② 周时孔子立坛场——山东曲阜的孔庙中有"杏坛"遗迹，传说孔丘曾在这里讲学。

③ 董仙爱我成林积——我国古代神话传说，三国时吴国的医学家医奉，在庐山给人看病，不要诊费，被治好的重病人给他种杏五株，轻病人种杏一株，因此蔚然成林。

④ 孙楚曾怜寒食香——历史传说，晋朝孙楚在寒食（清明前一天或两天）这一天祭祀介子推时，曾用过杏酪。杏精引用的就是这个故事。

雨润红姿娇且嫩，烟蒸翠色显还藏。

自知过熟微酸意，落处年年伴麦场。

　　四老闻诗，人人称贺，都道："清雅脱尘，句内包含春意。好个'雨润红姿娇且嫩'！'雨润红姿娇且嫩'！"那女子笑而悄答道："惶恐！惶恐！适闻圣僧之章，诚然锦心绣口，如不吝珠玉，赐教一阕如何？"唐僧不敢答应。那女子渐有见爱之情，挨挨轧轧，渐近坐边，低声悄语，呼道："佳客莫者，趁此良宵，不耍子待要怎的？人生光景，能有几何？"十八公道："杏仙尽有仰高之情，圣僧岂可无俯就之意？如不见怜，是不知趣了也。"孤直公道："圣僧乃有道有名之士，决不苟且行事。如此样举措，是我等取罪过了。污人名，坏人德，非远达也。果是杏仙有意，可教拂云叟与十八公做媒，我与凌空子保亲，成此姻眷，何不美哉！"

　　三藏听言，遂变了颜色，跳起来高叫道："汝等皆是一类邪物，这般诱我！当时只以砥砺之言，谈玄谈道可也，如今怎么以美人局来骗害贫僧！是何道理！"四老见三藏发怒，一个个咬指担惊，再不复言。那赤身鬼使暴躁如雷道："这和尚好不识抬举！我这姐姐，那些儿不好？他人材俊雅，玉质娇姿，不必说那女工针指，只这一段诗才，也配得过你。你怎么这等推辞！休错过了！孤直公之言甚当，如果不可苟合，待我再与你主婚。"三藏大惊失色，凭他们怎么胡谈乱讲，只是不从。鬼使又道："你这和尚，我们好言好语，你不听从，若是我们发起村野之性，还把你摄了去，教你和尚不得做，老婆不得娶，却不枉为人一世也？"那长老心如金石，坚执不从。暗想道："我徒弟们不知在那里寻我哩！"说一声，止不住眼中堕泪。那女子陪着笑，挨至身边，翠袖中取出一个蜜合绫汗巾儿与他揩泪，道："佳客勿得烦恼，我与你倚玉偎香，耍子去来。"长老咄的一声吆喝，跳起身来就走，被那些人扯扯拽拽，嚷到天明。

　　忽听得那里叫声："师父！师父！你在那方言语也？"原来那孙大圣与八戒、沙僧，牵着马，挑着担，一夜不曾住脚，穿荆度棘，东寻西找，却好半云半雾的，过了八百里荆棘岭西下，听得唐僧吆喝，却就喊了一声。那长老挣出门来，叫声："悟空，我在这里哩，快来救我！快来救我！"那四老与鬼使，那女子与女童，幌一幌都不见了。

须臾间八戒、沙僧俱到边前道："师父，你怎么得到此也？"三藏扯住行者道："徒弟啊，多累了你们了！昨日晚间见的那个老者，言说土地送斋一事，是你喝声要打，他就把我抬到此方。他与我携手相搀，走入门，又见三个老者，来此会我，俱道我做圣僧，一个个言谈清雅，极善吟诗。我与他赓和相攀，觉有夜半时候，又见一个美貌女子执灯火，也来这里会我，吟了一首诗，称我做"佳客"。因见我相貌，欲求配偶，我方省悟，正不从时，又被他做媒的做媒，保亲的保亲，主婚的主婚，我立誓不肯，正欲挣着要走，与他嚷闹，不期你们到了。一则天明，二来还是怕你，只才还扯扯拽拽，忽然就不见了。"行者道："你既与他叙话谈诗，就不曾问他个名字？"三藏道："我曾问他之号，那老者唤做十八公，号劲节；第二个号孤直公；第三个号凌空子；第四个号拂云叟；那女子，人称他做杏仙。"八戒道："此物在于何处？才往那方去了？"三藏道："去向之方，不知何所，但只谈诗之处，去此不远。"

他三人同师父看处，只见一座石崖，崖上有"木仙庵"三字。三藏道："此间正是。"行者仔细观之，却原来是一株大桧树，一株老柏，一株老松，一株老竹，竹后有一株丹枫。再看崖那边，还有一株老杏，二株腊梅，二株丹桂。行者笑道："你可曾看见妖怪？"八戒道："不曾。"行者道："你不知，就是这几株树木在此成精也。"八戒道："哥哥怎得知成精者是树？"行者道："十八公乃松树，孤直公乃柏树，凌空子乃桧树，拂云叟乃竹竿，赤身鬼乃枫树，杏仙即杏树，女童即丹桂、腊梅也。"八戒闻言，不论好歹，一顿钉钯，三五长嘴，连拱带筑，把两棵腊梅、丹桂、老杏、枫杨俱揭倒在地，果然那根下俱鲜血淋漓。三藏近前扯住道："悟能，不可伤了他！他虽成了气候，却不曾伤我，我等找路去罢。"行者道："师父不可惜他，恐日后成了大怪，害人不浅也。"那呆子索性一顿钯，将松、柏、桧、竹一齐皆筑倒，却才请师父上马，顺大路一齐西行。

毕竟不知前去如何，且听下回分解。

第六十五回

妖邪假设小雷音　四众皆遭大厄难

　　这回因果，劝人为善，切休作恶。一念生，神明照鉴，任他为作。拙蠢乖能君怎学，两般还是无心药。趁生前有道正该修，莫浪泊。　　认根源，脱本壳。访长生，须把捉。要时时明见，醍醐①斟酌。贯彻三关填黑海，管教善者乘鸾鹤。那其间愍故更慈悲，登极乐。

　　话表唐三藏一念虔诚，且休言天神保护，似这草木之灵，尚来引送，雅会一宵，脱出荆棘针刺，再无萝薜攀缠。四众西进，行够多时，又值冬残。正是那三春之日：

　　物华交泰，斗柄回寅。草芽遍地绿，柳眼满堤青。一岭桃花红锦浣，半溪烟水碧罗明。几多风雨，无限心情。日晒花心艳，燕衔苔蕊轻。山色王维画浓淡，鸟声季子舌纵横②。芳菲铺绣无人赏，蝶舞蜂歌却有情。

――――――――

　　① 醍醐——制酥酪时最上面一层像油的叫醍醐，极甘美。佛教用它比喻佛教教义。

　　② 鸟声季子舌纵横——战国时纵横家苏秦号季子，以舌辩闻名于世。这里形容鸟的舌头像苏秦一样。

师徒们也自寻芳踏翠，缓随马步。正行之间，忽见一座高山，远望着与天相接。三藏扬鞭指道："悟空，那座山也不知有多少高，可便似接着青天，透冲碧汉。"行者道："古诗不云，'只有天在上，更无山与齐。'但言山之极高，无可与他比并，岂有接天之理！"八戒道："若不接天，如何把昆仑山号为'天柱'？"行者道："你不知，自古'天不满西北'。昆仑山在西北乾位上，故有顶天塞空之意，遂名'天柱'。"沙僧笑道："大哥把这好话儿莫与他说，他听了去，又降别人。我们且走路，等上了那山，就知高下也。"

那呆子赶着沙僧厮耍厮斗，老师父马快如飞。须臾，到那山崖之边。一步步往上行来，只见那山：

林中风飒飒，涧底水潺潺。鸦雀飞不过，神仙也道难。千崖万壑，亿曲百湾。尘埃滚滚无人到，怪石森森不厌看。有处有云如水滉，是方是树鸟声繁。鹿衔芝去，猿摘桃还。狐貉往来崖上跳，麇獐出入岭头顽。忽闻虎啸惊人胆，斑豹苍狼把路拦。

唐三藏一见心惊。孙行者神通广大，你看他一条金箍棒，哮吼一声，吓过了狼虫虎豹，剖开路，引师父直上高山。行过岭头，下西平处，忽见祥光蔼蔼，彩雾纷纷，有一所楼台殿阁，隐隐的钟磬悠扬。三藏道："徒弟们，看是个甚么去处？"行者抬头，用手搭凉篷，仔细观看，那壁厢好个所在！真个是：

珍楼宝座，上刹名方。谷虚繁地籁，境寂散天香。青松带雨遮高阁，翠竹留云护讲堂。霞光缥缈龙宫显，彩色飘摇沙界长。朱栏玉户，画栋雕梁。谈经香满座，语篆月当窗。鸟啼丹树内，鹤饮石泉旁。四围花发琪园秀，三面门开舍卫光。楼台突兀门迎嶂，钟磬虚徐声韵长。窗开风细，帘卷烟茫。有僧情散淡，无俗意和昌。红尘不到真仙境，静土招提好道场。

行者看罢回复道："师父，那去处是便是座寺院，却不知禅光瑞

701

西游记

妖邪假设小雷音

蔼之中，又有些凶气何也。观此景象，也似雷音，却又路道差池。我们到那厢，决不可擅入，恐遭毒手。"唐僧道："既有雷音之景，莫不就是灵山？你休误了我诚心，担耽了我来意。"行者道："不是！不是！灵山之路我也走过几遍，那是这路途！"八戒道："纵然不是，也必有个好人居住。"沙僧道："不必多疑，此条路未免从那门首过，是不是一见可知也。"行者道："悟净说得有理。"

　　那长老策马加鞭至山门前，见"雷音寺"三个大字，慌得滚下马来，倒在地下，口里骂道："泼狲狲！害杀我也！现是雷音寺，还哄我哩！"行者陪笑道："师父莫恼，你再看看。山门上乃四个字，你怎么只念出三个来，倒还怪我？"长老战兢兢的爬起来再看，真个是四个字，乃"小雷音寺"。三藏道："就是小雷音寺，必定也有个佛祖在内。经上言三千诸佛，想是不在一方，似观音在南海，普贤在峨眉，文殊在五台。这不知是那一位佛祖的道场。古人云，'有佛有经，无方无宝。'我们可进去来。"行者道："不可进去，此处少吉多凶，若有祸患，你莫怪我。"三藏道："就是无佛，也必有个佛像。我弟子心愿，遇佛拜佛，如何怪你。"即命八戒取袈裟，换僧帽，结束了衣冠，举步前进。

　　只听得山门里有人叫道："唐僧，你自东土来拜见我佛，怎么还这等怠慢？"三藏闻言，即便下拜，八戒也磕头，沙僧也跪倒，惟大

702

圣牵马收拾行李在后。方入到二层门内，就见如来大殿。殿门外宝台之下，摆列着五百罗汉、三千揭谛、四金刚、八菩萨、比丘尼、优婆塞、无数的圣僧、道者。真个也香花艳丽，瑞气缤纷。慌得那长老与八戒、沙僧一

四众皆遭大厄难

步一拜，拜上灵台之间。行者公然不拜。又闻得莲台座上厉声高叫道："那孙悟空，见如来怎么不拜？"不知行者又仔细观看，见得是假，遂丢了马匹、行囊，掣棒在手，喝道："你这伙孽畜，十分胆大！怎么假倚佛名，败坏如来清德！不要走！"双手抡棒，上前便打。只听得半空中叮当一声，撇下一副金铙，把行者连头带足，合在金铙之内。慌得个猪八戒、沙和尚连忙使起钯杖，就被些阿罗、揭谛、圣僧、道者一拥近前围绕。他两个措手不及，尽被拿了，将三藏捉住，一齐都绳缠索绑，紧缚牢拴。

原来那莲花座上装佛祖者乃是个妖王，众阿罗等都是些小怪。遂收了佛祖体像，依然现出妖身，将三众抬入后边收藏，把行者合在金铙之中永不开放，只搁在宝台之上，限三昼夜化为脓血。化后，才将铁笼蒸他三个受用。这正是：

> 碧眼猢儿识假真，禅机见像拜金身。
>
> 黄婆盲目同参礼，木母痴心共话论。
>
> 邪怪生强欺本性，魔头怀恶诈天人。
>
> 诚为道小魔头大，错入旁门枉费身。

那时群妖将唐僧三众收藏在后，把马拴在后边；把他的袈裟、僧帽安在行李担内，亦收藏了。一壁厢严紧不题。却说行者合在金铙里，黑洞洞的，燥得满身流汗，左拱右撞，不能得出，急得他使铁棒乱打，莫想得动分毫。他心里没了算计，将身往外一挣，却要挣破那金铙，遂捻着一个诀，就长有千百丈高，那金铙也随他身长，全无一些瑕缝光明。却又捻诀把身子往下一小，小如芥菜子儿，那铙也就随身小了，更没些孔窍。他又把铁棒，吹口仙气，叫："变！"即变作幡竿一样，撑住金铙。他却把脑后毫毛选长的拔下两根，叫："变！"即变作梅花头，五瓣钻儿，挨着棒下，钻有千百下，只钻得苍苍响亮，再不钻动一些。行者急了，却捻个诀，念一声"唵嘛静法界，乾元亨利贞"的咒语，拘得那五方揭谛、六丁六甲、一十八位护教伽蓝，都在金铙之外道："大圣，我等俱保护着师父，不教妖魔伤害，你又拘唤我等做甚？"行者道："我那师父，不听我劝解，就弄死他也不亏！但只你等怎么快作法将这铙钹掀开，放我出来，再作处治。这里面不通光亮，满身暴躁，却不闷杀我也！"众神真个掀铙，就如长就的一般，莫想揭得分毫。金头揭谛道："大圣，这铙钹不知是件甚么宝贝，连上带下，合成一块。小神力薄，不能掀动。"行者道："我在里面，不知使了多少神通，也不得动。"

揭谛闻言，即着六丁神保护着唐僧，六甲神看守着金铙，众伽蓝前后照察，他却纵起祥光，须臾间，闯入南天门里。不待宣召，直上灵霄宝殿之下，见玉帝俯伏启奏道："主公，臣乃五方揭谛使。今有齐天大圣保唐僧取经，路遇一山，名小雷音寺。唐僧错认灵山进拜，原来是妖魔假设，困陷他师徒，将大圣合在一副金铙之内，进退无门，看看至死，特来启奏。"即传旨："差二十八宿星辰，快去释厄降妖。"

那星宿不敢少缓，随同揭谛，出了天门，至山门之内。有二更时分，那些大小妖精，因获了唐僧，老妖俱犒赏了，各去睡觉。众星宿更不惊张，都到铙钹之外报道："大圣，我等是玉帝差来二十八宿，到此救你。"行者听说大喜，便教："动兵器打破，老孙就出来了！"众星宿道："不敢打，此物乃浑金之宝，打着必响；响时惊动妖魔，却难救拔。等我们用兵器捎他，你那里但见有一些光处就走。"行者道："正是。"你看他们使枪的使枪，使剑的使剑，使刀的使刀，使斧的使斧，扛的扛，抬的抬，掀的掀，捎的捎，弄到有二更天气，漠然不动，就是铸成了阓圈的一般。那行者在里边，东张张，西望望，爬过来，滚过去，莫想看见一些光亮。

亢金龙道："大圣啊，且休焦躁，观此宝定是个如意之物，断然也能变化。你在那里面，于那合缝之处，用手摸着，等我使角尖儿拱进来，你可变化了，顺松处脱身。"行者依言，真个在里面乱摸，这星宿把身变小了，那角尖儿就似个针尖一样，顺着铙，合缝口上，伸将进去，可怜用尽千斤之力，方能穿透里面。却将本身与角使法像，叫："长！长！长！"角就长有碗来粗细。那铙口倒也不像金铸的，好似皮肉长成的，顺着亢金龙的角，紧紧噙住，四下里更无一丝拔缝。行者摸着他的角叫道："不济事！上下没有一毫松处！没奈何，你忍着些儿疼，带我出去。"好大圣，即将金箍棒变作一把钢钻儿，将他那角尖上钻了一个孔窍，把身子变得似个芥菜子儿，拱在那钻眼里蹲着叫："扯出角去！扯出角去！"这星宿又不知费了多少力，方才拔出，使得力尽筋柔，倒在地下。

行者却自角尖钻眼里钻出，现了原身，掣出铁棒，照铙铙当的一声打去，就如崩倒铜山，炸开金矿，可惜把个佛门之器，打做个千百块散碎之金！唬得那二十八宿惊张，五方揭谛发竖，大小群妖皆梦醒。老妖王睡里慌张，急起来披衣擂鼓，聚点群妖，各执器械。此时天将黎明，一拥赶到宝台之下，只见孙行者与列宿围在碎破金铙之外。大惊失色，即令："小的们！紧关了前门，不要放出人去！"

行者听说，即携星众，驾云跳在九霄空里。那妖王收了碎金，排开妖卒，列在山门外。妖王怀恨，没奈何披挂了，使一根短软狼牙棒，出营高叫："孙行者！好男子不可远走高飞！快向前与我交战三合！"行者忍不住，即引星众，按落云头，观看那妖精怎生模样。但见他：

蓬着头，勒一条扁薄金箍；光着眼，簇两道黄眉的竖。悬胆鼻，孔窍开查；四方口，牙齿尖利。穿一副叩结连环铠，勒一条生丝攒穗绦。脚踏乌喇鞋①一对，手执狼牙棒一根。此形似兽不如

① 乌喇鞋——一种用熟牛皮缝的靴子。

705

兽，相貌非人却似人。

行者挺着铁棒喝道："你是个甚么怪物，擅敢假装佛祖，侵占山头，虚设小雷音寺！"那妖王道："这猴儿是也不知我的姓名，故来冒犯仙山。此处唤做小西天，因我修行得正果，天赐与我的宝阁珍楼。我名乃是黄眉老佛，这里人不知，但称我为黄眉大王、黄眉爷爷。一向久知你往西去，有些手段，故此设象显能，诱你师父进来，要和你打个赌赛。如若斗得过我，饶你师徒，让汝等成个正果。如若不能，将汝等打死，等我去见如来取经，果正中华也。"行者笑道："妖精不必海口，既要赌，快上来领棒！"那妖王喜孜孜，使狼牙棒抵住。这一场好杀：

两条棒，不一样，说将起来有形状：一条短软佛家兵，一条坚硬藏海藏。都有随心变化功，今番相遇争强壮。短软狼牙杂锦妆，坚硬金箍蛟龙像。若粗若细实可夸，要短要长甚停当。猴与魔，齐打仗，这场真个无虚诳。驯猴秉教作心猿，泼怪欺天弄假像。嗔嗔恨恨各无情，恶恶凶凶都有样。那一个当头手起不放松，这一个架丢劈面难推让。喷云照日昏，吐雾遮峰嶂。棒来棒去两相迎，忘生忘死因三藏。

看他两个斗经五十回合，不见输赢。那山门口，鸣锣擂鼓，众妖精呐喊摇旗。这壁厢有二十八宿天兵共五方揭谛众圣，各掮器械，吆喝一声，把那魔头围在中间，吓得那山门外群妖难擂鼓，战兢兢手软不敲锣。老妖魔公然不惧，一只手使狼牙棒，架着众兵，一只手去腰间解下一条旧白布搭包儿，往上一抛，哗的一声响亮，把孙大圣、二十八宿与五方揭谛，一搭包儿通装将去，挎在肩上，拽步回身，众小妖个个欢然得胜而回。老妖教小的们取了三五十条麻索，解开搭包，拿一个，捆一个，一个个都骨软筋麻，皮肤窊皱①。捆了抬去后边，不分好歹，俱掷之于地。妖王又命排筵畅饮，自旦至暮方散，各归寝处不题。

却说孙大圣与众神捆至夜半，忽闻有悲泣之声。侧耳听时，却原来

---

① 窊皱——犹皱瘪。形容皮肤凹陷下去的样子。

是三藏声音，哭道："悟空啊！我

自恨当时不听伊，致令今日受灾危。
金铙之内伤了你，麻绳捆我有谁知。
四众遭逢缘命苦，三千功行尽倾颓。
何由解得违遭难，坦荡西方去复归！"

　　行者听言，暗自怜悯道："那师父虽是未听吾言，今遭此毒，然于患难之中，还有忆念老孙之意。趁此夜静妖眠，无人防备，且去解脱众等逃生也。"

　　好大圣，使了个遁身法，将身一小，脱下绳来。走近唐僧身边，叫声"师父"。长老认得声音，叫道："你为何到此？"行者悄悄的把前项事告诉了一遍，长老甚喜道："徒弟！快救我一救！向后事，但凭你处，再不强了！"行者才动手，先解了师父，放了八戒、沙僧，又将二十八宿、五方揭谛个个解了，又牵过马来，教快先走出去。方去门，却不知行李在何处，又来找寻。亢金龙道："你好重物轻人！既救了你师父就够了，又还寻甚行李？"行者道："人固要紧，衣钵尤要紧。包袱中有通关文牒、锦襕袈裟、紫金钵盂，俱是佛门至宝，如何不要！"八戒道："哥哥，你去找寻，我等先去路上等你。"你看那星众，簇拥着唐僧，使个摄法，共弄神通，一阵风撮出垣围，奔大路下了山坡，却屯于平处等候。

　　约有三更时分，孙大圣轻挪慢步，走入里面，原来一层层门户甚紧。他就爬上高楼看时，窗牖皆关，欲要下去，又恐怕窗棂儿响，不敢推动。捻着诀，摇身一变，变作一个仙鼠，俗名蝙蝠。你道他怎生模样：

头尖还似鼠，眼亮亦如之。
有翅黄昏出，无光白昼居。
藏身穿瓦穴，觅食扑蚊儿。
偏喜晴明月，飞腾最识时。

　　他顺着不封瓦口椽子之下，钻将进去，越门过户，到了中间看时，只见那第三重楼窗之下，闪灼灼的一道毫光，也不是灯烛之光，香火之光，又不是飞霞之光，掣电之光。他半飞半跳，近于光前看时，却是包袱放光。那妖精把唐僧的袈裟脱了，不曾折，就乱乱的撂在包袱之内。那袈裟本是佛宝，上边有如意珠、摩尼珠、红玛瑙、紫珊瑚、舍利子、夜明珠，所以透的光彩。他见了此衣钵，心中一喜，就现了本相，拿将过来，也不管担绳偏正，抬上肩，往下就走。不期脱了一头，扑的落在楼板上，嗖喇的一声响亮。噫！有这般事：可可的老妖精在楼下睡觉，一声响，把他惊醒，跳起来乱叫道："有人了！有人了！"那些大小妖都起来，点灯打火，一齐吆喝，前后去看。有的来报道："唐僧走了！"又有的来报道："行者众人俱走了！"老妖急传号令，教："拿！各门上谨慎！"行者听言，恐又遭他罗网，挑不成包袱，纵筋斗，就跳出楼窗外走了。

那妖精前前后后，寻不着唐僧等，又见天色将明，取了棒，帅众来赶。只见那二十八宿与五方揭谛等神，云雾腾腾，屯住山坡之下。妖王喝了一声："那里去！吾来也！"角木蛟急唤："兄弟们！怪物来了！"亢金龙、女土蝠、房日兔、心月狐、尾火虎、箕水豹、斗木獬、牛金牛、氐土貉、虚日鼠、危月燕、室火猪、壁水貐、奎木狼、娄金狗、胃土彘、昴日鸡、毕月乌、觜火猴、参水猿、井木犴、鬼金羊、柳土獐、星日马、张月鹿、翼火蛇、轸水蚓，领着金头揭谛、银头揭谛、六甲丁等神、护教伽蓝，同八戒、沙僧，不领唐三藏，丢了白龙马，各执兵器，一拥而上。这妖王见了，呵呵冷笑，叫一声哨子，有四五千大小妖精，一个个威强力胜，浑战在西山坡上。好杀：

> 魔头泼恶欺真性，真性温柔怎奈魔。百计施为难脱苦，千方妙用不能和。诸天来拥护，众圣助干戈。留情亏木母，定志感黄婆。浑战惊天并振地，强争设网与强罗。那壁厢摇旗呐喊，这壁厢擂鼓筛锣。枪刀密密寒光荡，剑戟纷纷杀气多。妖卒凶还勇，神兵怎奈何！愁云遮日月，惨雾罩山河。苦搊苦拽来相战，皆因三藏拜弥陀。

那妖精倍加勇猛，帅众上前掩杀。正在那不分胜败之际，只闻得行者叱咤一声道："老孙来了！"八戒迎着道："行李如何？"行者道："老孙的性命几乎难免，却便说甚么行李！"沙僧执着宝杖道："且休叙话，快去打妖精也！"那星宿、揭谛、丁甲等神，被群妖围在垓心浑杀，老妖精使棒来打他三个。这行者、八戒、沙僧丢开棍杖、抢着钉钯抵住。真个是地暗天昏，不能取胜，只杀得太阳星，西没山根；太阴星，东生海峤。那妖见天晚，打个哨子，教群妖各各留心，他却取出宝贝。孙行者看得分明，那怪解下搭包，拿在手中。行者道声"不好了！走啊！"他就顾不得八戒、沙僧、诸天等众，一路筋斗，跳上九霄空里。众神、八戒、沙僧不解其意，被他抛起去，又都装在里面，只是走了行者。那妖王收兵回寺，又教取出绳索，照旧绑了。将唐僧、八戒、沙僧悬梁高吊，白马拴在后边，诸神亦俱绑缚，抬在地窖子内，封了盖锁。那众妖遵依，一一收了不题。

却说行者跳在九霄，全了性命，见妖兵回转，不张旗号，已知众等遭擒。他却按下祥光，落在那东山顶上，咬牙恨怪物，滴泪想唐僧，仰面朝天望，悲嗟忽失声，叫道："师父啊！你是那世里造下这迍遭难，今生里步步遇妖精，似这般苦楚难逃，怎生是好！"独自一个，嗟叹多时，复又宁神思虑，以心问心道："这妖魔不知是个甚么搭包子，那般装得许多物件？如今将天神、天将许多人又都装进去了，我待求救于天，奈恐玉帝见怪。我记得有个北方真武，号曰荡魔天尊，他如今现在南赡部洲武当山上，等我去请他来搭救师父一难。"正是：

仙道未成猿马散，心神无主五行枯。

毕竟不知此去端的如何，且听下回分解。

第六十六回

诸神遭毒手　弥勒缚妖魔

话表孙大圣无计可施，纵一朵祥云，驾筋斗，径转南赡部洲去拜武当山，参请荡魔天尊，解释三藏、八戒、沙僧、天兵等众之灾。他在半空里无停止，不一日，早望见祖师仙境，轻轻按落云头，定睛观看。好去处：

> 巨镇东南，中天神岳。芙蓉峰竦杰，紫盖岭巍峨。九江水尽荆扬远，百越山连翼轸多。上有太虚之宝洞，朱陆之灵台。三十六宫金磬响，百千万客进香来。舜巡禹祷，玉简金书。楼阁飞青鸟，幢幡摆赤裙。地设名山雄宇宙，天开仙境透空虚。几树榔梅花正放，满山瑶草色皆舒。龙潜涧底，虎伏崖中。幽含如诉语，驯鹿近人行。白鹤伴云栖老桧，青鸾丹凤向阳鸣。玉虚师相真仙地，金阙仁慈治世门。

上帝祖师，乃净乐国王与善胜皇后梦吞日光，觉而有孕，怀胎一十四个月，于开皇元年甲辰之岁三月初一日午时降诞于王宫。那爷爷：

> 幼而勇猛，长而神灵。不统王位，惟务修行。父母难禁，弃舍

皇宫。参玄入定，在此山中。功完行满，白日飞升。玉皇敕号，真武之名。玄虚上应，龟蛇合形。周天六合，皆称万灵。无幽不察，无显不成。劫终劫始，剪伐魔精。

孙大圣玩着仙境景致，早来到一天门、二天门、三天门，却至太和宫外。忽见那祥光瑞气之间，簇拥着五百灵官。那灵官上前迎着道："那来的是谁？"大圣道："我乃齐天大圣孙悟空，要见师相。"众灵官听说，随报。祖师即下殿，迎到太和宫。行者作礼道："我有一事奉劳。"问："何事？"行者道："保唐僧西天取经，路遭险难。至西牛贺洲，有座山唤小西天，小雷音寺有一妖魔。我师父进得山门，见有阿罗、揭谛、比丘、圣僧排列，以为真佛，倒身才拜，忽被他拿住绑了。我又失于防范，被他抛一副金铙，将我罩在里面，无纤毫之缝，口合如钳。甚亏金斗揭谛请奏玉帝，钦差二十八宿，当夜下界，掀揭不起。幸得亢金龙将角透入铙内，将我度出，被我打碎金铙，惊醒怪物。赶战之间，又被撒一个白布搭包儿，将我与二十八宿并五方揭谛，尽皆装去，复用绳捆了。是我当夜脱逃，救了星辰等众与我唐僧等。后为找寻衣钵，又惊醒那妖，与天兵赶战。那怪又拿出搭包儿，理弄之时，我却知道前因，遂走了，众等被他依然装去。我无计可施，特来拜求师相一助力也。"祖师道："我当年威镇北方，统摄真武之位，剪伐天下妖邪，乃奉玉帝敕旨。后又披发跣足，踏腾蛇神龟，领五雷神将、巨虬狮子、猛兽毒龙，收降东北方黑气妖氛，乃奉元始天尊符召。今日静享武当山，安逸太和殿，一向海岳平宁，乾坤清泰。奈何我南赡部洲并北俱芦洲之地，妖魔剪伐，邪鬼潜踪。今蒙大圣下降，不得不行；只是上界无有旨意，不敢擅动干戈。假若法遣众神，又恐玉帝见罪；十分却了大圣，又是我逆了人情。我谅着那西路上纵有妖邪，也不为大害。我今着龟、蛇二将并五大神龙与你助力，管教擒妖精，救你师之难。"

行者拜谢了祖师，即同龟、蛇、龙神各带精锐之兵，复转西洲之界。不一日，到了小雷音寺，按下云头，径至山门外叫战。

却说那黄眉大王聚众怪在宝阁下说："孙行者这两日不来，又不知往何方去借兵也。"说不了，只见前门上小妖报道："行者引几个龙蛇龟相，在门外叫战！"妖魔道："这猴儿怎么得个龙蛇龟相？此等之

711

类，却是何方来者？"随即披挂，走出山门高叫："汝等是那路龙神，敢来造吾仙境？"五龙、二将相貌峥嵘，精神抖擞，喝道："那泼怪！我乃武当山太和宫混元教主荡魔天尊之前五位龙神，龟，蛇二将。今蒙齐天大圣相邀，我天尊符召，到此捕你这妖精，快送唐僧与天星等出来，免你一死！不然，将这一山之怪，碎劈其尸；几间之房，烧为灰烬！"那怪闻言，心中大怒道："这畜生有何法力，敢出大言！不要走！吃吾一棒！"这五条龙，翻云使雨，那两员将，播土扬沙，各执枪刀剑戟，一拥而攻，孙大圣又使铁棒随后。这一场好杀：

　　凶魔施武，行者求兵。凶魔施武，擅据珍楼施佛像；行者求兵，远参宝境借龙神。龟蛇生水火，妖怪动刀兵。五龙奉旨来西路，行者因师在后收。剑戟光明摇彩电，枪刀晃亮闪霓虹。这个狼牙棒，强能短软；那个金箍棒，随意如心。只听得扢扑响声如爆竹，叮当音韵似敲金。水火齐来征怪物，刀兵共簇绕精灵。喊杀惊狼虎，喧哗震鬼神。浑战正当无胜处，妖魔又取宝和珍。

诸神遭毒手

　　行者帅五龙、二将，与妖魔战经半个时辰，那妖精即解下搭包在手。行者见了心凉，叫道："列位仔细！"那龙神、蛇、龟不知甚么仔细，一个个都停住兵，近前抵挡。那妖精幌的一声，把搭包儿撇将起去。孙大圣顾不得五龙、二将，驾筋斗，跳在九霄逃脱。他把个龙神、龟、蛇一搭包子又装将去了。妖精得胜回寺，也将绳捆了，抬在地窖子里盖住不题。

你看那大圣落下云头，斜倚在山巅之上，没精没采，懊恨道："这怪物十分厉害！"不觉的合着眼，似睡一般。猛听得有人叫道："大圣，休推睡，快早上紧求救。你师父性命，只在须臾间矣！"行者急睁睛跳起来看，原来是日值功曹。行者喝道："你这毛神，这向在那方贪图血食，不来点卯，今日却来惊我！伸过孤拐来，让老孙打两棒解闷！"功曹慌忙施礼道："大圣，你是人间之喜仙，何闷之有！我等早奉菩萨旨令，教我等暗中护佑唐僧，乃同土地等神，不敢暂离左右，是以不得常来参见，怎么反见责也？"行者道："你既是保护，如今那众星、揭谛、伽蓝并我师等，被妖精困在何方？受甚罪苦？"功曹道："你师父、师弟都吊在宝殿廊下，星辰等众都收在地窖之间受罪。这两日不闻大圣消息，却才见妖精又拿了神龙、龟、蛇，又送在地窖里去了，方知是大圣请来之兵，小神特来寻大圣。大圣莫辞劳倦，千万再急急去求救援。"

行者闻言及此，不觉对功曹滴泪道："我如今愧上天宫，羞临海藏！怕问菩萨之原由，愁见如来之玉像！才拿去者，乃真武师相之龟、蛇、五龙圣众。教我再无方求救，奈何？"功曹笑道："大圣宽怀，小神想起一处精兵，请来断然可降。适才大圣至武当，是南赡部洲之地。这枝兵也在南赡部洲盱眙山城，即今泗洲是也。那里有个大圣国师王菩萨，神通广大。他手下有一个徒弟，唤名小张太子，还有四大神将，昔年曾降伏水母娘娘。你今若去请他，他来施恩相助，准可捉怪救师也。"行者心喜道："你且去保护我师父，勿令伤他，待老孙去请也。"

行者纵起筋斗云，躲离怪处，直奔盱眙山。不一日，早到，细观，真好去处：

> 南近江津，北临淮水。东通海峤，西接封浮。山顶上有楼观峥嵘，山凹里有涧泉浩涌。嵯峨怪石，槃秀乔松。百般果品应时新，千样花枝迎日放。人如蚁阵往来多，船似雁行归去广。上边有瑞岩观、东岳宫、五显祠、龟山寺，钟韵香烟冲碧汉；又有玻璃泉、五塔峪、八仙台、杏花园，山光树色映螺城。白云横不度，幽鸟倦还

鸣。说甚泰嵩衡华秀，此间仙景若蓬瀛。

西游记

大圣点玩不尽，径过了淮河，入城之内，到大圣禅寺山门外。又见那殿宇轩昂，长廊彩丽，有一座宝塔峥嵘。真是：

> 插云倚汉高千丈，仰视金瓶透碧空。
> 上下有光凝宇宙，东西无影映帘栊。
> 风吹宝铎闻天乐，日映冰虹对梵宫。
> 飞宿灵禽时诉语，遥瞻淮水渺无穷。

行者且观且走，直至二层门下。那国师王菩萨早已知之，即与小张太子出门迎迓。相见叙礼毕，行者道："我保唐僧西天取经，路上有个小雷音寺，那里有个黄眉怪，假充佛祖。我师父不辨真伪就下拜，被他拿了。又将金铙把我罩了，幸亏天降星辰救出。是我打碎金铙，与他赌斗，又将一个布搭包儿，把天神、揭谛、伽蓝与我师父、师弟尽皆装了进去。我前去武当山请玄天上帝救援，他差五龙、龟、蛇拿怪，又被他一搭包子装去。弟子无依无倚，故来拜请菩萨，大展威力，将那收水母之神通，拯生民之妙用，同弟子去救师父一难！取得经回，永传中国，扬我佛之智慧，兴般若之波罗也。"国师王道："你今日之事，诚我佛教之兴隆，理当亲去，奈时值初夏，正淮水泛涨之时，新收了水猿大圣，那厮遇水即兴，恐我去后，他乘空生顽，无神可治。今着小徒领四将和你去助力，炼魔收伏罢。"行者称谢，即同四将并小张太子，又驾云回小西天，直至小雷音寺。小张太子使一条楮白枪，四大将抡四把锟剑，和孙大圣上前骂战。小妖又去报知，那妖王复帅群妖，鼓噪而出道："猢狲！你今又请得何人来也？"说不了，小张太子指挥四将上前喝道："泼妖精！你面上无肉，不认得我等在此！"妖王道："是那方小将，敢与他助力？"太子道："吾乃泗州大圣国师王菩萨弟子，帅领四大神将，奉令擒你！"妖王笑道："你这孩儿有甚武艺，擅敢到此轻薄？"太子道："你要知我武艺，等我道来：

> 祖居西土流沙国，我父原为沙国王。

714

自幼一身多疾苦，命干华盖恶星妨。

因师远慕长生诀，有分相逢舍药方。

半粒丹砂祛病退，愿从修行不为王。

学成不老同天寿，容颜永似少年郎。

也曾赶赴龙华会，也曾腾云到佛堂。

捉雾拿风收水怪，擒龙伏虎镇山场。

抚民高立浮屠塔，静海深明舍利光。

楮白枪尖能缚怪，淡缁衣袖把妖降。

如今静乐城内，大地扬名说小张！"

妖王听说，微微冷笑道："那太子，你舍了国家，从那国师王菩萨，修的是甚么长生不老之术？只好收捕淮河水怪，却怎么听信孙行者诳谬之言，千山万水，来此纳命！看你可长生可不老也！"小张闻言，心中大怒，缠枪当面便刺，四大将一拥齐攻，孙大圣使铁棒上前又打。好妖精，公然不惧，抢着他那短软狼牙棒，左遮右架，直挺横冲。这场好杀：

　　小太子，楮白枪，四柄锟剑更强。悟空又使金箍棒，齐心围绕杀妖王。妖王其实神通大，不惧分毫左右搪。狼牙棒是佛中宝，剑砍枪抢莫可伤。只听狂风声吼吼，又观恶气混茫茫。那个有意思凡弄本事，这个专心拜佛取经章。几番驰骋，数次张狂。喷云雾，闭三光，奋怒怀嗔各不良。多时三乘无上法，致令百艺苦相将。

概众争战多时，不分胜负，那妖精又解搭包儿。行者又叫："列位仔细！"太子并众等不知"仔细"之意。那怪哗的一声，把四大将与太子，一搭包又装将进去，只是行者预先知觉走了。那妖王得胜回寺，又教取绳捆了，送在地窖，牢封固锁不题。

这行者纵筋斗云，起在空中，见那怪回兵闭门，方才按下祥光，立于西山坡上，怅望悲啼道："师父啊！我

　　自从秉教入禅林，感荷菩萨脱难深。

715

保你西来求大道，相同辅助上雷音。
只言平坦羊肠路，岂料崔巍怪物侵。
百计千方难救你，东求西告枉劳心！”

大圣正当凄惨之时，忽见那西南上一朵彩云坠地，满山头大雨缤纷，有人叫道："悟空，认得我么？"行者急走前看处，那个人：

大耳横颐方面相，肩查腹满身躯胖。
一腔春意喜盈盈，两眼秋波光荡荡。
敞袖飘然福气多，芒鞋洒落精神壮。
极乐场中第一尊，南无弥勒笑和尚。

行者见了，连忙下拜道："东来佛祖那里去？弟子失回避了，万罪！万罪！"佛祖道："我此来，专为这小雷音妖怪也。"行者道："多蒙老爷盛德大恩。敢问那妖是那方怪物，何处精魔，不知他那搭包儿是件甚么宝贝，烦老爷指示指示。"佛祖道："他是我面前司磬的一个黄眉童儿。三月三日，我因赴元始会去，留他在宫看守，他把我这几件宝贝拐来，假佛成精。那搭包儿是我的后天袋子，俗名唤做'人种袋'。那条狼牙棒是个敲磬的槌儿。"行者听说，高叫一声道："好个笑和尚！你走了这童儿，教他诳称佛祖，陷害老孙，未免有个家法不谨之过！"弥勒道："一则是我不谨，走失人口，二则是你师徒们魔障未完，故此百灵下界，应该受难。我今来与你收他去也。"行者道："这妖精神通广大，你又无些兵器，何以收之？"弥勒笑道："我在这山坡下，设一草庵，种一田瓜果在此，你去与他索战。交战之时，许败不许胜，引他到我这瓜田里。我别的瓜都是生的，你却变作一个大熟瓜。他来定要瓜吃，我却将你与他吃。吃下肚中，任你怎么在内摆布他，那时等我取了他的搭包儿，装他回去。"行者道："此计虽妙，你却怎么认得变的熟瓜？他怎么就肯跟我来此？"弥勒笑道："我为治世之尊，慧眼高明，岂不认得你！凭你变作甚物，我皆知之，但恐那怪不肯跟来耳。我却教你一个法术。"行者道："他断然是以搭包儿装我，怎肯跟来！有何法术可来也？"弥勒笑道："你伸手来。"行者即舒左手递将

716

过去，弥勒将右手食指蘸着口中神水，在行者掌上写了一个"禁"字，教他捏着拳头，见妖精当面放手，他就跟来。

行者攥拳，欣然领教，一只手抡着铁棒，直至山门外，高叫道："妖魔，你孙爷爷又来了！可快出来，与你见个上下！"小妖又忙忙奔告，妖王问道："他又领多少兵来叫战？"小妖道："别无甚兵，止他一个。"妖王笑道："那猴儿计穷力竭，无处求人，断然是送命来也。"随又结束整齐，带了宝贝，举着那轻软狼牙棒，走出门来叫道："孙悟空，今番挣挫不得了！"行者骂道："泼怪物！我怎么挣挫不得？"妖王道："我见你计穷力竭，无处求人，独自个强来支持，如今拿住，再没个甚么神兵救拔，此所以说你挣挫不得也。"行者道："这怪不知死活！莫说嘴！吃吾一棒！"那妖王见他一只手抡棒，忍不住笑道："这猴儿，你看他弄

弥勒缚妖魔

巧！怎么一只手使棒支吾？"行者道："儿子！你禁不得我两只手打！若是不使搭包子，再着三五个，也打不过老孙这一只手！"妖王闻言道："也罢！也罢！我如今不使宝贝，只与你实打，比个雌雄。"即举狼牙棒，上前来斗。孙行者迎着面，把拳头一放，双手抡棒。那妖精着了禁，不思退步，果然不弄搭包，只顾使棒来赶。行者虚幌一下，败阵就走，那妖精直赶到西山坡下。

行者见有瓜田，打个滚，钻入里面，即变作一个大熟瓜，又熟又甜。那妖精停身四望，不知行者那方去了，他却赶到庵边叫道："瓜是谁人种的？"弥勒变作一个种瓜叟，出草庵答道："大王，瓜是小人种的。"妖道："可有熟瓜么？"弥勒道："有熟的。"妖王叫："摘个熟的来，我解渴。"弥勒即把行者变的那瓜，双手递与妖王。妖王更不察情，到此接过手，张口便啃。那行者乘此机会，一毂辘钻入咽喉之下，等不得好歹，就弄手脚。抓肠蒯①腹，翻根头，竖蜻蜓，任他在里面摆布。那妖精疼得龇牙咧嘴，眼泪汪汪，把一块种瓜之地，滚得似个打麦之场，口中只叫："罢了！罢了！谁人救我一救！"弥勒却现了本相，嘻嘻笑叫道："孽畜！认得我么？"那妖抬头看见，慌忙跪倒在地，双手揉着肚子，磕头撞脑，只叫："主人公！饶我命罢！饶我命里！再不敢了！"弥勒上前一把揪住，解了他的后天袋儿，夺了他的敲磬槌儿，叫："孙悟空，看我面上，饶他命罢。"行者十分恨苦，却又左一拳，右一脚，在里面乱掏乱捣。那怪万分疼痛难忍，倒在地下。弥勒又道："悟空，他也够了，你饶他罢。"行者才叫："你张大口，等老孙出来。"那怪虽是肚腹绞痛，还未伤心。俗语云："人未伤心不得死，花残叶落是根枯。"他听见叫张口，即便忍着疼，把口大张。行者方才跳出，现了本相，急掣棒还要打时，早被佛祖把妖精装在袋里，斜跨在腰间，手执着磬槌，骂道："孽畜！金铙偷了那里去了？"那怪却只要怜生，在后天袋内哼哼喷喷的道："金铙是孙悟空打破了。"佛祖道："铙破，还我金来。"那怪道："碎金堆在殿莲台上哩。"

那佛祖提着袋子，执着磬槌，嘻嘻笑叫道："悟空，我和你去寻金还我。"行者见此法力，怎敢违误，只得引佛上山，回至寺内，收取金磬。只见那山门紧闭，佛祖使槌一指门开，入里看时，那些小妖，已得知老妖被擒，各自收拾囊底，都要逃生四散。被行者见一个，打一个；见两个，打两个，把五七百个小妖尽皆打死，各现原身，都是些山精树怪，兽孽禽魔。佛祖将金收攒一处，吹口仙气，念声咒语，即时返本还原，复得金铙一副，别了行者，驾祥云径转极乐世界。

这大圣却才解下唐僧、八戒、沙僧。那呆子吊了几日，饿得慌了，

---

① 蒯——挠、抓、搔。

718

且不谢大圣，却就虾着腰，跑到厨房寻饭吃。原来那怪正安排了午饭，因行者索战，还未得吃。这呆子看见，即吃了半锅，却拿出两钵头叫师父、师弟们各吃了两碗，然后才谢了行者。问及妖怪原由，行者把先请祖师、龟、蛇，后请大圣借太子，并弥勒收降之事，细陈了一遍。三藏闻言，谢之不尽，顶礼了诸天，道："徒弟，这些神圣，困于何所？"行者道："昨日日值功曹对老孙说，都在地窖之内。"叫："八戒，我与你去解脱他等。"

那呆子得食力壮，抖擞精神，寻着他的钉钯，即同大圣到后面，打开地窖，将众等解了绳，请出珍楼之下。三藏披了袈裟，朝上一一拜谢。这大圣才送五龙、二将回武当，送小张太子与四将回蛟城，后送二十八宿归天府，发放揭谛、伽蓝各回境。师徒们却宽住了半日，喂饱了白马，收拾行囊，至次早登程。临行时，放上一把火，将那些珍楼、宝座、高阁、讲堂，俱尽烧为灰烬。这里才：

　　　　无挂无牵逃难去，消灾消障脱身行。

毕竟不知几时才到大雷音，且听下回分解。

第六十七回

拯救驼罗禅性稳　脱离秽污道心清

话说三藏四众，躲离了小西天，欣然上路。行经个月程途，正是春深花放之时，见了几处园林皆绿暗，一番风雨又黄昏。三藏勒马道："徒弟啊，天色晚矣，往那条路上求宿去？"行者笑道："师父放心，若是没有借宿处，我三人都有本事，叫八戒砍草，沙和尚扳松，老孙会做木匠，就在这路上搭个蓬庵，好道也住得年把，你忙怎的！"八戒道："哥呀，这个所在，岂是住场！满山多虎豹狼虫，遍地有魑魅魍魉。白日里尚且难行，黑夜里怎生敢宿？"行者道："呆子！越发不长进了！不是老孙海口，只这条棒子揝在手里，就是塌下天来，也撑得住！"

师徒们正然讲论，忽见一座山庄不远。行者道："好了！有宿处了！"长老问："在何处？"行者指道："那树丛里不是个人家？我们去借宿一宵。明早走路。"长老欣然促马，至庄门外下马。只见那柴扉紧闭，长老敲门道："开门，开门。"里面有一老者，手拖藜杖，足踏蒲鞋，头顶乌巾，身穿素服，开了门便问："是甚人在此大呼小叫？"三藏合掌当胸，躬身施礼道："老施主，贫僧乃东土差往西天取经者。适到贵地，天晚特造尊府假宿一宵，万望方便方便。"老者道："和尚，你要西行，却是去不得啊。此处乃小西天。若到大西天，路途甚远。且休道前去艰难，只这个地方，已此难过。"三藏问："怎么难过？"老者用手指道："我这庄村西去三十余里，有一条稀柿衕，山名七绝。"三藏道："何为七绝？"老者道："这山径过有八百里，满山尽是柿果。古云，'柿树有七绝——一益寿，二多阴，三无鸟巢，四无虫，五霜叶可玩，六嘉实，七枝叶肥大'。故名七绝山。我这敝处地阔人稀，那深山亘古无人走到。每年家熟烂柿子落在地上，将一条夹石胡同，尽皆填满；又被雨露雪霜，经霉过夏，作成一路污秽。这方人家，俗呼为稀屎衕。但刮西风，有一股秽气，就是淘东圊①也不似这般恶臭。如今正值春深，东南风大作，所以还不闻见也。"三藏心中烦闷不言。

行者忍不住，高叫道："你这老儿。甚不通便！我等远来投宿，你就说出这许多话来唬人！十分你家窄偪没处睡，我等在此树下蹲一蹲，也就过了此宵，何故这般絮聒？"那老者见他相貌丑陋，便也拧住口，惊嗫嗫②的，硬着胆，喝了一声，用藜杖指定道："你这厮，骨挝脸，磕额头，塌鼻子，凹颉腮，毛眼毛睛，痨病鬼，不知高低，尖着个嘴，敢来冲撞我老人家！"行者陪笑道："老官儿，你原来有眼无珠，不识我这痨病鬼哩！相法云，'形容古怪，石中有美玉之藏'。你若以言貌取人，干净差了，我虽丑便丑，却倒有些手段。"老者道："你是那方人氏？姓甚名谁？有何手段？"行者笑道："我

祖居东胜大神洲，花果山前自幼修。
身拜灵台方寸祖，学成武艺甚全周。
也能搅海降龙母，善会担山赶日头；
缚怪擒魔称第一，移星换斗鬼神愁。
偷天转地英名大，我是变化无穷美石猴！"

老者闻言，回嗔作喜，躬着身便教："请！入寒舍安置。"遂此，四众牵马挑担，一齐进去。只见那荆针棘刺，铺设两边，二层门是砖石垒的墙壁，又是荆棘苫盖，入里才是三间瓦房。老者便扯椅安坐待茶，

---

① 东圊——圊是厕所。以前房屋建筑，厕所多半在屋子东角，故称东圊。

② 惊嗫嗫——耽心，骇怕，不敢动弹的样子。

又叫办饭。少顷，移过桌子，摆着许多面筋、豆腐、芋苗、萝白、辣芥、蔓菁、香稻米饭、醋烧葵汤，师徒们尽饱一餐。吃毕，八戒扯过行者，背云："师兄，这老儿始初不肯留宿，今返设此盛斋，何也？"行者道："这个能值多少钱！到明日，还要他十果十菜的送我们哩！"八戒道："不羞！凭你那几句大话，哄他一顿饭吃了，明日却要跑路，他又管待送你怎的？"行者道："不要忙，我自有个处治。"

不多时，渐渐黄昏，老者又叫掌灯。行者躬身问道："公公高姓？"老者道："姓李。"行者道："贵地想就是李家庄？"老者道："不是，这里唤驼罗庄，共有五百多人家居住。别姓俱多，惟我姓李。"行者道："李施主，府上有何善意，赐我等盛斋？"那老者起身道："才闻得你说会拿妖怪，我这里却有个妖怪，累你替我们拿拿，自有重谢。"行者就朝上唱个喏道："承照顾了！"八戒道："你看他惹祸！听见说拿妖怪，就是他外公也不这般亲热，预先就唱个喏！"行者道："贤弟，你不知，我唱个喏就是下了定钱，他再不去请别人了。"

三藏闻言道："这猴儿凡事便要自专，倘或那妖精神通广大，你拿他不住，可不是我出家人打诳语么？"行者笑道："师父莫怪，等我再问了看。"那老者道："还问甚？"行者道："你这贵处，地势清平，又许多人家居住，更不是偏僻之方，有甚么妖精，敢上你这高门大户？"老者道："实不瞒你说。我这里久矣康宁。只这三年六月间，忽然一阵风起，那时人家甚忙，打麦的在场上，插秧的在田里，俱着了慌，只说是天变了。谁知风过处，有个妖精，将人家牧放的牛马吃了，猪羊吃了，见鸡鹅囫囵咽，遇男女夹活吞。自从那次，这二年常来伤害。长老啊，你若有手段，拿了他，扫净此土，我等决然重谢，不敢轻慢。"行者道："这个却是难拿。"八戒道："真是难拿，难拿！我们乃行脚僧，借宿一宵，明日走路，拿甚么妖精！"老者道："你原来是骗饭吃的和尚！初见时夸口弄舌，说会换斗移星，降妖缚怪，及说起此事，就推却难拿！"行者道："老儿，妖精好拿。只是你这方人家不齐心，所以难拿。"老者道："怎见得人心不齐？"行者道："妖精搅扰了三年，也不知伤害了多少生灵。我想着每家只出银一两，五百家可凑五百两银子，不拘到那里，也寻一个法官把妖拿了，却怎么就甘受他三年磨折？"老者说："若论说使钱，好道也羞杀人！我们那家不花费三五两银子！前年曾访着山南里有个和尚，请他到此拿妖，未曾得胜。"行者道："那和尚怎的拿来？"老者道：

　　那个僧伽，披领袈裟。先谈孔雀，后念法华，香焚炉内，手把铃拿。正然念处，惊动妖邪，风生云起，径至庄家。僧和怪斗，其实堪夸：一递一拳捣，一递一把抓。和尚还相应，相应没头发。须臾妖怪胜，径直返烟霞，原来晒干疤。我等近前看，光头打的似个烂西瓜！

行者笑道："这等说，吃了亏也。"老者道："他只拼得一命，还是我们吃亏，与他买棺木殡葬，又把些银子与他徒弟。那徒弟心还不歇，至今还要告状，不得干净！"行者道："再可曾请甚么人拿他？"老者道："旧年又请了一个道士。"行者道："那道士怎么拿他？"老者道："那道士：

　　头戴金冠，身穿法衣。令牌敲响，符水施为。驱神使将，拘到妖魑。狂风滚滚，黑雾迷迷。即与道士，两个相持。斗到天晚，怪返云霓。乾坤清朗朗，我等众人齐。出来寻道士，淹死在山溪。捞得上来大家看，却如一个落汤鸡！"

行者笑道："这等说，也吃亏了。"老者道："他也只舍得一命，我们又使够闷数钱粮①。"行者道："不打紧，不打紧，等我替你拿他来。"老者道："你若果有手段拿得他，我请几个本庄长者与你写个文书。若得胜，凭你要多少银子相谢，半分不少；如若有亏，切莫和我等放赖，各听天命。"行者笑道："这老儿被人赖怕了。我等不是那样人，快请长者去。"

那老者满心欢喜，即命家僮请几个左邻右舍，表弟姨兄，亲家朋友，共有八九位老者，都来相见。会了唐僧，言及拿妖一事，无不欣然。众老问："是那一位高徒去拿？"行者叉手道："是我小和尚。"

　　① 闷数钱粮——这里作"冤枉钱"解释。

众老悚然道："不济！不济！那妖精神通广大，身体狼犺。你这个长老，瘦瘦小小，还不够他填牙齿缝哩！"行者笑道："老官儿，你估不出人来。我小自小，结实，都是吃了磨刀水的——秀气在内哩！"众老见说，只得依从道："长老，拿住妖精，你要多少谢礼？"行者道："何必说要甚么谢礼！俗语云，'说金子幌眼，说银子傻白，说铜钱腥气！'我等乃积德的和尚，决不要钱。"众老道："既如此说，都是受戒的高僧。既不要钱，岂有空劳之理！我等各家俱以鱼田为活，若果降了妖孽，净了地方，我等每家送你两亩良田，共凑一千亩，坐落一处，你师徒们在上起盖寺院，打坐参禅，强似方上云游。"行者又笑道："越不停当！但说要了田，就要养马当差，纳粮办草，黄昏不得睡，五鼓不得眠，好倒弄杀人也！"众老道："诸般不要，却将何谢？"行者道："我出家人，但只是一茶一饭，便是谢了。"众老喜道："这个容易，但不知你怎么拿他。"行者道："他但来，我就拿住他。"众老道："那怪大着哩！上拄天，下拄地，来时风，去时雾，你却怎生近得他？"行者笑道："若论呼风驾雾的妖精，我把他当孙子罢了；若说身体长大，有那手段打他！"正讲处，只听得呼呼风响，慌得那八九个老者，战战兢兢道："这和尚盐酱口①！说妖精，妖精就来了！"那老李开了腰门，把几个亲戚连唐僧都叫："进来！进来！妖怪来了！"唬得那八戒也要进去，沙僧也要进去。行者两只手扯住两个道："你们忒不循理！出家人，怎么不分内外！站住！不要走！跟我去天井里，看看是个甚么妖精。"八戒道："哥啊，他们都是经过帐的，风响便是妖来。他都去躲，我们又不与他有亲，又不相识，又不是交契故人，看他做甚？"原来行者力量大，不容说，一把拉在天井里站下。那阵风越发大了。好风：

> 倒树摧林狼虎忧，播江搅海鬼神愁。
>
> 掀翻华岳三峰石，提起乾坤四部洲。
>
> 村舍人家皆闭户，满庄儿女尽藏头。
>
> 黑云漠漠遮星汉，灯火无光遍地幽。

------

① 盐酱口——指说不吉利的话有应验。

慌得那八戒战战兢兢，伏之于地，把嘴拱开土，埋在地下，却如钉了钉一般。沙僧蒙着头脸，眼也难睁。

行者闻风认怪，一霎时风头过处，只见那半空中隐隐的两盏灯来，即低头叫道："兄弟们！风过了，起来看！"那呆子扯出嘴来，抖抖灰土，仰着脸朝天一望，见有两盏灯光，忽失声笑道："好耍子！好耍子！原来是个有行止的妖精！该和他做朋友！"沙僧道："这般黑夜，又不曾觌面相逢，怎么就知好歹？"八戒道："古人云，'夜行以烛，无烛则止。'你看他打一对灯笼引路，必定是个好的。"沙僧道："你错看了，那不是一对灯笼，是妖精的两只眼亮。"这呆子就唬矮了三寸，道："爷爷呀！眼有这般大啊，不知口有多少大哩！"行者道："贤弟莫怕。你两个护持着师父，待老孙上去讨他个口气，看他是甚妖精。"八戒道："哥哥，不要供出我们来。"

好行者，纵身打个嗛哨，跳到空中，执铁棒厉声高叫道："慢来！慢来！有吾在此！"那怪见了，挺住身躯，将一根长枪乱舞。行者执了棍势，问道："你是那方妖怪？何处精灵？"那怪更不答应，只是舞枪。行者又问，又不答，只是舞枪。行者暗笑道："好是耳聋口哑！不要走！看棍！"那怪更不怕，乱舞枪遮拦。在那半空中，一来一往，一上一下，斗到三更时分，未见胜败。八戒、沙僧在李家天井里看得明白，原来那怪只是舞枪遮架，更无半分儿攻杀，行者一条棒不离那怪的头上。八戒笑道："沙僧，你在这里护持，让老猪帮打帮打，莫教那猴子独干这功，领头一盅酒。"

好呆子，就跳起云头，赶上就筑。那怪物又使一条枪抵住。两条枪，就如飞蛇掣电。八戒夸奖道："这妖精好枪法！不是山后枪，乃是缠丝枪，也不是马家枪，却叫做个软柄枪！"行者道："呆子莫胡谈！那里有个甚么软柄枪！"八戒道："你看他使出枪尖来架住我们，不见枪柄，不知收在何处。"行者道："或者是个软柄枪。但这怪物还不会说话，想是还未归人道，阴气还重，只怕天明时阳气胜，他必要走。但走时，一定赶上，不可放他。"八戒道："正是！正是！"

又斗多时，不觉东方发白，那怪不敢恋战，回头就走。行者与八戒一齐赶来，忽闻得污秽之气袭人，乃是七绝山稀柿衕也。八戒道："是那家淘毛厕哩！哏！臭气难闻！"行者捂着鼻子只叫："快快赶妖精！快快赶妖精！"那怪物撺过山去，现了本相，乃是一条红鳞大蟒。你看他：

眼射晓星，鼻喷朝雾。密密牙排钢剑，弯弯爪曲金钩。头戴一条肉角，好便似千千块玛瑙攒成；身披一派红鳞，却就如万万片胭脂砌就。盘地只疑为锦被，飞空错认作虹霓。歇卧处有腥气冲天，行动时有赤云罩体。大不大，两边人不见东西；长不长，一座山跨占南北。

八戒道："原来是这般一个长蛇！若要吃人啊，一顿也得五百个，还不饱足！"行者道："那软柄枪乃是两条信。我们赶他软了，从后打出去！"这八戒纵身赶上，将钯便筑。那怪物一头钻进窟里，还有七八尺长尾巴丢在外边。八戒放下钯，一把挝住道："着手！着手！"尽力气往外乱扯，莫想扯得动一毫。行者笑道："呆子！放他进去，自有处置，不要这等倒扯蛇。"八戒真个撒了手，那怪缩进去了。八戒怨道："才不放手时，半截子已是我们的了！是这般缩了，却怎么得他出来？这不是叫做没蛇弄了？"行者道："这厮身体狼犺，窟穴窄小，断然转身不得，一定是个照直撺的，定有个后门出头。你快去后门外拦住，等我在前门外打。"

那呆子真个一溜烟，跑过山去，果见有个孔窟，他就扎定脚。还不曾站稳，不期行者在前门外使棍子往里一捣，那怪物护疼，径往后门撺出。八戒未曾防备，被他一尾巴打了一跌，莫能挣挫得起，睡在地下忍疼。行者见窟中无物，撺着棍，穿进去叫赶妖怪。那八戒听得吆喝，自己害羞，忍着疼爬起来，使钯乱扑。行者见了笑道："妖怪走了，你还扑甚的了？"八戒道："老猪在此打草惊蛇哩！"行者道："活呆子！快赶上！"

二人赶过涧去，见那怪盘做一团，竖起头来，张开巨口，要吞八戒。八戒慌得往后便退。这行者反迎上前，被他一口吞之。八戒捶胸跌脚大叫道："哥耶！倾了你也！"行者在妖精肚里，支着铁棒道："八戒莫愁，我叫他搭个桥儿你看！"那怪物躬起腰来，就似一道路东虹。八戒道："虽是像桥，只是没人敢走。"行者道："我再叫他变作个船儿你看！"在肚里将铁棒撑着肚皮。那怪物肚皮贴地，翘起头来，就似一只赣保船。八戒道："虽是像船，只是没有桅篷，不好使风。"行者道："你让开路，等我叫他使个风你看。"又在里面尽着力把铁棒从脊背上一搠将出去，约有五七丈长，就似一根桅杆。那厮忍疼挣命，往前一撺，比使风更快，撺回旧路，下了山有二十余里，却才倒在尘埃，动荡不得，呜呼丧矣。八戒随后赶上来，又举钯乱筑。行者把那物穿了一个大洞，钻将出来道："呆子！他死也死了，你还筑他怎的？"八戒道："哥啊，你不知我老猪一生好打死蛇？"遂此收了兵器，抓着尾巴，倒拉将来。

却说那驼罗庄上李老儿与众等对唐僧道："你那两个徒弟，一夜不回，断然倾了命也。"三藏道："决不妨事，我们出去看看。"须臾间，只见行者与八戒拖着一条大蟒，吆吆喝喝前来，众人却才欢喜。满庄上老幼男女都来跪拜道："爷爷！正是这个妖精，在此伤人！今幸老爷施法，斩怪除邪，我辈庶各得安生也！"众家都是感激，东请西邀，各各酬谢。师徒们被留住五七日，苦辞无奈，方肯放行。又各家见他不要钱物，都办些干粮果品，骑骡压马，花红彩旗，尽来饯行。此处五百人家，到有七八百人相送。

一路上喜喜欢欢，不时到了七绝山稀柿衕口。三藏闻得那般恶秽，又见路道填塞，道："悟空，似此怎生度得？"行者揝着鼻子道："这个却难也。"三藏见行者说难，便就眼中垂泪。李老儿与众上前道："老爷勿得心焦。我等送到此处，都已约定意思了。令高徒与我们降了妖精，除了一庄祸害，我们各办虔心，另开一条好路，送老爷过去。"行者笑道："你这老儿，俱言之欠当。你初然说这山径过有八百里，你等又不是大禹的神兵，那里会开山凿路！若要我师父过去，还得我们着力，你们都成不得。"三藏下马道："悟空，怎生着力么！"行者笑道："眼下就要过山，却也是难；若说再开条路，却又难也。须是还从旧胡同过去，只恐无人管饭。"李老儿道："长老说那里话！凭你四位耽搁多少时，我等俱养得起，怎么说无人管饭！"行者道："既如此，你们去办得两石米的干饭，再做些蒸饼馍馍来，等我那长嘴和尚吃饱了，变了大猪，拱开旧路，我师父骑在马上，我等扶持着，管情过去了。"

八戒闻言道："哥哥，你们都要图个干净，怎么独教老猪出臭？"

三藏道："悟能，你果有本事拱开胡同，领我过山，注你这场头功。"

脱离秽污道心清

八戒笑道："师父在上，列位施主们都在此，休笑话，我老猪本来有三十六般变化，若说变轻巧华丽飞腾之物，委实不能，若说变山，变树，变石块，变土墩，变赖象、科猪、水牛、骆驼，真个全会。只是身体变得大，肚肠越发大，须是吃得饱了，才好干事。"众人道："有东西！有东西！我们都带得有干粮、果品，烧饼、馒饨在此。原要开山相送的，且都拿出来，凭你受用。待变化了，行动之时，我们再着人回去做饭送来。"八戒满心欢喜，脱了皂直裰，丢了九齿钯，对众道："休笑话，看老猪干这场臭功。"

好呆子，捻着诀，摇身一变，果然变作一个大猪，真个是：

嘴长毛短半脂膘，自幼山中食药苗。

黑面环睛如日月，圆头大耳似芭蕉。

修成坚骨同天寿，炼就粗皮比铁牢。

魈魈鼻音呱诂叫，喳喳喉响喷喁哮①。

白蹄四只高千尺，剑鬣长身百丈饶。

从见人间肥豕彘，未观今日老猪魈。

唐僧等众齐称赞，羡美天蓬法力高。

孙行者见八戒变得如此，即命那些相送人等，快将干粮等物推攒一处，叫八戒受用。那呆子不分生熟，一滗食之，却上前拱路。行者叫沙僧脱了脚，好生挑担，请师父稳坐雕鞍，他也脱了鞡鞋，吩咐众人回去："若有情，快早送些饭来与我师弟接力。"那些人有七八百相送随行，多一半有骒马的，飞星回庄做饭；还有三百人步行的，立于山下遥望他行。原来此庄至山，有三十余里，待回取饭来，又三十余里，往回耽搁，约有百里之遥，他师徒们已此去得远了。众人不舍，催趱骒马进胡同，连夜赶至，次日方才赶上，叫道："取经的老爷，慢行慢行！我等送饭来也！"长老闻言，谢之不尽，道："真是善信之人！"叫八戒住了，再吃些饭食壮神。那呆子拱了两日，正在饥饿之际，那许多人何止有七八石饭食，他也不论米饭、面饭，收积来一滗用之，饱餐一顿，却又上前拱路。三藏与行者、沙僧谢了众人，分手两别。正是：

驼罗庄客回家去，八戒开山过衕来。

三藏心诚神力拥，悟空法显怪魔衰。

千年稀柿今朝净，七绝胡同此日开。

六欲尘情皆剪绝，平安无阻拜莲台。

这一去不知还有多少路程，还遇甚么妖怪，且听下回分解。

---

① 喁哮——兽类喘息的声音。

第六十八回

朱紫国唐僧论前世　孙行者施为三折肱①

　　善正万缘收，名誉传扬四部洲。智慧光明登彼岸，飕飕，霭霭云生天际头。诸佛共相酬，永住瑶台万万秋。打破人间蝴蝶梦②，休休，涤净尘氛不惹愁。

　　话表三藏师徒，洗污秽之身，上逍遥之道路，光阴迅速，又值炎天。正是：

　　　　海榴舒锦弹，荷叶绽青盘。
　　　　两路绿杨藏乳燕，行人避暑扇摇纨。

　　进前行处，忽见有一城池相近。三藏勒马叫："徒弟们，你看那是甚么去处？"行者道："师父原来不识字，亏你怎么领唐王旨意离朝也！"三藏道："我自幼为僧，千经万典皆通，怎么说我不识字？"行者道："既识字，怎么那城头上杏黄旗，明书三个大字，就不认得，却

---

　　① 三折肱——比喻医生有实践经验，阅历丰富。肱，臂。三次折臂，就有治疗优劣的比较，从而提高医疗的效果。
　　② 蝴蝶梦——战国时庄周说他曾在梦中梦见自己化为蝴蝶。这个故事后来被广泛引用，还被演为小说和戏曲。

问是甚去处何也？"三藏喝道："这泼猴胡说！那旗被风吹得乱摆，总有字也看不明白！"行者道："老孙偏怎看见？"八戒、沙僧道："师父，莫听师兄捣鬼。这般遥望，城池尚不明白，如何就见是甚字号？"行者道："却不是'朱紫国'三字？"三藏道："朱紫国必是西邦王位，却要倒换关文。"行者道："不消讲了。"

不多时，至城门下马过桥，入进三层门里，真个好个皇州！但见：

> 门楼高耸，垛叠齐排。周围活水通流，南北高山相对。六街三市货资多，万户千家生意盛。果然是个帝王都会处，天府大京城。绝域梯航至，遐方玉帛盈。形胜连山远，宫垣接汉清。三关严锁钥，万古乐升平。

师徒们在那大街市上行时，但见人物轩昂，衣冠齐整，言语清朗，真不亚大唐世界。那两边做买做卖的，忽见猪八戒相貌丑陋，沙和尚面黑身长，孙行者脸毛额廓，丢了买卖，都来争看。三藏只叫："不要撞祸！低着头走！"八戒遵依，把个莲蓬嘴揣在怀里，沙僧不敢仰视，惟行者东张西望，紧随唐僧左右。那些人有知事的，看看儿就回去了。有那游手好闲的，并那顽童们，哄哄笑笑，都上前抛瓦丢砖，与八戒作戏。唐僧捏着一把汗，只教："莫要生事！"那呆子不敢抬头。不多时，转过隅头，忽见一座门墙，上有"会同馆"三字。唐僧道："徒弟，我们进这衙门去也。"行者道："进去怎的？"唐僧道："会同馆乃天下通会通同之所，我们也打搅得，且到里面歇下。待我见驾，倒换了关文，再赶出城走路。"八戒闻言，掣出嘴来，把那些随看的人，唬倒了数十个。他上前道："师父说的是，我们且到里边藏下，免得这伙鸟人吵嚷。"遂进馆去，那些人方渐渐而退。

却说那馆中有两个馆使，乃是一正一副，都在厅上查点人夫，要往那里接官。忽见唐僧来到，个个心惊，齐道："是甚么人？是甚么人？往那里走？"三藏合掌道："贫僧乃东土大唐驾下，差往西天取经者，今到宝方，不敢私过，有关文欲倒验放行，权借高衙暂歇。"那两个馆使听言，屏退左右，一个个整冠束带，下厅迎上相见，即命打扫客房安歇，教办清素支应，三藏谢了。二官带领人夫，出厅而去。手下人请老爷客房安歇，三藏便走，行者恨道："这厮忒懒！怎么不让老孙在正厅？"三藏道："他这里不服我大唐管属，又不与我国相连，况不时又有上司过客往来，所以不好留此相待。"行者道："这等说，我偏要他相待！"

正说处，有管事的送支应来，乃是一盘白米、一盘白面、两把青菜、四块豆腐、两个面筋、一盘干笋、一盘木耳。三藏教徒弟收了，谢了管事的。管事的道："西房里有干净锅灶，柴火方便，请自去做饭。"三藏道："我问你一声，国王可在殿上么？"管事的道："我万岁爷爷久不上朝，今日乃黄道良辰，正与文武多官议出黄榜。你若要倒换关文，趁此急去，还赶上。到明日，就不能够了，不知还有多少时伺候哩。"三藏道："悟空，你们在此安排斋饭，等我急急去验了关文回来，吃了走路。"八戒急取出袈裟关文。三藏整束了进朝，只是吩咐徒弟们，切不可出外去生事。

不一时，已到五凤楼前，说不尽那殿阁峥嵘，楼台壮丽。直至端门外，烦奏事官转达天廷，欲倒验关文。那黄门官果至玉阶前启奏道："朝门外有东土大唐钦差一员僧，前往西天雷音寺拜佛求经，欲倒换通关文牒，听宣。"国王闻言喜道："寡人久病，不曾登基，今上殿出榜招医，就有高僧来国！"即传旨宣至阶下，三藏即礼拜俯伏。国王又宣上金殿赐坐，命光禄寺办斋。三藏谢了恩，将关文献上。

国王看毕，十分欢喜道："法师，你那大唐，几朝君正？几辈臣贤？至于唐王，因甚作疾回生，着你远涉山川求经？"这长老因问，即欠身合掌道："贫僧那里：

三皇治世，五帝分伦。尧舜正位，禹汤安民。成周子众，各立乾坤。倚强欺弱，分国称君。邦君十八，分野边尘。后成十二，宇宙安淳。因无车马，却又相吞。七雄争胜，六国归秦。天生鲁沛，各怀不仁。江山属汉，约法钦遵。汉归司马，晋又纷坛。南北十二，宋齐梁陈。列祖相继，大隋绍真。赏花无道，涂炭多民。我王李氏，国号唐君。高祖晏驾，当今世民。河清海晏①，大德宽

---

① 河清海晏——歌颂封建社会的所谓升平景象。河，黄河。晏，海水无波。

仁。兹因长安城北，有个怪水龙神，刻减甘雨，应该损身。夜间托梦，告王救迍。王言准赦，早召贤臣。款留殿内，慢把棋轮。时当日午，那贤臣梦斩龙身。"

国王闻言，忽作呻吟之声，问道："法师，那贤臣是那邦来者？"三藏道："就是我王驾前丞相，姓魏名征。他识天文知地理，辨阴阳，乃安邦立国之大宰辅也。因他梦斩了泾河龙王，那龙王告到阴司，说我王许救又杀之，故我王遂得促病，渐觉身危。魏征又写书一封，与我王带至冥司，寄与酆都城判官崔珏。少时，唐王身死，至三日复得回生。亏了魏征，感崔判官改了文书，加王二十年寿。今要做水陆大会，故遣贫僧远涉道途，询求诸国，拜佛祖，取大乘经三藏，超度孽苦升天也。"那国王又呻吟叹道："诚乃是天朝大国，君正臣贤！似我寡人久病多时，并无一臣拯救。"长老听说，偷睛观看，见那皇帝面黄肌瘦，形脱神衰。长老正欲启问，有光禄寺官，奏请唐僧奉斋。王传旨，教"在披香殿，连朕之膳摆下，与法师同享。"三藏谢了恩，与王同进膳进斋不题。

却说行者在会同馆中，着沙僧安排茶饭，并整治素菜。沙僧道："茶饭易煮，蔬菜不好安排。"行者问

朱紫国唐僧论前世

道："如何？"沙僧道："油盐酱醋俱无也。"行者道："我这里有几文衬钱，教八戒上街买去。"那呆子躲懒道："我不敢去，嘴脸欠俊，恐惹下祸来，师父怪我。"行者道："公平交易，又不化他，又不抢他，何祸之有！"八戒道："你才不曾看见獐智？在这门前扯出嘴来，把人唬倒了十来个；若到闹市丛中，也不知唬杀多少人是！"行者道："你只知闹市丛中，你可曾看见那市上卖的是甚么东西？"八戒道："师父只教我低头，莫撞祸，实是不曾看见。"行者道："酒店、米铺、磨坊，并绫罗杂货不消说，着然又好茶房、面店，大烧饼、大馍馍，饭店又有好汤饭，好椒料、好蔬菜，与那异品的糖糕、蒸酥、点心、卷子、油食、蜜食，无数好东西，我去买些儿请你如何？"那呆子闻说，口内流涎，喉咙里咽咽的咽唾，跳起来道："哥哥！这遭我扰你，待下次趱钱，我也请你回席。"行者暗笑道："沙僧，好生煮饭，等我们去买调料来。"沙僧也知是要呆子，只得顺口应承道："你们去，须是多买些，吃饱了来。"那呆子捞个碗盏拿了，就跟行者出门。有两个在官人问道："长老那里去？"行者道："买调料。"那人道："这条街往西去，转过拐角鼓楼，那郑家杂货店，凭你买多少，油、盐、酱、醋、姜、椒、茶叶俱全。"

他二个携手相搀，径上街西而去。行者过了几处茶房，几家饭店，当买的不买，当吃的不吃。八戒叫道："师兄，这里将就买些用罢。"那行者原是耍他，那里肯买！道："贤弟，你好不经纪！再走走，拣大的买吃。"两个人说说话儿，又领了许多人跟随争看。不时，到了鼓楼边，只见那楼下无数人喧嚷，挤挤挨挨，填街塞路。八戒见了道："哥哥，我不去了，那里人嚷得紧，只怕是拿和尚的。又况是面生可疑之人，拿了去，怎的了？"行者道："胡谈！和尚又不犯法，拿我怎的？我们走过去，到郑家店买些调料来。"八戒道："罢！罢！罢！我不撞祸。这一挤到人丛里，把耳朵捽了两挬，唬得他跌跌爬爬，跌死几个，我倒偿命是！"行者道："既然如此，你在这壁根下站定，等我过去买了回来，与你买素面烧饼吃罢。"那呆子将碗盏递与行者，把嘴挂着墙根，背着脸，死也不动。

这行者走至楼边，果然挤塞，直挨入人丛里听时，原来是那皇榜张挂楼下，故多人争看。行者挤到近处，闪开火眼金睛，仔细看时，那榜上却云：

　　"朕西牛贺洲朱紫国王，自立业以来，四方平服，百姓清安。近因国事不祥，沉疴伏枕，淹延日久难瘥。本国太医院屡选良方，未能调治。今出此榜文，普招天下贤士。不拘北往东来，中华外国，若有精医药者，请登宝殿，疗理朕躬。稍得病愈，愿将社稷平分，决不虚示。为此出给张挂，须至榜者。"

　　览毕，满心欢喜道："古人云，'行动有三分财气'。早是不在馆中呆坐，即此不必买甚调料，且把取经事宁耐一日，等老孙做个医生耍耍。"好大圣，弯倒腰，丢了碗盏，拈一撮土，往上洒去，念声咒语，使个隐身法，轻轻的上前揭了榜，又朝着巽地上吸一口仙气吹来，那阵旋风起处，他却回身，径到八戒站处。只见那呆子嘴挂着墙根，却是睡着了一般。行者更不惊他，将榜文折了，轻轻揣在他怀里，拽转步先往会同馆去了不题。

　　却说那楼下众人，见风起时，各各蒙头闭眼。不觉风过时，没了皇榜，众皆惊惧。那榜原有十二个太监，十二个校尉，早朝领出，才挂不上三个时辰，被风吹去，战兢兢左右追寻。忽见猪八戒怀中露出个纸边儿来，众人近前道："你揭了榜来耶？"那呆子猛抬头，把嘴一撅，唬得那几个校尉，跟跟跄跄，跌倒在地。他却转身要走，又被面前几个胆大的扯住道："你揭了招医的皇榜，还不进朝医治我万岁去，却待何往？"那呆子慌慌张张道："你儿子便揭了皇榜，你孙子便会医治！"校尉道："你怀中揣的是甚？"呆子却才低头看时，真个有一张字纸，展开一看，咬着牙骂道："那猢狲害杀我也！"恨一声便要扯破，早被众人架住道："你是死了！此乃当今国王出的榜文，谁敢扯坏？你既揭在怀中，必有医国之手，快同我去！"八戒喝道："汝等不知，这榜不是我揭的，是我师兄孙悟空揭的。他暗暗揣在我怀中，他却丢下我去了。若得此事明白，我与你寻他去。"众人道："说甚么乱话，'现钟不打打铸钟'？你现揭了榜文，教我们寻谁！不管你！扯了去见主人上！"那伙人不分清白，将呆子推推扯扯。这呆子立定脚，就如生了根一般，十来个人也弄他不动。八戒道："汝等不知高低！再扯一会，扯得我呆性子发了，你却休怪！"

不多时，闹动了街坊，将他围绕。内有两个年老的太监道："你这相貌稀奇，声音不对，是那里来的，这般逞强？"八戒道："我们是东土差往西天取经的，我师父乃唐王御弟法师，却才入朝，倒换关文去了。我与师兄来此买办调料，我见楼下人多，未曾敢去，是我师兄教我在此等候。他原来见有榜文，弄阵旋风揭了，暗揣我怀内先去了。"那太监道："我头前见个白面胖和尚，径奔朝门而去，想就是你师父？"八戒道："正是，正是。"太监道："你师兄往那里去了？"八戒道："我们一行四众，师父去倒换关文，我三众并行囊、马匹俱歇在会同馆。师兄弄了我，他先回馆中去了。"太监道："校尉，不要扯他，我等同到馆中，便知端的。"八戒道："你这两个奶奶知事。"众校尉道："这和尚委不识货！怎么赶着公公叫起奶奶来耶？"八戒笑道："不羞！你这反了阴阳的！他二位老妈妈儿，不叫他做婆婆、奶奶，倒叫他做公公！"众人道："莫弄嘴！快寻你师兄去。"

那街上人吵吵闹闹，何止三五百，共扛到馆门首。八戒道："列位住了，我师兄却不比我任你们作戏，他却是个猛烈认真之士。汝等见了，须要行个大礼，叫他声孙老爷，他就招架了。不然啊，他就变了嘴脸，这事却弄不成也。"众大监校尉俱道："你师兄果有手段，医好国王，他也该有一半江山，我等合该下拜。"

那些闲杂人都在门外喧哗，八戒领着一行太监、校尉，径入馆中，只听得行者与沙僧在客房里正说那揭榜之事要笑哩。八戒上前扯住乱嚷道："你可成个人！哄我去买素面饶饼馍馍我吃，原来都是空头！又弄旋风，揭了甚么皇榜，暗暗的揣在我怀里，使我装胖①！这可成个弟兄？"行者笑道："你这呆子，想是错了路，走向别处去。我过鼓楼，买了调料，急回来寻你不见，我先来了，在那里揭甚皇榜？"八戒道："现在看榜的官员在此。"说不了，只见那几个太监校尉朝上礼拜道："孙老爷，今日我王有缘，天遣老爷下降，是必大展经纶手，微施三折肱，治得我王病愈，江山有分，社稷平分也。"行者闻言，正了声色，接了八戒的榜文，对众道："你们想是看榜的官么？"太监叩头道：

----

① 装胖——充数，顶缸，装幌子。

"奴婢乃司礼监内臣，这几个是锦衣校尉。"行者道："这招医榜，委是我揭的，故遣我师弟引见。既然你主有病，常言道，'药不跟卖，病不讨医'。你去教那国王亲来请我，我有手到病除之功。"太监闻言，无不惊骇。校尉道："口出大言，必有度量。我等着一半在此哑请，着一半入朝启奏。"当分了四个太监，六个校尉，更不待宣召，径入朝当阶奏道："主公，万千之喜！"那国王正与三藏膳毕清谈，忽闻此奏，问道："喜自何来？"太监奏道："奴婢等早领出招医皇榜，鼓楼下张挂。有东土大唐远来取经的一个圣僧孙长老揭了，现在会同馆内，要王亲自去请他，他有手到病除之功，故此特来启奏。"国王闻言满心欢喜，就问唐僧道："法师有几位高徒？"三藏合掌答曰："贫僧有三个顽徒。"国王问："那一位高徒善医？"三藏道："实不相瞒陛下说，我那顽徒俱是山野庸才，只会挑包背马，转涧寻波，带领贫僧登山跋岭，或者到峻险之处，可以伏魔擒怪，捉虎降龙而已，更无一个能知药性者。"国王道："法师何必太谦？朕当今日登殿，幸遇法师来朝，诚天缘也。高徒既不知医，他怎肯揭我榜文，教寡人亲迎？断然有医国之能也。"叫："文武众卿，寡人身虚力怯，不敢乘辇。汝等可替寡人，俱到朝外，敦请孙长老看朕之病。汝等见他，切不可轻慢，称他做神僧孙长老，皆以君臣之礼相见。"

那众臣领旨，与看榜的太监、校尉径至会同馆，排班参拜。唬得那八戒躲在厢房，沙僧闪于壁下。那大圣，看他坐在当中端然不动，八戒暗地里怨恶道："这猢狲活活的折杀也！怎么这许多官员礼拜，更不还礼，也不站将起来！"不多时，礼拜毕，分班启奏道："上告神僧孙长老，我等俱朱紫国王之臣，今奉王旨，敬以洁礼参请神僧，入朝看病。"行者方才立起身来对众道："你王如何不来？"众臣道："我王身虚力怯，不敢乘辇，特令臣等行代君之礼，拜请神僧也。"行者道："既如此说，列位请前行，我当随至。"众臣各依品从，作队而走。行者整衣而起。八戒道："哥哥，切莫攀出我们来。"行者道："我不攀你，只要你两个与我收药。"沙僧道："收甚么药？"行者道："凡有人送药来与我，照数收下，待我回来取用。"二人领诺不题。这行者即同多官，顷间便到。众臣先走奏知。那国王高卷珠帘，闪龙睛凤目，开金口御言便问："那一位是神僧孙长老？"行者前进一步，厉声道：

"老孙便是。"那国王听得声音凶狠，又见相貌刁钻，唬得战兢兢，跌在龙床之上。慌得那女官内宦，急扶入宫中，道："唬杀寡人也！"众官都嗔怨行者道："这和尚怎么这等粗鲁村疏！怎敢就擅揭榜！"

行者闻言笑道："列位错怪了我也。若象这等慢人，你国王之病，就是一千年也不得好。"众臣道："人生能有几多阳寿？就一千年也还不好？"行者道："他如今是个病君，死了是个病鬼，再转世也还是个病人，却不是一千年也还不好？"众臣怒曰："你这和尚，甚不知礼！怎么敢这等满口胡柴！"行者笑道："不是胡柴，你都听我道来：

> 医门理法至微玄，大要心中有转旋。
> 望闻问切①四般事，缺一之时不备全：
> 第一望他神气色，润枯肥瘦起和眠；
> 第二闻声清与浊，听他真语及狂言；
> 三问病原经几日，如何饮食怎生便；
> 四才切脉明经络，浮沉表里②是何般。
> 我不望闻并问切，今生莫想得安然。"

那两班文武丛中，有太医院官，一闻此言，对众称扬道："这和尚也说得有理。就是神仙看病，也须望闻问切，谨合着神圣功巧也。"众官依此言，着近侍传奏道："长老要用望闻问切之理，方可认病用药。"那国王睡在龙床上，声声唤道："叫他去罢！寡人见不得生人面了！"近侍的出宫来道："那和尚，我王旨意，教你去罢，见不得生人面哩。"行者道："若见不得生人面啊，我会悬丝诊脉。"众官暗喜道："悬丝诊脉，我等耳闻，不曾眼见。再奏去来。"那近侍的又入宫奏道："主公，那孙长老不见主公之面，他会悬丝诊脉。"国王心中暗想道："寡人病了三年，未曾试此，宣他进来。"近侍的即忙传出道："主公已许他悬丝诊脉，快宣孙长老进宫诊视。"

---

① 望闻问切——中医诊断病人的四种方法：望色、闻声、问状、切脉，也叫四诊。

② 浮沉表里——中医切脉的四种脉象。

行者却就上了宝殿，唐僧迎着骂道："你这泼猴，害了我也！"行者笑道："好师父，我倒与你壮观，你返说我害你？"三藏喝道："你跟我这几年，那曾见你医好谁来！你连药性也不知，医书也未读，怎么大胆撞这个大祸！"行者笑道："师父，你原来不晓得。我有几个草头方儿，能治大病，管情医得他好便是。就是医死了，也只问得个庸医杀人罪名，也不该死，你怕怎的！不打紧，不打紧，你且坐下看我的脉理如何。"长老又道："你那曾见《素问》《难经》《本草》《脉诀》，

孙行者施为三折肱

是甚般章句，怎生注解，就这等胡说散道，会甚么悬丝诊脉！"行者笑道："我有金线在身，你不曾见哩。"即伸手下去，尾上拔了三根毫毛，捻一把，叫声："变！"即变作三条丝线，每条各长二丈四尺，按二十四气，托于手内，对唐僧道："这不是我的金线？"近侍宦官在旁道："长老且休讲口，请入宫中诊视去来。"行者别了唐僧，随着近侍入宫看病。正是那：

心有秘方能治国，内藏妙诀注长生。

毕竟这去不知看出甚么病来，用甚么药品。欲知端的，且听下回分解。

第六十九回

心主夜间修药物　君王筵上论妖邪

　　话表孙大圣同近侍宦官，到于皇宫内院，直至寝宫门外立定，将三条金线与宦官拿入里面，吩咐："教内宫妃后，或近侍太监，先系在圣躬左手腕下，按寸、关、尺三部上，却将线头从窗棂儿穿出与我。"真个那宦官依此言，请国王坐在龙床，按寸、关、尺以金线一头系了，一头理出窗外。行者接一线头，以自己右手大指先托着食指，看了寸脉；次将中指按大指，看了关脉；又将大指托定无名指，看了尺脉。调停自家呼吸，分定四气、五郁、七表、八里、九候、浮中沉、沉中浮，辨明了虚实之端；又教解下左手，依前系在右手腕下部位。行者即以左手指，一一从头诊视毕。却将身抖了一抖，把金线收上身来，厉声高呼，道："陛下左手寸脉强而紧，关脉涩而缓，尺脉芤且沉；右手寸脉浮而滑，关脉迟而结，尺脉数而牢。夫左寸强而紧者，中虚心痛也；关涩而缓者，汗出肌麻也；尺芤而沉者，小便赤而大便带血也。右手寸脉浮而滑者，内结经闭也；关迟而结者，宿食留饮也；尺数而牢者，烦满虚寒相持也。诊此贵恙是一个惊恐忧思，号为'双鸟失群'之症。"那国王在内闻言满心欢喜，打起精神高应道："指下明白！指下明白！果是此疾！请出外面用药来也。"

　　大圣却才缓步出宫。早有在旁听见的太监，已先对众报知。须臾行者出来，唐僧即问如何，行者道："诊了脉，如今对症制药哩。"众官上前道：“神僧长老，适才说‘双鸟失群’之症，何也？”行者笑道：“有雌雄二鸟，原在一处同飞，忽被暴风骤雨惊散，雌不能见雄，雄不能见雌，雌乃想雄，雄亦想雌，这不是‘双鸟失群’也？”众官闻说，齐声喝采道：“真是神僧！真是神医！”称赞不已。当有太医官问道：“病势已看出矣，但不知用何药治之？”行者道：“不必执方，见药就要。”医官道：“经云，‘药有八百八味，人有四百四病’。病不在一人之身，药岂有全用之理！如何见药就要？”行者道：“古人云，‘药不执方，合宜而用。’故此全征药品，而随便加减也。”那医官不复言，即出朝门之外，差本衙当值之人，遍晓满城生熟药铺，即将药品，每味各办三斤，送与行者。行者道：“此间不是制药处，可将诸药之数并制药一应器皿，都送入会同馆，交与我师弟二人收下。”医官听命，即将八百八味每味三斤及药碾、药磨、药罗、药乳并乳钵、乳槌之类都送至馆中，一一交付收讫。

行者往殿上请师父同至馆中制药。那长老正自起身，忽见内宫传旨，教阁下留住法师，同宿文华殿，待明朝服药之后，病痊酬谢，倒换关文送行。三藏大惊道：“徒弟啊，此意是留我做当头哩。若医得好，欢喜起送；若医不好，我命休矣。你须仔细上心，精虔制度也！”行者笑道：“师父放心在此受用，老孙自有医国之手。”

好大圣，别了三藏，辞了众臣，径至馆中。八戒迎着笑道：“师兄，我知道你了。”行者道：“你知甚么？”八戒道：“知你取经之事不果，欲非生涯无本，今日见此处富庶，设法要开药铺哩。”行者喝道：“莫胡说！医好国王，得意处辞朝走路，开甚么药铺！”八戒道：“终不然，这八百八味药，每味三斤，共计二千四百二十四斤，只医一人，能用多少？不知多少年代方吃得了哩！”行者道：“那里用得许多？他那太医院官都是些愚盲之辈，所以取这许多药品，教他没处捉摸，不知我用的是那几味，难识我神妙之方也。”

正说处，只见两个馆使，当面跪下道：“请神僧老爷进晚斋。”行者道：“早间那般待我，如今却跪而请之，何也？”馆使叩头道：“老爷来时，下官有眼无珠，不识尊颜。今闻老爷大展三折之肱，治我一国之主，若主上病愈，老爷江山有分，我辈皆臣子也，礼当拜请。”行者见说，欣然登堂上坐，八戒、沙僧分坐左右，摆上斋来。沙僧便问道：

"师兄，师父在那里哩？"行者笑道："师父被国王留住作当头哩，只待医好了病，方才酬谢送行。"沙僧又问："可有些受用么？"行者道："国王岂无受用！我来时，他已有三个阁老陪侍左右，请入文华殿去也。"八戒道："这等说，还是师父大哩。他倒有阁老陪侍，我们只得两个馆使奉承。且莫管他，让老猪吃顿饱饭也。"兄弟们遂自在受用一番。

天色已晚，行者叫馆使："收了家伙，多办些油蜡，我等到夜静时方好制药。"馆使果送若干油蜡，各命散讫。至半夜，天街人静，万籁无声。八戒道："哥哥，制何药？赶早干事。我瞌睡了。"行者道："你将大黄取一两来，碾为细末。"沙僧乃道："大黄味苦，性寒，无毒，其性沉而不浮，其用走而不守；夺诸郁而无壅滞，定祸乱而致太平；名之曰'将军'。此行药耳。但恐久病虚弱，不可用此。"行者笑道："贤弟不知，此药利痰顺气，荡肚中凝滞之寒热。你莫管我，你去取一两巴豆，去壳去膜，捶去油毒，碾为细末来。"八戒道："巴豆味辛，性热，有毒，削坚积，荡肺腑之沉寒；通闭塞，利水谷之道路；乃斩关夺门之将，不可轻用。"行者道："贤弟，你也不知，此药破结宣肠，能理心膨水胀。快制来，我还有佐使之味辅之也。"他二人即时将二药碾细道："师兄，还用那几十味？"行者道："不用了。"八戒道："八百八味，每味三斤，只用此二两，诚为起夺①人了。"行者将一个花磁盏子，道："贤弟莫讲，你拿这个盏儿，将锅脐灰刮半盏过来。"八戒道："要怎的？"行者道："药内要用。"沙僧道："小弟不曾见药内用锅灰。"行者道："锅灰名为百草霜，能调百病，你不知道。"那呆子真个刮了半盏，又碾细了。行者又将盏子，递与他道："你再去把我们的马尿等半盏来。"八戒道："要他怎的？"行者道："要丸药。"沙僧又笑道："哥哥，这事不是耍子。马尿腥臊，如何入得药品？我只见醋糊为丸，陈米糊为丸，炼蜜为丸，或只是清水为丸，那曾见马尿为丸？那东西腥腥臊臊，脾虚的人，一闻就吐，再服巴豆、大黄，弄得人上吐下泻，可是耍子？"行者道："你不知就里，我那马不是凡马，他本是西海龙身。若得他肯去便溺，凭你何疾，服之即愈，

---

① 起夺——拿人开玩笑，耍人的意思。

但急不可得耳。"八戒闻言，真个去到马边。那马斜伏地下睡哩，呆子一顿脚踢起，衬在肚下，等了半会，全不见撒尿。他跑将来对行者说："哥啊，且莫去医皇帝，且快去医医马来。那亡人干结了，莫想尿得出一点儿！"行者笑道："我和你去。"沙僧道："我也去看看。"三人都到马边，那马跳将起来，口吐人言，厉声高叫道："师兄，你岂不知？我本是西海飞龙，因为犯了天条，观音菩萨救了我，将我锯了角，退了鳞，变作马，驮师父往西天取经，将功折罪。我若过水撒尿，水中游鱼，食了成龙；过山撒尿，山中草头得味，变作灵芝，仙僮采去长寿。我怎肯在此尘俗之处轻抛却也？"行者道："兄弟谨言。此间乃西方国王，非尘俗也，亦非轻抛弃也。常言道，'众毛攒裘'。要与本国之王治病哩。医得好时大家光辉，不然，恐惧不得善离此地也。"那马才叫声："等着！"你看他往前扑了一扑，往后蹲了一蹲，咬得那满口牙齿支支的响亮，仅努力出几点儿，将身立起。八戒道："这个亡人！就是金汁子，再撒些儿也罢！"那行者见有少半盏，道："够了！够了！拿去罢。"沙僧方才欢喜。

三人回至厅上，把前项药饵搅和一处，搓了三个大丸子。行者道："兄弟，忒大了。"八戒道："只有核桃大，若论我吃，还不够一口哩！"遂此收在一个小盒儿里。兄弟们连衣睡下，一夜无词。

早是天晓，却说那国王耽病设朝，请唐僧见了，即命众官快往会同馆参拜神僧孙长老取药去。

多官随至馆中，对行者拜伏于地，道："我王特命臣等拜领妙剂。"行者叫八戒取盒儿，揭开盖子，递与多官。多官启问："此药何名？好见王回话。"行者道："此名乌金丹。"八戒二人，暗中作笑道："锅灰拌的，怎么不是乌金！"多官又问道："用何引子？"行者道："药引儿两般都下得。有一般易取者，乃六物煎汤送下。"多官问："是何六物？"行者道：

> "半空飞的老鸦屁，紧水负的鲤鱼尿，王母娘娘搽脸粉，老君炉里炼丹灰，玉皇戴破的头巾要三块，还要五根困龙须，六物煎汤送此药，你王忧病等时除。"

多官闻言道：“此物乃世间所无者。请问那一般引子是何？”行者道："用无根水送下。"众官笑道："这个易取。"行者道："怎见得易取？"多官道："我这里人家俗论，若用无根水，将一个碗盏，到井边，或河下，舀了水，急转步，更不落地，亦不回头，到家与病人吃药，便是。"行者道："井中河内之水，俱是有根的。我这无根水，非此之论，乃是天上落下者，不沾地就吃，才叫做'无根水'。"多官又道："这也容易。等到天阴下雨时，再吃药便罢了。"遂拜谢了行者，将药持回献上。

国王大喜，即命近侍接上来，看了道："此是甚么丸子？"多官道："神僧说是'乌金丹'，用无根水送下。"国王便教宫人取无根水，众官道："神僧说，无根水不是井河中者，乃是天上落下不沾地的才是。"国王即唤当驾官传旨，教请法官求雨。众官遵依出榜不题。

却说行者在会同馆厅上，叫猪八戒道："适间允他天落之水，才可用药，此时急忙，怎么得个雨水？我看这王，倒也是个大贤大德之君，我与你助他些儿雨下药，如何？"八戒道："怎么样助？"行者道："你在我左边立下，做个辅星。"又叫沙僧："你在我右边立下，做个弼宿，等老孙助他些无根水儿。"好大圣，步了罡诀，念声咒语。早见那正东上，一朵乌云，渐近于头顶上，叫道："大圣，东海龙王敖广来见。"行者道："无事不敢捻烦，请你来助些无根水与国王下药。"龙王道："大圣呼唤时，不曾说用水，小龙只身来了，不曾带得雨器，亦未有风云雷电，怎生降雨？"行者道："如今用不着风云雷电，亦不须多雨，只要些须引药之水便了。"龙王道："既如此，待我打两个喷涕，吐些涎津溢，与他吃药罢。"行者大喜道："最好！最好！不必迟疑，趁早行事。"

那老龙在空中，渐渐低下乌云，直至皇宫之上，隐身潜象，噀一口津唾，遂化做甘霖。那满朝官齐声喝采道："我主万千之喜！天公降下甘雨来也！"国王即传旨，教："取器皿盛着，不拘宫内外及官大小，都要等贮仙水，拯救寡人。"你看那文武多官并三宫六院妃嫔与三千彩女、八百娇娥，一个个擎杯托盏，举碗持盘，等接甘雨。那老龙在半空，运化津涎，不离了王宫前后，将有一个时辰，龙王辞了大圣回海。众臣将杯盂碗盏收来，也有等着一点两点者，也有等着三点五点者，也有一点不曾等着者，共合一处，约有三盏之多，总献至御案。真个是异香满袭金銮殿，佳味熏飘天子庭！

那国王辞了法师，将着'乌金丹'并甘雨至宫中，先吞了一丸，吃了一盏甘雨；再吞了一丸，又饮了一盏甘雨；三次，三丸俱吞了，三盏甘雨俱送下。不多时，腹中作响，如辘轳之声不绝，即取净桶，连行了三五次，服了些米饮，软倒在龙床之上。有两个妃子，将净桶捡看，说不尽那秽污痰涎，内有糯米饭块一团。妃子近龙床前来报："病根都行下来也！"国王闻此言甚喜，又进一次米饭。少顷，渐觉心胸宽泰，气血调和，就精神抖擞，脚力强健。下了龙床，穿上朝服，即登宝殿，见了唐僧，辄倒身下拜。那长老忙忙还礼。拜毕，以御手挽着，便教阁下："快具简帖，帖上写朕'再拜顿首'字样，差官奉请法师高徒三位。一壁厢大开东阁，光禄寺排宴酬谢。"多官领旨，具简的具简，排宴的排宴。正是国家有倒山之力，霎时俱完。

却说八戒见官投简，喜不自胜道："哥啊，果是好妙药！今来酬谢，乃兄长之功。"沙僧道："二哥说那里话！常言道，'一人有福，带挈一屋。'我们在此合药，俱是有功之人，只管受用去，再休多话。"咦！你看他弟兄们俱欢欢喜喜，径入朝来。

众宫接引，上了东阁，早见唐僧、国王、阁老，已都在那里安排筵宴哩。这行者与八戒、沙僧，对师父唱了个喏，随后众官都至。只见那上面有四张素桌面，都是吃一看十的筵席；前面有一张荤桌面，也是吃一看十的珍馐。左右有四五百张单桌面，真个排得齐整：

古云："珍馐百味，美禄千盅。琼膏酥酪，锦缕肥红。"宝妆花彩艳，果品味香浓。斗糖龙缠列狮仙①，饼锭拖炉摆凤侣。荤有猪羊鸡鹅鱼鸭般般股肉，素有蔬肴笋芽木耳并蘑菇。几样香汤饼，数次透酥糖。滑软黄粱饭，清新茹米糊。色色粉汤香又辣，般般添换美还甜。君臣举盏方安席，名分品级慢传壶。

那国王御手擎杯，先与唐僧安坐。三藏道："贫僧不会饮酒。"

---

① 狮仙——狮子、八仙形状的糖果。现在叫糖人儿、糖狮子。

国王道："素酒，法师饮此一杯，何如？"三藏道："酒乃僧家第一戒。"国王甚不过意道："法师戒饮，却以何物为敬？"三藏道："顽徒三众代饮罢。"国王却才欢喜，转金卮，递与行者。行者接了酒，对众礼毕，吃了一杯。国王见他吃得爽利，又奉一杯。行者不辞，又吃了！国王笑道："吃个三宝盅儿。"行者不辞，又吃了。国王又叫斟上，"吃个四季杯儿。"

八戒在旁，见酒不到他，忍得他咽咽咽唾，又见那国王苦劝行者，他就叫将起来道："陛下，吃药也亏了我，那药里有马——"这行者听说，恐怕呆子走了消息，却将手中酒递与八戒。八戒接着就吃，却不言语。国王问道："神僧说药里有马，是甚么马？"行者接过口来道："我这兄弟，是这般口敞。但有个经验的好方儿，他就要说与人。陛下早间吃药，内有马兜铃。"国王问众官道："马兜铃是何品味？能医何症？"时有太医院官在旁道："主公，

兜铃味苦寒无毒，定喘消痰大有功。
通气最能除血蛊，补虚宁嗽又宽中。"

国王笑道："用得当！用得当！猪长老再饮一杯。"呆子亦不言语，却也吃了个三宝盅。国王又递了沙僧酒，也吃了三杯，却俱叙坐。

饮宴多时，国王又擎大爵，奉与行者。行者道："陛下请坐，老孙依巡痛饮，决不敢推辞。"国王道："神僧恩重如山，寡人酬谢不尽，好歹进此一巨觥，朕有话说。"行者道："有甚话说了，老孙好饮。"国王道："寡人有数载忧疑病，被神僧一贴灵丹打通，所以就好了。"行者笑道："昨日老孙看了陛下，已知是忧疑之疾，但不知忧惊何事？"国王道："古人云，'家丑不可外谈。'奈神僧是朕恩主，惟不笑，方可告之。"行者道："怎敢笑话，请说无妨。"国王道："神僧东来，不知经过几个邦国？"行者道："经有五六处。"又问："他国之后，不知是何称呼？"行者道："国王之后，都称为正宫、东宫、西宫。"国王道："寡人不是这等称呼，将正宫称为金圣宫，东宫称为玉圣宫，西宫称为银圣宫。现今只有银、玉二后在宫。"行者道："金圣因何不在宫中？"国王滴泪道："不在已三年矣。"行者道："向那

厢去了？"国王道："三年前，正值端阳之节，朕与嫔后都在御花园海榴亭下解粽插艾，饮菖蒲雄黄酒，看斗龙舟。忽然一阵风至，半空中现出一个妖精，自称赛太岁，说他在麒麟山獬豸洞居住，洞中少个夫人，访得我金圣宫生得貌美姿娇，要做个夫人，教朕快早送出。如若三声不献出来，就要先吃寡人，后吃众臣，将满城黎民，尽皆吃绝。那时节，朕却忧国忧民，无奈将金圣宫推出海榴亭外，被那妖响一声摄将去了。寡人为此着了惊恐，把那粽子凝滞在内，况又昼夜忧思不息，所以成此苦疾三年。今得神僧灵丹服后，行了数次，尽是那三年前积滞之物，所以这会体健身轻，精神如旧。今日之命，皆是神僧所赐，岂但如泰山之重而已乎！"

　　行者闻得此言，满心喜悦，将那巨觥之酒，两口吞之。笑问国王曰："陛下原来是这等惊忧！今遇老孙，幸而获愈，但不知可要金圣宫回国？"那国王滴泪道："朕切切思思，无昼无夜，但只是没一个能获得妖精的。岂有不要他回国之理！"行者道："我老孙与你去伏妖邪，那时何如？"国王跪下道："若救得朕后，朕愿领三宫九嫔，出城为民，将一国江山尽付神僧，让你为帝。"八戒在旁，见出此言，行此礼，忍不住呵呵大笑道："这皇帝失了体统！怎么为老婆就不要江山，跪着和尚？"行者急上前，将国王搀起道："陛下，那妖精自得金圣宫去后，这一向可曾再来？"国王道："他前年五月节摄了金圣宫，至十月间来，要取两个宫娥，是说伏侍娘娘，朕即献出两个。至旧年三月间，又来要两个宫娥；七月间，又要去两个；今年二月里，又要去两个；不知到几时又要来也。"行者道："似他这等频来，你们可怕他么？"国王道："寡人见他来得多遭，一则惧怕，二来又恐有伤害之意，旧年四月内，是朕命工起了一座避妖楼，但闻风响，知是他来，即与二后九嫔，入楼躲避。"行者道："陛下不弃，可携老孙去看那避妖楼一番，何如？"那国王即将左手携着行者出席，众官亦皆起身。猪八戒道："哥哥，你不达理！这般御酒不吃，摇席破坐的，且去看甚么哩？"国王闻说，情知八戒是为嘴，即命当驾官抬两张素桌面看酒，在避妖楼外伺候。呆子却才不嚷，同师父，沙僧笑道："翻席去也。"

　　一行文武官引导，那国王并行者相搀，穿过皇宫到了御花园后，更不见楼台殿阁。行者道："避妖楼何在？"说不了，只见两个太监，拿两根红漆扛子，往那空地上掬起一块四方石板。国王道："此间便是。这底下有三丈多深，挖成的九间朝殿，内有四个大缸，缸内满注清油，点着灯火，昼夜不息。寡人听得风响，就入里边躲避，外面着人盖上石板。"行者笑道："那妖精还是不害你；若要害你，这里如何躲得？"正说间，只见那正南上呼呼的，吹得风响，播土扬尘，唬得那多官齐声报怨道："这和尚盐酱口，讲起甚么妖精，妖精就来了！"慌得那国王丢了行者，即钻入地穴，唐僧也就跟入，众官亦躲个干净。八戒、沙僧也都要躲，被行者左右手扯住他两个道："兄弟们，不要怕得，我和你认他一认，看是个甚么妖精。"八戒道："可是扯淡！认他怎的？众官躲了，师父藏了，国王避了，我们不去了罢，炫的是那家世①！"那呆子左挣右挣，挣不得脱手，被行者拿定多时，只见那半空里闪出一个妖精。你看他怎生模样：

> 九尺长身多恶狞，一双环眼闪金灯。
> 两轮查耳如撑扇，四个钢牙似插钉。
> 鬓绕红毛眉竖焰，鼻垂糟准孔开明。
> 髭髯几缕朱砂线，颧骨峻嶒满面青。
> 两臂红筋蓝靛手，十条尖爪把枪擎。
> 豹皮裙子腰间系，赤脚蓬头若鬼形。

行者见了道："沙僧，你可认得他？"沙僧道："我又不曾与他相识，那里认得！"又问："八戒，你可认得他？"八戒道："我又不曾与他会茶会酒，又不是宾朋邻里，我怎么认得他！"行者道："他却像东岳天齐手下把门的那个醮面金睛鬼。"八戒道："不是！不是！"行者道："你怎知他不是？"八戒道："我岂不知，鬼乃阴灵也，一日至晚，交申酉戌亥时方出。今日还在巳时，那里有鬼敢出来？就是鬼，也不会驾云。纵会弄风，也只是一阵旋风耳，有这等狂风？或者他就是赛太岁也。"行者笑道："好呆子！倒也有些论头！既如此说，你两个护

---

① 炫的是那家世——炫，夸耀；家世，封建社会的门阀，世胄。这里意同充好汉、装光棍。

748

持在此，等老孙去问他个名号，好与国王救取金圣宫来朝。"八戒道："你去自去，切莫供出我们来。"行者昂然不答，急纵祥光，跳将上去。咦！正是：

安邦先却君王病，守道须除爱恶心。

毕竟不知此去，到于空中，胜败如何，怎么擒得妖怪，救得金圣宫，且听下回分解。

第七十回

妖魔宝放烟沙火　悟空计盗紫金铃

　　却说那孙行者抖擞神威，持着铁棒，踏祥光，起在空中，迎面喝道："你是那里来的邪魔，待往何方猖獗！"那怪物厉声高叫道："吾当不是别人，乃是麒麟山獬豸洞赛太岁大王爷爷部下先锋。今奉大王令，到此取宫女二名，伏侍金圣娘娘。你是何人，敢来问我！"行者道："吾乃齐天大圣孙悟空，因保东土唐僧西天拜佛，路过此国。知你这伙邪魔欺主，特展雄才，治国祛邪。正没处寻你，却来此送命！"那怪闻言，不知好歹，展长枪就刺行者。行者举铁棒劈面相迎，在半空里这一场好杀：

　　　　棍是龙宫镇海珍，枪乃人间转炼铁。凡兵怎敢比仙兵，擦着些儿神气泄。大圣原来太乙仙，妖精本是邪魔孽。鬼祟焉能近正人，一正之时邪就灭。那个弄风播土唬皇王，这个踏雾腾云遮日月。丢开架子赌输赢，无能谁敢夸豪杰！还是齐天大圣能，乒乓一棍枪先折。

　　那妖精被行者一铁棒把根枪打做两截，慌得顾性命，拨转风头，径往西方败走。

　　行者且不赶他，按下云头，来至避妖楼地穴之外，叫道："师父，请同陛下出来，怪物已赶去矣。"那唐僧才扶着君王，同出穴外。见满天清朗，更无妖邪之气。那皇帝即至酒席前，自己拿壶把盏，满斟金杯奉与行者道："神僧，权谢！权谢！"这行者接杯在手，还未回言，只听得朝门外有官来报："西门上火起了！"行者闻说，将金杯连酒望空一撇，当的一声响亮，那个金杯落地。君王着了忙，躬身施礼道："神僧，恕罪！恕罪！是寡人不是了！礼当请上殿拜谢，只因有这方便酒在此，故就奉耳。神僧却把杯子撇了，却不是有见怪之意？"行者笑道："不是这话，不是这话。"少顷间，又有官来报："好雨呀！才西门上起火，被一场大雨，把火灭了。满街上流水，尽都是酒气。"行者又笑道："陛下，你见我撇杯，疑有见怪之意，非也。那妖败走西方，我不曾赶他，他就放起火来。这一杯酒，却是我灭了妖火，救了西城里外人家，岂有他意！"

国王更十分欢喜加敬。即请三藏四众，同上宝殿，就有推位让国之意。行者笑道："陛下，才那妖精，他称是赛太岁部下先锋，来此取宫女的。他如今战败而回，定然报与那厮，那厮定要来与我相争。我恐他一时兴师帅众，未免又惊伤百姓，恐唬陛下。欲去迎他一迎，就在那半空中擒了他，取回圣后。但不知向那方去，这里到他那山洞有多少远近？"国王道："寡人曾差'夜不收①'军马到那里探听声息，往来要行五十余日。坐落南方，约有三千余里。"行者闻言叫："八戒、沙僧，护持在此，老孙去来。"国王扯住道："神僧且从容一日，待安排些干粮烘炒，与你些盘缠银两，选一匹快马，方才可去。"行者笑道："陛下说得是巴山转岭步行之话。我老孙不瞒你说，似这三千里路，斟酒在盅不冷，就打个往回。"国王道："神僧，你不要怪我说。你这尊貌，却象个猿猴一般，怎生有这等法力会走路也？"行者道：

> 我身虽是猿猴数，自幼打开生死路。
> 遍访明师把道传，山前修炼无朝暮。
> 倚天为顶地为炉，两般药物团乌兔。
> 采取阴阳水火交，时间顿把玄关悟。
> 全仗天罡搬运功，也凭斗柄迁移步。

---

① 夜不收——从前军中司巡逻、侦察之事的人。

退炉进火最依时，抽铅添汞相交顾。

攒簇五行造化生，合和四象分时度。

二气归于黄道间，三家会在金丹路。

悟通法律归四肢，本来筋斗如神助。

一纵纵过太行山，一打打过凌云渡。

何愁峻岭几千重，不怕长江百十数。

只因变化没遮拦，一打十万八千路！

那国王见说，又惊又喜，笑吟吟捧着一杯御酒递与行者道："神僧远劳，进此一杯引意。"这大圣一心要去降妖，那里有心吃酒，只叫："且放下，等我去了回来再饮。"好行者，说声去，唿哨一声，寂然不见。那一国君臣，皆惊讶不题。

却说行者将身一纵，早见一座高山，阻住雾角，即按云头，立在那巅峰之上。仔细观看，好山：

冲天占地，碍日生云。冲天处，尖峰矗矗；占地处，远脉迢迢。碍日的，乃岭头松郁郁；生云的，乃崖下石磷磷。松郁郁，四时八节常青；石磷磷，万载千年不改。林中每听夜猿啼，洞内常闻妖蟒过。山禽声咽咽，山兽吼呼呼。山獐山鹿，成双作对纷纷走；山鸦山鹊，打阵①攒群密密飞。山草山花看不尽，山桃山果映时新。虽然倚险不堪行，却是妖仙隐逸处。

这大圣看看不厌，正欲找寻洞口。只见那山凹里烘烘火光飞出，霎时间，扑天红焰，红焰之中冒出一股恶烟，比火更毒。好烟！但见那：

火光迸万点金灯，火焰飞千条红虹。那烟不是灶筒烟，不是草木烟，烟却有五色，青红白黑黄。熏着南天门外柱，燎着灵霄殿上梁。烧得那窝中走兽连皮烂，林内飞禽羽尽光。但看这烟如此恶，怎入深山伏怪王！

_____

① 打阵——禽、兽在天空、陆地成群密集叫打阵。

大圣正自恐惧，又见那山中迸出一道沙来。好沙，真个是遮天蔽日！你看：

> 纷纷垓垓遍天涯，邓邓浑浑大地遮。
> 细尘到处迷人目，粗灰满谷滚芝麻。
> 采药仙僮迷失伴，打柴樵子没寻家。
> 手中就有明珠现，时间刮得眼生花。

这行者只顾看玩，不觉沙灰飞入鼻内，痒斯斯的，打了两个喷嚏。即回头伸手，在岩下摸了两个鹅卵石，塞住鼻子。摇身一变，变作一个攒火的鹞子，飞入烟火中间，蓦[①]了几蓦，却就没了沙灰，烟火也息了。急现本相下来。又看时，只听得丁丁东东的一个铜锣声响，却道："我走错了路也！这里不是妖精住处。锣声似铺兵之锣，想是通国的大路，有铺兵去下文书。且等老孙去问他一问。"

正走处，忽见是个小妖儿，担着黄旗，背着文书，敲着锣儿，急走如飞而来。行者笑道："原来是这厮打锣。他不知送的是甚么书信，等我听他一听。"好大圣，摇身一变，变作个猛虫儿，轻轻的飞在他书包之上。只听得那妖精敲着锣，絮絮聒聒的自念自诵道："我家大王忒也心毒，三年前到朱紫国强夺了金圣皇后，一向无缘，未得沾身，只苦了要来的宫女顶缸。两个来弄杀了，四个来也弄杀了。前年要了，去年又要；今年还要，却撞个对头来了。那个要宫女的先锋被个甚么孙行者打败了，不发宫女。我大王因此发怒，要与他国争持，教我去下甚么战书。这一去，那国王不战则可，战必不利。我大王使烟火飞沙，那国王君臣百姓等，莫想一个得活。那时我等占了他的城池，大王称帝，我等称臣，虽然也有个大小官爵，只是天理难容也！"行者听了，暗喜道："妖精也有存心好的，似他后边这两句话说天理难容，却不是个好的？但只说金圣皇后一向无缘，未得沾身，此话却不解其意。等我问他一问。"嘤的一声，一翅飞离了妖精，转向前路，有十数里地，摇身一

---

① 蓦——突然穿入，意同燕子抄水的抄。

变，又变作一个道童：

> 头挽双抓髻，身穿百衲衣。
> 手敲鱼鼓简，口唱道情词。

转山坡，迎着小妖，打个起手道："长官，那里去？送的是甚么公文？"那妖物就像认得他的一般，住了锣槌，笑嘻嘻的还礼道："我大王差我到朱紫国下战书的。"行者接口问道："朱紫国那话儿，可曾与大王配合哩？"小妖道："自前年摄得来，当时就有一个神仙，送一件五彩仙衣与金圣宫妆新。他自穿了那衣，就浑身上下都生了针刺，我大王摸也不敢摸他一摸。但挽着些儿，手心就痛，不知是甚缘故，自始至今，尚未沾身。早间差先锋去要宫女伏侍，被一个甚么孙行者战败了。大王愤怒，所以教我去下战书，明日与他交战也。"行者道："怎的大王却着恼呵？"小妖道："正在那里着恼哩。你去与他唱个道情词儿解解闷也好。"

行者拱手抽身就走，那妖依旧敲锣前行。行者就行起凶来，掣出棒，复转身，望小妖脑后一下，可怜就打得头烂血流浆迸出，皮开颈折命倾之！收了棍子，却又自悔道："急了些儿！不曾问他叫做甚么名字，罢了！"却去取下他的战书藏于袖内，将他黄旗、铜锣，藏在路旁草里；因扯着脚要往涧下摔时，只听当的一声，腰间露出一个镶金的牙牌，牌上有字，写道：

> 心腹小校一名，有来有去。五短身材，圪挞脸，无须。长川[①]
> 悬挂，无牌即假。

行者笑道："这厮名字叫做有来有去，这一棍子，打得'有去无来'也！"将牙牌解下，带在腰间，欲要摔下尸骸，却又思量起烟火之毒，且不敢寻他洞府，即将棍子举起，着小妖胸前捣了一下，挑在空中，径回本国，且当报一个头功。你看他自思自念，唿哨一声，到

---

① 长川——永远、长久。

了国界。

那八戒在金銮殿前，正护持着王、师，忽回头看见行者半空中将个妖精挑来，他却怨道："嗳！不打紧的买卖！早知老猪去拿来，却不算我一功？"说未毕，行者按落云头，将妖精摔在阶下。八戒跑上去，就筑了一钯道："此是老猪之功！"行者道："是你甚功？"八戒道："莫赖我，我有证见！你不看一钯筑了九个眼子哩！"行者道："你看看可有头没头。"八戒笑道："原来是没头的！我道如何筑他也不动动儿。"行者道："师父在那里？"八戒道："在殿里与王叙话哩。"行者道："你且去请他出来。"八戒急上殿，点点头。三藏即便起身下殿，迎着行者。行者将一封战书揣在三藏袖里道："师父收下，且莫与国王看见。"

说不了，那国王也下殿，迎着行者道："神僧孙长老来了！拿妖之事如何？"行者用手指道："那阶下不是妖精？被老孙打杀了也。"国王见了道："是便是个妖尸，却不是赛太岁。赛太岁寡人亲见他两次，身长丈八，膊阔五停，面似金光，声如霹雳，那里是这般鄙矮。"行者笑道："陛下认得，果然不是。这是一个报事的小妖，撞见老孙，却先打死，挑回来报功。"国王大喜道："好！好！好！该算头功！寡人这里常差人去打探，更不曾得个的实。似神僧一出，就捉了一个回来，真神通也！"叫："看暖酒来！与长老贺功。"行者道："吃酒还是小事，我问陛下，金圣宫别时，可曾留下个甚么表记？你与我些儿。"那国王听说"表记"二字，却似刀剑剜心，忍不住失声泪下，说道：

当年佳节庆朱明，太岁凶妖发喊声。

强夺御妻为压寨，寡人献出为苍生。

更无会话并离话，那有长亭共短亭！

表记香囊全没影，至今撇我苦伶仃！

行者道："陛下在迩，何以为恼？那娘娘既无表记，他在宫内，可有甚么心爱之物，与我一件也罢。"国王道："你要怎的？"行者道："那妖王实有神通，我见他放烟、放火、放沙，果是难收。纵收

第七十回　妖魔宝放烟沙火　悟空计盗紫金铃

了，又恐娘娘见我面生，不肯跟我回国。须是得他平日心爱之物一件，他方信我，我好带他回来，为此故要带去。"国王道："昭阳宫里梳妆阁上，有一双黄金宝串，原是金圣宫手上带的，只因那日端午要缚五色彩线，故此褪下，不曾戴上。此乃是他心爱之物，如今现收在减妆盒里。寡人见他遭此离别，更不忍见；一见即如见他玉容，病又重几分也。"行者道："且休题这话，且将金串取来。如舍得，都与我拿去；如不舍，只拿一只去也。"国王遂命玉圣宫取出，取出退递与国王。国王见了，叫了几声知疼着热的娘娘，遂递与行者。行者接了，套在胳膊上。

好大圣，不吃得功酒，且驾筋斗云，唿哨一声，又至麒麟山上，无心玩景，径寻洞府而去。正行时，只听得人语喧嚷，即伫立凝睛观看，原来那獬豸洞口把门的大小头目，约摸有五百名，在那里：

森森罗列，密密挨排。森森罗列执干戈，映日光明；密密挨排展旌旗，迎风飘闪。虎将熊师能变化，豹头彪帅弄精神。苍狼多猛烈，獭象更骁雄。狡兔乖獐轮剑戟，长蛇大蟒挎刀弓。猩猩能解人言语，引阵安营识汛风。

行者见了，不敢前进，抽身径转旧路。你道他抽身怎么？不是怕他，他却至那打死小妖之处，寻出黄旗铜锣，迎风捏诀，想象腾挪，即摇身一变，变作那有来有去的模样，乒乓敲着锣，大踏步，一直前来，径撞至獬豸洞。正欲看看洞景，只闻得猩猩出语道："有来有去，你回来了？"行者只得答应道："来了。"猩猩道："快走！大王爷爷正在剥皮亭上等你回话哩。"行者闻言，拽开步，敲着锣，径入前门里看处，原来是悬崖削壁石屋虚堂，左右有琪花瑶草，前后多古柏乔松。不觉又至二门之内，忽抬头见一座八窗明亮的亭子，亭子中间有一张戗金①的交椅，椅子上端坐着一个魔王，真个生得恶象。但见他：

---

① 戗金——器物上嵌金为饰。"戗"也作"鸽"。

幌幌霞光生顶上，威威杀气逆胸前。

口外獠牙排利刃，鬓边焦发放红烟。

嘴上髭须如插箭，遍体昂毛似叠毡。

眼突铜铃欺太岁，手持铁杵若摩天。

行者见了，公然傲慢那妖精，更不循一些儿礼法，调转脸朝着外，只管敲锣。妖王问道："你来了？"行者不答。又问："有来有去，你来了？"也不答应。妖王上前扯住道："你怎么到了家还筛锣？问之又不答，何也？"行者把锣往地下一掼道："甚么'何也，何也'！我说我不去，你却教我去。行到那厢，只见无数的人马列成阵势，见了我，就都叫，'拿妖精！拿妖精！'把我揪揪扯扯，拽拽扛扛，拿进城去，见了那国王，国王便教斩了。幸亏那两班谋士道，'两家相争，不斩来使。'把我饶了，收了战书，又押出城外，对军前打了三十顺腿，放我来回话。他那里不久就要来此与你交战哩。"妖王道："这等说，是你吃亏了。怪不道问你更不言语。"行者道："却不是怎的，只为护疼，所以不曾答应。"妖王道："那里有多少人马？"行者道："我也唬昏了，又吃他打怕了，那里曾查他人马数目！只见那里森森兵器摆列着，

弓箭刀枪甲与衣，干戈剑戟并缨旗。剽枪月铲兜鍪铠，大斧团牌铁蒺藜。长闷棍，短窝槌，钢叉铳炮及头盔。打扮得翰鞋护顶并胖袄，简鞭袖弹怀铜锤。"

那王听了笑道："不打紧！不打紧！似这般兵器，一火皆空。你且去报与金圣娘娘得知，教他莫恼。今早他听见我发狠，要去战斗，他就眼泪汪汪的不干。你如今去说那里人马骁勇，必然胜我，且宽他一时之心。"行者闻言十分欢喜道："正中老孙之意！"你看他偏是路熟，转过角门，穿过厅堂。那里边尽都是高堂大厦，更不似前边的模样，直到后面宫里，远见彩门壮丽，乃是金圣娘娘住处。直入里面看时，有两班妖狐妖鹿，一个个都妆成美女之形，侍立左右。正中间坐着那个娘娘，手托着香腮，双眸滴泪，果然是：

　　玉容娇嫩，美貌妖娆。懒梳妆，散鬓堆鸦；怕打扮，钗环不戴。面无粉，冷淡了胭脂；发无油，蓬松了云鬓。努樱唇，紧咬银牙；皱蛾眉，泪淹星眼。一片心，只忆着朱紫君王；一时间，恨不离天罗地网。诚然是，自古红颜多薄命，恹恹无语对东风！

　　行者上前打了个问讯道："接驾。"那娘娘道："这泼村怪，十分无状！想我在那朱紫国中，与王同享荣华之时，那太师宰相见了，就俯伏尘埃，不敢仰视。这野怪怎么叫声'接驾'。是那里来的这般村泼？"众侍婢上前道："太太息怒，他是大王爷爷心腹的小校，唤名有来有去。今早差下战书的是他。"娘娘听说，忍怒问曰："你下战书，可曾到朱紫国界？"行者道："我持书直至城里，到于金銮殿，面见君王，已讨回音来也。"娘娘道："你面君，君有何言？"行者道："那君王敌战之言，与排兵布阵之事，才与大王说了。只是那君王思想娘娘之意，有一句合心的话儿，特来上禀，奈何左右人众，不是说处。"

　　娘娘闻言，喝退两班狐鹿。行者掩上宫门，把脸一抹，现了本相，对娘娘道："你休怕我，我是东土大唐差往西天天竺国大雷音寺见佛求经的和尚。我师父是唐王御弟唐三藏，我是他大徒弟孙悟空。因过你国倒换关文，见你君臣出榜招医，是我大施三折之肱，把他相思之病治好了。排宴谢我，饮酒之间，说出你被妖摄来，我会降龙伏虎，特请我来捉怪，救你回国。那战败先锋是我，打死小妖也是我。我见他门外凶狂，是我变作有来有去模样，舍身到此，与你通信。"那娘娘听说，沉吟不语。行者取出宝串，双手奉上道："你若不信，看此物何来？"娘娘一见垂泪，下座拜谢道："长老，你果是救得我回朝，没齿不忘大恩！"行者道："我且问你，他那放火、放烟、放沙的，是件甚么宝贝？"娘娘道："那里是甚宝贝！乃是三个金铃。他将头一个幌一幌，有三百丈火光烧人，第二个幌一幌，有三百丈烟光熏人，第三个幌一幌，有三百丈黄沙迷人。烟火还不打紧，只是黄沙最毒，若钻入人鼻孔，就伤了性命。"行者道："厉害！厉害！我曾经着，打了两个嚏喷，却不知他的铃儿放在何处？"娘娘道："他那肯放下，只是带在腰间，行住坐卧，再不离身。"行者道："你若有意于朱紫国，还要相会国王，把那烦恼忧愁，都且权解，使出个风流喜悦之容，与他叙个夫妻之情，教他把铃儿与你收贮。待我取便偷了，降了这妖怪，那时节，好带你回去，重谐鸾凤，共享安宁也。"那娘娘依言。

这行者还变作心腹小校，开了宫门，唤进左右侍婢。娘娘叫："有来有去，快往前亭，请你大王来，与他说话。"好行者，应了一声，即至剥皮亭，对妖精道："大王，圣宫娘娘有请。"妖王欢喜道："娘娘常时只骂，怎么今日有请？"行者道："那娘娘问朱紫国王之事，是我说，'他不要你了，他国中另扶了皇后。'娘娘听说，故此没了想头，方才命我来奉请。"妖王大喜道："你却中用。待我剿除了他国，封你为个随朝的太宰。"

行者顺口谢恩，疾与妖王来至后宫门首。那娘娘欢容迎接，就去用手相搀，那妖王喏喏而退道："不敢不敢！多承娘娘下爱，我怕手痛，不敢相傍。"娘娘道："大王请坐，我与你说。"妖王道："有话但说不妨。"娘娘道："我蒙大王辱爱，今已三年，未得共枕同衾。也是前世之缘，做了这场夫妻。谁知大王有外我之意，不以夫妻相待。我想着当时在朱紫国为后，外邦凡有进贡之宝，君看毕，一定与后收之。你这里更无甚宝贝，左右穿的是貂裘，吃的是血食，那曾见绫锦金珠！只一味铺皮盖毯，或者就有些宝贝，你因外我，也不教我看见，也不与我收着。且我闻得你有三个铃铛，想就是件宝贝，你怎么走也带着，坐也带着？你就拿与我收着，待你用时取出，未为不可。此也是做夫妻一场，也有个心腹相托之意。如此不相托付，非外我而何？"妖王大笑陪礼道："娘娘怪得是！怪得是！宝贝在此，今日就当付你收之。"便即揭衣取宝。行者在旁，眼不转睛，看着那怪揭起两三层衣服，贴身带着三个铃儿。他解下来，将些绵花塞了口儿，把一块豹皮作一个包袱儿包了，递与娘娘道："物虽微贱，却要用心收藏，切不可摇幌着他。"娘娘接过手道："我晓得。安在这妆台之上，无人摇动。"叫："小的们，安排酒来，我与大王交欢会喜，饮几杯儿。"众侍婢闻言，即铺排果菜，摆上些獐鹿兔之肉，将椰子酒斟来奉上。那娘娘做出妖娆之态，哄着精灵。

西游记

妖魔宝放烟沙火

孙行者在旁取事，但挨挨摸摸，行近妆台，把三个金铃轻轻拿过，慢慢移步，溜出宫门，径离洞府。到了剥皮亭前无人处，展开豹皮幅子看时，中间一个，有茶盅大，两头两个，有拳头大。他不知厉害，就把绵花扯了，只闻得当的一声响亮，骨都都的进出烟火黄沙，急收不住，满亭中烘烘火起。唬得那把门精怪一拥撞入后宫，惊动了妖王，慌忙教："去救火！救火！"

出来看时，原来是有来有去拿了金铃儿哩。妖王上前喝道："好贱奴！怎么偷了我的金铃宝贝，在此胡弄！"叫，"拿来！拿来！"那门前虎将、熊师、豹头、彪帅、獭象、苍狼、乖獐、狡兔、长蛇、大蟒、猩猩，帅众妖一齐攒簇。

那行者慌了手脚，丢了金铃，现出本相，掣出金箍如意棒，撒开解数，往前乱打。那妖王收了宝贝，传号令，教："关了前门！"众妖听了，关门的关门，打仗的打仗。那行者难得脱身，收了棒，摇身一变，变作个痴苍蝇儿，叮在那无火处石壁上。众妖寻不见，报道："大王，走了贼也！走了贼也！"妖王问："可曾自门里走出去？"众妖都说："前门紧锁牢拴在此，不曾走出。"妖王只说："仔细搜寻！"有的取水泼火，有的仔细搜寻，更无踪迹。妖王怒道："是个甚么贼子，好大胆，变作有来有去的模样，进来见我回话，又跟在身边，乘机盗我宝贝！早是不曾拿将出去！若拿出山头，见了天风，怎生得好？"虎将上前道："大王的洪福齐天，我等气数不尽，故此知觉了。"熊师上前道："大王，这贼不是别人，定是那战败先锋的那个孙悟空。想必路上遇着有来有去，伤了性命，夺了黄旗、铜锣、牙牌，变作他的模样，到此欺骗了大王也。"妖王道："正是！正是！见得有理！"叫，"小的们，仔细搜求防避，切莫开门放出走了！"这才是个有分教：

　　　　弄巧翻成拙，作耍却为真。

毕竟不知孙行者怎么脱得妖门，且听下回分解。

第七十一回

行者假名降怪犼　观音现相伏妖王

色即空兮自古，空言是色如然。人能悟彻色空禅，何用丹砂炮炼。德行全修休懈，工夫苦用熬煎。有时行满始朝天，永驻仙颜不变。

话说那赛太岁紧关了前后门户，搜寻行者，直嚷到黄昏时分，不见踪迹。坐在那剥皮亭上，点聚群妖，发号施令，都教各门上提铃喝号，击鼓敲梆，一个个弓上弦，刀出鞘，支更坐夜。原来孙大圣变作个痴苍蝇，叮在门旁，见前面防备甚紧，他即抖开翅，飞入后宫门首看处。见金圣娘娘伏在御案上，清清滴泪，隐隐声悲。行者飞进门去，轻轻的落在他那乌云散髻之上，听他哭的甚么。少项间，那娘娘忽失声道："主公啊！我和你，

> 前生烧了断头香，今世遭逢泼怪王。
> 拆凤三年何日会？分鸳两处致悲伤。
> 差来长老才通信，惊散佳姻一命亡。
> 只为金铃难解识，相思又比旧时狂。"

行者闻言，即移身到他耳根后，悄悄的叫道："圣宫娘娘，你休恐惧，我还是你国差来的神僧孙长老，未曾伤命。只因自家性急，近妆

台偷了金铃，你与妖王吃酒之时，我却脱身私出了前亭，忍不住打开看看。不期扯动那塞口的绵花，那铃响一声，迸出烟火黄沙。我就慌了手脚，把金铃丢了，现出原身，使铁棒，苦战不出，恐遭毒手，故变作一个苍蝇儿，叮在门枢上，躲到如今。那妖王愈加严紧，不肯开门。你可去再以夫妻之礼，哄他进来安寝，我好脱身行事，别作区处救你也。"

娘娘一闻此言，战兢兢发似神揪，虚怯怯心如杵筑，泪汪汪的道："你如今是人是鬼？"行者道："我也不是人，我也不是鬼，如今变作个苍蝇儿在此。你休怕，快去请那妖王也。"娘娘不信，泪滴滴悄语低声道："你莫魇寐我。"行者道："我岂敢魇寐你？你若不信，展开手，等我跳下来你看。"那娘娘真个把左手张开，行者轻轻飞下，落在他玉掌之间。好便似：

菡萏蕊头钉黑豆，牡丹花上歇游蜂。
绣球心里葡萄落，百合枝边黑点浓。

金圣宫高擎玉掌，叫声"神僧"，行者嘤嘤的应道："我是神僧变的。"那娘娘方才信了，悄悄的道："我去请那妖王来时，你却怎生行事？"行者道："古人云，'断送一生惟有酒'。又云，'破除万事无过酒'。酒之为用多端，你只以饮酒为上，你将那贴身的侍婢，唤一个进来，指与我看，我就变作他的模样，在旁边伏侍，却好下手。"

那娘娘真个依言，即叫："春娇何在？"那屏风后转出一个玉面狐狸来，跪下道："娘娘唤春娇有何使令？"娘娘道："你去叫他们来点纱灯，焚脑麝，扶我上前庭，请大王安寝也。"那春娇即转前面，叫了七八个怪鹿妖狐，打着两对灯笼，一对提炉，摆列左右。娘娘欠身叉手，那大圣早已飞去。好行者，展开翅，径飞到那玉面狐狸头上，拔下一根毫毛，吹口仙气，叫"变！"变作一个瞌睡虫，轻轻的放在他脸上。原来瞌睡虫到了人脸上，往鼻孔里爬，爬进孔中，即瞌睡了。那春娇果然渐觉困倦，立不住脚，摇桩打盹，即忙寻着原睡处，丢倒头，只情呼呼的睡起。行者跳下来，摇身一变，变作那春娇一般模样，转屏风与众排立不题。

却说那金圣宫娘娘往前正走，有小妖看见，即报赛太岁道："大王，娘娘来了。"那妖王急出剥皮亭外迎迓。娘娘道："大王啊，烟火既熄，贼已无踪，深夜之际，特请王安置。"那妖满心欢喜道："娘娘珍重，却才那贼乃是孙悟空。他败了我先锋，打杀我小校，变化进来，哄了我们，我们这般搜检，他却渺无踪迹，故此心上不安。"娘娘道："那厮想是走脱了。大王放心勿虑，且自安寝去也。"妖精见娘娘侍立敬请，不敢坚辞，只得吩咐群妖，各要小心火烛，谨防盗贼，遂与娘娘径往后宫。行者假变春娇，从两班侍婢引入。娘娘叫："安排酒来与大王解劳。"妖王笑道："正是，正是，快将酒来，我与娘娘压惊。""假春娇"即同众怪铺排了果品，整顿些腥肉，调开桌椅。那娘娘擎杯，这妖王也以一杯奉上，二人穿换了酒杯。"假春娇"在旁执着酒壶道："大王与娘娘今夜才递交杯盏，请各饮干，穿个双喜杯儿。"真个又各斟上，又饮干了。"假春娇"又道："大王娘娘喜会，众侍婢会唱的供唱，善舞的起舞来耶。"说未毕，只听得一派歌声，齐调音律，唱的唱，舞的舞。他两个又饮了许多，娘娘叫住了歌舞。众侍婢分班，出屏风外摆列。惟有"假春娇"执壶，上下奉酒。娘娘与那妖王专说得是夫妻之话。你看那娘娘一片云情雨意，哄得那妖王骨软筋麻，只是没福，不得沾身。可怜！真是'猫咬尿胞空欢喜'！叙了一会，笑了一会，娘娘问道："大王，宝贝不曾伤损么？"妖王道："这宝贝乃先天抟铸之物，如何得损！只是被那贼扯开塞口之绵，烧了豹皮包袱也。"娘娘说："怎生收拾？"妖王道："不用收拾，我带在腰间哩。""假春娇"闻得此言，即拔下毫毛一把，嚼得粉碎，轻轻挨近妖王，将那毫毛放在他身上，吹了三口仙气，暗暗的叫："变！"那些毫毛即变作三样恶物，乃虼子、虼蚤、臭虫，攻入妖王身内，挨着皮肤乱咬。那妖王燥痒难禁，伸手入怀揣摸揉痒，用指头捏出几个虱子来，拿近灯前观看。娘娘见了，含忖①道："大王，想是衬衣襄了，久不曾浆洗，故生此物耳。"妖王惭愧道："我从来不生此物，可可的今宵出丑。"娘娘笑道："大王何为出丑？常言道'皇帝身上也有三个御虱'哩。且脱下衣服来，等我替你捉捉。"妖王真个解带脱衣。

　　"假春娇"在旁，着意看着那妖王身上，衣服层层皆有虼蚤跳，件

①　含忖——就是寒伧。

件皆排大臭虫；子母虱，密密浓浓，就如蝼蚁出窝中。不觉的揭到第三层见肉之处，那金铃上纷纷垓垓的，也不胜其数。"假春娇"道："大王，拿铃子来，等我也与你捉捉虱子。"那妖王一则羞，二则慌，却也不认得真假，将三个铃儿递与"假春娇"。"假春娇"接在手中，理弄多时，见那妖王低着头抖这衣服，他即将金铃藏了，拔下一根毫毛，变作三个铃儿，一般无二，拿向灯前翻检；却又把身子扭扭捏捏的，抖了一抖，将那虱子、臭虫、虼蚤，收了归在身上，把假金铃儿递与那怪。那怪接在手中，一发朦胧无措，那里认得甚么真假，双手托着那铃儿，递与娘娘道："今番你却收好了，却要仔细仔细，不要象前一番。"那娘娘接过来，轻轻的揭开衣箱，把那假铃收了，用黄金锁锁了，却又与妖王叙饮了几杯酒，教侍婢："净拂牙床，展开锦被，我与大王同寝。"那妖王诺诺连声道："没福！没福！不敢奉陪，我还带个宫女往西宫里睡去，娘娘请自安置。"遂此各归寝处不题。

却说"假春娇"得了手，将他宝贝带在腰间，现了本相，把身子抖一抖，收去那瞌睡虫儿，径往前走。只听得梆铃齐响，紧打三更。好行者，捻着诀，念动真言，使个隐身法，直至门边。又见那门上拴锁甚密，却就取出金箍棒，望门一指，使出那解锁之法，那门就轻轻开了，急拽步出门站下，厉声高叫道："赛太岁！还我金圣娘娘来！"连叫两三遍，惊动大小群妖，急急看处，前门开了，即忙掌灯寻锁，把门儿依然锁上，着几个跑入里边去报道："大王！有人在大门外呼唤大王尊号，要金圣娘娘哩！"那里边侍婢即出宫门，悄悄的传言道："莫吆喝，大王才睡着了。"行者又在门前高叫，那小妖又不敢去惊动。如此者三四遍，俱不敢去通报。那大圣在外嚷嚷闹闹的，直弄到天晓，忍不住。手抢着铁棒，上前打门。慌得那大小群妖，顶门的顶门，报信的报信。那妖王一觉方醒，只闻得乱揎揎的喧哗，起身穿了衣服，即出罗帐之外，问道："嚷甚么？"众侍婢才跪下道："爷爷，不知是甚人在洞外叫骂了半夜，如今却又打门。"

妖王走出宫门，只见那几个传报的小妖，慌慌张张的磕头道："外面有人叫骂，要金圣宫娘娘哩！若说半个'不'字，他就说出无数的歪话，甚不中听。见天晓大王不出，逼得打门也。"那妖道："且休开门，你去问他是那里来的，姓甚名谁，快来回报。"小妖急出去，隔门

765

问道:"打门的是谁?"行者道:"我是朱紫国拜请来的外公,来取圣宫娘娘回国哩!"那小妖听得,即以此言回报。那妖随往后宫,查问来历。原来那娘娘才起来,还未梳洗,早见侍婢来报:"爷爷来了。"那娘娘急整衣,散挽黑云,出宫迎迓。才坐下,还未及问,又听得小妖来报:"那来的外公已将门打破矣。"那妖笑道:"娘娘,你朝中有多少将帅?"娘娘道:"在朝有四十八卫人马,良将千员;各边上元帅总兵,不计其数。"妖王道:"可有个姓外的么?"娘娘道:"我在宫,只知内里辅助君王,早晚教诲妃嫔,外事无边,我怎记得名姓!"妖王道:"这来者称为外公,我想着《百家姓》上,更无个姓外的。娘娘赋性聪明,出身高贵,居皇宫之中,必多览书籍。记得那本书上有此姓也?"娘娘道:"止《千字文》上有句'外受傅训',想必就是此矣。"妖王喜道:"定是!定是!"即起身辞了娘娘,到剥皮亭上,结束整齐,点出妖兵,开了门,直至外面,手持一柄宣花钺斧,厉声高叫道:"那个是朱紫国来的外公?"行者把金箍棒攥在右手,将左手指定道:"贤甥,叫我怎的?"那妖王见了,心中大怒道:"你这厮,

> 相貌若猴子,嘴脸似猢狲。
> 七分真是鬼,大胆敢欺人!"

行者笑道:"你这个诳上欺君的泼怪,原来没眼!想我五百年前大闹天宫时,九天神将见了我,无一个'老'字,不敢称呼,你叫我声外公,那里亏了你!"妖王喝道:"快早说出姓甚名谁,有些甚么武艺,敢到我这里猖獗!"行者道:"你若不问姓名犹可,若要我说出姓名,只怕你立身无地!你上来,站稳着,听我道:

> 生身父母是天地,日月精华结圣胎。
> 仙石怀抱无岁数,灵根孕育甚奇哉。
> 当年产我三阳泰,今日归真万会谐。
> 曾聚众妖称帅首,能降众怪拜丹崖。
> 玉皇大帝传宣旨,太白金星捧诏来。
> 请我上天承职裔,官封弼马不开怀。

766

初心造反谋山洞，大胆兴兵闹御阶。
托塔天王并太子，交锋一阵尽猥衰[①]。
金星复奏玄穹帝，再降招安敕旨来。
封做齐天真大圣，那时方称栋梁材。
又因搅乱蟠桃会，仗酒偷丹惹下灾。
太上老君亲奏驾，西池王母拜瑶台。
情知是我欺王法，即点天兵发火牌。
十万凶星并恶曜，干戈剑戟密排排。
天罗地网漫山布，齐举刀兵大会垓。
恶斗一场无胜败，观音推荐二郎来。
两家对敌分高下，他有梅山兄弟侪。
各逞英雄施变化，天门三圣拨云开。
老君丢了金钢套，众神擒我到金阶。
不须详允书供状，罪犯凌迟杀斩灾。
斧剁锤敲难损命，刀抢剑砍怎伤怀。
火烧雷打只如此，无计摧残长寿胎。
押赴太清兜率院，炉中锻炼尽安排。
日期满足才开鼎，我向当中跳出来。
手挺这条如意棒，翻身打上玉龙台。
各星各象皆潜躲，大闹天宫任我歪。
巡视灵官忙请佛，释伽与我逞英才。
手心之内翻筋斗，游遍周天去复来。
佛使先知赚哄法，被他压住在天崖。
到今五百余年矣，解脱微躯又弄乖。
特保唐僧西域去，悟空行者甚明白。
西方路上降妖怪，那个妖邪不惧哉！"

那妖王听他说出悟空行者，遂道："你原来是大闹天宫的那厮，你既脱身保唐僧西去，你走你的路去便罢了。怎么罗织管事，替那朱紫国

---

① 猥衰——猥猥、狼狈。

为奴，却到我这里寻死！"行者喝道："贼泼怪！说话无知！我受朱紫国拜请之礼，又蒙他称呼管待之恩，我老孙比那王位还高千倍，他敬之如父母，事之如神明，你怎么说出'为奴'二字！我把你这诳上欺君之怪，不要走！吃外公一棒！"那妖慌了手脚，即闪身躲过，使宣花斧劈面相迎。这一场好杀！你看：

金箍如意棒，凤刃宣花斧。一个咬牙发狠凶，一个切齿施威武。这个是齐天大圣降临凡，那个是作怪妖王来下土。两个喷云嗳雾照天宫，真是走石扬沙遮斗府。往往来来解数多，翻翻复复金光吐。齐将本事施，各把神通赌。这个要取娘娘转帝都，那个喜同皇后居山坞。这场都是没来由，舍死忘生因国主。

行者假名降怪犼

他两个战经五十回合，不分胜负。那妖王见行者手段高强，料不能取胜，将斧架住他的铁棒道："孙行者，你且住了。我今日还未早膳，待我进了膳，再来与你定雌雄。"行者情知是要取铃铛，收了铁棒道："好汉子不赶乏兔儿，你去！你去！吃饱些，好来领死！"

那妖急转身闯入里边，对娘娘道："快将宝贝拿来！"娘娘道：

"要宝贝何干？"妖王道："今早叫战者，乃是取经的和尚之徒，叫做孙悟空行者，假称外公。我与他战到此时，不分胜负。等我拿宝贝出去，放些烟火，烧这猴头。"娘娘见说，心中怛突[1]：欲不取出铃儿，恐他见疑；欲取出铃儿，又恐伤了孙行者性命。正自踌躇未定，那妖王又催逼道："快拿出来！"这娘娘无奈，只得将锁钥开了，把三个铃儿递与妖王。妖王拿了，就走出洞。娘娘坐在宫中，泪如雨下，思量行者不知可能逃得性命？两人却俱不知是假铃也。

那妖出了门，就占起上风，叫道："孙行者休走！看我摇摇铃儿！"行者笑道："你有铃，我就没铃？你会摇，我就不会摇？"妖王道："你有甚么铃儿，拿出来我看。"行者将铁棒捏做个绣花针儿，藏在耳内，却去腰间解下三个真宝贝来，对妖王说："这不是我的紫金铃儿？"妖王见了，心惊道："跷蹊！跷蹊！他的铃儿怎么与我的铃儿就一般无二！纵然是一个模子铸的，好道打磨不到，也有多个瘢儿，少个蒂儿，却怎么这等一毫不差？"又问："你那铃儿是那里来的？"行者道："贤甥，你那铃儿却是那里来的。"妖王老实，便就说道："我这铃儿是，

　　太清仙君道源深，八卦炉中久炼金。
　　结就铃儿称至宝，老君留下到如今。"

行者笑道："老孙的铃儿，也是那时来的。"妖王道："怎生出处？"行者道："我这铃儿是，

　　道祖烧丹兜率宫，金铃抟炼在炉中。
　　二三如六循环宝，我的雌来你的雄。"

妖王道："铃儿乃金丹之宝，又不是飞禽走兽，如何辨得雌雄？但只是摇出宝来，就是好的！"行者道："口说无凭，做出便见，且让你先摇。"那妖王真个将头一个铃儿幌了三幌，不见火出；第二个幌了三

---

① 怛突——忐忑、惊惧、不安。

幌，不见烟出；第三个幌了三幌，也不见沙出。妖王慌了手脚道："怪哉！怪哉！世情变了！这铃儿想是俱内，雄见了雌，所以不出来了。"行者道："贤甥，住了手，等我也摇摇你看。"好猴子，一把攥了三个铃儿，一齐摇起。你看那红火、青烟、黄沙，一齐滚出，骨都都燎树烧山！大圣口里又念个咒语，望巽地上叫："风来！"真个是风催火势，火挟风威，红焰焰，黑沉沉，满天烟火，遍地黄沙！把那赛太岁唬得魄散魂飞，走投无路，在那火当中，怎逃性命！

只闻得半空中厉声高叫："孙悟空！我来了也！"行者急回头上望，原来是观音菩萨，左手托着净瓶，右手拿着杨柳，洒下甘露救火哩。慌得行者把铃儿藏在腰间，即合掌倒身下拜。那菩萨将柳枝连拂几点甘露，霎时间，烟火俱无，黄沙绝迹。行者叩头道："不知大慈临凡，有失回避。敢问菩萨何往？"菩萨道："我特来收寻这个妖怪物。"行者道："这怪是何来历，敢劳金身下降收之？"菩萨道："他是我跨的个金毛犼。因牧童盹睡，失于防守，这孽畜咬断铁索走来，却与朱紫国王消灾也。"行者闻言急欠身道："菩萨反说了，他在这里欺君骗后，败俗伤风，与那国王生灾，却说是消灾，何也？"菩萨道："你不知之，当时朱紫国先王在位之时，这个王还做东宫太子，未曾登基。他年幼间，极好射猎。他率领人马，纵放鹰犬，正来到落凤坡前，有西方佛母孔雀大明王菩萨所生二子，乃雌雄两个雀雏，停翅在山坡之下，被此王弓开处，射伤了雄孔雀，那雌孔雀也带箭归西。佛母忏悔以后，吩咐教他拆凤三年，身耽啾疾①。那时节，我跨着这犼，同听此言。不期这孽畜留心，故来骗了皇后，与王消灾。至今三年，冤愆满足，幸你来救治王患，我特来收妖邪也。"行者道："菩萨，虽是这般故事，奈何他玷污了皇后，败俗伤风，坏伦乱法，却是该他死罪。今蒙菩萨亲临，饶得他死罪，却饶不得他活罪。让我打他二十棒，与你带去罢。"菩萨道："悟空，你既知我临凡，就当看我分上，一发都饶了罢，也算你一番降妖之功。若是动了棍子，他也就是死了。"行者不敢违言，只得拜道："菩萨既收他回海，再不可令他私降人间，贻害不浅！"

---

① 啾疾——啾唧。这里指鸟失侣时的鸣叫。

那菩萨才喝了一声："孽畜！还不还原，待何时也！"只见那怪打个滚，现了原身，将毛衣抖抖，菩萨骑上。菩萨又望项下一看，不见那三个金铃。菩萨道："悟空，还我铃来。"行者道："老孙不知。"菩萨喝道："你这贼猴！若不是你偷了这铃，莫说一个悟空，就是十个，也不敢近身！快拿出来！"行者笑道："实不曾见。"菩萨道："既不曾

观音现相伏妖王

见，等我念念紧箍儿咒。"那行者慌了，只教："莫念！莫念！铃儿在这里哩！"这正是："犼项金铃何人解？解铃人还问系铃人。"菩萨将铃儿套在犼项下，飞身高坐。你看他四足莲花生焰焰，满身金缕迸森森。大慈悲回南海不题。

却说孙大圣整束了衣裙，抡铁棒打进獬豸洞去，把群妖众怪，尽情打死，剿除干净。直至宫中，请圣宫娘娘回国，那娘娘顶礼不尽。行者将菩萨降妖并拆凤原由备说了一遍，寻些软草，扎了一条草龙，教："娘娘跨上，合着眼莫怕，我带你回朝见主也。"那娘娘谨遵吩咐，行者使起神通，只听得耳内风响。半个时辰，带进城，按落云头叫："娘娘开眼。"那皇后睁开眼看，认得是凤阁龙楼，心中欢喜，撇了草龙，与行者同登宝殿。那国王见了，急下龙床，就来扯娘娘玉手，欲

诉离情，猛然跌倒在地，只叫："手疼！手疼！"八戒哈哈大笑道："嘴脸！没福消受！一见面就蛰杀了也！"行者道："呆子，你敢扯他扯儿么？"八戒道："就扯他扯儿便怎的？"行者道："娘娘身上生了毒刺，手上有蛰阳之毒。自到麒麟山，与那赛太岁三年，那妖更不曾沾身，但沾身就害身疼，但沾手就害手疼。"众官听说，道："似此怎生奈何？"此时外面众官忧疑，内里妃嫔悚惧，旁有玉圣、银圣二宫，将君王扶起。

俱正在仓皇之际，忽听得那半空中，有人叫道："大圣，我来也。"行者抬头观看，只见那：

> 肃肃冲天鹤唳，飘飘径至朝前。缭绕祥光道道，氤氲瑞气翩翩。棕衣苦体放云烟，足踏芒鞋罕见。手执龙须蝇帚，丝绦腰下围缠。乾坤处处结人缘，大地逍遥游遍。此乃是大罗天上紫云仙，今日临凡解魇。

行者上前迎住道："张紫阳何往？"紫阳真人直至殿前，躬身施礼道："大圣，小仙张伯端起手。"行者答礼道："你从何来？"真人道："小仙三年前曾赴佛会，因打这里经过，见朱紫国王有拆凤之忧，我恐那妖将皇后玷辱，有坏人伦，后日难与国王复合。是我将一件旧棕衣变作一领新霞裳，光生五彩，进与妖王，教皇后穿了妆新。那皇后穿上身，即生一身毒刺，毒刺者，乃棕毛也。今知大圣成功，特来解魇。"行者道："既如此，累你远来，且快解脱。"真人走向前，对娘娘用手一指，即脱下那件棕衣，那娘娘遍体如旧。真人将衣抖一抖，披在身上，对行者道："大圣勿罪，小仙告辞。"行者道："且住，待君王谢谢。"真人笑道："不劳，不劳。"遂长揖一声，腾空而去，慌得那皇帝、皇后及大小众臣，一个个望空礼拜。拜毕，即命大开东阁，酬谢四僧。那君王领众跪拜，夫妻才得重谐。正当欢宴时，行者叫："师父，拿那战书来。"长老袖中取出递与行者，行者递与国王道："此书乃那怪差小校送来者。那小校已先被我打死，送来报功。后复至山中，变作小校，进洞回复，因得见娘娘，盗出金铃，几乎被他拿住；又变化，复偷出，与他对敌。幸遇观音菩萨将他收去，又与我说拆凤之故……"从头至尾，细说了一遍。

那举国君臣内外，无一人不感谢称赞。唐僧道："一则是贤王之福，二来是小徒之功。今蒙盛宴，至矣！至矣！就此拜别，不要误贫僧向西去也。"那国王恳留不得，遂换了关文，大排銮驾，请唐僧稳坐龙车，那君王、妃后俱捧毂推轮，相送而别。正是：

有缘洗尽忧疑病，绝念无思心自宁。

毕竟这去后面再有甚么吉凶之事，且听下回分解。

第七十二回

盘丝洞七情迷本　濯垢泉八戒忘形

　　话表三藏别了朱紫国王，整顿鞍马西进。行够多少山原，历尽无穷水道，不觉的秋去冬残，又值春光明媚。师徒们正在路踏青玩景，忽见一座庵林，三藏滚鞍下马，站立大道之旁。行者问道："师父，这条路平坦无邪，因何不走？"八戒道："师兄好不通情！师父在马上坐得困了，也让他下来关关风是。"三藏道："不是关风，我看那里是个人家，意欲自去化些斋吃。"行者笑道："你看师父说的是那里话。你要吃斋，我自去化，俗语云，'一日为师，终身为父。'岂有为弟子者高坐，教师父去化斋之理？"三藏道："不是这等说。平日间一望无边无际，你们没远没近的去化斋，今日人家逼近，可以叫应，也让我去化一个来。"八戒道："师父没主张。常言道，'三人出外，小的儿苦。'你况是个父辈，我等俱是弟子。古书云，'有事弟子服其劳。'等我老猪去。"三藏道："徒弟啊，今日天气晴明，与那风雨之时不同。那时节，汝等必定远去，此个人家，等我去，有斋无斋，可以就回走路。"沙僧在旁笑道："师兄，不必多讲，师父的心性如此，不必违拗。苦恼了他，就化将斋来，他也不吃。"八戒依言，即取出钵盂，与他换了衣帽。拽开步，直至那庄前观看，却也好座住场。但见：

　　石桥高耸，古树森齐。石桥高耸，潺潺流水接长溪；古树森齐，聒聒幽禽鸣远岱。桥那边有数椽茅屋，清清雅雅若仙庵；又有那一座蓬窗，白白明明欺道院。窗前忽见四佳人，都在那里刺凤描鸾做针线。

长老见那人家没个男儿，只有四个女子，不敢进去，将身立定，闪在乔林之下。只见那女子，一个个：

闺心坚似石，兰性喜如春。
娇脸红霞衬，朱唇绛脂匀。
蛾眉横月小，蝉鬓迭云新。
若到花间立，游蜂错认真。

少停有半个时辰，一发静悄悄，鸡犬无声。自家思虑道："我若没本事化顿斋饭，也惹那徒弟笑我，敢道为师的化不出斋来，为徒的怎能去拜佛。"

长老没计奈何，也带了几分不是，趋步上桥。又走了几步，只见那茅屋里面有一座木香亭子，亭子下又有三个女子在那里踢气球哩。你看那三个女子，比那四个又生得不同，但见那：

飘扬翠袖，摇拽缃裙。飘扬翠袖，低笼着玉笋纤纤；摇拽缃裙，半露出金莲窄窄。形容体势十分全，动静脚跟千样。拿头过论有高低，张泛送来真又楷。转身踢个出墙花，退步翻成大过海。轻接一团泥，单枪急对拐。明珠上佛头，实捏来尖掣。窄砖偏会拿，卧鱼将脚捱。平腰折膝蹲，扭顶翘跟蹦。扳凳能喧泛，披肩甚脱洒。绞裆任往来，锁项随摇摆。踢的是黄河水倒流，金鱼滩上买。那个错认是头儿，这个转身就打拐。端然捧上臁，周正尖来掇。提跟溪草鞋，倒插回头采。退步泛肩妆，钩儿只一歹。版篆下来长，便把夺门揣。踢到美心时，佳人齐喝采。一个个汗流粉腻透罗裳，兴懒惰疏方叫海。

言不尽，又有诗为证。诗曰：

蹴踘当场三月天，仙风吹下素婵娟。

汗沾粉面花含露，尘染娥眉柳带烟。

翠袖低垂笼玉笋，缃裙斜拽露金莲。

几回踢罢娇无力，云鬟蓬松宝髻偏。

盘丝洞七情迷本

三藏看得时辰久了，只得走上桥头，应声高叫道："女菩萨，贫僧这里随缘布施些儿斋吃。"那些女子听见，一个个喜喜欢欢抛了针线，撇了气球，都笑笑吟吟的接出门来道："长老，失迎了。今到荒庄，决不敢拦路斋僧，请里面坐。"三藏闻言，心中暗道："善哉，善哉！西方正是佛地！女流尚且注意斋僧，男子岂不虔心向佛？"长老向前问讯了，相随众女入茅屋。过木香亭看处，呀！原来那里边没甚房廊，只见那：

峦头高耸，地脉遥长。峦头高耸接云烟，地脉遥长通海岳。门近石桥，九曲九湾流水顾；园栽桃李，千株千颗斗秾华。藤薜挂悬三五树，芝兰香散万千花。远观洞府欺蓬岛，近睹山林压太华。正是妖仙寻隐处，更无邻舍独成家。

有一女子上前，把石头门推开两扇，请唐僧里面坐。那长老只得进去。忽抬头看时，铺设的都是石桌、石凳，冷气阴阴。长老心惊，暗自思忖道："这去处少吉多凶，断然不善。"众女子喜笑吟吟，都道："长老请坐。"长老没奈何，只得坐了。少时间，打个冷禁。众女子问道："长老是何宝山？化甚么缘？还是修桥补路，建寺礼塔？还是造佛印经？请缘簿出来看看。"长老道："我不是化缘的和尚。"女子道："既不化缘，到此何干？"长老道："我是东土大唐差去西天大雷音求经者。适过宝方，腹间饥馁，特造檀府，募化一斋，贫僧就行也。"众女子道："好！好！好！常言道，'远来的和尚好看经'。妹妹们！不可怠慢，快办斋来。"

此时有三个女子陪着，言来语去，论说些因缘。那四个到厨中撩衣敛袖，炊火刷锅。你道他安排的是些甚么东西？原来是人油炒炼，人肉煎熬，熬得黑糊充作面筋样子，剜的人脑煎作豆腐块片。两盘儿捧到石桌上放下，对长老道："请了，仓卒间，不曾备得好斋，且将就吃些充腹，后面还有添换来也。"那长老闻了一闻，见那腥膻，不敢开口，欠身合掌道："女菩萨，贫僧是胎里素。"众女子笑道："长老，此是素的。"长老道："阿弥陀佛！若像这等素的啊，我和尚吃了，莫想见得世尊，取得经卷。"众女子道："长老，你出家人，切莫拣人布施。"长老施："怎敢，怎敢！我和尚奉大唐旨意，一路西来，微生不损，见苦就救，遇谷粒手拈入口，逢丝缕联缀遮身，怎敢拣主布施！"众女子笑道："长老虽不拣人布施，却只有些上门怪人。莫嫌粗淡，吃些儿罢。"长老道："实是不敢吃，恐破了戒，望菩萨养生不若放生，放我和尚出去罢。"

那长老挣着要走，那女子拦住门，怎么肯放，俱道："上门的买卖，倒不好做！'放了屁儿，却使手掩。'你往那里去！"他一个个都会些武艺，手脚又活，把长老扯住，顺手牵羊，扑的掼倒在地。众人按住，将绳子捆了，悬梁高吊。这吊有个名色，叫做"仙人指路"。原来是一只手向前，牵丝吊起，一只手拦腰捆住，将绳吊起，两只脚向后一条绳吊起，三条绳把长老吊在梁上，却是脊背朝上，肚皮朝下。那长老忍着疼，噙着泪，心中暗恨道："我和尚这等命苦！只说是好人家化顿斋吃，岂知道落了火坑！徒弟啊！速来救我，还得见面，但迟两个时辰，我命休矣！"

那长老虽然苦恼，却还留心看着那些女子。那些女子把他吊得停当，便去脱剥衣服。长老心惊，暗自忖道："这一脱了衣服，是要打我的情了，或者夹生儿吃我的情也有哩。"原来那女子们只解了上身罗衫，露出肚腹，各显神通：一个个腰眼中冒出丝绳，有鸭蛋粗细，骨都都的，迸玉飞银，时下把庄门瞒了不题。

却说那行者、八戒、沙僧，都在大道之旁。他二人都放马看担，惟行者是个顽皮，他且跳树攀枝，摘叶寻果。忽回头，只见一片光亮，慌得跳下树来，呹喝道："不好！不好！师父造化低了！"行者用手指道："你看那庄院如何？"八戒、沙僧共目视之，那一片，如雪又亮如雪，似银又光似银。八戒道："罢了！罢了！师父遇着妖精了！我们快去救他也！"行者道："贤弟莫嚷，你都不见怎的，等老孙去来。"沙僧道："哥哥仔细。"行者道："我自有处。"

好大圣，束一束虎皮裙，掣出金箍棒，拽开脚，两三步跑到前边，看见那丝绳缠了有千百层厚，穿穿道道，却似经纬之势；用手按了一按，有些粘软沾人。行者更不知是甚么东西，他即举棒道："这一棒，莫说是几千层，就有几万层，也打断了！"正欲打，又停住手道："若是硬的便可打断，这个软的，只好打扁罢了。——假如惊了他，缠住老孙，反为不美。等我且问他一问再打。"

你道他问谁？即捻一个诀，念一个咒，拘得个土地老儿在庙里似推磨的一般乱转。土地婆儿道："老儿，你转怎的？好道是羊儿风发了！"土地道："你不知！你不知！有一个齐天大圣来了，我不曾接他，他那里拘我哩。"婆儿道："你去见他便了，却如何在这里打转？"土地道："若去见他，他那棍子好不重，他管你好歹就打哩！"婆儿道："他见你等老了，那里就打你？"土地道："他一生好吃没钱酒，偏打老年人。"两口儿讲一会，没奈何只得走出去，战兢兢的，跪在路旁，叫道："大圣，当境土地叩头。"行者道："你且起来，不要假忙。我且不打你，寄下在那里。我问你，此间是甚地方？"土地道："大圣从那厢来？"行者道："我自东土往西来的。"土地道："大圣东来，可曾在那山岭上？"行者道："正在那山岭上，我们行李、马匹还都歇在那岭上不是！"土地道："那岭叫做盘丝岭。岭下有洞，叫做盘丝洞。洞里有七个妖精。"行者道："是男怪女怪？"土地道：

"是女怪。"行者道："他有多大神通？"土地道："小神力薄威短，不知他有多大手段，只知那正南上，离此有三里之遥，有一濯垢泉，乃天生的热水，原是上方七仙姑的浴池。自妖精到此居住，占了他的濯垢泉，仙姑更不曾与他争竞，平白地就让与他了。我见天仙不惹妖魔怪，必定精灵有大能。"行者道："占了此泉何干？"土地道："这怪占了浴池，一日三遭，出来洗澡。如今巳时已过，午时将来哑。"行者听言道："土地，你且回去，等我自家拿他罢。"那土地老头磕了一个头，战兢兢的，回本庙去了。

这大圣独显神通，摇身一变，变作个麻苍蝇儿，叮在路旁草梢上等待。须臾间，只听得呼呼吸吸之声，犹如蚕食叶，却似海生潮。只好有半盏茶时，丝绳皆尽，依然现出庄村，还象当初模样。又听得呀的一声，柴扉响处，里边笑语喧哗，走出七个女子。行者在暗中细看，见他一个个携手相搀，挨肩执袂，有说有笑的，走过桥来，果是标致。但见：

> 比玉香尤胜，如花语更真。柳眉横远岫，檀口破樱唇。钗头翘翡翠，金莲闪绛裙。却似嫦娥临下界，仙子落凡尘。

行者笑道："怪不得我师父要来化斋，原来是这一般好处。这七个美人儿，假若留住我师父，要吃也不够一顿吃，要用也不够两日用，要动手轮流一摆布就是死了。且等我去听他一听，看他怎的算计。"

好大圣，嘤的一声，飞在那前面走的女子云髻上叮住。才过桥来，后边的走向前来呼道："姐姐，我们洗了澡，来蒸那胖和尚吃去。"行者暗笑道："这怪物好没算计！煮还省些柴，怎么转要蒸了吃！"那些女子采花斗草向南来，不多时，到了浴池。但见一座门墙，十分壮丽，遍地野花香艳艳，满旁兰蕙密森森。后面一个女子，走上前，唵哨的一声，把两扇门儿推开，那中间果有一塘热水。这水：

> 自开辟以来，太阳星原贞有十，后被羿善开弓，射落九乌坠地，止存金乌一星，乃太阳之真火也。天地有九处汤泉，俱是众乌所化。那九阳泉，乃香冷泉、伴山泉、温泉、东合泉、潢山泉、孝

779

安泉、广汾泉、汤泉，此泉乃濯垢泉。

有诗为证：

一气无冬夏，三秋永注春。

炎波如鼎沸，雪浪似汤新。

分溜滋禾稼，停流荡俗尘。

涓涓珠泪泛，滚滚玉团津。

润滑原非酿，清平还自温。

瑞祥本地秀，造化乃天真。

佳人洗处冰肌滑，涤荡尘烦玉体新。

那浴池约有五丈余阔，十丈多长，内有四尺深浅，但见水清彻底。底下水一似滚珠泛，玉骨都都冒将上来。四面有六七个孔窍通流。流去二三里之遥，淌到田里，还是温水。池上又有三间亭子。亭子中近后壁放着一张八只脚的板凳。两山头放着两个描金彩漆的衣架。行者暗中喜嘤嘤的，一翅飞在那衣架头上叮住。

那些女子见水又清又热，便要洗浴，即一齐脱了衣服，搭在衣架上。一齐下去，被行者看见：

褪放纽扣儿，解开罗带结。

酥胸白似银，玉体浑如雪。

肘膊赛凝酥，香肩欺粉贴。

肚皮软又绵，脊背光还洁。

膝腕半围团，金莲三寸窄。

中间一段情，露出风流穴。

那女子都跳下水去，一个个跃浪翻波，负水顽耍。行者道："我若打他啊，只消把这棍子往池中一搅，就叫做'滚汤泼老鼠，一窝儿都是死'。可怜！可怜！打便打死他，只是低了老孙的名头。常言道，'男不与女斗'。我这般一个汉子，打杀这几个丫头，着实不济。不要打他，只送他一个绝后计，教他动不得身，出不得水，多少是好。"好大圣，捏着诀，念个咒，摇身一变，变作一个饿老鹰。但见：

毛犹霜雪，眼若明星。妖狐见处魂皆丧，狡兔逢时胆尽惊。钢爪锋芒快，雄姿猛气横。会使老拳供口腹，不辞亲手逐飞腾。万里寒空随上下，穿云检物任他行。

呼的一翅，飞向前，抢开利爪，把他那衣架上搭的七套衣服，尽情叼去，径转岭头，现出本相，来见八戒、沙僧道："你看。"那呆子迎着，对沙僧笑道："师父原来是典当铺里拿了去的。"沙僧道："怎见得？"八戒道："你不见师兄把他些衣服都抢将来也？"行者放下道："此是妖精穿的衣服。"八戒道："怎么就这许多？"行者道："七套。"八戒道："如何这般剥得容易，又剥得干净？"行者道："那曾用剥。原来此处唤做盘丝岭，那庄村唤做盘丝洞。洞中有七个女怪，把我师父拿住，吊在洞里，都向濯垢泉去洗浴。那泉却是天地产成的一塘子热水。他都算计着洗了澡要把师父蒸吃。是我跟到那里，见他脱了衣服下水，我要打他，恐怕污了棍子，又怕低了名头，是以不曾动棍，只变作一个饿老鹰，叼了他的衣服。他都忍辱含羞，不敢出头，蹲在水中哩。我等快去解下师父走路罢。"八戒笑道："师兄，你凡干事，只要留根。既见妖精，如何不打杀他，却就去解师父！他如今纵然藏羞不出，到晚间必定出来。他家里还有旧衣服，穿上一套，来赶我们。纵然不赶，他久住在此，我们取了经，还从那条路回去。常言道，'宁少路边钱，莫少路边拳。'那时节，他拦住了吵闹，却不是个仇人也？"行者道："凭你如何主张？"八戒道："依我，先打杀了妖精，再去解放师父，此乃'斩草除根'之计。"行者道："我是不打他。你要打，你去打他。"

八戒抖擞精神，欢天喜地，举着钉钯，拽开步，径直跑到那里。忽的推开门看时，只见那七个女子，蹲在水里，口中乱骂那鹰哩，道："这个扁毛畜生！猫嚼头的亡人！把我们衣服都叼去了，教我们怎的动手！"八戒忍不住笑道："女菩萨，在这里洗澡哩，也携带我和尚洗洗，何如？"那怪见了，作怒道："你这和尚，十分无礼！我们是在家

781

的女流，你是个出家的男子。古书云，'七年男女不同席'。你好和我们同塘洗澡？"八戒道："天气炎热，没奈何，将就容我洗洗儿罢。那里调甚么书担儿，同席不同席！"呆子不容说，丢了钉钯，脱了皂锦直裰，扑的跳下水来。那怪心中烦恼，一齐上前要打。不知八戒水势极熟，到水里摇身一变，变作一个鲇鱼精。那怪就都摸鱼，赶上拿他不住：东边摸，忽的又渍了西去；西边摸，忽的又渍了东去；滑挞蓬的①，只在那腿裆里乱钻。原来那水有搀胸之深，水上盘了一会，又盘在水底，都盘倒了，喘嘘嘘的，精神倦怠。

八戒却才跳将上来，现了本相，穿了直裰，执着钉钯，喝道："我是那个？你把我当鲇鱼精哩。"那怪见了，心惊胆战，对八戒道："你先来是个和尚，到水里变作鲇鱼，及拿你不住，却又这般打扮；你端的是从何到此？是必留名。"八戒道："这伙泼怪当真的不认得我！我是东土大唐取经的唐长老之徒弟，乃天蓬元帅悟能八戒是也。你把我师父吊在洞里，算计要蒸他受用！我的师父，又好蒸吃？快早伸过头来，各筑一钯，教你断根！"那些妖闻此言，魂飞魄散，就在

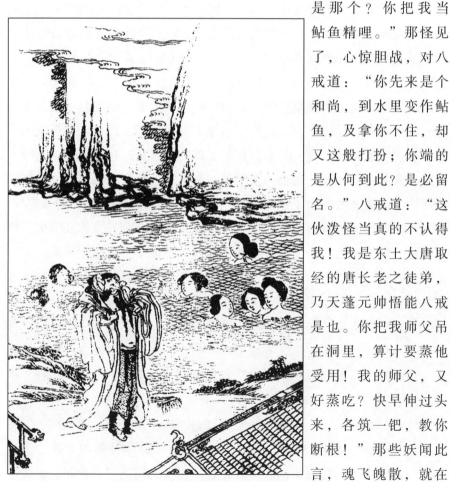

濯垢泉八戒忘形

① 滑挞蓬的——滑溜。

水中跪拜道："望老爷方便方便！我等有眼无珠，误捉了你师父，虽然吊在那里，不曾敢加刑受苦。望慈悲饶了我的性命，情愿贴些盘费，送你师父往西天去也。"八戒摇头道："莫说这话！俗语说得好，'曾着卖糖君子哄，到今不信口甜人。'是便筑一钯，各人走路！"

呆子一味粗夯，显手段，那有怜香惜玉之心，举了钯，不分好歹，赶上前乱筑。那怪慌了手脚，那里顾甚么羞耻，只是性命要紧，随用手捂着羞处，跳出水来，都跑在亭子里站立，作出法来：脐孔中骨都都冒出丝绳，瞒天搭了个大丝篷，把八戒罩在当中。那呆子忽抬头，不见天日，即抽身往外便走，那里举得脚步！原来放了绊脚索，满地都是丝绳，动动脚，跌个跳踵：左边去，一个面磕地；右边去，一个倒栽葱；急转身，又跌了个嘴楂地；忙爬起，又跌了个竖蜻蜓。也不知跌也多少跟头，把个呆子跌得身麻脚软，头晕眼花，爬也爬不动，只睡在地下呻吟。那怪物却将他困住，也不打他，也不伤他，一个个跳出门来，将丝篷遮住天光，各回本洞。

到了石桥上站下，念动真言，霎时间把丝篷收了，赤条条的，跑入洞里，侮着那话，从唐僧面前笑嘻嘻的跑过去。走入石房，取几件旧衣穿了，径至后门口立定，叫："孩儿们何在？"原来那妖精一个有一个儿子，却不是他养的，都是他结拜的干儿子。有名唤做蜜、蚂、蚰、班、蟊、蜡、蜻：蜜是蜜蜂，蚂是蚂蜂，蚰是蚰蜂，班是班毛，蟊是牛蟊，蜡是抹蜡，蜻是蜻蜓。原来那妖精幔天结网，掳住这七般虫蛭，却要吃他。古云："禽有禽言，兽有兽语。"当时这些虫哀告饶命，愿拜为母，遂此春采百花供怪物，夏寻诸卉孝妖精。忽闻一声呼唤，都到面前，问："母亲有何使令？"众怪道："儿阿，早间我们错惹了唐朝来的和尚，才然被他徒弟拦在池里，出了多少丑，几乎丧了性命！汝等努力，快出门前去退他一退。如得胜后，可到你舅舅家来会我。"那些怪既得逃生，往他师兄处，孽嘴生灾不题。你看这些虫蛭，一个个摩拳擦掌，出来迎敌。

却说八戒跌得昏头昏脑，猛抬头，见丝篷丝索俱无，他才一步一探，爬将起来，忍着疼找回原路。见了行者，用手扯住道："哥哥，我的头可肿，脸可青么？"行者道："你怎的来？"八戒道："我被那厮将丝绳罩住，放了绊脚索，不知跌了多少跟头，跌得我腰拖背折，寸步

783

难移。却才丝篷索子俱空，方得了性命回来也。"沙僧见了道："罢了，罢了！你闯下祸来也！那怪一定往洞里去伤害师父，我等快去救他！"行者闻言，急拽步便走，八戒牵着马，急急来到庄前。但见那石桥上有七个小妖儿挡住道："慢来！慢来！吾等在此！"行者看了道："好笑！干净都是些小人儿！长的也只有二尺五六寸，不满三尺；重的也只有八九斤，不满十斤。"喝道："你是谁？"那怪道："我乃七仙姑的儿子。你把我母亲欺辱了，还敢无知，打上我门！不要走！仔细！"好怪物，一个个手之舞之，足之蹈之，乱打将来。八戒见了生嗔，本是跌恼了的性子，又见那伙虫蛭小巧，就发狠举钯来筑。那些怪见呆子凶猛，一个个现了本相，飞将起去，叫声："变！"须臾间，一个变十个，十个变百个，百个变千个，千个变万个，个个都变成无穷之数。只见：

满天飞抹蜡，遍地舞蜻蜓。

蜜蚂追头额，蛀蜂扎眼睛。

班毛前后咬，牛蜢上下叮。

扑面漫漫黑，翛翛①神鬼惊。

八戒慌了道："哥啊，只说经好取，西方路上，虫儿也欺负人哩！"行者道："兄弟，不要怕，快上前打！"八戒道："扑头扑脸，浑身上下，都叮有十数层厚，却怎么打？"行者道："没事！没事！我自有手段！"沙僧道："哥啊，有甚手段，快使出来罢！一会子光头上都叮肿了！"好大圣，拔了一把毫毛，嚼得粉碎，喷将出去，即变作些黄、麻、、白、雕、鱼、鹞。八戒道："师兄，又打甚么市语——黄啊、麻啊哩？"行者道："你不知，黄是黄鹰，麻是麻鹰，鹐是鹐鹰，白是白鹰，雕是雕鹰，鱼是鱼鹰，鹞是鹞鹰。那妖精的儿子是七样虫，我的毫毛是七样鹰。"鹰最能嗛虫，一嘴一个，爪打翅敲，须臾，打得罄尽，满空无迹，地积尺余。

三兄弟方才闯过桥去，径入洞里。只见老师父吊在那里哼哼的哭

---

① 翛翛——这里形容虫蚁振羽飞行的迅疾。

784

哩。八戒近前道："师父，你是要来这里吊了耍子，不知作成我跌了多少跟头哩！"沙僧道："且解下师父再说。"行者即将绳索挑断，放下唐僧，都问道："妖精那里去了？"唐僧道："那七个怪都赤条条的往后边叫儿子去了。"行者道："兄弟们，跟我来寻去。"三人各持兵器，往后园里寻处，不见踪迹。都到那桃李树上寻遍不见。八戒道："去了！去了！"沙僧道："不必寻他，等我扶师父去也。"弟兄们复来前面，请唐僧上马道："师父，下次化斋，还让我们去。"唐僧道："徒弟呵，以后就是饿死，也再不自专了。"八戒道："你们扶师父走着，等老猪一顿钯筑倒他这房子，教他来时没处安身。"行者笑道："筑还费力。不若寻些柴来，与他个断根罢。"好呆子，寻了些朽松、破竹、干柳、枯藤，点上一把火，烘烘的都烧得干净。师徒却才放心前来。咦！毕竟这去，不知那怪的吉凶如何，且听下回分解。

第七十三回

情因旧恨生灾毒　心主遭魔幸破光

　　话说孙大圣扶持着唐僧，与八戒、沙僧奔上大路，一直西来。不半晌，忽见一处楼阁重重，宫殿巍巍。唐僧勒马道："徒弟，你看那是个甚么去处？"行者举头观看，忽然见：

　　山环楼阁，溪绕亭台。门前杂树密森森，宅外野花香艳艳。柳间栖白鹭，浑如烟里玉无瑕；桃内啭黄莺，却似火中金有色。双双野鹿，忘情闲踏绿莎茵；对对山禽，飞语高鸣红树杪。真如刘阮天台洞，不亚神仙阆苑家。

　　行者报道："师父，那所在也不是王侯第宅，也不是豪富人家，却像一个庵观寺院。到那里方知端的。"三藏闻言，加鞭促马。师徒们来至门前观看，门上嵌着一块石板，上有"黄花观"三字。三藏下马。八戒道："黄花观乃道士之家，我们进去会他一会也好，他与我们衣冠虽别，修行一般。"沙僧道："说得是，一则进去看看景致，二来也当撒货头口①，看方便处，安排些斋饭，与师父吃。"

　　长老依言，四众共入。但见二门上有一对春联："黄芽白雪神仙

---

　　① 撒货头口——喂喂牲口，溜溜马的意思。

府，瑶草琪花羽士家"。行者笑道："这个是烧茅炼药，弄炉火，提罐子的道士。"三藏捻他一把道："谨言！谨言！我们不与他相识，又不认亲，左右暂时一会，管他怎的？"说不了，进了二门，只见那正殿谨闭，东廊下坐着一个道士，在那里丸药。你看他怎生打扮：

戴一顶红艳艳戗金冠，穿一领黑淄淄乌皂服，踏一双绿阵阵云头履，系一条黄拂拂吕公绦。面如瓜铁，目若朗星。准头高大类回回，唇口翻张如达达。道心一片隐轰雷，伏虎降龙真羽士。

三藏见了，厉声高叫道："老神仙，贫僧问讯了。"那道士猛抬头，一见心惊，丢了手中之药，按簪儿，整衣服，降阶迎接道："老师父，失迎了，请里面坐。"长老欢喜上殿，推开门，见有三清圣象，供桌有炉有香，即拈香注炉，礼拜三匝，方与道士行礼。遂至客位中，同徒弟们坐下。急唤仙童看茶。当有两个小童即入里边，寻茶盘，洗茶盏，擦茶匙，办茶果。忙忙的乱走，早惊动那几个冤家。

原来那盘丝洞七个女怪与这道士同堂学艺。自从穿了旧衣，唤出儿子，径来此处。正在后面裁剪衣服，忽见那童子看茶，便问道："童儿，有甚客来了，这般忙冗？"仙童道："适间有四个和尚进来，师父教来看茶。"女怪道："可有个白胖和尚？"——道："有。"又问："可有个长嘴大耳朵的？"——道："有。"女怪道："你快去递了茶，对你师父丢个眼色，着他进来，我有要紧的话说。"

果然那仙童将五杯茶拿出去。道士敛衣，双手拿一杯递与三藏然后与八戒、沙僧、行者。茶罢，收盏，小童丢个眼色，那道士就欠身道："列位请坐。"教："童儿，放了茶盘陪侍，等我去去就来。"此时长老与徒弟们，并一个小童出殿上观玩不题。

却说道士走进方丈中，只见七个女子齐齐跪倒，叫："师兄！师兄！听小妹子一言！"道士用手揽起道："你们早间来时，要与我说甚么话，可可的今日丸药，这枝药忌见阴人，所以不曾答你。如今又有客在外面，有话且慢慢说罢。"众怪道："告禀师兄。这桩事，专为客来，方敢告诉；若客去了，纵说也没用了。"道士笑道："你看贤妹说话，怎么专为客来才说？却不疯了？且莫说我是个清静修仙之辈，就是

787

个俗人家,有妻子老小家务事,也等客去了再处。怎么这等不贤,替我装幌子^①哩!且让我出去。"众怪又一齐扯住道:"师兄息怒。我问你,前边那客,是那方来的?"道士唾着脸,不答应。众怪道:"方才小童进来取茶,我闻得他说,是四个和尚。"道士作怒道:"和尚便怎么?"众怪道:"四个和尚内有一个白面胖的,有一个长嘴大耳的,师兄可曾问他是那里来的?"道士道:"内中是有这两个,你怎么知道?想是在那里见他来?"

女子道:"师兄原不知这个委曲。那和尚乃唐朝差往西天取经去的。今早到我洞里化斋,委是妹子们闻得唐僧之名,将他拿了。"道士道:"你拿他怎的?"女子道:"我等久闻人说,唐僧乃十世修行的真体,有人吃他一块肉,延寿长生,故此拿了他。后被那个长嘴大耳朵的和尚把我们拦在濯垢泉里,先抢了衣服,后弄本事,强要同我等洗浴,也止他不住。他就跳下水,变作一个鲇鱼,在我们腿裆里钻来钻去,欲行奸骗之事,果有十分怠懒!他又跳出水去,现了本相。见我们不肯相从,他就使一柄九齿钉钯,要伤我们性命。若不是我们有些见识,几乎遭他毒手。故此战兢兢逃生,又着你愚外甥与他敌斗,不知存亡如何。我们特来投兄长,望兄长念昔日同窗之雅,与我今日做个报冤之人!"

那道士闻此言,却就恼恨,遂变了声色道:"这和尚原来这等无礼!这等怠懒!你们都放心,等我摆布他!"众女子谢道:"师兄如若动手,等我们都来相帮打他。"道士道:"不用打!不用打!常言道,'一打三分低。'你们跟我来。"

众女子相随左右。他入房内,取了梯子,转过床后,爬上屋梁,拿下一个小皮箱儿。那箱儿有八寸高下,一尺长短,四寸宽窄,上有一把小铜锁儿锁住,即于袖中拿出一方鹅黄绫汗巾儿来。汗巾须上系着一把小钥匙儿。开了锁,取出一包儿药来,此药乃是:

山中百鸟粪,扫积上千斤。

是用铜锅煮,煎熬火候匀。

千斤熬一杓,一杓炼三分。

———————
① 装幌子——这里作"出丑"解释。

788

三分还要炒，再锻再重熏。

制成此毒药，贵似宝和珍。

如若尝他味，入口见阎君！

　　道士对七个女子道："妹妹，我这宝贝，若与凡人吃，只消一厘，入腹就死；若与神仙吃，也只消三厘就绝；这些和尚，只怕也有些道行，须得三厘。快取等子^①来。"内一女子急拿了一把等子道："称出一分二厘，分作四分。"却拿了十二个红枣儿，将枣掐破些儿，摁上一厘，分在四个茶盅内，又将两个黑枣儿做一个茶盅，着一个托盘安了。对众女说："等我去问他。不是唐朝的便罢；若是唐朝来的，就教换茶。你却将此茶令童儿拿出。但吃了，个个身亡，就与你报了此仇，解了烦恼也。"七女感激不尽。

　　那道士换了一件衣服，虚礼谦恭，走将出去，请唐僧等又至客位坐下，道："老师父莫怪，适间去后面吩咐小徒，教他们挑些青菜萝卜，安排一顿素斋供养，所以失陪。"三藏道："贫僧素手进拜，怎么敢劳赐斋？"道士笑云："你我都是出家人，见山门就有三升俸粮，何言素手？敢问老师父，是何宝山？到此何干？"三藏道："贫僧乃东土大唐驾下差往西天大雷音寺取经者。却才路过仙宫，竭诚进拜。"道士闻言，满面生春道："老师乃忠诚大德之佛，小道不知，失于远候，恕罪！恕罪！"叫："童儿，快去换茶来，一厢作速办斋。"那小童走将进去，众女子招呼他来道："这里有现成好茶，拿出去。"那童子果然将五盅茶拿出。道士连忙双手拿一个红枣儿茶盅奉与唐僧。他见八戒身躯大，就认做大徒弟；沙僧认做二徒弟；见行者身量小，认做三徒弟，所以第四盅才奉与行者。行者眼乖，接了茶盅，早已见盘子里那茶盅是两个黑枣儿。他道："先生，我与你穿换一杯。"道士笑道："不瞒长老说，山野中贫道士，茶果一时不备。才然在后面亲自寻果子，止有这十二个红枣，做四盅茶奉敬。小道又不可空陪，所以将两个下色枣儿作一杯奉陪。此乃贫道恭敬之意也。"行者笑道："说那里话？古人云，'在家不是贫，路上贫杀人。'你是住家儿的，何以言贫！像我们这行

---

　　① 等子——就是戥子。

脚僧，才是真贫哩。我和你换换，我和你换换。"三藏闻言道："悟空，这仙长实乃爱客之意，你吃了罢，换怎的？"行者无奈，将左手接了，右手盖住，看着他们。

却说那八戒，一则饥，二则渴，原来是食肠大大的，见那盅子里有三个红枣儿，拿起来咽的都咽在肚里。师父也吃了，沙僧也吃了。一霎时，只见八戒脸上变色，沙僧满眼流泪，唐僧口中吐沫。他们都坐不住，晕倒在地。

这大圣情知是毒，将茶盅手举起来，望道士劈脸一掼。道士将袍袖隔起，当的一声，把个盅子跌得粉碎。道士怒道："你这和尚，十分粗鲁！怎么把我盅子碎了？"行者骂道："你这畜生！你看我那三个人是怎么说！我与你有甚相干，你却将毒药茶药倒我的人？"道士道："你这个村畜生，闯下祸来，你岂不知？"行者道："我们才进你门，方叙了坐次，道及乡贯，又不曾有个高言，那里闯下甚祸？"道士道："你可曾在盘丝洞化斋么？你可曾在濯垢泉洗澡么？"行者道："濯垢泉乃七个女怪。你既说出这话，必定与他苟合，必定也是妖精！不要走！吃我一棒！"好大圣，去耳朵里摸出金箍棒，幌一幌，碗来粗细，望道士劈脸打来。那道士急转身躲过，取一口宝剑来迎。

他两个厮骂厮打，早惊动那里边的女怪。他七个一拥出来，叫道："师兄且莫劳心，

情因旧恨生灾毒

790

待小妹子拿他。"行者见了，越生嗔怒，双手抡铁棒，丢开解数，滚将进去乱打。只见那七个敞开怀，腆着雪白肚子，脐孔中作出法来：骨都都丝绳乱冒，搭起一个天篷，把行者盖在底下。

行者见事不谐，即翻身念声咒语，打个筋斗，扑的撞破天篷走了。忍着性，气淤淤的立在空中看处。见那怪丝绳幌亮，穿穿道道，却是穿梭的经纬，顷刻间，把黄花观的楼台殿阁部遮得无影无形。行者道："厉害！厉害！早是不曾着他手！怪道猪八戒跌了若干！似这般怎生是好！我师父与师弟却又中了毒药。这伙怪合意同心，却不知是个甚来历，待我还去问那土地神也。"

好大圣，按落云头，捻着诀，念声"唵"字真言。把个土地老儿又拘来了，战兢兢跪下路旁叩头道："大圣，你去救你师父的，为何又转来也？"行者道："早间救了师父，前去不远，遇一座黄花观。我与师父等进去看看，那观主迎接。才叙话间，被他把毒药茶药倒我师父等。我幸不曾吃茶，使棒就打，他却说出盘丝洞化斋，濯垢泉洗澡之事，我就知那厮是怪。才举手相敌，只见那七个女子跑出，吐放丝绳，老孙亏有见识走了。我想你在此间为神，定知他的来历。是个甚么妖精，老实说来，免打！"土地叩头道："那妖精到此，住不上十年。小神自三年前检点之后，方见他的本相，乃是七个蜘蛛精。他吐那些丝绳，乃是蛛丝。"行者闻言十分欢喜道："据你说，却是小可。既这般，你回去，等我作法降他也。"那土地叩头而去。

行者却到黄花观外，将尾巴上毛捽下七十根，吹口仙气，叫："变！"即变作七十个小行者；又将金箍棒吹口仙气，叫："变！"即变作七十个双角叉儿棒。每一个小行者，与他一根。他自家使一根，站在外边，将叉儿搅那丝绳，一齐着力，打个号子，把那丝绳都搅断，各搅了有十余斤。里面拖出七个蜘蛛，足有巴斗大的身躯。一个个攒着手脚，索着头，只叫："饶命！饶命！"此时七十个小行者，按住七个蜘蛛，那里肯放。行者道："且不要打他，只教还我师父、师弟来。"那怪厉声高叫道："师兄，还他唐僧，救我命也！"那道士从里边跑出道："妹妹，我要吃唐僧哩，救不得你了。"行者闻言，大怒道："你既不还我师父，且看你妹妹的样子！"好大圣，把叉儿棒幌一幌，复了一根铁棒，双手举起，把七个蜘蛛精，尽情打烂，却似七个剿肉布袋

791

儿，脓血淋淋。却又将尾巴摇了两摇，收了毫毛，单身抢棒，赶入里边来打道士。

那道士见他打死了师妹，心甚不忍，即发狠举剑来迎。这一场各怀忿怒，一个个大展神通。这一场好杀：

西游记

> 妖精抢宝剑，大圣举金箍。都为唐朝三藏，先教七女鸣呼。如今大展经纶手，施威弄法逞金吾。大圣神光壮，妖仙胆气粗。浑身解数如花锦，双手腾挪似辘轳。乒乓剑棒响，惨淡野云浮。剿言语，使机谋，一来一往如画图。杀得风响沙飞狼虎怕，天昏地暗斗星无。

那道士与大圣战经五六十合，渐觉手软；一时间松了筋节，便解开衣带，忽辣的响一声，脱了皂袍。行者笑道："我儿子！打不过人，就脱剥了也是不能够的！"原来这道士剥了衣裳，把手一齐抬起，只见那两胁下有一千只眼，眼中迸放金光，十分厉害：

百眼魔君

> 森森黄雾，艳艳金光。森森黄雾，两边胁下似喷云；艳艳金光，千只眼中如放火。左右却如金桶，东西犹似铜钟。此乃妖仙施法力，道士显神通：幌眼迷天遮日月，罩人爆燥气朦胧；把个齐天孙大圣，

困在金光黄雾中。

行者慌了手脚，只在那金光影里乱转，向前不能举步，退后不能动脚，却便似在个桶里转的一般。无奈又暴燥不过，他急了，往上着实一跳，却撞破金光，扑的跌了一个倒栽葱；觉道撞的头疼，急伸头摸摸，把顶梁皮都撞软了。自家心焦道："晦气！晦气！这颗头今日也不济了！常时刀砍斧剁，莫能伤损，却怎么被这金光撞软了皮肉？久以后定要贡脓[1]，纵然好了，也是个破伤风。"一会家暴燥难禁，却又自家计较道："前去不得，后退不得，左行不得，右行不得，往上又撞不得，却怎么好？往下走他娘罢！"

好大圣，念个咒语，摇身一变，变作个穿山甲，又名鲮鲤鳞。真个是：

> 四只铁爪，钻山碎石如挝粉；满身鳞甲，破岭穿岩似切葱。两眼光明，好便似双星幌亮；一嘴尖利，胜强如钢钻金锥。药中有性穿山甲，俗语呼为鲮鲤鳞。

你看他硬着头，往地下一钻，就钻了有二十余里，方才出头。原来那金光只罩得十余里。出来现了本相，力软筋麻，浑身疼痛，止不住眼中流泪，忽失声叫道："师父啊！

> 当年秉教出山中，共往西来苦用工。
> 大海洪波无恐惧，阳沟之内却遭风！"

美猴王正当悲切，忽听得山背后有人啼哭，即欠身揩了眼泪，回头观看。但见一个妇人，身穿重孝，左手托一盏凉浆水饭，右手执几张烧纸黄钱，从那厢一步一声哭着走来。行者点头嗟叹道："正是'流泪眼逢流泪眼，断肠人遇断肠人'！这一个妇人，不知所哭何事，待我问他一问。"那妇人不一时走上路来，迎着行者。行者躬身问道："女菩

---

① 贡脓——窝脓。指疮口内腐烂生脓。

萨，你哭的是甚人？"妇人噙泪道："我丈夫因与黄花观观主买竹竿争讲，被他将毒药茶药死，我将这陌纸钱烧化，以报夫妇之情。"行者听言，眼中泪下。那妇女见了作怒道："你甚无知！我为丈夫烦恼生悲，你怎么泪眼愁眉，欺心戏我？"行者躬身道："女菩萨息怒。我本是东土大唐钦差御弟唐三藏大徒弟孙悟空行者。因往西天，行过黄花观歇马。那观中道士，不知是个甚么妖精，他与七个蜘蛛精，结为兄妹。蜘蛛精在盘丝洞要害我师父，是我与师弟八戒、沙僧救解得脱。那蜘蛛精走到他这里，背了是非，说我等有欺骗之意。道士将毒药茶药倒我师父、师弟共三人，连马四口，陷在他观里。惟我不曾吃他茶，将茶盅掼碎，他就与我相打。正嚷时，那七个蜘蛛精跑出来吐放丝绳，将我捆住，是我使法力走脱。问及土地，说他本相，我却又使分身法搅绝丝绳，拖出妖来，一顿棒打死。这道士即与他报仇，举宝剑与我相斗。斗经六十回合，他败了阵，随脱了衣裳，两胁下放出千只眼，有万道金光，把我罩定。所以进退两难，才变作一个鲮鲤鳞，从地下钻出来。正自悲切，忽听得你哭，故此相问。因见你为丈夫，有此纸钱报答，我师父丧身，更无一物相酬，所以自怨生悲，岂敢相戏！"

那妇女放下水饭纸钱，对行者陪礼道："莫怪，莫怪，我不知你是被难者。才据你说将起来，你不认得那道士。他本是个百眼魔君，又唤做多目怪。你既然有此变化，脱得金光，战得许久，必定有大神通，却只是还近不得那厮。我教你去请一位圣贤，他能破得金光，降得道士。"行者闻言，连忙唱喏道："女菩萨知此来历，烦为指教指教。果是那位圣贤，我去请求，救我师父之难，就报你丈夫之仇。"妇人道："我就说出来，你去请他，降了道士，只可报仇而已，恐不能救你师父。"行者道："怎不能救？"妇人道："那厮毒药最狠，药倒人，三日之间，骨髓俱烂。你此往回恐迟了，故不能救。"行者道："我会走路，凭他多远，千里只消半日。"女子道："你既会走路，听我说，此处到那里有千里之遥。那厢有一座山，名唤紫云山，山中有个千花洞。洞里有位圣贤，唤做毗蓝婆。他能降得此怪。"行者道："那山坐落何方？却从何方去？"女子用手指定道："那直南上便是。"行者回头看时，那女子早不见了。

行者慌忙礼拜道："是那位菩萨？我弟子钻昏了，不能相识，千乞

794

黎山老姆

留名，好谢！"只见那半空中叫道："大圣，是我。"行者急抬头看处，原是黎山老姆。赶至空中谢道："老姆从何来指教我也？"老姆道："我才自龙华会上回来，见你师父有难，假做孝妇，借夫丧之名，免他一死。你快去请他，但不可说出是我指教，那圣贤有些多怪人。"行者谢了，辞别。把筋斗云一纵，随到紫云山上，按定云头，就见那千花洞。那洞外：

　　青松遮胜境，翠柏绕仙居。绿柳盈山道，奇花满涧渠。香兰围石屋，芳草映岩嵎。流水连溪碧，云封古树虚。野禽声聒聒、幽鹿步徐徐。修竹枝枝秀，红梅叶叶舒。寒鸦栖古树，春鸟噪高楼。夏麦盈田广，秋禾遍地余。四时无叶落，八节有花如。每生瑞霭连霄汉，常放祥云接太虚。

　　这大圣喜喜欢欢走将进去，一程一节，看不尽天边的景致。直入里面，更没个人儿见，静静悄悄的，鸡犬之声也无。心中暗道："这圣贤想是不在家了。"又进数里看时，见一个女道姑坐在榻上。你看他怎生模样：

　　　　头戴五花纳锦帽，身穿一领织金袍。
　　　　脚踏云尖凤头履，腰系攒丝双穗绦。
　　　　面似秋容霜后老，声如春燕社前娇。
　　　　腹中久谙三乘法，心上常修四谛饶。

悟出空空真正果，炼成了了自逍遥。

正是千花洞里佛，毗蓝菩萨姓名高。

行者止不住脚，近前叫道："毗蓝婆菩萨，问讯了。"那菩萨即下榻，合掌回礼道："大圣，失迎了。你从那里来的？"行者道："你怎么就认得我是大圣？"毗蓝婆道："你当年大闹天宫时，普地里传了你的形象，谁人不知，那个不识？"行者道："正是'好事不出门，恶事传千里。象我如今皈正佛门，你就不晓的了！"毗蓝道："几时皈正？恭喜！恭喜！"行者道："近能脱命，保师父唐僧上西天取经，师父遇黄花观道士，将毒药茶药倒。我与那厮赌斗，他就放金光罩住我，是我使神通走脱了。闻菩萨能灭他的金光，特来拜请。"菩萨道："是谁与你说的？我自赴了盂兰会，到今三百余年，不曾出门。我隐姓埋名，更无一人知得，你却怎么得知？"行者道："我是个地里鬼，不管那里，自家都会访着。"毗蓝道："也罢，也罢，我本当不去，奈蒙大圣下临，不可灭了求经之善，我和你去来。"

行者称谢了，道："我忒无知，擅自催促，但不知曾带甚么兵器。"菩萨道："我有个绣花针儿，能破那厮。"行者忍不住道："老姆误了我，早知是绣花针，不须劳你，就问老孙要一担也是有的。"毗蓝道："你那绣花针，无非是钢铁金针，用不得。我这宝贝，非钢，非铁，非金，乃我小儿日眼里炼成的。"行者道："令郎是谁？"毗蓝道："小儿乃昴日星官。"行者惊骇不已。早望见金光艳艳，即回向毗蓝道："金光处便是黄花观也。"毗蓝随于衣领里取出一个绣花针，似眉毛粗细，有五六分长短，拈在手，望空抛去。少时间，响一声破了金光。行者喜道："菩萨，妙哉！妙哉！寻针！寻针！"毗蓝托在手掌内道："这不是？"行者却同按下云头，走入观里，只见那道士合了眼，不能举步。行者骂道："你这泼怪装瞎子哩！"耳朵里取出棒来就打。毗蓝扯住道："大圣莫打，且看你师父去。"

行者径至后面客位里看时，他三人都睡在地上吐痰吐沫哩。行者垂泪道："却怎么好！却怎么好！"毗蓝道："大圣休悲，也是我今日出门一场，索性积个阴德，我这里有解毒丹，送你三丸。"行者转身拜求。那菩萨袖中取出一个破纸包儿，内将三粒红丸子递与行者，教放入口里。行者把药扳开他们牙关，每人捻了一丸。须臾，药味入腹，便就一齐呕哕，遂吐出毒味，得了性命。那八戒先爬起道："闷杀我也！"三藏、沙僧俱醒了道："好晕也！"行者道："你们那茶里中了毒了，亏这毗蓝菩萨搭救，快都来拜谢。"三藏欠身整衣谢了。

八戒道："师兄，那道士在那里？等我问他一问，为何这般害我！"行者把蜘蛛精上项事说了一遍，八戒发狠道："这厮既与蜘蛛为姊妹，定是妖精！"行者指道："他在那殿外立定装瞎子哩。"八戒拿钯就筑，又被毗蓝止住道："天蓬息怒，大圣知我洞里无人，待我收他去看门户也。"行者道："感蒙大德，岂不奉承！但只是教他现本相，我们看看。"毗蓝道："容易。"即上前用手一指，那道士扑的倒在尘埃，现了原身，乃是一条七尺长短的大蜈蚣精。毗蓝使小指头挑起，驾祥云径转千花洞去。八戒打仰道："这妈妈儿却也厉害，怎么就降这般恶物？"行者笑道："我问他有甚兵器破他金光，他道有个绣花针儿，是他儿子在日眼里炼的。及问他令郎是谁，他道昴日星官。我想昴日星是只公鸡，这老妈妈子必定是个母鸡。鸡最能降蜈蚣，所以能收伏也。"

三藏闻言顶礼不尽，教："徒弟们，收拾去罢。"那沙僧即在里面寻了些米粮，安排了些斋，俱饱餐一顿。牵马挑担，请师父出门。行者从他厨中放了一把火，把一座观宇时烧得煨烬，却拽步长行。正是：

唐僧得命感毗蓝，了性消除多目怪。

毕竟向前去还有甚么事体，且听下回分解。

第七十四回

长庚传报魔头狠　行者施为变化能

> 情欲原因总一般，有情有欲自如然。
> 沙门修炼纷纷士，断欲忘情即是禅。
> 须着意，要心坚，一尘不染月当天。
> 行功进步休教错，行满功完大觉仙。

话表三藏师徒们打开欲网，跳出情牢，放马西行。走多时，又是夏尽秋初，新凉透体，但见那：

> 急雨收残暑，梧桐一叶惊。
> 萤飞莎径晚，蛩语月华明。
> 黄葵开映露，红蓼遍沙汀。
> 蒲柳先零落，寒蝉应律鸣。

三藏正然行处，忽见一座高山，峰插碧空，真个是摩星碍日。长老心中害怕，叫悟空道："你看前面这山，十分高耸，但不知有路通行否。"行者笑道："师父说那里话。自古道，'山高自有客行路，水深自有渡船人。'岂无通达之理？可放心前去。"长老闻言，喜笑花生，扬鞭策马而进，径上高岩。

行不数里，见一老者，鬓蓬松，白发飘搔；须稀朗，银丝摆动，项挂一串数珠子，手持拐杖现龙头；远远的立在那山坡上高呼："西进的长老，且暂住骅骝，紧兜玉勒。这山上有一伙妖魔，吃尽了阎浮世上人，不可前进！"三藏闻言，大惊失色。一是马的足下不平，二是坐个雕鞍不稳，扑的跌下马来，挣挫不动，睡在草里哼哩。行者近前挽起道："莫怕！莫怕！有我哩！"长老道："你听那高岩上老者，报道这山上有伙妖魔，吃尽阎浮世上人，谁敢去问他一个真实端的？"行者道："你且坐地，等我去问他。"三藏道："你的相貌丑陋，言语粗俗，怕冲撞了他，问不出个实信。"行者笑道："我变个俊些儿的去问他。"三藏道："你是变了我看。"好大圣，捻着诀，摇身一变，变作个干干净净的小和尚儿，真个是目秀眉清，头圆脸正；行动有斯文之气象，开口无俗类之言辞；抖一抖锦衣直裰，拽步上前。向唐僧道："师父，我可变得好么？"三藏见了大喜道："变得好！"八戒道："怎么不好！只是把我们都比下去了。老猪就滚上三年，也变不得这等俊俏！"

好大圣，躲离了他们，径直近前对那老者躬身道："老公公，贫僧问讯了。"那老儿见他生得俊雅，年少身轻，待答不答的还了他个礼，用手摸着他头儿，笑嘻嘻问道："小和尚，你是那里来的？"行者道："我们是东土大唐来的，特上西天拜佛求经。适到此间，闻得公公报道有妖怪，我师父胆小怕惧，着我来问一声，端的是甚妖精，他敢这般短路！烦公公细说与我知之，我好把他贬解起身。"那老儿笑道："你这小和尚年幼，不知好歹，言不帮衬。那妖魔神通广大得紧，怎敢就说贬解他起身！"行者笑道："据你之言，似有护他之意，必定与他有亲，或是紧邻契友。不然，怎么长他的威智，兴他的节概，不肯倾心吐胆说他个来历？"公公点头笑道："这和尚倒会弄嘴！想是跟你师父游方，到处儿学些法术，或者会驱缚魍魉，与人家镇宅降邪，你不曾撞见十分狠怪哩！"行者道："怎的狠？"公公道："那妖精一封书到灵山，五百阿罗都来迎接；一纸简上天宫，十一大曜个个相钦。四海龙曾与他为友，八洞仙常与他作会，十地阎君以兄弟相称，社令、城隍以宾朋相爱。"大圣闻言，忍不住呵呵大笑，用手扯着老者道："不要说！不要说！那妖精与我后生小厮为兄弟、朋友，也不见十分高作。若知是我小和尚来啊，他连夜就搬起身去了！"公公道："你这小和尚胡说！不当人子！那个神圣是你的后生小厮？"行者笑道："实不瞒你说，我小和尚祖居傲来国花果山水帘洞，姓孙，名悟空。当年也曾做过妖精，干过大事。曾因会众魔，多饮了几杯酒睡着，梦中见二人将批勾我去到阴司。一时怒发，将金箍棒打伤鬼判，唬倒阎王，几乎掀翻了森罗殿。吓得那掌案的判官拿纸，十阎王签名画字，教我饶他打，情愿与我做后生小厮。"那公公闻说道："阿弥陀佛！这和尚说了这过头话，莫想再长得大了。"行者道："老官儿，似我这般大也够了。"公公道："你年几岁了？"行者道："你猜猜看。"老者道："有七八岁罢了。"行者笑道："有一万个七八岁！我把旧嘴脸拿出来你看看，你即莫怪。"公公道："怎么又有个嘴脸？"行者道："我小和尚有七十二副嘴脸哩。"

那公公不识窍，只管问他，他就把脸抹一抹，即现出本相，龇牙咧嘴，两股通红，腰间系一条虎皮裙，手里执一根金箍棒，立在石崖之下，就象个活雷公。那老者见了，吓得面容失色，腿脚酸麻站不稳，扑的一跌；爬起来，又一个跩踵。大圣上前道："老官儿，不要虚惊，我等面恶人善。莫怕！莫怕！适间蒙你好意，报有妖魔。委的有多少怪，一发累你说说，我好谢你。"那老儿战战兢兢，口不能言，又推耳聋，一句不应。

行者见他不言，即抽身回坡。长老道："悟空，你来了？所问如何？"行者笑道："不打紧！不打紧！西天有便有个把妖精儿，只是这里人胆小，把他放在心上。没事，没事！有我哩！"长老道："你可曾问他此处是甚么山，甚么洞，有多少妖怪，那条路通得雷音？"八戒道："师父，莫怪我说。若论赌变化，使促掐，捉弄人，我们三五个也不如师兄；若论老实，象师兄就摆一队伍，也不如我。"唐僧道："正是！正是！你还老实。"八戒道："他不知怎么钻过头不顾尾的，问了两声，不尴不尬的就跑回来了。等老猪去问他个实信来。"唐僧道："悟能，你仔细着。"

好呆子，把钉钯撒在腰里，整一整皂直裰，扭扭捏捏，奔上山坡，对老者叫道："公公，唱喏了。"那老儿见行者回去，方拄着杖挣得起来，战战兢兢的要走，忽见八戒，愈觉惊怕道："爷爷呀！今夜做的甚么恶梦，遇着这伙恶人！为先的那和尚丑便丑，还有三分人相；这个和尚，怎么这等个碓梃嘴，蒲扇耳朵，铁片脸，鬃毛颈项，一分人气儿也没有了！"八戒笑道："你这老公公不高兴，有些儿好褒贬人。你是怎的看我哩？丑便丑，奈①看，再停一时就俊了。"那老者见他说出人话来，只得开言问他："你是那里来的？"八戒道："我是唐僧第二个徒弟，法名叫做悟能八戒。才自先问的，叫做悟空行者，是我师兄。师父怪他冲撞了公公，不曾问得实信，所以特着我来拜问。此处果是甚山甚洞，洞里果是甚妖精，那里是西去大路，烦公公指示指示。"老者道："可老实么？"八戒道："我生平不敢有一毫虚的。"老者道："你莫像才来的那个和尚走花弄水②的胡缠。"八戒道："我不像他。"

公公拄着杖，对八戒说："此山叫做八百里狮驼岭，中间有座狮驼洞，洞里有三个魔头。"八戒啐了一声："你这老儿却也多心！三个妖魔，也费心劳力的来报遭信！"公公道："你不怕么？"八戒道："不瞒你说，这三个妖魔，我师兄一棍就打死一个，我一钯就筑死一个，我还有个师弟，他一降妖杖又打死一个。三个都打死，我师父就过去了，有何难哉！"那老者笑道："这和尚不知深浅！那三个魔头，神通广大得紧哩！他手下小妖，南岭上有五千，北岭上有五千；东路口有一万，西路口有一万；巡哨的有四五千，把门的也有一万；烧火的无数，打柴的也无数；共计算有四万七八千。这都是有名字带牌儿的，专在此吃人。"

那呆子闻得此言，战兢兢跑将转来，相近唐僧，且不回话，放下钯，在那里出恭。行者见了喝道："你不回话，却蹲在那里怎的？"八戒道："唬出屎来了！如今也不消说，赶早儿各自顾命去罢！"行者道："这个呆根！我问信偏不惊恐，你去问就这等慌张失智！"长老道："端的何如？"八戒道："这老儿说，此山叫做八百里狮驼山，中间有座狮驼洞，洞里有三个老妖，有四万八千小妖，专在那里吃人。我们若蹭着他些山边儿，就是他口里食了，莫想去得！"三藏闻言，战兢兢，毛骨悚然，道："悟空，如何是好？"行者笑道："师父放心，

---

① 奈——"耐"字的借音。

② 走花弄水——指滑马掉嘴、说大话、吹牛。

801

没大事。想是这里有便有几个妖精，只是这里人胆小，把他就说出许多人，许多大，所以自惊自怪。有我哩！"八戒道："哥哥说的是那里话！我比你不同，我问的是实，决无虚谬之言。满山满谷都是妖魔，怎生前进？"行者笑道："呆子嘴脸，不要虚惊！若论满山满谷之魔，只消老孙一路棒，半夜打个罄尽！"八戒道："不羞，不羞！莫说大话！那些妖精点卯也得七八日，怎么就打得罄尽？"行者道："你说怎样打？"八戒道："凭你抓倒，捆倒，使定身法定倒，也没有这等快的。"行者笑道："不用甚么抓拿捆缚。我把这棍子两头一扯叫：'长！'就有四十丈长短；幌一幌叫：'粗！'就有八丈围圆粗细。往山南一滚，滚杀五千；山北一滚，滚杀五千；从东往西一滚，只怕四五万矿做肉泥烂酱！"八戒道："哥哥，若是这等赶面打，或者二更时也都了了。"沙僧在旁笑道："师父，有大师兄恁样神通，怕他怎的！请上马走啊。"唐僧见他们讲论手段，没奈何，只得宽心上马而走。

正行间，不见了那报信的老者。沙僧道："他就是妖怪，故意狐假虎威的来传报，恐唬我们哩。"行者道："不要忙，等我去看看。"好大圣，跳上高峰，四顾无迹，急转面，见半空中有彩霞幌亮，即纵云赶上看时，乃是太白金星。走到身边，用手扯住，口口声声只叫他的小名道："李长庚！李长庚！你好怠懒！有甚话，当面来说便好，怎装做个山林之老，魔样混我！"金星慌忙施礼道："大圣，报信来迟，乞勿罪！乞勿罪！这魔头果是神通广大，势要峥嵘，只看你挪移变化，乖巧机谋，可便过去，如若怠慢些儿，其实难去。"行者谢道："感激！感激！果然此处难行，望老星上界与玉帝说声，借些天兵帮助老孙帮助。"金星道："有！有！有！你只口信带去，就是十万天兵，也是有的。"

大圣别了金星，按落云头，见了三藏道："适才那个老儿，原是太白星来与我们报信的。"长老合掌道："徒弟，快赶上他，问他那里另有个路，我们转了去罢。"行者道："转不得，此山径过有八百里，四周围不知更有多少路哩，怎么转得？"三藏闻言，止不住眼中流泪道："徒弟，似此艰难，怎生拜佛？"行者道："莫哭！莫哭！一哭便脓包行了！他这报信，必有几分虚话，只是要我们着意留心，诚所谓'以告者，过也。'你且下马来坐着。"八戒道："又有甚商议？"行者道：

"没甚商议，你且在这里用心保守师父，沙僧好生看守行李马匹，等老孙先上岭打听打听，看前后共有多少妖怪，拿住一个，问他个详细，教他写个执结，开个花名，把他老老小小，一一查明，吩咐他关了洞门，不许阻路，却请师父静静悄悄的过去，方显得老孙手段！"沙僧只教："仔细！仔细！"行者笑道："不消嘱咐，我这一去，就是东洋大海也荡开路，就是铁裹银山也撞透门！"

好大圣，嗡哨一声，纵筋斗云，跳上高峰。扳藤负葛，平山观看，那山里静悄悄无人。忽失声道："错了！错了！不该放这金星老儿去了，他原来恐唬我，这里那有个甚么妖精？他就出来跳风顽耍，必定拈枪弄棒，操演武艺，如何没有一个？"正自家揣度，只听得山背后，叮叮当当、辟辟剥剥梆铃之声。急回头看处，原来是个小妖儿，掮着一杆"令"字旗，腰间悬着铃子，手里敲着梆子，从北向南而走。仔细看他，有一丈二尺的身子。行者暗笑道："他必是个铺兵，想是送公文下报帖的。且等我去听他一听，看他说些甚话。"

好大圣，捻着诀，念个咒，摇身一变，变作个苍蝇儿，轻轻飞在他帽子上，侧耳听之。只见那小妖走上大路，敲着梆，摇着铃，口里作念道："我等巡山的，各人要谨慎提防孙行者。他会变苍蝇！"行者闻言，暗自惊疑道："这厮看见我了，若未看见，怎么就知我的名字，又

行者施为变化能

知我会变苍蝇！"原来那小妖也不曾见他，只是那魔头不知怎么就吩咐他这话，却是个谣言，着他这等胡念。行者不知，反疑他看见，就要取出棒来打他，却又停住，暗想道："曾记得八戒问金星时，他说老妖三个，小妖有四万七八千名。似这小妖，再多几万，也不打紧，却不知这三个老魔有多大手段。等我问他一问，动手不迟。"好大圣！你道他怎么去问？跳下他的帽子来，叮在树头上，让那小妖先行几步，急转身腾挪，也变作个小妖儿，照依他敲着梆，摇着铃，掮着旗，一般衣服，只是比他略长了三五寸，口里也那般念着，赶上前叫道："走路的，等我一等。"那小妖回头道："你是那里来的？"行者笑道："好人呀！一家人也不认得！"小妖道："我家没你呀。"行者道："怎的没我？你认认看。"小妖道："面生，认不得！认不得！"行者道："可知道面生，我是烧火的，你会得我少。"小妖摇头道："没有！没有！我洞里就是烧火的那些兄弟，也没有这个嘴尖的。"行者暗想道："这个嘴好的变尖了些了。"即低头，把手捂着嘴揉一揉道："我的嘴不尖啊。"真个就不尖了。那小妖道："你刚才是个尖嘴，怎么揉一揉就不尖了？疑惑人子！大不好认！不是我一家的！少会！少会！可疑！可疑！我那大王家法甚严，烧火的只管烧火，巡山的只管巡山，终不然教你烧火，又教你来巡山？"行者口乖，就趁过来道："你不知道，大王见我烧得火好，就升我来巡山。"小妖道："也罢！我们这巡山的，一班有四十名，十班共四百名，各自年貌，各自名色。大王怕我们乱了班次，不好点卯，一家与我们一个牌儿为号。你可有牌儿？"行者只见他那般打扮，那般报事，遂照他的模样变了，因不曾看见他的牌儿，所以身上没有。好大圣，更不说没有，就满口应承道："我怎么没牌？但只是刚才领的新牌。拿你的出来我看。"那小妖那里知这个机括，即揭起衣服，贴身带着个金漆牌儿，穿条绒线绳儿，扯与行者看看。行者见那牌背是个"威镇诸魔"的金牌，正面有三个真字，是"小钻风"，他却心中暗想道："不消说了！但是巡山的，必有个'风'字坠脚。"便道："你且放下衣走过，等我拿牌儿你看。"即转身，插下手，将尾巴梢儿的小毫毛拔下一根，捻他把，叫："变！"即变作个金漆牌儿，也穿上个绿绒绳儿，上书三个真字，乃"总钻风"，拿出来，递与他看了。小妖大惊道："我们都叫做个小钻风，偏你又叫做个甚么总钻风！"行者干事找绝，说话合宜，就道："你实不知，大王见我烧得火好，把我升个巡风，又与我个新牌，叫做总巡风，教我管你这一班四十名兄弟也。"那妖闻言，即忙唱喏道："长官，长官，新点出来的，实是面生，言语冲撞，莫怪！"行者还着礼笑道："怪便不怪你，只是一件，见面钱却要哩。每人拿出五两来罢。"小妖道："长官不要忙，待我向南岭头会了我这一班的人，一总打发罢。"行者道："既如此，我和你同去。"那小妖真个前走，大圣随后相跟。

　　不数里，忽见一座笔峰。何以谓之笔峰？那山头上长出一条峰来，约有四五丈高，如笔插在架上一般，故以为名。行者到边前，把尾巴捯一捯，跳上去坐在峰尖儿上，叫道："钻风！都过来！"那些小钻风在下面躬身道："长官，伺候。"行者道："你可知大王点我出来之故？"小妖道："不知。"行者道："大王要吃唐僧，只怕孙行者神通广大，说他会变化，只恐他变作小钻风，来这里蹚着路径打探消息，把我升做总钻风，来查勘你们这一班可有假的。"小钻风连声应道："长官，我们俱是真的。"行者道："你既是真的，大王有甚本事，你可晓得？"小钻风道："我晓得。"行者道："你晓得，快说来我听。如若说得合着我，便是真的；若说差了一些儿，便是假的，我定拿去见大王处治。"那小钻风见他坐在高处，弄獐弄智，呼呼喝喝的，没奈何，只得实说道："我大王神通广大，本事高强，一口曾吞了十万天兵。"行者闻说，吐出一声道："你是假的！"小钻风慌了道："长官老爷，我是真的，怎么说是假的？"行者道："你既是真的，如何胡说！大王身子能有多大，一口曾吞了十万天兵？"小钻风道："长官原来不知，我大王会变化，要大能撑天堂，要小就如菜子。因那年王母娘娘设蟠桃大会，邀请诸仙。他不曾具柬来请，我大王意欲争天，被玉皇差十万天兵来降我大王。是我大王变化法身，张开大口，似城门一般，用力吞将去，唬得众天兵不敢交锋，关了南天门，故此是一口曾吞十万兵。"行者闻言暗笑道："若是讲手头之话，老孙也曾干过。"又应声道："二大王有何本事？"小钻风道："二大王身高三丈，卧蚕眉，丹凤眼，美人声，扁担牙，鼻似蛟龙。若与人争斗，只消一鼻子卷去，就是铁背铜身，也就魂亡魄丧！"行者道："鼻子卷人的妖精也好拿。"又应声道："三大王也有几多手段？"小钻风道："我三大王不是凡间之怪物，名号云程万里鹏，行动时，抟风运海，振北图南。随身有一件儿宝贝，唤做'阴阳二气瓶'。假若是把人装在瓶中，一时三刻，化为浆水。"

　　行者听说，心中暗惊道："妖魔倒也不怕，只是仔细防他瓶儿。"又应声道："三个大王的本事，你倒也说得不差，与我知道的一样。但只是那个大王要吃唐僧哩？"小钻风道："长官，你不知道？"行者喝道："我比你不知些儿！因恐汝等不知底细，吩咐我来着实盘问你哩！"小钻风道："我大大王与二大王久住在狮驼岭狮驼洞。三大王不在这里住，他原住处离此西下有四百里远近。那厢有座城，唤做狮驼国。他五百年前吃了这城国王及文武官僚，满城大小男女也尽被他吃了干净，因此上夺了他的江山。如今尽是些妖怪。不知那一年打听得东土唐朝差一个僧人去西天取经，说那唐僧乃十世修行的好人，有人吃他一块肉，就延寿长生不老。只因怕他一个徒弟孙行者十分厉害，自家一个难为，径来此处与我这两个大王结为兄弟，合意同心，打伙儿捉那个唐僧也。"

　　行者闻言，心中大怒道："这泼魔十分无礼，我保唐僧成正果，他怎么算计要吃我的人！"恨一声，咬响钢牙，掣出铁棒，跳下高峰，把棍子望小妖头上砑了砑，可怜，就砑得像一个肉坨！自家见了，又不忍道："咦！他倒是个好意，把些家常话儿都与我说了，我怎么却这一下子就结果了他？也罢，也罢！左右是左右！"好大圣，只为师父阻路，没奈何干出这件事来。就把他牌儿解下，带在自家腰里，将令旗搠在背上，腰间挂了铃，手里敲着梆子，迎风捻个诀，口里念个咒语，摇身一变，变的就像小钻风模样，拽回步，径转旧路，找寻洞府，去打探那三个老妖魔的虚实。这正是：

　　　　千般变化美猴王，万样腾挪真本事。

　　闯入深山，依着旧路正走处，忽听得人喊马嘶之声，即举目观之，原来是狮驼洞口有万数小妖排列着枪刀剑戟旗帜旌旄。这大圣心中暗喜道："李长庚之言，真是不妄！真是不妄！"原来这摆列的有些路数：二百五十名作一大队伍。他只见有四十名杂彩长旗，迎风乱舞，就知有万名人马，却又自揣自度道："老孙变作小钻风，这一进去，那老魔若问我巡山的话，我必随机答应。倘或一时言语差讹，认得我啊，怎生脱体？就要往外跑时，那伙把门的挡住，如何出得门去？要拿洞里妖王，必先除了门前众怪！”你道他怎么除得众怪？好大圣想着：“那老魔不曾与我会面，就知我老孙的名头，我且倚着我的这个名头，仗着威风，说些大话，吓他一吓看。果然中土众僧有缘有分，取得经回，这一去，只消我几句英雄之言，就吓退那门前若干之怪；假若众僧无缘无分，取不得真经啊，就是纵然说得莲花现，也除不得西方洞外精。”心问口，口问心，思量此计，敲着梆，摇着铃，径直闯到狮驼洞口，早被前营上小妖挡住道：“小钻风来了？”行者不应，低着头就走。

　　走至二层营里，又被小妖扯住道：“小钻风来了？”行者道：“来了。”众妖道：“你今早巡风去，可曾撞见甚么孙行者么？”行者道：“撞见的，正在那里磨扛子哩。”众妖害怕道：“他怎么个模样？磨甚么扛子？”行者道：“他蹲在那涧边，还似个开路神，若站起来，好道有十数丈长！手里拿着一条铁棒，就似碗来粗细的一根大扛子，在那石崖上抄①一把水，磨一磨，口里又念着，‘扛子啊！这一向不曾拿你出来显显神通，这一去就有十万妖精，也都替我打死！等我杀了那三个魔头祭你！’他要磨得明了，先打死你门前一万精哩！”那些小妖闻得此言，一个个心惊胆战，魂散魄飞。行者又道：“列位，那唐僧的肉也不多几斤，也分不到我处，我们替他顶这个缸怎的！不如我们各自散一散罢。”众妖都道：“说得是，我们各自顾命去来。”假若是些军民人等，服了圣化，就死也不敢走。原来此辈都是些狼虫虎豹，走兽飞禽，鸣的一声都哄然而去了。这个倒不象孙大圣几句铺头话，却就如楚歌声吹散了八千兵！行者暗自喜道：“好了！老妖是死了！闻言就走，怎敢觌面相逢？这进去还似此言方好；若说差了，才这伙小妖有一两个倒走进去听见，却不走了风汛？”

　　你看他存心来古洞，仗胆入深门。

　　毕竟不知见那个老魔头有甚吉凶，且听下回分解。

———————

　　① 抄——用手凹作瓢形轻快地舀水。

第七十五回

心猿钻透阴阳窍　魔王还归大道真

却说孙大圣进于洞口，两边观看，只见：

> 骷髅若岭，骸骨如林。人头发蹢成毡片，人皮肉烂作泥尘。人筋缠在树上，干焦晃亮如银。真个是尸山血海，果然腥臭难闻。东边小妖，将活人拿了剐肉；西下泼魔，把人肉鲜煮鲜烹。若非美猴王如此英雄胆，第二个凡夫也进不得他门。

不多时，行入二层门里看时，呀！这里却比外面不同：清奇幽雅，秀丽宽平；左右有瑶草仙花，前后有乔松翠竹。又行七八里远近，才到三层门。闪着身偷着眼看处，那上面高坐三个老妖，十分狞恶。中间的那个生得：

> 凿牙锯齿，圆头方面。声吼若雷，眼光如电。仰鼻朝天，赤眉飘焰。但行处，百兽心慌；若坐下，群魔胆战。这一个是兽中王，青毛狮子怪。

左手下那个生得：

凤目金睛，黄牙粗腿。长鼻银毛，看头似尾。圆额皱眉，身躯磊磊。细声如窈窕佳人，玉面似牛头恶鬼。这一个是藏齿修身多年的黄牙老。

右手下那一个生得：

金翅鲲头，星睛豹眼。振北图南，刚强勇敢。变生翱翔，鹍笑[1]龙惨。抟风翮百鸟藏头，舒利爪诸禽丧胆。这个是云程九万的大鹏雕。

那两下列着有百十大小头目，一个个全装披挂，介胄整齐，威风凛凛，杀气腾腾。行者见了，心中欢喜，一些儿不怕。大踏步，径直进门，把梆铃卸下。朝上叫声："大王。"三个老魔，笑呵呵问道："小钻风，你来了？"行者应声道："来了。""你去巡山，打听孙行者的下落何如？"行者道："大王在上，我也不敢说起。"老魔道："怎么不敢说？"行者道："我奉大王命，敲着梆铃，正然走处，猛抬头，只看见一个人，蹲在那里磨扛子，还象个开路神，若站将起来，足有十数丈长短。他就着那洞崖石上，抄一把水，磨一磨，口里又念一声，说他那扛子到此还不曾显个神通，他要磨明，就来打大王。我因此知他是孙行者，特来报知。"

那老魔闻此言，浑身是汗，唬得战呵呵的道："兄弟，我说莫惹唐僧。他徒弟神通广大，预先作了准备，磨棍打我们，却怎生是好？"教："小的们，把洞外大小俱叫进来，关了门，让他过去罢。"那头目中有知道的报："大王，门外小妖，已都散了。"老魔道："怎么都散了？想是闻得风声不好也。快早关门！快早关门！"众妖把前后门尽皆牢拴紧闭。

行者自心惊道："这一关了门，他再问我家长里短的事，我对不来，却不弄走了风，被他拿住？且再唬他一唬，教他开着门，好跑。"

① 鹍笑——《庄子·逍遥游》中对大小不齐的引喻，意思说大鹏能够水击三千里，乘风一飞九万里，小鸟雀却以他自己飞行蓬蒿之间来嘲笑大鹏。

又上前道：“大王，他还说得不好。”老魔道：“他又说甚么？”行者道：“他说拿大大王剥皮，二大王剐骨，三大王抽筋。你们若关了门不出去啊，他会变化，一时变了个苍蝇儿，自门缝里飞进，把我们都拿出去，却怎生是好？”老魔道：“兄弟们仔细，我这洞里，递年家没个苍蝇，但是有苍蝇进来，就是孙行者。”行者暗笑道：“就变个苍蝇唬他一唬，好开门。”大圣闪在旁边，伸手去脑后拔了一根毫毛，吹一口仙气，叫：“变！”即变作一个金苍蝇，飞去望老魔劈脸撞了一头。那老怪慌了道：“兄弟！不停当！那话儿进门来了！”惊得那大小群妖，一个个丫钯扫帚，都上前乱扑苍蝇。

这大圣忍不住，赦赦①的笑出声来。干净他不宜笑，这一笑笑出原嘴脸来了，却被那第三个老妖跳上前，一把扯住道：“哥哥，险些儿被他瞒了！”老魔道：“贤弟，谁瞒谁？”三怪道：“刚才这个回话的小妖，不是小钻风，他就是孙行者。必定撞见小钻风，不知是他怎么打杀了，却变化来哄我们哩。”行者慌了道：“他认得我了！”即把手摸摸，对老怪道：“我怎么是孙行者？我是小钻风，大王错认了。”老魔笑道：“兄弟，他是小钻风。他一日三次在面前点卯，我认得他。”又问：“你有牌儿么？”行者道：“有。”掳着衣服，就拿出牌子。老怪一发认实道：“兄弟，莫屈了他。”三怪道：“哥哥，你不曾看见他，他才子②闪着身，笑了一声，我见他就露出个雷公嘴来。见我扯住时，他又变作个这等模样。”叫：“小的们，拿绳来！”众头目即取绳索。三怪把行者扳翻倒，四马攒蹄捆住；揭起衣裳看时，足足是个弼马温。原来行者有七十二般变化，若是变飞禽、走兽、花木、器皿、昆虫之类，却就连身子滚去了；但变人物，却只是头脸变了，身子变不过来。果然一身黄毛，两块红股，一条尾巴。老妖看着道：“是孙行者的身子，小钻风的脸皮，是他了！”教：“小的们，先安排酒来，与你三大王递个得功之杯。既拿倒了孙行者，唐僧坐定是我们口里食也。”三怪道：“且不要吃酒。孙行者溜撒，他会逃遁之法，只怕走了。教小的们抬出瓶来。把孙行者装在瓶里，我们才好吃酒。”

---

① 赦赦——嘻嘻，笑声。

② 才子——刚才、方才。

810

老魔大笑道："正是！正是！"即点三十六个小妖，入里面开了库房门，抬出瓶来，你说那瓶有多大？只得二尺四寸高。怎么用得三十六个人抬？那瓶乃阴阳二气之宝，内有七宝八卦、二十四气，要三十六人，按天罡之数，才抬得动。不一时，将宝瓶抬出，放在三层门外，展①得干

心猿钻透阴阳窍

净，揭开盖，把行者解了绳索，剥了衣服，就着那瓶中仙气，飕的一声，吸入里面，将盖子盖上，贴了封皮，却去吃酒道："猴儿今番入我宝瓶之中，再莫想那西方之路！若还能够拜佛求经，除是转背摇车，再去投胎守舍是。"你看那大小群妖，一个个笑呵呵都去贺功不题。

却说大圣到了瓶中，被那宝贝将身束得小了，索性变化，蹲在当中半晌，倒还荫凉，忽失声笑道："这妖精外有虚名，内无实事。怎么告诵人说这瓶装了人，一时三刻，化为脓血？若似这般凉快，就住上七八年也无事！"咦！大圣原来不知那宝贝根由：假若装了人，一年不语，一年荫凉；但闻得人言，就有火来烧了。大圣未曾说完，只见满瓶都是火焰。幸得他有本事，坐在中间，捻着避火诀，全然不惧。耐到半个时辰，四周围钻出四十条蛇来咬。行者抡开手，抓将过来，尽力气一摺，摺做八十段。少时间，又有三条火龙出来，把行者上下盘绕，着实难禁，自觉慌张无措，道："别事好处，这三条火龙难为。再过

① 展——揩抹。

一会不出，弄得火气攻心，怎了？"他想道："我把身子长一长，券^①破罢。"好大圣，捻着诀，念声咒，叫："长！"即长了丈数高下，那瓶紧靠着身，也就长起去，他把身子往下一小，那瓶儿也就小下来了。行者心惊道："难！难！难！怎么我长他也长，我小他也小？如之奈何！"说不了，孤拐上有些疼痛，急伸手摸摸，却被火烧软了。自己心焦道："怎么好？孤拐烧软了！弄做个残疾之人了！"忍不住掉下泪来。这正是：遭魔遇苦怀三藏，着难临危虑圣僧。道："师父啊！当年皈正，蒙观音菩萨劝善，脱离天灾，我与你苦历诸山，收殄多怪，降八戒，得沙僧，千辛万苦，指望同证西方，共成正果。何期今日遭此毒魔，老孙误入于此，倾了性命，撇你在半山之中，不能前进！想是我昔日名高，故有今朝之难！"正此凄怆，忽想起："菩萨当年在蛇盘山曾赐我三根救命毫毛，不知有无，且等我寻一寻看。"即伸手浑身摸了一把，只见脑后有三根毫毛，十分挺硬，忽喜道："身上毛都如彼软熟，只此三根如此硬枪，必然是救我命的。"即便咬着牙，忍着疼，拔下毛，吹口仙气，叫："变！"一根即变作金钢钻，一根变作竹片，一根变作绵绳。扳张篦片弓儿，牵着那钻，照瓶底下飗飗的一顿钻，钻成一个眼孔，透进光亮，喜道："造化！造化！却好出去也！"才变化出身，那瓶复荫凉了。怎么就凉？原来被他钻了，把阴阳之气泄了，故此遂凉。

好大圣，收了毫毛，将身一小，就变作个蟭蟟虫儿，十分轻巧，细如须发，长似眉毛，自孔中钻出，且还不走，径飞在老魔头上叮着。那老魔正饮酒，猛然放下杯儿道："三弟，孙行者这回化了么？"三魔笑道："还到此时哩？"老魔头教传令抬上瓶来。那下面三十六个小妖即便抬瓶，瓶就轻了许多。慌得众小妖报道："大王，瓶轻了！"老魔喝道："胡说！宝贝乃阴阳二气之全功，如何轻了！"内中有一个勉强的小妖，把瓶提上来道："你看这不轻了？"老魔揭盖看时，只见里面透亮，忍不住失声叫道："这瓶里空者，空也！"大圣在他头上，也忍不住道一声："我的儿啊，踜者，走也！"众怪听见道："走了走了！"即传令："关门！关门！"

① 券——这里是"钻、撑"的意思。

那行者将身一抖，收了剥去的衣服，现本相，跳出洞外。回头骂道："妖精不要无礼！瓶子钻破，装不得人了，只好拿了出恭！"喜喜欢欢，嚷嚷闹闹，踏着云头，径转唐僧处。那长老正在那里撮土为香，望空祷祝，行者且停云头，听他祷祝甚的。那长老合掌朝天道：

祈请云霞众位仙，六丁六甲与诸天。

愿保贤徒孙行者，神通广大法无边。

大圣听得这般言语，更加努力，收敛云光，近前叫道："师父，我来了！"长老搀住道："悟空劳碌，你远探高山，许久不回，我甚忧虑。端的这山中有何吉凶？"行者笑道："师父，才这一去，一则是东土众僧有缘有分，二来是师父功德无量无边，三也亏弟子法力！"将前项妆钻风、陷瓶里及脱身之事，细陈了一遍。"今得见师尊之面，实为两世之人也！"长老感谢不尽道："你这番不曾与妖精赌斗么？"行者道："不曾。"长老道："这等保不得我过山了？"行者是个好胜的人，叫喊道："我怎么保你过山不得？"长老道："不曾与他见个胜负，只这般含糊，我怎敢前进！"大圣笑道："师父，你也忒不通变。常言道，'单丝不线，孤掌难鸣。'那魔三个，小妖千万，教老孙一人，怎生与他赌斗？"长老道："寡不敌众，是你一人也难处。八戒、沙僧他也都有本事，教他们都去，与你协力同心，扫净山路，保我过去罢。"行者沉吟道："师言最当，着沙僧保护你，着八戒跟我去罢。"那呆子慌了道："哥哥没眼色！我又粗夯，无甚本事，走路扛风，跟你何益？"行者道："兄弟，你虽无甚本事，好道也是个人。俗云，'放屁添风。'你也可壮我些胆气。"八戒道："也罢，也罢，望你带挈带挈。但只急溜处，莫捉弄我。"长老道："八戒在意，我与沙僧在此。"

那呆子抖擞神威，与行者纵着狂风，驾着云雾，跳上高山，即至洞口，早见那洞门紧闭，四顾无人。行者上前，执铁棒，厉声高叫道："妖怪开门！快出来与老孙打耶！"那洞里小妖报入，老魔心惊胆战道："几年都说猴儿狠，话不虚传果是真！"二老怪在旁问道："哥哥怎么说？"老魔道："那行者早间变小钻风混进来，我等不能相识。幸三贤弟认得，把他装在瓶里。他弄本事，钻破瓶儿，却又摄去衣服走了。如今在外叫战，谁敢与他打个头仗？"更无一人答应，又问又无人答，都是那装聋推哑。老魔发怒道："我等在西方大路上，忝着个丑名。今日孙行者这般藐视，若不出去与他见阵，也低了名头。等我舍了这老性命去与他战上三合！三合战得过，唐僧还是我们口里食；战不过，那时关了门，让他过去罢。"遂取披挂结束了，开门前走。

行者与八戒在门旁观看，真是好一个怪物：

> 铁额铜头戴宝盔，盔缨飘舞甚光辉。
> 辉辉掣电双睛亮，亮亮铺霞两鬓飞。
> 勾爪如银尖且利，锯牙似凿密还齐。
> 身披金甲无丝缝，腰束龙绦有见机。
> 手执钢刀明晃晃，英雄威武世间稀。
> 一声吆喝如雷震，问道"敲门者是谁？"

大圣转身道："是你孙老爷齐天大圣也。"老魔笑道："你是孙行者？大胆泼猴！我不惹你，你却为何在此叫战？"行者道："有风方起浪，无潮水自平。你不惹我，我好寻你？只因你狐群狗党，结为一伙，算计吃我师父，所以来此施为。"老魔道："你这等雄赳赳的，嚷上我门，莫不是要打么？"行者道："正是。"老魔道："你休猖獗！我若调出妖兵，摆开阵势，摇旗擂鼓，与你交战，显得我是坐家虎，欺负你了。我只与你一个对一个，不许帮丁！"行者闻言叫："猪八戒走过，看他把老孙怎的！"那呆子真个闪在一边。老魔道："你过来，先与我做个桩儿，让我尽力气着光头砍上三刀，就让你唐僧过去；假若禁不得，快送你唐僧来，与我做一顿下饭！"行者闻言笑道："妖怪，你洞里若有纸笔，取出来，与你立个合同。自今日起，就砍到明年，我也不与你当真！"

那老魔抖擞威风，丁字步站定，双手举刀，望大圣劈顶就砍。这大圣把头往上一迎，只闻扢挞一声响，头皮儿红也不红。那老魔大惊道："这猴子好个硬头儿！"大圣笑道："你不知。老孙是，生就铜头铁脑盖，天地乾坤世上无。

斧砍锤敲不得碎，幼年曾入老君炉。

四斗星官监临造，二十八宿用工夫。

水浸几番不得坏，周围挖搭板筋铺。

唐僧还恐不坚固，预先又上紫金箍。"

老魔道："猴儿不要说嘴！看我这二刀来，决不容你性命！"行者
道："不见怎的，左右也只这般砍罢了。"老魔道："猴儿，你不知这
刀，

金火炉中造，神功百炼熬。锋刃依三略，刚强按六韬。却似苍
蝇尾，犹如白蟒腰。入山云荡荡，下海浪滔滔。琢磨无遍数，煎熬
几百遭。深山古洞放，上阵有功劳。搠着你这和尚天灵盖，一削就
是两个瓢！"

大圣笑道："这妖精没眼色！把老孙认做个瓢头哩！也罢，误砍误
让，教你再砍一刀看怎么。"那老魔举刀又砍，大圣把头迎一迎，乒
乓的劈做两个半；大圣就地打个滚，变作两个身子。那妖一见慌了，手
按下钢刀。猪八戒远远望见，笑道："老魔好砍两刀的！却不是四个人
了？"老魔指定行者道："闻你能使分身法，怎么把这法儿拿出在我面
前使！"大圣道："何为分身法？"老魔道："为甚么先砍你一刀不
动，如今砍你一刀，就是两个人？"大圣笑道："妖怪，你切莫害怕。
砍上一万刀，还你二万个人！"老魔道："你这猴儿，你只会分身，不
会收身。你若有本事收做一个，打我一棍去罢。"大圣道："不许说
谎，你要砍三刀，只砍了我两刀；教我打一棍，若打了棍半，就不姓
孙！"老魔道："正是，正是。"

好大圣，就把身搂上来，打个滚，依然一个身子，掣棒劈头就打。
那老魔举刀架住道："泼猴无礼！甚么样个哭丧棒，敢上门打人？"大
圣喝道："你若问我这条棍，天上地下，都有名声。"老魔道："怎见
名声？"他道：

815

西游记

棒是九转镔铁炼，　老君亲手炉中煅。
禹王求得号神珍，　四海八河为定验。
中间星斗暗铺陈，　两头箍裹黄金片。
花纹密布鬼神惊，　上造龙纹与凤篆。
名号灵阳棒一条，　深藏海藏人难见。
成形变化要飞腾，　飘飘五色霞光现。
老孙得道取归山，　山穷变化多经验。
时间要大瓮来粗，　或小些微如铁线。
粗如南岳细如针，　长短随吾心意变。
轻轻举动彩云生，　亮亮飞腾如闪电。
攸攸冷气逼人寒，　条条杀雾空中现。
降龙伏虎谨随身，　天涯海角都游遍。
曾将此棍闹天宫，　威风打散蟠桃宴。
天王赌斗未曾赢，　哪吒对敌难交战。
棍打诸神没躲藏，　天兵十万都逃窜。
雷霆众将护灵霄，　飞身打上通明殿。
掌朝天使尽皆惊，　护驾仙卿俱搅乱。
举棒掀翻北斗宫，　回首震开南极院。
金阙天皇见棍凶，　特请如来与我见。
兵家胜负自如然，　困苦灾危无可辨。
整整挨排五百年，　亏了南海菩萨劝。
大唐有个出家僧，　对天发下洪誓愿。
枉死城中度鬼魂，　灵山会上求经卷。
西方一路有妖魔，　行动甚是不方便。
已知铁棒世无双，　央我途中为侣伴。
邪魔汤着赴幽冥，　肉化红尘骨化面。
处处妖精棒下亡，　论万成千无打算。
上方击坏斗牛宫，　下方压损森罗殿。
天将曾将九曜追，　地府打伤催命判。
半空丢下震山川，　胜如太岁新华剑。
全凭此棍保唐僧，　天下妖魔都打遍！

816

那魔闻言，战兢兢舍着性命，举刀就砍。猴王笑吟吟使铁棒前迎。他两个先时在洞前撑持，然后跳起去，都在半空厮杀。这一场好杀：

天河定底神珍棒，棒名如意世间高。夸称手段魔头恼，大捍刀擎法力豪。门外争持还可近，空中赌斗怎相饶！一个随心更面目，一个立地长身腰。杀得满天云气重，遍野雾飘摇。那一个几番立意吃三藏，这一个广施法力保唐朝。都因佛祖传经典，邪正分明恨苦交。

魔王还归大道真

那老魔与大圣斗经二十余合，不分输赢。原来八戒在底下见他两个战到好处，忍不住掣钯架风，跳将起去。望妖魔劈脸就筑。那魔慌了，不知八戒是个呼头性子，冒冒失失的唬人，他只道嘴长耳大，手硬钯凶，败了阵，丢了刀，回头就走。大圣喝道：“赶上！赶上！”这呆子仗着威风，举着钉钯，即忙赶下怪去。老魔见他赶的相近，在坡前立定，迎着风头，幌一幌现了原身，张开大口，就要来吞八戒。八戒害怕，急抽身往草里一钻，也管不得荆针棘刺，也顾不得刮破头疼，战兢兢的，在草里听着梆声。随后行者赶到，那怪也张口来吞，却中了他的机关，收了铁棒，迎将上去，被老魔一口吞之。唬得个呆子在草里囊囊咄咄①的埋怨道："这个弼马温，不识进退！那怪来吃你，你如何不走，反去迎他！这一口吞在肚里，今日还是个和尚，明日就是个大恭也！"那魔得胜而去。这呆子才钻出草来，溜回旧路。

却说三藏在那山坡下，正与沙僧盼望，只见八戒喘呵呵的跑来。三藏大惊道："八戒，你怎么这等狼狈？悟空如何不见？"呆子哭哭啼啼道："师兄被妖精一口吞下肚去了！"三藏听言，唬倒在地，半晌间跌脚拳胸道："徒弟呀！只说你善会降妖，领我西天见佛，怎知今日死于此怪之手！苦哉！苦哉！我弟子同众的功劳，如今都化作尘土矣！"那师父十分苦痛。你看那呆子，他也不来劝解师父，却叫："沙和尚，你拿将行李来，我两个分了罢。"沙僧道："二哥，分怎的？"八戒道："分开了，各人散伙，你往流沙河，还去吃人；我往高老庄，看看我浑家。将白马卖了，与师父买个寿器送终。"长老气呼呼的，闻得此言，叫皇天，放声大哭。且不题。

却说那老魔吞了行者，以为得计，径回本洞。众妖迎问出战之功，老魔道："拿了一个来了。"二魔喜道："哥哥拿的是谁？"老魔道："是孙行者。"二魔道："拿在何处？"老魔道："被我一口吞在腹中哩。"第三个魔头大惊道："大哥啊，我就不曾吩咐你，孙行者不中吃！"那大圣肚里道："忒中吃！又禁饥，再不得饿！"慌得那小妖道："大王，不好了！孙行者在你肚里说话哩！"老魔道："怕他说话！有本事吃了他，没本事摆布他不成？你们快去烧些盐白汤，等我灌下肚去把他哕出来，慢慢的煎了吃酒。"小妖真个冲了半盆盐汤。老怪一饮而干，洼着口，着实一呕。那大圣在肚里生了根，动也不动；却又拦着喉咙，往外又吐，吐得头晕眼花，黄胆都破了，行者越发不动，老魔喘息了，叫声："孙行者，你不出来？"行者道："早哩！正好不出来哩！"老魔道："你怎么不出？"行者道："你这妖精，甚不通变。我自做和尚，十分淡薄。如今秋凉，我还穿个单直裰。这肚里倒暖，又不透风，等我住过冬天才好出来。"

众妖听说，都道："大王，孙行者要在你肚里过冬哩！"老魔道："他要过冬，我就打起禅来，使个搬运法，一冬不吃饭，就饿杀那弼马

---

① 囊囊咄咄——自言自语。犹嘟嘟嚷嚷。

温！"大圣道："我儿子，你不知事！老孙保唐僧取经，从广里①过，带了个折叠锅儿，进来煮杂碎吃。将你这里边肝、肠、肚、肺、细细儿受用，还够盘缠到清明哩！"那二魔大惊道："哥啊，这猴子他干得出来！"三魔道："哥啊，吃了杂碎也罢，不知在那里支锅。"行者道："三叉骨上好支锅。"三魔道："不好了！假若支起锅，烧动火烟，捣到鼻孔里，打嚏喷么？"行者笑道："没事！等老孙把金箍棒往顶门里一搠，搠个窟窿，一则当天窗，二来当烟洞。"

　　老魔听说，虽说不怕，却也心惊，只得硬着胆叫："兄弟们，莫怕，把我那药酒拿来，等我吃几盅下去，把猴儿药杀了罢！"行者暗笑道："老孙五百年前大闹天宫时，吃老君丹，玉皇酒，王母桃，及凤髓龙肝，那样东西我不曾吃过？是甚么药酒，敢来药我？"那小妖真个将药酒筛了两壶，满满斟了一盅，递与老魔。老魔接在手中，大圣在肚里就闻得酒香，道："不要与他吃！"好大圣，把头一扭，变作个喇叭口子，张在他喉咙之下。那怪咽的咽下，被行者咽的接吃了。第二盅咽下被行者咽的又接吃了。一连咽了七八盅，都是他接吃了。老魔放下盅道："不吃了，这酒常时吃两盅，腹中如火，却才吃了七八盅，脸上红也不红！"原来这大圣吃不多酒，接了他七八盅吃了，在肚里撒起酒风来，不住的支架子，跌四平，踢飞脚，抓住肝花打秋千，竖蜻蜓，翻根头乱舞。那怪物疼痛难禁，倒在地下。毕竟不知死活如何，且听下回分解。

第七十五回　心猿钻透阴阳窍　魔王还归大道真

①　广里——指广州。

第七十六回

心神居舍魔归性　木母同降怪体真

　　话表孙大圣在老魔肚里支吾一会，那魔头倒在尘埃，无声无气，若不言语，想是死了，却又把手放放。魔头回过气来，叫一声："大慈大悲齐天大圣菩萨！"行者听见道："儿子，莫废工夫，省几个字儿，只叫孙外公罢。"那妖魔惜命，真个叫："外公！外公！是我的不是了！一差二误吞了你，你如今却反害我。万望大圣慈悲，可怜蝼蚁贪生之意，饶了我命，愿送你师父过山也。"大圣虽英雄，甚为唐僧进步。他见妖魔哀告，好奉承的人，也就回了善念，叫道："妖怪，我饶你，你怎么送我师父？"老魔道："我这里也没甚么金银、珠翠、玛瑙、珊瑚、琉璃、琥珀、玳瑁珍奇之宝相送，我兄弟三个，抬一乘香藤轿儿，把你师父送过此山。"行者笑道："既是抬轿相送，强如要宝。你张开口，我出来。"那魔头真个就张开口。那三魔走近前，悄悄的对老魔道："大哥，等他出来时，把口往下一咬，将猴儿嚼碎，咽下肚，却不得磨害你了。"

　　原来行者在里面听得，便不先出去，却把金箍棒伸出，试他一试。那怪果往下一口，㰩喳的一声，把个门牙都迸碎了。行者抽回棒道："好妖怪！我倒饶你性命出来，你反咬我，要害我命！我不出来，活活的只弄杀你！不出来！不出来！"老魔报怨三魔道："兄弟，你是自家人弄自家人了。且是请他出来好了，你却教我咬他。他倒不曾咬着，却迸得我牙龈疼痛，这是怎么起的！"

三魔见老魔怪他，他又做个激将法，厉声高叫道："孙行者，闻你名如轰雷贯耳，说你在南天门外施威，灵霄殿下逞势；如今在西天路上降妖缚怪，原来是个小辈的猴头！"行者道："我何为小辈？"三怪道："好汉千里客，万里去传名。你出来，我与你赌斗，才是好汉；怎么在人肚里做勾当！非小辈而何？"行者闻言，心中暗想道："是！是！是！我若如今扯断他肠，撕破他肝，弄杀这怪，有何难哉？但真是坏了我的名头。也罢！也罢！你张口，我出来与你比并。但只是你这洞口窄逼，不好使家伙，须往宽处去。"三魔闻说，即点大小怪，前前后后，有三万多精，都执着精锐器械，出洞摆开一个三才阵势，专等行者出口，一齐上阵。那二怪搀着老魔，径至门外叫道："孙行者！好汉出来！此间有战场，好斗！"

大圣在他肚里，闻得外面鸦鸣鹊噪，鹤唳风声，知道是宽阔之处，却想着："我不出去，是失信与他；若出去，这妖精人面兽心。先时说送我师父，哄我出来咬我，今又调兵在此。也罢！也罢！与他个两全其美，出去便出去，还与他肚里生下一个根儿。"即转手，将尾上毫毛拔了一根，吹口仙气，叫："变！"即变一条绳儿，只有头发粗细，倒有四十丈长短。那绳儿理出去，见风就长粗了。把一头拴着妖怪的心肝系上，打做个活扣儿，那扣儿不扯不紧，扯紧就痛。却拿着一头笑道："这一出去，他送我师父便罢；如若不送，乱动刀兵，我也没工夫与他打，只消扯此绳儿，就如我在肚里一般！"又将身子变得小小的，往外爬，爬到咽喉之下，见妖精大张着方口，上下钢牙，排如利刃，忽思量道："不好！不好！若从口里出去扯这绳儿，他怕疼，往下一嚼，却不咬断了？我打他没牙齿的所在出去。"好大圣，理着绳儿，从他那上腭子往前爬，爬到他鼻孔里。那老魔鼻子发痒，"阿嚏"的一声，打了个喷嚏，却迸出行者。

行者见了风，把腰躬一躬，就长了有三丈长短，一只手扯着绳儿，一只手拿着铁棒。那魔头不知好歹，见他出来了，就举钢刀，劈脸来砍。这大圣一只手使铁棒相迎。又见那二怪使枪，三怪使戟，没头没脸的乱上。大圣放松了绳，收了铁棒，急纵身驾云走了。原来怕那伙小妖围绕，不好干事。他却跳出营外，去那空阔山头上，落下云，双手把绳

821

尽力一扯，老魔心里才疼。他害疼往上一挣，大圣复往下一扯。众小妖远远看见，齐声高叫道："大王，莫惹他！让他去罢！这猴儿不按时景，清明还未到，他却那里放风筝也！"大圣闻言，着力气蹬了一蹬，那老魔从空中，拍剌剌，似纺车儿一般，跌落尘埃，就把那山坡下死硬的黄土跌做个二尺浅深之坑。

慌得那二怪、三怪一齐按下云头，上前拿住绳儿，跪在坡下哀告道："大圣啊，只说你是个宽洪海量之仙，谁知是个鼠腹蜗肠之辈。实实的哄你出来，与你见阵，不期你在我家兄心上拴了一根绳子！"行者笑道："你这伙泼魔，十分无礼！前番哄我出去便就咬我，这番哄我出来，却又摆阵敌我。似这几万妖兵，战我一个，理上也不通。扯了去！扯了去见我师父！"那怪一齐叩头道："大圣慈悲，饶我性命，愿送老师父过山！"行者笑道："你要性命，只消拿刀把绳子割断罢了。"老魔道："爷爷呀，割断外边的，这里边的拴在心上，喉咙里又摋摋的恶心，怎生是好？"行者道："既如此，张开口，等我再进去解出绳来。"老魔慌了道："这一进去，又不肯出来，却难也！却难也！"行者道："我有本事外边就可以解得里面绳头也。解了可实实的送我师父么？"老魔道："但解就送，决不敢打诳语。"大圣审得是实，即便将身一抖，收了毫毛，那怪的心就不疼了。这是孙大圣掩样的法儿，使毫毛拴着他的心，收了毫毛，所以就不害疼也。三个妖纵身而起，谢道："大圣请回，上复唐僧，收拾下行李，我们就抬轿来送。"众怪偃干戈，尽皆归洞。

大圣收绳子，径转山东。远远的看见唐僧睡在地下打滚痛哭，猪八戒与沙僧解了包袱，将行李搭分儿，在那里分哩。行者暗暗嗟叹道："不消讲了，这定是八戒对师父说我被妖精吃了，师父舍不得我痛哭，那呆子却分东西散伙哩。咦！不知可是此意，且等我叫他一声看。"落下云头叫道："师父！"沙僧听见，报怨八戒道："你是个棺材座子，专一害人！师兄不曾死，你却说他死了，在这里干这个勾当！那里不叫将来了？"八戒道："我分明看见他被妖精一口吞了。想是日辰不好，那猴子来显魂哩。"行者到跟前，一把挝住八戒脸，一个巴掌打了个踉跄，道："夯货！我显甚么魂？"呆子捂着脸道："哥哥，你实是那怪吃了，你，你怎么又活了？"行者道："像你这

822

个不济事的脓包！他吃了我，我就抓他肠，捏他肺，又把这条绳儿穿住他的心，扯他疼痛难禁，一个个叩头哀告，我才饶了他性命。如今抬轿来送我师父过山也。"那三藏闻言，一骨鲁爬起来，对行者躬身道："徒弟啊，累杀你了！若信悟能之言，我已绝矣！"行者抡拳打着八戒骂道："这个馕糠的呆子，十分懈怠，甚不成人！师父，你切莫恼，那怪就来送你也。"沙僧也甚生惭愧，连忙遮掩，收拾行李，扣背马匹，都在途中等候不题。

却说三个魔头帅群精回洞，二怪道："哥哥，我只道是个九头八尾的孙行者，原来是恁的个小小猴儿！你不该吞他，只与他斗时，他那里斗得过你我！洞里这几万妖精，吐唾沫也可淹杀他。你却将他吞在肚里，他便弄起法来，教你受苦，怎么敢与他比较！才自说送唐僧，都是假意，实为兄长性命要紧，所以哄他出来。决不送他！"老魔道："贤弟不送之故，何也？"二怪道："你与我三千小妖，摆开阵势，我有本事拿住这个猴头！"老魔道："莫说三千，凭你起老营去，只是拿住他便大家有功。"

那二魔即点三千小妖，径到大路旁摆开，着一个蓝旗手往来传报，教："孙行者！赶早出来，与我二大王爷爷交战！"八戒听见笑道："哥啊，常言道，说谎不瞒当乡人，就来弄虚头，捣鬼！怎么说降了妖精，就抬轿来送师父，却又来叫战，何也？"行者道："老怪已被我降了，不敢出头，闻着个孙字儿，也害头疼。这定是二妖魔不服气送我们，故此叫战。我道兄弟，这妖精有弟兄三个，这般义气；我弟兄也是三个，就没些义气。我已降了大魔，二魔出来，你就与他战战，未为不可。"八戒道："怕他怎的！等我去打他一仗来！"行者道："要去便去罢。"八戒笑道："哥啊，去便去，你把那绳儿借与我使使。"行者道："你要怎的？你又没本事钻在肚里，你又没本事拴在他心上，要他何用？"八戒道："我要扣在这腰间，做个救命索。你与沙僧扯住后手，放我出去与他交战。估着赢了他，你便放松，我把他拿住；若是输与他，你把我扯回来，莫教他拉了去。"真个行者暗笑道："也是捉弄呆子一番！"就把绳儿扣在他腰里，撮弄他出战。

那呆子举钉钯跑上山崖，叫道："妖精出来！与你猪祖宗打来！"那蓝旗手急报道："大王，有一个长嘴大耳朵的和尚来了。"二怪即出营，见了八戒，更不打话，挺枪劈面刺来。这呆子举钯上前迎住。他两个在山坡前搭上手，斗不上七八回合，呆子手软，架不得妖魔，急回头叫："师兄，不好了！扯扯救命索，扯扯救命索！"这壁厢大圣闻言，转把绳子放松了抛将去。那呆子败了阵，往后就跑。原来那绳子拖着走还不觉，转回来，因松了，倒有些绊脚，自家绊倒了一跌，爬起来又一跌。始初还跌个趷踵，后面就跌了个嘴抢地。被妖精赶上，捽开鼻子，就如蛟龙一般，把八戒一鼻子卷住，得胜回洞。众妖凯歌齐唱，一拥而归。

这坡下三藏看见，又恼行者道："悟空，怪不得悟能咒你死哩！原来你兄弟全无相亲相爱之意，专怀相嫉相妒之心！他那般说，教你扯扯救命索，你怎么不扯，还将索子丢去？如今教他被害，却如之何？"行者笑道："师父也忒护短，忒偏心！罢了，像老孙拿去时，你略不挂念，左右是舍命之材；这呆子才自遭擒，你就怪我。也教他受些苦恼，方见取经之难。"三藏道："徒弟啊，你去，我岂不挂念？想着你会变化，断然不至伤身。那呆子生得狼犺，又不会腾挪，这一去，少吉多凶，你还去救他一救。"行者道："师父不得报怨，等我去救他一救。"

急纵身赶上山，暗中恨道："这呆子咒我死，且莫与他个快活！且跟去看那妖精怎么摆布他，等他受些罪，再去救他。"即捻诀念起真言，摇身一变，即变作个蟭蟟虫，飞将去，叮在八戒耳朵根上，同那妖精到了洞里。二魔帅三千小怪，大吹大打的，至洞口屯下，自将八戒拿入里边，道："哥哥，我拿了一个来也。"老怪道："拿来我看。"他把鼻子放松，捽下八戒，道："这不是？"老怪道："这厮没用。"八戒闻言道："大王，没用的放出去，寻那有用的捉来罢。"三怪道："虽是没用，也是唐僧的徒弟猪八戒。且捆了，送在后边池塘里浸着，待浸退了毛，破开肚子，使盐腌了晒干，等天阴下酒。"八戒大惊道："罢了！罢了！撞见那贩腌的妖怪也！"众怪一齐下手，把呆子四马攒蹄捆住，扛扛抬抬，送至池塘边，往中间一推，尽皆转去。

大圣却飞起来看处，那呆子四肢朝上，掘着嘴，半浮半沉，嘴里呼呼的，着然好笑，倒像八九月经霜落了子儿的一个大黑莲蓬。大圣见他那嘴脸，又恨他，又怜他，说道："怎的好么？他也是龙华会上的一个人，但只恨他动不动分行李散伙，又要撺掇师父念'紧箍儿咒'咒我。我前日曾闻得沙僧说，他攒了些私房，不知可有否，等我且吓他一吓看。"

好大圣，飞近他耳边，假捏声音叫声："猪悟能！猪悟能！"八戒慌了道："晦气呀！我这悟能是观世音菩萨起的，自跟了唐僧，又呼做八戒，此间怎么有人知道我叫做悟能？"呆子忍不住问道："是那个叫我的法名？"行者道："是我。"呆子道："你是那个？"行者道："我是勾司人。"那呆子慌了道："长官，你是那里来的？"行者道："我是五阎王差来勾你的。"那呆子道："长官，你且回去，上复五阎王，他与我师兄孙悟空交得甚好，教他让我一日儿，明日来勾罢。"行者道："胡说！'阎王注定三更死，谁敢留人到四更！'趁早跟我去，免得套上绳子扯拉！"呆子道："长官，那里不是方便，看我这般嘴脸，还想活哩。死是一定死，只等一日，这妖精连我师父们都拿来，会一会，就都了帐也。"行者暗笑道："也罢，我这批上有三十个人，都在这中前后，等我拘将来就你，便有一日耽阁。你可有盘缠，把些儿我去？"八戒道："可怜啊！出家人那里有甚么盘缠？"行者道："若无盘缠，索了去！跟着我走！"呆子慌了道："长官不要索，我晓得你这绳儿叫做追命绳，索上就要断气。有！有！有！有便有些儿，只是不多。"行者道："在那里？快拿出来！"八戒道："可怜！可怜！我自做了和尚，到如今，有些善信的人家斋僧，见我食肠大，衬钱比他们略多些儿，我拿了攒在这里，零零碎碎有五钱银子。因不好收拾，前者到城中，央了个银匠煎在一处，他又没天理，偷了我几分，只得四钱六分一块儿，你拿了去罢。"行者暗笑道："这呆子裤子也没得穿，却藏在何处？咄！你银子在那里？"八戒道："在我左耳朵眼儿里塞着哩。我捆了拿不得，你自家拿了去罢。"

行者闻言，即伸手在耳朵窍中摸出，真个是块马鞍儿银子，足有四钱五六分重。拿在手里，忍不住哈哈的大笑一声。那呆子认是行者声音，在水里乱骂道："天杀的弼马温！到这们苦处还来打诈财物哩！"行者又笑道："我把你这馕糟的！老孙保师父，不知受了多少苦难，你到攒下私房！"八戒道："嘴脸！这是甚么私房！都是牙齿上刮下来的，我不舍得买了嘴吃，留了买匹布儿做件衣服，你却吓了我的。还分些儿与我。"行者道："半分也没得与你！"八戒骂道："买命钱让与你罢，好道也救我出去是。"行者道："莫发急，等我救你。"将银子藏了，即现原身，掣铁棒把呆子划拢，用手提着脚，扯上来，解了绳。八戒跳起来，脱下衣裳，整干了水，抖一抖，潮漉漉的披在身上，道："哥哥，开后门走了罢。"行者道："后门里走，可是个长进的？还打前门上去。"八戒道："我的脚捆麻了，跑不动。"行者道："快跟我来。"

好大圣，把铁棒一路丢开解数，打将出去。那呆子忍着麻，只得跟定他。只看见二门下靠着的是他的钉钯，走上前，推开小妖，捞过来往前乱筑，与行者打出三四层门，不知打杀了多少小妖。那老魔听见，对二魔道："拿得好人！拿得好人！你看孙行者劫了猪八戒，门上打伤小妖也！"那二魔急纵身，绰枪在手，赶出门来，应声骂道："泼猢狲！这般无礼！怎敢渺视我等！"大圣听得，即应声站下。那怪物不容讲，使枪便刺。行者正是会家不忙，掣铁棒，劈面相迎。他两个在洞门外，这一场好杀：

> 黄牙老象变人形，义结狮王为弟兄。因为大魔来说合，同心计算吃唐僧。齐天大圣神通广，辅正除邪要灭精。八戒无能遭毒手，悟空拯救出门行。妖王赶上施英猛，枪棒交加各显能。那一个枪来好似穿林蟒，这一个棒起犹如出海龙。龙出海门云霭霭，蟒穿林树雾腾腾。算来都为唐和尚，恨苦相持太没情。

那八戒见大圣与妖精交战，他在山嘴上竖着钉钯，不来帮打，只管呆呆的看着。那妖精见行者棒重，满身解数，全无破绽，就把枪架住，摔开鼻子，要来卷他。行者知道他的勾当，双手把金箍棒横起来，往上一举，被妖精一鼻子卷住腰胯，不曾卷手。你看他两只手在妖精鼻头上丢花棒儿耍子。

八戒见了，捶胸道："咦！那妖怪晦气呀！卷我这夯的，连手都卷住了，不能得动，卷那们滑的，倒不卷手。他那两只手拿着棒，只消往鼻里一捣，那孔子里害疼流涕，怎能卷得他住？"行者原无此意，倒是八戒教了他。他就把棒幌一幌，小如鸡子，长有丈余，真个往他鼻孔里一捣。那妖精害怕，沙的一声，把鼻子摔放，被行者转手过来，一把揪住，用气力往前一拉，那妖精护疼，随着手，举步跟来。八戒方才敢近，拿钉钯望妖精胯子上乱筑。行者道："不好！不好！那钯齿儿尖，恐筑破皮，淌出血来，师父看见又说我们伤生，只调柄子来打罢。"

真个呆子举钯柄，走一步，打一下，行者牵着鼻子，就似两个象奴，牵至坡下。只见三藏凝睛盼望，见他两个嚷嚷闹闹而来，即唤："悟净，你看悟空牵的是甚么？"沙僧见了笑道："师父，大师兄把妖精揪着鼻子拉来，真爱杀人也！"三藏道：

木母同降怪体真

"善哉！善哉！那般大个妖精！那般长个鼻子！你且问他，他若喜喜欢欢送我等过山呵，饶了他，莫伤他性命。"沙僧急纵前迎着，高声叫道："师父说，那怪果送师父过山，教不要伤他命哩。"那怪闻说，连忙跪下，口里呜呜的答应。原来被行者揪着鼻子，捏儴①了，就如重伤风一般，叫道："唐老爷，若肯饶命，即便抬轿相送。"行者道："我师徒俱是善胜之人，依你言，且饶你命，快抬轿来。如再变卦，拿住决不再饶！"那怪得脱手，磕头而去。行者同八戒见唐僧，备言前事。八戒惭愧不胜，在坡前晾晒衣服，等候不题。

---

① 儴——同"齉"。鼻息阻塞时的发声叫齉，一般都叫"齉鼻子"。

那二魔战战兢兢回洞，未到时，已有小妖报知老魔、三魔，说二魔被行者揪着鼻子拉去。老魔悚惧，与三魔帅众方出，见二魔独回，又皆接入，问及放回之故。二魔把三藏慈悯善胜之言，对众说了一遍，一个个面面相觑，更不敢言。二魔道："哥哥可送唐僧么？"老魔道："兄弟，你说那里话！孙行者是个广施仁义的猴头，他先在我肚里，若肯害我性命，一千个也被他弄杀了。却才揪住你鼻子，若是扯了去不放回，只捏破你的鼻子头儿，却也惶恐。快早安排送他去罢。"三魔笑道："送！送！送！"老魔道："贤弟这话，却又像尚气的了。你不送，我两个送去罢。"

三魔又笑道："二位兄长在上，那和尚倘不要我们送，只这等瞒过去，还是他的造化；若要送，不知正中了我的调虎离山之计哩。"老怪道："何为调虎离山？"三怪道："如今把满洞群妖点将起来，万中选千，千中选百，百中选十六个，又选三十个。"老怪道："怎么既要十六，又要三十？"三怪道："要三十个会烹煮的，与他些精米、细面、竹笋、茶芽、香蕈、蘑菇、豆腐、面筋，着他二十里，或三十里，搭下窝铺，安排茶饭，管待唐僧。"老怪道："又要十六个何用？"三怪道："着八个抬，八个喝路。我弟兄相随左右，送他一程。此去向西四百余里，就是我的城池。我那里自有接应的人马，若至城边，如此如此，着他师徒首尾不能相顾。要捉唐僧，全在此十六个鬼成功。"老怪闻言，欢欣不已，真是如醉方醒，似梦方觉，道："好！好！好！"即点众妖，先选三十，与他物件；又选十六，抬一顶香藤轿子，同出门来。又吩咐众妖："俱不许上山闲走！孙行者是个多心的猴子，若见汝等往来，他必生疑，识破此计。"

老怪遂帅众至大路旁高叫道："唐老爷，今日不犯红沙①，请老爷早早过山。"三藏闻言道："悟空，是甚人叫我？"行者指定道："那厢是老孙降伏的妖精抬轿来送你哩。"三藏合掌朝天道："善哉！善哉！若不是贤徒如此之能，我怎生得去？"径直向前，对众

___

① 红沙——阴阳家的迷信说法，认为每日各有吉、凶星当值。吉星当值，可以"出行、会亲友、结婚"等；恶星当值，则"不宜出行、不宜动土……"等。红沙是恶星当值。"沙"也作"煞"。

妖作礼道："多承列位之爱，我弟子取经东回，向长安当传扬善果也。"众妖叩首道："请老爷上轿。"那三藏肉眼凡胎，不知是计；孙大圣又是太乙金仙，忠正之性，只以为擒纵之功，降了妖怪，亦岂期他都有异谋？却也不曾详察，尽着师父之意，即命八戒将行囊捎在马上，与沙僧紧随，他使铁棒向前开路，顾盼吉凶。八个抬起轿子，八个一递一声喝道。三个妖扶着轿扛，师父喜喜欢欢的端坐轿上，上了高山，依大路而行。

此一去，岂知欢喜之间愁又至，经云："泰极否还生。"时运相逢真太岁，又值丧门吊客星。那伙妖魔，同心合意的，侍卫左右，早晚殷勤。行经三十里献斋，五十里又斋，未晚请歇，沿路齐齐整整。一日三餐，遂心满意；良宵一宿，好处安身。

西进有四百里余程，忽见城池相近。大圣举铁棒，离轿仅有一里之遥，见城池把他吓了一跌，挣坐不起。你道他只这般大胆，如何见此着唬，原来望见那城中有许多恶气，乃是：

> 攒攒簇簇妖魔怪，四门都是狼精灵。
> 斑斓老虎为都管，白面雄彪作总兵。
> 丫叉角鹿传文引，伶俐狐狸当道行。
> 千尺大蟒围城走，万丈长蛇占路程。
> 楼下苍狼呼令使，台前花豹作人声。
> 摇旗擂鼓皆妖怪，巡更坐铺尽山精。
> 狡兔开门弄买卖，野猪挑担干营生。
> 先年原是天朝国，如今翻作虎狼城。

那大圣正当悚惧，只听得耳后风响，急回头观看，原来是三魔双手举一柄画杆方天戟，往大圣头上打来。大圣急翻身爬起，使金箍棒劈面相迎。他两个各怀恼怒，气呼呼，更不打话；咬着牙，各要相争。又见那老魔头，传声号令，举钢刀便砍八戒。八戒慌得丢了马，抢着钯向前乱筑。那二魔缠长枪望沙僧刺来，沙僧使降妖杖支开架子敌住。三个魔头与三个和尚，一个敌一个，在那山头舍死忘生苦战。那十六个小妖却遵号令，各各效能：抢了白马、行囊，把三藏一

829

拥，抬着轿子，径至城边，高叫道："大王爷爷定计，已拿得唐僧来了！"那城上大小妖精，一个个跑下，将城门大开，吩咐各营卷旗息鼓，不许呐喊筛锣，说："大王原有令在前，不许吓了唐僧。唐僧禁不得恐吓，一吓就肉酸不中吃了。"众精都欢天喜地邀三藏，控背躬身接主僧。把唐僧一轿子抬上金銮殿，请他坐在当中，一壁厢献茶，献饭，左右旋绕。那长老昏昏沉沉，举眼无亲。

　　毕竟不知性命何如，且听下回分解。

第七十七回

群魔欺本性　一体拜真如

　　且不言唐长老困苦。却说那三个魔头齐心竭力，与大圣兄弟三人，在城东半山内努力争持。这一场，正是那"铁刷帚刷铜锅，家家挺硬。"好杀：

　　　六般体相六般兵，六样形骸六样情。六恶六根缘六欲，六门六道赌输赢。三十六宫春自在，六六形色恨有名。这一个金箍棒，千般解数；那一个方天戟，百样峥嵘。八戒钉钯凶更猛，二怪长枪俊又能。小沙僧宝杖非凡，有心打死；老魔头钢刀快利，举手无情。这三个是护卫真僧无敌将，那三个是乱法欺君波野精。起初犹可，向后弥凶。六枚都使升空法，云端里面各翻腾。一时间吐雾喷云天地暗，哮哮吼吼只闻声。

　　他六个斗罢多时，渐渐天晚。却又是风雾漫漫，霎时间，就黑暗了。原来八戒耳大，盖着眼皮，越发昏蒙，手脚慢，又遮架不住，拖着钯，败阵就走。被老魔举刀砍去，几乎伤命；幸躲过头脑，被口刀削断几根鬃毛，赶上张开口咬着领头，拿入城中，丢与小怪，捆在金銮殿。老妖又驾云，起在半空助力。沙和尚见事不谐，虚幌着宝杖，顾本身回头便走，被二怪捽开鼻子，响一声，连手卷住，拿到城里，也叫小妖

831

捆在殿下，却又腾空去叫拿行者。行者见两个兄弟遭擒，他自家独力难撑，正是"好手不敌双拳，双拳难敌四手"。他喊一声，把棍子隔开三个妖魔的兵器，纵筋斗驾云走了。三怪见行者驾筋斗时，即抖抖身，现了本相，扇开两翅，赶上大圣。你道他怎能赶上？当时如行者闹天宫，十万天兵也拿他不住者，以他会驾筋斗云，一去有十万八千里路，所以诸神不能赶上。这妖精扇一翅就有九万里，两搧就赶过了，所以被他一把挝住，拿在手中，左右挣挫不得。欲思要走，莫能逃脱。即使变化法遁法，又往来难行：变大些儿，他就放松了挝住；变小些儿，他又撮紧了挝住。复拿了径回城内，放了手，捽下尘埃，吩咐群妖，也照八戒、沙僧捆在一处。那老魔、二魔俱下来迎接。三个魔头，同上宝殿。噫！这一番倒不是捆住行者，分明是与他送行。

此时有二更时候，众怪一齐相见毕，把唐僧推下殿来。那长老于灯光前，忽见三个徒弟都捆在地下，老师父伏于行者身边，哭道："徒弟啊！常时逢难，你却在外运用神通，到那里取救降魔；今番你亦遭擒，我贫僧怎么得命！"八戒、沙僧听见师父这般苦楚，便也一齐放声痛哭。行者微微笑道："师父放心，兄弟莫哭；凭他怎的，决然无伤。等那老魔安静了，我们走路。"八戒道："哥啊，又来捣鬼了！麻绳捆住，松些儿还着水喷，想你这瘦人儿不觉，我这胖的遭瘟哩！不信，你看两膊上，入肉已有二寸，如何脱身？"行者笑道："莫说是麻绳捆的，就是碗粗的棕缆，只也当秋风过耳，何足罕哉！"

师徒们正说处，只闻得那老魔道："三贤弟有力量，有智谋，果成妙计，拿将唐僧来了！"叫："小的们，着五个打水，七个刷锅，十个烧火，二十个抬出铁笼来，把那四个和尚蒸熟，我兄弟们受用，各散一块儿与小的们吃，也教他个个长生。"八戒听见，战兢兢的道："哥哥，你听，那妖精计较要蒸我们吃哩！"行者道："不要怕，等我看他是雏儿妖精，是把势妖精。"沙和尚哭道："哥呀！且不要说宽话，如今已与阎王隔壁哩，且讲甚么雏儿、把势！"说不了，又听得二怪说："猪八戒不好蒸。"八戒欢喜道："阿弥陀佛，是那个积阴骘的，说我不好蒸？"三怪道："不好蒸，剥了皮蒸。"八戒慌了，厉声喊道："不要剥皮！粗自粗，汤响就烂了！"老怪道："不好蒸的，安在底下一格。"行者笑道："八戒莫怕，是雏儿，不是把势。"沙僧道："怎

832

么认得？"行者道："大凡蒸东西，都从上边起。不好蒸的，安在上头一格，多烧把火，圆了气，就好了；若安在底下，一住了气，就烧半年也是不得气上的。他说八戒不好蒸，安在底下，不是雏儿是甚的！"八戒道："哥啊，依你说，就活活的弄杀人了！他打紧见不上气，抬开了，把我翻转过来，再烧起火，弄得我两边俱熟，中间不夹生了？"

正讲时，又见小妖来报："汤滚了。"老怪传令叫抬。众妖一齐上手，将八戒抬在底下一格，沙僧抬在二格。行者估着来抬他，他就脱身道："此灯光前好做手脚！"拔下一根毫毛，吹口仙气，叫声："变！"即变作一个行者，捆了麻绳。将真身出神，跳在半空里，低头看着。那群妖那知真假，见人就抬，把个"假行者"抬在上三格。才将唐僧揪翻倒捆住，抬上第四格。干柴架起，烈火气焰腾腾。大圣在云端里嗟叹道："我那八戒、沙僧，还捱得两滚。我那师父，只消一滚就烂。若不用法救他，顷刻丧矣！"

好行者，在空中捻着诀，念一声"唵蓝净法界，乾元亨利贞"的咒语，拘唤得北海龙王早至。只见那云端里一朵乌云，应声高叫道："北海小龙敖顺叩头。"行者道："请起！请起！无事不敢相烦，今与唐师父到此，被毒魔拿住，上铁笼蒸哩。你去与我护持护持，莫教蒸坏了。"龙王随即将身变作一阵冷风，吹入锅下，盘旋围护，更没火气烧锅，他三人方不损命。

将有三更尽时，只闻得老魔发放道："手下的，我等用计劳形，拿了唐僧四众，又因相送辛苦，四昼夜未曾得睡。今已捆在笼里，料应难脱，汝等用心看守，着十个小妖轮流烧火，让我们退宫，略略安寝。到五更天色将明，必然烂了，可安排下蒜泥盐醋，请我们起来，空心受用。"众妖各各遵命，三个魔头却各转寝宫而去。

行者在云端里，明明听着这等吩咐，却低下云头，不听见笼里人声。他想着："火气上腾，必然也热，他们怎么不怕，又无言语？哼叽！莫敢是蒸死了？等我近前再听。"好大圣，踏着云，摇身一变，变作一个黑苍蝇儿，钉在铁笼格外听时，只闻得八戒在里面道："晦气，晦气！不知是闷气蒸，又不知是出气蒸哩。"沙僧道："二哥，怎么叫做闷气、出气？"八戒道："闷气蒸是盖了笼头，出气蒸不盖。"三藏在浮上一层应声道："徒弟，不曾盖。"八戒道："造化！今夜还不

833

得死！这是出气蒸了！"行者听得他三人都说话，未曾伤命，便就飞了去，把个铁笼盖，轻轻儿盖上。三藏慌了道："徒弟！盖上了！"八戒道："罢了！这个是闷气蒸，今夜必是死了！"沙僧与长老嘤嘤的啼哭。八戒道："且不要哭，这一会烧火的换了班了。"沙僧道："你怎么知道？"八戒道："早先抬上来时，正合我意，我有些儿寒湿气的病，要他腾腾①。这会子反冷气上来了。咦！烧火的长官，添上些柴便怎的？要了你的哩！"

行者听见，忍不住暗笑道："这个夯货！冷还好捱，若热就要伤命。再说两遭，一定走了风了，快早救他。且住！要救他须是要现本相。假如现了，这十个烧火的看见，一齐乱喊，惊动老怪，却不又费事？等我先送他个法儿。……"忽想起："我当初做大圣时，曾在北天门与护国天王猜枚耍子，赢得他瞌睡虫儿，还有几个，送了他罢。"即往腰间顺带里摸摸，还有十二个。"送他十个，还留两个做种。"即将虫儿抛了去，散在十个小妖脸上，钻入鼻孔，渐渐打盹，都睡倒了。只有一个拿火叉的，睡不稳，揉头搓脸，把鼻子左捏右捏，不住的打喷嚏。行者道："这厮晓得勾当了，我再与他个'双橛灯'。"又将一个虫儿抛在他脸上。两个虫儿，左进右出，右出左进，谅有一个安住。那小妖两三个大呵欠，把腰伸一伸，丢了火叉，也扑的睡倒，再不翻身。

行者道："这法儿真是妙而且灵！"即现原身，走近前叫声"师父。"唐僧听见道："悟空，救我啊！"沙僧道："哥哥，你在外面叫哩？"行者道："我不在外面，好和你们在里边受罪？"八戒道："哥啊，溜撒的溜了，我们都是顶缸的，在此受闷气哩！"行者笑道："呆子莫嚷，我来救你。"八戒道："哥啊，救便要脱根救，莫又要复笼蒸。"行者却揭开笼头，解了师父，将假变的毫毛，抖了一抖，收上身来；又一层层放了沙僧，放了八戒。那呆子才解了，巴不得就要跑。行者道："莫忙！莫忙！"却又念声咒语，发放了龙神，才对八戒道："我们这去到西天，还有高山峻岭，师父没脚力难行，等我还将马来。"

---

① 腾腾——把食物在笼屉上重新蒸热、中医外科的热敷，都叫腾腾。现在写作"熥熥"。

你看他轻手轻脚，走到金銮殿下，见那些大小群妖俱睡熟了，却解了缰绳，更不惊动。那马原是龙马，若是生人飞踢两脚，便嘶几声。行者曾养过马，授弼马温之官，又是自家一伙，所以不跳不叫。悄悄的牵来，束紧了肚带，扣备停当，请师父上马。长老战战兢兢的骑上，也就要走，行者道："也且莫忙，我们西去还有国王，须要关文，方才去得。不然，将甚执照？等我还去寻行李来。"唐僧道："我记得进门时，众怪将行李放在金殿左手下，担儿也在那一边。"行者道："我晓得了。"即抽身跳在宝殿寻时，忽见光彩飘飘。行者知是行李，怎么就知？以唐僧的锦襕袈裟上有夜明珠，故此放光，急到前，见担儿原封未动，连忙拿下去付与沙僧挑着。八戒牵着马，他引了路，径奔正阳门。只听得桹铃乱响，门上有锁，锁上贴了封皮。行者道："这等防守，如何去得？"八戒道："后门里去罢。"行者引路径奔后门："后宰门外，也有桹铃之声，门上也有封锁，却怎生是好？我这一番，若不为唐僧是个凡体，我三人不管怎的，也驾云弄风走了。只为唐僧未超三界外，在五行中，一身都是父母浊骨，所以不得升驾，难逃。"八戒道："哥哥，不消商量，我们到那没桹铃不防卫处，撮着师父爬过墙去罢。"行者笑道："这个不好。此时无奈，撮他过去；到取经回来，你这呆子口敞，延地①里就对人说，我们是爬墙头的和尚了。"八戒道："此时也顾不得行检，且逃命去罢。"行者也没奈何，只得依他，到那净墙边，算计爬出。

噫！有这般事！也是三藏灾星未脱。那三个魔头，在宫中正睡，忽然惊觉，说走了唐僧，一个个披衣忙起，急登宝殿，问曰："唐僧蒸了几滚了？"那些烧火的小妖已是有睡魔虫，都睡着了，就是打也莫想打得一个醒来。其余没执事的，惊醒几个，冒冒失失的答应道："七——七——七——七——七了！"急跑近锅边，只见笼格子乱丢在地下，烧火的还都睡着，慌得又来报道："大王，走——走——走——走了！"三个魔头都下殿，近锅前仔细看时，果见那笼格子乱丢在地下，汤锅尽冷，火脚俱无，那烧火的俱呼呼鼾睡如泥。慌得众怪一齐呐喊，都叫："快拿唐僧！快拿唐僧！"这一片喊声震起，把些前前后后、大大小小

① 延地——到处、随处的意思。延与沿同音。

835

妖精，都惊起来。刀枪簇拥，至正阳门下，见那封锁不动，梆铃不绝。问外边巡夜的道："唐僧从那里走了？"俱道："不曾走出人来。"急赶至后宰门，封锁、梆铃，一如前门；复乱抢抢的，灯笼火把，熯天通红，就如白日，却明明的照见他四众爬墙哩！老魔赶近，喝声："那里走！"那长老唬得脚软筋麻，跌下墙来，被老魔拿住。二魔捉了沙僧，三魔擒倒八戒，众妖抢了行李、白马，只是走了行者。那八戒口里咽咽哝哝的报怨行者道："天杀的！我说要救便脱根救，如今却又复笼蒸了！"

众魔把唐僧擒至殿上，却不蒸了。二怪吩咐把八戒绑在殿前檐柱上，三怪吩咐把沙僧绑在殿后檐柱上，惟老魔把唐僧抱住不放。三怪道："大哥，你抱住他怎的？终不然就活吃？却也没些趣味。此物比不得那愚夫俗子，拿了可以当饭；此是上邦稀奇之物，必须待天阴闲暇之时，拿他出来，整制精洁，猜枚行令，细吹细打的吃方可。"老魔笑道："贤弟之言虽当，但孙行者又要来偷哩。"三魔道："我这皇宫里面有一座锦香亭子，亭子内有一个铁柜。依着我，把唐僧藏在柜里，关了亭子，却传出谣言，说唐僧已被我们夹生吃了。令小妖满城讲说，那行者必然来探听消息，若听见这话，他必死心塌地而去。待三五日不来搅扰，却拿出来，慢慢受用，如何？"老怪、二怪俱大喜道："是，是，是！兄弟说得有理！"可怜把个唐僧连夜拿将进去，藏在柜中，闭了亭子。传出谣言，满城里都乱讲不题。

却说行者自夜半顾不得唐僧，驾云走脱，径至狮驼洞里，一路棍，把那万数小妖，尽情剿绝。急回来，东方日出，到城边，不敢战，正是"单丝不线，孤掌难鸣。"他落下云头，摇身一变，变作个小妖儿，演入门里，大街小巷，缉访消息。满城里俱道："唐僧被大王夹生儿连夜吃了。"前前后后，都是这等说。行者着实心焦，行至金銮殿前观看，那里边有许多精灵，都戴着皮金帽子，穿着黄布直身，手拿着红漆棍，腰挂着象牙牌，一往一来，不住的乱走。行者暗想道："此必是穿宫的妖怪。就变作这个模样，进去打听打听。"好大圣，果然变得一般无二，混入金门。正走处，只见八戒绑在殿前柱上哼哩。行者近前叫声："悟能"。那呆子认得声音，道："师兄，你来了？救我一救！"行者道："我救你，你可知师父在那里？"八戒道："师父没了，昨夜被妖精夹生儿吃了。"行者闻言，忽失声泪似泉涌。八戒道："哥哥莫哭，我也是听得小妖乱讲，未曾眼见。你休误了，再去寻问寻问。"这行者却才收泪，又往里面找寻。忽见沙僧绑在后檐柱上，即近前摸着他胸脯子叫道："悟净。"沙僧也识得声音，道："师兄，你变化进来了？救我！救我！"行者道："救你容易，你可知师父在那里？"沙僧滴泪道："哥啊！师父被妖精等不得蒸，就夹生儿吃了！"大圣听得两个言语相同，心如刀搅，泪似水流，急纵身望空跳起，且不救八戒、沙僧，回至城东山上，按落云头，放声大哭，叫道："师父啊！

第七十七回 群魔欺本性 一体拜真如

> 恨我欺天困网罗，师来救我脱沉疴。
> 潜心笃志同参佛，努力修身共炼魔。
> 岂料今朝遭蜇害，不能保你上婆娑。
> 西方胜境无缘到，气散魂消怎奈何！"

行者凄凄惨惨的，自思自忖，以心问心道："这都是我佛如来坐在那极乐之境，没得事干，弄了那三藏之经！若果有心劝善，理当送上东土，却不是个万古流传？只是舍不得送去，却教我等来取。怎知道苦历千山，今朝到此丧命！罢！罢！罢！老孙且驾个筋斗云，去见如来，备言前事。若肯把经与我送上东土，一则传扬善果，二则了我等心愿；若不肯与我，教他把松箍儿咒念念，退下这个箍子，交还与他，老孙还归本洞，称王道寡，耍子儿去罢。"

好大圣，急翻身驾起筋斗云，径投天竺。那里消一个时辰，早望见灵山不远。须臾间，按落云头，直至鹫峰之下。忽抬头，见四大金刚挡住道："那里走？"行者施礼道："有事要见如来。"当头又有昆仑山金霞岭不坏尊王永住金刚喝道："这泼猴甚是粗狂！前者大困牛魔，我等为汝努力，今日面见，全不为礼！有事且待先奏，奉召方行。这里比南天门不同，教你进去出来，两边乱走！咄！还不靠开！"那大圣正是烦恼处，又遭此抢白，气得哮吼如雷，忍不住大呼小叫，早惊动如来。

如来佛祖正端坐在九品宝莲台上，与十八尊轮世的阿罗汉讲经，即开口道："孙悟空来了，汝等出去接待接待。"大众阿罗，遵佛旨，两路幢幡宝盖，即出山门应声道："孙大圣，如来有旨相唤哩。"那山门口四大金刚却才闪开路，让行者前进。众阿罗引至宝莲台下，见如来倒身下拜，两泪悲啼。如来道："悟空，有何事这等悲啼？"行者道："弟子屡蒙教训之恩，托庇在佛爷爷之门下，自归正果，保护唐僧，拜为师范，一路上苦不可言！今至狮驼山狮驼洞狮驼城，有三个毒魔，乃狮王、象王、大鹏，把我师父捉将去，连弟子一概遭迍，都捆在蒸笼里，受汤火之灾。幸弟子脱逃，唤龙王救免。是夜偷出师等，不料灾星难脱，复又擒回，及至天明，入城打听，叵耐那魔十分狠毒，万样骁勇，把师父连夜夹生吃了，如今骨肉无存。又况师弟悟能、悟净见绑在那厢，不久，性命亦皆倾矣。弟子没及奈何，特地到此参拜如来。望大慈悲，将松箍咒儿念念，退下我这头上箍儿，交还如来，放我弟子回花果山宽闲耍子去罢！"说未了，泪如泉涌，悲声不绝。如来笑道："悟空少得烦恼。那妖精神通广大，你胜不得他，所以这等心痛。"行者跪在下面，捶着胸膛道："不瞒如来说，弟子当年闹天宫，称大圣，自为人以来，不曾吃亏，今番却遭这毒魔之手！"

　　如来闻言道："你且休恨，那妖精我认得他。"行者猛然失声道："如来！我听见人讲说，那妖精与你有亲哩。"如来道："这个刁猢狲！怎么个妖精与我有亲？"行者笑道："不与你有亲，如何认得？"如来道："我慧眼观之，故此认得。那老怪与二怪有主。"叫："阿傩、迦叶。来！你两个分头驾云，去五台山、峨眉山宣文殊、普贤来见。"二尊者即奉旨而去。如来道："这是老魔、二怪之主。但那三怪，说将起来，也是与我有些亲处。"行者道："亲是父党？母党？"如来道："自那混沌分时，天开于子，地辟于丑，人生于寅，天地再交合，万物尽皆生。万物有走兽飞禽，走兽以麒麟为之长，飞禽以凤凰为之长。那凤凰又得交合之气，育生孔雀、大鹏。孔雀出世之时最恶，能吃人，四十五里路，把人一口吸之。我在雪山顶上，修成丈六金身，早被他也把我吸下肚去。我欲从他便门而出，恐污真身，是我剖开他脊背，跨上灵山。欲伤他命，当被诸佛劝解，伤孔雀如伤我母，故此留他在灵山会上，封他做佛母孔雀大明王菩萨。大鹏与他是一母所生，故此有些亲处。"行者闻言笑道："如来，若这般比论，你还是妖精的外甥哩。"如来道："那怪须是我去，方可收得。"行者叩头，启上如来："千万望挪玉一降！"

如来即下莲台，同诸佛众，径出山门。又见阿傩、迦叶引文殊、普贤来见。二菩萨对佛礼拜，如来道："菩萨之兽，下山多少时了？"文殊道："七日了。"如来道："山中方七日，世上几千年。不知在那厢伤了多少生灵，快随我收他去。"二菩萨相随左右，同众飞空。只见那：

满天缥缈瑞云分，我佛慈悲降法门。
明示开天生物理，细言辟地化身文。
面前五百阿罗汉，脑后三千揭谛神。
迦叶阿傩随左右，普文菩萨殄妖氛。

大圣有此人情，请得佛祖与众前来。不多时，早望见城池。行者报道："如来，那放黑气的乃是狮驼国也。"如来道："你先下去，到那城中与妖精交战，许败不许胜。败上来，我自收他。"

大圣即按云头，径至城上，脚踏着垛儿骂道："泼孽畜！快出来与老孙交战！"慌得那城楼上小妖急跳下城中报道："大王，孙行者在城上叫战哩。"老妖道："这猴儿两三日不来，今朝却又叫战，莫不是请了些救兵来耶？"三怪道："怕他怎的！我们都去看来。"三个魔头各持兵器赶上城来，见了行者，更不打话，举兵器一齐乱刺。行者抡铁棒掣手相迎。斗经七八回合，行者佯输而走。那妖王喊声大震，叫道："那里走！"大圣筋斗一纵，跳上半空，三个精即驾云来赶。行者将身一闪，藏在佛爷爷金光影里，全然不见。只见那过去、未来、现在的三尊佛像与五百阿罗汉、三千揭谛神，布散左右，把那三个妖王围住，水泄不通。老魔慌了手脚，叫道："兄弟，不好了！那猴子真是个地里鬼！那里请得个主人公来也！"三魔道："大哥休得悚惧，我们一齐上前，使枪刀搠倒如来，夺他那雷音宝刹！"这魔头不识起倒，真个举刀上前乱砍。却被文殊、普贤，念动真言喝道："这孽畜还不皈正，更待怎生！"唬得老怪、二怪，不敢撑持，丢了兵器，打个滚，现了本相。二菩萨将莲花台抛在那怪的脊背上，飞身跨坐，二怪遂泯耳皈依。

二菩萨既收了青狮、白象，只有那第三个妖魔不伏，腾开翅，丢了方天戟，扶摇直上，抢利爪要叼捉猴王。原来大圣藏在光中，他怎敢

839

西游记

一体拜真如

近？如来情知此意，即闪金光，把那鹊巢贯顶之头，迎风一幌，变作鲜红的一块血肉。妖精抡利爪叼他一下，被佛爷把手往上一指，那妖翅膊上就了筋，飞不去，只在佛顶上，不能远遁，现了本相，乃是一个大鹏金翅雕。即开口对佛应声叫道："如来，你怎么使大法力困住我也？"如来道："你在此处多生孽障，跟我去，有进益之功。"妖精道："你那里持斋把素，极贫极苦。我这里吃人肉，受用无穷！你若饿坏了我，你有罪愆。"如来道："我管四大部洲，无数众生瞻仰，凡做好事，我教他先祭汝口。"那大鹏欲脱难脱，要走怎走！是以没奈何，只得皈依。行者方才转出，向如来叩头道："佛爷，你今收了妖精，除了大害，只是没了我师父也。"大鹏咬着牙恨道："泼猴头！寻这等狠人困我！你那老和尚几曾吃他？如今在那锦香亭铁柜里不是？"行者闻言，忙叩头谢了佛祖。佛祖不敢松放了大鹏，也只教他在光焰上做个护法，引众回云，径归宝刹。

　　行者却按落云头，直入城里。那城里一个小妖儿也没有了，正是"蛇无头而不行，鸟无翅而不飞。"他见佛祖收了妖王，各自逃生而去。行者才解救了八戒、沙僧，寻着行李马匹，与他二人说："师父不曾吃，都跟我来。"引他两个径入内院，找着锦香亭，打开门看，内有一个铁柜，只听得三藏有啼哭之声。沙僧使降妖杖打开铁锁，揭开柜盖，叫声："师父！"三藏见了，放声大哭道："徒弟啊！怎生降得妖魔？如何得到此寻着我也？"行者把上项事，从头至尾，细陈了一遍，三藏感谢不尽。师徒们在那宫殿里寻了些米粮，安排些茶饭，饱吃一餐，收拾出城，找大路投西而去。正是：

真经必得真人取，意嚷心劳总是虚。

毕竟这一去，不知几时得面如来，且听下回分解。

第七十八回

比丘怜子遣阴神　金殿识魔谈道德

一念才生动百魔，修持最苦奈他何！
但凭洗涤无尘垢，也用收拴有琢磨。
扫退万缘归寂灭，荡除千怪莫蹉跎。
管教跳出樊笼套，行满飞升上大罗。

话说孙大圣用尽心机，请如来收了众怪，解脱三藏师徒之难，离狮驼城西行。又经数月，早值冬天，但见那：

岭梅将破玉，池水渐成冰。
红叶俱飘落，青松色更新。
淡云飞欲雪，枯草伏山平。
满目寒光迥，阴阴透骨泠。

师徒们冲寒冒冷，宿雨餐风。正行间，又见一座城池。三藏问道："悟空，那厢又是甚么所在？"行者道："到跟前自知，若是西邸王位，须要倒换关文；若是府州县，径过。"师徒言语未毕，早至城门之外。

三藏下马，一行四众进了月城。见一个老军，在向阳墙下，偎风而睡。行者近前，摇他一下，叫声："长官。"那老军猛然惊觉，麻麻糊糊的睁开眼。看见行者，连忙跪下磕头，叫："爷爷！"行者道："你休胡惊作怪，我又不是甚么恶神，你叫'爷爷'怎的！"老军磕头道："你是雷公爷爷！"行者道："胡说！吾乃东土去西天取经的僧人。适才到此，不知地名，问你一声的。"那老军闻言，却才正了心，打个呵欠，爬起来，伸伸腰道："长老，长老，恕小人之罪。此处地方，原唤比丘国，今改做小子城。"行者道："国中有帝王否？"老军道："有！有！有！"行者却转身对唐僧道："师父，此处原是比丘国，今改小子城。但不知改名之意何故也。"唐僧疑惑道："既云比丘，又何云小子？"八戒道："想是比丘王崩了，新立王位的是个小子，故名小子城。"唐僧道："无此理！无此理！我们且进去，到街坊上再问。"沙僧道："正是，那老军一则不知，二则被大哥唬得胡说，且入城去询问。"

又入三层门里，到通衢大市观看，倒也衣冠济楚，人物清秀。但见那：

酒楼歌馆语声喧，彩铺茶房高挂帘。
万户千门生意好，六街三市广财源。
买金贩锦人如蚁，夺利争名只为钱。
礼貌庄严风景盛，河清海晏太平年。

师徒四众牵着马，挑着担，在街市上行彀多时，看不尽繁华气概，但只见家家门口一个鹅笼。三藏道："徒弟啊，此处人家，都将鹅笼放在门首，何也？"八戒听说，左右观之，果是鹅笼，排列五色彩缎遮幔。呆子笑道："师父，今日想是黄道良辰，宜结婚姻会友，都行礼哩。"行者道："胡谈！那里就家家都行礼！其间必有缘故，等我上前看看。"三藏扯住道："你莫去，你嘴脸丑陋，怕人怪你。"行者道："我变化个儿去来。"

好大圣，捻着诀，念声咒语，摇身一变，变作一个蜜蜂儿，展开翅，飞近边前，钻进幔里观看。原来里面坐的是个小孩儿。再去第二家笼里看，也是个小孩儿。连看八九家，都是个小孩儿，却是男身，更无

西游记

比丘怜子遣阴神

女子。有的坐在笼中顽耍，有的坐在里边蹄哭，有的吃果子，有的或睡坐。行者看罢，现原身回报唐僧道："那笼里是些小孩子，大者不满七岁，小者只有五岁，不知何故。"三藏见说，疑思不定。

忽转街见一衙门，乃金亭馆驿。长老喜道："徒弟，我们且进这驿里去，一则问他地方，二则撒喂马匹，三则天晚投宿。"沙僧道："正是，正是，快进去耶。"四众欣然而入。只见那在官人果报与驿丞，接入门，各各相见。叙坐定，驿丞问："长老自何方来？"三藏言："贫僧东土大唐差往西天取经者。今到贵处，有关文理当照验，权借高衙一歇。"驿丞即命看茶。茶毕，即办支应，命当直的安排管待。三藏称谢，又问："今日可得入朝见驾，照验关文？"驿丞道："今晚不能，须待明日早朝。今晚且于敝衙门宽住一宵。"

少顷，安排停当，驿丞即请四众，同吃了斋供，又教手下人打扫客房安歇。三藏感谢不尽。既坐下，长老道："贫僧有一件不明之事请教，烦为指示。贵处养孩儿，不知怎生看待。"驿丞道："天无二日，人无二理。养育孩童，父精母血，怀胎十月，待时而生，生下乳哺三年，渐成体相，岂有不知之理！"三藏道："据尊言与敝邦无异。但贫僧进城时，见街坊人家，各设一鹅笼，都藏小儿在内。此事不明，故敢动问。"驿丞附耳低言道："长老莫管他，莫问他，也莫理他，说他。请安置，明早走路。"长老闻言，一把扯住驿丞，定要问个明白。驿丞摇头摇指，只叫："谨言！"三藏一发不放，执死定要问个详细。驿丞无奈，只得屏去一应在官人等，独在灯光之下，悄悄而言道："适所问鹅笼之事，乃是当今国主无道之事。你只管问他怎的！"三藏道："何为无道？必见教明白，我方得放心。"驿丞道："此国原是比丘国，近有民谣，改作小子城。三年前，有一老人打扮做道人模样，携一小女子，年方一十六岁，其女形容娇俊、貌若观音，进贡与当今，陛下爱其色美，宠幸在宫，号为美后。近来把三宫娘娘，六院妃子，全无正眼相觑，不分昼夜，贪欢不已。如今弄得精神瘦倦，身体尪羸，饮食少进，命在须臾。太医院检尽良方，不能疗治。那进女子的道人，受我主诰封，称为国丈。国丈有海外秘方，甚能延寿，前者去十洲、三岛，采将药来，俱已完备。但只是药引子厉害，单用着一千一百一十一个小儿的心肝，煎汤服药，服后有千年不老之功。这些鹅笼里的小儿，俱是选就的，养在里面。人家父母，惧怕王法，俱不敢啼哭，遂传播谣言，叫做小儿城。此非无道而何？长老明早到朝，只去倒换关文，不得言及此事。"言毕，抽身而退。唬得个长老骨软筋麻，止不住腮边泪堕，忽失声叫道："昏君！昏君！为你贪欢爱美，弄出病来，怎么屈伤这许多小儿性命！苦哉！苦哉！痛杀我也！"有诗为证。诗曰：

> 邪主无知失正真，贪欢不省暗伤身。
> 因求永寿戕童命，为解天灾杀小民。
> 僧发慈悲难割舍，官言厉害不堪闻。
> 灯前洒泪长吁叹，痛倒参禅向佛人。

八戒近前道："师父，你是怎的起哩？'专把别人棺材抬在自家家里哭！'不要烦恼！常言道，'君教臣死，臣不死不忠；父教子亡，子不亡不孝。'他伤的是他的子民，与你何干！且来宽衣服睡觉，莫替古人耽忧。"三藏滴泪道："徒弟啊，你是一个不慈悯的！我出家人，积功累行，第一要行方便。怎么这昏君一味胡行！从来也不见吃人心肝，可以延寿。这都是无道之事，教我怎不伤悲！"沙僧道："师父且莫伤悲，等明早倒换关文，觌面与国王讲过。如若不从，看他是怎么模样的一个国丈。或恐那国丈是个妖精，欲吃人的心肝，故设此法，未可知也。"

行者道："悟净说得有理。师父，你且睡觉，明日等老孙同你进朝，看国丈的好歹。如若是人，只恐他走了旁门，不知正道，徒以采药为真，待老孙将先天之要旨，化他皈正；若是妖邪，我把他拿住，与这国王看看，教他宽欲养身，断不教他伤了那些孩童性命。"三藏闻言，急躬身，反对行者施礼道："徒弟啊，此论极妙！极妙！但只是见了昏君，不可便问此事，恐那昏君不分远近，并作谣言见罪，却怎生区处？"行者笑道："老孙自有法力，如今先将鹅笼小儿摄离此城，教他明日无物取心。地方官自然奏表，那昏君必有旨意，或与国丈商量，或者另行选报。那时节，借此举奏，决不致罪坐于我也。"三藏甚喜，又道："如今怎得小儿离城？若果能脱得，真贤徒天大之德！可速为之，略迟缓些，恐无及也。"行者抖擞神威，即起身吩咐八戒、沙僧："同师父坐着，等我施为，你看但有阴风刮动，就是小儿出城了。"他三人一齐俱念："南无救生药师佛！南无救生药师佛！"

这大圣出得门外，打个唿哨，起在半空，捻了诀，念动真言，叫声"唵净法界"，拘得那城隍、土地、社令、真官，并五方揭谛、四值功曹、六丁六甲与护教伽蓝等众，都到空中。对他施礼道："大圣，夜唤吾等，有何急事？"行者道："今因路过比丘国，那国王无道，听信妖邪，要取小儿心肝做药引子，指望长生。我师父十分不忍，欲要救生灭怪，故老孙特请列位，各使神通，与我把这城中各街坊人家鹅笼里的小儿，连笼都摄出城外山凹中，或树林深处，收藏一二日，与他些果子食用，不得饿损；再暗的护持，不得使他惊恐啼哭。待我除了邪，治了国，劝正君王，临行时，送来还我。"众神听令。即便各使神通，按下云头，满城中阴风滚滚，惨雾漫漫，但见：

阴风刮暗一天星，惨雾遮昏千里月。起初时，还荡荡悠悠；次后来，就轰轰烈烈。悠悠荡荡，各寻门户救孩童；烈烈轰轰，都看鹅笼援骨血。冷气侵人怎出头，寒威透体衣如铁。父母徒张皇，兄嫂皆悲切。满地卷阴风，笼儿被神摄。此夜纵孤恓，天明尽欢悦。

有诗为证。诗曰：

> 释门慈悯古来多，正善成功说摩诃。
> 万圣千真皆积德，三皈五戒要从和。
> 比丘一国非君乱，小子千名是命讹。
> 行者因师同救护，这场阴骘胜波罗。

当夜有三更时分，众神祇把鹅笼摄去各处安藏。行者按下祥光，径至驿庭上，只听得他三人还念"南无救生药师佛"哩。他也心中暗喜，近前叫："师父，我来也。阴风之起何如？"八戒道："好阴风！"三藏道："救儿之事，却怎么说？"行者道："已一一救他出去，待我们起身时送还。"长老谢了又谢，方才就寝。

至天晓，三藏醒来，遂结束齐备道："悟空，我趁早朝，倒换关文去也。"行者道："师父，你自去恐不济事，待老孙和你同去，看那国丈邪正如何。"三藏道："你去却不肯行礼，恐国王见怪。"行者道："我不现身，暗中跟随你，就当保护。"三藏甚喜，吩咐八戒、沙僧看守行李马匹。却才举步，这驿丞又来相见。看这长老打扮起来，比昨日又甚不同，但见他：

> 身上穿一领锦襕异宝佛袈裟，头戴金顶毗卢帽。九环锡杖手中拿，胸藏一点神光妙。通关文牒紧随身，包裹袋中缠锦套。行似阿罗降世间，诚如活佛真容貌。

那驿丞相见礼毕，附耳低言，只教莫管闲事，三藏点头应声。大圣闪在门旁，念个咒语，摇身一变，变作个蟭蟟虫儿，嘤的一声，飞在三藏帽儿上。出了馆驿，径奔朝中。

及到朝门外，见有黄门官，即施礼道："贫僧乃东土大唐差往西

西游记

金殿识魔谈道德

天取经者，今到贵地，理当倒换关文。意欲见驾，伏乞转奏转奏。"那黄门官果为传奏，国王喜道："远来之僧，必有道行。"教请进来。黄门官复奉旨，将长老请入。长老阶下朝见毕，复请上殿赐坐。长老又谢恩坐了。只见那国王相貌尪羸，精神倦怠：举手处，揖让差池；开言时，声音断续。长老将文牒献上，那国王眼目昏朦，看了又看，方才取宝印用了花押，递与长老，长老收讫。

那国王正要问取经原因，只听得当驾官奏道："国丈爷爷来矣。"那国王即扶着近侍小宦，挣下龙床，躬身迎接。慌得那长老急起身，侧立于旁。回头观看，原来是一个老道者，自玉阶前，摇摇摆摆而进。但见他：

头上戴一顶淡鹅黄九锡云锦纱巾，身上穿一领筋顶梅沉香绵丝鹤氅。腰间系一条纫蓝三股攒绒带，足下踏一对麻经葛纬云头履。手中拄一根九节枯藤盘龙拐杖，胸前挂一个描龙剌凤团花锦囊。玉面多光润，苍髯颔下飘。金睛飞火焰，长目过眉梢。行动云随步，逍遥香雾饶。阶下众官都拱接，齐呼国丈进王朝。

那国丈到宝殿前，更不行礼，昂昂烈烈径到殿上。国王欠身道："国丈仙踪，今喜早降。"就请左手绣墩上坐。三藏起一步，躬身施礼道："国丈大人，贫僧问讯了。"那国丈端然高坐，亦不回礼，转面向

848

国王道："僧家何来？"国王道："东土唐朝差上西天取经者，今来倒验关文。"国丈笑道："西方之路，黑漫漫有甚好处！"三藏道："自古西方乃极乐之胜境，如何不好？"那国王问道："朕闻上古有云，'僧是佛家弟子'。端的不知为僧可能不死，向佛可能长生？"三藏闻言，急合掌应道：

为僧者，万缘都罢；了性者，诸法皆空。大智闲闲①，澹泊在不生之内；真机默默，逍遥于寂灭之中。三界空而百端治，六根净而千种穷。若乃坚诚知觉，须当识心；心净则孤明独照，心存则万境皆清。真容无欠亦无余，生前可见；幻相有形终有坏，分外何求？行功打坐，乃为入定之原；布惠施恩，诚是修行之本。大巧若拙，还知事事无为；善计非筹，必须头头放下。但使一心不行，万行自全；若云采阴补阳，诚为谬语，服饵长寿，实乃虚词。只要尘尘缘总弃，物物色皆空。素素纯纯寡爱欲，自然享寿永无穷。

那国丈闻言，付之一笑，用手指定唐僧道："呵！呵！呵！你这和尚满口胡柴！寂灭门中，须云认性，你不知那性从何而灭！枯坐参禅，尽是些盲修瞎炼。俗语云，'坐，坐，坐，你的屁股破！火熬煎，反成祸。'更不知我这，

修仙者，骨之坚秀；达道者，神之最灵。携箪瓢而入山访友，采百药而临世济人。摘仙花以砌笠，折香蕙以铺裀。歌之鼓掌，舞罢眠云。阐道法，扬太上之正教；施符水，除人世之妖氛。守天地之秀气，采日月之华精。运阴阳而丹结，按水火而胎凝。二八阴消兮，若恍若惚；三九阳长兮，如杳如冥。应四时而采取药物，养九转而修炼丹成。跨青鸾，升紫府；骑白鹤，上瑶京。参满天之华采，表妙道之殷勤。比你那静禅释教，寂灭阴神，涅槃遗臭壳，又不脱凡尘！三教之中无上品，古来惟道独称尊！"

---

① 大智闲闲——语出《庄子·齐物论》，意思说最聪明的人，心中宽裕，不为任何杂念干扰。闲闲，心怀坦率、宽裕。

那国王听说，十分欢喜，满朝官都喝采道："好个'惟道独称尊'！'惟道独称尊'！"长老见人都赞他，不胜羞愧。国王又叫光禄寺安排素斋，待那远来之僧出城西去。三藏谢恩而退，才下殿，往外正走，行者飞下帽顶儿，来在耳边叫道："师父，这国丈是个妖邪，国王受了妖气。你先去驿中等斋，待老孙在这里听他消息。"三藏知会了，独出朝门不题。

看那行者，一翅飞在金銮殿翡翠屏中钉下，只见那班部中闪出五城兵马官奏道："我主，今夜一阵冷风，将各坊各家鹅笼里小儿，连笼都刮去了，更无踪迹。"国王闻奏，又惊又恼，对国丈道："此事乃天灭朕也！连月病重，御医无效。幸国丈赐仙方，专待今日午时开刀，取此小儿心肝作引，何期被冷风刮去。非天欲灭朕如何？"国丈笑道："陛下且休烦恼。此儿刮去，正是天送长生与陛下也。"国王道："见把笼中之儿刮去，何以返说天送长生？"国丈道："我才入朝来，见了一个绝妙的药引，强似那一千一百一十一个小儿之心。那小儿之心，只延得陛下千年之寿；此引子，吃了我的仙药，就可延万万年也。"国王漠然不知是何药引，请问再三，国丈才说："那东土差去取经的和尚，我观他器宇清净，容颜齐整，乃是个十世修行的真体。自幼为僧，元阳未泄，比那小儿更强万倍。若得他的心肝煎汤，服我的仙药，足保万年之寿。"那昏君闻言，十分听信，对国丈道："何不早说？若果如此有效，适才留住，不放他去了。"国丈道："此何难哉！适才吩咐光禄寺办斋待他，他必吃了斋，方才出城。如今急传旨，将各门紧闭，点兵围了金亭馆驿，将那和尚拿来，必以礼求其心。如果相从，即时剖而取出，遂御葬其尸，还与他立庙享祭；如若不从，就与他个武不善作，即时捆住，剖开取之。有何难事！"那昏君如其言，即传旨，把各门闭了。又差羽林卫大小官军，围住馆驿。

行者听得这个消息，一翅飞奔馆驿，现了本相，对唐僧道："师父，祸事了！祸事了！"那三藏才与八戒、沙僧领御斋，忽闻此言，唬得三尸神散，七窍烟生，倒在尘埃，浑身是汗，眼不定睛，口不能言。慌得沙僧上前搀住，只叫："师父苏醒！师父苏醒！"八戒道："有甚祸事？有甚祸事？你慢些儿说便也罢，却唬得师父如此！"行者道：

"自师父出朝，老孙回视，那国丈是个妖精，少顷，有五城兵马来奏冷风刮去小儿之事。国王方恼，他却转教喜欢，道，'这是天送长生与你。'要取师父的心肝做药引，可延万年之寿。那昏君听信诬言，所以点精兵来围馆驿，差锦衣官来请师父求心也。"八戒笑道："行的好慈悯！救的好小儿！刮的好阴风，今番却撞出祸来了！"三藏战战兢兢的爬起来，扯着行者哀告道："贤徒啊！此事如何是好？"行者道："若要好，大做小。"沙僧道："怎么叫做大做小？"行者道："若要全命，师作徒，徒作师，方可保全。"三藏道："你若救得我命，情愿与你做徒子徒孙也。"行者道："既如此，不必迟疑。"教："八戒，快和些泥来。"那呆子即使钉钯，筑了些土，又不敢外面去取水，后就掳起衣服撒溺，和了一团臊泥，递与行者。行者没奈何，将泥扑作一片，往自家脸上一安，做下个猴像的脸子，叫唐僧站起休动，再莫言语，贴在唐僧脸上，念动真言，吹口仙气，叫："变！"那长老即变作个行者模样。脱了他的衣服，以行者的衣服穿上。行者却将师父的衣服穿了，捻着诀，念个咒语，摇身变作唐僧的嘴脸，八戒、沙僧也难识认。

正当合心装扮停当，只听得锣鼓齐鸣，又见那枪刀簇拥。原来是羽林卫官，领三千兵把馆驿围了。又见一个锦衣官走进驿庭问道："东土唐朝长老在那里？"慌得那驿丞战兢兢的跪下，指道："在下面客房里。"锦衣官即至客房里道："唐长老，我王有请。"八戒沙僧左右护持假行者，只见假唐僧出门施礼道："锦衣大人，陛下召贫僧，有何话说？"锦衣官上前一把扯住道："我与你进朝去，想必有取用也。"咦！这正是：

妖诬胜慈善，慈善反招凶。

毕竟不知此去端的性命何如，且听下回分解。

西游记

第七十九回

寻洞擒妖逢老寿　当朝正主救婴儿

却说那锦衣官把假唐僧扯出馆驿，与羽林军围围绕绕，直至朝门外，对黄门官言：“我等已请唐僧到此，烦为转奏。”黄门官急进朝，依言奏上昏君，遂请进去。众官都在阶下跪拜。惟假唐僧挺立阶心，口中高叫：“比丘王，请我贫僧何说？”君王笑道：“朕得一疾，缠绵日久不愈。幸国丈赐得一方，药饵俱已完备，只少一味引子，特请长老求些药引。若得病愈，与长老修建祠堂，四时奉祭，永为传国之香火。”假唐僧道：“我乃出家人，只身至此，不知陛下问国丈要甚东西作引。”昏君道：“特求长老的心肝。”假唐僧道：“不瞒陛下说，心便有几个儿，不知要的甚么色样。”那国丈在旁指定道：“那和尚，要你的黑心。”假唐僧道：“既如此，快取刀来，剖开胸腹，若有黑心，谨当奉命。”那昏君欢喜相谢，即着当驾官取一把牛耳短刀，递与假僧。假僧接刀在手，解开衣服，㧟起胸膛，将左手抹腹，右手持刀，唿喇的响一声，把腹皮剖开，那里头就骨都都的滚出一堆心来。唬得文官失色，武将身麻。国丈在殿上见了道：“这是个多心的和尚！”假僧将那些心，血淋淋的，一个个捡开与众观看，却都是些红心、白心、黄心、悭贪心、利名心、嫉妒心、计较心、好胜心、望高心、侮慢心、杀害心、狠毒心、恐怖心、谨慎心、邪妄心、无名隐暗之心、种种不善之心，更无一个黑心。那昏君唬得呆呆挣挣，口不能言，战兢兢的教：

"收了去！收了去！"那假唐僧忍耐不住，收了法，现出本相，对昏君道："陛下全无眼力！我和尚家都是一片好心，惟你这国丈是个黑心，好做药引。你不信，等我替你取他的出来看看。"

那国丈听见，急睁睛仔细观看，见那和尚变了面皮，不是那般模样。咦！认得当年孙大圣，五百年前旧有名。却抽身，腾云就起。被行者翻筋斗，跳在空中喝道："那里走！吃吾一棒！"国丈即使蟠龙拐杖来迎。他两个在半空中这场好杀：

　　如意棒，蟠龙拐，虚空一片云叆叇。原来国丈是妖精，故将怪女称娇色。国主贪欢病染身，妖邪要把儿童宰。相逢大圣显神通，捉怪救人将难解。铁棒当头着实凶，拐棍迎来堪喝采。杀得那满天雾气暗城池，城里人家都失色。文武多官魂魄飞，嫔妃绣女容颜改。唬得那比丘昏主乱身藏，战战兢兢没布摆。棒起犹如虎出山，拐抡却似龙离海。今番大闹比丘城，致令邪正分明白。

那妖精与行者苦战二十余合，蟠龙拐抵不住金箍棒，虚幌了一拐，将身化做一道寒光，落入皇宫内院，把进贡的妖后带出宫门，并化寒光，不知去向。

大圣按落云头，到了宫殿下，对多官道："你们的好国丈啊！"多官一齐礼拜，感谢神僧。行者道："且休拜，且去看你那昏主何在。"多官道："我主见争战时，惊恐潜藏，不知向那座宫中去也。"行者即命："快寻！莫被美后拐去！"多官听言，不分内外，同行者先奔美后宫，漠然无踪，连美后也通不见了。正宫、东宫、西宫、六院，概众后妃，都来拜谢大圣。大圣道："且请起，不到谢处哩。且去寻你主公。"少时，见四五个太监，搀着那昏君自谨身殿后面而来。众臣俯伏在地，齐声启奏道："主公！主公！感得神僧到此，辨明真假。那国丈乃是个妖邪，连美后亦不见矣。"国王闻言，即请行者出皇宫，到宝殿，拜谢了道："长老，你早间来的模样，那般俊伟，这时如何就改了形容？"行者笑道："不瞒陛下说，早间来者，是我师父，乃唐朝御弟三藏。我是他徒弟孙悟空，还有两个师弟，猪悟能、沙悟净，——见在金亭馆驿。因知你信了妖言，要取我师父心肝做药引，是才变作师父模样，特来此降妖也。"那国王闻说，即传旨着阁下太宰快去驿中请师众来朝。

那三藏听见行者现了相，在空中降妖，吓得魂飞魄散，幸有八戒、沙僧护持。他又脸上戴着一片子臊泥，正闷闷不快，只听得人叫道："法师，我等乃比丘国王差来的阁下太宰，特请入朝谢恩也。"八戒笑道："师父，莫怕！莫怕！这不是又请你取心，想是师兄得胜，请你酬谢哩。"三藏道："虽是得胜来请，但我这个臊脸，怎么见人？"八戒道："没奈何，我们且去见了师兄，自有解释。"真个那长老无计，只得扶着八戒，沙僧挑着担，牵着马，同去驿庭之上。那太宰见了，害怕道："爷爷呀！这都相似妖头怪脑之类！"沙僧道："朝士休怪丑陋，我等乃是生成的遗体。若我师父来见了我师兄，他就俊了。"

他三人与众来朝，不待宣召，直至殿下。行者看见，即转身下殿，迎着面把师父的泥脸子抓下，吹口仙气，叫："正！"那唐僧即时复了原身，精神愈觉爽利。国王下殿亲迎，口称："法师老佛。"师徒们将马拴住，都上殿来相见。行者道："陛下可知那怪来自何方？等老孙去与你一并擒来，剪除后患。"三宫六院，诸嫔群妃，都在那翡翠屏后，听见行者说剪除后患，也不避内外男女之嫌，一齐出来拜告道："万望神僧老佛大施法力，斩草除根，把他剪除尽绝，诚为莫大之恩，自当重报！"行者忙忙答礼，只教国王说他住居。国王含羞告道："三年前他到时，朕曾问他。他说离城不远，只在向南去七十里路，有一座柳林坡清华庄上。国丈年老无儿，止后妻生一女，年方十六，不曾配人，愿进与朕。朕因那女貌娉婷，遂纳了，宠幸在宫。不期得疾，太医屡药无功。他说我有仙方，止用小儿心煎汤为引。是朕不才，轻信其言，遂选民间小儿，选定今日午时开刀取心。不料神僧下降，恰恰又遇笼儿都不见了。他就说神僧十世修真，元阳未泄，得其真心，比小儿心更加万倍。一时误犯，不知神僧识透妖魔。敢望广施大法，剪其后患，朕以倾国之资酬谢！"行者笑道："实不相瞒。笼中小儿，是我师慈悲，着我藏了。你且休题甚么资财相谢，待我捉了妖怪，是我的功行。"叫："八戒，跟我去来。"八戒道："谨依兄命。但只是腹中空虚，不好着力。"国王即传旨教："光禄寺快办斋供。"不一时，斋到。八戒尽饱一餐，抖擞精神，随行者驾云而起。唬得那国王、妃后，并文武多官，

854

一个个朝空礼拜，都道："是真仙真佛降临凡也！"那大圣携着八戒，径到南方七十里之地，住下风云，找寻妖处。但只见一股清溪，两边夹岸，岸上有千千万万的杨柳，更不知清华庄在于何处。正是那：

> 万顷野田观不尽，千堤烟柳隐无踪。

孙大圣寻觅不着，即捻诀，念一声"唵"字真言，拘出一个当坊土地，战兢兢近前跪下叫道："大圣，柳林坡土地叩头。"行者道："你休怕，我不打你。我问你：柳林坡有个清华庄，在于何方？"土地道："此间有个清华洞，不曾有个清华庄。小神知道了，大圣想是自比丘国来的？"行者道："正是，正是。比丘国王被一个妖精哄了，是老孙到那厢，识得是妖怪，当时战退那怪，化一道寒光，不知去向。及问比丘王，他说三年前进美女时，曾问其由，怪言居住城南七十里柳林坡清华庄。适寻到此，只见林坡，不见清华庄，是以问你。"土地叩头道："望大圣恕罪。比丘王亦我地之主也，小神理当鉴察，奈何妖精神威法大，如我泄漏他事，就来欺凌，故此未获。大圣今来，只去那南岸九叉头一棵杨树根下，左转三转，右转三转，用两手齐扑树上，连叫三声'开门'，即现清华洞府。"

大圣闻言，即令土地回去，与八戒跳过溪来，寻那棵杨树。果然有九条叉枝，总在一棵根上。行者吩咐八戒："你且远远的站定，待我叫开门，寻着那怪，赶将出来，你却接应。"八戒闻命，即离树有半里远近立下。这大圣依土地之言，绕树根，左转三转，右转三转，双手齐扑其树，叫："开山！开门！"霎时间，一声响亮，唿喇喇的门开两扇，更不见树的踪迹。那里边光明霞采，亦无人烟。行者趁神威，撞将进去。但见那里好个去处：

> 烟霞幌亮，日月偷明。白云常出洞，翠藓乱漫庭。一径奇花争艳丽，遍阶瑶草斗芳荣。温暖气，景常春，浑如阆苑，不亚蓬瀛。滑凳攀长蔓，平桥挂乱藤。蜂衔红蕊来岩窟，蝶戏幽兰过石屏。

行者急拽步，行近前边细看，见石屏上有四个大字"清华仙府"。

他忍不住，跳过石屏看处，只见那老怪怀中搂着个美女，喘嘘嘘的，正讲比丘国事，齐声叫道："好机会来！三年事，今日得完，被那猴头破了！"行者跑近身，掣棒高叫道："我把你这伙毛团，甚么好机会！吃吾一棒！"那老怪丢放美人，抢起蟠龙拐，急架相迎。他两个在洞前，这场好杀，比前又甚不同：

　　棒举迸金光，拐抢凶气发。那怪道："你无知敢进我门来！"行者道："我有意降邪怪！"那怪道："我恋国主你无干，怎的欺心来展抹？"行者道："僧修政教本慈悲，不忍儿童活见杀。"语去言来各恨仇，棒迎拐架当心札。促损琪花为顾生，踢破翠苔因把滑。只杀得那洞中霞采欠光明，岩上芳菲俱掩压。乒乓惊得鸟难飞，吆喝吓得美人散。只存老怪与猴王，呼呼卷地狂风刮。看看杀出洞门来，又撞悟能呆性发。

寻洞擒妖逢老寿

　　原来八戒在外边，听见他们里面嚷闹，激得他心痒难挠，掣钉钯，把一根九叉杨树刨倒，使钯筑了几下，筑得那鲜血直冒，嘤嘤的似乎有声。他道："这棵树成了精也！这棵树成了精也！"按在地下，又正筑处，只见行者引怪出来。那呆子不打话，赶上前，举钯就筑。那老怪战行者已是难敌，见八戒钯来，愈觉心慌，败了阵，将身一幌，化道寒光，径投东走。他两个决不放松，向东赶来。

正当喊杀之际，又闻得鸾鹤声鸣，祥光缥缈，举目视之，乃南极老人星也。那老人把寒光罩住，叫道："大圣慢来，天蓬休赶，老道在此施礼哩。"行者即答礼道："寿星兄弟，那里来？"八戒笑道："肉头老儿，罩住寒光，必定捉住妖怪了。"寿星陪笑道："在这里，在这里，望二公饶他命罢。"行者道："老怪不与老弟相干，为何来说人情？"寿星笑道："他是我的一副脚力，不意走将来，成此妖怪。"行者道："既是老弟之物，只教他现出本相来看看。"寿星闻言，即把寒光放出，喝道："孽畜！快现本相，饶你死罪！"那怪打个转身，原来是只白鹿。寿星拿起拐杖道："这孽畜！连我的拐棒也偷来也！"那只鹿俯伏在地，口不能言，只管叩头滴泪。但见他：

> 一身如玉简斑斑，两角参差七汊湾。
>
> 几度饥时寻药圃，有朝渴处饮云潺。
>
> 年深学得飞腾法，日久修成变化颜。
>
> 今见主人呼唤处，现身抿耳伏尘寰。

寿星谢了行者，就跨鹿而行。被行者一把扯住道："老弟，且慢走，还有两件事未完哩。"寿星道："还有甚么未完之事？"行者道："还有美人未获，不知是个甚么怪物；还又要同到比丘城见那昏君，现相回旨也。"寿星道："既这等说，我且宁耐。你与天蓬下洞擒捉那美人来，同去现相可也。"行者道："老弟略等等儿，我们去了就来。"

那八戒抖擞精神，随行者径入清华仙府，呐声喊，叫："拿妖精！拿妖精！"那美人战战兢兢，正自难逃，又听得喊声大震，即转石屏之内，又没个后门出头。被八戒喝声："那里走！我把你这个哄汉子的臊精！看钯！"那美人手中又无兵器，不能迎敌，将身一闪，化道寒光，往外就走。被大圣抵住寒光，乒乓一棒，那怪立不住脚，倒在尘埃，现了本相，原来是一个白面狐狸。呆子忍不住手，举钯照头一筑，可怜把那个倾城倾国千般笑，化作毛团狐狸形！行者叫道："莫打烂他，且留他此身去见昏君。"那呆子不嫌秽污，一把揪住尾子，拖拖扯扯，跟随行者出得门来。只见那寿星老儿手摸着鹿头骂道："好孽畜啊！你怎

857

么背主逃去，在此成精！若不是我来，孙大圣定打死你了。"行者跳出来道："老弟说甚么？"寿星道："我嘱鹿哩！我嘱鹿哩！"八戒将个死狐狸掼在鹿的面前道："这可是你的女儿么？"那鹿点头幌脑，伸着嘴闻他几闻，呦呦发声，似有眷恋不舍之意。被寿星劈头扑了一掌道："孽畜！你得命足矣，又闻他怎的？"即解下勒袍腰带，把鹿扣住颈项，牵将起来，道："大圣，我和你比丘国相见去也。"行者道："且住！索性把这边都扫个干净，庶免他年复生妖孽。"

八戒闻言，举钯将柳树乱筑。行者又念声"唵"字真言，依然拘出当坊土地，叫："寻些枯柴，点起烈火，与你这方消除妖患，以免欺凌。"那土地即转身，阴风飒飒，帅起阴兵，搬取了些迎霜草、秋青草、蓼节草、山蕊草、蒌蒿柴、龙骨柴、芦荻柴，都是隔年干透的枯焦之物，见火如同油腻一般。行者叫："八戒，不必筑树，但得此物填塞洞里，放起火来，烧得个干净。"火一起，果然把一座清华妖怪宅，烧做火池坑。

这里才喝退土地，同寿星牵着鹿，拖着狐狸，一齐回到殿前。对国王道："这是你的美后，与他要子儿么？"那国王胆战心惊。又只见孙大圣引着寿星，牵着白鹿，都到殿前，唬得那国里君臣妃后，一齐下

当朝正主救婴儿

拜。行者近前搀住国王笑道：“且休拜我，这鹿儿却是国丈，你只拜他便是。”那国王羞愧无地，只道：“感谢神僧救我一国小儿，真天恩也！”即传旨教光禄寺安排素宴，大开东阁，请南极老人与唐僧四众，共坐谢恩。三藏拜见了寿星，沙僧亦以礼见，都问道：“白鹿既是老寿星之物，如何得到此间为害？”寿星笑道：“前者，东华帝君过我荒山，我留坐着棋，一局未终，这孽畜走了。及客去寻他不见，我因屈指询算①，知他走在此处，特来寻他，正遇着孙大圣施威。若果来迟，此畜休矣。”叙不了，只见报道：“宴已完备。”好素宴：

五彩盈门，异香满座。桌挂绣纬生锦艳，地铺红毯幌霞光。宝鸭内，沉檀香袅；御筵前，蔬品香馨。看盘高果砌楼台，龙缠斗糖摆走兽。鸳鸯锭，狮仙糖，似模似样；鹦鹉杯，鹭鸶杓，如相如形。席前果品般般盛，案上斋肴件件精。魁圆茧栗，鲜荔桃子。枣儿柿饼味甘甜，松子葡萄香腻酒。几般蜜食，数品蒸酥。油炸糖浇，花团锦砌。金盘高垒大馍馍，银碗满盛香稻饭。辣燎燎汤水粉条长，香喷喷相连添换美。说不尽蘑菇、木耳、嫩笋、黄精、十香素菜，百味珍馐。往来绰摸不曾停，进退诸般皆盛设。

当时叙了坐次，寿星首席，长老次席，国王前席，行者、八戒、沙僧侧席，旁又有两三个太师相陪左右。即命教坊司动乐，国王擎着紫霞杯，一一奉酒，惟唐僧不饮。八戒向行者道：“师兄，果子让你，汤饭等须请让我受用受用。”那呆子不分好歹，一齐乱上，但来的吃个精空。

一席筵宴已毕，寿星告辞。那国王又近前跪拜寿星，求祛病延年之法。寿星笑道：“我因寻鹿，未带丹药。欲传你修养之方，你又筋衰神败，不能还丹。我这衣袖中，只有三个枣儿，是与东华帝君献茶的，我未曾吃，今送你罢。”国王吞之，渐觉身轻病退。后得长生者，皆原于

① 屈指询算——封建社会的一种迷信的占算方法。“询”同“巡”。巡算，也叫掐算。屈指巡算，是用手指纹推巡占算，用以断定所谓吉、凶、悔、吝和走、失、逃、亡的情况。

此。八戒就叫道：“老寿，有火枣，送我几个吃吃。”寿星道：“未曾带得，待改日我送你几斤。”遂出了东阁，道了谢意，将白鹿一声喝起，飞跨背上，踏云而去。这朝中君王妃后，城中黎庶居民，各各焚香礼拜不题。

三藏叫：“徒弟，收拾辞王。”那国王又苦留求教。行者道：“陛下，从此色欲少贪，阴功多积，凡百事将长补短，自足以祛病延年，就是教也。”遂拿出两盘散金碎银，奉为路费。唐僧坚辞，分文不受。国王无已，命摆銮驾，请唐僧端坐凤辇龙车，王与嫔后，俱推轮转毂，方送出朝。六街三市，百姓群黎，亦皆盏添净水，炉降真香，又送出城。

忽听得半空中一声风响，路两边落下一千一百一十一个鹅笼，内有小儿啼哭，暗中有原护的城隍、土地、社令、真官、五方揭谛、四值功曹、六丁六甲、护教伽蓝等众，应声高叫道：“大圣，我等前蒙吩咐，摄去小儿鹅笼，今知大圣功成起行，一一送来也。”那国王妃后与一应臣民，又俱下拜。行者望空道：“有劳列位，请各归祠，我着民间祭祀谢你。”呼呼渐渐，阴风又起而退。行者叫城里人家来认领小儿。当时传播，俱来各认出笼中之儿，欢欢喜喜，抱出叫哥哥，叫肉儿，跳的跳，笑的笑，都叫：“扯住唐朝爷爷，到我家奉谢救儿之恩！”无大无小，若男若女，都不怕他相貌之丑，抬着猪八戒，扛着沙和尚，顶着孙大圣，撮着唐三藏，牵着马，挑着担，一拥回城。那国王也不能禁止。这家也开宴，那家也设席。请不及的，或做僧帽、僧鞋、偏衫、布袜，里里外外，大小衣裳，都来相送。如此盘桓，将有个月，才得离城。又有传下影神，立起牌位，顶礼焚香供养。这才是：

　　　　阴功高垒恩山重，救活千千万万人。

毕竟不知向后又有甚么事体，且听下回分解。

第八十回

姹女育阳求配偶　心猿护主识妖邪

却说比丘国君臣黎庶，送唐僧四众出城，有二十里之远，还不肯舍。三藏勉强下辇，乘马辞别而行，目送直至望不见踪影方回。四众行彀多时，又过了冬残春尽，看不了野花山树，景物芳菲。前面又见一座高山峻岭。三藏心惊问道："徒弟，前面高山，有路无路，是必小心！"行者笑道："师父这话，也不象个走长路的，却似个公子王孙，坐井观天之类。自古道，'山不碍路，路自通山。'何以言有路无路？"三藏道："虽然是山不碍路，但恐险峻之间生怪物，密林深处出妖精。"八戒道："放心，放心！这里来相近极乐不远，管取太平无事！"

师徒正说，不觉的到了山脚下。行者取出金箍棒，走上石崖叫道："师父，此间乃转山的路儿，忒好步，快来！快来！"长老只得放怀策马。沙僧教："二哥，你把担子挑一肩儿。"真个八戒接了担子挑上。沙僧拢着缰绳，老师父稳坐雕鞍，随行者都奔山崖上大路。但见那山：

云雾笼峰顶，潺湲涌涧中。百花香满路，万树密丛丛。梅青李白，柳绿桃红。杜鹃啼处春将暮，紫燕呢喃社已终。嵯峨石，翠盖松。崎岖岭道，突兀玲珑。削壁悬崖峻，薜萝草木秾。千岩竞秀如排戟，万壑争流远浪洪。

861

老师父缓观山景，忽闻啼鸟之声，又起思乡之念。兜马叫道："徒弟！

> 我自天牌传旨意，锦屏风下领关文。
> 观灯十五离东土，才与唐王天地分。
> 甫能龙虎风云会，却又师徒拗马军。
> 行尽巫山峰十二，何时对子见当今？"

行者道："师父，你常以思乡为念，全不似个出家人。放心且走，莫要多忧。古人云，'欲求生富贵，须下死工夫。'"三藏道："徒弟，虽然说得有理，但不知西天路还在那里哩！"八戒道："师父，我佛如来舍不得那三藏经，知我们要取去，想是搬了；不然，如何只管不到？"沙僧道："莫胡谈！只管跟着大哥走，只把工夫捱他，终须有个到之之日。"

师徒正自闲叙，又见一派黑松大林。唐僧害怕，又叫道："悟空，我们才过了崎岖山路，怎么又遇这个深黑松林？是必在意。"行者道："怕他怎的！"三藏道："说那里话！'不信直中直，须防仁不仁'。我也与你走过好几处松林，不似这林深远。你看，

> 东西密摆，南北成行。东西密摆彻云霄，南北成行侵碧汉。密查荆棘周围结，蓼却缠枝上下盘。藤来缠葛，葛去缠藤。藤来缠葛，东西客旅难行；葛去缠藤，南北经商怎进。这林中，住半年，那分日月；行数里，不见斗星。你看那背阴之处千般景，向阳之所万丛花。又有那千年槐，万载桧，耐寒松，山桃果，野芍药，旱芙蓉，一攒攒密砌重堆，乱纷纷神仙难画。又听得百鸟声，鹦鹉哨，杜鹃啼；喜鹊穿枝，乌鸦反哺；黄鹂飞舞，百舌调音；鹧鸪鸣，紫燕语；八哥儿学人说话，画眉郎也会看经。又见那大虫摆尾，老虎磕牙，多年狐狢妆娘子，日久苍狼吼震林。就是托塔天王来到此，纵会降妖也失魂！"

孙大圣公然不惧，使铁棒上前劈开大路，引唐僧径入深林。逍逍遥遥，行经半日，未见出林之路，唐僧叫道："徒弟，一向西来，无数的山林崎险，幸得此间清雅，一路太平。这林中奇花异卉，其实可人情意！我要在此坐坐，一则歇马，二则腹中饥了，你去那里化些斋来我吃。"行者道："师父请下马，老孙化斋去来。"那长老果然下了马。八戒将马拴在树上，沙僧歇下行李，取了钵盂，递与行者。行者道："师父稳坐，莫要惊怕，我去了就来。"三藏端坐松阴之下，八戒、沙僧却去寻花觅果闲耍。

却说大圣纵筋斗，到了半空，佇定云光，回头观看，只见松林中祥云缥缈，瑞霭氤氲。他忽失声叫道："好啊！好啊！"——你道他叫好做甚？原来夸奖唐僧，说他是金蝉长老转世，十世修行的好人，所以有此祥瑞罩头。——"若我老孙，方五百年前大闹天宫之时，云游海角，放荡天涯，聚群精自称齐天大圣，降龙伏虎，消了死籍；头戴着三额金冠，身穿着黄金铠甲，手执着金箍棒，足踏着步云履，手下有四万七千群怪，都称我做大圣爷爷，着实为人，如今脱却天灾，做小伏低，与你做了徒弟，想师父头顶上有祥云瑞霭罩定，径回东土，必定有些好处，老孙也必定得个正果。"正自家这等夸念中间，忽然见林南下有一股子黑气，骨都都的冒将上来。行者大惊道："那黑气里必定有邪了，我那八戒、沙僧却不会放甚黑气。"那大圣在半空中，详察不定。

却说三藏坐在林中，明心见性，讽念那《摩诃般若波罗密多心经》。忽听得嘤嘤的叫声"救人"。三藏大惊道："善哉！善哉！这等深林里，有甚么人叫？想是狼虫虎豹唬倒的，待我看看。"那长老起身挪步，穿过千年柏，隔起万年松，附葛攀藤，近前视之，只见那大树上绑着一个女子，上半截使葛藤绑在树上，下半截埋在土里。长老立定脚，问他一句道："女菩萨，你有甚事，绑在此间？"咦！分明这厮是个妖怪，长老肉眼凡胎，却不能认得。那怪见他来问，泪如泉涌。你看他桃腮垂泪，有沉鱼落雁之容；星眼含悲，有闭月羞花之貌。长老实不敢近前，又开口问道："女菩萨，你端的有何罪过？说与贫僧，却好救你。"那妖精巧语花言，虚情假意，忙忙的答应道："师父，我家住在贫婆国，离此有二百余里。父母在堂，十分好善，一生的和亲爱友。时遇清明，邀请诸亲及本家老小拜扫先茔，一行轿马，都到了荒郊野外。

西游记

姹女育阳求配偶

至茔前，摆开祭礼，刚烧化纸马，只闻得锣鸣鼓响，跑出一伙强人，持刀弄杖，喊杀前来，慌得我们魂飞魄散。父母诸亲，得马得轿的，各自逃了性命。奴奴年幼，跑不动，唬倒在地，被众强人拐来山内，大大王要做夫人，二大王要做妻室，第三第四个都爱我美色，七八十家一齐争吵，大家都不忿气，所以把奴奴绑在林间，众强人散盘①而去。今已五日五夜，看看命尽，不久身亡！不知是那世里祖宗积德，今日遇着老师父到此。千万发大慈悲，救我一命，九泉之下，决不忘恩！"说罢，泪下如雨。三藏真个慈心，也就忍不住掉下泪来，声音哽咽，叫道："徒弟。"那八戒、沙僧正在林中寻花觅果，猛听得师父叫得凄怆，呆子道："沙和尚，师父在此认了亲耶。"沙僧笑道："二哥胡缠！我们走了这些时，好人也不曾撞见一个，亲从何来？"八戒道："不是亲，师父那里与人哭么？我和你去看来。"沙僧真个回转旧处，牵了马，挑了担，至跟前叫："师父，怎么说？"唐僧用手指定那树上，叫："八戒，解下那女菩萨来，救他一命。"呆子不分好歹，就去动手。

---

① 散盘——江湖市语：意同散伙。

却说那大圣在半空中，又见那黑气浓厚，把祥光尽情盖了，道声：
"不好，不好！黑气罩暗祥光，怕不是妖邪害俺师父！化斋还是小事，
且去看我师父去。"即返云头，按落林里，只见八戒乱解绳儿。行者上
前，一把揪住耳朵，扑的摔了一跌。呆子抬头看见，爬起来说道："师
父教我救人，你怎么恃你有力，将我掼这一跌！"行者笑道："兄弟，
莫解他。他是个妖怪，弄喧儿骗我们哩。"三藏喝道："你这泼猴，又
来胡说了！怎么这等一个女子，就认得他是个妖怪！"行者道："师父
原来不知。这都是老孙干过的买卖，想人肉吃的法儿，你那里认得！"
八戒哜着嘴^①道："师父，莫信这弼马温哄你！这女子乃是此间人家。
我们东土远来，不与相较，又不是亲眷，如何说他是妖精！他打发我们
丢了前去，他却翻筋斗，弄神法转来和他干巧事儿，倒踏门也！"行者
喝道："夯货！莫乱谈！我老孙一向西来，那里有甚愆懒处？似你这个
重色轻生，见利忘义的饢糟，不识好歹，替人家哄了招女婿，绑在树
上哩！"三藏道："也罢，也罢。八戒啊，你师兄常时也看得不差。既
这等说，不要管他，我们去罢。"行者大喜道："好了！师父是有命的
了！请上马，出松林外，有人家化斋你吃。"四人果一路前进，把那怪
撇了。

却说那怪绑在树上，咬牙恨齿道："几年家闻人说孙悟空神通广
大，今日见他，果然话不虚传。那唐僧乃童身修行，一点元阳未泄，正
欲拿他去配合，成太乙金仙，不知被此猴识破吾法，将他救去了。若是
解了绳，放我下来，随手捉将去，却不是我的人儿也？今被他一篇散言
碎语带去，却又不是劳而无功？等我再叫他两声，看是如何。"好妖
精，不动绳索，把几声善言善语，用一阵顺风，嘤嘤的吹在唐僧耳内。
你道叫的甚么？他叫道："师父啊，你放着活人的性命还不救，昧心拜
佛取何经？"

唐僧在马上听得又这般叫唤，即勒马叫："悟空，去救那女子下来
罢。"行者道："师父走路，怎么又想起他来了？"唐僧道："他又在
那里叫哩。"行者问："八戒，你听见么？"八戒道："耳大前走，不
曾听见。"又问："沙僧，你听见么？"沙僧道："我挑担前走，不曾

第
八
十
回
姹
女
育
阳
求
配
偶
心
猿
护
主
识
妖
邪

---

① 哜着嘴——撅嘴、翘嘴。

865

在心，也不曾听见。"行者道："老孙也不曾听见。师父，他叫甚么？偏你听见。"唐僧道："他叫得有理，说道'活人性命还不救，昧心拜佛取何经？'救人一命，胜造七级浮屠。快去救他下来，强似取经拜佛。"行者笑道："师父要善将起来，就没药医。你想你离了东土，一路西来，却也过了几重山场，遇着许多妖怪，常把你拿将进洞，老孙来救你，使铁棒，常打死千千万万；今日一个妖精的性命，舍不得，要去救他？"唐僧道："徒弟呀，古人云，'勿以善小而不为，勿以恶小而为之。'还去救他救罢。"行者道："师父既然如此，只是这个担儿，老孙却担不起。你要救他，我也不敢苦劝你，劝一会，你又恼了。任你去救。"唐僧道："猴头莫多话！你坐着，等我和八戒救他去。"

　　唐僧回至林里，教八戒解了上半截绳子，用钯筑出下半截身子。那怪跌跌鞋，束束裙，喜孜孜跟着唐僧出松林，见了行者。行者只是冷笑不止。唐僧骂道："泼猴头！你笑怎的？"行者道："我笑你'时来逢好友，运去遇佳人'。"三藏又骂道："泼猢狲！胡说！我自出娘肚皮，就做和尚。如今奉旨西来，虔心礼佛求经，又不是利禄之辈，有甚运退时！"行者笑道："师父，你虽是自幼为僧，却只会看经念佛，不曾见王法条律。这女子生得年少标致，我和你乃出家人，同他一路行走，倘或遇着歹人，把我们拿送官司，不论甚么取经拜佛，且都打做奸情；纵无此事，也要问个拐带人口。师父追了度牒，打个小死；八戒该问充军；沙僧也问摆站；我老孙也不得干净，饶我口能，怎么折辩，也要问个不应。"三藏喝道："莫胡说！终不然，我救他性命，有甚赔累不成！带了他去，凡有事，都在我身上。"行者道："师父虽说有事在你，却不知你不是救他，反是害他。"三藏道："我救他出林，得其活命，怎么反是害他？"行者道："他当时绑在林间，或三五日，十日半月，没饭吃饿死了，还得个完全身体归阴！如今带他出来，你坐得是个快马，行路如风，我们只得随你。那女子脚小，挪步艰难，怎么跟得上走？一时把他丢下，若遇着狼虫虎豹，一口吞之，却不是反害其生也？"三藏道："正是呀，这件事却亏你格，如何处置？"行者笑道："抱他上来，和你同骑着马走罢。"三藏沉吟道："我那里好与他同马！……他怎生得去？"三藏道："教八戒驮他走罢。"行者笑道："呆子造化到了！"八戒道："远路没轻担，教我驮人，有甚造化？"行者道："你那嘴长，驮着他，转过嘴来，计较私情话儿，却不便益？"八戒闻此言，捶胸暴跳道："不好！不好！师父要打我几下，宁可忍疼，背着他决不得干净，师兄一生会赃埋人。我驮不成！"三藏道："也罢，也罢。我也还走得几步，等我下来，慢慢的同走，着八戒牵着空马里。"行者大笑道："呆子倒有买卖，师父照顾你牵马哩。"三藏道："这猴头又胡说了！古人云，'马行千里，无人不能自往。'假如我在路上慢走，你好丢了我去？我若慢，你们也慢。大家一处同这女菩萨走下山去，或到庵观寺院，有人家之处，留他在那里，也是我们救他一场。"行者道："师父说得有理，快请前进。"

三藏撩前走，沙僧挑担，八戒牵着空马，行者拿着棒，引着女子，一行前进。不上二三十里，天色将晚，又见一座楼台殿阁。三藏道："徒弟，那里必定是座庵观寺院，就此借宿了，明日早行。"行者道："师父说得是，各各走动些。"霎时到了门首。吩咐道："你们略站远些，等我先去借宿。若有方便处，着人来叫你。"众人俱立在柳阴之下，惟行者拿铁棒，辖着那女子。长老拽步近前，只见那门东倒西歪，零零落落。推开看时，忍不住心中凄惨：长廊寂静，古刹萧疏；苔藓盈庭，蒿荬满径；惟萤火之飞灯，只蛙声而代漏。长老忽然掉下泪来。真个是：

殿宇凋零倒塌，廊房寂寞倾颓。断砖破瓦十余堆，尽是些歪梁折柱。前后尽生青草，尘埋朽烂香厨。钟楼崩坏鼓无皮，琉璃香灯破损。佛祖金身没色，罗汉倒卧东西。观音淋坏尽成泥，杨柳净瓶坠地。日内并无僧人，夜间尽宿狐狸。只听风响吼如雷，都是虎豹藏身之处。四下墙垣皆倒，亦无门扇关居。

有诗为证。诗曰：

多年古刹没人修，狼狈凋零倒更休。
猛风吹裂伽蓝面，大雨浇残怫像头。
金刚跌损随淋洒，土地无房夜不收。
更有两般堪叹处，铜钟着地没悬楼。

三藏硬着胆,走进二层门,见那钟鼓楼俱倒了,止有一口铜钟,扎在地下。上半截如雪之白,下半截如靛之青,原来是日久年深,上边被雨淋白,下边是土气上的铜青。三藏用手摸着钟,高叫道:"钟啊!你

也曾悬挂高楼吼,也曾鸣远彩梁声。也曾鸡啼就报晓,也曾天晚送黄昏。不知化铜的道人归何处,铸铜匠作那边存。想他二命归阴府,他无踪迹你无声。"

长老高声赞叹,不觉的惊动寺里之人。那里边有一个侍奉香火的道人,他听见人语,爬起来,拾一块断砖,照钟上打将去。那钟当的响了一声,把个长老唬了一跌,挣起身要走,又绊着树根,扑的又是一跌。长老倒在地下,抬头又叫道:"钟啊!

贫僧正然感叹你,忽的叮当响一声。想是西天路上无人到,日久多年变作精。"

那道人赶上前,一把搀住道:"老爷请起。不干钟成精之事,却才是我打得钟响。"三藏抬头见他的模样丑黑,道:"你莫是魍魉妖邪?我不是寻常之人,我是大唐来的,我手下有降龙伏虎的徒弟。你若撞着他,性命难存也!"道人跪下道:"老爷休怕,我不是妖邪,我是这寺里侍奉香火的道人。却才听见老爷善言相赞,就欲出来迎接;恐怕是个邪鬼敲门,故此拾一块断砖,把钟打一下压惊,方敢出来。老爷请起。"那唐僧方然正性道:"住持,险些儿唬杀我也,你带我进去。"那道人引定唐僧,直至三层门里看处,比外边甚是不同,但见那:

青砖砌就彩云墙,绿瓦盖成琉璃殿。黄金装圣像,白玉造阶台。大雄殿上舞青光,毗罗阁下生锐气。文殊殿,结采飞云;轮藏堂,描花堆翠。三檐顶上宝瓶尖,五福楼中平绣盖。千株翠竹摇禅榻,万种青松映佛门。碧云宫里放金光,紫雾丛中飘瑞霭。朝闻四野香风远,暮听山高画鼓鸣。应有朝阳补破衲,岂无对月了残经?

又只见半壁灯光明后院，一行香雾照中庭。

三藏见了，不敢进去，叫："道人，你这前边十分狼狈，后边这等齐整，何也？"道人笑道："老爷，这山中多有妖邪强寇，天色清明，沿山打劫，天阴就来寺里藏身，被他把佛像推倒垫坐，木植搬来烧火。本寺僧人软弱，不敢与他讲论，因此把这前边破房都舍与那些强人安歇，从新另化了些施主，盖得那一所寺院。清混各一。这是西方的事情。"三藏道："原来是如此。"正行间，又见山门上有五个大字，乃"镇海禅林寺"。才举步跨入门里，忽见一个和尚走来。你看他怎生模样：

> 头戴左笄绒锦帽，一对铜圈坠耳根。身着颇罗毛线服，一双白眼亮如银。手中摇着播郎鼓①，口念番经听不真。三藏原来不认得，这是西方路上喇嘛僧。

那喇嘛和尚走出门来，看见三藏眉清目秀，额阔顶平，耳垂肩，手过膝，好似罗汉临凡，十分俊雅。他走上前扯住，满面笑嘻嘻的与他捻手捻脚，摸他鼻子，揪他耳朵，以示亲近之意。携至方丈中，行礼毕却问："老师父何来？"三藏道："弟子乃东土大唐驾下钦差往西方天竺国大雷音寺拜佛取经者。适行至宝方天晚，特奔上刹借宿一宵，明日早行，望垂方便一二。"那和尚笑道："不当人子！不当人子！我们不是好意要出家的，皆因父母生身，命犯华盖，家里养不住，才舍断了出家，既做了佛门弟子，切莫说脱空之话。"三藏道："我是老实话。"和尚道："那东土到西天，有多少路程！路上有山，山中有洞，洞内有精。像你这个单身，又生得娇嫩，那里像个取经的？"三藏道："院主也见得是，贫僧一人，岂能到此？我有三个徒弟，逢山开路，遇水叠桥，保我弟子，所以到得上刹。"那和尚道："三位高徒何在？"三藏道："现在山门外伺候。"那和尚慌了道："师父，你不知我这里有虎狼、妖贼、鬼怪伤人。白日里不敢远出，未经天晚，就关了门户。这早

---

① 播郎鼓——一种长柄摇鼓，叫鼗鼓。小的可作儿童玩具。

晚把人放在外边！"叫："徒弟，快去请将进来。"

　　有两个小喇嘛儿跑出外去，看见行者唬了一跌，见了八戒又是一跌，扒起来往后飞跑道："爷爷！造化低了！你的徒弟不见，只有三四个妖怪站在那门首也。"三藏问道："怎么模样？"小和尚道："一个雷公嘴，一个碓挺嘴，一个青脸獠牙。旁有一个女子，倒是个油头粉面。"三藏笑道："你不认得。那三个丑的，是我徒弟。那一个女子，是我打松林里救命来的。"那喇嘛道："爷爷呀，这们好俊师父，怎么寻这般丑徒弟？"三藏道："他丑自丑，却俱有用。你快请他进来，若再迟了些儿，那雷公嘴的有些闯祸，不是个人生父母养的，他就打进来也。"

　　那小和尚即忙跑出，战兢兢的跪下道："列位老爷，唐老爷请哩。"八戒笑道："哥啊，他请便罢了，却这般战兢兢的，何也？"行者道："看见我们丑陋害怕。"八戒道："可是扯淡！我们乃生成的，那个是好要丑哩！"行者道："把那丑且略收拾收拾！"呆子真个把嘴揣在怀里，低着头，牵着马，沙僧挑着担，行者在后面，拿着棒，辖着那女子，一行进去。穿过了倒塌房廊，入三层门里。拴了马，歇了担，进方丈中，与喇嘛僧相见，分发坐次。那和尚入里边，引出七八十个小喇嘛来，见礼毕，收拾办斋管待。正是：

　　　　积功须在慈悲念，佛法兴时僧赞僧。

　　毕竟不知怎生离寺，且听下回分解。

第八十一回

镇海寺心猿知怪　黑松林三众寻师

　　话表三藏师徒到镇海禅林寺，众僧相见，安排斋供。四众食毕，那女子也得些食力。渐渐天昏，方丈里点起灯来，众僧一则是问唐僧取经来历，二则是贪看那女子，都攒攒簇簇，排列灯下。三藏对那初见的喇嘛僧道：“院主，明日离了宝山，西去的路途如何？”那僧双膝跪下，慌得长老一把扯住道：“院主请起，我问你个路程，你为何行礼？”那僧道：“老师父明日西行，路途平正，不须费心。只是眼下有件事儿不尴尬，一进门就要说，恐怕冒犯洪威。却才斋罢，方敢大胆奉告，老师东来，路遥辛苦，都在小和尚房中安歇甚好。只是这位女菩萨，不方便，不知请他那里睡好。”三藏道：“院主，你不要生疑，说我师徒们有甚邪意。早间打黑松林过，撞见这个女子绑在树上。小徒孙悟空不肯救他，是我发善提心，将他救了，到此随院主送他那里睡去。”那僧谢道：“既老师宽厚，请他到天王殿里，就在天王爷爷身后，安排个草铺教他睡罢。”三藏道：“甚好，甚好。”遂此时，众小和尚引那女子往殿后睡去。长老就在方丈中，请众院主自在，遂各散去。三藏吩咐悟空：“辛苦了，早睡早起。”遂一处都睡了，不敢离侧，护着师父。渐入夜深，正是那：

　　　　玉兔高升万籁宁，天街寂静断人行。

银河耿耿星光灿，鼓发谯楼趱换更。

一宵晚话不题。及天明了，行者起来，教八戒、沙僧收拾行囊马匹，却请师父走路。此时长老还贪睡未醒，行者近前叫声："师父。"那师父把头抬了一抬，又不曾答应得出。行者问："师父怎么说？"长老呻吟道："我怎么这般头悬眼胀，浑身皮骨皆疼？"八戒听说，伸手去摸摸，身上有些发热。呆子笑道："我晓得了，这是昨晚见没钱的饭，多吃了几碗，倒沁着头睡，伤食了。"行者喝道："胡说！等我问师父，端的何如。"三藏道："我半夜之间，起来解手，不曾戴得帽子，想是风吹了。"行者道："这还说得是，如今可走得路么？"三藏道："我如今起坐不得，怎么上马？但只误了路啊！"行者道："师父说那里话！常言道，'一日为师，终身为父。'我等与你做徒弟，就是儿子一般。"又说道："'养儿不用阿金溺银，只是见景生情便好。'你既身子不快，说甚么误了行程，便宁耐几日何妨！"兄弟们都伏侍着师父，不觉的早尽午来昏又至，良宵才过又侵晨。

光阴迅速，早过了三日。那一日，师父欠身起来叫道："悟空，这两日病体沉疴，不曾问得你，那个脱命的女菩萨，可曾有人送些饭与他吃？"行者笑道："你管他怎的，且顾了自家的病着。"三藏道："正是，正是。你且扶我起来，取出我的纸、笔、墨，寺里借个砚台来使使。"行者道："要怎的？"长老道："我要修一封书，并关文封在一处，你替我送上长安驾下，见太宗皇帝一面。"行者道："这个容易，我老孙别事无能，若说送书，人间第一。你把书收拾停当与我，我一筋斗送到长安，递与唐王，再一筋斗转将回来，你的笔砚还不干哩。——但只是你寄书怎的？且把书意念念我听，念了再写不迟。"长老滴泪道："我写着，

臣僧稽首三顿首，万岁山呼拜圣君；
文武两班同入目，公卿四百共知闻：
当年奉旨离东土，指望灵山见世尊。
不料途中遭厄难，何期半路有灾迍。
僧病沉疴难进步，佛门深远接天门。

872

有经无命空劳碌，启奏当今别遣人。”

行者听得此言，忍不住呵呵大笑道：“师父，你忒不济，略有些病儿，就起这个意念。你若是病重，要死要活，只消问我。我老孙自有个本事，问道，‘那个阎王敢起心？那个判官敢出票？那个鬼使来勾取？’若恼了我，我拿出那大闹天宫之性子，又一路棍，打入幽冥，捉住十代阎王，一个个抽了他的筋，还不饶他哩！”三藏道：“徒弟呀，我病重了，切莫说这大话。”

八戒上前道：“师兄，师父说不好，你只管说好，十分不尴尬，我们趁早商量，先卖了马，典了行囊，买棺木送终散伙。”行者道：“呆子又胡说了！你不知道师父是我佛如来第二个徒弟，原叫做金蝉长老，只因他轻慢佛法，该有这场大难。”八戒道：“哥啊，师父既是轻慢佛法，贬回东土，在是非海内，口舌场中，托化做人身，发愿往西天拜佛求经，遇妖精就捆，逢魔头就吊，受诸苦恼也够了，怎么又叫他害病？”行者道：“你那里晓得，老师父不曾听佛讲法，打了一个盹，往下一失，左脚下蹦了一粒米，下界来，该有这三日病。”八戒惊道：“像老猪吃东西泼泼撒撒的，也不知害多少年代病是！”行者道：“兄弟，佛不与你众生为念。你又不知，人云，‘锄禾日当午，汗滴禾下土。谁知盘中餐，粒粒皆辛苦！’师父只今日一日，明日就好了。”三藏道：“我今日比昨不同，咽喉里十分作渴。你去那里，有凉水寻些来我吃。”行者道：“好了！师父要水吃，便是好了，等我取水去。”

即时取了钵盂，往寺后面香积厨取水。忽见那些和尚一个个眼儿通红，悲啼哽咽，只是不敢放声大哭。行者道：“你们这些和尚，忒小家子样！我们住几日，临行谢你，柴火钱照日算还。怎么这等脓包！”众僧慌跪下道：“不敢！不敢！”行者道：“怎么不敢？想是我那长嘴和尚，食肠大，吃伤了你的本儿也？”众僧道：“老爷，我这荒山，大大小小，也有百十众和尚，每一人养老爷一日，也养得起百十日。怎么敢欺心，计较甚么食用！”行者道：“既不计较，你却为甚么啼哭？”众僧道：“老爷，不知是那山里来的妖邪在这寺里。我们晚夜间着两个小和尚去撞钟打鼓，只听得钟鼓响罢，再不见人回。至次日找寻，只见僧帽、僧鞋，丢在后边园里，骸骨尚存，将人吃了。你们住了三日，我寺里不见了六个和尚。故此，我兄弟们不由的不怕，不由的不伤。因见你老师父贵恙，不敢传说，忍不住泪珠偷垂也。"行者闻言，又惊又喜道："不消说了，必定是妖魔在此伤人也；等我与你剿除他。"众僧道："老爷，妖精不精者不灵，一定会腾云驾雾，一定会出幽入冥。古人道得好，'莫信直中直，须防仁不仁。'老爷，你莫怪我们说，你若拿得他住哩，便与我荒山除了这条祸根，正是三生有幸了；若还拿他不住啊，却有好些儿不便处。"行者道："怎叫做好些不便处？"那众僧道："直不相瞒老爷说，我这荒山，虽有百十众和尚，却都只是自小儿出家的：

> 发长寻刀削，衣单破衲缝。早晨起来洗着脸，叉手躬身，皈依大道；夜来收拾烧着香，虔心叩齿，念的弥陀。举头看见佛，莲九品，秋三乘，慈航共法云，愿见祇园释世尊；低头看见心，受五戒，度大千，生生万法中，愿悟顽空与色空。诸檀越来啊，老的、小的、长的、矮的、胖的、瘦的，一个个敲木鱼，击金磬，挨挨拶拶，两卷《法华经》，一策《梁王忏》；诸檀越不来啊，新的、旧的、生的、熟的、村的、俏的，一个个合着掌，瞑着目，悄悄冥冥，入定蒲团上，牢关月下门。一任他莺啼鸟语闲争斗，不上我方便慈悲大法乘。因此上，也不会伏虎，也不会降龙；也不识的怪，也不识的精。你老爷若还惹起那妖魔啊，我百十个和尚只够他斋一饱，一则堕落我众生轮回，二则灭抹了这禅林古迹，三则如来会上，全没半点儿光辉。这却是好些儿不便处。"

行者闻得众和尚说出这一端的话语，他便怒从心上起，恶向胆边生，高叫一声："你这众和尚好呆哩！只晓得那妖精，就不晓得我老孙的行止么？"众僧轻轻的答道："实不晓得。"行者道："我今日略节说说，你们听着：

> 我也曾花果山伏虎降龙，我也曾上天堂大闹天宫。饥时把老君的丹，略略咬了两三颗；渴时把玉帝的酒，轻轻呼了六七盅。睁着一双不白不黑的金睛眼，天惨淡，月朦胧；拿着一条不短不长的金

箍棒，来无影，去无踪。说甚么大精小怪，那怕他惫懒脓！一赶赶上去，跑的跑，颤的颤，躲的躲，慌的慌；一捉捉将来，锉的锉，烧的烧，磨的磨，舂的舂。正是八仙同过海，独自显神通！众和尚，我拿这妖精与你看看，你才认得我老孙！"

众僧听着，暗点头道："这贼秃开大口，说大话，想是有些来历。"都一个个诺诺连声，只有那喇嘛僧道："且住！你老师父贵恙，你拿这妖精不至紧①。俗语道，'公子登筵，不醉便饱；壮士临阵，不死即伤。'你两下里角斗之时，倘贻累你师父，不当②稳便。"

行者道："有理！有理！我且送凉水与师父吃了再来。"掇起钵盂，着上凉水，转出香积厨，就到方丈，叫声："师父，吃凉水哩。"三藏正当烦渴之时，便抬起头来，捧着水，只是一吸。真个"渴时一滴如甘露，药到真方病即除"。行者见长老精神渐爽，眉目舒开，就问道："师父，可吃些汤饭么？"三藏道："这凉水就是灵丹一般，这病儿减了一半，有汤饭也吃哩。"行者连声高高叫道："我师父好了，要汤饭吃哩。"教那些和尚忙忙的安排。淘米，煮饭，捍面，烙饼，蒸馍馍，做粉汤，抬了四五桌。唐僧只吃得半碗儿米汤，行者、沙僧止用了一席，其余的都是八戒一肚餐之。家伙收去，点起灯来，众僧各散。

三藏道："我们今住几日了？"行者道："三整日矣。明朝向晚，便就是四个日头。"三藏道："三日误了许多路程。"行者道："师父，也算不得路程，明日去罢。"三藏道："正是，就带几分病儿，也没奈何。"行者道："既是明日要去，且让我今晚捉了妖精者。"三藏惊道："又捉甚么妖精？"行者道："有个妖精在这寺里，等老孙替他捉捉。"唐僧道："徒弟呀，我的病身未可，你怎么又兴此念！倘那怪有神通，你拿他不住啊，却又不是害我？"行者道："你好灭人威风！老孙到处降妖，你见我弱与谁的？只是不动手，动手就要赢。"三藏扯住道："徒弟，常言说得好，'遇方便时行方便，得饶人处且饶人。操

---

①　不至紧——犹不打紧、不要紧、不吃紧。

②　不当——是不大、不很、不十分的意思。有时也作"不应当、不妥当和不安解释"。

心怎似存心好，争气何如忍气高！'"孙大圣见师父苦苦劝他，不许降妖，他说出老实话来道："师父，实不瞒你说，那妖在此吃了人了。"唐僧大惊道："吃了甚么人？"行者说道："我们住了三日，已是吃了这寺里六个小和尚了。"长老道："'兔死狐悲，物伤其类'。他既吃了寺内之僧，我亦僧也，我放你去，只但用心仔细些。"行者道："不消说，老孙的手到就消除了。"

你看他灯光前吩咐八戒、沙僧看守师父，他喜孜孜跳出方丈，径来佛殿看时，天上有星，月还未上，那殿里黑暗暗的。他就吹出真火，点起琉璃，东边打鼓，西边撞钟。响罢，摇身一变，变作个小和尚儿，年纪只有十二三岁，披着黄绢偏衫，白布直裰，手敲着木鱼，口里念经。等到一更时分，不见动静。二更时分，残月才升，只听见呼呼的一阵风响。好风：

> 黑雾遮天暗，愁云照地昏。四方如泼墨，一派靛妆浑。先刮时扬尘播土，次后来倒树摧林，扬尘播土星光现，倒树摧林月色昏。只刮得嫦娥紧抱梭罗树，玉兔团团找药盆。九曜星官皆闭户，四海龙王尽掩门。庙里城隍觅小鬼，空中仙子怎腾云？地府阎罗寻马面，判官乱跑赶头巾。刮动昆仑顶上石，卷得江湖波浪混。

那风才然过处，猛闻得兰麝香熏，环珮声响，即欠身抬头观看，呀！却是一个美貌佳人，径上佛殿。行者口里呜哩呜喇，只情念经。那女子走近前，一把搂住道："小长老，念的甚么经？"行者道："许下的。"女子道："别人都自在睡觉，你还念经怎么？"行者道："许下的，如何不念？"女子搂住，与他亲个嘴道："我与你到后面耍耍去。"行者故意的扭过头去道："你有些不晓事！"女子道："你会相面？"行者道："也晓得些儿。"女子道："你相我怎的样子？"行者道："我相你有些儿偷生熟，被公婆赶出来的。"女子道："相不着！相不着！我

> 不是公婆赶逐，不因抓熟偷生。
> 奈我前生命薄，投配男子年轻。

不会洞房花烛，避夫逃走之情。

趁如今星光月皎，也是有缘千里来相会，我和你到后园中交欢配鸾俦去也。"行者闻言，暗点头道："那几个愚僧，都被色欲引诱，所以伤了性命，他如今也来哄我。"就随口答应道："娘子，我出家人年纪尚幼，却不知甚么交欢之事。"女子道："你跟我去，我教你。"行者暗笑道："也罢，我跟他去，看他怎生摆布。"

他两个搂着肩，携着手，出了佛殿，径至后边园里。那怪把行者使个绊子腿，跌倒在地，口里"心肝哥哥"的乱叫，将手就去掐他的臊根。行者道："我的儿，真个要吃老孙哩！"却被行者接住他手，使个小坐跌法，把那怪一辘轳掀翻在地上。那怪口里还叫道："心肝哥哥，你倒会跌你的娘哩！"

行者暗算道："不趁此时下手他，还到几时！正是'先下手为强，后下手遭殃。'"就把手一叉，腰一躬，一跳跳起来，现出原身法相，抡起金箍铁棒，劈头就打。那怪倒也吃了一惊，他心想道："这个小和尚，这等厉害！"打开眼一看，原来是那唐长老的徒弟姓孙的，他也不惧他。你说这精怪是甚么精怪：

金作鼻，雪铺毛。地道为门屋，安身处处牢。养成三百年前气，曾向灵山走几遭。一饱香花和蜡烛，如来吩咐下天曹。托搭天王恩爱女，哪吒太子认同胞。也不是个填海鸟，也不是个戴山鳌。也不怕的雷焕剑，也不怕的吕虔刀。往往来来，一任他水流江汉阔；上上下下，那论他山耸泰恒高？你看他月貌花容娇滴滴，谁识得是个鼠老成精逞黠豪！

他自恃的神通广大，便随手架起双股剑，叮叮当当的响，左遮右格，随东倒西。行者虽强些，却也捞他不倒。阴风四起，残月无光，你看他两人，后园中一场好杀：

阴风从地起，残月荡微光。阒静梵王宇，阑珊小鬼廊。后园里一片战争场：孙大士，天上圣，毛姹女，女中王，赌赛神通未

877

西游记

镇海寺心猿知怪

肯降。一个儿扭转芳心嗔黑秃，一个儿圆睁慧眼恨新妆。两手剑飞，那认得女菩萨；一根棍打，狠似个活金刚。响处金箍如电挈，霎时铁白耀星芒。玉楼抓翡翠，金殿碎鸳鸯。猿啼巴月小，雁叫楚天长。十八尊罗汉，暗暗喝采；三十二诸天，个个慌张。

那孙大圣精神抖擞，棍儿没半点差池。妖精自料敌他不住，猛可的眉头一蹙，计上心来，抽身便走。行者喝道："泼货！那走！快快来降！"那妖精只是不理，直往后退。等行者赶到紧急之时，即将左脚上花鞋脱下来，吹口仙气，念个咒语，叫一声："变！"就变作本身模样，使两口剑舞将来，真身一幌，化阵清风而去。这却不是三藏的灾星？他便径撞到方丈里，把唐三藏摄将去云头上，杳杳冥冥，霎霎眼就到了陷空山，进了无底洞，叫小的们安排素筵席成亲不题。

却说行者斗得心焦性燥，闪一个空，一棍把那妖精打落下来，乃是一只花鞋。行者晓得中了他计，连忙转身来看师父。那有个师父？只见那呆子和沙僧口里呜哩呜哪说甚么。行者怒气填胸，也不管好歹，捞起棍来一片打，连声叫道："打死你们！打死你们！"那呆子慌得走也没路，沙僧却是个灵山大将，见得事多，就软款温柔，近前跪下道："兄长，我知道了，想你要打杀我两个，也不去救师父，径自回家去理。"行者道："我打杀你两个，我自去救他！"沙僧笑道："兄长说那里

878

话！无我两个，真是‘单丝不线，孤掌难鸣。’兄啊，这行囊、马匹，谁与看顾？宁学管鲍分金，休仿孙庞斗智。自古道，‘打虎还得亲兄弟，上阵须教父子兵。’望兄长且饶打，待天明和你同心戮力，寻师去也。”行者虽是神通广大，却也明理识时，见沙僧苦苦哀告，便就回心道：“八戒，沙僧，你都起来。明日找寻师父，却要用力。”那呆子听见饶了，恨不得天也许下半边，道：“哥啊，这个都在老猪身上。”兄弟们思思想想，那曾得睡，恨不得点头唤出扶桑日，一口吹散满天星。

三众只坐到天晓，收拾要行，早有寺僧拦门来问：“老爷那里去？”行者笑道：“不好说，昨日对众夸口，说与他们拿妖精，妖精未曾拿得，倒把我个师父不见了。我们寻师父去哩。”众僧害怕道：“老爷，小可的事，倒带累老师，却往那里去寻？”行者道：“有处寻他。”众僧又道：“既去莫忙，且吃些早斋。”连忙的端了两三盆汤饭。八戒尽力吃个干净，道：“好和尚！我们寻着师父，再到你这里来耍子。”行者道：“还到这里吃他饭哩！你去天王殿里看看那女子在否。”众僧道：“老爷，不在了，不在了。自是当晚宿了一夜，第二日就不见了。”

行者喜喜欢欢的辞了众僧，着八戒、沙僧牵马挑担，径回东走。八戒道：“哥哥差了，怎么又往东行？”行者道：“你岂知道！前日在那黑松林绑的那个女子，老孙火眼金睛，把他认透了，你们都认做好人。今日吃和尚的也是他，摄师父的也是他！你们救得好女菩萨！今既摄了师父，还从旧路上找寻去也。”二人叹服道：“好！好！好！真是粗中有细！去来去来！”三人急急到于林内，只见那：

> 云蔼蔼，雾漫漫；石层层，路盘盘。狐踪兔迹交加走，虎豹豺狼往复钻。林内更无妖怪影，不知三藏在何端。

行者心焦，掣出棒来。摇身一变，变作大闹天宫的本相，三头六臂，六只手，理着三根棒，在林里辟哩拨喇的乱打。八戒见了道：“沙僧，师兄着了恼，寻不着师父，弄做个气心风了。”原来行者打了一路，打出两个老头儿来，一个是山神，一个是土地，上前跪下道：“大圣，山神、土地来见。”八戒道：“好灵根啊！打了一路，打出两个山神、土地，若再打一路，连太岁都打出来也。"行者问道："山神，土地，汝等这般无礼！在此处专一结伙强盗，强盗得了手，买些猪羊祭赛你，又与妖精结拷，打伙儿把我师父摄来！如今藏在何处？快快的从实供来，免打！"二神慌了道："大圣错怪了我耶。妖精不在小神山上，不伏小神管辖，但只夜间风响处，小神略知一二。"行者道："既知，一一说来！"土地道："那妖精摄你师父去，在那正南下，离此有千里之遥。那厢有座山，唤做陷空山，山中有个洞，叫做无底洞。是那山里妖精，到此变化摄去也。"行者听言，暗自惊心，喝退了山神、土地，收了法身，现出本相，与八戒、沙僧道："师父去得远了。"八戒道："远便腾云赶去！"

好呆子，一纵狂风先起，随后是沙僧驾云。那白马原是龙子出身，驮了行李，也踏了风雾。大圣即起筋斗，一直南来。不多时，早见一座大山，阻住云脚。三人采住马，都按定云头。见那山：

顶摩碧汉，峰接青霄。周围杂树万万千，来往飞禽喳喳噪。虎豹成阵走，獐鹿打丛行。向阳处，琪花瑶草馨香；背阴方，腊雪顽冰不化。崎岖峻岭，削壁悬崖。直立高峰，湾环深涧。松郁郁，石磷磷，行人见了悚其心。打柴樵子全无影，采药仙童不见踪。眼前虎豹能兴雾，遍地狐狸乱弄风。

八戒道："哥啊，这山如此险峻，必有妖邪。"行者道："不消说了，'山高原有怪，岭峻岂无精！'"叫："沙僧，我和你且在此，着八戒先下山凹里打听打听，看那条路好走，端的可有洞府，再看是那里开门，俱细细打探，我们好一齐去寻师父救他。"八戒道："老猪晦气！先拿我顶缸！"行者道："你夜来说都在你身上，如何打仰①？"八戒道："不要嚷，等我去。"呆子放下钯，抖抖衣裳，空着手，跳下高山，找寻路径。

这一去，毕竟不知好歹如何，且听下回分解。

---

① 打仰——这里含有退却、不算的意思。

第八十二回

姹女求阳　元神护道

却说八戒跳下山，寻着一条小路，依路前行。有五六里远近，忽见二个女怪，在那井上打水。他怎么认得是两个女怪？见他头上戴一顶一尺二三寸高的篾丝鬏髻，甚不时兴。呆子走近前叫声："妖怪！"那怪闻言大怒，两人互相说道："这和尚惫懒！我们又不与他相识，平时又没有调得嘴惯，他怎么叫我们做妖怪！"那怪恼了，抢起抬水的杠子，劈头就打。这呆子手无兵器，遮架不得，被他捞了几下，捂着头跑上山来道："哥啊，回去罢！妖怪凶！"行者道："怎么凶？"八戒道："山凹里两个女妖精在井上打水，我只叫了他一声，就被他打了我三四杠子！"行者道："你叫他做甚么的？"八戒道："我叫他做妖怪。"行者笑道："打得还少。"八戒道："谢你照顾！头都打肿了，还说少哩！"行者道："'温柔天下去得，刚强寸步难移'。他们是此地之怪，我们是远来之僧，你一身都是手，也要略温存。你就去叫他做妖怪，他不打你，打我？'人将礼乐为先'。"八戒道："一发不晓得！"行者道："你自幼在山中吃人，你晓得有两样木么？"八戒道："不知，是甚么木？"行者道："一样是杨木，一样是檀木。杨木性格甚软，巧匠取来，或雕圣像，或刻如来，装金立粉，嵌玉装花，万人烧香礼拜，受了多少无量之福。那檀木性格刚硬，油房里取了去，做榨

881

撒①，使铁箍箍了头，又使铁锤往下打，只因刚强，所以受此苦楚。"八戒道："哥啊，你这好话儿，早与我说说也好，却不受他打了。"行者道："你还去问他个端的。"八戒道："这去他认得我了。"行者道："你变化了去。"八戒道："哥啊，且如我变了，却怎么问？"行者道："你变了去，到他跟前，行个礼儿，看他多大年纪，若与我们差不多，叫他声'姑娘'；若比我们老些儿，叫他声'奶奶'。"八戒笑道："可是蹭蹬！这般许远的田地，认得是甚么亲！"行者道："不是认亲，要套他的话哩。若是他拿了师父，就好下手，若不是他，却不误了我们别处干事？"八戒道："说得有理，等我再去。"

好呆子，把钉钯撒在腰里，下山凹，摇身一变，变作个黑胖和尚。摇摇摆摆走近怪前，深深唱个大喏道："奶奶，贫僧稽首了。"那两个喜道："这个和尚却好，会唱个喏儿，又会称道一声儿。"问道："长老，那里来的？"八戒道："那里来的。"又问："那里去的？"又道："那里去的。"又问："你叫做甚么名字？"又答道："我叫做甚么名字。"那怪笑道："这和尚好便好，只是没来历，会说顺口话儿。"八戒道："奶奶，你们打水怎的？"那怪道："和尚，你不知道。我家老夫人今夜里摄了一个唐僧在洞内，要管待他；我洞中水不干净，差我两个来此打这阴阳交媾的好水，安排素果素菜的筵席，与唐僧吃了，晚间要成亲哩。"

那呆子闻得此言，急抽身跑上山叫："沙和尚，快拿将行李来，我们分了罢！"沙僧道："二哥，又分怎的？"八戒道："分了便你还去流沙河吃人，我去高老庄探亲，哥哥去花果山称圣，白龙马归大海成龙。师父已在这妖精洞内成亲哩！我们都各安生理去也！"行者道："这呆子又胡说了！"八戒道："你的儿子胡说！才那两个抬水的妖精说，安排素筵席与唐僧吃了成亲哩！"行者道："那妖精把师父困在洞里，师父眼巴巴的望我们去救，你却在此说这样话？"八戒道："怎么救？"行者道："你两个牵着马，挑着担，我们跟着那两个女怪，做个引子，引到那门前，一齐下手。"

---

① 柞撒——油房用以榨油的楔子。

真个呆子只得随行。行者远远的标^①着那两怪，渐入深山，有一二十里远近，忽然不见。八戒惊道："师父是日里鬼拿去了！"行者道："你好眼力！怎么就看出他本相来？"八戒道："那两个怪，正抬着水走，忽然不见，却不是个日里鬼？"行者道："想是钻进洞去了，等我去看。"

好大圣，急睁火眼金睛，漫山看处，果然不见动静。只见那陡崖前，有一座玲珑剔透细妆花、堆五采、三檐四簇的牌楼。他与八戒、沙僧近前观看，上有六个大字，乃"陷空山无底洞"。行者道："兄弟呀，这妖精把个架子支在这里，这不知门向那里开哩。"沙僧说："不远！不远！好生寻！"都转身看时，牌楼下，山脚下有一块大石，约有十余里方圆；正中间有缸口大的一个洞儿，爬得光溜溜的。八戒道："哥啊，这就是妖精出入洞也。"行者看了道："怪哉！我老孙自保唐僧，瞒不得你两个，妖精也拿了些，却不见这样洞府。八戒，你先下去试试，看有多少浅深，我好进去救师父。"八戒摇头道："这个难！这个难！我老猪身子夯夯的，若塌了脚吊下去，不知二三年可得到底哩！"行者道："就有多深么？"八戒道："你看！"大圣伏在洞边上，仔细往下看处，咦！深啊！周围足有三百余里。回头道："兄弟，果然深得紧！"八戒道："你便回去罢，师父救不得耶！"行者道："你说那里话！'莫生懒惰意，休起怠荒心。'且将行李歇下，把马拴在牌楼柱上，你使钉钯，沙僧使杖，拦住洞门，让我进去打听打听。若师父果在里面，我将铁棒把妖精从里打出，跑至门口，你两个却在外面拦住，这是里应外合。打死精灵，才救得师父。"二人遵命。

行者却将身一纵，跳入洞中，足下彩云生万道，身边瑞气护千层。不多时，到于深远之间，那里边明明朗朗，一般的有日色，有风声，又有花草果木。行者喜道："好去处啊！想老孙出世，天赐与水帘洞，这里也是个洞天福地！"正看时，又见有一座二滴水的门楼，团团都是松竹，内有许多房舍。又想道："此必是妖精的住处了，我且到那里边去打听打听。——且住！若是这般去啊，他认得我了，且变化了去。"摇身捻诀，就变作个苍蝇儿，轻轻的飞在门楼上听听。只见那怪高坐在草

---

① 标——这里用作"瞟"字。

亭内，他那模样，比在松林里救他，寺里拿他，便是不同，越发打扮得俊了：

> 发盘云髻似堆鸦，身着绿绒花比甲。
> 一对金莲刚半折，十指如同春笋发。
> 团团粉面若银盆，朱唇一似樱桃滑。
> 端端正正美人姿，月里嫦娥还喜恰。
> 今朝拿住取经僧，便要欢娱同枕榻。

行者且不言语，听他说甚话。少时，绽破樱桃，喜孜孜的叫道："小的们，快排素筵席来，我与唐僧哥哥吃了成亲。"行者暗笑道："真个有这话！我只道八戒作耍子乱说哩！等我且飞进去寻寻，看师父在那里。不知他的心性如何。假若被他摩弄动了啊，留他在这里也罢。"即展翅飞到里边看处，那东廊下上明下暗的红纸格子里面，坐着唐僧哩。

行者一头撞破格子眼，飞在唐僧光头上叮着，叫声："师父。"三藏认得声音，叫道："徒弟，救我命啊！"行者道："师父不济呀！那妖精安排筵宴，与你吃了成亲哩。或生下一男半女，也是你和尚之后代，你愁怎的？"长老闻言，咬牙切齿道："徒弟，我自出了长安，到两界山中收你，一向西来，那个时辰动荤？那一日子有甚歪意？今被这妖精拿住，要求配偶，我若把真阳丧了，我就身堕轮回，打在那阴山背后，永世不得翻身！"行者笑道："莫发誓，既有真心往西天取经，老孙带你去罢。"三藏道："进来的路儿，我通忘了。"行者道："莫说你忘了。他这洞，不比走进来走出去的，是打上头往下钻。如今救了你，要打底下往上钻。若是造化高，钻着洞口儿，就出去了；若是造化低，钻不着，还有个闷杀的日子了。"三藏满眼垂泪道："似此艰难，怎生是好？"行者道："没事！没事！那妖精整治酒与你吃，没奈何，也吃他一盅；只要斟得急些儿，斟起一个喜花儿来。等我变作个蟭蟟虫儿，飞在酒泡之下，他把我一口吞下肚去，我就捻破他的心肝，扯断他的肺腑，弄死那妖精，你才得脱身出去。"三藏道："徒弟这等说，只是不当人子。"行者道："只管行起善来，你命休矣。妖精乃害人之物，你惜他怎的！"三藏道："也罢，也罢！你只是要跟着我。"正是那孙大圣护定唐三藏，取经僧全靠美猴王。

他师徒两个，商量未定，早是那妖精安排停当，走近东廊外，开了门锁，叫声："长老。"唐僧不敢答应。又叫一声，又不敢答应。他不敢答应者何意？想着"口开神气散，舌动是非生"。却又一条心儿想着，若死住法儿不开口，怕他心狠，顷刻间就害了性命。正是那进退两难心问口，三思忍耐口问心。正自狐疑，那怪又叫一声："长老。"唐僧没奈何，应他一声道："娘子，有。"那长老应出这一句言来，真是肉落千斤。人都说唐僧是个真心的和尚，往西天拜佛求经，怎么与这女妖精答话？不知此时正是危急存亡之秋，万分出于无奈，虽是外有所答，其实内无所欲。妖精见长老应了一声，他推开门，把唐僧搀起来，和他携手挨背，交头接耳，你看他做出那千般娇态，万种风情，岂知三藏一腔子烦恼！行者暗中笑道："我师父被他这般哄诱，只怕一时动心。"正是：

真僧魔苦遇娇娃，妖怪娉娉实可夸。
淡淡翠眉分柳叶，盈盈丹脸衬桃花。
绣鞋微露双钩凤，云鬓高盘两鬓鸦。
含笑与师携手处，香飘兰麝满袈裟。

妖精挽着三藏，行近草亭，道："长老，我办了一杯酒，和你酌酌。"唐僧道："娘子，贫僧自不用荤。"妖精道："我知你不吃荤，因洞中水不洁净，特命山头上取阴阳交媾的净水，做些素果素菜筵席，和你耍子。"唐僧跟他进去观看，果然见那：

盈门下，绣缠彩结，满庭中，香喷金猊。摆列着黑油垒钿桌，朱漆篾丝盘。垒钿桌上，有异样珍羞；篾丝盘中，盛稀奇素物。林擒、橄榄、莲肉、葡萄、榧、柰、榛、松、荔枝、龙眼、山栗、风菱、枣儿、柿子、胡桃、银杏、金桔、香橙，果子随山有；蔬菜更时新：豆腐、面筋、木耳、鲜笋、蘑菇、香蕈、山药、黄精。石花菜、黄花菜，青油煎炒；扁豆角、江豆角，熟酱调成。王瓜、瓠子，白果、蔓菁。镟皮茄子鹌鹑做，别种冬瓜方且名。烂煨芋头糖拌着，白煮萝卜醋浇烹。椒姜辛辣般般美，咸淡调和色色平。

那妖精露尖尖之玉指，捧晃晃之金杯，满斟美酒，递与唐僧，口里叫道："长老哥哥，妙人，请一杯交欢酒儿。"三藏羞答答的接了酒，望空浇奠，心中暗祝道："护法诸天、五方揭谛、四值功曹，弟子陈玄奘，自离东土，蒙观世音菩萨差遣列位众神暗中保护，拜雷音见佛求经，今在途中，被妖精拿住，强逼成亲，将这一杯酒递与我吃。此酒果是素酒，弟子勉强吃了，还得见佛成功；若是荤酒，破了弟子之戒，永堕轮回之苦！"孙大圣，他却变得轻巧，在耳根后，若像一个耳报；但他说话，惟三藏听见，别人不闻。他知师父平日好吃葡萄做的素酒，教吃他一盅。那师父没奈何吃了，急将酒满斟一锺，回与妖怪，果然斟起有一个喜花儿。行者变作个蟭蟟虫儿，轻轻的飞入喜花之下。那妖精接在手，且不吃，把杯儿放住，与唐僧拜了两拜，口里娇娇怯怯，叙了几句情话。却才举杯，那花儿已散，就露出虫来。妖精也认不得是行者变的，只以为虫儿，用小指挑起，往下一弹。行者见事不谐，料难入他腹，即变作个饿老鹰。真个是：

　　玉爪金睛铁翮，雄姿猛气抟云。妖狐狡兔见他昏，千里山河时遁。饥处迎风逐雀，饱来高贴天门。老拳钢硬最伤人，得志凌霄嫌近。

飞起来，抡开玉爪，响一声掀翻桌席，把些素果素菜，盘碟家伙尽皆摔碎，撇却唐僧，飞将出去。唬得妖精心胆皆裂，唐僧的骨肉通酥。妖精战战兢兢，搂住唐僧道："长老哥哥，此物是那里来的？"三藏道："贫僧不知。"妖精道："我费了许多心，安排这个素宴与你耍耍，却不知这个扁毛畜生，从那里飞来，把我的家伙打碎！"众小妖道："夫人，打碎家伙犹可，将些素品都泼散在地，秽了怎用？"三藏分明晓得是行者弄法，他那里敢说。那妖精道："小的们，我知道了，想必是我把唐僧困住，天地不容，故降此物。你们将碎家伙拾出去，另安排些酒肴，不拘荤素，我指天为媒，指地作订，然后再与唐僧成亲。"依然把长老送在东廊里坐下不题。

却说行者飞出去，现了本相，到于洞口，叫声"开门！"八戒笑道："沙僧，哥哥来了。"他二人撒开兵器。行者跳出，八戒上前扯住道："可有妖精？可有师父？"行者道："有！有！有！"八戒道："师父在里边受罪哩？绑着是捆着？要蒸是要煮？"行者道："这个事倒没有，只是安排素宴，要与他干那个事哩。"八戒道："你造化！你造化！你吃了陪亲酒来了！"行者道："呆子啊！师父的性命也难保，吃甚么陪亲酒！"八戒道："你怎的就来了？"行者把见唐僧施变化的上项事说了一遍，说："兄弟们，再休胡思乱想。师父已在此间，老孙这一去，一定救他出来。"

复翻身入里面，还变作个苍蝇儿，叮在门楼上听之。只闻得这妖怪气呼呼的，在亭子上吩咐："小的们，不论荤素，拿来烧纸。借烦天地为媒订，务要与他成亲。"行者听见，暗笑道："这妖精全没一些儿廉耻！青天白日的，把个和尚关在家里摆布。且不要忙，等老孙再进去看看。"嘤的一声，飞在东廊之下，见那师父坐在里边，清滴滴腮边泪淌。行者钻将进去，叮在他头上，又叫声："师父。"长老认得声音，跳起来咬牙恨道："猢狲啊！别人胆大，还是身包胆；你的胆大，就是胆包身！你弄变化神通，打破家伙，能值几何？斗得那妖精淫兴发了，那里不分荤素安排，定要与我交媾，此事怎了！"行者暗中陪笑道："师父莫怪，有救你处。"唐僧道："那里救得我？"行者道："我才一翅飞起去时，见他后边有个花园。你哄他往园里去耍子，我救了你罢。"唐僧道："园里怎么样救？"行者道："你与他到园里，走到桃树边，就莫走了。等我飞上桃枝，变作个红桃子。你要吃果子，先拣红的儿摘下来。红的是我，他必然也要摘一个，你把红的定要让他。他若一口吃了，我却在他肚里，等我捣破他的皮袋，扯断他的肝肠，弄死他，你就脱身了。"三藏道："你若有手段，就与他赌斗便了，只要钻在他肚里怎么？"行者道："师父，你不知趣。他这个洞，若好出入，便可与他赌斗；只为出入不便，曲道难行，若就动手，他这一窝子，老老小小，连我都扯住，却怎么了？须是这般捽手干，大家才得干净。"三藏点头听信，只叫："你跟定我。"行者道："晓得！晓得！我在你头上。"

887

　　师徒们商量定了，三藏才欠起身来，双手扶着那格子叫道："娘子，娘子。"那妖精听见，笑嘻嘻的跑近跟前道："妙人哥哥，有甚话说？"三藏道："娘子，我出了长安，一路西来，无日不山，无日不水。昨在镇海寺投宿，偶得伤风重疾，今日出了汗，略才好些；又蒙娘子盛情，携入仙府，只得坐了这一日，又觉心神不爽。你带我往那里略散散心，耍耍儿去么？"那妖精十分欢喜道："妙人哥哥倒有些兴趣，我和你去花园里耍耍。"叫："小的们，拿钥匙来开了门，打扫路径。"众妖都跑去开门收拾。

　　这妖精开了格子，搀出唐僧。你看那许多小妖，都是油头粉面，袅娜娉婷，簇簇拥拥，与唐僧径上花园而去。好和尚！他在这绮罗队里无他故，锦绣丛中作哑聋。若不是这铁打的心肠朝佛去，第二个酒色凡夫也取不得经。一行都到了花园之外。那妖精俏语低声叫道："妙人哥哥，这里耍耍，真可散心释闷。"唐僧与他携手相搀，同入园内，抬头观看，其实好个去处。但见那：

　　　　萦回曲径，纷纷尽点苍苔；窈窕绮窗，处处暗笼绣箔。微风初动，轻飘飘展开蜀锦吴绫；细雨才收，娇滴滴露出冰肌玉质。日灼鲜杏，红如仙子晒霓裳；月映芭蕉，青似太真摇羽扇。粉墙四面，万株杨柳啭黄鹂；闲馆周围，满院海棠飞粉蝶。更看那凝香阁、青蛾阁、解醒阁、相思阁，层层卷映，朱帘上，钩控虾须；又见那养酸亭、披素亭、画眉亭、四雨亭，个个峥嵘，华匾上，字书鸟篆。看那浴鹤池、洗觞池、怡月池、濯缨池，青萍绿藻耀金鳞；又有墨花轩、异箱轩、适趣轩、慕云轩，玉斗琼卮浮绿蚁[①]。池亭上下，有太湖石、紫英石、鹦落石、锦川石，青青栽着虎须蒲；轩阁东西，有木假山、翠屏山、啸风山、玉芝山，处处丛生凤尾竹。荼蘼架、蔷薇架，近着秋千架，浑如锦帐罗帏；松柏亭、辛夷亭，对着木香亭，却似碧城绣幕。芍药栏、牡丹丛，朱朱紫紫斗秾华；夜合台、茉蘼槛，岁岁年年生妩媚。涓涓滴露紫含笑，堪画堪描；艳艳烧空红拂桑，宜题宜赋。论景致，休夸阆苑蓬莱；较芳菲，不数姚

---

　　① 绿蚁——酒的别名。初酿的酒上面浮沫如蛆、蚁，所以得名。

黄魏紫①。若到三春闲斗草，园中只少玉琼花。

　　长老携着那怪，步赏花园，看不尽的奇葩异卉。行过了许多亭阁，真个是渐入佳境。忽抬头，到了桃树林边，行者把师父头上一掐，那长老就知。

　　行者飞在桃树枝儿上，摇身一变，变作个红桃儿，其实红得可爱。长老对妖精道："娘子，你这苑内花香，枝头果熟，苑内花香蜂竞采，枝头果熟鸟争衔。怎么这桃树上果子青红不一，何也？"妖精笑道："天无阴阳，日月不明，地无阴阳，草木不生；人无阴阳，不分男女。这桃树上果子，向阳处有日色相烘者先熟，故红；背阴处无日者还生，故青。此阴阳之道理也。"三藏道："谢娘子指教，其实贫僧不知。"即向前伸手摘了个红桃。妖精也去摘了一个青桃。三藏躬身将红桃奉与妖怪道："娘子，你爱色，请吃这个红桃，拿青的来我吃。"妖精真个换了，且暗喜道："好和尚啊！果是个真人！一日夫妻未做，却就有这般恩爱也。"那妖精喜喜欢欢的，把唐僧亲敬。这唐僧把青桃拿过来就吃，那妖精喜相陪，把红桃儿张口便咬。启朱唇，露银牙，未曾下口，原来孙行者十分性急，轂辘一个跟头，翻入他咽喉之下，径到肚腹之中。妖精害怕对三藏道："长老啊，这个果子厉害。怎么不容咬破，就滚下去了？"三藏道："娘子，新开园的果子爱吃，所以去得快了。"妖精道："未曾吐出核子，他就撺下去了。"三藏道："娘子意美情佳，喜吃之甚，所以不及吐核，就下去了。"行者在他肚里，复了本相，叫声："师父，不要与他答嘴，老孙已得了手也！"三藏道："徒弟方便着些。"妖精听见道："你和那个说话哩？"三藏道："和我徒弟孙悟空说话哩。"妖精道："孙悟空在那里？"三藏道："在你肚里哩，却才吃的那个红桃子不是？"妖精慌了道："罢了，罢了！这猴头钻在我肚里，我是死也！孙行者！你千方百计的钻在我肚里怎的？"行者在里边恨道："也不怎的！只是吃了你的六叶连肝肺，三毛七孔心，五脏都淘净，弄做个梆子精！"妖精听说，唬得魂飞魄散，战战兢兢

---

　　① 姚黄魏紫——牡丹的两种品种名。相传由洛阳姚姓和魏仁溥所栽培，故以姓得名。

的，把唐僧抱住道："长老啊！我只道：

凤世前缘系赤绳，鱼水相和两意浓。
不料鸳鸯今折散，何期鸾凤又西东！
蓝桥水涨难成事，佛庙烟沉嘉会空。
着意一场今又别，何年与你再相逢！"

元神护道

行者在他肚里听见说时，只怕长老慈心，又被他哄了，便就抡拳跳脚，支架子，理四平，几乎把个皮袋儿捣破了。那妖精忍不得疼痛，倒在尘埃，半晌家不敢言语。行者见不言语，想是死了，却把手略松一松。他又回过气来，叫："小的们！在那里？"原来那些小妖，自进园门来，各人知趣，都不在一处，各自去采花斗草，任意随心耍子，让那妖精与唐僧两个自在叙情儿。忽听得叫，却才都跑将来。又见妖精倒在地上，面容改色，口里哼哼的爬不动，连连搀起，围在一处，道："夫人，怎的不好？想是急心疼了？"妖精道："不

890

是！不是！你莫要问，我肚里已有了人也！快把这和尚送出去，留我性命！"那些小妖，真个都来扛抬。行者在肚里叫道："那个敢抬！要便是你自家献我师父出去，出到外边，我饶你命！"那怪精没计奈何，只是惜命之心，急挣起来，把唐僧背在身上，拽开步，往外就走。小妖跟随着："老夫人，往那里去？"妖精道："'留得五湖明月在，何愁没处下金钩！'把这厮送出去，等我别寻一个头儿罢！"

好妖精，一纵云光，直到洞口。又闻得叮叮当当，兵刃乱响。三藏道："徒弟！外面兵器响哩。"行者道："是八戒揉钯哩，你叫他一声。"三藏便叫："八戒！"八戒听见道："沙和尚！师父出来也！"二人掣开钯杖，妖精把唐僧驮出。咦！正是：

心猿里应降邪怪，土木司门接圣僧。

毕竟不知那妖精性命如何，且听下回分解。

第八十三回

心猿识得丹头　姹女还归本性

却说三藏着妖精送出洞外，沙和尚近前问曰："师父出来，师兄何在？"八戒道："他有算计，必定贴换师父出来也。"三藏用手指着妖精道："你师兄在他肚里哩。"八戒笑道："腌脏杀人！在肚里做甚？出来罢！"行者在里边叫道："张开口，等我出来！"那怪真个把口张开。行者变得小小的跐①在咽喉之内，正欲出来，又恐他无理来咬，即将铁棒取出，吹口仙气，叫："变！"变作个枣核钉儿，撑住他的上腭子，把身一纵跳出口外，就把铁棒顺手带出，把腰一躬，还是原身法相，举起棒来就打。那妖精也随手取出两口宝剑，叮当架住。两个在山头上这场好杀：

　　双舞剑飞当面架，金箍棒起照头来。一个是天生猴属心猿体，
　　一个是地产精灵姹女骸。他两个，恨冲怀，喜处生仇大会垓。那个
　　要取元阳成配偶，这个要战纯阴结圣胎。棒举一天寒雾漫，剑迎满
　　地黑尘筛。因长老，拜如来，恨苦相争显大才。水火不投母道损，
　　阴阳难合各分开。两家斗罢多时节，地动山摇树木摧。

_____

① 跐——跳，越。

八戒见他们赌斗，口里絮絮叨叨，反恨行者，转身对沙僧道："兄弟，师兄胡缠！才子在他肚里，抢起拳来，送他一个满肚红，扒开肚皮钻出来，却不了帐？怎么又从他口里出来，却与他争战，让他这等猖狂！"沙僧道："正是，却也亏了师兄深洞中救出师父，返又与妖精厮战。且请师父自家坐着，我和你各持兵器，助助大哥，打倒妖精去来。"八戒摆手道："不，不，不！他有神通，我们不济。"沙僧道："说那里话！都是大家有益之事。虽说不济，却也放屁添风。"

那呆子一时兴发，掣了钉钯，叫声："去来！"他两个不顾师父，一拥驾风赶上，举钉钯，使宝杖，望妖精乱打。那妖精战行者一个已是不能，又见他二人，怎生抵敌，急回头，抽身就走。行者喝道："兄弟们赶上！"那妖精见他们赶得紧，即将右脚上花鞋脱下来，吹口仙气，念个咒语，叫："变！"即变作本身模样，使两口剑舞将来，将身一幌，化一阵清风，径直回去。这番也只说战他们不过，顾命而回，岂知又有这般样事！也是三藏灾星未退：他到了洞门前牌楼下，却见唐僧在那里独坐，他就近前一把抱住，抢了行李，咬断缰绳，连人和马，复又摄将进去不题。

且说八戒闪个空，一钯把妖精打落地，乃是一只花鞋。行者看见道："你这两个呆子！看着师父罢了，谁要你来帮甚么功！"八戒道："沙和尚，如何么！我说莫来。这猴子好的有些夹脑风，我们替他降了妖怪，返落得他生报怨！"行者道："在那里降了妖怪？那妖怪昨日与我战时，使了一个遗鞋计哄了。你们走了，不知师父如何，我们快去看看！"

三人急回来，果然没了师父，连行李、白马一并无踪。慌得个八戒两头乱跑，沙僧前后跟寻，孙大圣亦心焦性躁。正寻觅处，只见那路旁边斜着半截儿缰绳。他一把拿起，止不住眼中流泪，放声叫道："师父啊！我去时辞别人和马，回来只见这些绳！"正是那"见鞍思俊马，滴泪想亲人"。八戒见他垂泪，忍不住仰天大笑。行者骂道："你这个夯货！又是要散伙哩！"八戒又笑道："哥啊，不是这话，师父一定又被妖精摄进洞去了。常言道，'事无三不成'。你进洞两遭了，再进去一遭，管情救出师父来也。"行者揩了眼泪道："也罢，到此地位，势不容已，我还进去。你两个没了行李、马匹耽心，却好生把守洞口。"

好大圣，即转身跳入里面，不施变化，就将本身法相，真个是：

> 古怪别腮心里强，自小为怪神力壮。
> 高低面赛马鞍鞒，眼放金光如火亮。
> 浑身毛硬似钢针，虎皮裙系明花响。
> 上天撞散万云飞，下海混起千层浪。
> 当天倚力打天王，挡退十万八千将。
> 官封大圣美猴精，手中惯使金箍棒。
> 今日西天任显能，复来洞内扶三藏。

你看他停住云光，径到了妖精宅外，见那门楼门关了，不分好歹，抡铁棒一下打开，闯将进去。那里边静悄悄，全无人迹，东廊下不见唐僧；亭子上桌椅与各处家伙，一件也无。原来他的洞里周围有三百余里，妖精巢穴甚多。前番摄唐僧在此，被行者寻着，今番摄了，又怕行者来寻，当时搬了，不知去向。恼得这行者跌脚捶胸，放声高叫道："师父啊！你是个晦气转成的唐三藏，灾殃铸就的取经僧！噫！这条路且是走熟了，如何不在？却教老孙那里寻找也！"正自吆喝爆躁之间，忽闻得一阵香烟扑鼻，他回了性道："这香烟是从后面飘出，想是在后头哩。"拽开步，提着铁棒，走将进去看时，也不见动静。只见有三间倒坐儿，近后壁却铺一张龙吞口雕漆供桌，桌上有一个大流金香炉，炉内有香烟馥郁。那上面供养着一个大金字牌，牌上写着"尊父李天王之位"，略次些儿写着"尊兄哪吒三太子位"。行者见了满心欢喜，也不去搜妖怪找唐僧，把铁棒捻作个绣花针儿，揾在耳朵里，抢开手，把那牌子并香炉拿将起来，返云光，径出门去。至洞口，嘻嘻哈哈，笑声不绝。

八戒、沙僧听见，掣放洞口，迎着行者道："哥哥这等欢喜，想是救出师父也？"行者笑道："不消我们救，只问这牌子要人。"八戒道："哥啊，这牌子不是妖精，又不会说话，怎么问他要人？"行者放在地下道："你们看！"沙僧近前看时，上写着"尊父李天王之位""尊兄哪吒三太子位"。沙僧道："此意何也？"行者道："这是那妖精家供养的。我闯入他住居之所，见人、物俱无，惟有此牌。想是李天王之女，三太子之妹，思凡下界，假扮妖邪，将我师父摄去。不问他要人，却问谁要？你两个且在此把守，等老孙执此牌位，径上天堂玉帝前告个御状，教天王爷儿们，还我师父。"八戒道："哥啊，常言道，'告人死罪得死罪。'须是理顺，方可为之。况御状又岂是可轻易告的？你且与我说，怎的告他？"行者笑道："我有主张，我把这牌位、香炉做个证见，另外再备纸状儿。"八戒道："状儿上怎么写？你且念念我听。"行者道：

"告状人孙悟空，年甲在牒，系东土大唐西天取经僧唐三藏徒弟。告为假妖摄陷人口事。今有托塔天王李靖同男哪吒太子，闺门不谨，走出亲女，在下方陷空山无底洞变化妖邪，迷害人命无数。今将吾师摄陷曲邃之所，渺无寻处。若不状告，切思伊父子不仁，故纵女氏成精害众。伏乞怜准，行拘至案，收邪救师，明正其罪，深为恩便。有此上告。"

八戒沙僧闻其言，十分欢喜道："哥啊，告的有理，必得上风。切须早来，稍迟恐妖精伤了师父性命。"行者道："我快！多时饭熟，少时茶滚就回。"

好大圣，执着这牌位、香炉，将身一纵，驾祥云直至南天门外。时有把天门的大力天王与护国天王见了行者，一个个都控背躬身，不敢拦阻，让他进去。直至通明殿下，有张、葛、许、邱四大天师迎面作礼道："大圣何来？"行者道："有纸状儿，要告两个人哩。"天师吃惊道："这个赖皮，不知要告那个。"无奈，将他引入灵霄殿下启奏。蒙旨宣进，行者将牌位、香炉放下，朝上礼毕，将状子呈上，葛仙翁接了，铺在御案。玉帝从头看了，见这等这等，即将原状批作圣旨，宣西方长庚太白金星领旨到云楼宫宣托塔李天王见驾。行者上前奏道："望天主好生惩治，不然，又别生事端。"玉帝又吩咐："原告也去。"行者道："老孙也去？"四天师道："万岁已出了旨意，你可同金星去来。"

行者真个随着金星，纵云头，早至云楼宫。原来是天王住宅，号云楼宫。金星见宫门首有个童子侍立，那童子认得金星，即入里报道：

"太白金星老爷来了。"天王遂出迎迓，又见金星捧着旨意，即命焚香。及转身，又见行者跟入，天王即又作怒。你道他作怒为何？当年行者大闹天宫时，玉帝曾封天王为降魔大元帅，封哪吒太子为三坛海会之神，帅领天兵，收降行者，屡战不能取胜。还是五百年前败阵的仇气，有些恼他，故此作怒。他且忍不住道："老长庚，你赍得是甚么旨意？"金星道："是孙大圣告你的状子。"那天王本是烦恼，听见说个"告"字，一发雷霆大怒道："他告我怎的？"金星道："告你假妖摄陷人口事。你焚了香，请自家开读。"那天王气呼呼的设了香案，望空谢恩。拜毕，展开旨意看了，原来是这般这般，如此如此，恨得他手扑着香案道："这个猴头！他也错告我了！"金星道："且息怒，现有牌位、香炉在御前作证，说是你亲女哩。"天王道："我止有三个儿子，一个女儿。大小儿名金吒，侍奉如来，做前部护法。二小儿名木叉，在南海随观世音做徒弟。三小儿得名哪吒，在我身边，早晚随朝护驾。一女年方七岁，名贞英，人事尚未省得，如何会做妖精！不信，抱出来你看。这猴头着实无礼！且莫说我是天上元勋，封受先斩后奏之职，就是下界小民，也不可诬告。律云，'诬告加三等'。"叫手下："将缚妖索把这猴头捆了！"那庭下摆列着巨灵神、鱼肚将、药叉雄帅，一拥上前，把行者捆了。金星道："李天王莫闯祸啊！我在御前同他领旨意来宣你的人。你那索儿颇重，一时捆坏他，阁气。"天王道："金星啊，似他这等诈伪告扰，怎该容他！你且坐下，待我取砍妖刀砍了这个猴头，然后与你见驾回旨！"金星见他取刀，心惊胆战，对行者道："你干事差了，御状可是轻易告的？你也不访的实，似这般乱弄，伤其性命，怎生是好？"行者全然不惧，笑吟吟的道："老官儿放心，一些没事。老孙的买卖，原是这等做，一定先输后赢。"

　　说不了，天王抢过刀来，望行者劈头就砍。早有那三太子赶上前，将斩腰剑架住，叫道："父王息怒。"天王大惊失色。噫！父见子以剑架刀，就当喝退，怎么反大惊失色？原来天王生此子时，他左手掌上有个"哪"字，右手掌上有个"吒"字，故名哪吒。这太子三朝儿就下海净身闯祸，踏倒水晶宫，捉住蛟龙要抽筋为绦子。天王知道，恐生后患，欲杀之。哪吒奋怒，将刀在手，割肉还母，剔骨还父，还了父精母血，一点灵魂，径到西方极乐世界告佛。佛正与众菩萨讲经，只闻得幢幡宝盖有人叫道："救命！"佛慧眼一看，知是哪吒之魂，即将碧藕为骨，荷叶为衣，念动起死回生真言，哪吒遂得了性命。运用神力，法降九十六洞妖魔，神通广大，后来要杀天王，报那剔骨之仇。天王无奈，告求我佛如来。如来以和为尚，赐他一座玲珑剔透舍利子如意黄金宝塔，——那塔上层层有佛，艳艳光明。唤哪吒以佛为父，解释了冤仇。所以称为托塔李天王者，此也。今日因闲在家，未曾托着那塔，恐哪吒有报仇之意，故吓个大惊失色。却即回手，向塔座上取了黄金宝塔，托在手间问哪吒道："孩儿，你以剑架住我刀，有何话说？"哪吒弃剑叩头道："父王，是有女儿在下界哩。"天王道："孩儿，我只生了你兄妹四个，那里又有个女儿哩？"哪吒道："父王忘了，那女儿原是个妖精，三百年前成怪，在灵山偷食了如来的香花宝烛，如来差我父子天兵，将他拿住。拿住时，只该打死，如来吩咐道，'积水养鱼终不钓，深山喂鹿望长生。'当时饶了他性命。积此恩念，拜父王为父，拜孩儿为兄，在下方供设牌位，侍奉香火。不期他又成精，陷害唐僧，却被孙行者搜寻到巢穴之间，将牌位拿来，就做名告了御状。此是结拜之恩女，非我同胞之亲妹也。"

天王闻言，悚然惊讶道："孩儿，我实忘了，他叫做甚么名字？"太子道："他有三个名字，他的本身出处，唤做金鼻白毛老鼠精；因偷香花宝烛，改名唤做半截观音；如今饶他下界，又改了，唤做地涌夫人是也。"天王却才省悟，放下宝塔，便亲手来解行者。行者就放起刁来道："那个敢解我！要便连绳儿抬去见驾，老孙的官事才赢！"慌得天王手软，太子无言，众家将委委而退。

那大圣打滚撒赖，只要天王去见驾。天王无计可施，哀求金星说个方便。金星道："古人云，'万事从宽。'你干事忒紧了些儿，就把他捆住，又要杀他。这猴子是个有名的赖皮，你如今教我怎的处？若论你令郎讲起来，虽是恩女，不是亲女，却也晚亲义重，不拘怎生折辨，你也有个罪名。"天王道："老星怎说个方便，就没罪了。"金星道："我也要和解你们，却只是无情可说。"天王笑道："你把那奏招安授官衔的事说说，他也罢了。"真个金星上前，将手摸着行者道："大圣，看我薄面，解了绳好去见驾。"行者道："老官儿，不用解，我会滚法，一路滚就滚到也。"金星笑道："你这猴忒寡情，我昔日也曾有些恩义儿到你，你这些些事儿，就不依我？"行者道："你与我有甚恩义？"金星道："你当年在花果山为怪，伏虎降龙，强消死籍，聚群妖大肆猖狂，上天欲要擒你，是老身力奏，降旨招安，把你宣上天堂，封你做弼马温。你吃了玉帝仙酒，后又招安，也是老身力奏，封你做齐天大圣。你又不守本分，偷桃盗酒，窃老君之丹，如此如此，才得个无灭无生。若不是我，你如何得到今日？"行者道："古人说得好，'死了莫与老头儿同墓，干净会揭挑人！'我也只是做弼马温，闹天宫罢了，再无甚大事。也罢，也罢，看你老人家面皮，还教他自己来解。"天王才敢向前，解了缚，请行者着衣上坐，一一上前施礼。

行者朝了金星道："老官儿，何如？我说先输后赢，买卖儿原是这等做。快催他去见驾，莫误了我的师父。"金星道："莫忙，弄了这一会，也吃盅茶儿去。"行者道："你吃他的茶，受他的私，卖放犯人，轻慢圣旨，你得何罪？"金星道："不吃茶！不吃茶！连我也赖将起来了！李天王，快走！快走！"天王那里敢去，怕他没的说做有的，放起刁来，口里胡说乱道，怎生与他折辨？没奈何，又央金星，教说方便。金星道："我有一句话儿，你可依我？"行者道："绳捆刀砍之事，我也通看你面，还有甚话？你说！你说！说得好，就依你；说得不好，莫怪。"金星道："一日官事十日打，你告了御状，说妖精是天王的女儿，天王说不是，你两个只管在御前折辨，反复不已，——我说天上一日，下界就是一年。这一年之间，那妖精把你师父陷在洞中，莫说成亲，若有个喜花下儿子，也生了一个小和尚儿，却不误了大事？"行者低头想道："是啊！我离八戒、沙僧，只说多时饭熟、少时茶滚就回，今已弄了这半会，却不迟了？老官儿，既依你说，这旨意如何回缴？"金星道："教李天王点兵，同你下去降妖，我去回旨。"行者道："你怎么样回？"金星道："我只说原告脱逃，被告免提。"行者笑道："好啊！我倒看你面情罢了，你倒说我脱逃！教他点兵在南天门外等我，我即和你回旨缴状去。"天王害怕道："他这一去，若有言语，是臣背君也。"行者道："你把老孙当甚么样人？我也是个大丈夫！一言既出，驷马难追，岂又有污言顶你？"

天王即谢了行者，行者与金星回旨。天王点起本部天兵，径出南天门外。金星与行者回见玉帝道："陷唐僧者，乃金鼻白毛老鼠成精，假设天王父子牌位。天王知之，已点兵收怪去了，望天尊赦罪。"玉帝已知此情，降天恩免究。行者即返云光，到南天门外，见天王、太子，布列天兵等候。噫！那些神将，风滚滚，雾腾腾，接住大圣，一齐坠下云头，早到了陷空山上。

八戒、沙僧眼巴巴正等，只见天兵与行者来了。呆子迎着天王施礼道："累及！累及！"天王道："天蓬元帅，你却不知。只因我父子受他一炷香，致令妖精无理，困了你师父，来迟莫怪。这个山就是陷空山了？但不知他的洞门还向那边开？"行者道："我这条路且是走熟了。只是这个洞叫做个无底洞，周围有三百余里，妖精窠穴甚多。前番我师父在那两滴水的门楼里，今番静悄悄，鬼影也没个，不知又搬在何处去也。"天王道："'任他设尽千般计，难脱天罗地网中'。到洞门前，再作道理。"大家就行。咦，约有十余里，就到了那大石边。行者指那缸口大的门儿道："兀的便是也。"天王道："不入虎穴，安得虎子！谁敢当先？"行者道："我当先。"三太子道："我奉旨降妖，我当先。"那呆子便莽撞起来，高声叫道："当头还要我老猪！"天王道："不须罗噪，但依我分摆，孙大圣和太子同领着兵将下去，我们三人在口上把守，做个里应外合，教他上天无路，入地无门，才显些些手段。"众人都答应了一声"是"。

你看那行者和三太子，领了兵将，望洞里只是一溜。驾起云光，闪闪烁烁，抬头一望，果然好个洞啊：

　　依旧双轮日月，照般一望山川。珠渊玉井暖韬烟，更有许多堪美。叠叠朱楼画阁，巍巍赤壁青田。三春杨柳九秋莲，兀的洞天罕见。

顷刻间，停住了云光，径到那妖精旧宅。挨门儿搜寻，吆吆喝喝，一重又一重，一处又一处，把那三百里地，草都踏光了，那见个妖精？那见个三藏？都只说："这孽畜一定是早出了这洞，远远去哩。"那晓得在那东南黑角落上，望下去，另有个小洞。洞里一重小小门，一间矮矮屋，盆栽了几种花，檐傍着数竿竹，黑气氤氲，暗香馥馥，老怪摄了三藏，搬在这里逼住成亲，只说行者再也找不着。谁知他命合该休，那些小怪在里面，一个个叽叽嘈嘈，挨挨簇簇。中间有个大胆些的，伸起颈来，望洞外略看一看，一头撞着个天兵，一声嚷道："在这里！"那行者恼起性来，捻着金箍棒，一下闯将进去，——那里边窄小，窝着一窟妖精。三太子纵起天兵，一齐拥上，一个个那里去躲？

行者寻着唐僧，和那龙马，和那行李。那老怪寻思无路，看着哪吒太子，只是磕头求命。太子道："这是玉旨来拿你，不当小可。我父子只为受了一炷香，险些儿'和尚拖木头，做出了寺！'"啐①声："天兵，取下缚妖索，把那些妖精都捆了！"老怪也少不得吃场苦楚。返云光，一齐出洞。行者口里嘻嘻嗄嗄②。天王掣开洞口，迎着行者道："今番却见你师父也。"行者道："多谢了！多谢了！"就引三藏拜谢天王，次及太子。沙僧，八戒只是要碎剁那老精，天王道："他是奉玉旨拿的，轻易不得。我们还要去回旨哩。"

一边天王同三太子领着天兵神将，押住妖精，去奏天曹，听候发落；一边行者拥着唐僧，沙僧收拾行李，八戒拢马，请唐僧骑马，齐上大路。这正是：

割断丝罗千金海，打开玉锁出樊笼。

毕竟不知前去何如，且听下回分解。

---

① 啐——厉害、发狠的声音。

② 嘻嘻嗄嗄——就是嘻嘻哈哈。

第八十四回

难灭伽持圆大觉　法王成正体天然

话说唐三藏固住元阳，出离了烟花苦套，随行者投西前进。不觉夏时，正值那熏风初动，梅雨丝丝。好光景：

　　舟舟绿阴密，风轻燕引雏。
　　新荷翻沼面，修竹渐扶苏。
　　芳草连天碧，山花遍地铺。
　　溪边蒲插剑，榴火壮行图。

师徒四众，耽炎受热。正行处，忽见那路旁有两行高柳，柳阴中走出一个老母，右手下搀着一个小孩儿，对唐僧高叫道："和尚，不要走了，快早儿拨马东回，进西去都是死路。"唬得个三藏跳下马来，打个问讯道："老菩萨，古人云，'海阔从鱼跃，天空任鸟飞。'怎么西进便没路了？"那老母用手朝西指道："那里去，有五六里远近，乃是灭法国。那国王前生那世里结下冤仇，今世里无端造罪。二年前许下一个罗天大愿，要杀一万个和尚。这两年陆陆续续，杀够了九千九百九十六个无名和尚，只要等四个有名的和尚，凑成一万，好做圆满哩。你们去，若到城中，都是送命王菩萨！"三藏闻言，心中害怕，战兢兢的道："老菩萨，深感盛情，感谢不尽！但请问可有不进城的方便路儿，

901

我贫僧转过去罢。"那老母笑道："转不过去，转不过去，只除是会飞的，就过去了也。"八戒在旁边卖嘴①道："妈妈儿莫说黑话，我们都会飞哩。"

行者火眼金睛，其实认得好歹，那老母搀着孩儿，原是观音菩萨与善财童子。慌得倒身下拜，叫道："菩萨，弟子失迎！失迎！"那菩萨一朵祥云，轻轻驾起，吓得个唐长老立身无地，只情跪着磕头。八戒、沙僧也慌跪下，朝天礼拜。一时间，祥云缥缈，径回南海而去。行者起来，扶着师父道："请起来，菩萨已回宝山也。"三藏起来道："悟空，你既认得是菩萨，何不早说？"行者笑道："你还问话不了，我即下拜，怎么还是不早哩？"八戒、沙僧对行者道："感蒙菩萨指示，前边必是灭法国，要杀和尚，我等怎生奈何？"行者道："呆子休怕！我们曾遭着那毒魔狠怪，虎穴龙潭，更不曾伤损，此间乃是一国凡人，有何惧哉？只奈这里不是住处。天色将晚，且有乡村人家，上城买卖回来的，看见我们是和尚，嚷出名去，不当稳便。且引师父找下大路，寻个僻静之处，却好商议。"真个三藏依言，一行都闪下路来，到一个坑坎之下坐定。行者道："兄弟，你两个好生保守师父，待老孙变化了，去那城中看看，寻一条僻路，连夜去也。"三藏叮嘱道："徒弟啊，莫当小可。王法不容，你须仔细！"行者笑道："放心！放心！老孙自有道理。"

好大圣，话毕将身一纵，唿哨的跳在空中。怪哉：

上面无绳扯，下头没棍撑，

一般同父母，他便骨头轻。

仵立在云端里，往下观看，只见那城中喜气冲融，祥光荡漾。行者道："好个去处，为何灭法？"看一会，渐渐天昏，又见那：

十字街灯光灿烂，九重殿香霭钟鸣。七点皎星照碧汉，八方客旅卸行踪。六军营，隐隐的画角才吹；五鼓楼，点点的铜壶初滴。

---

① 卖嘴——吹牛，说大话。

四边宿雾昏昏，三市寒烟蔼蔼。两两夫妻归绣幕，一轮明月上东方。

他想着："我要下去，到街坊打看路径，这般个嘴脸撞见人，必定说是和尚，等我变一变了。"捻着诀，念动真言，摇身一变，变作个扑灯蛾儿：

形细翼硗轻巧，灭灯扑烛投明。本来面目化生成，腐草中间灵应。每爱炎光触焰，忙忙飞绕无停。紫衣香翅赶流萤，最喜夜深风静。

但见他翩翩翻翻，飞向六街三市。傍房檐，近屋角。正行时，忽见那隅头拐角上一湾子人家，人家门首挂着个灯笼儿。他道："这人家过元宵哩？怎么挨排儿都点灯笼？"他硬硬翅飞近前来，仔细观看。正当中一家子方灯笼上，写着"安歇往来商贾"六字，下面又写着"王小二店"四字。行者才知是开饭店的。又伸头打一看，看见有八九个人，都吃了晚饭，宽了衣服，卸了头巾，洗了脚手，各各上床睡了。行者暗喜道："师父过得去了。"你道他怎么就知过得去？他要起个不良之心，等那些人睡着，要偷他的衣服头巾，装做俗人进城。

噫，有这般不遂意的事！正思忖处，只见那小二走向前，吩咐："列位官人仔细些，我这里君子小人不同，各人的衣物行李都要小心着。"你想那在外做买卖的人，那样不仔细？又听得店家吩咐，越发谨慎。他都爬起来道："主人家说得有理，我们走路的人辛苦，只怕睡着，急忙不醒，一时失所，奈何？你将这衣服、头巾、搭联都收进去，待天将明，交付与我们起身。"那王小二真个把些衣物之类，尽情都搬进他屋里去了。行者性急，展开翅，就飞入里面，丁在一个头巾架上。又见王小二去门首摘了灯笼，放下吊搭，关了门窗，却才进房。脱衣睡下。那王小二有个婆子，带了两个孩子，哇哇聒噪，急忙不睡。那婆子又拿了一件破衣，补补纳纳，也不见睡。行者暗想道："若等这婆子睡了下手，却不误了师父？"又恐更深，城门闭了，他就忍不住，飞下去，望灯上一扑，真是"舍身投火焰，焦额探残生"，那盏灯早已熄了。他又摇身一变，变作个老鼠，哇哇的叫了两声，跳下来，拿着衣服头巾，往外就走。那婆子慌慌张张的道："老头子！不好了！夜耗子成精也！"

行者闻言，又弄手段，拦着门，厉声高叫道："王小二，莫听你婆子胡说。我不是夜耗子成精。明人不做暗事，吾乃齐天大圣临凡，保唐僧往西天取经。你这国王无道，特来借此衣冠，装扮我师父。一时过了城去，就便送还。"那王小二听言，一毂辘起来，黑天摸地，又是着忙的人，捞着裤子当衫子，左穿也穿不上，右套也套不上。

那大圣使个摄法，早已驾云出去，复翻身，径至路下坑坎边前。三藏见星光月皎，探身凝望，见是行者，来至近前，即开口叫道："徒弟，可过得灭法国么？"行者上前放下衣物道："师父，要过灭法国，和尚做不成。"八戒道："哥，你勒措那个哩？不做和尚也容易，只消半年不剃头，就长出毛来也。"行者道："那里等得半年！眼下就都要做俗人哩！"那呆子慌了道："但你说话，通不察理。我们如今都是和尚，眼下要做俗人，却怎么戴得头巾？就是边儿勒住，也没收顶绳处。"三藏喝道："不要打花，且干正事！端的何如？"行者道："师父，他这城池，我已看了。虽是国王无道杀僧，却倒是个真天子，城头上有祥光喜气。城中的街道，我也认得，这里的乡谈，我也省得，会说。却才在饭店内借了这几件衣服头巾，我们且扮作俗人，进城去借了宿，至四更天就起来，教店家安排了斋吃；捱到五更时候，挨城门而去，奔大路西行，就有人撞见扯住，也好折辨，只说是上邦钦差的，灭法王不敢阻滞，放我们来的。"沙僧道："师兄处的最当，且依他行。"真个长老无奈，脱了偏衫，去了僧帽，穿了俗人的衣服，戴了头巾。沙僧也换了，八戒的头大，戴不得巾儿，被行者取了些针线，把头巾扯开，两顶缝做一顶，与他搭在头上，拣件宽大的衣服，与他穿了。然后自家也换上一套道："列位，这一去，把师父徒弟四个字儿且收起。"八戒道："除了此四字，怎的称呼？"行者道："都要做兄弟称呼，师父叫做唐大官儿，你叫做朱三官儿，沙僧叫做沙四官儿，我叫做孙二官儿。但到店中，你们切休言语，只让我一个开口答话。等他问甚么买卖，只说是贩马的客人。把这白马做个样子，说我们是十弟兄，我四个先来赁店房卖马。那店家必然款待我们，我们受用了，临行时，等

西游记

我拾块瓦碴儿，变块银子谢他，却就走路。"长老无奈，只得曲从。

四众忙忙的牵马挑担，跑过那边。此处是个太平境界，人更时分，尚未关门。径直进去，行到王小二店门首，只听得里边叫哩。有的说："我不见了头巾！"有的说："我不见了衣服！"行者只推不知，引着他们，往斜对门一家安歇。那家子还未收灯笼，即近门叫道："店家，可有闲房儿我们安歇？"那里边有个妇人答应道："有，有，有，请官人们上

难灭伽持圆大觉

楼。"说不了，就有一个汉子来牵马。行者把马儿递与牵进去，他引着师父，从灯影儿后面，径上楼门。那楼上有方便的桌椅，推开窗格，映月光齐齐坐下。只见有人点上灯来，行者拦门，一口吹熄道："这般月亮不用灯。"

那人才下去，又一个丫鬟拿四碗清茶。行者接住，楼下又走上一个妇人来，约有五十七八岁的模样，一直上楼，站着旁边问道："列位客官，那里来的？有甚宝货？"行者道："我们是北方来的，有几匹粗马贩卖。"那妇人道："贩马的客人尚还小。"行者道："这一位是唐大官，这一位是朱三官，这一位是沙四官，我学生是孙二官。"妇人笑

道:"异姓。"行者道:"正是异姓同居。我们共有十个弟兄,我四个先来赁店房打火。还有六个在城外借歇,领着一群马,因天晚不好进城。待我们赁了房子,明早都进来,只等卖了马才回。"那妇人道:"一群有多少马?"行者道:"大小有百十匹儿,都像我这个马的身子,却只是毛片不一。"妇人笑道:"孙二官人诚然是个客纲客纪。早是来到舍下,第二个人家也不敢留你。我舍下院落宽阔,槽札齐备,草料又有,凭你几百匹马都养得下。却一件,我舍下在此开店多年,也有个贱名。先夫姓赵,不幸去世久矣。我唤做赵寡妇店。我店里三样儿待客。如今先小人,后君子,先把房钱讲定后好算帐。"行者道:"说得是。你府上是那三样待客?常言道,'货有高低三等价,客无远近一般看。'你怎么说三样待客?你可试说说我听。"赵寡妇道:"我这里是上、中、下三样。上样者,五果五菜的筵席,狮仙斗糖桌面,二位一张,请小娘儿来陪唱陪歇,每位该银五钱,连房钱在内。"行者笑道:"相应啊!我那里五钱银子还不够请小娘儿哩。"寡妇又道:"中样者,合盘桌儿,只是水果、热酒,筛来凭自家猜枚行令,不用小娘儿,每位只该二钱银子。"行者道:"一发相应!下样儿怎么?"妇人道:"不敢在尊客面前说。"行者道:"也说说无妨,我们好拣相应的干。"妇人道:"下样者,没人伏侍,锅里有方便的饭,凭他怎么吃,吃饱了,拿个草儿,打个地铺,方便处睡觉,天光时,凭赐几文饭钱,决不争竞。"八戒听说道:"造化,造化!老朱的买卖到了!等我看着锅吃饱了饭,灶门前睡他娘!"行者道:"兄弟,说那里话!你我在江湖上,那里不赚几两银子!把上样的安排将来。"那妇人满心欢喜,即叫:"看好茶来,厨下快整治东西。"遂下楼去,忙叫:"宰鸡宰鹅,煮腌下饭。"又叫:"杀猪杀羊,今日用不了,明日也可用。看好酒,拿白米做饭,白面捍饼。"三藏在楼上听见道:"孙二官,怎好?他去宰鸡鹅,杀猪羊,倘送将来,我们都是长斋,那个敢吃?"行者道:"我有主张。"去那楼门边跌跌脚道:"赵妈妈,你上来。"那妈妈上来道:"二官人有甚吩咐?"行者道:"今日且莫杀生,我们今日斋戒。"寡妇惊讶道:"官人们是长斋,是月斋?"行者道:"俱不是,我们唤做'庚申斋'。今朝乃是庚申日,当斋,只过三更后,就是辛酉,便开斋了,你明日杀生罢。如今且去安排些素的来,定照上样价钱奉上。"

那妇人越发欢喜，跑下去教："莫宰！莫宰！取些木耳、闽笋、豆腐、面筋，园里拔些青菜，做粉汤，发面蒸卷子，再煮白米饭，烧香茶。"咦！那些当厨的庖丁，都是每日家做惯的手段，霎时间就安排停当，摆在楼上。又有现成的狮仙糖果，四众任情受用。又问："可吃素酒？"行者道："止唐大官不用，我们也吃几杯。"寡妇又取了一壶暖酒。他三个方才斟上，忽听得乒乓板响。行者道："妈妈，底下倒了甚么家伙了？"寡妇道："不是，是我小庄上几个客子送租米来晚了，教他在底下睡。因客官到，没人使用，教他们抬轿子去院中请小娘儿陪你们。想是轿杠撞得楼板响。"行者道："早是说哩，快不要去请。一则斋戒日期，二则兄弟们未到。索性明日进来，一家请个表子，在府上耍耍时，待卖了马起身。"寡妇道："好人！好人！又不失了和气，又养了精神。"教："抬进轿子来，不要请去。"四众吃了酒饭，收了家伙，都散讫。

三藏在行者耳根边悄悄的道："那里睡？"行者道："就在楼上睡。"三藏道："不稳便。我们都辛辛苦苦的，倘或睡着，这家子一时再有人来收拾，见我们或滚了帽子，露出光头，认得是和尚，嚷将起来，却怎么好？"行者道："是呵！"又去楼前跌跌脚。寡妇又上来道："孙官人又有甚吩咐？"行者道："我们在那里睡？"妇人道："楼上好睡，又没蚊子，又是南风，大开着窗子，忒好睡觉。"行者道："睡不得，我这朱三官儿有些寒湿气，沙四官儿有些漏肩风，唐大哥只要在黑处睡，我也有些儿羞明。此间不是睡处。"

那妈妈走下去，倚着柜栏叹气。他有个女儿，抱着个孩子近前道："母亲，常言道，'十日滩头坐，一日行九滩。'如今炎天，虽没甚买卖，到交秋时，还做不了的生意哩，你嗟叹怎么？"妇人道："儿啊，不是愁没买卖。今日晚间，已是将收铺子，入更时分，有这四个马贩子来赁店房，他要上样管待。实指望赚他几钱银子，他却吃斋，又赚不得他钱，故此嗟叹。"那女儿道："他既吃了饭，不好往别人家去。明日还好安排荤酒，如何赚不得他钱？"妇人又道："他都有病，怕风羞亮，都要在黑处睡。你想家中都是些单浪瓦儿的房子，那里去寻黑暗处？不若舍一顿饭与他吃了，教他往别家去罢。"女儿道："母亲，我家有个黑处，又无风色，甚好，甚好。"妇人道："是那里？"女儿道："父亲在日曾做了一张大柜。那柜有四尺宽，七尺长，三尺高下，里面可睡六七个人。教他们往柜里睡去罢。"妇人道："不知可好，等我问他一声。——孙官人，舍下蜗居，更无黑处，止有一张大柜，不透风，又不透亮，往柜里睡去如何？"行者道："好！好！好！"即着几个客子把柜抬出，打开盖儿，请他们下楼。行者引着师父，沙僧拿担，顺灯影后径到柜边。八戒不管好歹就先爬进柜去。沙僧把行李递入，挽着唐僧进去，沙僧也到里边。行者道："我的马在那里？"旁有伏侍的道："马在后屋拴着吃草料哩。"行者道："牵来，把槽抬来，紧挨着柜儿拴住。"方才进去，叫："赵妈妈，盖上盖儿，插上锁钉，锁上锁子，还替我们看看，那里透亮，使些纸儿糊，明日早些儿来开。"寡妇道："忒小心了！"遂此各各关门去睡不题。

却说他四个到了柜里，可怜啊！一则乍戴个头巾，二来天气炎热，又闷住了气，略不透风，他都摘了头巾，脱了衣服，又没把扇子，只将僧帽扑扑扇扇。你挨着我，我挤着你，直到有二更时分，却都睡着。惟行者有心闯祸，偏他睡不着，伸过手将八戒腿上一捻。那呆子缩了脚，口里哼哼的道："睡了罢！辛辛苦苦的，有甚么心肠还捻手捻脚的耍子？"行者捣鬼道："我们原来的本身是五千两，前者马卖了三千两，如今两搭联里现有四千两，这一群马还卖他三千两，也有一本一利，够了！够了！"八戒要睡的人，那里答对。

岂知他这店里走堂的，挑水的，烧火的，素与强盗一伙，听见行者说有许多银子，他就着几个溜出去，伙了二十多个贼，明火执杖的来打劫马贩子。冲开门进来，唬得那赵寡妇娘女们战战兢兢的关了房门，尽他外边收抬。原来那贼不要店中家伙，只寻客人。到楼上不见形迹，打着火把，四下照看，只见天井中一张大柜，柜脚上拴着一匹白马，柜盖紧锁，掀翻不动。众贼道："走江湖的人都有手眼，看这柜势重，必是行囊财帛锁在里面。我们偷了马，抬柜出城，打开分用，却不是好？"那些贼果找起绳扛，把柜抬着就走，幌阿幌的。八戒醒了道："哥哥，睡罢，摇甚么？"行者道："莫言语！没人摇。"三藏与沙僧忽地也醒了，道："是甚人抬着我们哩？"行者道："莫嚷，莫嚷！等他抬！抬到西天，也省得走路。"

那贼得了手，不往西去，倒抬向城东，杀了守门的军，打开城门出去。当时就惊动六街三市，各铺上火甲人夫，都报与巡城总兵、东城兵马司。那总兵、兵马，事当干己，即点人马弓兵，出城赶贼。那贼见官军势大，不敢抵敌，放下大柜，丢了白马，各自落草逃走。众官军不曾拿得半个强盗，只是夺下柜，捉住马，得胜而回。总兵在灯光下见那马，好马：

　　鬃分银线，尾玉条。说甚么八骏龙驹，赛过了骕骦款段①。千金市骨，万里追风。登山每与青云合，啸月浑如白雪匀。真是蛟龙离海岛，人间喜有玉麒麟。

　　总兵官把自家马儿不骑，就骑上这个白马，帅军兵进城，把柜子抬在总府，同兵马写个封皮封了，令人巡守，待天明启奏，请旨定夺。官军散讫不题。

　　却说唐长老在柜里埋怨行者道："你这个猴头，害杀我也！若在外边，被人拿住，送与灭法国王，还好折辩；如今锁在柜里，被贼劫去，又被官军夺来，明日见了国王，现现成成的开入请杀，却不凑了他一万之数？"行者道："外面有人！打开柜，拿出来不是捆着，便是吊着。且忍耐些儿，免了捆吊。明日见那昏君，老孙自有对答，管你一毫儿也不伤，且放心睡睡。"

　　挨到三更时分，行者弄个手段，顺出棒来，吹口仙气，叫："变！"即变作三尖头的钻儿，挨柜脚两三钻，钻了一个眼子。收了钻，摇身一变，变作个蝼蚁儿，孤将出去，现原身，踏起云头，径入皇宫门外。那国王正在睡浓之际，他使个"大分身普会神法"，将左臂上毫毛都拔下来，吹口仙气，叫："变！"都变作小行者。右臂上毛，也都拔下来，吹口仙气，叫："变！"都变作瞌睡虫。念一声"唵"字真言，教当坊土地，领众布散皇宫内院，五府六部，各衙门大小官员宅内，但有品职者，都与他一个瞌睡虫，人人稳睡，不许翻身。又将金箍棒取在手中，掂一掂，幌一幌，叫声："宝贝，变！"即变作千百口剃头刀儿，他

――――――――――

　　① 款段——形容马行的从容，徐缓。

拿一把，吩咐小行者各拿一把，都去皇宫内院、五府六部、各衙门里剃头。咦！这才是：

法王灭法法无穷，法贯乾坤大道通。
万法原因归一体，三乘妙相本来同。
钻开玉柜明消息，布散金毫破蔽蒙。
管取法王成正果，不生不灭去来空。

法王成正体天然

这半夜剃削成功，念动咒语，喝退土地神祇，将身一抖，两臂上毫毛归伏，将剃头刀总捻成真，依然认了本性，还是一条金箍棒，收来些小之形，藏于耳内。复翻身还做蝼蚁，钻入柜内。现了本相，与唐僧守困不题。

却说那皇宫内院宫娥彩女，天不亮起来梳洗，一个个都没了头发。穿宫的大小太监，也都没了头发。一拥齐来，到于寝宫外，奏乐惊寝，个个噙泪，不敢传言。少时，那三宫皇后醒来，也没了头发。忙移灯到龙床下看处，锦被窝中，睡着一个和尚，皇后忍不住言语出来，惊醒国王。那国王急睁睛，见皇后的头光，他连忙爬起来道："梓童，你如何这等？"皇后道："主公亦如此也。"那皇帝摸摸头，唬得三尸神咋，七魄飞空，道："朕当怎的来耶！"正慌忙处，只见那六院嫔妃，宫娥彩女，大小太监，皆光着头跪下道："主公，我们做了和尚耶！"国王见了，眼中流泪道："想是寡人杀害和尚……"即传旨吩咐："汝等不得说出落发之事，恐文武群臣，褒贬国家不正，且都上殿设朝。"

却说那五府六部，合衙门大小官员，天不明都要去朝王拜阙。原来这半夜一个个也没了头发，各人都写表启奏此事。只听那：

> 静鞭三响朝皇帝，表奏当今剃发因。

毕竟不知那总兵官夺下柜里贼赃如何，与唐僧四众的性命如何，且听下回分解。

第八十五回

心猿妒木母　魔主计吞禅

　　话说那国王早朝，文武多官俱执表章启奏道："主公，望赦臣等失仪之罪。"国王道："众卿礼貌如常，有何失仪？"众卿道："主公啊，不知何故，臣等一夜把头发都没了。"国王执了这没头发之表，下龙床对群臣道："果然不知何故，朕宫中大小人等，一夜也尽没了头发。"君臣们都各汪汪滴泪道："从此后，再不敢杀戮和尚也。"王复上龙位，众官各立本班。王又道："有事出班来奏，无事卷帘散朝。"只见那武班中闪出巡城总兵官，文班中走出东城兵马使，当阶叩头道："臣蒙圣旨巡城，夜来获得贼赃一柜，白马一匹。微臣不敢擅专，请旨定夺。"国王大喜道："连柜取来。"

　　二臣即退至本衙，点起齐整军士，将柜抬出。三藏在内，魂不附体道："徒弟们，这一到国王前，如何理说？"行者笑道："莫嚷！我已打点停当了。开柜时，他就拜我们为师哩，只教八戒不要争竞长短。"八戒道："但只免杀，就是无量之福，还敢争竞哩！"说不了，抬至朝外，入五凤楼，放在丹墀之下。

　　二臣请国王开看，国王即命打开。方揭了盖，猪八戒就忍不住往外一跳，唬得那多官胆战，口不能言，又见孙行者搀出唐僧，沙和尚搬出行李。八戒见总兵官牵着马，走上前，咄的一声道："马是我的！拿过来！"吓得那官儿翻跟头，跌倒在地。四众俱立在阶中。那国王看见是四个和尚，忙下龙床，宣召三宫妃后，下金銮宝殿，同群臣拜问道："长老何来？"三藏道："是东土大唐驾下差往西方天竺国大雷音寺拜活佛取真经的。"国王道："老师远来，为何在这柜里安歇？"三藏道："贫僧知陛下有愿心杀和尚，不敢明投上国，扮俗人，夜至宝方饭店里借宿。因怕人识破原身，故此在柜中安歇。不幸被贼偷出，被总兵捉获抬来，今得见陛下龙颜，所谓拨云见日。望陛下赦放贫僧，海深恩便也！"国王道："老师是天朝上国高僧，朕失迎逆。朕常年有愿杀僧者，曾因僧谤了朕，朕许天愿，要杀一万和尚做圆满。不期今夜皈依，教朕等为僧。如今君臣后妃，发都剃落了，望老师勿吝高贤，愿为门下。"八戒听言，呵呵大笑道："既要拜为门徒，有何贽见之礼？"国王道："师若肯从，愿将国中财宝献上。"行者道："莫说财宝，我和尚是有道之僧。你只把关文倒换了，送我们出城，保你皇图永固，福寿长臻。"那国王听说，即着光禄寺大排筵宴，君臣合同，拜归于一，即时倒换关文，求三藏改换国号。行者道："陛下'法国'之名甚好，但只'灭'字不通，自经我过，可改号'钦法国'，管教你海晏河清千代胜，风调雨顺万方安。"国王谢了恩，摆整朝銮驾，送唐僧四众出城西去。君臣们秉善归真不题。

　　却说长老辞别了钦法国王，在马上欣然道："悟空，此一法甚善，大有功也。"沙僧道："哥啊，是那里寻这许多整容匠，连夜剃这许多头？"行者把那施变化弄神通的事说了一遍，师徒们都笑不合口。

　　正欢喜处，忽见一座高山阻路。唐僧勒马道："徒弟们，你看这面前山势崔巍，切须仔细！"行者笑道："放心！放心！保你无事！"三藏道："休言无事。我见那山峰挺立，远远的有些凶气，暴云飞出，渐觉惊惶，满身麻木，神思不安。"行者笑道："你把乌巢禅师的《多心经》早已忘了？"三藏道："我记得。"行者道："你虽记得，还有四句颂子，你却忘了哩。"三藏道："那四句？"行者道：

佛在灵山莫远求，灵山只在汝心头。
人人有个灵山塔，好向灵山塔下修。

　　三藏道："徒弟，我岂不知？若依此四句，千经万典，也只是修心。"行者道："不消说了，心净孤明独照，心存万境皆清。差错些儿成惰懈，千年万载不成功。但要一片志诚，雷音只在眼下。似你这般恐惧惊惶，神思不安，大道远矣，雷音亦远矣。且莫胡疑，随我去。"那长老闻言，心神顿爽，万虑皆休。四众一同前进。不几步，到于山上。举目看时：

那山真好山，细看色斑斑。顶上云飘荡，崖前树影寒。飞禽渐沥，走兽凶顽。林内松千干，峦头竹几竿。吼叫是苍狼夺食，咆哮是饿虎争餐。野猿长啸寻鲜果，麋鹿攀花上翠岚。风洒洒，水潺潺，时间幽鸟语间关。几处藤萝牵又扯，满溪瑶草杂香兰。磷磷怪石，削削峰岩。狐狢成群走，猴猿作队顽。行客正愁多险峻，奈何古道又湾还！

师徒们怯怯惊惊，正行之时，只听得呼呼一阵风起。三藏害怕道："风起了！"行者道："春有和风，夏有熏风，秋有金风，冬有朔风。四时皆有风。风起怕怎的？"三藏道："这风来得甚急，决然不是天风。"行者道："自古来，风从地起，云自山出，怎么得个天风？"说不了，又见一阵雾起。那雾真个是：

漠漠连天暗，蒙蒙匝地昏。
日色全无影，鸟声无处闻。
宛然如混沌，仿佛似飞尘。
不见山头树，那逢采药人？

三藏一发心惊道："悟空，风还未定，如何又这般雾起？"行者道："且莫忙，请师父下马，你兄弟二个在此保守，等我去看看是何吉凶。"好大圣，把腰一躬，就到半空，用手搭在眉上，圆睁火眼，向下观之，果见那悬岩边坐着一个妖精。你看他怎生模样：

炳炳文斑多采艳，昂昂雄势甚抖擞。
坚牙出口如钢钻，利爪藏蹄似玉钩。

金眼圆睛禽兽怕，银须倒竖鬼神愁。

张狂哮吼施威猛，嗳雾喷风运智谋。

又见那左右手下有三四十个小妖摆列，他在那里逼法的喷风嗳雾。行者暗笑道："我师父也有些儿先兆。他说不是天风，果然不是，却是个妖精在这里弄喧儿哩。若老孙使铁棒往下就打，这叫做'捣蒜打'，打便打死了，只是坏了老孙的名头。"那行者一生豪杰，再不晓得暗算计人。他道："我且回去，照顾猪八戒照顾，教他来先与这妖精见一仗。若是八戒有本事，打倒这妖，算他一功；若无手段，被这妖拿去，等我再去救他，才好出名。"他想道："八戒有些躲懒，不肯出头，却只是有些口紧，好吃东西。等我哄他一哄，看他怎么说。"

即时落下云头，到三藏前。三藏问道："悟空，风雾处吉凶何如？"行者道："这会子明净了，没甚风雾。"三藏道："正是，觉到退下些去了。"行者笑道："师父，我常时间还看得好，这番却看错了。我只说风雾之中恐有妖怪，原来不是。"三藏道："是甚么？"行者道："前面不远，乃是一庄村。村上人家好善，蒸的白米干饭，白面馍馍斋僧哩。这些雾，想是那些人家蒸笼之气，也是积善之应。"八戒听说，认了真实，扯过行者悄悄的道："哥哥，你先吃了他的斋来的？"行者道："吃不多儿，因那菜蔬太咸了些，不喜多吃。"八戒道："啐！凭他怎么咸，我也尽肚吃他一饱！十分作渴，便回来吃水。"行者道："你要吃么？"八戒道："正是。我肚里有些饥了，先要去吃些儿，不知如何？"行者道："兄弟莫提，古书云，'父在，子不得自专。'师父又在此，谁敢先去？"八戒笑道："你若不言语，我就去了。"行者道："我不言语，看你怎么得去。"那呆子吃嘴的见识偏有，走上前唱个大喏道："师父，适才师兄说，前村里有人家斋僧。你看这马，有些要打搅人家，便要草要料，却不费事？幸如今风雾明净，你们且略坐坐，等我去寻些嫩草儿，先喂喂马，然后再往那家子化斋去罢。"唐僧欢喜道："好啊！你今日却怎肯这等勤谨？快去快来。"

那呆子暗暗笑着便走，行者赶上扯住道："兄弟，他那里斋僧，只斋俊的，不斋丑的。"八戒道："这等说，又要变化是。"行者道：

"正是，你变变儿去。"好呆子，他也有三十六般变化，走到山凹里，捻着诀，念动咒语，摇身一变，变作个矮胖和尚，手里敲个木鱼，口里哼阿哼的，又不会念经，只哼的是"上大人"①。

却说那怪物收风敛雾，号令群妖，在于大路口上摆开一个圈子阵，专等行客。这呆子晦气，不多时撞到当中，被群妖围住，这个扯住衣服，那个扯着丝绦，推推拥拥，一齐下手。八戒道："不要扯，等我一家家吃将来。"群妖道："和尚，你要吃甚的？"八戒道："你们这里斋僧，我来吃斋的。"群妖道："你想这里斋僧，不知我这里专要吃僧。我们都是山中得道的妖仙，专要把你们和尚拿到家里，上蒸笼蒸熟吃哩，你倒还想来吃斋！"八戒闻言，心中害怕，才报怨行者道："这个弼马温，其实惫懒！他哄我说是这村里斋僧，这里那得村庄人家，那里斋甚么僧，却原来是些妖精！"那呆子被他扯急了，即便现出原身，腰间掣钉钯，一顿乱筑，筑退那些小妖。

小妖急跑去报与老怪道："大王，祸事了！"老怪道："有甚祸事？"小妖道："山前来了一个和尚，且是生得干净。我说拿家来蒸他吃，若吃不了，留些儿防天阴。不想他会变化。"老妖道："变化甚的模样？"小妖道："那里成个人相！长嘴大耳朵，背后又有鬃。双手抡一根钉钯，没头没脸的乱筑，唬得我们跑回来报大王也。"老怪道："莫怕，等我去看。"抡着一条铁杵，走近前看时，见呆子果然丑恶。他生得：

碓嘴初长三尺零，獠牙嘴出赛银钉。
一双圆眼光如电，两耳扇风唿唿声。
脑后鬃长排铁箭，浑身皮糙癞还青。
手中使件蹊跷物，九齿钉钯个个惊。

妖精硬着胆喝道："你是那里来的，叫甚名字？快早说来，饶你性命！"八戒笑道："我的儿，你是也不认得你猪祖宗哩！上前来，说与你听，

---

① 上大人——封建时代村塾中儿童开蒙时读的韵语的首句。

916

巨口獠牙神力大，玉皇升我天蓬帅。

掌管天河八万兵，天宫快乐多自在。

只因酒醉戏宫娥，那时就把英雄卖。

一嘴拱倒斗牛宫，吃了王母灵芝菜。

玉皇亲打二千锤，把吾贬下三天界。

教吾立志养元神，下方却又为妖怪。

正在高庄喜结亲，命低撞着孙兄到。

金箍棒下受他降，低头才把沙门拜。

背马挑包做夯工，前生少了唐僧债。

铁脚天蓬本姓猪，法名改作猪八戒。”

那妖精闻言，喝道：“你原来是唐僧的徒弟。我一向闻得唐僧的肉好吃，正要拿你哩，你却撞得来，我肯饶你？不要走！看杵！”八戒道：“孽畜，你原来是个染博士出身！”妖精道：“我怎么是染博士？”八戒道：“不是染博士，怎么会使棒槌？”那怪那容分说，近前乱打。他两个在山凹里，这一场好杀：

　九齿钉钯，一条铁棒。钯丢解数滚狂风，杵运机谋飞骤雨。一个是无名恶怪阻山程，一个是有罪天蓬扶性主。性正何愁怪与魔，山高不得金生土。那个杵架犹如蟒出潭，这个钯来却似龙离浦。喊声叱咤震山川，吆喝雄威惊地府。两个英雄各逞能，舍身却把神通赌。

八戒长起威风，与妖精厮斗，那怪喝令小妖把八戒一齐围住不题。

却说行者在唐僧背后，忽失声冷笑。沙僧道：“哥哥冷笑，何也？”行者道：“猪八戒真个呆呀！听见说斋僧，就被我哄去了，这早晚还不见回来。若是一顿钯打退妖精，你看他得胜而回，争嚷功果；若战他不过，被他拿去，却是我的晦气，背前面后，不知骂了多少弼马温哩！悟净，你休言语，等我去看看。”好大圣，他也不使长老知道，悄悄的脑后拨了一根毫毛，吹口仙气，叫：“变！”即变作本身模样，陪

917

西游记

心猿妒木母

着沙僧，随着长老。他的真身出个神，跳在空中观看，但见那呆子被怪围绕，钉钯势乱，渐渐的难敌。

行者忍不住，按落云头，厉声高叫道："八戒不要忙，老孙来了！"那呆子听得是行者声音，仗着势，愈长威风，一顿钯，向前乱筑。那妖精抵敌不住，道："这和尚先前不济，这会子怎么又发起狠来。"八戒道："我的儿，不可欺负我！我家里人来也！"一发向前，没头没脸筑去。那妖精委架不住，领群妖败阵去了。行者见妖精败去，他就不曾近前，拨转云头，径回本处，把毫毛一抖，收上身来。长老的肉眼凡胎，那里认得。

不一时，呆子得胜，也自转来，累得那粘涎鼻涕，白沫生生，气呼呼的，走将来叫声："师父！"长老见了，惊讶道："八戒，你去打马草的，怎么这般狼狈回来？想是山上人家有人看护，不容你打草么？"呆子放下钯，捶胸跌脚道："师父！莫要问！说起来就活活羞杀人！"长老道："为甚么羞来？"八戒道："师兄捉弄我！他先头说风雾里不是妖精，没甚凶兆，是一庄村人家好善，蒸白米干饭、白面馍馍斋僧的。我就当真，想着肚里饥了，先去吃些儿，假倚打草为名。岂知若干妖怪，把我围了，苦战了这一会，若不是师兄的哭丧棒相助，我也莫想得脱罗网回来也！"行者在旁笑道："这呆子胡说！你若做了贼，就攀

918

上一牢人。是我在这里看着师父，何曾侧离？"长老道："是啊，悟空不曾离我。"那呆子跳着嚷道："师父！你不晓得！他有替身！"长老道："悟空，端的可有怪么？"行者瞒不过，躬身笑道："是有个把小妖儿，他不敢惹我们。八戒，你过来，一发照顾你照顾。我们既保师父，走过险峻山路，就似行军的一般。"八戒道："行军便怎的？"行者道："你做个开路将军，在前剖路。那妖精不来便罢，若来时，你与他赌斗，打倒妖精，算你的功果。"八戒量着那妖精手段与他差不多，却说："我就死在他手内也罢，等我先走！"行者笑道："这呆子先说晦气话儿，怎么得长进！"八戒道："哥啊，你知道'公子登筵，不醉即饱；壮士临阵，不死带伤。'先说句错话儿，后便有威风。"行者欢喜，即忙背了马，请师父骑上，沙僧挑着行李，相随八戒，一路入山不题。

却说那妖精帅几个败残的小妖，径回本洞，高坐在那石崖上，默默无言。洞中还有许多看家的小妖，都上前问道："大王常时出去，喜喜欢欢回来，今日如何烦恼？"老妖道："小的们，我往常出洞巡山，不管那里的人与兽，定捞几个来家，养赡汝等。今日造化低，撞见一个对头。"小妖问："是那个对头？"老妖道："是一个和尚，乃东土唐僧取经的徒弟，名唤猪八戒。我被他一顿钉钯，把我筑得败下阵来。好恼啊！我这一向，常闻得人说，唐僧乃十世修行的罗汉，有人吃他一块肉，可以延寿长生。不期他今日到我山里，正好拿住他蒸吃，不知他手下有这等徒弟！"

说不了，班部丛中闪上一个小妖，对老妖哽哽咽咽哭了三声，又嘻嘻哈哈的笑了三声。老妖喝道："你又哭又笑，何也？"小妖跪下道："大王才说要吃唐僧，唐僧的肉不中吃。"老妖道："人都说吃他一块肉可以长生不老，与天同寿，怎么说他不中吃？"小妖道："若是中吃，也到不得这里，别处妖精，也都吃了。他手下有三个徒弟哩。"老妖道："你知是那三个？"小妖道："他大徒弟是孙行者，三徒弟是沙和尚，这个是他二徒弟猪八戒。"老妖道："沙和尚比猪八戒如何？"小妖道："也差不多儿。""那个孙行者比他如何？"小妖吐舌道："不敢说！那孙行者神通广大，变化多端！他五百年前曾大闹天宫，上方二十八宿、九曜星官、十二元辰、五卿四相、东西星斗、南北二神、五岳四渎、普天神将，也不曾惹得他过，你怎敢要吃唐僧？"老妖道：
"你怎么晓得这等详细？"小妖道："我当初在狮驼岭狮驼洞与那大王
居住，那大王不知好歹，要吃唐僧，被孙行者使一条金箍棒，打进门
来，可怜就打得犯了骨牌名，都'断么绝六'，还亏我有些见识，从后
门走了，来到此处，蒙大王收留，故此知他手段。"老妖听言，大惊失
色。这正是'大将军怕谶语'，他闻得自家人这等说，安得不惊？

正都在惊惧之际，又一个小妖上前道："大王莫恼，莫怕。常言
道，'事从缓来'。若是要吃唐僧，等我定个计策拿他。"老妖道：
"你有何计？"小妖道："我有个'分瓣梅花计'。"老妖道："怎么
叫做'分瓣梅花计'？"小妖道："如今把洞中大小群妖，点将起来，
千中选百，百中选十，十中只选三个，须是有能干、会变化的，都变作
大王的模样，顶大王之盔，贯大王之甲，执大王之杵，三处埋伏。先着
一个战猪八戒，再着一个战孙行者，再着一个战沙和尚，舍着三个小
妖，调开他弟兄三个，大王却在半空伸下拿云手去捉这唐僧，就如'探
囊取物'，就如'鱼水盆内捻苍蝇'，有何难哉！"老妖闻此言，满心
欢喜道："此计绝妙！绝妙！这一去，拿不得唐僧便罢；若是拿了唐
僧，决不轻你，就封你做个前部先锋。"小妖叩头谢恩。叫点妖怪，即
将洞中大小妖精点起，果然选出三个有能的小妖，俱变作老妖，各执铁
杵，埋伏等待唐僧不题。

却说这唐长老无虑无忧，相随八戒上大路。行够多时，只见那路旁
边扑喇的一声响亮，跳出一个小妖，奔向前边，要捉长老。孙行者叫
道："八戒！妖精来了，何不动手？"那呆子不认真假，掣钉钯赶上乱
筑，那妖精使铁杵急架相迎。他两个一往一来的，在山坡下正然赌斗，
又见那草科里响一声，又跳出个怪来，就奔唐僧。行者道："师父！不
好了！八戒的眼拙，放那妖精来拿你了，等老孙打他去！"急掣棒迎上
前喝道："那里去！看棒！"那妖精更不打话，举杵来迎。他两个在草
坡下一撞一冲，正相持处，又听得山背后呼的风响，又跳出个妖精来，
径奔唐僧。沙僧见了，大惊道："师父！大哥与二哥的眼都花了，把妖
精放将来拿你了！你坐在马上，等老沙拿他去！"这和尚也不分好歹，
即掣杖，对面挡住那妖精铁杵，恨苦相持。吆吆喝喝，乱嚷乱斗，渐渐
的调远。那老怪在半空中，见唐僧独坐马上，伸下五爪钢钩，把唐僧一

把挝住。那师父丢了马，脱了镫，被妖精一阵风径摄去了。可怜！这正是：

禅性遭魔难正果，江流又遇苦灾星！

老妖按下风头，把唐僧拿到洞里，叫："先锋！"那定计的小妖上前跪倒，口中道："不敢！不敢！"老妖道："何出此言？大将军一言既出，如白染皂。当时说拿不得唐僧便罢，拿了唐僧，封你为前部先锋。今日你果妙计成功，岂可失信于你？你可把唐僧拿来，着小的们挑水刷锅，搬柴烧火，把他蒸一蒸，我和你都吃他一块肉。以图延寿长生也。"先锋道："大王，且不可吃。"老怪道："既拿来，怎么不可吃？"先锋道："大王吃了他不打紧，猪八戒也做得人情，沙和尚也做得人情，但恐孙行者那主子刮毒。他若晓得是我们吃了，他也不来和我们厮打，他只把那金箍棒往山腰里一搠，搠个窟窿，连山都掬倒了，我们安身之处也无之矣！"老怪道："先锋，凭你有何高见？"先锋道："依着我，把唐僧送在后园，绑在树上，两三日不要与他饭吃，一则图他里面干净；二则等他三人不来门前寻找，打听得他们回去了，我们却把他拿出来，自自在在的受用，却不是好？"老怪笑道："正是！正是！先锋说得有理！"

一声号令，把唐僧拿入后园，一条绳绑在树上，众小妖都去前面去听候。你看那长老苦捱着绳缠索绑，紧缚牢拴，止不住腮边流泪，叫道："徒弟呀！你们在那山中擒怪，甚路里赶妖？我被泼魔捉来，此处受灾，何日相会？痛杀我也！"正自两泪交流，只见对面树上有人叫道："长老，你也进来了！"长老正了性道："你是何人？"那人道："我是本山中的樵子，被那山主前日拿来，绑在此间，今已三日，算计要吃我哩。"长老滴泪道："樵夫啊，你死只是一身，无甚挂碍，我却死得不甚干净。"樵子道："长老，你是个出家人，上无父母，下无妻子，死便死了，有甚么不干净？"长老道："我本是东土往西天取经去的，奉唐朝太宗皇帝御旨拜活佛，取真经，要超度那幽冥无主的孤魂。今若丧了性命，可不盼杀那君王，孤负那臣子？那枉死城中，无限的冤魂，却不大失所望，永世不得超生？一场功果，尽化作风尘，这却怎

921

么得干净也？"樵子闻言，眼中堕泪道："长老，你死也只如此，我死又更伤情。我自幼失父，与母鳏居，更无家业，止靠着打柴为生。老母今年八十三岁，只我一人奉养。倘若身丧，谁与他埋尸送老？苦哉，苦哉！痛杀我也！"长老闻言，放声大哭道："可怜，可怜！山人尚有思亲意，空教贫僧会念经！事君事亲，皆同一理。你为亲恩，我为君恩。"正是那："流泪眼观流泪眼，断肠人送断肠人！"

且不言三藏身遭困苦，却说孙行者在草坡下战退小妖，急回来路旁边，不见了师父，止存白马、行囊。慌得他牵马挑担，向山头找寻。咦！正是那：

> 有难的江流专遇难，降魔的大圣亦遭魔。

毕竟不知寻找师父下落如何，且听下回分解。

第八十六回

木母助威征怪物　金公施法灭妖邪

话说孙大圣牵着马，挑着担，满山头寻叫师父，忽见猪八戒气呼呼的跳将来道："哥哥，你喊怎的？"行者道："师父不见了，你可曾看见？"八戒道："我原来只跟唐僧做和尚的，你又捉弄我，教做甚么将军！我舍着命，与那妖精战了一会，得命回来。师父是你与沙僧看着的，反来问我？"行者道："兄弟，我不怪你。你不知怎么眼花了，把妖精放回来拿师父。我去打那妖精，教沙和尚看着师父的，如今连沙和尚也不见了。"八戒笑道："想是沙和尚带师父那里出恭去了。"说不了，只见沙僧来到。行者问道："沙僧，师父那里去了？"沙僧道："你两个眼都昏了，把妖精放将来拿师父，老沙去打那妖精的，师父自家在马上坐来。"行者气得暴跳道："中他计了！中他计了！"沙僧道："中他甚么计？"行者道："这是'分瓣梅花计'，把我弟兄们调开，他劈心里捞了师父去了。天！天！天！却怎么好！"止不住腮边泪滴。八戒道："不要哭！一哭就脓包了！横竖不远，只在这座山上，我们寻去来。"三人没计奈何，只得入山找寻。行了有二十里远近，只见那悬崖之下，有一座洞府：

削峰掩映，怪石嵯峨。奇花瑶草馨香，红杏碧桃艳丽。崖前古树，霜皮溜雨四十围；门外苍松，黛色参天二千尺。双双野鹤，常来洞口舞清风；对对山禽，每向枝头啼白昼。簇簇黄藤如挂索，行行烟柳似垂金。方塘积水，深穴依山。方塘积水，隐穷鳞未变的蛟龙；深穴依山，住多年吃人的老怪。果然不亚神仙境，真是藏风聚气巢。

行者见了，两三步跳到门前看处，那石门紧闭，门上横安着一块石版，石版上有八个大字，乃"隐雾山折岳连环洞"。行者道："八戒，动手啊！此间乃妖精住处，师父必在他家也。"那呆子仗势行凶，举钉钯尽力筑将去，把他那石头门筑了一个大窟窿。叫道："妖怪！快送出我师父来，免得钉钯筑倒门，一家子都是了帐！"守门的小妖急急跑入报道："大王，闯出祸来了！"老怪道："有甚祸？"小妖道："门前有人把门打破，嚷道要师父哩！"老怪大惊道："不知是那个寻将来也？"先锋道："莫怕！等我出去看看。"那小妖奔至前门，从那打破的窟窿处，歪着头往外张，见是个长嘴大耳朵，即回头高叫："大王莫怕他！这个是猪八戒，没甚本事，不敢无礼。他若无礼，开了门，拿他进来凑蒸。怕便只怕那毛脸雷公嘴的和尚。"八戒在外边听见道："哥啊，他不怕我，只怕你哩。师父定在他家了，你快上前。"行者骂道："泼孽畜！你孙外公在这里！送我师父出来，饶你命罢！"先锋道："大王，不好

金公施法灭妖邪

了！孙行者也寻将来了！"老怪报怨道："都是你定的甚么'分瓣分瓣'，却惹得祸事临门！怎生结果？"先锋道："大王放心，且休埋怨。我记得孙行者是个宽洪海量的猴头，虽则他神通广大，却好奉承。我们拿个假人头出去哄他一哄，奉承他几句，只说他师父是我们吃了。若还哄得他去了，唐僧还是我们受用；哄不过再作理会。"老怪道："那里得个假人头？"先锋道："等我做一个儿看。"

好妖怪，将一把衔钢刀斧，把柳树根砍做个人头模样，喷上些人血，糊糊涂涂的，着一个小怪，使漆盘儿拿至门下叫道："大圣爷爷，息怒容禀。"孙行者果好奉承，听见叫声大圣爷爷，便就止住八戒："且莫动手，看他有甚话说。"拿盘的小怪道："你师父被我大王拿进洞来，洞里小妖村顽，不识好歹，这个来吞，那个来啃，抓的抓，咬的咬，把你师父吃了，只剩了一个头在这里也。"行者道："既吃了便罢，只拿出人头来，我看看是真是假。"那小怪从门窟里抛出那个头来。猪八戒见了就哭道："可怜啊！那们个师父进去，弄做这们个师父出来也！"行者道："呆子，你且认认是真是假，就哭！"八戒道："不羞！人头有个真假的？"行者道："这是个假人头。"八戒道："怎认得是假？"行者道："真人头抛出来，扑搭不响，假人头抛得像梆子声。你不信，等我抛了你听。"拿起来往石头上一掼，当的一声响亮。沙和尚道："哥哥，响哩！"行者道："响便是个假的，我教他现出本相来你看。"急掣金箍棒，扑的一下，打破了。八戒看时，乃是个柳树根。呆子忍不住骂起来道："我把你这伙毛团！你将我师父藏在洞里，拿个柳树哄你猪祖宗，莫成我师父是柳树精变的！"慌得那拿盘的小妖，战兢兢跑去报道："难，难，难！难，难，难！"老妖道："怎么有许多难？"小妖道："猪八戒与沙和尚倒哄过了，孙行者却是个贩古董的——识货！识货！他就认得是个假人头。如今得个真人头与他，或者他就去了。"老怪道："怎么得个真人头？我们那剥皮亭内有吃不了的人头选一个来。"众妖即至亭内拣了个新鲜的头，教啃净头皮，滑塔塔的，还使盘儿拿出。叫："大圣爷爷，先前委是个假头。这个真正是唐老爷的头，我大王留了镇宅子的，今特献出来也。"扑通的把个人头又从门窟里抛出，血滴滴的乱滚。

孙行者认得是个真人头，没奈何就哭，八戒、沙僧也一齐放声大

925

哭。八戒噙着泪道："哥哥，且莫哭，天气不是好天气，恐一时弄臭了。等我拿将去，乘生气埋下再哭。"行者道："也说得是。"那呆子不嫌秽污，把个头抱在怀里，跑上山崖。向阳处，寻了个藏风聚气的所在，取钉钯筑了一个坑，把头埋了；又筑起一个坟冢，才叫沙僧："你与哥哥哭着，等我去寻些甚么供养供养。"他就走向洞边，攀几根大柳枝，拾几块鹅卵石，回至坟前，把柳枝儿插在左右，鹅卵石堆在面前。行者问道："这是怎么说？"八戒道："这柳枝权为松柏，与师父遮遮坟顶；这石子权当点心，与师父供养供养。"行者喝道："夯货！人已死了，还将石子儿供他！"八戒道："表表生人意，权为孝道心。"行者道："且休胡弄！教沙僧在此，一则庐墓，二则看守行李、马匹。我和你去打破他的洞府，拿住妖魔，碎尸万段，与师父报仇去来。"沙和尚滴泪道："大哥言之极当。你两个着意，我在此处看守。"

　　好八戒，即脱了皂锦直裰，束一束着体小衣，举钯随着行者。二人努力向前，不容分辨，径自把他石门打破，喊声震天叫道："还我活唐僧来耶！"那洞里大小群妖，一个个魂飞魄散，都抱怨先锋的不是。老妖问先锋道："这些和尚打进门来，却怎处治？"先锋道："古人说得好，'手插鱼篮，避不得腥'。一不做，二不休，左右帅领家兵杀那和尚去来！"老怪闻言，无计可奈，真个传令，叫："小的们，各要齐心，将精锐器械跟我去出征。"果然一齐呐喊，杀出洞门。这大圣与八戒，急退几步，到那山场平处，抵住群妖，喝道："那个是出名的头儿？那个是拿我师父的妖怪？"那群妖扎下营盘，将一面锦绣花旗闪一闪，老怪持铁杵，应声高呼道："那泼和尚，你认不得我？我乃南山大王，数百年放荡于此。你唐僧已是我拿吃了，你敢如何？"行者骂道："这个大胆的毛团！你能有多少的年纪，敢称'南山'二字？李老君乃开天辟地之祖，尚坐于太清之右；佛如来是治世之尊，还坐于大鹏之下；孔圣人是儒教之尊，亦仅呼为'夫子'。你这个孽畜，敢称甚么南山大王，数百年之放荡！不要走！吃你外公老爷一棒！"那妖精侧身闪过，使杵抵住铁棒，睁圆眼问道："你这嘴脸象个猴儿模样，敢将许多言语压我！你有甚么手段，在吾门下猖狂？"行者笑道："我把你个无名的孽畜！是也不知老孙！你站住，硬着胆，且听我说：

祖居东胜大神洲，天地包含几万秋。

花果山头仙石卵，卵开产化我根苗。

生来不比凡胎类，圣体原从日月俦。

本性自修非小可，天姿颖悟大丹头。

官封大圣居云府，倚势行凶斗斗牛。

十万神兵难近我，满天星宿易为收。

名扬宇宙方方晓，智贯乾坤处处留。

今幸皈依从释教，扶持长老向西游。

逢山开路无人阻，遇水支桥有怪愁。

林内施威擒虎豹，崖前复手捉貔貅。

东方果正来西域，那个妖邪敢出头。

孽畜伤师真可恨，管教时下命将休！”

那怪闻言，又惊又恨。咬着牙，跳近前来，使铁杵望行者就打。行者轻轻的用棒架住，还要与他讲话。那八戒忍不住，掣钯乱筑那怪的先锋。先锋帅众齐来。这一场在山中平地处混战，真是好杀：

> 东土大邦上国僧，西方极乐取真经。南山大豹喷风雾，路阻深山独显能。施巧计，弄乖伶，无知误捉大唐僧。相逢行者神通广，更遭八戒有声名。群妖混战山平处，尘土纷飞天不清。那阵上小妖呼哮，枪刀乱举；这壁厢神僧叱喝。钯棒齐兴。大圣英雄无敌手，悟能精壮喜神生。南罔老怪，部下先锋，都为唐僧一块肉，致令舍死又亡生。这两个因师性命成仇隙，那两个为要唐僧忒恶情。往来斗经多半会，冲冲撞撞没输赢。

孙大圣见那些小妖勇猛，连打不退。即使个分身法，把毫毛拔下一把，嚼在口中，喷出去，叫声："变！"都变作本身模样，一个使一条金箍棒，从前边往里打进。那一二百个小妖，顾前不能顾后，遮左不能遮右，一个个各自逃生，败走归洞。这行者与八戒，从阵里往外杀来。可怜那些不识俊的妖精，搪着钯，九孔血出；挽着棒，骨肉如泥！唬得那南山大王滚风生雾，得命逃回。那先锋不能变化，早被行者一棒打

927

倒，现出本相，乃是个铁背苍狼怪。八戒上前扯着脚，翻过来看了道："这厮从小儿也不知偷了人家多少猪仔儿、羊羔儿吃了！"行者将身一抖，收上毫毛道："呆子！不可迟慢！快赶老怪，讨师父的命去来！"八戒回头，就不见那些小行者，道："哥哥的法相儿都去了！"行者道："我已收来也。"八戒道："妙啊！妙啊！"两个喜喜欢欢，得胜而回。

却说那老怪逃了命回洞，吩咐小妖搬石块，挑土，把前门堵了，那些得命的小妖，一个个战兢兢的，把门都堵了，再不敢出头。这行者引八戒，赶至门首吆喝，内无人答应。八戒使钯筑时，莫想得动。行者知之，道："八戒，莫费气力，他把门已堵了。"八戒道："堵了门，师仇怎报？"行者道："且回，上墓前看看沙僧去。"

二人复至本处，见沙僧还哭哩。八戒越发伤悲，丢了钯，伏在坟上，手扑着土哭道："苦命的师父啊！远乡的师父啊！那里再得见你耶！"行者道："兄弟，且莫悲切。这妖精把前门堵了，一定有个后门出入。你两个只在此间，等我再去寻看。"八戒滴泪道："哥啊！仔细着！莫连你也捞去了，我们不好哭得，哭一声师父，哭一声师兄，就要哭得乱了。"行者道："没事！我自有手段！"

好大圣，收了棒，束束裙，拽开步，转过山坡，忽听得潺潺水响，且回头看处，原来是涧中水响，上溜头冲泄下来。又见涧那边有座门儿，门左边有一个出水的暗沟，沟中流出红水来。他道："不消讲！那就是后门了。若要是原嘴脸，恐有小妖开门看见认得，等我变作个水蛇儿过去。且住！变水蛇恐师父的阴灵儿知道，怪我出家人变蛇缠长；变作个小螃蟹儿过去罢，也不好，恐师父怪我出家人脚多。"即做一个水老鼠，飕的一声撺过去，从那出水的沟中，钻至里面天井中。探着头儿观看，只见那向阳处有几个小妖，拿些人肉巴子，一块块的理着晒哩。行者道："我的儿啊！那想是师父的肉，吃不了，晒干巴子防天阴的。我要现本相，赶上前，一棍子打杀，显得我有勇无谋；且再变化进去，寻那老怪，看是何如。"跳出沟，摇身又一变，变作个有翅的蚂蚁儿。真个是：

力微身小号玄驹，日久藏修有翅飞。

闲渡桥边排阵势，喜来床下斗仙机。

善知雨至常封穴，垒积尘多遂作灰。

巧巧轻轻能爽利，几番不觉过柴扉。

　　他展开翅，无声无影，一直飞入中堂。只见那老怪烦烦恼恼正坐，有一个小妖从后面跳将来报道："大王万千之喜！"老妖道："喜从何来？"小妖道："我才在后门外涧头上探看，忽听得有人大哭。即爬上峰头望望，原来是猪八戒、孙行者、沙和尚在那里拜坟痛哭。想是把那个人头认做唐僧的头葬下，拐作坟墓哭哩。"行者在暗中听说，心内欢喜道："若出此言，我师父还藏在那里，未曾吃哩。等我再去寻寻，看死活如何，再与他说话。"

　　好大圣，飞在中堂，东张西看，见旁边有个小门儿，关得甚紧，即从门缝儿里钻去看时，原是个大园子，隐隐的听得悲声。径飞入深处，但见一丛大树，树底下绑着两个人，一人正是唐僧。行者见了，心痒难挠，忍不住现了本相，近前叫声："师父。"那长老认得，滴泪道："悟空，你来了？快救我一救！悟空！悟空！"行者道："师父莫只管叫名字，面前有人，怕走了风讯。你既有命，我可救得你。那怪只说已将你吃了，拿个假人头哄我，我们与他恨苦相持。师父放心，且再熬熬儿，等我把那妖精弄倒，方好来解救。"

　　大圣念声咒语，却又摇身还变作个蚂蚁儿，复入中堂，丁在正梁之上。只见那些未伤命的小妖，簇簇攒攒，纷纷嚷嚷。内中忽跳出一个小妖，告道："大王，他们见堵了门，攻打不开，死心蹋地，舍了唐僧，将假人头弄做个坟墓。今日哭一日，明日再哭一日，后日复了三，好道回去。打听得他们散了啊，把唐僧拿出来，碎劖碎剁，把些大料煎了，香喷喷的大家吃一块儿，也得个延年长寿。"又一个小妖拍着手道："莫说！莫说！还是蒸了吃的有味！"又一个说："煮了吃，还省柴。"又一个道："他本是个稀奇之物，还着些盐儿腌腌，吃得长久。"行者在那梁中听见，心中大怒道："我师父与你有甚毒情，这般算计吃他！"即将毫毛拔了一把，口中嚼碎，轻轻吹出，暗念咒语，都教变作瞌睡虫儿，往那众妖脸上抛去。一个个钻入鼻中，小妖渐渐打盹，不一时，都睡倒了。只有那个老妖睡不稳，他两只手揉头搓脸，不

929

住的打涕喷，捏鼻子。行者道："莫是他晓得了？与他个双搽灯！"又拔一根毫毛，依母①儿做了，抛在他脸上，钻于鼻孔内。两个虫儿，一个从左进，一个从右入。那老妖起来，伸伸腰，打两个呵欠，呼呼的也睡倒了。

行者暗喜，才跳下来，现出本相。耳朵里取出棒来，幌一幌，有鸭蛋粗细，当的一声，把旁门打破，跑至后园，高叫："师父！"长老道："徒弟，快来解解绳儿，绑坏我了！"行者道："师父不要忙，等我打杀妖精，再来解你。"急抽身跑至中堂。正举根要打，又滞住手道："不好！等解了师父来打。"复至园中，又思量道："等打了来救。"如此者两三番，却才跳跳舞舞的到园里。长老见了，悲中作喜道："猴儿，想是看见我不曾伤命，所以欢喜得没是处，故这等作跳舞也？"行者才至前，将绳解了，挽着师父就走。又听得对面树上绑的人叫道："老爷舍大慈悲，也救我一命！"长老立定身，叫："悟空，那个人也解他一解。"行者道："他是甚么人？"长老道："他比我先拿进一日，他是个樵子，说有母亲年老，甚是思想，倒是个尽孝的，一发连他都救了罢。"

行者依言，也解了绳索，一同带出后门，上石崖，过了陡涧。长老谢道："贤徒，亏你救了他与我命！悟能、悟净都在何处？"行者道："他两个都在那里哭你哩，你可叫他一声。"长老果厉声高叫道："八戒！八戒！"那呆子哭得昏头昏脑的，揩揩鼻涕眼泪道："沙和尚，师父回家来显魂哩！在那里叫我们不是？"行者上前喝一声道："夯货！显甚么魂？这不是师父来了？"那沙僧抬头见了，忙忙跪在面前道："师父，你受了多少苦啊！哥哥怎生救得你来也？"行者把上项事说了一遍。八戒闻言，咬牙恨齿，忍不住举起钯把那坟冢，一顿筑倒，掘出那人头，一顿筑得稀烂。唐僧道："你筑他为何？"八戒道："师父啊，不知他是那家的亡人，教我朝着他哭！"长老道："亏他救了我命哩。你兄弟们打上他门，嚷着要我，想是拿他来搪塞，不然啊，就杀了我也。还把他埋一埋，见我们出家人之意。"那呆子听长老此言，遂将一包稀烂骨肉埋下，也垒起个坟墓。

_____

① 母——"模"的同音字。样、范、模。

行者却笑道："师父，你请略坐坐，等我剿除去来。"即又跳下石崖，过涧入洞，把那绑唐僧与樵子的绳索拿入中堂，那老妖还睡着了，即将他四马攒蹄捆倒，使金箍棒掬起来，握在肩上，径出后门。猪八戒远远的望见道："哥哥好干这握头事！再寻一个儿趁头挑着不好？"行者到跟前放下，八戒举钯就筑。行者道："且住！洞里还有小妖，未拿哩。"八戒道："哥啊，有便带我进去打他。"行者道："打又费工夫了，不若寻些柴，教他断根罢。"那樵子闻言，引八戒去东凹里寻了些破梢竹、败叶松、空心柳、断根藤、黄蒿、老荻、芦苇、干桑，挑了若干，送入后门里。行者点上火，八戒两耳扇起风。那大圣将身跳上，抖一抖，收了瞌睡虫的毫毛。那些小妖及醒来，烟火齐着，可怜！莫想有半个得命。连洞府烧得精空，却回见师父。师父听见老妖方醒声唤，便叫："徒弟，妖精醒了。"八戒上前一钯，把老怪筑死，现出本相，原来是个艾叶花皮豹子精。行者道："花皮会吃老虎，如今又会变人，这顿打死，才绝了后患也！"长老谢之不尽，攀鞍上马。那樵子道："老爷，向西南去不远，就是舍下，请老爷到舍，见见家母，叩谢老爷活命之恩，送老爷上路。"长老欣然，遂不骑马，与樵子并四众同行，向西南迤逦前来。不多路，果见那：

> 石径重漫苔藓，柴门篷络藤花。
> 四面山光连接，一林鸟雀喧哗。
> 密密松篁交翠，纷纷异卉奇葩。
> 地僻云深之处，竹篱茅舍人家。

远见一个老妪，倚着柴扉，眼泪汪汪的，儿天儿地的痛哭。这樵子看见是他母亲，丢了长老，急忙忙先跑到柴扉前，跪下叫道："母亲！儿来也！"老妪一把抱住道："儿啊！你这几日不来家，我只说是山主拿你去，害了性命，是我心疼难忍。你既不曾被害，何以今日才来？你绳担、柯斧俱在何处？"樵子叩头道："母亲，儿已被山主拿去，绑在树上，实是难得性命。幸亏这几位老爷！这老爷是东土唐朝往西天取经的罗汉。那老爷倒也被山主拿去绑在树上，他那三位徒弟老爷，神通广大，把山主一顿打死，却是个艾叶花皮豹子精。概众小妖，俱尽烧死，

931

却将那老老爷解下救出，连孩儿都解救出来。此诚天高地厚之恩！不是他们，孩儿也死无疑了。如今山上太平，孩儿彻夜行走，也无事矣。"

那老妪听言，一步一拜，拜接长老四众，都入柴扉茅舍中坐下。娘儿两个磕头称谢不尽，慌慌忙忙的安排些素斋酬谢。八戒道："樵哥，我见你府上也寒薄，只可将就一饭，切莫费心大摆布。"樵子道："不瞒老爷说，我这山间实在寒薄，没甚么香蕈、蘑菰、川椒、大料，只是几品野菜奉献老爷，权表寸心。"八戒笑道："聒噪聒噪，放快些儿就是，我们肚中饥了。"樵子道："就有！就有！"果然不多时，展抹桌凳，摆将上来，果是几盘野菜。但见那：

> 嫩焯黄花菜，酸齑白鼓丁。浮蔷马齿苋，江荠雁肠英。燕子不来香且嫩，芽儿拳小脆还青。烂煮马蓝头，白燣狗脚迹。猫耳朵，野落荜，灰条熟烂能中吃；剪刀股，牛塘利，倒灌窝螺操帚荠。碎米荠，莴菜荠，几品青香又滑腻。油炒乌英花，菱科甚可夸；蒲根菜并茭儿菜，四般近水实清华。看麦娘，娇且佳；破破纳，不穿他；苦麻台下藩篱架。雀儿绵单，猢狲脚迹；油灼灼煎来只好吃。斜蒿青蒿抱娘蒿。灯蛾儿飞上板荞荞。羊耳秃，枸杞头，加上乌蓝不用油。几般野菜一餐饭，樵子虔心为谢酬。

师徒们饱餐一顿，收拾起程。那樵子不敢久留，请母亲出来，再拜再谢。樵子只是磕头，取了一条枣木棍，结束了衣裙，出门相送。沙僧牵马，八戒挑担，行者紧随左右，长老在马上拱手道："樵哥，烦先引路，到大路上相别。"一齐登高下坂，转涧寻坡。长老在马上思量道："徒弟啊！

> 自从别主来西域，递递迢迢去路遥。
> 水水山山灾不脱，妖妖怪怪命难逃。
> 心心只为经三藏，念念仍求上九霄。
> 碌碌劳劳何日了，几时行满转唐朝！"

樵子闻言道："老爷切莫忧思。这条大路，向西方不满千里，就是天竺国极乐之乡也。"长老闻言，翻身下马道："有劳远涉。既是大路，请樵哥回府，多多拜上令堂老安人。适间厚扰盛斋，贫僧无甚相谢，只是早晚诵经，保佑你母子平安，百年长寿。"那樵子喏喏相辞，复回本路，师徒遂一直投西。正是：

降怪解冤离苦厄，受恩上路用心行。

毕竟不知还有几日得到西天，且听下回分解。

第八十七回

凤仙郡冒天止雨　孙大圣劝善施霖

大道幽深，如何消息，说破鬼神惊骇。挟藏宇宙。剖判玄光，真乐世间无赛。灵鹫峰前，宝珠拈出，明映五般光彩。照彻乾坤上下群生，知者寿同山海。

却说三藏师徒四众，别樵子下了隐雾山，奔上大路。行经数日，忽见一座城池相近。三藏道："悟空，你看那前面城池，可是天竺国么？"行者摇手道："不是！不是！如来处虽称极乐，却没有城池，乃是一座大山，山中有楼台殿阁，唤做灵山大雷音寺。就到了天竺国，也不是如来住处，天竺国还不知离灵山有多少路哩。那城想是天竺之外郡，到前边方知明白。"

不一时至城外，三藏下马，入到三层门里。见那民事荒凉，街衢冷落。又到市口之间，见许多穿青衣者左右摆列，有几个冠带者立于房檐之下。他四众顺街行走，那些人更不逊避。猪八戒村愚，把长嘴掬一掬，叫道："让路！让路！"那些人猛抬头，看见模样，一个个骨软筋麻，跌跌蹡蹡，都道："妖精来了！妖精来了！"唬得那檐下冠带者战兢兢躬身问道："那方来者？"三藏恐他们闯祸，一力当先对众道："贫僧乃东土大唐驾下拜天竺国大雷音寺佛祖求经者。路过宝方，一则不知地名，二则未落人家，才进城，甚失回避，望列公恕罪。"那官人却才施礼道："此处乃天竺外郡，地名凤仙郡。连年干旱，郡侯差我等在此出榜，招求法师祈雨救民也。"行者闻言道："你的榜文何在？"众官道："榜文在此，适间才打扫廊檐，还未张挂。"行者道："拿来我看看。"众官即将榜文展开，挂在檐下。行者四众上前同看。榜上写着：

> 大天竺国凤仙郡郡侯上官，为榜聘明师，招求大法事。兹因郡土宽弘，军民殷实，连年亢旱，累岁干荒，民田薄而军地薄，河道浅而沟浍空。井中无水，泉底无津。富室聊以全生，穷民难以活命。斗粟百金之价，束薪五两之资。十岁女易米三升，五岁男随人带去。城中惧法，典衣当物以存身；乡下欺公，打劫吃人而顾命。为此出给榜文，仰望十方贤哲，祷雨救民，恩当重报。愿以千金奉谢，决不虚言。须至榜者。

行者看罢，对众官道："'郡侯上官'何也？"众官道："上官乃是姓，此我郡侯之姓也。"行者笑道："此姓却少。"八戒道："哥哥不曾读书，《百家姓》后有一句'上官欧阳'。"三藏道："徒弟们，且休闲讲。那个会求雨，与他求一场甘雨，以济民瘼，此乃万善之事；如不会就行，莫误了走路。"行者道："祈雨有甚难事！我老孙翻江搅海，换斗移星，踢天弄井，吐雾喷云，担山赶月，唤雨呼风；那一件儿不是幼年耍子的勾当！何为稀罕！"

众官听说，着两个急去郡中报道："老爷，万千之喜至也！"那郡侯正焚香默祝，听得报声喜至，即问："何喜？"那官道："今日领榜，方至市口张挂，即有四个和尚，称是东土大唐差往天竺国大雷音拜佛求经者，见榜即道能祈甘雨，特来报知。"

那郡侯即整衣步行，不用轿马多人，径至市口，以礼敦请。忽有人报道："郡侯老爷来了。"众人闪过，那郡侯一见唐僧，不怕他徒弟丑恶，当街心倒身下拜道："下官乃凤仙郡郡侯上官氏，熏沐拜请老师祈雨救民。望大师舍慈悲，运神功，拔济拔济！"三藏答礼道："此间不是讲话处，待贫僧到那寺观，却好行事。"郡侯道："老师同到小衙，自有洁净之处。"师徒们遂牵马挑担，径至府中，一一相见。郡侯即命看茶摆斋。少顷斋至，那八戒放量吞餐，如同饿虎，唬得那些捧盘的心

惊胆战，一往一来添汤添饭，就如走马灯儿一般，刚刚供上，直吃得饱
满方休。斋毕，唐僧谢了斋，却问："郡侯大人，贵处干旱几时了？"
郡侯道：

> 敝地大邦天竺国，凤仙外郡吾司牧。
> 一连三载遇干荒，草子不生绝五谷。
> 大小人家买卖难，十门九户俱啼哭。
> 三停饿死二停人，一停还似风中烛。
> 下官出榜遍求贤，幸遇真僧来我国。
> 若施寸雨济黎民，愿奉千金酬厚德。

  行者听说，满面喜生，呵呵的笑道："莫说！莫说！若说千金为
谢，半点甘雨全无。但论积功累德，老孙送你一场大雨。"那郡侯原来
十分清正贤良，爱民心重，即请行者上坐，低头下拜道："老师果舍慈
悲，下官必不敢悖德。"行者道："且莫讲话，请起。但烦你好生看着
我师父，等老孙行事。"沙僧道："哥哥，怎么行事？"行者道："你
和八戒过来，就在他这堂下随着我做个羽翼，等老孙唤龙来行雨。"八
戒、沙僧谨依使令，三个人都在堂下，郡侯焚香礼拜，三藏坐着念经。
  行者念动真言，诵动咒语，即时见正东上，一朵乌云，渐渐落至堂
前，乃是东海老龙王敖广。那敖广收了云脚，化作人形，走向前，对行
者躬身施礼道："大圣唤小龙来，那方使用？"行者道："请起，累你
远来，别无甚事。此间乃凤仙郡，连年干旱，问你如何不来下雨？"老
龙道："启上大圣得知，我虽能行雨，乃上天遣用之辈。上天不差，岂
敢擅自来此行雨？"行者道："我因路过此方，见久旱民苦，特着你来
此施雨救济，如何推托？"龙王道："岂敢推托？但大圣念真言呼唤，
不敢不来。一则未奉上天御旨，二则未曾带得行雨神将，怎么动得雨
部？大圣既有拔济之心，容小龙回海点兵，烦大圣到天宫奏准，请一道
降雨的圣旨，请水官放出龙来，我却好照旨意数目下雨。"
  行者见他说出理来，只得发放老龙回海。他即跳出罡斗，对唐僧备
言龙王之事。唐僧道："既然如此，你去为之，切莫打诳语。"行者即
吩咐八戒、沙僧："保着师父，我上天宫去也。"好大圣，说声去，寂

然不见。那郡侯胆战心惊道："孙老爷那里去了？"八戒笑道："驾云上天去了。"郡侯十分恭敬，传出飞报，教满城大街小巷，不拘公卿士庶，军民人等，家家供养龙王牌位，门设清水缸，缸插杨柳枝，侍奉香火，拜天不题。

却说行者一路筋斗云，径到西天门外，早见护国天王引天丁、力士上前迎接道："大圣，取经之事完乎？"行者道："也差不远矣。今行至天竺国界，有一外郡，名凤仙郡。彼处三年不雨，民甚艰苦，老孙欲祈雨拯救。呼得龙王到彼，他言无旨，不敢私自为之，特来朝见玉帝请旨。"天王道："那壁厢敢是不该下雨哩。我向时闻得说：那郡侯撒泼，冒犯天地，上帝见罪，立有米山、面山、黄金大锁；直等此三事倒断，才该下雨。"行者不知此意是何，要见玉帝。天王不敢拦阻，让他进去。径至通明殿外，又见四大天师迎道："大圣到此何干？"行者道："因保唐僧，路至天竺国界，凤仙郡无雨，郡侯召师祈雨。老孙呼得龙王，意命降雨，他说未奉玉帝旨意，不敢擅行，特来求旨，以苏民困。"四大天师道："那方

不该下雨。"行者笑道："该与不该，烦为引奏引奏，看老孙的人情何如。"葛仙翁道："俗语云，'苍蝇包网儿，好大面皮！'"许旌阳道："不要乱谈，且只带他进去。"邱洪济、张道陵与葛、许四真人引至灵霄殿下，启奏道："万岁，有孙悟空路至天竺国凤仙郡，欲与求雨，特来请旨。"玉帝道："那厮三年前十二月二十五日，朕出行监观万天，浮游三界，驾至他方，见那上官正不仁，将斋天素供，推倒喂狗，口出秽言，造有冒犯之罪，朕即立以三事，在于披香

凤仙郡冒天止雨

937

第八十七回　凤仙郡冒天止雨　孙大圣劝善施霖

殿内。汝等引孙悟空去看，若三事倒断，即降旨与他；如不倒断，且休管闲事。"

四天师即引行者至披香殿里看时，见有一座米山，约有十丈高下；一座面山，约有二十丈高下。米山边有一只拳大之鸡，在那里紧一嘴，慢一嘴，嗛那米吃。面山边有一只金毛哈巴狗儿，在那里长一舌，短一舌，舔那面吃。左边悬一座铁架子，架上挂一把金锁，约有一尺三四寸长短，锁梃有指头粗细，下面有一盏明灯，灯焰儿燎着那锁梃。行者不知其意，回头问天师曰："此何意也？"天师道："那厮触犯了上天，玉帝立此三事，直等鸡嗛了米尽，狗舔得面尽，灯焰燎断锁梃，那方才该下雨哩。"

行者闻言，大惊失色，再不敢启奏，走出殿，满面含羞。四大天师笑道："大圣不必烦恼，这事只宜作善可解。若有一念善慈，惊动上天，那米、面山即时就倒，锁梃即时就断。你去劝他归善，福自来矣。"行者依言，不上灵霄辞玉帝，径来下界复凡夫。须臾到西天门，又见护国天王。天王道："请旨如何？"行者将米山、面山、金锁之事说了一遍，道："果依你言，不肯传旨。适间天师送我，教劝那厮归善，即福原也。"遂相别，降云下界。

那郡侯同三藏、八戒、沙僧、大小官员人等接着，都簇簇攒攒来问。行者将郡侯喝了一声道："只因你这厮三年前十二月二十五日冒犯了天地，致令黎民有难，如今不肯降雨！"那郡侯慌得跪伏在地道："老师如何得知三年前事？"行者道："你把那斋天的素供，怎么推倒喂狗？可实实说来！"那郡侯不敢隐瞒，道："三年前十二月二十五日，献供斋天，在于本衙之内。因妻不贤，恶言相斗，一时怒发无知，推倒供桌，泼了素馔，果是唤狗来吃了。这两年忆念在心，神思恍惚，无处可以解释，不知上天见罪，遗害黎民，今遇老师降临，万望明示，上界怎么样计较。"行者道："那一日正是玉皇下界之日，见你将斋供喂狗，又口出秽言，玉帝即立三事记汝。"八戒问道："哥，是那三事？"行者道："披香殿立一座米山，约有十丈高下；一座面山，约有二十丈高下。米山边有拳大的一只小鸡，在那里紧一嘴，慢一嘴嗛那米吃。面山边有一个金毛哈巴狗儿，在那里长一舌，短一舌的舔面吃。左边又一座铁架子，架上挂一把黄金大锁，锁梃儿有指头粗细，下面有一盏明灯，灯焰儿燎着那锁梃。直等那鸡嗛米尽，狗餂面尽，灯燎断锁梃，他这里方才该下雨哩。"八戒笑道："不打紧！不打紧！哥肯带我去，变出法身来，一顿把他的米面都吃了，锁梃弄断了，管取下雨。"行者道："呆子莫胡说！此乃上天所设之计，你怎么得见？"三藏道："似这等说，怎生是好？"行者道："不难！不难！我临行时，四天师曾对我言，但只作善可解。"那郡侯拜伏在地，哀告道："但凭老师指教，下官一一皈依也。"行者道："你若回心向善，趁早儿念佛看经，我还替你作为；汝若仍前不改，我亦不能解释，不久天即诛之，性命不能保矣。"

那郡侯磕头礼拜，誓愿皈依。当时召请本处僧道，启建道场，各各写发文书，申奏三天。郡侯领众拈香瞻拜，答天谢地，引罪自责，三藏也与他念经。一壁厢又出飞报，教城里城外大家小户，不论男女人等，都要烧香念佛。自此时，一片善声盈耳。行者却才欢喜，对八戒、沙僧道："你两个好生护持师父，等老孙再与他去去来。"八戒道："哥哥，又往那里去？"行者道："这郡侯听信老孙之言，果然受教，恭敬善慈，诚心念佛，我这去再奏玉帝，求些雨来。"沙僧道："哥哥既要去，不必迟疑，且耽搁我们行路，必求雨一坛，庶成我们之正果也。"

好大圣，又纵云头，直至天门外，还遇着护国天王。天王道："你今又来做甚？"行者道："那郡侯已归善矣。"天王亦喜。正说处，早见直符使者，捧定了道家文书，僧家关牒，到天门外传递。那符使见了行者，施礼道："此意乃大圣劝善之功。"行者道："你将此文牒送去何处？"符使道："直送至通明殿上，与天师传递到玉皇大天尊前。"行者道："如此，你先行，我当随后而去。"那符使入天门去了。护国天王道："大圣，不消见玉帝了。你只往九天应元府下，借点雷神，径自声雷掣电，还他就有雨下也。"

真个行者依言，入天门里，不上灵霄殿求请旨意，转云步，径往九天应元府。见那雷门使者、纠录典者、廉访典者都来迎着，施礼道："大圣何来？"行者道："有事要见天尊。"三使者即为传奏。天尊随下九凤丹霞之扆，整衣出迎。相见礼毕，行者道："有一事特来奉求。"天尊道："何事？"行者道："我因保唐僧，至凤仙郡，见那干旱之甚，已许他求雨，特来告借贵部官将到彼声雷。"天尊道："我知

939

那郡侯冒犯上天，立有三事，不知可该下雨哩。"行者笑道："我昨日已见玉帝请旨。玉帝着天师引我去披香殿看那三事，乃是米山、面山、金锁，只要三事倒断，方该下雨。我愁难得倒断，天师教我劝化郡侯等众作善，以为'人有善念，天必从之'，庶几可以回天心，解灾难也。今已善念顿生，善声盈耳。适间直符使者已将改行从善的文牒奏上玉帝去了，老孙因特造尊府，告借雷部官将相助相助。"天尊道："既如此，差邓、辛、张、陶帅领闪电娘子，即随大圣下降凤仙郡声雷。"

那四将同大圣，不多时至于凤仙境界。即于半空中作起法来。只听得唿鲁鲁的雷声，又见那渐沥沥的闪电。真个是：

西游记

> 电掣紫金蛇，雷轰群蛰哄。荧煌飞火光，霹雳崩山洞。列缺满
> 天明，震惊连地纵。红销一闪发萌芽，万里江山都撼动。

那凤仙郡，城里城外，大小官员，军民人等，整三年不曾听见雷电，今日见有雷声霍闪，一齐跪下，头顶着香炉，有的手拈着柳枝，都念："南无阿弥陀佛！南无阿弥陀佛！"这一声善念，果然惊动上天，正是那古诗云：

> 人心生一念，天地悉皆知，
> 善恶若无报，乾坤必有私。

且不说孙大圣指挥雷将，掣电轰雷于凤仙郡，人人归善。却说那上界直符使者，将僧道两家的文牒，送至通明殿，四天师传奏灵霄殿。玉帝见了道："那厮们既有善念，看三事如何。"正说处，忽有披香殿看管的将官报道："所立米、面山俱倒了，霎时间米面皆无，锁梃亦断。"奏未毕，又有当驾天官引凤仙郡土地、城隍、社令等神齐来拜奏道："本郡郡主并满城大小黎庶之家，无一家一人不皈依善果，礼佛敬天。今启垂慈，普降甘雨，救济黎民。"玉帝闻言大喜，即传旨："着风部、云部、雨部，各遵号令，去下方，按凤仙郡界，即于今日今时，声雷布云，降雨三尺零四十二点。"时有四大天师奉旨，传与各部随时下界，各逞神威，一齐振作。

行者正与邓、辛、张、陶令闪电娘子在空中调弄，只见众神都到，合会一天。那其间风云际会，甘雨滂沱。好雨：

漠漠浓云，蒙蒙黑雾。雷车轰轰，闪电灼灼。滚滚狂风，淙淙骤雨。所谓一念回天，万民满望。全亏大圣施元运，万里江山处处阴。好雨倾河倒海，蔽野迷空。檐前垂瀑布，窗外响玲珑。万户千门人念佛，六街三市水流洪。东西河道条条满，南北溪湾处处通。槁苗得润，枯木回生。田畴麻麦盛，村堡豆粮升。客旅喜通贩卖，农夫爱尔耘耕。从今黍稷多条畅，自然稼穑得丰登。风调雨顺民安乐，海晏河清享太平。

孙大圣劝善施霖

一日雨下足了三尺零四十二点，众神祇渐渐收回。孙大圣厉声高叫道："那四部众神，且暂停云从，待老孙去叫郡侯拜谢列位。列位可拨开云雾，各现真身，与这凡夫亲眼看看，他才信心供奉也。"众神听说，只得都停在空中。

这行者按落云头，径至郡里，早见三藏、八戒、沙僧，都来迎接，那郡侯一步一拜来谢。行者道："且慢谢我，我已留住四部神祇，你可传召多人同此拜谢，教他向后好来降雨。"郡侯随传飞报，召众同酬，都一个个拈香朝拜，只见那四部神祇，开明云雾，各现真身。四部者，乃雨部、雷

941

部、云部、风部。只见那：

> 龙王显相，雷将舒身。云童出现，风伯垂真。龙王显相，银须苍貌世无双。雷将舒身，钩嘴威颜诚莫比。云童出现，谁如玉面金冠；风伯垂真，曾似燥眉环眼。齐齐显露青霄上，各各挨排观圣仪。凤仙郡界人才信，顶礼拈香恶性回。今日仰朝天上将，洗心向善尽皈依。

众神祗宁待了一个时辰，人民拜之不已。孙行者又起在云端，对众作礼道："有劳！有劳！请列位各归本部。老孙还教郡界中人家，供养高真，遇时节醮谢。列位从此后，五日一风，十日一雨，还来拯救拯救。"众神依言，各各转部不题。

却说大圣坠落云头与三藏道："事毕民安，可收拾走路矣。"那郡侯闻言，急忙行礼道："孙老爷说那里话！今此一场，乃无量无边之恩德。下官这里差人办备小宴，奉答厚恩。仍买治民间田地，与老爷起建寺院，立老爷生祠，勒碑刻名，四时享祀。虽刻骨镂心，难报万一，怎么就说走路的话！"三藏道："大人之言虽当，但我等乃西方挂搭行脚之僧，不敢久住。一二日间，定走无疑。"那郡侯那里肯放，连夜差多人治办酒席，起盖祠宇。

次日，大开佳宴，请唐僧高坐；孙大圣与八戒、沙僧列坐，郡侯同本郡大小官员部臣把杯献馔，细吹细打，款待了一日。这场果是欣然，有诗为证：

> 田畴久旱逢甘雨，河道经商处处通。
> 深感神僧来郡界，多蒙大圣上天宫。
> 解除三事从前恶，一念皈依善果弘。
> 此后愿如尧舜世，五风十雨万年丰。

一日筵，二日宴，今日酬，明日谢，扳留将有半月，只等寺院生祠完备。一日，郡侯请四众往观，唐僧惊讶道："工程浩大，何成之如此速耶？"郡侯道："下官催趱人工，昼夜不息，急急命完，特请列位老爷看看。"行者笑道："果是贤才能干的好贤侯也！"即时都到新寺。见那殿阁巍峨，山门壮丽，俱称赞不已。行者请师父留一寺名，三藏道："有，留名当唤做'甘霖普济寺'。"郡侯称道："甚好！甚好！"用金贴广招僧众，侍奉香火。殿左边立起四众生祠，每年四时祭祀；又起盖雷神、龙神等庙，以答神功。看毕，即命趱行。

那一郡人民，知久留不住，各备赆仪，分文不受。因此，合郡官员人等，盛张鼓乐，大展旌幢，送有三十里远近，犹不忍别，遂掩泪目送，直至望不见方回。这正是：

硕德神僧留普济，齐天大圣广施恩。

毕竟不知此去还有几日方见如来，且听下回分解。

943

第八十八回

禅到玉华施法会　心猿木母授门人

话说唐僧喜喜欢欢别了郡侯，在马上向行者道："贤徒，这一场善果，真胜似比丘国搭救儿童，皆尔之功也。"沙僧道："比丘国只救得一千一百一十一个小儿，怎似这场大雨，滂沱浸润，活够者万万千千性命！弟子也暗自称赞大师兄的法力通天，慈恩盖地也。"八戒笑道："哥的恩也有，善也有，却只是外施仁义，内包祸心。但与老猪走，就要作践人。"行者道："我在那里作践你？"八戒道："也够了！也够了！常照顾我捆，照顾我吊，照顾我煮，照顾我蒸！今在凤仙郡施了恩惠与万万之人，就该住上半年，带挈我吃几顿自在饱饭，却只管催趱行路！"长老闻言，喝道："这个呆子，怎么只思量搝嘴①！快走路，再莫斗口！"八戒不敢言，搊搊嘴，挑着行囊，打着哈哈，师徒们奔上大路。此时光景如梭，又值深秋之候。但见：

> 水痕收，山骨瘦。红叶纷飞，黄花时候。霜晴觉夜长，月白穿窗透。家家烟火夕阳多，处处湖光寒水溜。白蘋香，红蓼茂。橘绿橙黄，柳衰谷秀。荒村雁落碎芦花，野店鸡声收菽豆。

---

① 搝嘴——贪吃、嘴馋。

四众行够多时，又见城垣影影。长老举鞭遥指叫："悟空，你看那里又有一座城池，却不知是甚去处。"行者道："你我俱未曾到，何以知之？且行至边前问人。"说不了，忽见树丛里走出一个老者，手持竹杖，身着轻衣，足踏一对棕鞋，腰束一条扁带。慌得唐僧滚鞍下马，上前道个问讯。那老者扶杖还礼道："长老那方来的？"唐僧合掌道："贫僧东土唐朝差往雷音拜佛求经者。今至宝方，遥望城垣，不知是甚去处，特问老施主指教。"那老者闻言，口称："有道禅师，我这敝处，乃天竺国下郡，地名玉华县。县中城主，就是天竺皇帝之宗室，封为玉华王。此王甚贤，专敬僧道，重爱黎民。老禅师若去相见，必有重敬。"三藏谢了，那老者径穿树林而去。三藏才转身对徒弟备言前事。他三人欣喜，扶师父上马。三藏道："没多路，不须乘马。"

四众遂步至城边街道观看。原来那关厢人家，做买做卖的，人烟凑集，生意亦甚茂盛。观其声音相貌，与中华无异。三藏吩咐："徒弟们谨慎，切不可放肆。"那八戒低了头，沙僧掩着脸，惟孙行者搀着师父。两边人都来争看，齐声叫道："我这里只有降龙伏虎的高僧，不曾见降猪伏猴的和尚。"八戒忍不住，把嘴一掬道："你们可曾看见降猪王的和尚？"唬得满街上人跌跌，都往两边闪过。行者笑道："呆子，快藏了嘴，莫装扮，仔细脚下过桥。"那呆子低着头，只是笑。过了吊桥，入城门内，又见那大街上酒楼歌馆，热闹繁华。果然是神州都邑。有诗为证。诗曰：

　　锦城铁瓮万年坚，临水依山色色鲜。
　　百货通湖船入市，千家沽酒店垂帘。
　　楼台处处人烟广，巷陌朝朝客贾喧。
　　不亚长安风景好，鸡鸣犬吠亦般般。

三藏心中暗喜道："人言西域诸番，更不曾到此。细观此景，与我大唐何异！所为极乐世界，诚此之谓也。"又听得人说，白米四钱一石，麻油八厘一斤，真是五谷丰登之处。

行够多时，方到玉华王府，府门左右有长史府、审理厅、典膳所、待客馆。三藏道："徒弟，此间是府，等我进去，朝王验牒而行。"八戒道：“师父进去，我们可好在衙门前站立？”三藏道：“你不看这门上是‘待客馆’三字！你们都去那里坐下，看有草料，买些喂马。我见了王，倘或赐斋，便来唤你等同享。”行者道：“师父放心前去，老孙自当理会。”那沙僧把行李挑至馆中。馆中有看馆的人役，见他们面貌丑陋，也不敢问他，也不敢教他出去，只得让他坐下不题。

却说老师父换了衣帽，拿了关文，径至王府前，早见引礼官迎着问道：“长老何来？”三藏道：“东土大唐差来大雷音拜佛祖求经之僧，今到贵地，欲倒换关文，特来朝参千岁。”引礼官即为传奏，那王子果然贤达，即传旨召进。三藏至殿下施礼，王子即请上殿赐坐。三藏将关文献上。王子看了，又见有各国印信手押，也就欣然将宝印了，押了花字，收折在案；问道：“国师长老，自你那大唐至此，历遍诸邦，共有几多路程？”三藏道：“贫僧也未记程途。但先年蒙观音菩萨在我王御前显身，曾留了颂子，言西方十万八千里。贫僧在路，已经过一十四遍寒暑矣。”王子笑道：“十四遍寒暑，即十四年了，想是途中有甚耽搁。”三藏道：“一言难尽！万蛰千魔，也不知受了多少苦楚，才到得宝方！”那王子十分欢喜。即着典膳官备素斋管待。三藏道：“启上殿下，贫僧有三个小徒，在外等候，不敢领斋，但恐迟误行程。”王子教：“当殿官，快去请长老三位徒弟，进府同斋。”

当殿官随出外相请，都道：“未曾见，未曾见。”有跟随的人道：“待客馆中坐着三个丑貌和尚，想必是也。”当殿官同众至馆中，即问看馆的道：“那个是大唐取经僧的高徒？我主有旨，请吃斋也。”八戒正坐打盹，听见一个“斋”字，忍不住跳起身来答道：“我们是！我们是！”当殿官一见了，魂飞魄丧，都战战的道：“是个猪魈！猪魈！”行者听见，一把扯住八戒道：“兄弟，放斯文些，莫撒村野。”那众官见了行者，又道：“是个猴精！猴精！”沙僧拱手道：“列位休得惊恐。我三人都是唐僧的徒弟。”众官见了，又道：“灶君！灶君！”孙行者即教八戒牵马，沙僧挑担，同众入玉华王府。

当殿官先入启知，那王子举目见那等丑恶，却也心中害怕。三藏合掌道：“千岁放心，顽徒虽是貌丑，却都心良。”八戒朝上唱个喏道：“贫僧问讯了。”王子愈觉心惊。三藏道：“顽徒都是山野中收来的，不会行礼，万望赦罪。”王子奈着惊恐，教典膳官请众僧去暴纱亭吃

946

斋。三藏谢了恩，辞王下殿，同至亭内，埋怨八戒道："你这夯货，全不知一毫礼体！索性不开口，便也罢了；怎么那般粗鲁！一句话，足足冲倒泰山！"行者笑道："还是我不唱喏的好，也省些力气。"沙僧道："他唱喏又不等齐，预先就抒着嘴吆喝。"八戒道："活淘气！活淘气！师父前日教我，见人打个问讯儿是礼，今日打问讯，又说不好，叫我怎的干么？"三藏道："我叫你见了人打个问讯，不曾教你见王子就此歪缠！常言道，'物有几等物，人有几等人。'如何不分个贵贱？"正说处，见那典膳官带领人役，调开桌椅，摆上斋来，师徒们却不言语，各各吃斋。

却说那王子退殿进宫，宫中有三个小王子，见他面容改色，即问道："父王今日为何有此惊恐？"王子道："适才有东土大唐差来拜佛取经的一个和尚，倒换关文，却一表非凡。我留他吃斋，他说有徒弟在府前，我即命请。少时进来，见我不行大礼，打个问讯，我已不快。及抬头看时，一个个丑似妖魔，心中不觉惊骇，故此面容改色。"原来那三个小王子比众不同，一个个好武好强，便就伸拳掳袖道："莫敢是那山里走来的妖精，假装人像，待我们拿兵器出去看来！"

好王子，大的个拿一条齐眉棍，第二个抢一把九齿钯，第三个使一根乌油黑棒子，雄赳赳、气昂昂的走出王府，吆喝道："甚么取经的和尚！在那里？"时有典膳官员人等跪下道："小王，他们在这暴纱亭吃斋哩。"小王子不分好歹，闯将进去，喝道："汝等是人是怪，快早说来，饶你性命！"唬得三藏面容失色，丢下饭碗，躬着身道："贫僧乃唐朝来取经者。人也，非怪也。"小王子道："你便还像个人，那三个丑的，断然是怪！"八戒只管吃饭不睬。沙僧与行者欠身道："我等俱是人。面虽丑而心良，身虽夯而性善。汝三个却是何来，却这样海口轻狂？"旁有典膳等官道："三位是我王之子小殿下。"八戒丢了碗道："小殿下，各拿兵器怎么？莫是要与我们打哩？"

二王子掣开步，双手舞钯，便要打八戒。八戒嘻嘻笑道："你那钯只好与我这钯做孙子罢了！"即揭衣，腰间取出钯来，幌一幌，金光万道，丢了解数，有瑞气千条，把个王子唬得手软筋麻，不敢舞弄。行者见大的个使一条齐眉棍，跳阿跳的，即耳朵里取出金箍棒来，幌一幌，碗来粗细，有丈二三长短，着地下一捣，捣了有三尺深浅，竖在那里，

947

西游记

禅到玉华施法会

笑道："我把这棍子送你罢！"那王子听言，即丢了自己棍，去取那棒，双手尽气力一拔，莫想得动分毫，再又端一端，摇一摇，就如生根一般。第三个撒起莽性，使乌油杆棒来打，被沙僧一手劈开，取出降妖宝杖，拈一拈，艳艳光生，纷纷霞亮，唬得那典膳等官，一个个呆呆挣挣，口不能言。三个小王子一齐下拜道："神师！神师！我等凡人不识，万望施展一番，我等好拜授也！"行者走近前，轻轻的把棒拿将起来道："这里窄狭，不好展手，等我跳在空中，耍一路儿你们看看。"

好大圣，嗯哨一声，将筋斗一纵，两只脚踏着五色祥云，起在半空，离地约有三百步高下，把金箍棒丢开个撒花盖顶，黄龙转身，一上一下，左旋右转。起初时人与棒似锦上添花，次后来不见人，只见一天棒滚。八戒在底下喝声采，也忍不住手脚，厉声喊道："等老猪也去耍耍来！"好呆子，架起风头，也到半空，丢开钯，上三下四，左五右六，前七后八，满身解数，只听得呼呼风响。正使到热闹处，沙僧对长老道："师父，也等老沙去操演操演。"好和尚，双着脚一跳，抢着杖，也起在空中，只见那锐气氤氲，金光缥缈，双手使降妖杖丢一个丹凤朝阳，饿虎扑食，紧迎慢挡，捷转忙撺。弟兄三个即展神通，都在那半空中一齐扬威耀武。这才是：

真禅景象不凡同，大道缘由满太空。

金木施威盈法界，刀圭展转合圆通。

神兵精锐随时显，丹器花生到处崇。

天竺虽高还戒性，玉华王子总归中。

唬得那三个小王子，跪在尘埃。暴纱亭大小人员，并王府里老王子，满城中军民男女，僧尼道俗，一应人等，家家念佛磕头，户户拈香礼拜。果然是：

见像归真度众僧，人间作福享清平。

从今果正菩提路，尽是参禅拜佛人。

他三个各逞雄才，使了一路，按下祥云，把兵器收了，到唐僧面前问讯，谢了师恩，各各坐下不题。

那三个小王子急回宫里，告奏老王道："父王万千之喜！今有莫大之功也！适才可曾看见半空中舞弄么？"老王道："我才见半空霞彩，就于宫院内同你母亲等众焚香启拜，更不知是那里神仙降聚也。"小王子道："不是那里神仙，就是那取经僧三个丑徒弟。一个使金箍铁棒，一个使九齿钉钯，一个使降妖宝杖，把我三个的兵器，比的通没有分毫。我们教他使一路，他嫌'地上窄狭，不好支吾，等我起在空中，使一路你看。'他就各驾云头，满空中祥云缥缈，瑞气氤氲。才然落下，都坐在暴纱亭里，做儿的十分欢喜，欲要拜他为师，学他手段，保护我邦，此诚莫大之功！不知父王以为何如？"老王闻言，信心从愿。

当时父子四人，不摆驾，不张盖，步行到暴纱亭。他四众收拾行李，欲进府谢斋，辞王起行；偶见玉华王父子上亭来倒身下拜，慌得长老舒身，扑地还礼，行者等闪过旁边，微微冷笑。众拜毕，请四众进府堂上坐。四众欣然而入。老王起身道："唐老师父，孤有一事奉求，不知三位高徒，可能容否？"三藏道："但凭千岁吩咐，小徒不敢不从。"老王道："孤先见列位时，只以为唐朝远来行脚僧，其实肉眼凡胎，多致轻亵。适见孙师、猪师、沙师起舞在空，方知是仙是佛。孤三个犬子，一生好弄武艺，今谨发虔心，欲拜为门徒，学些武艺。万望老师开天地之心，普运慈舟，传度小儿，必以倾城之资奉谢。"行者闻言忍不住呵呵笑道："你这殿下，好不会事！我等出家人，巴不得要传几个徒弟。你令郎既有从善之心，切不可说起分毫之利，但只以情相处，足为爱也。"王子听言，十分欢喜，随命大排筵宴，就于本府正堂摆列。噫！一声旨意，即刻俱完。但见那：

　　结彩飘摇，香烟馥郁。饯金桌子挂绞绡，幌人眼目；彩漆椅儿铺锦绣，添座风光。树果新鲜，茶汤香喷。三五道闲食清甜，一两餐馒头丰洁。蒸酥蜜煎更奇哉，油炸糖浇真美矣。有几瓶香糯素酒，斟出来，赛过琼浆；献几番阳羡①仙茶，捧到手，香欺丹桂。般般品品皆齐备，色色行行尽出奇。

　　一壁厢叫承应的歌舞吹弹，撮弄演戏。他师徒们并王父子，尽乐一日。不觉天晚，散了酒席。又叫即于暴纱亭铺设床帏，请师安宿，待明早竭诚焚香，再拜求传武艺。众皆听从，即备香汤，请师沐浴，众却归寝。此时那：

　　众鸟高栖万籁沉，诗人下榻罢哦吟。
　　银河光显天弥亮，野径荒凉草更深。
　　砧杵叮咚敲别院，关山杳窎②动乡心。
　　寒蛩声朗知人意，呖呖床头破梦魂。

　　一宵晚景已过。明早，那老王父子，又来相见这长老。昨日相见，还是王礼，今日就行师礼。那三个小王子对行者、八戒、沙僧当面叩头，拜问道："尊师之兵器，还借出与弟子们看看。"八戒闻言，欣然取出钉钯，抛在地下。沙僧将宝杖抛出，倚在墙边。二王子与三王子跳起去便拿，就如蜻蜓撼石柱，一个个挣得红头赤脸，莫想拿动半分毫。大王子见了，叫道："兄弟，莫费力了。师父的兵器，俱是神兵，不

────────

① 阳羡——今江苏宜兴县。古代传说这里以产茶闻名于世。

② 杳窎——遥远。

知有多少重哩！"八戒笑道："我的钯也没多重，只有一藏之数，连柄五千零四十八斤。"三王子问沙僧道："师父宝杖多重？"沙僧笑道："也是五千零四十八斤。"大王子求行者的金箍棒看。行者去耳朵里取出一个针儿来，迎风幌一幌，就有碗来粗细，直直的竖立面前。那王父子都皆悚惧，众官员个个心惊。三个小王子礼拜道："猪师、沙师之兵，俱随身带在衣下，即可取之。孙师为何自耳中取出？见风即长，何也？"行者笑道："你不知我这棒不是凡间等闲可有者。这棒是：

> 鸿蒙初判陶镕铁，大禹神人亲所设。湖海江河浅共深，曾将此棒知之切。开山治水太平时，流落东洋镇海阙。日久年深放彩霞，能消能长能光洁。老孙有分取将来，变化无方随口诀。要大弥于宇宙间，要小却似针儿节。棒名如意号金箍，天上人间称一绝。重该一万三千五百斤，或粗或细能生灭。也曾助我闹天宫，也曾随我攻地阙。伏虎降龙处处通，炼魔荡怪方方彻。举头一指太阳昏，天地鬼神皆胆怯。混沌仙传到至今，原来不是凡间铁。"

那王子听言，个个顶礼不尽。三个向前重重拜礼，虔心求授。行者道："你三人不知学那般武艺。"王子道："愿使棍的就学棍，惯使钯的就学钯，爱用杖的就学杖。"行者笑道："教便也容易，只是你等无力量，使不得我们的兵器，恐学之不精，如'画虎不成反类狗'也。古人云，'教训不严师之惰，学问无成子之罪。'汝等既有诚心，可去焚香来拜了天地，我先传你些神力，然后可授武艺。"

三个小王子闻言，满心欢喜，即便亲抬香案，沐手焚香，朝天礼拜。拜毕，请师传法。行者转下身来，对唐僧行礼道："告尊师，恕弟子之罪，自当年在两界山蒙师父大德救脱弟子，秉教沙门，一向西来，虽不曾重报师恩，却也曾渡水登山，竭尽心力。今来佛国之乡，幸遇贤王三子，投拜我等，欲学武艺。彼既为我等之徒弟，即为我师之徒孙也。谨禀过我师，庶好传授。"三藏十分大喜。八戒、沙僧见行者行礼，也那转身朝三藏磕头道："师父，我等愚鲁，拙口钝腮，不会说话，望师父高坐法位，也让我两个各招个徒弟耍耍，也是西方路上之忆念。"三藏俱欣然允之。

951

心猿木母授门人

西游记

行者才教三个王子就于暴纱亭后，静室之间，画了罡斗，教三人都俯伏在内，一个个瞑目宁神。这里却暗暗念动真言，诵动咒语，将仙气吹入他三人心腹之中，把元神收归本舍，传与口诀，各授得万千之膂力，运添了火候，却像个脱胎换骨之法。运遍了子午周天，

那三个小王子，方才苏醒，一齐爬将起来，抹抹脸，精神抖擞，一个个骨壮筋强。大王子就拿得金箍棒，二王子就抢得九齿钯，三王子就举得降妖杖。老王见了欢喜不胜，又排素宴，启谢他师徒四众。就在筵前各传各授：学棍的演棍，学钯的演钯，学杖的演杖。虽然打几个转身，丢几般解数，终是有些着力，走一路，便喘气嘘嘘，不能耐久；盖他那兵器都有变化，其进退攻扬，随消随长，皆有变化自然之妙。此等终是凡夫，岂能以遽及也。当日散了筵宴。

次日，三个王子又来称谢道："感蒙神师授赐了膂力，纵然抢得师的神器，只是转换艰难。意欲命工匠依师神器式样，减削斤两，打造一般，未知师父肯容否？"八戒道："好！好！好！说得像话。我们的器械，一则你们使不得，二则我们要护法降魔，正该另造另造。"王子又随宣召铁匠，买办钢铁万斤，就于王府内前院搭厂，支炉铸造。先一日将钢铁炼熟，次日请行者三人将金箍棒、九齿钯、降妖杖，都取出放在篷厂之间，看样造作，遂此昼夜不收。

噫！这兵器原是他们随身之宝，一刻不可离者，各藏在身，自有许多光彩护体。今放在厂院中几日，那霞光有万道冲天，瑞气有千般罩

地。其夜有一妖精，离城只有七十里远近，山唤豹头山，洞唤虎口洞，夜坐之间，忽见霞光瑞气，即驾云头而看。原是州城之光彩，他按下云来，近前观看，乃是这三般兵器放光。妖精又喜又爱道："好宝贝！好宝贝！这是甚人用的，今放在此？也是我的缘法，拿了去呀！拿了去呀！"他爱心一动，弄起威风，将三般兵器，一股收之，径转本洞。正是那：

> 道不须臾离，可离非道也。
> 神兵尽落空，枉费参修者。

毕竟不知怎生寻得这兵器，且听下回分解。

953

第八十九回

黄狮精虚设钉钯宴　金木土计闹豹头山

却说那院中几个铁匠，因连日辛苦，夜间俱自睡了。及天明起来打造，篷下不见了三般兵器，一个个呆挣神惊，四下寻找。只见那三个王子出宫来看，那铁匠一齐磕头道："小主啊，神师的三般兵器，都不知那里去了！"

小王子听言，心惊胆战道："想是师父今夜收拾去了。"急奔暴纱亭看时，见白马尚在廊下，忍不住叫道："师父还睡哩！"沙僧道："起来了。"即将房门开了，让王子进里看时，不见兵器，慌慌张张问道："师父的兵器都收来了？"行者跳起道："不曾收啊！"王子道："三般兵器，今夜都不见了。"八戒连忙爬起道："我的钯在么？"小王道："适才我等出来，只见众人前后找寻不见，弟子恐是师父收了，却才来问。老师的宝贝，俱是能长能消，想必藏在身边哄弟子哩。"行者道："委的未收，都寻去来。"

随至院中篷下，果然不见踪影。八戒道："定是这伙铁匠偷了！快拿出来！略迟了些儿，就都打死！打死！"那铁匠慌得磕头滴泪道："爷爷！我们连日辛苦，夜间睡着，乃至天明起来，遂不见了。我等乃一概凡人，怎么拿得动，望爷爷饶命！饶命！"行者无语，暗恨道："还是我们的不是，既然看了式样，就该收在身边，怎么却丢放在此！那宝贝霞彩光生，想是惊动甚么歹人，今夜窃去也。"八戒不信道：

"哥哥说那里话！这般个太平境界，又不是旷野深山，怎得个歹人来！定是铁匠欺心，他见我们的兵器光彩，认得是三件宝贝，连夜走出王府，伙些人来，抬的抬，拉的拉，偷出去了！拿过来打呀！打呀！"众匠只是磕头发誓。

正嚷处，只见老王子出来，问及前事，却也面无人色，沉吟半晌，道："神师兵器，本不同凡，就有百十余人也禁挫不动！况孤在此城，今已五代，不是大胆海口，孤也颇有个贤名在外，这城中军民匠作人等，也颇惧孤之法度，断是不敢欺心，望神师再思可矣。"行者笑道："不用再思，也不须苦赖铁匠。我问殿下，你这州城四面，可有甚么山林妖怪？"王子道："神师此问，甚是有理。孤这州城之北，有一座豹头山，山中有一座虎口洞，往往人言洞内有仙，又言有虎狼，又言有妖怪。孤未曾访得端的，不知果是何物。"行者笑道："不消讲了，定是那方歹人，知道俱是宝贝，一夜偷将去了。"叫："八戒、沙僧，你都在此保着师父，护着城池，等老孙寻访去来。"又叫铁匠们不可住了炉火，一一炼造。

好猴王，辞了三藏，唿哨一声，形影不见。早跨到豹头山上。原来那城相去只有三十里，一瞬即到。径上山峰观看，果然有些妖气。真是：

　　龙脉悠长，地形远大。尖峰挺挺插天高，陡涧沉沉流水紧。山前有瑶草铺茵，山后有奇花布锦。乔松老柏，古树修篁。山鸦山鹊乱飞鸣，野鹤野猿皆啸哝。悬崖下，麋鹿双双；峭壁前，獐狐对对。一起一伏远来龙，九曲九湾潜地脉。埂头相接玉华州，万古千秋兴胜处。

行者正然看时，忽听得山背后有人言语，急回头视之，乃两个狼头怪妖，朗朗的说着话，向西北上走。行者揣道："这定是巡山的怪物，等老孙跟他去听听，看他说些甚的。"捻着诀，念个咒，摇身一变，变作个蝴蝶儿，展开翅，翩翩翻翻，径自赶上。果然变得有样范：

　　一双粉翅，两道银须。乘风飞去急，映日舞来徐。渡水过墙能

955

疾俏，偷香弄絮甚欢娱。体轻偏爱鲜花味，雅态芳情任卷舒。

他飞在那个妖精头直上，飘飘荡荡，听他说话。那妖猛的叫道："二哥，我大王连日侥幸。前月里得了一个美人儿，在洞内盘桓，十分快乐。昨夜里又得了三般兵器，果然是无价之宝。明朝开宴庆'钉钯会'哩，我们都有受用。"这个道："我们也有些侥幸。拿这二十两银子买猪羊去，如今到了乾方集上，先吃几壶酒儿，把东西开个花帐①儿，落②他二三两银子，买件绵衣过寒，却不是好？"两个怪说说笑笑的，上大路急走如飞。行者听得要庆钉钯会，心中暗喜；欲要打杀他，争奈不管他事；况手中又无兵器。他即飞向前边，现了本相，在路口上立定。那怪看看走到身边，被他一口法唾喷将去，念一声"唵吽咤唎"，即使个定身法，把两个狼头精定住。眼睁睁，口也难开；直挺挺，双脚站住。又将他扳翻倒，揭衣搜捡，果是有二十两银子，着一条搭包儿打在腰间裙带上，又各挂着一个粉漆牌儿，一个上写着"刁钻古怪"，一个上写着"古怪刁钻"。

好大圣，取了他银子，解了他牌儿，返跨步回至州城。到王府中，见了王子、唐僧并大小官员、匠作人等，具言前事。八戒笑道："想是老猪的宝贝，霞彩光明，所以买猪羊，治筵席庆贺哩。但如今怎得他来？"行者道："我兄弟三人俱去，这银子是买办猪羊的，且将这银子赏了匠人，教殿下寻几个猪羊。八戒，你变作刁钻古怪，我变作古怪刁钻，沙僧装做个贩猪羊的客人，走进那虎口洞里，得便处，各人拿了兵器，打绝那妖邪，回来却收拾走路。"沙僧笑道："妙！妙！妙！不宜迟！快走！"老王果依此计，即教管事的买办了七八口猪，四五腔羊。

他三人辞了师父，在城外大显神通。八戒道："哥哥，我未曾看见那刁钻古怪，怎生变得他模样？"行者道："那怪被老孙使了定身法定住在那里，直到明日此时方醒。我记得他的模样，你站下，等我教你变。如此如彼，就是他的模样了。"那呆子真个口里念着咒，行者吹口仙气，霎时就变得与那刁钻古怪一般无二，将一个粉牌儿带在腰间。行

① 花帐——以无作有、以少报多的假账。

② 落——捞、赚。

者即变作古怪刁钻，腰间也带了一个牌儿，沙僧打扮得像个贩猪羊的客人。一起儿赶着猪羊，上大路，径奔山来。不多时，进了山凹里，又遇见一个小妖。他生得嘴脸也怎地凶恶！看那：

> 圆滴溜两只眼，如灯幌亮；红刺婼一头毛，似火飘光。糟鼻子，歪僺口①，獠牙尖利；查耳朵，砍额头，青脸泡浮。身穿一件浅黄衣，足踏一双莎蒲履。雄雄赳赳若凶神，急急忙忙如恶鬼。

那怪左胁下挟着一个彩漆的请书匣儿，迎着行者三人叫道："古怪刁钻，你两个来了？买了几口猪羊？"行者道："这赶的不是？"那怪朝沙僧道："此位是谁？"行者道："就是贩猪羊的客人，还少他几两银子，带他来家取的。你往那里去？"那怪道："我往竹节山去请老大王明早赶会。"行者绰他的口气儿，就问："共请多少人？"那怪道："请老大王坐首席，连本山大王共头目等众，约有四十多位。"

正说处，八戒道："去罢！去罢！猪羊都四散走了！"行者道："你去邀着，等我讨他帖儿看看。"那怪见自家人，即揭开取出，递与行者。行者展开看时，上写着：

> "明辰敬治肴酌庆'钉钯嘉会'，屈尊过山一叙。幸勿外，至感！右启祖翁九灵元圣老大人尊前。门下孙黄狮顿首百拜。"

行者看毕，仍递与那怪。那怪放在匣内，径往东南上去了。

沙僧问道："哥哥，帖儿上是甚么话头？"行者道："乃庆钉钯会的请帖，名字写着'门下孙黄狮顿首百拜'。请的是祖翁九灵元圣老大人。"沙僧笑道："黄狮想必是个金毛狮子成精，但不知九灵元圣是个何物。"八戒听言，笑道："是老猪的货了！"行者道："怎见得是你的货？"八戒道："古人云，'癞母猪专赶金毛狮子'。故知是老猪之货物也。"他三人说说笑笑，赶着猪羊，却就望见虎口洞门。但见那门儿外：

---

① 歪僺口——歪咧着嘴。

周围山绕翠，一脉气连城。

峭壁扳青蔓，高崖挂紫荆。

鸟声深树匝，花影洞门迎。

不亚桃源洞，堪宜避世情。

　　渐渐近于门口，又见一丛大大小小的杂项妖精，在那花树之下顽耍，忽听得八戒："呵！呵！"赶猪羊到时，都来迎接，便就捉猪的捉猪，捉羊的捉羊，一齐捆倒。早惊动里面妖王，领十数个小妖，出来问道："你两个来了？买了多少猪羊？"行者道："买了八口猪，七腔羊，共十五个牲口。猪银该一十六两，羊银该九两，前者领银二十两，仍欠五两。这个就是客人，跟来找银子的。"妖王听说，即唤："小的们，取五两银子，打发他去。"行者道："这客人，一则来找银子，二来要看看嘉会。"那妖大怒，骂道："你这个刁钻儿㤘懒！你买东西罢了，又与人说甚么会不会！"八戒上前道："主人公得了宝贝，诚是天下之奇珍，就叫他看看怕怎的？"那怪咄的一声道："你这古怪也可恶！我这宝贝，乃是玉华州城中得来的，倘这客人看了，去那州中传说，说得人知，那王子一时来访求，却如之何？"行者道："主公，这个客人，乃乾方集后边的人，去州许远，又不是他城中人也，那里去传说？二则他肚里也饥了，我两个也未曾吃饭。家中有现成酒饭，赏他些吃了，打发他去罢。"说不了，有一小妖，取了五两银子，递与行者。行者将银子递与沙僧道："客人，收了银子，我与你进后面去吃些饭来。"

　　沙僧仗着胆，同八戒、行者进于洞内，到二层敞厅之上，只见正中间桌上，高高的供养着一柄九齿钉钯，真个是光彩映目，东山头靠着一条金箍棒，西山头靠着一条降妖杖。那怪王随后跟着道："客人，那中间放光亮的就是钉钯。你看便看，只是出去千万莫与人说。"沙僧点头称谢了。

　　噫！这正是："物见主，必定取。"那八戒一生是个鲁夯的人，他见了钉钯，那里与他叙甚么情节，跑上去拿下来，抢在手中，现了本相，丢了解数，望妖精劈脸就筑。这行者、沙僧也奔至两山头各拿器械，现了原身。三兄弟一齐乱打，慌得那怪王急抽身闪过，转入后边，取一柄四明铲，杆长镈利，赶到天井中，支住他三般兵器，厉声喝道："你是甚么人，敢弄虚头，骗我宝贝！"行者骂道："我把你这个贼毛团！你是认我不得！我们乃东土圣僧唐三藏的徒弟。因至玉华州倒换关文，蒙贤王教他三个王子拜我们为师，学习武艺，将我们宝贝作样，打造如式兵器。因放在院中，被你这贼毛团黄夜入城偷来，倒说我弄虚头骗你宝贝！不要走！就把我们这三件兵器，各奉承你几下尝尝！"那妖精就举铲来敌。这一场，从天井中斗出前门。看他三僧攒一怪！好杀：

呼呼棒若风，滚滚钯如雨。降妖杖举满天霞，四明铲伸云生绮。好似三仙炼大丹，火光彩幌惊神鬼。行者施威甚有能，妖精盗宝多无礼！天蓬八戒显神通，大将沙僧英更美。弟兄合意运机谋，虎口洞中兴斗起。那怪豪强弄巧乖，四个英雄堪厮比。当时杀至日头西，妖邪力软难相抵。

他们在豹头山战斗多时，那妖精抵敌不住，向沙僧前喊一声："看铲！"沙僧让个身法躲过，妖精得空而走，向东南巽宫上，乘风飞去。八戒拽步要赶，行者道："且让他去，自古道，'穷寇勿追'。且只来断他归路。"八戒依言。

金木土计闹豹头山

959

三人径至洞口，把那百十个若大若小的妖精，尽皆打死，原来都是些虎狼彪豹，马鹿山羊。被大圣使个手法，将他那洞里细软物件并打死的杂项兽身与赶来的猪羊，通皆带出。沙僧就取出干柴放起火来，八戒使两个耳朵扇风，把一个巢穴霎时烧得干净，却将带出的诸物，即转州城。

此时城门尚开，人家未睡，老王父子与唐僧俱在暴纱亭盼望。只见他们扑哩扑剌①的丢下一院子死兽、猪羊及细软物件，一齐叫道："师父，我们已得胜回来也！"那殿下喏喏相谢，唐长老满心欢喜，三个小王子跪拜于地，沙僧搀起道："且莫谢，都近前看看那物件。"王子道："此物俱是何来？"行者笑道："那虎狼彪豹，马鹿山羊，都是成精的妖怪。被我们取了兵器，打出门来。那老妖是个金毛狮子，他使一柄四明铲，与我等战到天晚，败阵逃生，往东南上走了。我等不曾赶他，却扫除他归路，打杀这些群妖，搜寻他这些物件，带将来的。"老王听说，又喜又忧。喜的是得胜而回，忧的是那妖日后报仇。行者道："殿下放心，我已虑之熟，处之当矣。一定与你扫除尽绝，方才起行，决不至贻害于后。我午间去时，撞见一个青脸红毛的小妖送请书，我看他帖子上写着'明辰敬治肴酌庆钉钯嘉会，屈尊车从过山一叙。幸勿外，万感！右启祖翁九灵元圣老大人尊前。'名字是'门下孙黄狮顿首百拜'。才子那妖精败阵，必然向他祖翁处去会话，明辰断然寻我们报仇，当情与你扫荡干净。"老王称谢了，摆上晚斋，师徒们斋毕，各归寝处不题。

却说那妖精果然向东南方奔到竹节山。那山中有一座洞天之处，唤名九曲盘桓洞。洞中的九灵元圣是他的祖翁。当夜足不停风，行至五更时分，到于洞口，敲门而进。小妖见了道："大王，昨晚有青脸儿下请书，老爷留他住到今早，欲同他去赴你钉钯会，你怎么又绝早亲来邀请？"妖精道："不好说，不好说！会成不得了！"正说处，见青脸儿从里边走出道："大王，你来怎的？老大王爷爷起来就同我去赴会哩。"妖精慌张张的，只是摇手不言。

少顷，老妖起来，唤入。这妖精丢了兵器，倒身下拜，止不住腮边

---

① 扑哩扑剌——丢下沉重物件的声音。

泪落。老妖道："贤孙，你昨日下柬，今早正欲来赴会，你又亲来，为何发悲烦恼？"妖精叩头道："小孙前夜对月闲行，只见玉华州城中有光彩冲空。急去看时，乃是王府院中三般兵器放光，一件是九齿渗金钉钯，一件是宝杖，一件是金箍棒。小孙即使神法摄来，立名'钉钯嘉会'，着小的们买猪羊果品等物，设宴庆会，请祖爷爷赏之，以为一乐。昨差青脸来送柬之后，只见原差买猪羊的刁钻儿等赶着几个猪羊，又带了一个贩卖的客人来找银子。他定要看看会去，是小孙恐他外面传说，不容他看。他又说肚中饥饿，讨些饭吃，因教他后边吃饭。他走到里边，看见兵器，说是他的。三人就各抢去一件，现出原身，一个是毛脸雷公嘴的和尚，一个是长嘴大耳朵的和尚，一个是晦气色脸的和尚，他都不分好歹，喊一声乱打。是小孙急取四明铲赶出与他相持，问是甚么人敢弄虚头。他道是东土大唐差往西天去的唐僧之徒弟，因过州城，倒换关文，被王子留住，习学武艺，将他这三件兵器作样子打造，放在院内，被我偷来，遂此不忿相持。不知那三个和尚叫做甚名，却真有本事。小孙一人敌他三个不过，所以败走祖爷处。望拔刀相助，拿那和尚报仇，庶见我祖爱孙之意也！"老妖闻言，默想片时，笑道："原来是他。我贤孙，你错惹了他也！"妖精道："祖爷知他是谁？"老妖道："那长嘴大耳者，乃猪八戒；晦气色脸者，乃沙和尚，这两个犹可。那毛脸雷公嘴者叫做孙行者，这个人其实神通广大，五百年前曾大闹天宫，十万天兵也不曾拿得住。他专意寻人的。他便就是个搜山揭海、破洞攻城、闯祸的个都头！你怎么惹他？也罢，等我和你去，把那厮连玉华王子都擒来替你出气！"那妖精听说，即叩头而谢。

当时老妖点猱狮、雪狮、狻猊、白泽、伏狸、抟象诸孙，各执锋利器械，黄狮引领，各纵狂风，径至豹头山界。只闻得烟火之气扑鼻，又闻得有哭泣之声。仔细看时，原来是刁钻、古怪二人在那里叫主公哭主公哩。妖精近前喝道："你是真刁钻儿，假刁钻儿？"二怪跪倒，噙泪叩头道："我们怎是假的？昨日这早晚领了银子去买猪羊，走至山西边大冲之内，见一个毛脸雷公嘴的和尚，他啐了我们一口，我们就脚软口强，不能言语，不能移步，被他扳倒，把银子搜了去，牌儿解了去。我两个昏昏沉沉，直到此时才醒。及到家，见烟火未熄，房舍尽皆烧了。又不见主公并大小头目，故在此伤心痛哭。不知这火是怎生起的！"

那妖精闻言，止不住泪如泉涌，双脚齐跌，喊声震天，恨道："那秃厮！十分作恶！怎么干出这般毒事，把我洞府烧尽，美人烧死，家当老小一空！气杀我也，气杀我也！"老妖叫猱狮扯他过来道："贤孙，事已至此，徒恼无益。且养全锐气，到州城里拿那和尚去。"那妖精犹不肯住哭，道："老爷！我们那个山场，非一日治的，今被这秃厮尽毁，我却要此命做甚的！"挣起来，往石崖上撞头磕脑，被雪狮、猱狮等苦劝方止。当时丢了此处，都奔州城。

只听得那风滚滚，雾腾腾，来得甚近，唬得那城外各关厢人等，拖男挟女，顾不得家私，都往州城中走，走入城门，将门闭了。有人报入王府中道："祸事！祸事！"那王子、唐僧等，正在暴纱亭吃早斋，听得人报祸事，却出门来问。众人道："一群妖精，飞沙走石，喷雾掀风的，来近城了！"老王大惊道："怎么好？"行者笑道："都放心！都放心！这是虎口洞妖精，昨日败阵，往东南方去伙了那甚么九灵元圣儿来也。等我同兄弟们出去，吩咐教关了四门，汝等点人夫看守城池。"那王子果传令把四门闭了，点起人夫上城。他父子并唐僧在城楼上点札，旌旗蔽日，炮火连天。行者三人，却半云半雾，出城迎敌。这正是：

失却慧兵缘不谨，顿教魔起众邪凶。

毕竟不知这场胜败如何，且听下回分解。

第九十回

师狮授受同归一　盗道缠禅静九灵

却说孙大圣同八戒、沙僧出城头，觌面相迎，见那伙妖精都是些杂毛狮子：黄狮精在前引领，猱狻狮、抟象狮在左，白泽狮、伏狸狮在右，猱狮、雪狮在后，中间却是一个九头狮子。那青脸儿怪执一面锦锈团花宝幢，紧挨着九头狮子；刁钻古怪儿、古怪刁钻儿打两面红旗，齐齐的都布在坎宫之地。

九头狮子精

八戒莽撞，走近前骂道："偷宝贝的贼怪！你去那里伙这几个毛团来此怎的？"黄狮精切齿骂道："泼狠秃厮！昨日三个敌我一个，我败回去，让你为人罢了；你怎么这般狠恶，烧了我的洞府，损了我的山场，伤了我的眷族！我和你冤仇深如大海！不要走！吃你老爷一铲！"好八戒，举钯就迎。两个才交手，还未见高低，那猱狮精抢一根铁蒺藜，雪狮精使一条三楞简，径来奔打。八戒发一声喊道："来得好！"你看他横冲直抵，斗在一处。这壁厢，沙和尚急掣降妖杖，近前相助。又见那猱狻精、白泽精与抟象、伏狸二精，一拥齐上。这里孙大圣使金箍棒架住群精。猱狻使闷棍，白泽使铜锤，抟象使钢枪，伏狸使钺斧。那七个狮子精，这三个狠和

963

尚，好杀：

棍锤枪斧三楞简，
蒺藜骨朵四明铲。
七狮七器甚锋芒，
围战三僧齐呐喊。
大圣金箍铁棒凶，
沙僧宝杖人间罕。
八戒颠风骋势雄，
钉钯幌亮光华惨。
前遮后挡各施功，
左架右迎都勇敢。
城头王子助威风，
擂鼓筛锣齐壮胆。
投来抢去弄神通，
杀得昏蒙天地反！

师狮授受同归一

那一伙妖精，齐与大圣三人，战经半日，不觉天晚。八戒口吐粘涎，看看脚软，虚幌一钯，败下阵去，被那雪狮、猱狮二精喝道："那里走，看打！"呆子躲闪不及，被他照脊梁上打了一简，睡在地下，只叫："罢了！罢了！"两个精把八戒采鬃拖尾，扛将去见那九头狮子，报道："祖爷，我等拿了一个来也。"

说不了，沙僧、行者也都战败。众妖精齐赶来，被行者拔一把毫毛，嚼碎喷将去，叫声："变！"即变作百十个小行者，围围绕绕，将那白泽、狻猊、抟象、伏狸并金毛狮怪围裹在中。沙僧、行者却又上前攒打。到晚，拿住狻猊、白泽，走了伏狸、抟象。金毛报知老妖，老怪见失了二狮，吩咐："把猪八戒捆了，不可伤他性命。待他还我二狮，却将八戒与他。他若无知，坏了我二狮，即将八戒杀了对命！"当晚群妖安歇城外不题。

却说孙大圣把两个狮子精抬近城边，老王见了，即传令开门，差二三十个校尉，拿绳扛出门，绑了狮精，扛入城里。孙大圣收了法毛，同沙僧径至城楼上，见了唐僧。唐僧道："这场事甚是厉害呀！悟能性命，不知有无？"行者道："没事！我们把这两个妖精拿了，他那里断不敢伤。且将二精牢拴紧缚，待明早抵换八戒也。"三个小王子对行者叩头道："师父先前赌斗，只见一身。及后佯输而回，却怎么就有百十位师身？及至拿住妖精，近城来还是一身，此是甚么法力？"行者笑道："我身上有八万四千毫毛，以一化十，以十化百，百千万亿之变化，皆身外身之法也。"那王子一个个顶礼，即时摆上斋来，就在城楼上吃了。各垛口上都要灯笼旗帜，梆铃锣鼓，支更传箭，放炮呐喊。

早又天明。老怪即唤黄狮精定计道："汝等今日用心拿那行者、沙僧，等我暗自飞空上城，拿他那师父并那老王父子，先转九曲盘桓洞，待你得胜回报。"黄狮领计，便引猱狮、雪狮、抟象、伏狸各执兵器到城边，滚风酿雾的索战。这里行者与沙僧跳出城头。厉声骂道："贼泼怪！快将我师弟八戒送还我，饶你性命！不然，都教你粉骨碎尸！"那妖精那容分说，一拥齐来。这大圣弟兄两个，各运机谋，挡住五个狮子。这杀比昨日又甚不同：

　　呼呼刮地狂风恶，暗暗遮天黑雾浓。走石飞沙神鬼怕，推林倒树虎狼惊。钢枪狠狠钺斧明，棍铲铜锤太毒情。恨不得囫囵吞行者，活活泼泼擒住小沙僧。这大圣一条如意棒，卷舒收放甚精灵。沙僧那柄降妖杖，灵霄殿外有名声。今番干运神通广，西域施功扫荡精。

这五个杂毛狮子精与行者、沙僧正自杀到好处，那老怪驾着黑云，径直腾至城楼上，摇一摇头，唬得那城上文武大小官员并守城人夫等，都滚下城去。被他奔入楼中，张开口，把三藏与老王父子一顿噙出，复至坎宫地下，将八戒也着口噙之。原来他九个头就有九张口，一口噙着唐僧，一口噙着八戒，一口噙着老王，一口噙着大王子，一口噙着二王子，一口噙着三王子，六口噙着六人，还空了三张口，发声喊叫道："我先去也！"这五个小狮精见他祖得胜，一个个愈展雄才。

行者闻得城上人喊嚷，情知中了他计，急唤沙僧仔细，他却把臂膊上毫毛，尽皆拔下，入口嚼烂喷出，变作千百个小行者，一拥攻上，当时拖倒猱狮，活捉了雪狮，拿住了㹩象狮，扛翻了伏狸狮，将黄狮打死，烘烘的嚷到州城之下，倒转走脱了青脸儿与刁钻古怪、古怪刁钻儿二怪。那城上官看见，却又开门，将绳把五个狮精又捆了，抬进城去。还未发落，只见那王妃哭哭啼啼，对行者礼拜道："神师啊，我殿下父子并你师父，性命休矣！这孤城怎生是好？"大圣收了法毛，对王妃作礼道："贤后莫愁，只因我拿他七个狮精，那老妖弄摄法，定将我师父与殿下父子摄去，料必无伤。待明日绝早，我兄弟二人去那山中，管情捉住老妖，还你四个王子。"那王妃一簇女眷闻得此言，都对行者下拜道："愿求殿下父子全生，皇图坚固！"拜毕，一个个含泪还宫。行者吩咐各官："将打死那黄狮精，剥了皮，六个活狮精，牢牢拴锁。取些斋饭来，我们吃了睡觉，你们都放心，保你无事。"

至次日，大圣领沙僧驾起祥云，不多时，到子竹节山头。按云头观看，好座高山！但见：

> 峰排突兀，岭峻崎岖。深涧下潺湲水濑，陡崖前锦绣花香。回峦重迭，古道湾环。真是鹤来松有伴，果然云去石无依。玄猿觅果向晴晖，麋鹿寻花欢日暖。青鸾声渐沥，黄鸟语绵蛮。春来桃李争妍，夏至柳槐竞茂。秋到黄花布锦，冬交白雪飞绵。四时八节好风光，不亚瀛洲仙景象。

他两个正在山头上看景，忽见那青脸儿，手拿一条短棍，径跑出崖谷之间。行者喝道："那里走！老孙来也！"唬得那小妖一翻一滚的跑下崖谷。他两个一直追来，又不见踪迹。向前又转几步，却是一座洞府。两扇花斑石门，紧紧关闭。门楝上横嵌着一块石版，楷镌了十个大字，乃是"万灵竹节山，九曲盘桓洞"。

那小妖原来跑进洞去，即把洞门闭了。到中间对老妖道："爷爷，外面又有两个和尚来了。"老妖道："你大王并猱狮、雪狮、㹩象、伏狸可曾来？"小妖道："不见！不见！只是两个和尚，在山峰高处眺望。我看见回头就跑，他赶将来，我却闭门来也。"老妖听说，低头不语。半晌，忽的掉下泪来，叫声："苦啊！我黄狮孙死了！猱狮孙等又尽被和尚捉进城去矣！此恨怎生报得！"八戒捆在旁边，与王父子、

966

唐僧俱攒在一处，恓恓惶惶受苦，听见老妖说声"众孙被和尚捉进城去"，暗暗喜道："师父莫怕，殿下休愁。我师兄已得胜，捉了众妖，寻到此间救拔吾等也。"说罢，又听得老妖叫："小的们，好生在此看守，等我出去拿那两个和尚进来，一发惩治。"

你看他身无披挂，手不拈兵，大踏步走到前边，只闻得孙行者吆喝哩。他就大开了洞门，不答话，径奔行者。行者使铁棒当头支住。沙僧抡宝杖就打。那老妖把头摇一摇，左右八个头，一齐张开口，把行者、沙僧轻轻的又衔于洞内。教："取绳索来！"那刁钻古怪、古怪刁钻与青脸儿是昨夜逃生而回者，即拿两条绳，把他二人着实捆了。老妖问道："你这泼猴，把我那七个儿孙捉了，我今拿住你和尚四个，王子四个，也足以抵得我儿孙之命！小的们，选荆条柳棍来，且打这猴头一顿，与我黄狮孙报报冤仇！"那三个小妖，各执柳棍，专打行者。行者本是熬炼过的身体，那些些柳棍儿，只好与他拂痒，他那里做声？凭他怎么捶打，略不介意。八戒、唐僧与王子见了，一个个毛骨悚然。少时，打折了柳棍。直打到天晚，也不计其数。沙僧见打得多了，甚不过意道："我替他打百十下罢。"老妖道："你且莫忙，明日就打到你了。一个个挨次儿打将来。"八戒着忙道："后日就打到我老猪也！"打一会，渐渐的天昏了。老妖叫："小的们，且住，点起灯火来，你们吃些饮食，让我到锦云窝略睡睡去。汝三人都是遭过害的，却用心看守，待明早再打。"三个小妖移过灯来，拿柳棍又打行者脑盖，就像敲梆子一般，剔剔托，托托剔，紧几下，慢几下。夜将深了，却都盹睡。

行者就使个遁法，将身一小，脱出绳来，抖一抖毫毛，整束了衣服，耳朵内取出棒来，幌一幌，有吊桶粗细，二丈长短，朝着三个小妖道："你这孽畜，把你老爷就打了许多棍子！老爷还只照旧，老爷也把这棍子略揝你揝，看道如何！"把三个小妖轻轻一揝，就揝做三个肉饼，却又剔亮了灯，解放沙僧。八戒捆急了，忍不住大声叫道："哥哥！我的手脚都捆肿了，倒不来先解放我！"这呆子喊了一声，却早惊动老妖。老妖一毂辘爬起来道："是谁人解放？"那行者听见，一口吹熄灯，也顾不得沙僧等众，使铁棒，打破几重门走了。那老妖到中堂里叫："小的们，怎么没了灯光？只莫走了人也？"叫一声，没人答应；又叫一声，又没人答应；及取灯火来看时，只见地下血淋淋的三块肉饼，老王父子及唐僧、八戒俱在，只不见了行者、沙僧。点着火，前后赶看，忽见沙僧还背贴在廊下站哩；被他一把拿住摔倒，照旧捆了。又找寻行者，但见几层门尽皆破损，情知是行者打破走了，也不去追赶，将破门补的补，遮的遮，固守家业不题。

　　却说孙大圣出了那九曲盘桓洞，跨祥云径转玉华州。但见那城头上各厢的土地神祇与城隍之神迎空拜接。行者道："汝等怎么今夜才见？"城隍道："小神等知大圣下降玉华州，因有贤王款留，故不敢见；今知王等遇怪，大圣降魔，特来叩接。"行者正在嗔怪处，又见金头揭谛、六甲六丁神将，押着一尊土地，跪在面前道："大圣，吾等捉得这个地里鬼来也。"行者喝道："汝等不在竹节山护我师父，却怎么嚷到这里？"丁甲神道："大圣，那妖精自你逃时，复捉住卷帘大将，依然捆了。我等见他法力甚大，却将竹节山土地押解至此。他知那妖精的根由，乞大圣问他一问，便好处治，以救圣僧、贤王之苦。"行者听言，甚喜。那土地战兢兢叩头道："那老妖前年下降竹节山。那九曲盘桓洞原是六狮之窝。那六个狮子，自得老妖至此，就都拜为祖翁，祖翁乃是个九头狮子，号为九灵元圣。若得他灭，须去到东极妙岩宫，请他主人公来，方可收伏。他人莫想擒也。"行者闻言，思忆半晌道："东极妙岩宫，是太乙救苦天尊啊。他坐下正是个九头狮子。这等说……"便教："揭谛、金甲，还同土地回去，暗中护佑师父、师弟并州王父子。本处城隍守护城池，走出去来。"众神各各遵守去讫。

　　这大圣纵筋斗云，连夜前行。约有寅时分，到了东天门外，正撞着广目天王与天丁、力士一行仪从。众皆停住，拱手迎道："大圣何往？"行者对众礼毕，道："前去妙岩宫走走。"天王道："西天路不走，却又东天来做甚？"行者道："因到玉华州，蒙州王相款，遣三子拜我等弟兄为师，习学武艺，不期遇着一伙狮怪。今访得妙岩宫太乙救苦天尊乃怪之主人公也，欲请他为我降怪救师。"天王道："那厢因你欲为人师，所以惹出这一窝狮子来也。"行者笑道："正为此！正为此！"众天丁、力士一个个拱手，让道而行。大圣进了东天门，不多时，到妙岩宫前。但见：

　　彩云重迭，紫气氤葱。瓦漾金波焰，门排玉兽崇。花盈双阙红霞绕，日映骞林翠雾笼。果然是万真环拱，千圣兴隆。殿阁层层锦，窗轩处处通。苍龙盘护神光蔼，黄道光辉瑞气浓。这的是青华长乐界，东极妙岩宫。

那宫门里立着一个穿霓帔的仙童，忽见孙大圣，即入宫报道："爷爷，外面是闹天宫的齐大大圣来了。"太乙救苦天尊听得，即唤侍卫众仙迎接。迎至宫中，只见天尊高坐九色莲花座上，百亿瑞光之中。见了行者，下座来相见。行者朝上施礼，天尊答礼道："大圣，这几年不见，前闻得你弃道归佛，保唐僧西天取经，想是功行完了。"行者道："功行未完，却也将近但如今因保唐僧到玉华州，蒙王子遣三子拜老孙等为师，习学武艺，把我们三件神兵照样打造，不期夜间被贼偷去。及天明寻找，原是城北豹头山虎口洞一个金毛狮子成精盗去。老孙用计取出，那精就伙了若干狮精与老孙大闹。内有一个九头狮子，神通广大，将我师父与八戒并王父子四人都衔去，到一竹节山九曲盘桓洞。次日，老孙与沙僧跟寻，亦被衔去。老孙被他捆打无数，幸而弄法走了。他们正在彼处受罪。问及当坊土地，始知天尊是他主人，特来奉请收降解救。"天尊闻言，即令仙将到狮子房唤出狮奴来问。那狮奴熟睡，被众将推摇方醒，揪至中厅来见。天尊问道："狮兽何在？"那奴儿垂泪叩头，只教："饶命！饶命！"天尊道："孙大圣在此，且不打你。你快说为何不谨，走了九头狮子。"狮奴道："爷爷，我前日在大千甘露殿中见一瓶酒，不知偷去吃了，不觉沉醉睡着，失于拴锁，是以走了。"天尊道："那酒是太上老君送的，唤做轮'回琼液'。你吃了该醉三日不醒。那狮兽今走几日了？"大圣道："据土地说，他前年下降，到今二三年矣。"天尊笑道："是了！是了！天宫里一日，在凡世就是一年。"叫狮奴道："你且起来，饶你死罪，跟我与大圣下方去收他来。汝众仙都回去，不用跟随。"

天尊遂与大圣、狮奴，踏云径至竹节山。只见那五方揭谛、六丁六甲、本山土地都来跪接。行者道："汝等护佑，可曾伤着我师？"众神道："妖精着了恼睡了，更不曾动甚刑罚。"天尊道："我那元圣儿也是一个久修得道的真灵，他喊一声，上通三圣，下彻九泉，等闲也便不伤生。孙大圣，你去他门首索战，引他出来，我好收之。"

行者听言，果掣棒跳近洞口，高骂道："泼妖精，还我人来也！泼妖精，还我人来也！"连叫了数声，那老妖睡着了，无人答应。行者性急起来，抢铁棒，往里打进，口中不住的喊骂。那老妖方才惊醒，心中大怒。爬起来，喝一声："赶战！"摇摇头，便张口来衔。行者回头跳出。妖精赶到外边，骂道："贼猴！那里走！"行者立在高崖上笑道："你还敢这等大胆无礼！你死活也不知哩！这不是你老爷主公在此？"那妖精赶到崖前，早被天尊念声咒语，喝道："元圣儿！我来了！"那妖认得是主人，不敢展挣、四只脚伏之于地，只是磕头。旁边跑过狮奴儿，一把扯住项毛，用拳着项上打够百十，口里骂道："你这畜生，如何偷走，教我受罪！"那狮兽合口无言，不敢摇动。狮奴儿打得手困，方才住了。即将锦鞯安在他身上，天尊骑了，喝声教走。他就纵身驾起彩云，径转妙岩宫去。

大圣望空称谢了。却入洞中，先解玉华王，次解唐三藏，次又解了八戒、沙僧并三王子。共搜他洞里物件，逍逍停停，将众领出门外。八戒就取了若干枯柴，前后堆上，放起火来，把一个九曲盘桓洞，烧做了乌焦破瓦窑！大圣又发放了众神，还教土地在此镇守，却令八戒、沙僧，各各使法，把王父子背驮回州。他搀着唐僧。不多时，到了州城，天色渐晚，当有妃后官员，都来接见了。摆上斋筵，共坐享之。长老师徒还在暴纱亭安歇，王子们入宫各寝。一宵无话。

次日，王又传旨，大开素宴。合府大小官员，一一谢恩。行者又叫屠子来，把那六个活狮子杀了，共那黄狮子都剥了皮，将肉安排将来受用。殿下十分欢喜，即命杀了。把一个留在本府内外人用，一个与王府长史等官分用；把五个都剁做一二两重的块子，差校尉散给州城内外军民人等，各吃些须，一则尝尝滋味，二则押押惊恐。那些家家户户，无不瞻仰。

又见那铁匠人等造成了三般兵器，对行者磕头道："爷爷，小的们工都完了。"问道："各重多少斤两？"铁匠道："金箍棒有千斤，九齿钯与降妖杖各有八百斤。"行者道："也罢了。"叫请三位王子出来，各人执兵器。三子对老王道："父王，今日兵器完矣。"老王道："为此兵器，几乎伤了我父子之命。"小王子道："幸蒙神师施法，救出我等，却又扫荡妖邪，除了后患。诚所谓海晏河清，太平之世界也！"当时老王父子赏劳了匠作，又至暴纱亭拜谢了师恩。

三藏又教大圣等快传武艺，莫误行程。他三人就各抡兵器，在王府院中，一一传授。不数日，那三个王子尽皆操演精熟，其余攻退之方，紧慢之法，各有七十二到解数，无不知之。一则那诸王子心坚，二则亏孙大圣先授了神力，此所以那千斤之棒，八百斤之钯杖，俱能举能运。较之初时，自家弄的武艺，真天渊也！有诗为证，诗曰：

> 缘因善庆遇神师，习武何期动怪狮。
> 扫荡群邪安社稷，皈依一体定边夷。
> 九灵数合元阳理，四面精通道果之。
> 授受心明遗万古，玉华永乐太平时。

那王子又大开筵宴，谢了师教。又取出一大盘金银，用答微情。行者笑道："快拿进去！快拿进去！我们出家人，要他何用？"八戒在旁道："金银实不敢受，奈何我这件衣服被那些狮子精扯拉破了，但与我们换件衣服，足为爱也。"那王子随命针工，照依色样，取青锦、红锦、茶褐锦各数匹，与三位各做了一件。三人欣然领受，各穿了锦布直裰，收拾了行装起程。只见那城里城外，若大若小，无一人不称是罗汉临凡，活佛下界。鼓乐之声，旌旗之色，盈街塞道。正是家家户外焚香火，处处门前献彩灯。送至许远方回。他四众方得离城西去。这一去顿脱群思，潜心正果。才是：

> 无虑无忧来佛界，诚心诚意上雷音。

毕竟不知到灵山还有几多路程，何时行满，且听下回分解。

971

第九十一回

金平府元夜观灯　玄英洞唐僧供状

> 修禅何处用工夫？马劣猿颠速剪除。
> 牢捉牢拴生五彩，暂停暂住堕三途。
> 若教自在神丹漏，才放从容玉性枯。
> 喜怒忧思须扫净，得玄得妙恰如无。

　　话表唐僧师徒四众离了玉华城，一路平稳，诚所谓极乐之乡。去有五六日程途，又见一座城池。唐僧问行者道："此又是甚么处所？"行者道："是座城池，但城上有杆无旗，不知地方，俟近前再问。"及至关东厢，见那两边茶坊酒肆喧哗，米市油房热闹。街衢中有几个无事闲游的浪子，见猪八戒嘴长，沙和尚脸黑，孙行者眼红，都拥拥簇簇的争看，只是不敢近前而问。唐僧捏着一把汗，惟恐他们惹祸。又走过几条巷口，还不到城。忽见有一座山门，门上有"慈云寺"三字。唐僧道："此处略进去歇歇马，打一个斋如何？"行者道："好！好！"四众遂一齐而入。但见那里边：

　　珍楼壮丽，宝座峥嵘。佛阁高云外，僧房静月中。丹霞缥缈浮屠挺，碧树阴森轮藏清。真净土，假龙宫，大雄殿上紫云笼。两廊不绝闲人戏，一塔常开有客登。炉中香火时时爇，台上灯花夜夜荧。忽闻方丈金钟韵，应佛僧人朗诵经。

四众正看时，又见廊下走出一个和尚，对唐僧作礼道："老师何来？"唐僧道："弟子中华唐朝来者。"那和尚倒身下拜，慌得唐僧搀起道："院主何为行此大礼？"那和尚合掌道："我这里向善的人，看经念佛，都指望修到你中华地托生。才见老师丰采衣冠，果然是前生修到的，方得此受用，故当下拜。"唐僧笑道："惶恐！惶恐！我弟子乃行脚僧，有何受用！若院主在此闲养自在，才是享福哩。"那和尚领唐僧入正殿，拜了佛像。唐僧方才招呼："徒弟来耶。"原来行者三人，自见那和尚与师父讲话，他都背着脸，牵着马，守着担，立在一处，和尚不曾在心。忽的闻唐僧叫"徒弟"，他三人方才转面，那和尚见了，慌得叫："爷爷呀！你高徒如何恁般丑样？"唐僧道："丑则虽丑，倒颇有些法力，我一路甚亏他们保护。"

正说处，里面又走出几个和尚作礼。先见的那和尚对后的说道："这老师是中华大唐来的人物，那三位是他高徒。"众僧且喜且惧道："老师中华大国，到此何为？"唐僧言："我奉唐王圣旨，向灵山拜佛求经。适过宝方，特奔上刹，一则求问地方，二则打顿斋食就行。"那僧人个个欢喜，又邀入方丈，方丈里又有几个与人家做斋的和尚。这先进去的又叫道："你们都来看看中华人物。原来中华有俊的，有丑的，俊的真个难描难画，丑的却十分古怪。"那许多僧同斋主都来相见。见毕，各坐下。茶罢，唐僧问道："贵处是何地名？"众僧道："我这里乃天竺国外郡，金平府是也。"唐僧道："贵府至灵山还有许多远近？"众僧道："此间到都下有二千里，这是我等走过的。西去到灵山，我们未走，不知还有多少路，不敢妄对。"唐僧谢了。

少时，摆上斋来。斋罢，唐僧要行，却被众僧并斋主款留道："老师宽住一二日，过了元宵，要耍去不妨。"唐僧惊问道："弟子在路，只知有山，有水，怕的是逢怪，逢魔，把光阴都错过了，不知几时是元宵佳节？"众僧笑道："老师拜佛与悟禅心重，故不以此为念。今日乃正月十三，到晚就试灯，后日十五上元，直至十八九，方才谢灯。我这里人家好事，本府太守老爷爱民，各地方俱高张灯火，彻夜笙箫。还有个'金灯桥'，乃上古传留，至今丰盛。老爷们宽住数日，我荒山颇管待得起。"唐僧无奈，遂俱住下。当晚只听得佛殿上钟鼓喧天，乃是街坊众信人等，送灯来献佛，唐僧等都出方丈来看了灯，各自归寝。

次日，寺僧又献斋。吃罢，同步后园闲耍。果然好个去处，正是：

时维正月，岁届新春。园林幽雅，景物妍森。四时花木争奇，一派峰峦迭翠。芳草阶前萌动，老梅枝上生馨。红入桃花嫩，青归柳色新。金谷园富丽休夸，《辋川图》流风慢说。水流一道，野兔出没无常；竹种千竿，墨客推敲未定。芍药花、牡丹花、紫薇花、含笑花，天机方醒；山茶花、红梅花、迎春花、瑞香花，艳质先开。阴崖积雪犹含冻，远树浮烟已带春。又见那鹿向池边照影，鹤来松下听琴。东几厦，西几亭，客来留宿；南几堂，北几塔，僧静安禅。花卉中，有一两座养性楼，重檐高拱；山水内，有三四处炼魔室，静几明窗。真个是天然堪隐逸，又何须他处觅蓬瀛。

师徒们玩赏一日，殿上看了灯，又都去看灯游戏。但见那：

玛瑙花城，琉璃仙洞，水晶云母诸宫：似重重锦绣，叠叠玲珑。星桥影幌乾坤动，看数株火树摇红。六街箫鼓，千门璧月，万户香风。几处鳌峰高耸，有鱼龙出海，鸾凤腾空。美灯光月色，和气融融。绮罗队里，人人喜听笙歌，车马轰轰。看不尽花容玉貌，风流豪侠，佳景无穷。

三藏与众等既在本寺里看了灯，又到东门厢各街上游戏。到二更时，方才回转安置。

次日，唐僧对众僧道："弟子原有扫塔之愿，趁今日上元佳节，请院主开了塔门，让弟子了此愿心。"众僧随开了门。沙僧取了袈裟，随从唐僧。到了一层，就披了袈裟，拜佛祷祝毕，即将笤帚扫了一层，卸了袈裟，付与沙僧。扫二层，一层层直扫上绝顶。那塔上，层层有佛，处处开窗，扫一层，赏玩赞美一层。扫毕下来，已此天晚，又都点上灯火。

此夜正是十五元宵。众僧道："老师父，我们前晚只在荒山与关厢看灯，今晚正节，进城里看看金灯如何？"唐僧欣然从之，同行者三人及本寺多僧进城看灯。正是：

　　三五良宵节，上元春色和。花灯悬闹市，齐唱太平歌。又见那六街三市灯亮，半空一鉴初升。那月如冯夷推上烂银盘，这灯似仙女织成铺地锦。灯映月，增一倍光辉；月照灯，添十分灿烂。观不尽铁锁星桥，看不了灯花火树。雪花灯、梅花灯，春冰剪碎；绣屏灯、画屏灯，五彩攒成。核桃灯、荷花灯，灯楼高挂；青狮灯、白象灯，灯架高擎。虾儿灯、鳖儿灯，棚前高弄；羊儿灯、兔儿灯，檐下精神。鹰儿灯、凤儿灯，相连相并；虎儿灯、马儿灯，同走同行。仙鹤灯、白鹿灯，寿星骑坐；金鱼灯、长鲸灯，李白高乘。鳌山灯，神仙聚会；走马灯，武将交锋。万千家灯火楼台，十数里云烟世界。那壁厢，索琅琅玉辔飞来；这壁厢，毂辘辘香车辇过。看那红妆楼上，倚着栏，隔着帘，并着肩，携着手，双双美女贪欢；绿水桥边，闹吵吵，锦簇簇，醉醺醺，笑呵呵，对对游人戏彩。满城中箫鼓喧哗，彻夜里笙歌不断。

有诗为证。诗曰：

　　　　锦绣场中唱彩莲，太平境内簇人烟。
　　　　灯明月皎元宵夜，雨顺风调大有年。

　　此时正是金吾不禁②。乱烘烘的无数人烟。有那跳舞的，跷的，装鬼的，骑象的，东一攒，西一簇，看之不尽。却才到金灯桥上，唐僧与众僧近前看处，原来是三盏金灯。那灯有缸来大，上照着玲珑剔透的两层楼阁，都是细金丝儿编成，内托着琉璃薄片，其光幌月，其油喷香。唐僧回问众僧道："此灯是甚油？怎么这等异香扑鼻？"众僧

――――――――――

　　① 冯夷——神话传说中善于驾车的天神名，传说他能驾御日、月。

　　② 金吾不禁——金吾，古代掌管京都治安的官名。金吾不禁，是说这天晚上解除警戒，可以由人随意游玩。

西游记

金平府元夜观灯

道："老师不知，我这府后有一县，名唤旻天县，县有二百四十里。每年审造差徭，共有二百四十家灯油大户。府县的各项差徭犹可，惟有此大户甚是吃累，每家当一年，要使二百多两银子。此油不是寻常之油，乃是酥合香油。这油每一两值价银二两，每一斤值三十二两银子。三盏灯，每缸有五百斤，三缸共一千五百斤，共该银四万八千两。还有杂项缴缠使用，将有五万余两，只点得三夜。"行者道："这许多油，三夜何以就点得尽？"众僧道："这缸内每缸有四十九个大灯马，都是灯草扎的把，裹了丝绵，有鸡子粗细，只点过今夜，见佛爷现了身，明夜油也没了，灯就昏了。"八戒在旁笑道："想是佛爷连油都收去了。"众僧道："正是此说，满城里人家，自古及今，皆是这等传说。但油干了，人俱说是佛祖收了灯，自然五谷丰登；若有一年不干，却就年成荒旱，风雨不调。所以人家都要这供献。"正说处，只听得半空中呼呼风响，唬得些看灯的人尽皆四散。那些和尚也立不住脚道："老师父，回去罢，风来了。是佛爷降祥，到此看灯也。"唐僧道："怎见得是佛来看灯？"众僧道："年年如此，不上三更就有风来，知道是诸佛降祥，所以人皆回避。"唐僧道："我弟子原是思佛念佛拜佛的人，今逢佳景，果有诸佛降临，就此拜拜，多少是好。"众僧连请不回。少时，风中果现出三位佛身，近灯来了。慌得那唐僧跑上桥顶，倒身下拜。行者急忙扯起道："师父，不是好人，必定是妖邪也。"说不了，见灯光昏暗，呼的一声，把唐僧抱起，驾风而去。噫！不知是那山那洞真妖怪，积年假佛看金灯。唬得那八戒两边寻找，沙僧左右招呼。行者叫道："兄弟！不须在此叫唤，师父乐极生悲，已被妖精摄去了。"那几个和尚害怕道："爷爷，怎见得是妖精摄去？"行者笑道："原来你这伙凡人，累年不识，故被妖邪惑了，只说是真佛降祥，受此灯供。刚才风到处现佛身者，就是三个妖精。我师父亦不能识，上桥顶就拜，却被他侮暗灯光，将器皿盛了油，连我师父都摄去。我略走迟了些儿，所以他三个化风而遁。"沙僧道："师兄，这般却如之何？"行者道："不必迟疑。你两个同众回寺，看守马匹行李，等老孙趁此风追赶去也。"

好大圣，急纵筋斗云，起在半空，闻着那腥风之气，往东北上径赶。赶至天晓，倏尔风息。见有一座大山，十分险峻，着实嵯峨。好山：

> 重重丘壑，曲曲源泉。藤萝悬削壁，松柏挺虚岩。鹤鸣晨雾里，雁唳晓云间。峨峨矗矗峰排戟，突突磷磷石砌磐。顶颠高万仞，峻岭迭千湾。野花佳木知春发，杜宇黄莺应景妍。能巍奕，实巉岩，古怪崎岖险又艰。停玩多时人不语，只听虎豹有声鼾。香獐白鹿随来往，玉兔青狼去复还。深涧水流千万里，回湍激石响潺湲。

大圣在山崖上，正自找寻路径，只见四个人，赶着三只羊，从西坡下，齐吆喝"开泰"。大圣闪火眼金睛，仔细观看，认得是年、月、日、时四值功曹使者，隐像化形而来。

大圣即掣出铁棒，幌一幌，碗来粗细，有丈二长短，跳下崖来，喝道："你都藏头缩颈的那里走！"四值功曹见他说出风息，慌得喝散三羊，现了本相，闪下路旁施礼道："大圣，恕罪！恕罪！"行者道："这一向也不曾用着你们，你们见老孙宽慢，都一个个弄懈怠了，见也不来见我一见！是怎么说！你们不在暗中保祐吾师，都往那里去？"

977

功曹道："你师父宽了禅性，在于金平府慈云寺贪欢，所以泰极生否，乐盛成悲，今被妖邪捕获。他身边有护法伽蓝保着哩，吾等知大圣连夜追寻，恐大圣不识山林，特来传报。"行者道："你既传报，怎么隐姓埋名，赶着三个羊儿，吆吆喝喝作甚？"功曹道："设此三羊，以应开泰之言，唤做'三阳开泰'，破解你师之否塞也。"行者恨恨的要打，见有此意，却就免之，收了棒，回嗔作喜道："这座山，可是妖精之处？"功曹道："正是，正是。此山名青龙山。内有洞，名玄英洞。洞中有三个妖精：大的个名辟寒大王，第二个号辟暑大王，第三个号辟尘大王，这妖精在此有千年了。他自幼儿爱食酥合香油。当年成精，到此假装佛像，哄了金平府官员人等，设立金灯，灯油用酥合香油。他年年到正月半，变佛像收油。今年见你师父，他认得是圣僧之身，连你师父都摄在洞内，不日要割剐你师之肉，使酥合香油煎吃哩。你快用功夫，救援去也。"

行者闻言，喝退四功曹，转过山崖，找寻洞府。行未数里，只见那洞边有一石崖，崖下是座石屋，屋有两扇石门，半开半掩。门旁立有石碣，上有六字，却是"青龙山玄英洞"。行者不敢擅入，立定步，叫声："妖怪！快送我师父出来！"那里嗡喇一声，大开了门，跑出一阵牛头精，邓邓呆呆的问道："你是谁，敢在这里呼唤！"行者道："我本是东土大唐取经的圣僧唐三藏之大徒弟。路过金平府观灯，我师被你家魔头摄来，快早送还，免汝等性命！如或不然，掀翻你窝巢，教你群精都化为脓血！"

那些小妖听言，急入里边报道："大王！祸事了！祸事了！"三个老妖正把唐僧拿在那洞中深远处，那里问甚么青红皂白，教小的选剥了衣裳，汲湍中清水洗净，算计要细切细锉，着酥合香油煎吃。忽闻得报声"祸事"，老大着惊，问是何故。小妖道："大门前有一个毛脸雷公嘴的和尚嚷道，大王摄了他师父来，教快送出去，免吾等性命；不然，就要掀翻窝巢，教我们都化为脓血哩！"那老妖听说，个个心惊道："才拿了这厮，还不曾问他个姓名来历。小的们，且把衣服与他穿了，带过来审他一审，端是何人，何自而来也。"众妖一拥上前，把唐僧解了索，穿了衣服，推至座前，唬得唐僧战兢兢的跪在下面，只叫："大王，饶命，饶命！"三个妖精异口同声道："你是那方来的和

西游记

978

尚？怎么见佛像不躲，却冲撞我的云路。"唐僧磕头道："贫僧是东土大唐驾下差来的，前往天竺国大雷音寺拜佛祖取经的。因到金平府慈云寺打斋，蒙那寺僧留过元宵看灯。正在金灯桥上，见大王显现佛像，贫僧乃肉眼凡胎，见佛就拜，故此冲撞大王云路。"那妖精道："你那东土到此，路程甚远，一行共有几众，都叫甚名字，快实实供来，我饶你性命。"唐僧道："贫僧俗名陈玄奘，自幼在金山寺为僧。后蒙唐皇敕赐在长安洪福寺为僧官。又因魏徵丞相梦斩泾河老龙，唐王游地府，回生阳世，开设水陆大会，超度阴魂，蒙唐王又选赐贫僧为坛主，大阐都纲。幸观世音菩萨出现，指化贫僧，说西天大雷音寺有三藏真经，可以超度亡者升天，差贫僧来取，因赐号三藏，即倚唐为姓，所以人都呼我为唐三藏。我有三个徒弟，大的个姓孙，名悟空行者，乃齐天大圣归正。"群妖闻得此名，着了一惊道："这个齐天大圣，可是五百年前大闹天宫的？"唐僧道："正是，正是。第二个姓猪，名悟能八戒，乃天蓬大元帅转世。第三个姓沙，名悟净和尚，乃卷帘大将临凡。"三个妖王听说，个个心惊道："早是不曾吃他。小的们，且把唐僧将铁链锁在后面，

玄英洞唐僧供状

待拿他三个徒弟来凑吃。"遂点了一群山牛精、水牛精、黄牛精，各持兵器，走出门，掌了号头，摇旗擂鼓。

三个妖披挂整齐，都到门外喝道："是谁人敢在我这里吆喝！"行者闪在石崖上，仔细观看。那妖精生得：

彩面环睛，二角峥嵘。尖尖四只耳，灵窍闪光明。一体花纹如彩画，满身锦绣若蜚英。第一个，头顶狐裘花帽暖，一脸昂毛热气腾；第二个，身挂轻纱飞烈焰，四蹄花莹玉玲玲；第三个，威雄声吼如雷震，獠牙尖利赛银针。个个勇而猛，手持三样兵：一个使钺斧，一个大刀能；但看第三个，肩上横担扢挞藤。

又见那七长八短、七肥八瘦的大大小小妖精，都是些牛头鬼怪，各执枪棒。有三面大旗，旗上明明书着"辟寒大王""辟暑大王""辟尘大王"。孙行者看了一会，忍耐不得，上前高叫道："泼贼怪！认得老孙么？"那妖喝道："你是那闹天宫的孙悟空？真个是'闻名不曾见面，见面羞杀天神'！你原来是这等个猢狲儿，敢说大话！"行者大怒，骂道："我把你这个偷灯油的贼！油嘴妖怪，不要胡谈！快还我师父来！"赶近前，抢铁棒就打。那三个老妖，举三般兵器，急架相迎。这一场在山凹中好杀：

钺斧钢刀扢挞藤，猴王一棒敢来迎。辟寒辟暑辟尘怪，认得齐天大圣名。棒起致令神鬼怕，斧来刀砍乱飞腾。好一个混元有法真空像！抵住三妖假佛形。那三个偷油润鼻今年犯，务捉钦差驾下僧。这个因师不惧山程远，那个为嘴常年设献灯。乒乒只听刀斧响，劈朴惟闻棒有声。冲冲撞撞三攒一，架架遮遮各显能。一朝斗至天将晚，不知那个亏输那个赢。

孙行者一条棒与那三个妖魔斗经百五十合，天色将晚，胜负未分。只见那辟尘大王把扢挞藤闪一闪，跳过阵前，将旗摇了一摇，那伙牛头怪簇拥上前，把行者围在垓心，各抢兵器，乱打将来。行者见事不谐，唿喇的纵起筋斗云，败阵而走。那妖更不来赶，招回群妖，安排些晚食，众各吃了。也叫小妖送一碗与唐僧，只待拿住孙行者等才要整治。那师父一则长斋，二则愁苦，哭啼啼的未敢沾唇不题。

却说行者驾云回至慈云寺内，叫声："师弟！"那八戒、沙僧正自盼望商量，听得叫时，一齐出接道："哥哥，如何去这一日方回？端的师父下落何如？"行者笑道："昨夜闻风而赶，至天晓，到一山，不见。幸四值功曹传信道，那山叫做青龙山，山中有一玄英洞。洞中有三个妖精，唤做辟寒大王、辟暑大王、辟尘大王。原来积年在此偷油，假变佛像，哄了金平府官员人等。今年遇见我们，他不知好歹，反连师父都摄去。老孙审得此情，吩咐功曹等众暗中保护师父，我寻近门前叫骂。那三怪齐出，都像牛头鬼形。大的个使钺斧，第二个使大刀，第三个使藤棍，后引一窝子牛头鬼怪，摇旗擂鼓，与老孙斗了一日，杀个手平。那妖王摇动旗，小妖都来，我见天晚，恐不能取胜，所以驾筋斗回来也。"八戒道："那里想是酆都城鬼王弄喧。"沙僧道："你怎么就猜道是酆都城鬼王弄喧？"八戒笑道："哥哥说是牛头鬼怪，故知之耳。"行者道："不是！不是！若论老孙看那怪，是三只犀牛成的精。"八戒道："若是犀牛，且拿住他，锯下角来，倒值好几两银子哩！"

正说处，众僧道："孙老爷可吃晚斋？"行者道："方便吃些儿，不吃也罢。"众僧道："老爷征战这一日，岂不饥了？"行者笑道："这日把儿那里便得饥！老孙曾五百年不吃饮食哩！"众僧不知是实，只以为说笑。须臾拿来，行者也吃了，道："且收拾睡觉，待明日我等都去相持，拿住妖王，庶可救师父也。"沙僧在旁道："哥哥说那里话！常言道，'停留长智'。那妖精倘或今晚不睡，把师父害了，却如之何？不若如今就去，嚷得他措手不及，方才好救师父。少迟，恐失也。"八戒闻言，抖擞神威道："沙兄弟说得是！我们都趁此月光去降魔耶！"行者依言，即吩咐寺僧："看守行李、马匹。待我等把妖精捉来，对本府刺史证其假佛，免却灯油，以苏概县小民之困，却不是好？"众僧领诺，称谢不已。他三个遂纵起祥云，出城而去。正是那：

懒散无拘禅性乱，灾危有分道心蒙。

毕竟不知此去胜败何如，且听下回分解。

第九十二回

三僧大战青龙山　四星挟捉犀牛怪

　　却说孙大圣挟同二弟滚着风，驾着云，向东北艮地上，顷刻至青龙山玄英洞口，按落云头。八戒就欲筑门，行者道："且消停。待我进去看看师父生死如何，再好与他争持。"沙僧道："这门闭紧，如何得进？"行者道："我自有法力。"好大圣，收了棒，捻着诀，念声咒语，叫："变！"即变作个火焰虫儿。真个也疾伶！你看他：

　　展翅星流光灿，古云腐草为萤。神通变化不非轻，自有徘徊之性。飞近石门悬看，旁边瑕缝穿风。将身一纵到幽庭，打探妖魔动静。

　　他自飞入，只见几只牛横敧直倒，一个个呼吼如雷，尽皆睡熟。又至中厅里面，全无消息。四下门户通关，不知那三个妖精睡在何处。才转过厅房，向后又照，只闻得啼泣之声，乃是唐僧锁在后房檐柱上哭哩。行者暗暗听他哭甚，只见他哭道：

　　一别长安十数年，登山涉水苦熬煎。

　　辛来西域逢佳节，喜到金平遇上元。

　　不识灯中假佛像，概因命里有灾愆。

贤徒追袭施威武，但愿英雄展大权。

行者闻言，满心欢喜，展开翅，飞近师前。唐僧揩泪道："呀！西方景象不同，此时正月，蛰虫始振，为何就有萤飞？"行者忍不住，叫声："师父，我来了！"唐僧喜道："悟空，我心说正月怎得萤火，原来是你。"行者即现了本相道："师父啊，为你不识真假，误了多少路程，费了多少心力。我一行说不是好人，你就下拜，却被这怪侮暗灯光，盗取酥合香油，连你都摄将来了。我当吩咐八戒、沙僧回寺看守，我即闻风追至此间。不识地名，幸遇四值功曹传报，说此山名青龙山玄英洞。我日间与此怪斗至天晚方回，与师弟辈细道此情，却就不曾睡，同他两个来此。我恐夜深不便交战，又不知师父下落，所以变化进来，打听师情。"唐僧喜道："八戒、沙僧如今在外边哩？"行者道："在外边。才子老孙看时，妖精都睡着。我且解了锁，搠开门，带你出去罢。"唐僧点头称谢。

行者使个解锁法，用手一抹，那锁早自开了。领着师父往前正走，忽听得妖王在中厅内房里叫道："小的们，紧闭门户，小心火烛。这会怎不叫更巡逻，梆铃都不响了？"原来那伙小妖征战一日，俱辛辛苦苦睡着；听见叫唤，却才醒了。梆铃响处，有几个执器械的，敲着锣，从后而走，可可的撞着他师徒两个。众小妖一齐喊道："好和尚啊！扭开锁往那里去！"行者不容分说，掣出棒幌一幌，碗来粗细，就打。棒起处，打死两个，其余的丢了器械，近中厅打着门叫："大王！不好了！不好了！毛脸和尚在家里打杀人了！"那三怪听见，一毂辘爬将起来，只教："拿住！拿住！"唬得个唐僧手软脚软。行者也不顾师父，一路棒，滚向前来。众小妖遮架不住，被他放倒三两个，推倒两三个，打开几层门，径自出来，叫道："兄弟们何在？"八戒、沙僧正举着钯杖等待，道："哥哥，如何了？"行者将变化入里解放师父正走，被妖惊觉，顾不得师父，打出来的事，讲说一遍不题。

那妖王把唐僧捉住，依然使铁索锁了。执着刀，抢着斧，灯火齐明，问道："你这厮怎样开锁，那猴子如何得进，快早供来，饶你之命！不然，就一刀两段！"慌得那唐僧，战战兢兢的跪道："大王爷爷！我徒弟孙悟空，他会七十二般变化。才变个火焰虫儿，飞进来救

983

我。不期大王知觉，被小大王等撞见，是我徒弟不知好歹，打伤两个，众皆喊叫，举兵着火，他遂顾不得我，走出去了。"三个妖王，呵呵大笑道："早是惊觉，未曾走了！"叫小的们把前后门紧紧关闭，亦不喧哗。

沙僧道："闭门不喧哗，想是暗弄我师父，我们动手耶！"行者道："说的是。快早打门。"那呆子卖弄神通，举钯尽力筑去，把那石门筑得粉碎，却又厉声喊骂道："偷油的贼怪！快送吾师出来也！"唬得那门内小妖，滚将进去，报道："大王，不好了！不好了！前门被和尚打破了！"三个妖王十分烦恼道："这厮着实无礼！"即命取披挂结束了，各持兵器，帅小妖出门迎敌。此时约有三更时候，半天中月明如昼。走出来，更不打话，便就抢兵。这里行者抵住钺斧，八戒敌住大刀，沙僧迎住大棍。这场好杀：

三僧大战青龙山

僧三众，棍杖钯。三个妖魔胆气加。钺斧钢刀藤纥𫄧，只闻风响并尘沙。初交几合喷愁雾，次后飞腾散彩霞，钉钯解数随身滚，铁棒英豪更可夸。降妖宝杖人间少，妖怪顽心不让他。钺斧口明尖镈利，藤条节懡一身花。大刀幌亮如门扇，和尚神通偏赛他。这壁厢因师性命发狠打，那壁厢不放唐僧劈脸挝。斧剁棒迎争胜负，钯抡刀砍两交搭。纥𫄧藤条降怪杖，翻翻复复逞豪华。

三僧三怪，赌斗多

时，不见输赢。那辟寒大王喊一声，叫："小的们上来！"众精各执兵刃齐来，早把个八戒绊倒在地，被几个水牛精，揪揪扯扯，拖入洞里捆了。沙僧见没了八戒，只见那群牛发喊曬①声。即掣宝杖，望辟尘大王虚丢了架子要走，又被群精一拥而来，拉了个跐蹉，急挣不起，也被捉去捆了。行者觉道难为，纵筋斗云，脱身而去。当时把八戒、沙僧拖至唐僧前。唐僧见了，满眼垂泪道："可怜你二人也遭了毒手！悟空何在？"沙僧道："师兄见捉住我们，他就走了。"唐僧道："他既走了，必然那里去求救。但我等不知何日方得脱网。"师徒们凄凄惨惨不题。

　　却说行者驾筋斗云复至慈云寺，寺僧接着，来问："唐老爷救得否？"行者道："难救！难救！那妖精神通广大，我弟兄三个，与他三个斗了多时，被他呼小妖先捉了八戒，后捉了沙僧，老孙幸走脱了。"众僧害怕道："爷爷这般会腾云驾雾，还捉获不得，想老师父被倾害也。"行者道："不妨！不妨！我师父自有伽蓝、揭谛、丁甲等神暗中护佑，却也曾吃过草还丹，料不伤命，只是那妖精有本事。汝等可好看马匹、行李，等老孙上天去求救兵来。"众僧胆怯道："爷爷又能上天？"行者笑道："天宫原是我的旧家。当年我做齐天大圣，因为乱了蟠桃会，被我佛收降，如今没奈何，保唐僧取经，将功折罪。一路上辅正除邪，我师父该有此难，汝等却不知也。"众僧听此言，又磕头礼拜。行者出得门，打个唿哨，即时不见。

　　好大圣，早至西天门外，忽见太白金星与增长天王，殷、朱、陶、许四大灵官讲话。他见行者来，都慌忙施礼道："大圣那里去？"行者道："因保唐僧行至天竺国东界金平府绀天县，我师被本县慈云寺僧留赏元宵。比至金灯桥，有金灯三盏，点灯用酥合香油，价贵白金五万余两，年年有诸佛降祥受用。正看时，果有三尊佛像降临，我师不识好歹，上桥就拜。我说不是好人，早被他侮暗灯光，连油并我师一风摄去。我随风追袭，至天晓到一山，幸四功曹报道：'那山名青龙山。山有玄英洞，洞有三怪，名辟寒大王、辟暑大王、辟尘大王。'老孙急上

第九十二回　三僧大战青龙山　四星挟捉犀牛怪

────────

　　① 曬——此字不见于字书。从上下文义来看，是牛叫声，现用"哞"的同音字解释为牛叫声。

门寻讨，与他赌斗一阵，未胜。是我变化入里，见师父锁住未伤，随解了欲出，又被他知觉，我遂走了。后又同八戒、沙僧苦战，复被他将二人也捉去捆了。老孙因此特启玉帝，查他来历，请命将降之。"金星呵呵冷笑道："大圣既与妖怪相持，岂看不出他的出处？"行者道："认便认得，是一伙牛精。只是他大有神通，急不能降也。"金星道："那是三个犀牛之精。他因有天文之象，累年修悟成真，亦能飞云步雾。其怪极爱干净，常嫌自己影身，每欲下水洗浴。他的名色也多，有兕犀，有雄犀，有牯犀，有斑犀，又有胡冒犀、堕罗犀、通天花文犀，都有一孔三毛二角，行于江海之中，能开水道。似那辟寒、辟暑、辟尘都是角有贵气，故以此为名而称大王也。若要拿他，只是四木禽星见面就伏。"行者连忙唱喏问道："是那四本禽星？烦长庚老一一明示明示。"金星笑道："此星在斗牛宫外，罗布乾坤。你去奏闻玉帝，便见分晓。"行者拱拱手称谢，径入天门里去。

不一时，到于通明殿下，先见葛、邱、张、许四大天师。天师问道："何往？"行者道："近行至金平府地方，因我师宽放禅性，元夜观灯，遇妖魔摄去。老孙不能收降，特来奏闻玉帝求救。"四天师即领行者至灵霄宝殿启奏。各各礼毕，备言其事。玉帝传旨："教点那路天兵相助？"行者奏道："老孙才到西天门，遇长庚星说：'那怪是犀牛成精，惟四木禽星可以降伏。'"玉帝即差许天师同行者去斗牛宫点四木禽星下界收降。

及至宫外，早有二十八宿星辰来接。天师道："吾奉圣旨，教点四木禽星与孙大圣下界降妖。"旁即闪过角木蛟、斗木獬、奎木狼、井木犴应声呼道："孙大圣，点我等何处降妖？"行者笑道："原来是你。这长庚老儿却隐匿，我不解其意。早说是二十八宿中的四木，老孙径来相请，又何必劳烦旨意？"四木道："大圣说那里话！我等不奉旨意，谁敢擅离？端的是那方？快早去来。"行者道："在金平府东北艮地青龙山玄英洞，犀牛成精。"斗木獬、奎木狼、角木蛟道："若果是犀牛成精，不须我们，只消井宿去罢。他能上山吃虎，下海擒犀。"行者道："那犀不比望月之犀，乃是修行得道，都有千年之寿者。须得四位同去才好，切勿推调。倘一时一位拿他不住，却不又费事了？"天师道："你们说得是甚话！旨意着你四人，岂可不去？趁早飞行，我回旨去也。"那天师遂别行者而去。四木道："大圣不必迟疑，你先去索战，引他出来，我们随后动手。"行者即近前骂道："偷油的贼怪！还我师来！"原来那门被八戒筑破，几个小妖弄了几块板儿搪住，在里边听得骂詈，急跑进报道："大王，孙和尚在外面骂哩！"辟尘儿道："他败阵去了，这一日怎么又来？想是那里求些救兵来了。"辟寒、辟暑道："怕他甚么救兵！快取披挂来！小的们，都要用心围绕，休放他走了。"那伙精不知死活，一个个各执枪刀，摇旗擂鼓，走出洞来，对行者喝道："你个不怕打的猢狲儿，你又来了！"行者最恼得是这"猢狲"二字，咬牙发狠，举铁棒就打。三个妖王，调小妖，跑个圈子阵，把行者圈在垓心。那壁厢四木禽星一个个各抢兵刃道："孽畜！休动手！"那三个妖王看他四星，自然害怕，俱道："不好了！不好了！他寻将降手儿来了！小的们，各顾性命去耶！"只听得呼呼吼吼，喘喘呵呵，众小妖都现了本身：原来是那山牛精、水牛精、黄牛精，满山乱跑。那三个妖王，也现了本相，放下手来，还是四只蹄子，就如铁炮一般，径往东北上跑。这大圣帅井木犴、角木蛟紧追急赶，略不放松。惟有斗木獬、奎木狼在东山凹里、山头上、山涧中、山谷内，把些牛精打死的、活捉的，尽皆收净。却向玄英洞里解了唐僧、八戒、沙僧。

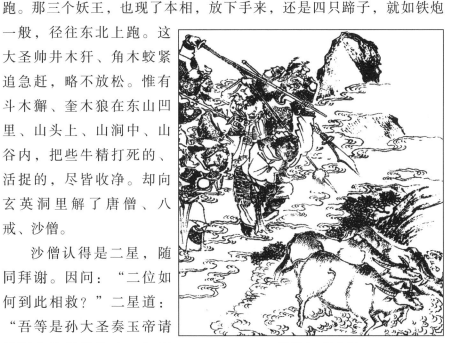

四星挟捉犀牛怪

沙僧认得是二星，随同拜谢。因问："二位如何到此相救？"二星道："吾等是孙大圣奏玉帝请旨调来收怪救你也。"唐僧又滴泪道："我悟空徒弟怎么不见进来？"二星道："那三个老怪是三只犀牛，他见吾等，各各顾命，向东北艮方逃遁。孙大圣帅井木犴、角木蛟追赶去了。我二星扫荡群牛到此，特来解放圣僧。"唐僧复又顿首拜谢，朝天又拜。八戒挽起道："师父，礼多必诈，不须只管拜了。四星官一则是玉帝圣旨，二则是师兄人情。今既扫荡群妖，还不知老妖如何降伏，我们且收拾些细软东西出来，掀翻此洞，以绝其根，回寺等候师兄罢。"奎木狼道："天蓬元帅说得有理。你与卷帘大将保护你师回寺安歇，待吾等还去艮方迎敌。"八戒道："正是，正是，你二位还协同一捉，必须剿尽，方好回旨。"二星官即时追袭。

八戒与沙僧将他洞内细软宝贝——有许多珊瑚、玛瑙、珍珠、琥珀、珲珉[1]、宝贝、美玉、良金，——搜出一石，搬在外面，请师父到山崖上坐了，他又进去放起火来，把一座洞烧成灰烬，却才领唐僧找路回金平慈云寺去。正是：

> 经云"泰极还生否"，好处逢凶实有之。
> 爱赏花灯禅性乱，喜游美景道心漓。
> 大丹自古宜长守，一失原来到底亏。
> 紧闭牢拴休旷荡，须臾懈怠见参差。

且不言他三众得命回寺。却表斗木獬、奎木狼二星官驾云直向东北艮方赶妖怪来。二人在那半空中，寻看不见。直到西洋大海，远望见孙大圣在海上吆喝。他两个按落云头道："大圣，妖怪那里去了？"行者恨道："你两个怎么不来追降？这会子却冒冒失失的问甚？"斗木獬道："我见大圣与井、角二星战败妖魔追赶，料必擒拿。我二人却就扫荡群精，入玄英洞救出你师父、师弟。搜了山，烧了洞，把你师父付托与你二弟领回府城慈云寺。多时不见车驾回转，故又追寻到此也。"行者闻言，方才喜谢道："如此，却是有功。多累！多累！但那三个妖魔，被我赶到此间，他就钻下海去。当有井、角二星，紧紧追拿，教老孙在岸边抵挡。你两个既来，且在岸边把截，等老孙也再去来。"

好大圣，抢着棒，捻着诀，辟开水径，直入波涛深处。只见那三个妖魔在水底下与井木犴、角木蛟舍死忘生苦斗哩。他跳近前喊道："老孙来也！"那妖精抵住二星官，措手不及。正在危难之处，忽听得行者

---

① 珲珉——海中大贝。

叫喊，顾残生，拨转头往海心里飞跑。原来这怪头上角，极能分水，只闻得花花花[1]，冲开明路。这后边二星官并孙大圣并力追之。

却说西海中有个探海的夜叉，巡海的介士，远见犀牛分开水势，又认得孙大圣与二天星，即赴水晶宫对龙王慌慌张张报道："大王！有三只犀牛，被齐天大圣和二位天星赶来也！"老龙王敖顺听言，即唤太子摩昂："快点水兵。想是犀牛精辟寒、辟暑、辟尘儿三个惹了孙行者。今既至海，快快拔刀相助。"敖摩昂得令，即忙点兵。

顷刻间，龟鳖鼋鼍，鲠鲌鳜鲤，与虾兵蟹卒等，各执枪刀，一齐呐喊，腾出水晶宫外，挡住犀牛精。犀牛精不能前进，急退后，又有井、角二星并大圣拦阻，慌得他失了群，各各逃生，四散奔走，早把个辟尘儿被老龙王领兵围住。孙大圣见了心欢，叫道："消停！消停！捉活的，不要死的。"

摩昂听令，一拥上前，将辟尘儿扳翻在地，用铁钩子穿了鼻，攒蹄捆倒。

老龙王又传号令，教分兵赶那两个，协助二星官擒拿。即时小龙王帅众前来，只见井木犴现原身，按住辟寒儿，大口小口的啃着吃哩。摩昂高叫道："井宿！井宿！莫咬死他，孙大圣要活的，不要死的哩。"连喊数喊，已是被他把颈项咬断了。摩昂吩咐虾兵蟹卒，将个死犀牛抬转水晶宫，却又与井木犴向前追赶。只见角木蛟把那辟暑儿倒赶回来，只撞着井宿。摩昂帅龟鳖鼋鼍，撒开簸箕阵围住。那怪只教："饶命！饶命！"井木犴走近前，一把揪住耳朵，夺了他的刀，叫道："不杀你！不杀你！拿与孙大圣发落去来。"

当即倒干戈，复至水晶宫外，报道："都捉来也。"行者见一个断了头，血淋津的倒在地下。一个被井木犴拖着耳朵，推跪在地。近前仔细看了道："这头不是兵刀伤的啊。"摩昂笑道："不是我喊得紧，连身子都着井星官吃了。"行者道："既是如此，也罢，取锯子来，锯下他的这两只角，剥了皮带去。犀牛肉还留与龙王贤父子享之。"又把辟尘儿穿了鼻，教角木蛟牵着；辟暑儿也穿了鼻，教井木犴牵着："带他上金平府见那刺史官，明究其由，问他个积年假佛害民，然后的

———————

① 花花花——水响的声音。犹哗哗地。

决①。”

众等遵言，辞龙王父子，都出西海。牵着犀牛，会着奎、斗二星，驾云雾，径转金平府。行者足踏祥光，半空中叫道：“金平府刺史，各佐贰郎官并府城内外军民人等听着，吾乃东土大唐差往西天取经的圣僧。你这府县，每年家供献金灯，假充诸佛降祥者，即此犀牛之怪。我等过此，因元夜观灯，见这怪将灯油并我师父摄去，是我请天神收伏。今已扫清山洞，剿尽妖魔，不得为害，以后你府县再不可供献金灯，劳民伤财也。”那慈云寺里，八戒、沙僧方保唐僧进得山门，只听见行者在半空言语，即便撇了师父，丢下担子，纵风云起到空中，问行者降妖之事。行者道：“那一只被井星咬死，已锯角剥皮带来，两只活拿在此。”八戒道：“这两个索性推下此城，与官员人等看看，也认得我们是圣是神，左右累四位星官收云下地，同到府堂，将这怪的决。已此情真罪当，再有甚讲！”四星道：“天蓬元帅近来知理明律，却好呀！”八戒道：“因做了这几年和尚，也略学得些儿。”

众神果推落犀牛，一簇彩云，降至府堂之上。唬得这府县官员，城里城外人等，都家家设香案，户户拜天神。少时间，慈云寺僧把长老用轿抬进府门，会着行者，口中不离“谢”字道：“有劳上宿星官救出我等。因不见贤徒，悬悬在念，今幸得胜而回！然此怪不知赶向何方才捕获也！”行者道：“自前日别了尊师，老孙上天查访，蒙太白金星识得妖魔是犀牛，指示请四木禽星。当时奏闻玉帝，蒙旨差委，直至洞口交战。妖王走了，又蒙斗、奎二宿救出尊师。老孙与井、角二宿并力追妖，直赶到西洋大海，又亏龙王遣子帅兵相助，所以捕获到此审究也。”长老赞扬称谢不已。又见那府县正官并佐贰首领，都在那里高烧宝烛，满斗焚香，朝上礼拜。

少顷间，八戒发起性来，掣出戒刀，将辟尘儿头一刀砍下，又一刀把辟暑儿头也砍下。随即取锯子锯下四只角来。孙大圣更有主张，就教：“四位星官，将此四只犀角拿上界去，进贡玉帝，回缴圣旨。”把自己带来的二只：“留一只在府堂镇库，以作向后免征灯油之证；我们带一只去，献灵山佛祖。”四星心中大喜。即时拜别大圣，忽驾彩云回

① 的决——处决、处斩。

奏而去。

府县官留住他师徒四众，大排素宴，遍请乡官陪奉。一壁厢出给告示，晓谕军民人等，下年不许点设金灯，永蠲买油大户之役；一壁厢叫屠子宰剥犀牛之皮，硝熟熏干，制造铠甲，把肉普给官员人等；又一壁厢动支枉罚无碍钱粮，买民间空地，起建四星降妖之庙；又为唐僧四众建立生祠，各各树牌刻文，用传千古，以为报谢。

师徒们索性宽怀领受。又被那二百四十家灯油大户，这家酬，那家请，略无虚刻。八戒遂心满意受用，把洞里搜来的宝物，每样各笼些须在袖，以为各家斋筵之赏。住经个月，犹不得起身。长老吩咐："悟空，将余剩的宝物，尽送慈云寺僧，以为酬礼。瞒着那些大户人家，天不明走罢。恐只管贪乐，误了取经，惹佛祖见罪，又生灾厄，深为不便。"行者随将前件一一处分。

次日五更早起，唤八戒备马。那呆子吃了自在酒饭，睡得梦梦乍①道："这早备马怎的？"行者喝道："师父教走路哩！"呆子抹抹脸道："又是这长老没正经！二百四十家大户都请，才吃了有三十几顿饱斋，怎么又弄老猪忍饿！"长老听言骂道："馕糟的夯货！莫胡说！快早起来！再若强嘴，教悟空拿金箍棒打牙！"那呆子听见说打，慌了手脚道："师父今番变了，常时疼我爱我，念我蠢夯护我，哥要打时，他又劝解。今日怎么发狠转教打么？"行者道："师父怪你为嘴误了路程，快早收拾行李、备马，免打！"那呆子真个怕打，跳起来穿了衣服，吆喝沙僧："快起来！打将来了！"沙僧也随跳起，各各收拾皆完。长老摇手道："寂寂悄悄的，不要惊动寺僧。"连忙上马，开了山门，找路而去。这一去，正所谓：

　　　　暗放玉笼飞彩凤，私开金锁走蛟龙。

毕竟不知天明时，酬谢之家端的如何，且听下回分解。

① 梦梦乍——迷迷糊糊。

第九十三回

给孤园问古谈因　天竺国朝王遇偶

　　起念断然有爱，留情必定生灾。灵明何事辨三台？行满自归元海。　　不论成仙成佛，须从个里安排。清清净净绝尘埃，果正飞升上界。

　　却说寺僧，天明不见了三藏师徒，都道："不曾留得，不曾别得，不曾求告得，清清的把个活菩萨放得走了！"正说处，只见南关厢有几个大户来请，众僧扑掌道："昨晚不曾防御，今夜都驾云去了。"众人齐望空拜谢。此言一讲，满城中官员人等，尽皆知之，叫此大户人家，俱治办五牲花果，往生祠祭献酬恩不题。

　　却说唐僧四众，餐风宿水，一路平宁，行有半个多月。忽一日，见座高山，唐僧又悚惧道："徒弟，那前面山岭峻峭，是必小心！"行者笑道："这边路上将近佛地，断乎无甚妖邪，师父放怀勿虑。"唐僧道："徒弟，虽然佛地不远。但前日那寺僧说，到天竺国都下有二千里，还不知是有多少路哩。"行者道："师父，你好是又把乌巢禅师《心经》忘记了也？"三藏道："《般若心经》是我随身衣钵。自那乌巢禅师教后，那一日不念？那一时得忘？颠倒也念得来，怎会忘得！"行者道："师父只是念得，不曾求那师父解得。"三藏说："猴头！怎又说我不曾解得！你解得么？"行者道："我解得，我解得。"自此，三藏、行者再不作声。旁边笑倒一个八戒，喜坏一个沙僧，说道："嘴脸！替我一般的做妖精出身，又不是那里禅和子，听过讲经，那里应佛僧，也曾见过说法？弄虚头，找架子，说甚么'晓得，解得'！怎么就不作声？听讲！请解！"沙僧说："二哥，你也信他。大哥扯长话，哄师父走路。他晓得弄棒罢了，他那晓得讲经！"三藏道："悟能、悟净，休要乱说。悟空解得是无言语文字，乃是真解。"

他师徒们正说话间，却倒也走过许多路程，离了几个山冈，路旁早见一座大寺。三藏道："悟空，前面是座寺啊，你看那寺，倒也

不小不大，却也是琉璃碧瓦；半新半旧，却也是八字红墙。隐隐见苍松偃盖，也不知是几千百年间故物到于今；潺潺听流水鸣弦，也不道是那朝代时分开山留得在。山门上，大书着'布金禅寺'；悬匾上，留题着'上古遗迹'。"

行者看得是"布金禅寺"，八戒也道是"布金禅寺"。三藏在马上沉思道："'布金'……'布金'……这莫不是舍卫国界了么？"八戒道："师父，奇啊！我跟师父几年，再不曾见识得路，今日也识得路了。"三藏说道："不是，我常看经诵典，说是佛在舍卫城祇树给孤园。这园说是给孤独长者问太子买了，请佛讲经。太子说：'我这园不卖。他若要买我的时，除非黄金满布园地。'给孤独长者听说，随以黄金为砖，布满园地，才买得太子祇园，才请得世尊说法。我想这布金寺莫非就是这个故事？"八戒笑道："造化！若是就是这个故事，我们也去摸他块把砖儿送人。"大家又笑了一会，三藏才下得马来。

进得山门，只见山门下，挑担的，背包的，推车的，整车坐下；也有睡的去睡，讲的去讲。忽见他们师徒四众，俊的又俊，丑的又丑，大家有些害怕，却也就让开些路儿。三藏生怕惹事，口中不住只叫："斯文！斯文！"这时节，却也大家收敛。转过金刚殿后，早有一位禅僧走出，却也威仪不俗。真是：

面如满月光，身似菩提树。

拥锡袖飘风，芒鞋石头路。

三藏见了问讯。那僧即忙还礼道："师从何来？"三藏道："弟子陈玄奘，奉东土大唐皇帝之旨，差往西天拜佛求经。路过宝方，造次奉谒，便求借一宿，明日就行。"那僧道："荒山十方常住①，都可随喜②；况长老东土神僧，但得供养，幸甚。"三藏谢了，随即唤他三人同行。过了回廊香积，径入方丈。相见礼毕，分宾主坐定。行者三人，亦垂手坐了。

话说这时寺中听说到了东土大唐取经僧人，寺中若大若小，不问长住、挂褡、长老、行童，一一都来参见。茶罢，摆上斋供。这时长老还正开斋念偈，八戒早是要紧，馒头、素食、粉汤一搅直下。这时方丈却也人多，有知识的，赞说三藏威仪，好耍子的，都看八戒吃饭。却说沙僧眼溜，看见头底③，暗把八戒捏了一把，说道："斯文！"八戒着忙，急的叫将起来，说道："'斯文！''斯文！'肚里空空！"沙僧笑道："二哥，你不晓的。天下多少'斯文'，若论起肚子里来，正替你我一般哩。"八戒方才肯住。三藏念了结斋，左右彻了席面，三藏称谢。

寺僧问起东土来因，三藏说到古迹，才问布金寺名之由。那僧答曰："这寺原是舍卫国给孤独园寺，又名祇园。因是给孤独长者请佛讲经，金砖布地，又易今名。我这寺一望之前，乃是舍卫国。那时给孤独长者正在舍卫国居住。我荒山原是长者之祇园，因此遂名给孤布金寺。寺后边还有祇园基址。近年间，若遇时雨滂沱，还淋出金银珠儿。有造化的，每每拾着。"三藏道："话不虚传果是真！"又问道："才进宝山，见门下两廊有许多骡马车担的行商，为何在此歇宿？"众僧道："我这山唤做百脚山。先年且是太平，近因天气循环，不知怎的，生几个蜈蚣精，常在路下伤人。虽不至于伤命，其实人不敢走。山下有一座关，唤做鸡鸣关。但到鸡鸣之时，才敢过去。那些客人因到晚了，惟恐不便，权借荒山一宿，等鸡鸣后便行。"三藏道："我们也等鸡鸣后去

---

① 十方常住——佛教称不变叫常住，庙宇是不变的，因此就称庙宇作常住。十方常住，就是说各方都来礼拜的庙宇。

② 随喜——到庙里瞻仰，犹参观。

③ 头底——首尾、底细。

罢。"师徒们正说处，又见拿上斋来，却与唐僧等吃毕。

此时上弦月皎。三藏与行者步月闲行，又见个道人来报道："我们老师爷要见见中华人物。"三藏急转身，见一个老和尚，手持竹杖，向前作礼道："此位就是中华来的师父？"三藏答礼道："不敢。"老僧称赞不已。因问："老师高寿？"三藏道："虚度四十五年矣。敢问老院主尊寿？"老僧笑道："比老师痴长一花甲也。"行者道："今年是一百零五岁了，你看我有多少年纪？"老僧道："师家貌古神清，况月夜眼花，急看不出来。"叙了一会，又向后廊看看。三藏道："才说给孤园基址，果在何处？"老僧道："后门外就是。"快教开门，但见是一块空地，还有些碎石叠的墙脚。三藏合掌叹曰：

> 忆昔檀那①须达多②，曾将金宝济贫疴。
> 祇园千古留名在，长者何方伴觉罗？

他都玩着月，缓缓而行，行近后门外，至台上又坐了一坐。忽闻得有啼哭之声，三藏静心诚听，哭的是爷娘不知苦痛之言。他就感触心酸，不觉泪堕，回问众僧道："是甚人在何处悲切？"老僧见问，即命众僧先回去煎茶，见无人，方才对唐僧、行者下拜。三藏挽起道："老院主，为何行此礼？"老僧道："弟子年岁百余，略通人事。每于禅静之间，也曾见过几番景象。若老爷师徒，弟子聊知一二，与他人不同。若言悲切之事，非这位师家，明辨不得。"行

给孤园问古谈因

---

① 檀那——佛教术语。意指施主或布施。

② 须达多——或称苏达多。印度古代舍卫国给孤独长者的本名，祇园的施主。

者道：“你且说，是甚事？”老僧道：“旧年今日，弟子正明性月之时，忽闻一阵风响，就有悲怨之声。弟子下榻，到祇园基上看处，乃是一个美貌端正之女。我问他：‘你是谁家女子？为甚到于此地？’那女子道：‘我是天竺国国王的公主。因为月下观花，被风刮来的。’我将他锁在一间敝空房里，将那房砌作个监房模样，门上止留一小孔，仅递得碗过。当日与众僧传道：‘是个妖邪，被我捆了。’但我僧家乃慈悲之人，不肯伤他性命。每日与他两顿粗茶粗饭，吃着度命。那女子也聪明，即解吾意，恐为众僧点污，就装风作怪，尿里眠，屎里卧。白日家说胡话，呆呆邓邓的；到夜静处，却思量父母啼哭。我几番家进城乞化打探公主之事，全然无损。故此坚收紧锁，更不放出。今幸老师来国，万望到了国中，广施法力，辨明辨明，一则救拔良善，二则昭显神通也。”三藏与行者听罢，切切在心。正说处，只见两个小和尚请吃茶安置，遂而回去。

八戒与沙僧在方丈中，突突哝哝①的道：“明日要鸡鸣走路，此时还不来睡！”行者道：“呆子又说甚么？”八戒道：“睡了罢。这等夜深，还看甚么景致。”因此，老僧散去，唐僧就寝。正是那：

> 人静月沉花梦悄，暖风微透壁窗纱。
>
> 铜壶点点看三汲，银汉明明照九华。

当夜睡还未久，即听鸡鸣，那前边行商烘烘皆起，引灯造饭。这长老也唤醒八戒、沙僧，扣马收拾，行者叫点灯来。那寺僧已先起来，安排茶汤点心，在后候敬。八戒欢喜，吃了一盘馍馍，把行李、马匹牵出。三藏、行者对众辞谢，老僧又向行者道：“悲切之事，在心！在心！”行者笑道：“谨领！谨领！我到城中，自能聆音而察理，见貌而辨色也。”那伙行商，哄哄嚷嚷的，也一同上了大路。将有寅时，过了鸡鸣关。至巳时，方见城垣，真是铁瓮金城，神洲天府。那城：

> 虎踞龙蟠形势高，凤楼麟阁彩光摇。

---

① 突突哝哝——犹嘟嘟哝哝。

御沟流水如环带，福地依山插锦标。

晓日旌旗明辇路，春风箫鼓遍溪桥。

国王有道衣冠胜，五谷丰登显俊豪。

　　当日入于东市街，众商各投旅店。他师徒们进城，正走处，有一个会同馆驿，三藏等径入驿内。那驿内管事的，即报驿丞道："外面有四个异样的和尚，牵一匹白马进来了。"驿丞听说有马，就知是官差的，出厅迎迓。三藏施礼道："贫僧是东土唐朝钦差灵山大雷音见佛求经的，随身有关文，入朝照验。借大人高衙一歇，事毕就行。"驿丞答礼道："此衙门原设待使客之处，理当款迓，请进，请进。"三藏喜悦，教徒弟们都来相见。那驿丞看见嘴脸丑陋，暗自心惊，不知是人是鬼，战兢兢的，只得看茶，摆斋。三藏见他惊怕，道："大人勿惊，我等三个徒弟，相貌虽丑，心地俱良，俗谓'山恶人善'，何以惧为！"驿丞闻言，方才定了心性，问道："国师，唐朝在于何方？"三藏道："在南赡部洲中华之地。"又问："几时离家？"三藏道："贞观十三年，今已历过十四载，苦经了些万水千山，方到此处。"驿丞道："神僧！神僧！"三藏问道："上国天年几何？"驿丞道："我敝处乃大天竺国，自太祖太宗传到今，已五百余年。现在位的爷爷，爱山水花卉，号做怡宗皇帝，改元靖宴，今已二十八年了。"三藏道："今日贫僧要去见驾倒换关文，不知可得遇朝？"驿丞道："好！好！正好！近因国王的公主娘娘，年登二十青春，正在十字街头，高结彩楼，抛灯绣球，撞天婚招驸马。今日正当热闹之际，想我国王爷爷还未退朝，若欲倒换关文，趁此时好去。"三藏欣然要走，只见摆上斋来，遂与驿丞、行者等吃了。

　　时已过午。三藏道："我好去了。"行者道："我保师父去。"八戒道："我去。"沙僧道："二哥罢么。你的嘴脸不见怎的，莫到朝门外装胖，还教大哥去。"三藏道："悟净说得好，呆子粗夯，悟空还有些细腻。"那呆子掬着嘴道："除了师父，我三个的嘴脸也差不多儿。"三藏却穿了袈裟，行者拿了引袋同去。只见街坊上，士农工商，文人墨客，愚夫俗子，齐咳咳都道："看抛绣球去也！"三藏立于道旁，对行者道："他这里人物衣冠，宫室器用，言语谈吐，也与我大唐一般。我想着我俗家先母也是抛打绣球遇旧姻缘，结了夫妇。此处亦有此等风俗。"行者道："我们也去看看，如何？"三藏道："不可！不可！你我服色不便，恐有嫌疑。"行者道："师父，你忘了那给孤布金寺老僧之言？一则去看彩楼，二则去辨真假。似这般忙忙的，那皇帝必听公主之喜报，那里视朝理事？且去去来！"三藏听说，真与行者相随，见各项人等俱在那里看打绣球。呀！那知此去，却是渔翁抛下钩和线，从今钓出是非来。

话表那个天竺国王，因爱山水花卉，前年带后妃、公主在御花园月夜赏玩，惹动一个妖邪，把真公主摄去，他却变作一个假公主。知得唐僧今年、今月、今日、今时到此，他假借国家之富，搭起彩楼，欲招唐僧为偶，采取元阳真气，以成太乙上仙。正当午时三刻，三藏与行者杂入人丛，行近楼下，那公主才拈香焚起，祝告天地。左右有五七十胭娇绣女，近侍的捧着绣球。那楼八窗玲珑，公主转睛观看，见唐僧来得至近，将绣球取过来，亲手抛在唐僧头上。唐僧着了一惊，——把个毗卢帽子打歪——双手忙扶着那球。那球毂辘的滚在他衣袖之内。那楼上齐声发喊道："打着个和尚了！打着个和尚了！"

噫！十字街头，那些客商人等，济济哄哄，都来奔抢绣球，被行者喝一声，把牙佬一佬，把腰躬一躬，长了有三丈高，使个神威，弄出丑脸，唬得些人跌

天竺国朝王遇偶

跌爬爬，不敢相近。霎时人散，行者还现了本相。那楼上绣女宫娥并大小太监，都来对唐僧下拜道："贵人！贵人！请入朝堂贺喜。"三藏急还礼，扶起众人，回头埋怨行者道："你这猴头，又是撮弄我也！"行者笑道："绣球儿打在你头上，滚在你袖里，干我何事？埋怨怎么？"三藏道："似此怎生区处？"行者道："师父，你且放心。便入朝见驾，我回驿报与八戒、沙僧等候。若是公主不招你便罢，倒换了关文就行！如必欲招你，你对国王说，'召我徒弟来，我要吩咐他一声'，那时召我三个入朝，我其间自能辨别真假。此是'倚婚降怪'之计。"唐僧无已从言，行者转身回驿。

那长老被众宫娥等撮拥至楼前。公主下楼，玉手相挽，同登宝辇，摆开仪从，回转朝门。早有黄门官先奏道："万岁，公主娘娘挽着一个和尚，想是绣球打着，现在午门外候旨。"那国王见说，心甚不喜，意欲赶退，又不知公主之意何如，只得含情宣入。公主与唐僧遂至金銮殿下，正是"一对夫妻呼万岁，两门邪正拜千秋"。礼毕，又宣至殿上，开言问道："僧人何来，遇朕女抛球得中？"唐僧俯伏奏道："贫僧乃南赡部洲大唐皇帝差往西天大雷音寺拜佛求经的。因有长路关文，特来朝王倒换。路过十字街彩楼之下，不期公主娘娘抛绣球，打在贫僧头上。贫僧是出家异教之人，怎敢与玉叶金枝为偶！万望赦贫僧死罪，倒换关文，打发早赴灵山，见佛求经，回我国土，永注陛下之天恩也！"国王道："你乃东土圣僧，正是'千里姻缘使线牵'。寡人公主，今登二十岁未婚，因择今日年月日时俱利，所以结彩楼抛绣球，以求佳偶。可可的你来抛着，朕虽不喜，却不知公主之意如何。"那公主叩头道："父王，常言'嫁鸡逐鸡，嫁犬逐犬'。女有誓愿在先，结了这球，告奏天地神明，撞天婚抛打；今日打着圣僧，即是前世之缘，遂得今生之遇，岂敢更移！愿招他为驸马。"国王方喜，即宣钦天监正台官选择日期，一壁厢收拾妆奁，又出旨晓谕天下。三藏闻言，更不谢恩，只教："放赦！放赦！"国王道："这和尚甚不通理。朕以一国之富，招你做驸马，为何不在此享用，念念只要取经！再若推辞，教锦衣官校推出斩了！"长老唬得魂不附体，只得战兢兢叩头启奏道："感蒙陛下天恩。但贫僧一行四众，还有三个徒弟在外，今当领纳，只是不曾吩咐得一言，万望召他到此，倒换关文，教他早去，不误了西来之意。"国王遂准奏道："你徒弟在何处？"三藏道："都在会同馆驿。"随即差官召圣僧徒弟领关文西去，留圣僧在此为驸马，长老只得起身侍立。有诗为证：

> 大丹不漏要三全，苦行难成恨恶缘。
>
> 道在圣传修在己，善由人积福由天。
>
> 休逞六根多贪欲，顿开一性本来原。
>
> 无爱无思自清净，管教解脱得超然。

当时差官至会同馆驿，宣召唐僧徒弟不题。

却说行者自彩楼下别了唐僧，走两步，笑两声，喜喜欢欢的回驿。八戒、沙僧迎着道："哥哥，你怎么那般喜笑？师父如何不见？"行者道："师父喜了。"八戒道："还未到地头，又不曾见佛取得经回，是何来之喜？"行者笑道："我与师父只走至十字街彩楼之下，可可的被当朝公主抛绣球打中了师父，师父被些宫娥、彩女、太监推拥至楼前，同公主坐辇入朝，招为驸马，此非喜而何？"八戒听说，跌脚捶胸道："早知我去好来！都是那沙僧怠懒！你不阻我啊，我径奔彩楼之下，一绣球打着我老猪，那公主招了我，却不美哉，妙哉！俊刮标致，停当，大家造化耍子儿，何等有趣！"沙僧上前，把他脸上一抹道："不羞！不羞！好个嘴巴骨子！三钱银子买了老驴，自夸骑得！要是一绣球打着你，就连夜烧'退送纸'也还道迟了，敢惹你这晦气进门！"八戒道："你这黑子不知趣！丑自丑，还有些风味。自古道，'皮肉粗糙，骨格坚强，各有一得可取。'"行者道："呆子莫胡谈！且收拾行李。但恐师父着了急，来叫我们，却好进朝保护他。"八戒道："哥哥又说差了。师父做了驸马，到宫中与皇帝的女儿交欢，又不是爬山蹿路，遇怪逢魔，要你保护他怎的！他那样一把子年纪，岂不知被窝里之事，要你去扶揹？"行者一把揪住耳朵，抢拳骂道："你这个淫心不断的夯货！说那甚胡话！"

正吵闹间，只见驿丞来报道："圣上有旨，差官来请三位神僧。"八戒道："端的请我们为何？"驿丞道："老神僧幸遇公主娘娘，打中绣球，招为驸马，故此差官来请。"行者道："差官在那里？教他进

1000

来。"那官看行者施礼。礼毕,不敢仰视,只管暗念诵道:"是鬼,是怪?……是雷公,夜叉?……"行者道:"那官儿,有话不说,为何沉吟?"那官儿慌得战战兢兢的,双手举着圣旨,口里乱道:"我公主有请会亲——我主公会亲有请!"八戒道:"我这里没刑具,不打你,你慢慢说,不要怕。"行者道:"莫成道怕你打?怕你那脸哩!快收拾挑担牵马进朝,见师父议事去也!"这正是:

路逢狭道难回避,定教恩爱反为仇。

毕竟不知见了国王有何话说,且听下回分解。

第九十四回

四僧宴乐御花园　一怪空怀情欲喜

　　话表孙行者三人，随着宣召官至午门外，黄门官即时传奏宣进。他三个齐齐站定，更不下拜。国王问道："那三位是圣僧驸马之高徒？姓甚名谁？何方居住？因甚事出家？取何经卷？"行者即近前，意欲上殿。旁有护驾的喝道："不要走！有甚话，立下奏来。"行者笑道："我们出家人，得一步就进一步。"随后八戒、沙僧亦俱近前。长老恐他村鲁惊驾，便起身叫道："徒弟啊，陛下问你来因，你即奏上。"行者见他那师父在旁侍立，忍不住大叫一声道："陛下轻人重己！既招我师为驸马，如何教他侍立？世间称女夫谓之'贵人'，岂有贵人不坐之理！"国王听说，大惊失色，欲退殿，恐失了观瞻。只得硬着胆，教近侍的取绣墩来，请唐僧坐了。行者才奏道：

　　老孙祖居东胜神洲傲来国花果山水帘洞。父天母地，石裂吾生。曾拜至人，学成大道。复转仙乡，啸聚在洞天福地。下海降龙，登山擒兽。消死名，上生籍，官拜齐天大圣。玩赏琼楼，喜游宝阁。会天仙，日日歌欢；居圣境，朝朝快乐。只因乱却蟠桃宴，大反天宫，被佛擒伏。困压在五行山下，饥餐铁弹，渴饮铜汁，五百年未尝茶饭。幸我师出东土，拜西方，观音教令脱天灾，离大难，皈正在瑜伽门下。旧讳悟空，称名行者。

国王闻得这般名重，慌得下了龙床，走将来，以御手挽定长老道：
"驸马，也是朕之天缘，得遇你这仙姻仙眷。"三藏满口谢恩，请国王
登位。复问："那位是第二高徒？"八戒掬嘴扬威道：

　　老猪先世为人，贪欢爱懒。一生混沌，乱性迷心。未识天高地
厚，难明海阔山遥。正在幽闲之际，忽然遇一真人。半句话，解
开业网；两三言，劈破灾门。当时省悟，立地投师，谨修二八之
工夫，敬炼三三之前后。行满飞升，得超天府。荷蒙玉帝厚恩，官
赐天蓬元帅，管押河兵，逍遥汉阙。只因蟠桃酒醉，戏弄嫦娥，谪
官衔，遭贬临凡；错投胎，托生猪像。住福陵山，造恶无边。遇观
音，指明善道。皈依佛教，保护唐僧。径往西天，拜求妙典。法讳
悟能，称为八戒。

国王听言，胆战心惊，不敢观觑。这呆子越弄精神，摇着头，掬着
嘴，撑起耳朵呵呵大笑。三藏又怕惊驾，即叱道："八戒收敛！"方才
叉手拱立，假扭斯文。又问："第三位高徒，因甚皈依？"沙和尚合掌
道：

　　老沙原系凡夫，因怕轮回访道。云游海角，浪荡天涯。常得衣
钵随身，每炼心神在舍。因此虔诚，得逢仙侣。养就孩儿，配缘姹
女。工满三千，合和四相。超天界，拜玄穹，官授卷帘大将，侍御
凤辇龙车，封号将军。也为蟠桃会上，失手打破玻璃盏，贬在流沙
河，改头换面，造孽伤生。幸喜菩萨远游东土，劝我皈依，等候唐
朝佛子，往西天求经果正。从立自新，复修大觉，指河为姓。法讳
悟净，称名沙僧。

国王见说，多惊多喜。喜的是女儿招了活佛，惊的是三个实乃妖
神。正在惊喜之间，忽有正台阴阳官奏道："婚期已定本年本月十二

日。壬子辰良，周堂①通利，宜配婚姻。"国王道："今日是何日辰？"阴阳官奏："今日初八，乃戊申之日，猿猴献果，正宜进贤纳事。"国王大喜，即着当驾官打扫御花园馆阁楼亭，且请驸马同三位高徒安歇，待后安排合卺佳筵，着公主匹配。众等钦遵，国王退朝，多官皆散不题。

却说三藏师徒们都到御花园，天色渐晚，摆了素膳。八戒喜道："这一日也该吃饭了。"管办人即将素米饭、面饭等物，整担挑来。那八戒吃了又添，添了又吃，直吃得撑肠拄腹，方才住手。少顷，又点上灯，设铺盖，各自归寝。长老见左右无人，却恨责行者，怒声叫道："悟空！你这猢狲，番番害我！我说只去倒换关文，莫向彩楼前去，你怎么直要引我去看看？如今看得好么！却惹出这般事来，怎生是好？"行者陪笑道："师父说，'先母也是抛打绣球，遇旧缘，成其夫妇。'似有慕古之意，老孙才引你去。又想着那个给孤布金寺长老之言，就此检视真假。适见那国王之面，略有些晦暗之色，但只未见公主何如耳。"长老道："你见公主便怎的？"行者道："老孙的火眼金睛，但见面，就认得真假善恶，富贵贫穷，却好施为，辨明邪正。"沙僧与八戒笑道："哥哥近日又学得会相面了。"行者道："相面之士，当我孙子罢了。"三藏喝道："且休调嘴！只是他如今定要招我，果何以处之？"行者道："且到十二日会喜之时，必定那公主出来参拜父母，等老孙在旁观看。若还是个真女人，你就做了驸马，享用国内之荣华也罢。"三藏闻言，越生嗔怒，骂道："好猢狲！你还害我哩！却是悟能说的。我们十节儿已上了九节七八分了，你还把热舌头铎②我？快早夹着，你休开那臭口！再若无礼，我就念起咒来，教你了当不得③！"行者听说念咒，慌得跪在面前道："莫念！莫念！若是真女人，待拜堂时，我们一齐大闹皇宫，领你去也。"师徒说话，不觉早已入更。正是：

西游记

---

① 周堂——旧时迷信说法：婚嫁的吉日叫周堂。

② 铎——作"戳、啄"解释，就是用舌头伤人、刺人的意思。

③ 了当不得——承当不起，承受不了。

沉沉宫漏，荫荫花香。绣户垂珠箔，闲庭绝火光。秋千索冷空留影，羌笛声残静四方。绕屋有花笼月灿，隔空无树显星芒。杜鹃啼歇，蝴蝶梦长。银汉横天宇，白云归故乡。正是离人情切处。风摇嫩柳更凄凉。

八戒道："师父，夜深了，有事明早再议。且睡！且睡！"师徒们果然安歇。

一宵夜景已题，早又金鸡唱晓。五更三点，国王即登殿设朝。但见：

> 宫殿开轩紫气高，风吹御乐透青霄。
> 云移豹尾旌旗动，日射螭头玉佩摇。
> 香雾细添宫柳绿，露珠微润苑花娇。
> 山呼舞蹈千官列，海晏河清一统朝。

众文武百官朝罢，又宣："光禄寺安排十二日会喜佳筵，今日且整春罍，请驸马在御花园中款玩。"吩咐仪制司领三位贤亲去会同馆少坐，着光禄寺安排三席素宴去彼奉陪。两处俱着教坊司奏乐，伏侍赏春景消迟日也。八戒闻得，应声道："陛下，我师徒自相会，更无一刻相离，今日既在御花园饮宴，带我们去要两日，好教师父替你家做驸马，不然，这个买卖生意弄不成。"那国王见他丑陋，说话粗俗，又见他扭头捏颈，掬嘴巴，摇耳朵，即像有些风气，犹恐搅破亲事，只得依从，便教："在永镇华夷阁里安排二席，我与驸马同坐。留春亭上安排三席，请三位别坐。恐他师徒们坐次不便。"那呆子才朝上唱个喏，叫声多谢。各各而退。又传旨教内宫官排宴，着三宫六院后妃与公主上头，就为添妆馂子，以待十二日佳配。将有巳时前后，那国王排驾，请唐僧都到御花园内观看。好去处：

> 径铺彩石，槛凿雕栏。径铺彩石，径边石畔长奇葩；槛凿雕

---

① 添妆馂子——陪送新娘的妆奁、食品。

栏，槛外栏中生异卉。夭桃迷翡翠，嫩柳闪黄鹂。步党幽香来袖满，行沾清味上衣多。凤台龙沼，竹阁松轩。凤台之上，吹箫引凤来仪；龙沼之间，养鱼化龙而去。竹阁有诗，费尽推敲裁白雪；松轩文集，考成珠玉注青编。假山拳石翠，曲水碧波深。牡丹亭，蔷薇架，送锦铺绒；茉藜槛，海棠畦，堆霞砌玉。芍药异香，蜀葵奇艳。白梨红杏斗芳菲，紫蕙金萱争烂熳。丽春花、木笔花、杜鹃花，天天灼灼；含笑花、凤仙花、玉簪花，战战巍巍。一处处红透胭脂润，一丛丛芳浓锦绣围。更喜东风回暖日，满园娇媚逞光辉。

一行君王几位，观之良久。早有仪制司官邀请行者三人入留春亭。国王携唐僧上华夷阁，各自饮宴。那歌舞吹弹，铺张陈设。真是：

> 峥嵘阊阖曙光生，凤阁龙楼瑞霭横。
> 春色细铺花草绣，天光遥射锦袍明。
> 笙歌缭绕如仙宴，杯罍飞传玉液清。
> 君悦臣欢同玩赏，华夷永镇世康宁。

此时长老见那国王敬重，无计可奈，只得勉强随喜，诚是外喜而内忧也。坐间见壁上挂着四面金屏，屏上画着春夏秋冬四景，皆有题咏，皆是翰林名士之诗：
《春景诗》曰：

> 周天一气转洪钧，大地熙熙万象新。
> 桃李争妍花烂熳，燕来画栋叠香尘。

《夏景诗》曰：

> 熏风拂拂思迟迟，宫院榴葵映日辉。
> 玉笛音调惊午梦，芰荷香散到庭帏。

《秋景诗》曰：

金井梧桐一叶黄，珠帘不卷夜来霜。

燕知社日辞巢去，雁折芦花过别乡。

《冬景诗》曰：

天雨飞云暗淡寒，朔风吹雪积千山。

深宫自有红炉暖，报道梅开玉满栏。

那国王见唐僧恣意看诗，便道："驸马喜玩诗中之味，心定善于吟哦。如不吝珠玉，请依韵各和一首如何？"长老是个对景忘情、明心见性之意，见国王钦重，命和前韵，他不觉忽谈一句道："日暖冰消大地钧。"国王大喜，即召侍卫官："取文房四宝，请驸马

四僧宴乐御花园

和完录下，俟朕缓缓味之。"长老欣然不辞，举笔而和：

和《春景诗》曰：

日暖冰消大地钧，御园花卉又更新。

和风膏雨民沾泽，海晏河清绝俗尘。

1007

和《夏景诗》曰：

> 斗指南方白昼迟，槐云榴火斗光辉。
> 黄鹂紫燕啼宫柳，巧转双声入绛帏。

和《秋景诗》曰：

> 香飘橘绿与橙黄，松柏青青喜降霜。
> 篱菊半开攒锦绣，笙歌韵彻水云乡。

和《冬景诗》曰：

> 瑞雪初晴气味寒，奇峰巧石玉团山。
> 炉烧兽炭煨酥酪，袖手高歌倚翠栏。

国王见和大喜。称唱道："好个'袖手高歌倚翠栏'！"遂命教坊司以新诗奏乐，尽日而散。

行者三人在留春亭亦尽受用，各饮了几杯，也都有些醺意。正欲去寻长老，只见长老已同国王在一阁。八戒呆性发作，应声叫道："好快活！好自在！今日也受用这一下了！却该趁饱儿睡觉去也！"沙僧笑道："二哥忒没修养，这气饱饫，如何睡觉？"八戒道："你那里知，俗语云，'吃了饭儿不挺尸，肚里没板脂'哩！"

唐僧与国王相别，只谨言，只谨言。既至亭内，嗔责他三人道："汝等越发村了！这是甚么去处，只管大呼小叫！倘或恼着国王，却不被他伤害性命？"八戒道："没事没事！我们与他亲家礼道的，他便不好生怪。常言道，'打不断的亲，骂不断的邻。'大家耍子，怕他怎的？"长老叱道，教："拿过呆子来，打他二十禅杖！"行者果一把揪翻，长老举杖就打。呆子喊叫道："驸马爷爷！饶罪！饶罪！"旁有陪宴官劝住，呆子爬将起来，突突囔囔的道："好贵人！好驸马！亲还未成，就行起王法来了！"行者捂着他嘴道："莫胡说！莫胡说！快早睡去。"他们又在留春亭住了一宿。到明早，依旧宴乐。

不觉乐了三四日，正值十二日佳辰。有光禄寺三部各官回奏道："臣等自八日奉旨，驸马府已修完，专等妆奁铺设。合卺宴亦已完备，荤素共五百余席。"国王心喜，正欲请驸马赴席，忽有内宫官对御前启奏道："万岁，正宫娘娘有请。"国王遂退入内宫，只见那三宫皇后，六院嫔妃，引领着公主，都在昭阳宫谈笑。真个是花团锦簇！那一片富丽妖娆，真胜似天堂月殿，不亚于仙府瑶宫。有《喜会佳姻》新词四首为证。

《喜词》云：

喜！喜！喜！欣然乐矣！结婚姻，恩爱美。巧样宫妆，嫦娥怎比。龙钗与凤，艳艳飞金缕。樱唇皓齿朱颜，袅娜如花轻体。锦重重，五彩丛中；香拂拂，千金队里。

《会词》云：

会！会！会！妖娆娇媚。赛毛嫱，欺楚妹。倾国倾城，比花比玉。妆饰更鲜妍，钗环多艳丽。兰心蕙性清高，粉脸冰肌荣贵。黛眉一线远山微，窈窕嫣姌攒锦队。

《佳词》云：

佳！佳！佳！玉女仙娃。深可爱，实堪夸。异香馥郁，脂粉交加。天台福地远，怎似国王家。笑语纷然娇态，笙歌缭绕喧哗。花堆锦砌千般美，看遍人间怎若他。

《姻词》云：

姻！姻！姻！兰麝香喷。仙子阵，美人群。嫔妃换彩，公主妆新。云鬟堆鸦髻，霓裳压凤裙。一派仙音嘹亮，两行朱紫缤纷。当年曾结乘鸾信，今朝幸喜会佳姻。

1009

却说国王驾到，那后妃引着公主，并彩女宫娥都来迎接。国王喜孜孜，进了昭阳宫坐下。后妃等朝拜毕，国王道："公主贤女，自初八日结彩抛球，幸遇圣僧，想是心愿已足。各衙门官，又能体朕心，各项事俱已完备。今日正是佳期，可早赴合卺之宴，不要错过时辰。"那公主走近前，倒身下拜，奏道："父王，乞赦小女万千之罪。有一言启奏，这几日闻得宫官传说，唐圣僧有三个徒弟，他生得十分丑恶，小女不敢见他，恐见时必生恐惧。万望父王将他发放出城方好，不然惊伤弱体，反为祸害也。"国王道："孩儿不说，朕几乎忘了。果然生得有些丑恶。连日教他在御花园里留春亭管待。趁今日就上殿，打发他关文，教他出城，却好会宴。"公主叩头谢了恩。国王即出驾上殿，传旨："请驸马共他三位。"

一怪空怀情欲喜

原来那唐僧捏指头儿算日子，熬至十二日，天未明，就与他三人计较道："今日却是十二了，这事如何区处？"行者道："那国王我已识得他有些晦气，还未沾身，不为大害；但只不得公主见面，若得出来，老孙一觑，就知真假，方才动作。你只管放心，他如今一定来请，打发我等出城。你自应承莫怕。我闪闪身儿就来，紧紧随护你也。"师徒们正讲，果见当驾官同仪制司来请。行者笑道："去来！去来！必定是与我们送行，好留师父会合。"八戒道："送行必定有千百两黄金白银，我们也好买些人事①回去，到我那丈人家，也再会亲耍子儿去耶。"沙僧道："二哥箝着口，休乱说，只凭大哥主张。"

遂此将行李、马匹，俱随那些官到于丹墀下。国王见了，教请行者三位近前道："汝等将关文拿上来，朕当用宝花押交付汝等，外多备盘缠，送你三位早去灵山见佛。若取经回来，还有重谢。留驸马在此，勿得悬念。"行者称谢，遂教沙僧取出关文递上。国王看了，即用了印，押了花字，又取黄金十锭，白金二十锭，聊达亲礼。八戒原来财色心重，即去接了。行者朝上唱个喏道："聒噪！聒噪！"便转身要走，慌得个三藏一毂辘爬起，扯住行者，咬响牙根道："你们都不顾我就去了！"行者把手捏着三藏手掌，丢个眼色道："你在这里宽怀欢会，我等取了经，回来看你。"那长老似信不信的，不肯放手。多官都看见，以为实是相别而去。早见国王又请驸马上殿，着多官送三位出城。长老只得放了手上殿。

行者三人，同众出了朝门，各自相别。八戒道："我们当真的走哩？"行者不言语，只管走至驿中。驿丞接入，看茶，摆饭。行者对八戒、沙僧道："你两个只在此，切莫出头。但驿丞问甚么事情，且含糊答应，莫与我说话。我保师父去也。"

好大圣，拔一根毫毛，吹口仙气，叫："变！"即变作本身模样，与八戒、沙僧同在驿内。真身却幌的跳在半空，变作一个蜜蜂儿，其实小巧。但见：

> 翅黄口甜尾利，随风飘舞颠狂。最能摘蕊与偷香，度柳穿花摇荡。辛苦几番淘染，飞来飞去空忙。酿成浓美自何尝，只好留存名状。

你看他轻轻的飞入朝中。远见那唐僧在国王左边绣墩上坐着，愁眉不展，心存焦燥。径飞至他毗卢帽上，悄悄的爬及耳边，叫道："师父，我来了，切莫忧虑。"这句话，只有唐僧听见，那伙凡人，莫想知觉。唐僧听见，始觉心宽。不一时，宫官来请道："万岁，合

---

① 人事——馈送人的礼物。

叠嘉筵已排设在鸒鹊宫中。娘娘与公主，俱在宫伺候。专请万岁同贵人会亲也。"国王喜之不尽，即同驸马进宫而去。正是那：

邪主爱花花作祸，禅心动念念生愁。

毕竟不知唐僧在内宫怎生解脱，且听下回分解。

第九十五回

假合真形擒玉兔　真阴归正会灵元

却说那唐僧忧忧愁愁，随着国王至后宫，只听得鼓乐喧天，随闻得异香扑鼻，低着头，不敢仰视。行者暗里欣然，丁在那毗卢帽顶上，运神光，睁火眼金睛观看，又只见那两班彩女，摆列的似蕊宫仙府，胜强似锦帐春风。真个是：

> 娉娉袅娜，玉质冰肌。一双双娇欺楚女，一对对美赛西施。云髻高盘飞彩凤，娥眉微显远山低。笙簧杂奏，箫鼓频吹，宫商角徵羽，抑扬高下齐。清歌妙舞常堪爱，锦砌花团色色怡。

行者见师父全不动念，暗自里咂嘴夸称道："好和尚！好和尚！身居锦绣心无爱，足步琼瑶意不迷。"

少时，皇后、嫔妃簇拥着公主出鹊宫，一齐迎接，都道声："我王万岁，万万岁！"慌的个长老战战兢兢，莫知所措。行者早已知识，见那公主头顶上微露出一点妖氛，却也不十分凶恶，即忙爬近耳朵叫道："师父，公主是个假的。"长老道："是假的，却如何教他现相？"行者道："使出法身，就此拿他也。"长老道："不可！不可！恐惊了主驾，且待君后退散，再使法力。"

那行者一生性急，那里容得，大咤一声，现了本相，赶上前揪住公主骂道：“好孽畜！你在这里弄假成真，只在此这等受用也尽够了，心尚不足，还要骗我师父，破他的真阳，遂你的淫性哩！”唬得那国王呆呆挣挣，后妃跌跌爬爬，宫娥彩女，无一个不东躲西藏，各顾性命。好便似：

　　春风荡荡，秋气潇潇。春风荡荡过园林，千花摆动；秋气潇潇来径苑，万叶飘摇。刮折牡丹敲槛下，吹歪芍药卧栏达。沼岸芙蓉乱撼，台基菊蕊铺堆。海棠无力倒尘埃，玫瑰有香眠野径。春风吹折芰荷梗，冬雪压歪梅嫩蕊。石榴花瓣，乱落在内院东西；岸柳枝条，斜垂在皇宫南北。好花风雨一宵狂，无数残红铺地锦。

三藏一发慌了手脚，战兢兢抱住国王，只叫：“陛下，莫怕！莫怕！此是我顽徒使法力，辨真假也。”

假合真形擒玉兔

　　却说那妖精见事不谐，挣脱了手，解剥了衣裳，摔摔头，摇落了钗环首饰，即跑到御花园土地庙里，取出一条碓嘴样的短棍，急转身来乱打行者。行者随即跟来，使铁棒劈面相迎。他两个吆吆喝喝，就在花园斗起，后却大显神通，各驾云雾，杀在空中。这一场：

　　金箍铁棒有名声，碓嘴短棍无人识。一个因取真经到此方，一个为爱奇花来住迹。那怪久知唐圣僧，要求配合元精液。旧年摄去真公主，变作人身钦爱惜。今逢大圣认妖氛，救援活命分虚实。短棍行凶着顶丢，铁棒施威迎面击。喧喧嚷嚷两相持，云雾满天遮白日。

他两个杀在半空赌斗，吓得那满城中百姓心慌，尽朝里多官胆怕。长老扶着国王，只叫："休惊！请劝娘娘与众等莫怕。你公主是个假作真形的，等我徒弟拿住他，方知好歹也。"那些妃子，有胆大的，把那衣服、钗环拿与皇后看了，道："这是公主穿的，戴的，今都丢下，精着身子，与那和尚在天上争打，必定是个妖邪。"此时国王、后妃人等才正了性，望空仰视不题。却说那妖精与大圣斗经半日，不分胜败。行者把棒丢起，叫一声："变！"就以一变十，以十变百，以百变千，半天里，好似蛇游蟒搅，乱打妖邪。妖邪慌了手脚，将身一闪，化道清风，即奔碧空之上逃走。行者念声咒语，将铁棒收做一根，纵祥光一直赶来。将近西天门，望见那旌旗闪灼，行者厉声高叫道："把天门的，挡住妖精，不要放他走了！"真个那天门上有护国天王帅领着庞、刘、苟、毕四大元帅，各展兵器拦阻。妖邪不能前进，急回头，舍死忘生，使短棍又与行者相持。

这大圣用心力抢铁棒，仔细迎着看时，见那短棍儿一头壮，一头细，却似春碓臼的杵头模样，叱咤一声，喝道："孽畜！你拿的是甚么器械，敢与老孙抵敌！快早降伏，免得这一棒打碎你的天灵！"那妖邪咬着牙道："你也不知我这兵器！听我道：

玉兔精

仙根是段羊脂玉，磨琢成形不计年。
混沌开时吾已得，洪蒙判处我当先。
源流非比凡间物，本性生来在上天。

1015

一体金光和四相，五行瑞气合三元。

随吾久住蟾宫内，伴我常居桂殿边。

因为爱花垂世境，故来天竺假婵娟。

与君共乐无他意，欲配唐僧了宿缘。

你怎欺心破佳偶，死寻赶战逞凶顽！

这般器械名头大，在你金箍棒子前。

广寒宫里捣药杵，打人一下命归泉！”

行者闻说，呵呵冷笑道：“好孽畜啊！你既住在蟾宫之内，就不知老孙的手段？你还敢在此支吾？快早现相降伏，饶你性命！”那怪道：“我认得你是五百年前大闹天宫的弼马温，理当让你。但只是破人亲事，如杀父母之仇，故此情理不甘，要打你欺天罔上的弼马温！”那大圣恼得是“弼马温”三字，他听得此言，心中大怒，举铁棒劈面就打。那妖邪抢杵来迎，就于西天门前，发狠相持。这一场：

金箍棒，捣药杵，两般仙器真堪比。那个为结婚姻降世间，这个因保唐僧到这里。原来是国王没正经，爱花引得妖邪喜。致使如今恨苦争，两家都把顽心起。一冲一撞赌输赢，劖语劖言齐斗嘴。药杵英雄世罕稀，铁棒神威还更美。金光湛湛幌天门，彩雾辉辉连地里。来往战经十数回，妖邪力弱难搪抵。

那妖精与行者又斗了十数回，见行者的棒势紧密，料难取胜，虚丢一杵，将身幌一幌，金光万道，径奔正南上败走，大圣随后追袭，忽至一座大山，妖精按金光，钻入山洞，寂然不见。又恐他遁身回国，暗害唐僧，他认了这山的规模，返云头径转国内。

此时有申时矣。那国王正扯着三藏，战战兢兢，只叫：“圣僧救我！”那些嫔妃、皇后也正怆惶。只见大圣自云端里落将下来，叫道：“师父，我来也！”三藏道：“悟空立住，不可惊了圣躬。我问你，假公主之事，端的如何？”行者立于鹊宫外，叉手当胸道：“假公主是个妖邪。初时与他打了半日，他战不过我，化道清风，径往天门上跑，是我吆喝天神挡住。他现了相，又与我斗到十数合，又将身化做金光，败回正南上一座山上。我急追至山，无处寻觅，恐怕他来此害你，特地回顾也。"国王听说，扯着唐僧问道："既然假公主是个妖邪，我真公主在于何处？"行者应声道："待我拿住假公主，你那真公主自然来也。"那后妃等闻得此言，都解了恐惧，一个个上前拜告道："望圣僧救得我真公主来，分了明暗，必当重谢。"行者道："此间不是我们说话处，请陛下与我师出宫上殿，娘娘等各转各宫，召我师弟八戒、沙僧来保护师父，我却好去降妖。一则分了内外，二则免我悬心。谨当辨明，以表我一场心力。"国王依言，感谢不已。遂与唐僧携手出宫，径至殿上。众后妃各各回宫。一壁厢教备素膳，一壁厢请八戒、沙僧。须臾间，二人早至。行者备言前事，教他两个用心护持。这大圣纵筋斗云，飞空而去。那殿前多官，一个个望空礼拜不题。

孙大圣径至正南方那座山上寻找。原来那妖邪败了阵，到此山，钻入窝中，将门儿使石块挡塞，虚怯怯藏隐不出。行者寻一会不见动静，心甚焦恼，捻着决，念动真言，唤出那山中土地、山神审问。少时，二神至了，叩头道："不知！不知！知当远接。万望恕罪！"行者道："我且不打你。我问你，这山叫做甚么名字？此处有多少妖精？从实说来，饶你罪过。"二神告道："大圣，此山唤做毛颖山。山中只有三处兔穴。亘古至今，没甚妖精。乃五环之福地也。大圣要寻妖精，还是西天路上去有。"行者道："老孙到了西天天竺国，那国王有个公主被个妖精摄去，抛在荒野，他就变作公主模样，戏哄国王，结彩楼，抛绣球，欲招驸马。我保唐僧至其楼下，被他有心打着唐僧，欲为配偶，诱取元阳。是我识破，就于宫中现身捉获。他就脱了人衣、首饰，使一条短棍，唤名捣药杵，与我斗了半日，他就化清风而去。被老孙赶至西天门，又斗有十数合，他料不能胜，复化金光，逃至此处，如何不见？"

二神听说，即引行者去那三窟中寻找，始于山脚下窟边看处，亦有几个草兔儿，也惊得走了。寻至绝顶上窟中看时，只见两块大石头，将窟门挡住。土地道："此间必是妖邪赶急钻进去也。"行者即使铁棒捎开石块。那妖邪果藏在里面，呼的一声，就跳将出来，举药杵来打。行者抡起铁棒架住，唬得那山神倒退，土地忙奔。那妖邪口里囔囔突突的，骂着山神、土地道："谁教你引着他往这里来找寻！"他支支撑撑的，抵着铁棒，且战且退，奔至空中。

正在危急之际，却又天色晚了。这行者愈发狠性，下毒手，恨不得一棒打杀。忽听得九霄碧汉之间，有人叫道："大圣，莫动手！莫动手！棍下留情！"行者回头看时，原来是太阴星君，后带着姮娥仙子，降彩云到于当面。慌得行者收了铁棒，躬身施礼道："老太阴，那里来的？老孙失回避了。"太阴道："与你对敌的这个妖邪，是我广寒宫捣玄霜仙药之玉兔也。他私自偷开玉关金锁，走出宫来，经今一载。我算他目下有伤命之灾，特来救他性命。望大圣看老身饶他罢。"行者喏喏连声，只道："不敢！不敢！怪道他会使捣药杵！原来是个玉兔儿！老太阴不知，他摄藏了天竺国王之公主，却又假合真形，欲破我圣僧师父之元阳。其情其罪，其实何甘！怎么便可轻恕饶他？"太阴道："你亦不知。那国王之公主，也不是凡人，原是蟾宫中之素娥。十八年前，他曾把玉兔儿打了一掌，却就思凡下界。一灵之光，遂投胎于国王正宫皇后之腹，当时得以降生。这玉兔儿怀那一掌之仇，故于旧年走出广寒，抛素娥于荒野。——但只是不该欲配唐僧。此罪真不可逭。幸汝留心，识破真假，却也未曾伤损你师。万望看我面上，恕他之罪，我收他去也。"行者笑道："既有这些因果，老孙也不敢抗违。但只是你收了玉兔儿，恐那国王不信，敢烦太阴君同众仙妹将玉兔儿拿到那厢，对国王明证明证，一则显老孙之手段，二来说那素娥下降之因由，然后着那国王取素娥公主之身，以见显报之意也。"太阴君信其言，用手指定妖邪，喝道："那孽畜还不归正同来！"玉兔儿打个滚，现了原身。真个是：

缺唇尖齿，长耳稀须。团身一块毛如玉，展足千山蹄若飞。直鼻垂酥，果赛霜华填粉腻；双睛红映，犹欺雪上点胭脂。伏在地，白穰穰一堆素练；伸开腰，白铎铎一架银丝。几番家，吸残清露瑶天晓，捣药长生玉杵奇。

那大圣见了，不胜欣喜，踏云光，向前引导。那太阴君领着众姮娥仙子，带着玉兔儿，径转天竺国界。此时正黄昏，看看月上。到城边，闻得谯楼上播鼓。那国王与唐僧尚在殿内，八戒、沙僧与多官都在阶前。方议退朝，只见正南上一片彩霞，光明如昼。众抬头看处，又闻得

真阴归正会灵元

孙大圣厉声高叫道："天竺陛下，请出你那皇后嫔妃看者。这宝幢下乃月宫太阴星君，两边的仙妹是月里嫦娥。这个玉兔儿却是你家的假公主，今现真相也。"那国王急召皇后、嫔妃与宫娥、彩女等众，朝天礼拜，他和唐僧及多官亦俱望空拜谢。满城中各家各户，也无一人不设香案，叩头念佛。正此观看处，猪八戒动了欲心，忍不住，跳在空中，把霓裳仙子抱住道："姐姐，我与你是旧相识，我和你耍子儿去也。"行者上前，揪着八戒，打了两掌，骂道："你这个村泼呆子！此是甚么去处，敢动淫心！"八戒道："拉闲①散闷耍子而已！"那太阴君令转仙幢，与众嫦娥收回玉兔，径上月宫而去。

行者把八戒揪落尘埃。这国王在殿上谢了行者，又问前因道："多感神僧大法力捉了假公主，朕之真公主，却在何处所也？"行者道："你那真公主也不是凡胎，就是月宫里素娥仙子。因十八年前，他将玉兔儿打了一掌，就思凡下界，投胎在你正宫腹内，生下身来。那玉兔儿

————————

① 拉闲——犹聊天，拉呱，扯闲白。

1019

怀恨前仇，所以于旧年间偷开玉关金锁走下来，把素娥摄抛荒野，他却变形哄你。这段因果，是太阴君亲口才与我说的。今日既去其假者，明日请御驾去寻其真者。"国王闻说，又心意惭惶，止不住腮边流泪道："孩儿！我自幼登基，虽城门也不曾出去，却教我那里去寻你也！"行者笑道："不须烦恼。你公主现在给孤布金寺里装疯。今且各散，到天明我还你个真公主便是。"众官又拜伏奏道："我王且心宽，这几位神僧，乃腾云驾雾之神佛，必知未来过去之因由。明日即烦神僧四众同去一寻，便知端的。"国王依言，即请至留春亭摆斋安歇。此时已近二更，正是那：

铜壶滴漏月华明，金铎叮当风送声。

杜宇正啼春去半，落花无路近三更。

御园寂寞秋千影，碧落空浮银汉横。

三市六街无客走，一天星斗夜光晴。

当夜各寝不题。

这一夜，国王退了妖气，陡长精神，至五更三点，复出临朝。朝毕，命请唐僧四众，议寻公主。长老随至，朝上行礼。大圣三人，一同打个问讯。国王欠身道："昨所云公主孩儿，敢烦神僧为一寻救。"长老道："贫僧前日自东来，行至天晚，见一座给孤布金寺，特进求宿，幸那寺僧相待。当晚斋罢，步月闲行，行至布金旧园，观看基址，忽闻悲声入耳。询问其由，本寺一老僧，年已百岁之外，他屏退左右，细细的对我说了一遍，道，'悲声者，乃旧年春深时，我正明性月，忽然一阵风生，就有悲怨之声。下榻到祇园基上看处，乃是一个女子。询问其故，那女子道，"我是天竺国国王公主。因为夜间玩月观花，被风刮至于此。"那老僧多知人礼，即将公主锁在一间僻静房中。惟恐本寺顽僧污染，只说是妖精被我锁住。公主识得此意，日间胡言乱语，讨些茶饭吃了；夜深无人处，思量父母悲啼。那老僧也曾来国打听几番，见公主在宫无恙，所以不敢声言举奏。因见我徒弟有些神通，那老僧千叮万嘱，教贫僧到此查访。不期他原是蟾宫玉兔为妖，假合真形，变作公主模样。他却又有心要破我元阳。幸亏我徒弟施威显法，认出真假。今已被太阴星收去。贤公主见在布金寺装疯也。"国王见说此详细，放声大哭。早惊动三宫六院，都来问及前因。无一人不痛哭者。良久，国王又问："布金寺离城多远？"三藏道："只有六十里路。"国王遂传旨："着东西二宫守殿，掌朝太师卫国，朕同正宫皇后帅多官、四神僧，去寺取公主也。"

当时摆驾，一行出朝。你看那行者就跳在空中，把腰一扭，先到了寺里。众僧慌忙跪接道："老爷去时，与众步行，今日何从天上下来？"行者笑道："你那老师在于何处？快叫他出来，排设香案接驾。天竺国王、皇后、多官与我师父都来了。"众僧不解其意，即请出那老僧。老僧见了行者，倒身下拜道："老爷，公主之事如何？"行者把那假公主抛绣球，欲配唐僧，并赶捉赌斗，与太阴星收去玉兔之言，备陈了一遍。那老僧又磕头拜谢，行者搀起道："且莫拜，且莫拜，快安排接驾。"众僧才知后房里锁得是个女子。一个个惊惊喜喜，便都设了香案，摆列山门之外，穿了袈裟，撞起钟鼓等候。不多时，圣驾早到。果然是：

> 缤纷瑞霭满天香，一座荒山倏被祥。
> 虹流千载清河海，电绕长春赛禹汤。
> 草木沾恩添秀色，野花得润有余芳。
> 古来长者留遗迹，今喜明君降宝堂。

国王到于山门之外，只见那众僧齐齐整整，俯伏接拜，又见孙行者立在中间，国王道："神僧何先到此？"行者笑道："老孙把腰略扭一扭儿，就到了。你们怎么就走这半日？"随后唐僧等俱到。长老引驾，到于后面房边，那公主还装疯胡说。老僧跪指道："此房内就是旧年风吹来的公主娘娘。"国王即令开门。随即打开铁锁，开了门。国王与皇后见了公主，认得形容，不顾秽污，近前一把搂抱道："我的受苦的儿啊！你怎么道这等折磨，在此受罪！"真是父母子女相逢，比他人不同，三人抱头大哭。哭了一会，叙毕离情，即令取香汤，教公主沐浴更衣，上辇回国。

行者又对国王拱手道："老孙还有一事奉上。"国王答礼道："神僧有事吩咐，朕即从之。"行者道："他这山，名为百脚山。近来说有蜈蚣成精，黑夜伤人，往来行旅，甚为不便。我思蜈蚣惟鸡可以降伏，可选绝大雄鸡千只，撒放山中，除此毒虫。就将此山名改换改换，赐文一道敕封，就当谢此僧存养公主之恩也。"国王甚喜，领诺。随差官进城取鸡；又改山名为宝华山，仍着工部办料重修，赐与封号，唤做"敕建宝华山给孤布金寺"；把那老僧封为"报国僧官"，永远世袭，赐俸三十六石。僧众谢了恩，送驾回朝。公主入宫，各各相见。安排筵宴，与公主释闷贺喜。后妃母子，复聚首团圆。国王君臣，亦共喜，饮宴一宵不题。

次早，国王传旨，召丹青图下圣僧四众喜容，供养在华夷楼上。又请公主新妆重整，出殿谢唐僧四众救苦之恩。谢毕，唐僧辞王西去。那国王那里肯放，大设佳宴，一连吃了五六日，着实好了呆子，尽力放开肚量受用。国王见他们拜佛心重，苦留不住，遂取金银二百锭，宝贝各一盘奉谢。师徒们一毫不受。教摆銮驾，请老师父登輦，差官远送，那后妃并臣民人等俱各叩谢不尽。及至前途，又见众僧叩送，俱不忍相别。行者见送者不肯回去，无已，捻诀往巽地上吹口仙气，一阵暗风，把送的人都迷了眼目，方才得脱身而去。这正是：

沐净恩波归了性，出离金海悟真空。

毕竟不知前路如何，且听下回分解。

第九十六回

寇员外喜待高僧　唐长老不贪富贵

色色原无色，空空亦非空。静喧语默本来同，梦里何劳说梦。有用用中无用，无功功里施功。还如果熟自然红，莫问如何修种。

话表唐僧师众，使法力，阻住那布金寺僧。僧见黑风过处，不见他师徒，以为活佛临凡，磕头而回不题。他师徒们西行，正是春尽夏初时节：

　　　　清和天气爽，池沼芰荷生。
　　　　梅逐雨余熟，麦随风里成。
　　　　草香花落处，莺老柳枝轻。
　　　　江燕携雏习，山鸡哺子鸣。
　　　　斗南当日永，万物显光明。

说不尽那朝餐暮宿，转涧寻坡。在那平安路上，行经半月。前边又见一城垣相近。三藏问道："徒弟，此又是甚么去处？"行者道："不知，不知。"八戒笑道："这路是你行过的，怎说不知？却是又有些儿跷蹊。故意推不认得，捉弄我们哩。"行者道："这呆子全不察理！这路虽是走过几遍，那时只在九霄空里，驾云而来，驾云而去，何曾

1023

落在此地？事不关心，查他做甚，此所以不知。却有甚跷蹊，又捉弄你也？”

说话间，不觉已至边前。三藏下马，过吊桥，径入门里。长街上，只见廊下，坐着两个老儿叙话。三藏叫：“徒弟，你们在那街心里站住，低着头，不要放肆，等我去那廊下，问个地方。”行者等果依言立住。长老近前合掌叫声：“老施主，贫僧问讯了。”那二老正在那里闲讲闲论，——说甚么兴衰得失，谁圣谁贤，当时的英雄事业，而今安在，诚可谓大叹息。——忽听得道声问讯，随答礼道：“长老有何话说？”三藏道：“贫僧乃远方来拜佛祖的，适到宝方，不知是甚地名。那里有向善的人家，化斋一顿？”老者道：“我敝处是铜台府，府后有一县，叫做地灵县。长老若要吃斋，不须募化，过此牌坊，南北街，坐西向东者，有一个虎坐门楼，乃是寇员外家。他门前有个‘万僧不阻’之牌。似你这远方僧，尽着受用。去！去！去！莫打断我们的话头。”三藏谢了。转身对行者道：“此处乃铜台府地灵县。那二老道，过此牌坊，南北街，向东虎坐门楼，有个寇员外家，他门前有个‘万僧不阻’

寇员外

之牌。教我到他家去吃斋哩。”沙僧道：“西方乃佛家之地，真个有斋僧的。此间既是府县，不必照验关文，我们去化些斋吃了，就好走路。”长老与三人缓步长街，又惹得那市口里人，都惊惊恐恐，猜猜疑疑的，围绕争看他们相貌。长老吩咐闭口，只教，“莫放肆！莫放肆！”三人果低着头，不敢仰视。转过拐角，果见一条南北大街。

正行时，见一个虎坐门楼，门里边影壁上挂着一面大牌，书着“万僧不阻”四字。三藏道：“西方佛地，贤者、愚者、俱无诈伪。那二老说时，我犹不信，至此果如其言。”八戒村野，就要进去。行者道：“呆子且住。待有人出来。问及何如，方好进去。”沙

1024

僧道："大哥说得有理。恐一时不分内外，惹施主烦恼。"在门口歇下马匹、行李。须臾间，有个苍头出来，提着一把秤，一只篮儿，猛然看见，慌的丢了，倒跑进去报道："主公！外面有四个异样僧家来也！"那员外挂着拐，正在天井中闲走，口里不住的念佛，一闻报道，就丢了拐，出来迎接。见他四众，也不怕丑恶，只叫："请进，请进。"三藏谦谦逊逊，一同都入。转过一条巷子，员外引路，至一座房里，说道："此上手房宇，乃管待老爷们的佛堂、经堂、斋堂。下手的，是我弟子老小居住。"三藏称赞不已，随取袈裟穿了拜佛，举步登堂观看，但见那：

香云霭霭，烛焰光辉。满堂中锦簇花攒，四下里金铺彩绚。朱红架，高挂紫金钟；彩漆榘，对设花腔鼓。几对幡，绣成八宝；千尊佛，尽饯黄金。古铜炉，古铜瓶，雕漆桌，雕漆盒。古铜炉内，常常不断沉檀；古铜瓶中，每有莲花现彩。雕漆桌上五云鲜，雕漆盒中香瓣积。玻璃盏，净水澄清；瑠璃灯，香油明亮。一声金磬，响韵虚徐。真个是红尘不到赛珍楼，家奉佛堂欺上刹。

长老净了手，拈了香，叩头拜毕，却转回与员外行礼。员外道："且住！请到经堂中相见。"又见那：

方台竖柜，玉匣金函。方台竖柜，堆积着无数经文；玉匣金函，收贮着许多简札。彩漆桌上，有纸墨笔砚，都是些精精致致的文房；椒粉屏前，有书画琴棋，尽是些妙妙玄玄的真趣。放一口轻玉浮金之仙磬，挂一柄披风披月之龙髯。清气令人神气爽，斋心自觉道心闲。

长老到此，正欲行礼，那员外又搀住道："请宽佛衣。"三藏脱了袈裟，才与长老见了。又请行者三人见了。又叫把马喂了，行李安在廊下，方问起居。三藏道："贫僧是东土大唐钦差，诣宝方谒灵山见佛祖求真经者。闻知尊府敬僧，故此拜见，求一斋就行。"员外面生喜色，笑吟吟的道："弟子贱名寇洪，字大宽，虚度六十四岁。自四十岁上，

西游记

许斋万僧，才做圆满。今已斋了二十四年，有一簿斋僧的帐目。连日无事，把斋过的僧名算一算，已斋过九千九百九十六员。止少四众，不得圆满。今日可可的天降老师四位，完足万僧之数，请留尊讳，好歹宽住月余，待做了圆满，弟子着轿马送老师上山。此间到灵山只有八百里路，苦不远也。"三藏闻言，十分欢喜，都就权且应承不题。

他那几个大小家僮，往宅里搬柴打水，取米面蔬菜，

寇员外喜待高僧

整治斋供。忽惊动员外妈妈问道："是那里来的僧，这等上紧？"僮仆道："才有四位高僧，爹爹问他起居，他说是东土大唐皇帝差来的，往灵山拜佛爷爷。到我们这里，不知有多少路程。爹爹说是天降的，吩咐我们快整斋，供养他也。"那老妪听说也喜，叫丫鬟："取衣服来我穿，我也去看看。"僮仆道："奶奶，只一位看得，那三位看不得，形容丑得狠哩。"老妪道："汝等不知，但形容丑陋，古怪清奇，必是天人下界。快先去报你爹爹知道。"那僮仆跑至经堂对员外道："奶奶来了，要拜见东土老爷哩。"三藏听见，即起身下座。说不了，老妪已至堂前，举目见唐僧相貌轩昂，丰姿英伟。转面见行者三人模样非凡，虽知他是天人下界，却也有几分悚惧，朝上跪拜。三藏急急还礼道："有劳菩萨错敬。"老妪问员外说道："四位师父，怎不并坐？"八戒掬着

1026

嘴道："我三个是徒弟。"噫！他这一声，就如深山虎啸，那妈妈一发害怕。

正说处，又见一个家僮来报道："两个叔叔也来了。"三藏急转身看时，原来是两个少年秀才。那秀才走上经堂，对长老倒身下拜，慌得三藏急便还礼。员外上前扯住道："这是我两个小儿，唤名寇梁、寇栋，在书房里读书方回，来吃午饭，知老师下降，故来拜也。"三藏喜道："贤哉！贤哉！正是欲高门第须为善，要好儿孙在读书。"二秀才启上父亲道："这老爷是那里来的？"员外笑道："来路远哩，南赡部洲东土大唐皇帝钦差到灵山拜佛祖爷爷取经的。"秀才道："我看《事林广记》上，盖天下只有四大部洲。我们这里叫做西牛贺洲，还有个东胜神洲。想南赡部洲至此，不知走了多少年代？"三藏笑道："贫僧在路，耽阁的日子多，行的日子少。常遭毒魔狠怪，万苦千辛。甚亏我三个徒弟保护。共计一十四遍寒暑，方得至宝方。"秀才闻言，称奖不尽道："真是神僧！真是神僧！"说未毕，又有个小的来请道："斋筵已摆，请老爷进斋。"员外着妈妈与儿子转宅，他却陪四众进斋堂吃斋。那里铺设的齐整，但见：

> 金漆桌案，黑漆交椅。前面是五色高果，俱巧匠新装成的时样。第二行五盘小菜，第三行五碟水果，第四行五大盘闲食。般般甜美，件件馨香。素汤米饭，蒸卷馒头，辣辣爨爨热腾腾，尽皆可口，真足充肠。七八个僮仆往来奔奉，四五个庖丁不住手。

你看那上汤的上汤，添饭的添饭，一往一来，真如流星赶月。这猪八戒一口一碗，就是风卷残云，师徒们尽受用了一顿。长老起身，对员外谢了斋，就欲走路。那员外拦住道："老师，放心住几日儿。常言道，'起头容易结梢难'。只等我做过了圆满，方敢送程。"三藏见他心诚意恳，没奈何住了。

早经过五七遍朝夕，那员外才请了本处应佛僧二十四员，办做圆满道场。众僧们写作有三四日，选定良辰，开启佛事。他那里与大唐的世情一般，却倒也：

大扬幡，铺设金容；齐秉烛，烧香供养。擂鼓敲铙，吹笙捻管。云锣儿，横笛音清，也都是尺工字样。打一回，吹一荡，朗言齐语开经藏。先安土地，次请神将。发了文书，拜了佛像。谈一部《孔雀经》，句句消灾障；点一架药师灯，焰焰辉光亮。拜水忏，解冤愆；讽《华严》，除《诽谤》。三乘妙法甚精勤，一二沙门皆一样。

如此做了三昼夜，道场已毕。唐僧想着雷音，一心要去，又相辞谢。员外道："老师辞别甚急，想是连日佛事冗忙，多致简慢，有见怪之意。"三藏道："深扰尊府，不知何以为报，怎敢言怪！但只当时圣君送我出关，问几时可回，我就误答三年可回。不期在路耽阁，今已十四年矣！取经未知有无，及回又得十二三年，岂不违背圣旨？罪何可当！望老员外让贫僧前去，待取得经回，再造府久住些时，有何不可！"八戒忍不住高叫道："师父忒也不从人愿！不近人情！老员外大家巨富，许下这等斋僧之愿，今已圆满，又况留得至诚，须住年把，也不妨事，只管要去怎的？放了这等现成好斋不吃，却往人家化募！前头有你甚老爷、老娘①家哩？"长老咄的喝了一声道："你这夯货，只知要吃，更不管回向之因，正是那'槽里吃食，胃里擦痒'的畜生！汝等既要贪此嗔痴，明日等我自家去罢。"行者见师父变了脸，即揪住八戒，着头打一顿拳，骂道："呆子不知好歹，惹得师父连我们都怪了！"沙僧笑道："打得好！打得好！只这等不说话，还惹人嫌，且又插嘴！"那呆子气呼呼的，立在旁边，再不敢言。员外见他师徒们生恼，只得满面陪笑道："老师莫焦躁，今日且少宽容，待明日我办些旗鼓，请几个邻里亲戚，送你们起程。"

正讲处，那老妪又出来道："老师父，既蒙到舍，不必苦辞。今到几日了？"三藏道："已半月矣。"老妪道："这半月算我员外的功德。老身也有些针线钱儿，也愿斋老师父半月。"说不了，寇栋兄弟又出来道："四位老爷，家父斋僧二十余年，更不曾遇着好人。今幸圆满，四位下降，诚然是蓬屋生辉。学生年幼，不知因果，常闻得有云，

---

① 老爷、老娘——外祖父、外祖母。

'公修公得，婆修婆得，不修不得'。我家父母各欲献芹者，正是各求得些因果，何必苦辞？就是愚兄弟，也省得有些束修钱儿，也只望供养老爷半月，方才送行。"三藏道："令堂老菩萨盛情，已不敢领，怎么又承贤昆玉厚爱？决不敢领。今朝定要起身。万勿见罪。不然，久违钦限，罪不容诛矣。"那老姬与二子见他执意不住，便生起恼来道："好意留他，他这等固执要去，——要去便就去了罢！只管唠叨甚么！"母子遂抽身进去。八戒忍不住口，又对唐僧道："师父，不要拿过了班儿。常言道，'留得在，落得怪。'我们且住一个月儿，了了他母子的愿心也罢了，只管忙怎的？"唐僧又咄了一声，喝道。那呆子就自家把嘴打了两下道："啐！啐！啐！"说道："莫多话！又作声了！"行者与沙僧秋秋的笑在一边。唐僧又怪行者道："你笑甚么？"即捻诀要念紧箍儿咒，慌得个行者跪下道："师父，我不曾笑，我不曾笑！千万莫念！莫念！"

员外又见他师徒们渐生烦恼，再也不敢苦留，只叫："老师不必吵闹，准于明早送行。"遂此出了经堂，吩咐书办，写了百十个简帖儿，邀请邻里亲戚，明早奉送唐朝老师西行。一壁厢又叫庖人安排饯行的筵宴；一壁厢又叫管办的做二十对彩旗，觅一班吹鼓手乐人，南来寺里请一班和尚，东岳观里请一班道士，限明日巳时，各项俱要整齐。众执事领命去讫。不多时，天又晚了。吃了晚斋，各归寝处。正是那：

> 几点归鸦过别村，楼头钟鼓远相闻。
> 六街三市人烟静，万户千门灯火昏。
> 月皎风清花弄影，银河惨淡映星辰。
> 子规啼处更深矣，天籁无声大地钧。

当时三四更天气，各管事的家僮，尽皆早起，买办各项物件。你看那办筵席的厨上慌忙；置彩旗的，堂前吵闹；请僧道的，两脚奔波；叫鼓乐的，一声急纵；送简帖的，东走西跑；备轿马的，上呼下应。这半夜，直嚷至天明，将巳时前后，各项俱完，也只是有钱不过。

却表唐僧师徒们早起，又有那一班人供奉。长老吩咐收拾行李，扣备马匹。呆子听说要走，又努嘴胖唇，唧唧哝哝，只得将衣钵收拾，找启高肩担子。沙僧刷鞭马匹，套起鞍辔伺候。行者将九环杖递在师父手里，他将通关文牒的引袋儿，挂在胸前，只是一齐要走。员外又都请至后面大厂厅内。那里面又铺设了筵宴，比斋堂中相待的更是不同。但见那：

帘幕高挂，屏围四绕。正中间，挂一幅寿山福海之图，两壁厢，列四轴春夏秋冬之景。龙文鼎内香飘霭，鹊尾炉中瑞气生。看盘簇彩，宝妆花色色鲜明；排桌堆金，狮仙糖齐齐摆列。阶前鼓舞按宫商，堂上果肴铺锦绣。素汤素饭甚清奇，香酒香茶多美艳。虽然是百姓之家，却不亚王侯之宅。只听得一片欢声，真个也惊天动地。

长老正与员外作礼，只见家僮来报："客俱到了。"却是那请来的左邻、右舍、妻弟、姨兄、姐夫、妹丈；又有那些同道的斋公，念佛的善友，一齐都向长老礼拜。拜毕，各各叙坐。只见堂下面鼓瑟吹笙，堂上边弦歌酒宴。这一席盛宴，八戒留心，对沙僧道："兄弟，放怀放量吃些儿。离了寇家，再没这好丰盛的东西了！"沙僧笑道："二哥说那里话！常言道，'珍馐百味，一饱便休。只有私房路，那有私房肚？'"八戒道："你也忒不济！不济！我这一顿尽饱吃了，就是三日也急忙不饿。"行者听见道："呆子，莫胀破了肚子！如今要走路哩！"

说不了，日将中矣。长老在上举箸，念《揭斋经》。八戒慌了，拿过添饭来，一口一碗，又丢够有五六碗，把那馒头、卷儿、饼子、烧果，没好没歹的，满满笼了两袖，才跟师父起身。长老谢了员外，又谢了众人，一同出门。你看那门外摆着彩旗宝盖，鼓手乐人。又见那两班僧道方来，员外笑道："列位来迟，老师去急，不及奉斋，俟回来谢罢。"众等让叙道路，抬轿的抬轿，骑马的骑马，步行的步行，都让长老四众前行。只闻得鼓乐喧天，旗幡蔽日，人烟凑集，车马骈填，都来看寇员外迎送唐僧。这一场富贵，真赛过珠围翠绕，诚不亚锦帐藏春！

那一班僧，打一套佛曲；那一班道，吹一道玄音，俱送出府城之外。行至十里长亭，又设着箪食壶浆，擎杯把盏，相饮而别。那员外犹不忍舍，噙着泪道："老师取经回来，是必到舍再住几日，以了我寇洪之心。"三藏感之不尽，谢之无已道："我若到灵山，得见佛祖，首表员外之大德。回时定踵门叩谢，叩谢！"说说话儿，不觉的又有二三里路，长老恳切拜辞，那员外又放声大哭而转。这正是：

有愿斋僧归妙觉，无缘得见佛如来。

且不说寇员外送至十里长亭，同众回家。却说他师徒四众，行有

唐长老不贪富贵

四五十里之地，天色将晚。长老道："天晚了，何方借宿？"八戒挑着担，努着嘴道："放了现成茶饭不吃，清凉瓦屋不住，却要走甚么路，像抢丧踵魂的！如今天晚，倘下起雨来，却如之何！"三藏骂道："泼孽畜，又来报怨了！常言道，'长安虽好，不是久恋之家。'待我们有缘拜了佛祖，取得真经，那时回转大唐，奏过主公，将那御厨里饭，凭你吃上几年，胀死你这孽畜，教你做个饱鬼！"那呆子吓吓的暗笑，不敢复言。

行者举目遥观，只见大路旁有几间房宇，急请师父道："那里安歇，那里安歇。"长老至前，见是一座倒塌的牌坊，坊上有一旧匾，匾上有落颜色积尘的四个大字，乃"华光行院"。长老下了马道："华光

1031

菩萨是火焰五光佛的徒弟。因剿除毒火鬼王，降了职，化做五显灵官。此间必有庙祝。"遂一齐进去。但见廊房俱倒，墙壁皆倾，更不见人之踪迹，只是些杂草丛菁。欲抽身而出，不期天上黑云盖顶，大雨淋漓。没奈何，却在那破房之下，拣遮得风雨处，将身躲避。密密寂寂，不敢高声，恐有妖邪知觉。坐的坐，站的站，苦捱了一夜未睡。咦！真个是：

泰极还生否，乐处又逢悲。

毕竟不知天晓向前去还是如何，且听下回分解。

第九十七回

金酬外护遭魔蛰　圣显幽魂救本原

　　且不言唐僧等在华光破屋中，苦奈夜雨存身。却说铜台府地灵县城内有伙凶徒，因宿娼、饮酒、赌博，花费了家私，无计过活，遂伙了十数人做贼，算道本城那家是第一个财主，那家是第二个财主，去打劫些金银用度。内有一人道："也不用缉访，也不须算计，只有今日送那唐朝和尚的寇员外家，十分富厚。我们乘此夜雨，街上人也不防备，火甲等也不巡逻，就此下手，劫他些资本，我们再去嫖赌儿耍子，岂不美哉！"众贼欢喜，齐了心，都带了短刀、蒺藜、拐子、闷棍、麻绳、火把，冒雨前来。打开寇家大门，呐喊杀入。慌得他家里，若大若小，是男是女，俱躲个干净。妈妈儿躲在床底；老头儿闪在门后；寇梁、寇栋与着亲的几个儿女，都战战兢兢的四散逃走顾命。那伙贼，拿着刀，点着火，将他家箱笼打开，把些金银宝贝，首饰衣裳，器皿家伙，尽情搜劫。那员外割舍不得，拼了命，走出门来，对众强人哀告道："列位大王，够你用的便罢，还留几件衣物与我老汉送终。"那众强人那容分说，赶上前，把寇员外撩阴一脚，踢翻在地，可怜三魂渺渺归阴府，七魄悠悠别世人！众贼得了手，走出寇家，顺城脚做了软梯，漫城墙一一系出，冒着雨连夜奔西而去。那寇家僮仆，见贼退了，方才出头。及看时，老员外已死在地下，放声哭道："天呀！主人公已打死了！"众皆伏尸而哭，悲悲啼啼。

将四更时，那妈妈想恨唐僧等不受他的斋供，因为花扑扑①的送他，惹出这场灾祸，便生妒害之心，欲陷他四众。扶着寇梁道："儿啊，不须哭了。你老子今日也斋僧，明日也斋僧，岂知今日做圆满，斋着一伙送命的僧也！"他兄弟道："母亲，怎么是送命的僧？"妈妈道："贼势凶勇，杀进房来，我就躲在床下，战兢兢的留心向灯火处看得明白。你说是谁？点火的是唐僧，持刀的是猪八戒，搬金银的是沙和尚，打死你老子的是孙行者。"二子听言，认了真实道："母亲既然看得明白，必定是了。他四人在我家住了半月，将我家门户墙垣，窗棂巷道，俱看熟了，财动人心，所以乘此夜雨，复到我家。既劫去财物，又害了父亲，此情何毒！待天明到府里递失状坐名告他。"寇栋道："失状如何写？"寇梁道："就依母亲之言。"写道：

> 唐僧点着火，八戒叫杀人。
> 沙和尚劫出金银去，孙行者打死我父亲。

一家子吵吵闹闹，不觉天晓。一壁厢传请亲人，置办棺木；一壁厢寇梁兄弟，赴府投词。原来这铜台府刺史正堂大人：

> 平生正直，素性贤良。少年向雪案攻书，早岁在金銮对策。常怀忠义之心，每切仁慈之念。名扬青史播千年，龚黄再见；声振黄堂传万古，卓鲁重生。

当时坐了堂，发放了一应事务，即令抬出放告牌。这寇梁兄弟抱牌而入，跪倒高叫道："爷爷，小的们是告强盗得财，杀伤人命重情事。"刺史接上状去，看了这般这的，如此如彼，即问道："昨日有人传说，你家斋僧圆满，斋得四众高僧，乃东土唐朝的罗汉，花扑扑的满街鼓乐送行，怎的却有这般事情？"寇梁等磕头道："爷爷，小的父亲寇洪，斋僧二十四年，因这四僧远来，恰足万僧之数，因此做了圆满，留他住了半月。他就将路道、门窗都看熟了。当日送出，当晚复回，乘

---

① 花扑扑——指隆重、铺张、消耗多量的财物言。

黑夜风雨，遂明火执杖，杀进房来，劫去金银财宝，衣服首饰；又将父打死在地。望爷爷与小民做主！"刺史闻言，即点起马步快手并民壮人役，共有百五十人，各执锋利器械，出西门一直来赶唐僧四众。

却说他师徒们，在那华光行院破屋下挨至天晓，方才出门，上路奔西。可可的那些强盗当夜打劫了寇家，系出城外，也向西方大路上行经天晓，走过华光院西去，有二十里远近，藏于山凹中，分拨金银等物。分还未了，忽见唐僧四众顺路而来，众贼心犹不歇，指定唐僧道："那不是昨日送行的和尚来了！"众贼笑道："来得好！来得好！我们也是干这般没天理的买卖。这些和尚缘路来，又在寇家许久，不知身边有多少东西，我们索性去截住他，夺了盘缠，抢了白马凑分，却不是遂心满意之事？"众贼遂持兵器，呐一声喊，跑上大路，一字儿摆开。叫道："和尚，不要走！快留下买路钱，饶你性命！牙迸半个'不'字，一刀一个，决不留存！"唬得唐僧在马上乱战，沙僧与八戒心慌，对行者道："怎的了！怎的了！苦奈得半夜雨天，又早遇强徒断路，诚所谓'祸不单行'也！"行者笑道："师父莫怕，兄弟勿忧。等老孙去问他一问。"

好大圣，束一束虎皮裙子，抖一抖锦布直裰，走近前，叉手当胸道："列位是做甚么的？"贼徒喝道："这厮不知死活，敢来问我！你额颅下没眼，不认得我是大王爷爷？快将买路钱来，放你过去！"行者闻言，满面陪笑道："你原来是剪径的强盗！"贼徒发狠叫："杀了！"行者假假的惊恐道："大王！大王！我是乡村中的和尚，不会说话，冲撞莫怪，莫怪！若要买路钱，不要问那三个，只消问我。我是个管帐的。凡有经钱、衬钱，那里化缘的、布施的，都在包袱中，尽是我管出入。那个骑马的，虽是我的师父，他却只会念经，不管闲事，财色俱忘，一毫没有。那个黑脸的，是我半路上收的个后生，只会养马。那个长嘴的，是我雇的长工，只会挑担。你把三个放过去，我将盘缠、衣钵尽情送你。"众贼听说："这个和尚倒是个老实头儿。既如此，饶了你命，教那三个丢下行李，放他过去。"行者回头使个眼色，沙僧就丢了行李担子，与师父牵着马，同八戒往西径走。行者低头打开包袱，就地挝把尘土，往上一洒，念个咒语，乃是个定身之法，喝一声："住！"那伙贼——共有三十来名——一个个咬着牙，睁着眼，撒着手，直直的站定，莫能言语，不得动身。

行者跳出路口，叫道："师父，回来！回来！"八戒慌了道："不好，不好！师兄供出我们来了！他身上又无钱财，包袱里又无金银，必定是叫师父要马哩。叫我们是剥衣服了。"沙僧笑道："二哥莫乱说！大哥是个了得的。向者那般毒魔狠怪，也能收服，怕这几个毛贼？他那里招呼，必有话说，快回去看看。"长老听言，欣然转马，回至边前，叫道："悟空，有甚事叫回来也？"行者道："你们看这些贼是怎的说？"八戒近前推着他，叫道："强盗，你怎的不动弹了？"那贼浑然无知，不言不语。八戒道："好的痴癍了！"行者笑道："是老孙使个定身法定住也。"八戒道："既定了身，未曾定口，怎么连声也不做？"行者道："师父请下马坐着。常言道，'只有错拿，没有错放。'兄弟，你们把贼都扳翻倒，捆了，教他供一个供状，看他是个雏儿强盗，把势强盗。"沙僧道："没绳索哩。"行者即拔下些毫毛，吹口仙气，变作三十条绳索，一齐下手，把贼扳翻，都四马攒蹄捆住，却又念念解咒，那伙贼渐渐苏醒。

行者请唐僧坐在上首，他三人各执兵器喝道："毛贼！你们一起有多少人？做了几年买卖？打劫了有多少东西？可曾杀伤人口？还是初犯，却是二犯，三犯？"众贼开口道："爷爷饶命！"行者道："莫叫唤！从实供来！"众贼道："老爷，我们不是久惯做贼的，都是好人家子弟。只因不才，吃酒赌钱，宿娼顽耍，将父祖家业尽花费了，一向无干，又无钱用。访知铜台府城中寇员外家资财豪富，昨日合伙，当晚乘夜雨昏黑，就去打劫。劫的有些金银服饰，在这路北下山凹里正自分赃，忽见老爷们来。内中有认得是寇员外送行的，必定身边有物；又见行李沉重，白马快走，人心不足，故又来邀截。岂知老爷有大神通法力，将我们困住。万望老爷慈悲，收去那劫的财物，饶了我的性命也！"

三藏听说是寇家劫的财物，猛然吃了一惊，慌忙站起道："悟空，寇老员外十分好善，如何招此灾厄？"行者笑道："只为送我们起身，那等彩帐花幢，盛张鼓乐，惊动了人眼目，所以这伙光棍就去下手他家。今又幸遇着我们，夺下他这许多金银服饰。"三藏道："我们扰他半月，感激厚恩，无以为报，不如将此财物护送他家，却不是一件好事？”行者依言，即与八戒、沙僧，去山凹里取将那些赃物，收拾了，驮在马上。又教八戒挑了一担金银，沙僧挑着自己行李。行者欲将这伙强盗一棍尽情打死，又恐唐僧怪他伤人性命，只得将身一抖，收上毫毛。那伙贼松了手脚，爬起来，一个个落草逃生而去。这唐僧转步回身，将财物送还员外。这一去，却似飞蛾投火，反受其殃。有诗为证。诗曰：

恩将恩报人间少，反把恩慈变作仇。
下水救人终有失，三思行事却无忧。

三藏师徒们将着金银服饰拿转，正行处，忽见那枪刀簇簇而来。三藏大惊道：“徒弟，你看那兵器簇拥相临，是甚好歹？”八戒道：“祸来了，祸来了！这是那放去的强盗，他取了兵器，又伙了些人，转过路来与我们斗杀也！”沙僧道：“二哥，那来的不是贼势。——大哥，你仔细观之。”行者悄悄的向沙僧道：“师父的灾星又到了，此必是官兵捕贼之意。”说不了，众兵卒至边前，撒开个圈子阵，把他师徒围住道：“好和尚！打劫了人家东西，还在这里摇摆哩！”一拥上前，先把唐僧抓下马来，用绳捆了，又把行者三人，也一齐捆了；穿上扛子，两个抬一个，赶着马，夺了担，径转府城。只见那：

唐三藏，战战兢兢，滴泪难言。猪八戒，絮絮叨叨，心中报
怨。沙和尚，囊突突，意下踌躇。孙行者，笑嘻嘻，要施手段。

众官兵攒拥扛抬，须臾间，拿到城里。径自解上黄堂报道：“老爷，民快人等，捕获强盗来了。”那刺史端坐堂上，赏劳了民快，检看了贼赃，当叫寇家领去。却将三藏等提近厅前，问道：“你这起和尚，口称是东土远来，向西天拜佛，却原来是些设法看门路，打家劫舍之贼！”三藏道：“大人容告，贫僧实不是贼，决不敢假，随身现有通关文牒可照。只因寇员外家斋我等半月，情意深重，我等路遇强盗，夺转打劫寇家的财物，因送还寇家报恩，不期民快人等捉获，以为是贼，实不是贼。望大人详察。”刺史道：“你这厮见官兵捕获，却巧言报恩。

1037

既是路遇强盗，何不连他捉来，报官报恩？如何只是你四众！你看！寇梁递得失状，坐名告你，你还敢展挣？"三藏闻言，一似大海烹舟，魂飞魄丧。叫："悟空，你何不上来折辨！"行者道："有赃是实，折辨何为！"刺史道："正是啊！赃证现存，还敢抵赖？"叫手下："拿脑箍来，把这秃贼的光头箍他一箍，然后再打！"行者慌了，心中暗想道："虽是我师父该有此难，还不可教他十分受苦。"他见那皂隶们收拾索子，结脑箍，即便开口道："大人且莫箍那个和尚。昨夜打劫寇家，点火的也是我，持刀的也是我，劫财的也是我，杀人的也是我。我是个贼头，要打只打我，与他们无干。但只不放我便是。"刺史闻言就教："先箍起这个来。"皂隶们齐来上手，把行者套上脑箍，收紧了一勒，挖扑的把索子断了。又结又箍，又挖扑的断了。一连箍了三四次，他的头皮，皱也不曾皱一些儿。

　　却又换索子再结时，只听得有人来报道："老爷，都下陈少保爷爷到了，请老爷出郭迎接。"那刺史即命刑房吏："把贼收监，好生看辖。待我接过上司，再行拷问。"刑房吏遂将唐僧四众，推进监门。八戒、沙僧将自己行李担进随身。三藏道："徒弟，这是怎么起的？"行者笑道："师父，进去！进去！这里边没狗叫，倒好耍子！"可怜把四众捉将进去，一个个都推入辖床①，扣拽了滚肚、敌脑、攀胸。禁子们又来乱打。三藏苦痛难禁，只叫："悟空！怎的好！怎的好！"行者道："他打是要钱哩。常言道，'好处安身，苦处用钱。'如今与他些钱，便罢了。"三藏道："我的钱自何来？"行者道："若没钱，衣物也是，把那袈裟与了他罢。"三藏听说，就如刀刺其心。一时间见他打不过，只得开言道："悟空，随你罢。"行者便叫："列位长官，不必打了。我们担进来的那两个包袱中，有一件锦襕袈裟，价值千金。你们解开拿了去罢。"众禁子听言，一齐动手，把两个包袱解看。虽有几件布衣，虽有个引袋，俱不值钱。只见几层油纸包裹着一物，霞光焰焰，知是好物。抖开看时，但只见：

　　巧妙明珠缀，稀奇佛宝攒。

---

　　① 辖床——也作"匣床"。古代残酷的刑具。

盘龙铺绣结，飞凤锦沿边。

众皆争看，又惊动本司狱官。走来喝道："你们在此嚷甚的？"禁子们跪道："老爹才子提控，送下四个和尚，乃是大伙强盗。他见我们打了他几下，把这两个包袱与我。我们打开看时，见有此物，无可处置。若众人扯破分之，其实可惜；若独归一人，众人无利。幸老爹来，凭老爹做个劈着①。"狱官见了，乃是一件袈裟，又将别项衣服，并引袋儿通检看了。又打开袋内关文一看，见有各国的宝印花押，道："早是我来看呀！不然，你们都撞出事来了。这和尚不是强盗。切莫动他衣物，待明日太爷再审，方知端的。"众禁子听言，将包袱还与他，照旧包裹，交与狱官收讫。

渐渐天晚，听得楼头起鼓，火甲巡更。捱至四更三点，行者见他们都不呻吟，尽皆睡着，他暗想道："师父该有这一夜牢狱之灾。老孙不开口折辨，不使法力者，盖为此耳。如今四更将尽，灾将满矣，我须去打点打点，天明好出牢门。"你看他弄本事，将身小一小，脱出辖床，摇身一变，变作个蟭虫儿，从房檐瓦缝里飞出。见那星光月皎，正是清和夜静之天，他认了方向，径飞向寇家门首。只见那街西下一家儿灯火明亮。又飞近他门口看时，原来是个做豆腐的。见一个老头儿烧火，妈妈儿挤浆。那老儿忽的叫声："妈妈，寇大官且是有子有财，只是没寿。我和他小时，同学读书，我还大他五岁。他老子叫做寇铭，当时也不上千亩田地，放些租帐，也讨不起。他到二十岁时，那铭老儿死了，他掌着家当，其实也是他一步好运。娶的妻是那张旺之女，小名叫做穿针儿，却倒旺夫。自进他门，种田又收，放帐又起；买着的有利，做着的赚钱，被他如今挣了有十万家私。他到四十岁上，就回心向善，斋了万僧。不期昨夜被强盗踢死。可怜！今年才六十四岁，正好享用，何期这等向善，不得好报，乃死于非命？可叹！可叹！"

行者一一听之，却早五更初点。他就飞入寇家，只见那堂屋里已停着棺材，材头边点着灯，摆列着香烛花果，妈妈在旁啼哭；又见他两个儿子也来拜哭，两个媳妇，拿两盏饭儿供献。行者就叮在他材头上，咳

---

① 劈着——评判、了断、裁判。

西游记

圣显幽魂救本原

嗽了一声。唬得那两个媳妇查手舞脚的往外跑；寇梁兄弟伏在地下，不敢动。只叫："爹爹！"那妈妈子胆大，把材头扑了一把道："老员外，你活了？"行者学着那员外的声音道："我不曾活。"两个儿子一发慌了，不住的叩头垂泪，只叫："爹爹！"妈妈子硬着胆，又问道："员外，你不曾活，如何说话？"行者道："我是阎王差鬼使押将来家与你们讲话的。说道，'那张氏穿针儿枉口诳舌，陷害无辜。'"那妈妈听见叫他小名，慌得跪倒磕头道："好老儿啊！这等大年纪还叫我的小名儿！我那些枉口诳舌，害甚么无辜？"行者喝道："那里有个甚么'唐僧点着火，八戒叫杀人。沙僧劫出金银去，行者打死你父亲？'只因你诳言，把那好人受难。那唐朝四位老师，路遇强徒，夺将财物，送来谢我，是何等好意！你却假捻失状，着儿子们首官，官府又未细审，又如今把他们监禁。那狱神、土地、城隍俱慌了，坐立不宁，报与阎王。阎王转差鬼使押解我来家，教你们趁早解放他去；不然，教我在家搅闹一月，将合门老幼并鸡狗之类，一个也不存留！"寇梁兄弟又磕头哀告道："爹爹请回，切莫伤残老幼。待天明就去本府投递解状，愿认招回，只求存殁均安也。"行者听了，即叫："烧纸，我去呀！"他一家儿都来烧纸。

行者一翅飞起，径又飞至刺史住宅里面。低头观看，那房内里已有灯光，见刺史已起来了。他就飞进中堂看时，只见中间后壁挂着一轴画儿，是一个官儿骑着一匹点子马，有几个从人，打着一把青伞，寒着一张交床，更不识是甚么故事，行者就叮在中间。忽然那刺史自房里出来，弯着腰梳洗。行者猛的里咳嗽一声，把刺史唬得慌慌张张，走入房内。梳洗毕，穿了大衣，即出来对着画儿焚香祷告道："伯考姜公乾一神位。孝侄姜坤三蒙祖上德荫，忝中甲科，今叨受铜台府刺史，且夕侍奉香火不绝，为何今日发声？切勿为邪为祟，恐唬家众。"行者暗笑道："此是他大爷的神子！"却就绰着经儿叫道："坤三贤侄，你做官虽承祖荫，一向清廉，怎的昨日无知，把四个圣僧当贼，不审来因，囚于禁内！那狱神、土地、城隍不安，报与阎君，阎君差鬼使押我来对你说，教你推情察理，快快解放他。不然，就教你去阴司折证也。"刺史听说，心中悚惧道："大爷请回，小侄升堂，当就释放。"行者道："既如此，烧纸来，我去见阎君回话。"刺史复添香烧纸拜谢。

行者又飞出来看时，东方早已发白。及飞到地灵县，又见那合县官却都在堂上。他思道："蟭蟟儿说话，被人看见，露出马脚来不好。"他就半空中，改了个大法身，从空里伸下一只脚来，把个县堂蹦满。口中叫道："众官听着，吾乃玉帝差来的浪荡游神。说你这府监里屈打了取经的佛子，惊动三界诸神不安，教吾传说，趁早放他；若有差池，教我再来一脚，先踢死合府县官，后死四境居民，把城池都踏为灰烬！"概县官吏人等，慌得一齐跪倒，磕头礼拜道："上圣请回。我们如今进府，禀上府尊，即教放出。千万莫动脚，惊唬死下官。"行者才收了法身，仍变作个蟭蟟儿，从监房瓦缝儿飞入，依旧钻在辖床中间睡着。

却说那刺史升堂，才抬出投文牌去，早有寇梁兄弟，抱牌跪门叫喊。刺史着令进来，二人将解状递上。刺史见了，发怒道："你昨日递了失状，就与你拿了贼来，你又领了赃去，怎么今日又来递解状？"二人滴泪道："老爷，今夜小的父亲显魂道，'唐朝圣僧，原将贼徒拿住，夺获财物，放了贼去，好意将财物送还我家报恩，怎么反将他当贼，拿在狱中受苦！狱中土地城隍俱不安，报了阎王，阎王差鬼使押解我来教你赴府再告，释放唐僧，庶免灾咎。不然，老幼皆亡。'因此，特来递个解词。望老爷方便！方便！"刺史听他说了这话，却暗想道："他那父亲，乃是热尸新鬼，显魂报应犹可；我伯父死去五六年了，却怎么今夜也来显魂，教我审放？看起来必是冤枉。"

正忖度间，只见那地灵县知县等官，急急跑上堂，乱道："老大人，不好了！不好了！适才玉帝差浪荡游神下界，教你快放狱中好人。昨日拿的那些和尚，不是强盗，都是取经的佛子。若少迟延，就要踢杀我等官员，还要把城池连百姓俱尽踏为灰烬。"刺史又大惊失色，即叫刑房吏火速写牌提出。当时开了监门提出。八戒愁道："今日又不知怎

1041

的打哩。行者笑道："管你一下儿也不敢打，老孙俱已干办停当。上堂切不可下跪，他还要下来请我们上坐。却等我问他要行李，要马匹。少了一些儿，等我打他你看。"

说不了，已至堂口。那刺史、知县并府县大小官员，一见都下来迎接道："圣僧昨日来时，一则接上司忙迫，二则又见了所获之赃，未及细问端的。"唐僧合掌躬身，又将前情细陈了一遍。众官满口认称，都道："错了！错了！莫怪！莫怪！"又问狱中可曾有甚疏失。行者近前努目睁看，厉声高叫道："我的白马是堂上人得了，行李是狱中人得了，快快还我！今日却该我拷较你们了！枉拿平人做贼，你们该个甚罪？"府县官见他作恶，无一个不怕，即便叫收马的牵马来，收行李的取行李来，一一交付明白。你看他三人一个个逞凶，众官只以寇家遮饰。三藏劝解了道："徒弟，是也不得明白。我们且到寇家去，一则吊问，二来与他对证对证，看是何人见我做贼。"行者道："说得是。等老孙把那死的叫起来，看是那个打他。"沙僧就在府堂上把唐僧撮上马，吆吆喝喝，一拥而出。那些府县多官，也一一俱到寇家。唬得那寇梁兄弟在门前不住的磕头，接进厅，只见他孝堂之中，一家儿都在孝幔里啼哭。行者叫道："那打诳语栽害平人的妈妈子，且莫哭！等老孙叫你老公来，看他说是那个打死的，羞他一羞！"众官员只道孙行者说的是笑话。行者道："列位大人，略陪我师父坐坐。八戒、沙僧，好生保护，等我去了就来。"

好大圣，跳出门，望空就起。只见那遍地彩霞笼住宅，一天瑞气护元神。众等方才认得是个腾云驾雾之仙，起死回生之圣，这里一一焚香礼拜不题。

那大圣一路筋斗云，直至幽冥地界，径撞入森罗殿上，慌得那：

> 十代阎君拱手接，五方鬼判叩头迎。千株剑树皆敧侧，万叠刀山尽坦平。枉死城中魑魅化，奈何桥下鬼超生。正是那神光一照如天赦，黑暗阴司处处明。

十阎王接下大圣，相见了，问及何来何干。行者道："铜台府地灵县斋僧的寇洪之鬼，是那个收了？快点查来与我。"十阎王道："寇洪善士，也不曾有鬼使勾他，他自家到此，遇着地藏王的金衣童子，他引见地藏也。"行者即别了，径至翠云宫，见地藏王菩萨。菩萨与他礼毕，具言前事。菩萨喜道："寇洪阳寿，止该卦数，命终，不染床席，弃世而来。我因他斋僧，是个善士，收他做个掌善缘簿子的案长。既大圣来取，我再延他阳寿一纪，教他跟大圣去。"金衣童子遂领出寇洪。寇洪见了行者，声声叫道："老师！老师！救我一救！"行者道："你被强盗踢死。此乃阴司地藏王菩萨之处。我老孙特来取你到阳世间，对明此事，既蒙菩萨放回，又延你阳寿一纪，待十二年之后，你再来也。"那员外顶礼不尽。

行者谢辞了菩萨，将他吹化为气，掉于衣袖之间，同去幽府，复返阳间。驾云头，到了寇家，即唤八戒捎开材盖，把他魂灵儿推付本身。须臾间，透出气来活了。那员外爬出材来，对唐僧四众磕头道："师父！师父！寇洪死于非命，蒙师父至阴司救活，乃再造之恩！"言谢不已。及回头，见各官罗列，即又磕头道："列位老爹都如何在舍？"那刺史道："你儿子始初递失状，坐名告了圣僧，我即差人捕获；不期圣僧路遇杀劫你家之贼，夺取财物，送还你家；是我下人误捉，未得详审，当送监禁。今夜被你显魂，我先伯亦来家诉告；县中又蒙浪荡游神下界。一时就有这许多显应，所以放出圣僧，圣僧却又去救活你也。"那员外跪道："老爹，其实枉了这四位圣僧！那夜有三十多名强盗，明火执杖，劫去家私，是我难舍，向贼理说，不期被他一脚，撩阴踢死，与这四位何干！"叫过妻子来，"是谁人踢死，你等辄敢妄告？请老爹定罪。"当时一家老小，只是磕头。刺史宽恩，免其罪过。寇洪教安排筵宴，酬谢府县厚恩。个个未坐回衙。至次日，再挂斋僧牌，又款留三藏，三藏决不肯住。却又请亲友，办旌幢，如前送行而去。咦！这正是：

> 地辟能存凶恶事，天高不负善心人。
> 逍遥稳步如来径，只到灵山极乐门。

毕竟不知见佛何如，且听下回分解。

第九十八回

猿熟马驯方脱壳　功成行满见真如

话表寇员外既得回生，复整理了幢幡鼓乐，僧道亲友，依旧送行不题。却说唐僧四众，上了大路。果然西方佛地，与他处不同。见了些琪花、瑶草、古柏、苍松。所过地方，家家向善，户户斋僧。每逢山下人修行，又见林间客诵经。师徒们夜宿晓行，又经有六七日，忽见一带高楼，几层杰阁。真个是：

冲天百尺，耸汉凌空。低头观落日，引手摘飞星。豁达窗轩吞宇宙，嵯峨栋宇接云屏。黄鹤信来秋树老，彩鸾书到晚风清。此乃是灵宫宝阙，琳馆珠庭。真堂谈道，宇宙传经。花向春来美，松临雨过青。紫芝仙果年年秀，丹凤仪翔万感灵。

三藏举鞭遥指道："悟空，好去处耶！"行者道："师父，你在那假境界假佛像处，倒强要下拜。今日到了这真境界真佛像处，倒还不下马，是怎的说？"三藏闻言，慌得翻身跳下来，已到了那楼阁门首。只见一个道童，斜立山门之前，叫道："那来的，莫非东土取经人么？"长老急整衣，抬头观看。见他：

身披锦衣，手摇玉麈。身披锦衣，宝阁瑶池常赴宴；手摇玉塵，丹台紫府每挥尘。肘悬仙箓，足踏履鞋。飘然真羽士，秀丽实奇哉。炼就长生居胜境，修成永寿脱尘埃。圣僧不识灵山客，当年金顶大仙来。

孙大圣认得他，即叫："师父，此乃是灵山脚下玉真观金顶大仙，他来接我们哩。"三藏方才醒悟，进前施礼。大仙笑道："圣僧今年才到。我被观音菩萨哄了。他十年前领佛金旨，向东土寻取经人，原说二三年就到我处。我年年等候，渺无消息，不意今年才相逢也。"三藏合掌道："有劳大仙盛意，感激！感激！"遂此四众牵马挑担，同入观里。却又与大仙一一相见。即命看茶摆斋，又叫小童儿烧香汤与圣僧沐浴了，好登佛地。正是那：

> 功满行完宜沐浴，炼驯本性合天真。
> 千辛万苦今方息，九戒三皈始自新。
> 魔尽果然登佛地，灾消故得见沙门。
> 洗尘涤垢全无染，反本还原不坏身。

师徒们沐浴了，不觉天色将晚。就于玉真观安歇。

次早，唐僧换了衣服，披上锦襕袈裟，戴了毗卢帽，手持锡杖，登堂拜辞大仙。大仙笑道："昨日褴褛，今日鲜明，观此相，真佛子也。"三藏拜别就行。大仙道："且住，等我送你。"行者道："不必你送，老孙认得路。"大仙道："你认得的是云路。圣僧还未登云路，当从本路而行。"行者道："这个讲得是。老孙虽走了几遭，只是云来云去，实不曾踏着此地。既有本路，还烦你送送，我师父拜佛心重，幸勿迟疑。"那大仙笑吟吟，携着唐僧手，接引旃坛上法门。原来这条路不出山门，就自观宇中堂穿出后门便是。大仙指着灵山道："圣僧，你看那半天中有祥光五色，瑞霭千重的，就是灵鹫高峰，佛祖之圣境也。"唐僧见了就拜。行者笑道："师父，还不到拜处哩。常言道，'望山走倒马'。离此镇还有许远，如何就拜！若拜到顶上，得多少头磕是？"大仙道："圣僧，你与大圣、天蓬、卷帘四位，已此到于福地，望见灵山，我回去也。"三藏遂拜辞而去。

1045

大圣引着唐僧等，徐徐缓步，登了灵山。不上五六里，见了一道活水，滚浪飞流，约有八九里宽阔，四无人迹。三藏心惊道："悟空，这路来得差了。敢莫大仙错指了？此水这般宽阔，这般汹涌，又不见舟楫，如何可渡？"行者笑道："不差！你看那壁厢不是一座大桥？要从那桥上行过去，方成正果哩。"长老等又近前看时，桥边有一匾，匾上有"凌云渡"三字。原来是一根独木桥。正是：

远看横空如玉栋，近观断水一枯槎。
维河架海还容易，独木单梁人怎踏！
万丈虹霓平卧影，千寻白练接天涯。
十分细滑浑难渡，除是神仙步彩霞。

三藏心惊胆战道："悟空，这桥不是人走的。我们别寻路径去来。"行者笑道："正是路！正是路！"八戒慌了道："这是路，那个敢走？水面又宽，波浪又涌，独独一根木头，又细又滑，怎生动脚？"行者道："你都站下，等老孙走个儿你看。"好大圣，拽开步，跳上独木桥，摇摇摆摆。须臾跑将过去，在那边招呼道："过来！过来！"唐僧摇手。八戒、沙僧咬指道："难！难！难！"行者又从那边跑过来，拉着八戒道："呆子，跟我走，跟我走！"那八戒卧倒在地道："滑！滑！滑！走不得！你饶我罢！让我驾风雾过去！"行者按住道："这是甚么去处，许你驾风雾？必须从此桥上走过，方可成佛。"八戒道："哥啊，佛做不成也罢，实是走不得！"

他两个在那桥边，滚滚爬爬，扯扯拉拉的耍斗，沙僧走去劝解，才撒脱了手。三藏回头，忽见那下溜中有一人撑一只船来，叫道："上渡！上渡！"长老大喜道："徒弟，休得乱顽。那里有只渡船儿来了。"他三个跳起来站定，同眼观看，那船儿来得至近，原来是一只无底的船儿。行者火眼金睛，早已认得是接引佛祖，又称为南无宝幢光王佛。行者却不题破，只管叫："这里来！撑拢来！"霎时撑近岸边，又叫："上渡！上渡！"三藏见了，又心惊道："你这无底的破船儿，如何渡人？"佛祖道："我这船，鸿蒙初判有声名，幸我撑来不变更。

有浪有风还自稳，无终无始乐升平。

六尘不染能归一，万劫安然自在行。

无底船儿难过海，今来古往渡群生。"

孙大圣合掌称谢道："承盛意，接引吾师。——师父，上船去。他这船儿。虽是无底，却稳；纵有风浪，也不得翻。"长老还自惊疑，行者叉着膊子，往上一推。那师父踏不住脚，毂辘的跌在水里，早被撑船人一把扯起，站在船上。师父还抖衣服，垛鞋脚，抱怨行者。行者却引沙僧、八戒，牵马挑担，也上了船，都立在舵樓之上。那佛祖轻轻用力撑开，只见上溜头泱下一个死尸。长老见了大惊。行者笑道："师父莫怕。那个原来是你。"八戒也道："是你！是你！"沙僧拍着手，也道："是你！是你！"那撑船的打着号子，也说："那是你！可贺！可贺！"

他们三人，也一齐声相和。撑着船，不一时，稳稳当当的过了凌云仙渡。三藏才转身，轻轻的跳上彼岸。有诗为证。诗曰：

脱却胎胞骨肉身，相亲相爱是元神。

今朝行满方成佛，洗净当年六六尘。

此诚所谓广大智慧，登彼岸无极之法。四众上岸回头，连无底船儿却不知去向。行者方说是接引佛祖。三藏方才省悟，急转身，反谢了三个徒弟。行者道："两不相谢。彼此皆扶持也。我等亏师父解脱，借门路修功，幸成了正果；师父也赖我等保护，秉教伽持，喜脱了凡胎。师父，你看这面前花草松篁，鸾凤鹤鹿之胜境，比那妖邪显化之处，孰美孰恶？何善何凶？"三藏称谢不已。一个个身轻体快，步上灵山。早见那雷音古刹：

顶摩霄汉中，根接须弥脉。巧峰排列，怪石参差。悬崖下瑶草琪花，曲径旁紫芝香蕙。仙猿摘果入桃林，却似火烧金；白鹤栖松立枝头，浑如烟捧玉。彩凤双双，青鸾对对。彩凤双双，向日一鸣天下瑞；青鸾对对，迎风耀舞世间稀。又见那黄森森金瓦叠鸳鸯，明幌幌花砖铺玛瑙。东一行，西一行，尽都是蕊宫珠阙；南一带，北一带，看不了宝阁珍楼。天王殿上放霞光，护法堂前喷紫焰。浮屠塔显，优钵①花香。正是地胜疑天别，云闲觉昼长。红尘不到诸缘尽，万劫无亏大法堂。

师徒们逍逍遥遥，走上灵山之巅。又见青松林下列优婆，翠柏丛中排善士。长老就便施礼，慌得那优婆塞、优婆夷、比丘僧、比丘尼合掌道："圣僧且休行礼。待见了牟尼，却来相叙。"行者笑道："早哩！早哩！且去拜上位者。"

那长老手舞足蹈，随着行者，直至雷音寺山门之外。那厢有四大金刚迎住道："圣僧来耶？"三藏躬身道："是弟子玄奘到了。"答毕，就欲进门。金刚道："圣僧少待，容禀过再进。"那金刚着一个转山门报与二门上四大金刚，说唐僧到了；二门上又传入三门上，说唐僧到了。三山门内原是打供的神僧，闻得唐僧到时，急至大雄殿下，报与如来至尊释迦牟尼文佛说："唐僧圣僧，到于宝山，取经来了。"佛爷爷大喜。即召聚八菩萨、四金刚、五百阿罗、三千揭谛、十一大曜、十八伽蓝，两行排列，却传金旨，召唐僧进。那里边，一层一节，钦依佛旨，叫："圣僧进来。"这唐僧循规蹈矩，同悟空、悟能、悟净，牵马挑担，径入山门。正是：

> 当年奋志奉钦差，领牒辞王出玉阶。
> 清晓登山迎雾露，黄昏枕石卧云霾。
> 挑禅远步三千水，飞锡长行万里崖。
> 念念在心求正果，今朝始得见如来。

四众到大雄宝殿殿前，对如来倒身下拜。拜罢，又向左右再拜。各各三匝已遍，复向佛祖长跪，将通关文牒奉上。如来一一看了，还递与

---

① 优钵——梵语。又作乌钵罗或优钵罗。花名，译为青莲花、黛花、红莲花等。

三藏。三藏作礼，启上道："弟子玄奘，奉东土大唐皇帝旨意，遥诣宝山，拜求真经，以济众生。望我佛祖垂恩，早赐回国。"如来方开怜悯之口，大发慈悲之心，对三藏言曰："你那东土乃南赡部洲。只因天高地厚，物广人稠，多贪多杀，多淫多诳，多欺多诈；不遵佛教，不向善缘，不敬三光，不重五谷；不忠不孝，不义不仁，瞒心昧己，大斗小秤，害命杀牲，造下无边之孽，罪盈恶满，致有地狱之灾，所以永堕幽冥，受那许多碓捣磨舂之苦，变化畜类。有那许多披毛顶角之形，将身还债，将肉饲人。其永堕阿鼻，不得超升者，皆此之故也。虽有孔氏在彼立下仁义礼智之教，帝王相继，治有徒流绞斩之刑，其如愚昧不明，放纵无忌之辈何耶！我今有经三藏，可以超脱苦恼，解释灾愆。三藏，有《法》一藏，谈天；有《论》一藏，说地；有《经》一藏，度鬼。共计三十五部，该一万五千一百四十四卷。真是修真之径，正善之门。凡天下四大部洲之天文、地理、人物、鸟兽、花木、器用、人事，无般不载。汝等远来，待要全付与汝取去，但那方之人，愚蠢村强，毁谤真言，不识我沙门之奥旨。"叫："阿傩、伽叶，你两个引他四众，到珍楼之下，先将斋食待他。斋罢，开了宝阁，将我那三藏经中，三十五部之内，各检几卷与他，教他传流东土，永注洪恩。"

二尊者即奉佛旨，将他四众领至楼下。看不尽那奇珍异宝，摆列无穷。只见那设供的诸神，铺排斋宴，并皆是仙品、仙肴、仙茶、仙果，珍馐百味，与凡世不同。师徒们顶礼了佛恩，随心享用。其实是：

> 宝焰金光映目明，异香奇品更微精。
> 千层金阁无穷丽，一派仙音入耳清。
> 素味仙花人罕见，香茶异食得长生。
> 向来受尽千般苦，今日荣华喜道成。

这番造化了八戒，便宜了沙僧。佛祖处正寿长生，脱胎换骨之馔，尽着他受用。二尊者陪奉四众餐毕，却入宝阁，开门登看。那厢有霞光瑞气，笼罩千重；彩雾祥云，遮漫万道。经柜上，宝箧外，都贴了红签，楷书着经卷名目。乃是：

《涅槃经》一部……………………七百四十八卷

《菩萨经》一部……………………一千二十一卷

《虚空藏经》一部…………………四百卷

《首楞严经》一部…………………一百一十卷

《恩意经大集》一部………………五十卷

《决定经》一部……………………一百四十卷

《宝藏经》一部……………………四十五卷

《华严经》一部……………………五百卷

《礼真如经》一部…………………九十卷

《大般若经》一部…………………九百一十六卷

《大光明经》一部…………………三百卷

《未曾有经》一部…………………一千一百一十卷

《维摩经》一部……………………一百七十卷

《三论别经》一部…………………二百七十卷

《金刚经》一部……………………一百卷

《正法论经》一部…………………一百二十卷

《佛本行经》一部…………………八百卷

《五龙经》一部……………………三十二卷

《菩萨戒经》一部…………………一百一十六卷

《大集经》一部……………………一百三十卷

《摩竭经》一部……………………三百五十卷

《法华经》一部……………………一百卷

《瑜伽经》一部……………………一百卷

《宝常经》一部……………………二百二十卷

《西天论经》一部…………………一百三十卷

《僧祇经》一部……………………一百五十七卷

《佛国杂经》一部…………………一千九百五十卷

《起信论经》一部…………………一千卷

《大智度经》一部…………………一千八十卷

《宝威经》一部……………………一千二百八十卷

《本阁经》一部……………………八百五十卷

《正律文经》一部…………………………………二百卷

《大孔雀经》一部………………………………二百二十卷

《维识论经》一部…………………………………一百卷

《具舍论经》一部…………………………………二百卷

阿傩、伽叶引唐僧看遍经名，对唐僧道："圣僧东土到此，有些甚么人事送我们？快拿出来，好传经与你去。"三藏闻言道："弟子玄奘，来路迢遥，不曾备得。"二尊者笑道："好！好！好！白手传经继世，后人当饿死矣！"行者见他讲口扭捏，不肯传经，他忍不住叫噪道："师父，我们去告如来，教他自家来把经与老孙也。"阿傩道："莫嚷！此是甚么去处，你还撒野放刁！到这边来接着经。"八戒、沙僧耐住了性子，劝住了行者，转身来接。一卷卷收在包里，驮在马上，又捆了两担，八戒与沙僧挑着，却来宝座前叩头，谢了如来，一直出门。逢一位佛祖，拜两拜；见一尊菩萨，拜两拜。又到大门，拜了比丘僧、尼，优婆夷、塞，一一相辞，下山奔路不题。

却说那宝阁上有一尊燃灯古佛，他在阁上，暗暗的听着那传经之事，心中甚明，——原是阿傩、伽叶将无字之经传去，却自笑云："东土众僧愚迷，不识无字之经，却不枉费了圣僧这场跋涉？"问："座边有谁在此？"只见白雄尊者闪出。古佛吩咐道："你可作起神威，飞星赶上唐僧，把那无字之经夺了，教他再来求取有字真经。"白雄尊者，即驾狂风，滚离了雷音寺山门之外，大作神威。那阵好风，真个是：

> 佛前勇士，不比巽二风神。仙窍怒号，远赛吹嘘少女。这一阵，鱼龙皆失穴，江海逆波涛。玄猿捧果难来献，黄鹤回云找旧巢。丹凤清音鸣不美，锦鸡喔运叫声嘈。青松枝折，优钵花飘。翠竹竿竿倒，金莲朵朵摇。钟声远送三千里，经韵轻飞万壑高。崖下奇花残美色，路旁瑶草偃鲜苗。彩鸾难舞翅，白鹿躲山崖。荡荡异香漫宇宙，清清风气彻云霄。

那唐长老正行间，忽闻香风滚滚，只道是佛祖之祯祥，未曾提防。又闻得响一声，半空中伸下一只手来，将马驮的经，轻轻抢去，唬得个三藏捶胸叫唤，八戒滚地来追，沙和尚护守着经担，孙行者急赶去如飞。那白雄尊者，见行者赶得将近，恐他棍头上没眼，一时间不分好歹，打伤身体，即将经包捽碎，抛落尘埃。行者见经包破落，又被香风吹得飘零，却就按下云头顾经，不去追赶。那白雄尊者收风敛雾，回报古佛不题。

八戒去追赶，见经本落下，遂与行者收拾背着，来见唐僧。唐僧满眼垂泪道："徒弟呀！这个极乐世界，也还有凶魔欺害哩！"沙僧接了抱着的散经，打开看时，原来雪白，并无半点字迹。慌忙递与三藏道："师父，这一卷没字。"行者又打开一卷，看时，也无字。八戒打开一卷，也无字。三藏叫："通打开来看看。"卷卷俱是白纸。长老短叹长吁的道："我东土人果是没福！似这般无字的空本，取去何用？怎么敢见唐王！诳君之罪，诚不容诛也！"行者早已知之，对唐僧道："师父，不消说了。这就是阿傩、伽叶那厮，问我要人事，没有，故将此白纸本子与我们来了。快回去告在如来之前，问他挋财作弊之罪。"八戒嚷道："正是！正是！告他去来！"四众急急回山，无好步，忙忙又转上雷音。

不多时，到于山门之外。众皆拱手相迎，笑道："圣僧是换经来的？"三藏点头称谢。众金刚也不阻挡，让他进去，直至大雄殿前。行者嚷道："如来！我师徒们受了万蜇千魔，千辛万苦，自东土拜到此处，蒙如来吩咐传经，被阿傩、伽叶挋财不遂，通同作弊，故意将无字的白纸本儿教我们拿去，我们拿他去何用？望如来敕治！"佛祖笑道："你且休嚷，他两个问你要人事之情，我已知矣。但只是经不可轻传，亦不可以空取。向时众比丘圣僧下山，曾将此经在舍卫国赵长者家与他诵了一遍，保他家生者安全，亡者超脱，只讨得他三斗三升米粒黄金回来。我还说他们忒卖贱了，教后代儿孙没钱使用。你如今空手来取，是以传了白本。白本者，乃无字真经，倒也是好的。因你那东土众生，愚迷不悟，只可以此传之耳。"即叫："阿傩、伽叶，快将有字的真经，每部中各检几卷与他，来此报数。"

二尊者复领四众，到珍楼宝阁之下，仍问唐僧要些人事。三藏无物奉承，即命沙僧取出紫金钵盂，双手奉上道："弟子委是穷寒路遥，不曾备得人事。这钵盂乃唐王亲手所赐，教弟子持此，沿路化斋，今特奉

1052

上，聊表寸心。万望尊者不鄙轻亵将此收下，待回朝奏上唐王，定有厚谢。只是以有字真经赐下，庶不辜钦差之意，远涉之劳也。"那阿傩接了，但微微而笑。被那些管珍楼的力士，管香积的庖丁，看阁的尊者，你抹他脸，我扑他背，弹指的，扭唇的，一个个笑道："不羞！不羞！需索取经的人事！"须臾，把脸皮都羞皱了，只是拿着钵盂不放。伽叶却才进阁检经，一一查与三藏。三藏却叫："徒弟们，你们都好生看看，莫似前番。"他三人接一卷，看一卷，却都是有字的。传了五千零四十八卷，乃一藏之数。收拾齐整，驮在马上；剩下的，还装了一担，八戒挑着。自己行囊，沙僧挑着。行者牵了马，唐僧拿了锡杖，按一按毗卢帽，抖一抖锦袈裟，才喜喜欢欢，到我佛如来之前。正是那：

> 《大藏真经》滋味甜，如来造就甚精严。
>
> 须知玄奘登山苦，可笑阿傩却爱钱。
>
> 先次未详亏古佛，后来真实始安然。
>
> 至今得意传东土，大众均将雨露沾。

阿傩、伽叶引唐僧来见如来。如来高升莲座，指令降龙、伏虎二大罗汉敲响云磬，遍请三千诸佛、三千揭谛、八金刚、四菩萨、五百尊罗汉、八百比丘僧、大众优婆塞、比丘尼、优婆夷，各天各洞，福地灵山，大小尊者圣僧，该坐的请登宝座，该立的侍立两旁。一时间，天乐遥闻，仙音嘹亮，满空中祥光迭迭，瑞气重重，诸佛毕集，参见了如来。如来问："阿傩、伽叶，传了多少经卷与他？可

功成行满见真如

1053

——报数。"二尊者即开报："现付去唐朝：

《涅槃经》一部……………………四百卷

《菩萨经》一部……………………三百六十卷

《虚空藏经》一部…………………二十卷

《首楞严经》一部…………………三十卷

《恩意经大集》一部………………四十卷

《决定经》一部……………………四十卷

《宝藏经》一部……………………二十卷

《华严经》一部……………………八十一卷

《礼真如经》一部…………………三十卷

《大般若经》一部…………………六百卷

《金光明品经》一部………………五十卷

《未曾有经》一部…………………五百五十卷

《维摩经》一部……………………三十卷

《三论别经》一部…………………四十二卷

《金刚经》一部……………………一卷

《正法论经》一部…………………二十卷

《佛本行经》一部…………………一百一十六卷

《五龙经》一部……………………二十卷

《菩萨戒经》一部…………………六十卷

《大集经》一部……………………三十卷

《摩竭经》一部……………………一百四十卷

《法华经》一部……………………十卷

《瑜伽经》一部……………………三十卷

《宝常经》一部……………………一百七十卷

《西天论经》一部…………………三十卷

《僧祇经》一部……………………一百一十卷

《佛国杂经》一部…………………一千六百三十八卷

《起信论经》一部…………………五十卷

《大智度经》一部…………………九十卷

《宝威经》一部 ……………………………… 一百四十卷

《本阁经》一部 ……………………………… 五十六卷

《正律文经》一部 …………………………… 十卷

《大孔雀经》一部 …………………………… 十四卷

《维识论经》一部 …………………………… 十卷

《具舍论经》一部 …………………………… 十卷

在藏总经，共三十五部，各部中检出五千零四十八卷，与东土圣僧传留在唐。现俱收拾整顿于人马驮担之上，专等谢恩。"

三藏四众拴了马，歇了担，一个个合掌躬身，朝上礼拜。如来对唐僧言曰："此经功德，不可称量。虽为我门之龟鉴，实乃三教之源流。若到你那南赡部洲，示与一切众生，不可轻慢，非沐浴斋戒，不可开卷。宝之！重之！盖此内有成仙了道之奥妙，有发明万化之奇方也。"三藏叩头谢恩，信受奉行，依然对佛祖遍礼三匝，承谨归诚，领经而去；去到三山门，一一又谢了众圣不题。

如来因打发唐僧去后，才散了传经之会。旁又闪上观世音菩萨合掌启佛祖道："弟子当年领金旨向东土寻取经之人，今已成功，共计得一十四年，乃五千零四十日，还少八日，不合藏数。望我世尊，早赐圣僧回东转西，须在八日之内，庶完藏数，准弟子缴还金旨。"如来大喜道："所言甚当。准缴金旨。"即叫八大金刚吩咐道："汝等快使神威，驾送圣僧回东，把真经传留，即引圣僧西回。须在八日之内，以完一藏之数。勿得迟违。"金刚随即赶上唐僧，叫道："取经的，跟我来！"唐僧等俱身轻体健，荡荡飘飘，随着金刚，驾云而起。这才是：

见性明心参佛祖，功完行满即飞升。

毕竟不知回东土怎生传授，且听下回分解。

第九十九回

九九数完魔灭尽　三三行满道归根

　　话表八金刚既送唐僧回国不题。那三层门下，有五方揭谛、四值功曹、六丁六甲、护教伽蓝，走向观音菩萨前启道："弟子等向蒙菩萨法旨，暗中保护圣僧，今日圣僧行满，菩萨缴了佛祖金旨，我等望菩萨准缴法旨。"菩萨亦甚喜道："准缴，准缴。"又问道："那唐僧四众，一路上心行何如？"诸神道："委实心虔志诚，料不能逃菩萨洞察。但只是唐僧受过之苦，真不可言。他一路上历过的灾愆患难，弟子已谨记在此。这就是他灾难的簿子。"菩萨从头看了一遍。上写着：

　　　蒙差揭谛皈依旨　　　　　谨记唐僧难数清
　　　金蝉遭贬第一难　　　　　出胎几杀第二难
　　　满月抛江第三难　　　　　寻亲报冤第四难
　　　出城逢虎第五难　　　　　折从落坑第六难
　　　双叉岭上第七难　　　　　两界山头第八难
　　　陡涧换马第九难　　　　　夜被火烧第十难
　　　失却袈裟十一难　　　　　收降八戒十二难
　　　黄风怪阻十三难　　　　　请求灵吉十四难
　　　流沙难渡十五难　　　　　收得沙僧十六难
　　　四圣显化十七难　　　　　五庄观中十八难

难活人参十九难 贬退心猿二十难

黑松林失散二十一难 宝象国捎书二十二难

金銮殿变虎二十三难 平顶山逢魔二十四难

莲花洞高悬二十五难 乌鸡国救主二十六难

被魔化身二十七难 号山逢怪二十八难

风摄圣僧二十九难 心猿遭害三十难

请圣降妖三十一难 黑河沉没三十二难

搬运车迟三十三难 大赌输赢三十四难

祛道兴僧三十五难 路逢大水三十六难

身落天河三十七难 鱼篮现身三十八难

金兕山遇怪三十九难 普天神难伏四十难

问佛根源四十一难 吃水遭毒四十二难

西梁国留婚四十三难 琵琶洞受苦四十四难

再贬心猿四十五难 难辨猕猴四十六难

路阻火焰山四十七难 求取芭蕉扇四十八难

收缚魔王四十九难 赛城扫塔五十难

取宝救僧五十一难 棘林吟咏五十二难

小雷音遇难五十三难 诸天神遭困五十四难

稀柿衕秽阻五十五难 朱紫国行医五十六难

拯救疲癃五十七难 降妖取后五十八难

七情迷没五十九难 多目遭伤六十难

路阻狮驼六十一难 怪分三色六十二难

城里遇灾六十三难 请佛收魔六十四难

比丘救子六十五难 辨认真邪六十六难

松林救怪六十七难 僧房卧病六十八难

无底洞遭困六十九难 灭法国难行七十难

隐雾山遇魔七十一难 凤仙郡求雨七十二难

失落兵器七十三难 会庆钉钯七十四难

竹节山遭难七十五难 玄英洞受苦七十六难

赶捉犀牛七十七难 天竺招婚七十八难

铜台府监禁七十九难 凌云渡脱胎八十难

路经十万八千里　　　　　　　圣僧历难簿分明

　　菩萨将难簿目过了一遍，急传声道："佛门中'九九'归真。圣僧受过八十难，还少一难，不得完成此数。"即令揭谛："赶上金刚，还生一难者。"这揭谛得令，飞云一驾向东来。一昼夜赶上八大金刚，附耳低言道："如此如此，……谨遵菩萨法旨，不得违误。"八金刚闻得此言，刷的把风按下，将他四众，连马与经，坠落下地。噫！正是那：

　　　　九九归真道行难，坚持笃志立玄关。

　　　　必须苦炼邪魔退，定要修持正法还。

　　　　莫把经章当容易，圣僧难过许多般。

　　　　古来妙合《参同契》，毫发差殊不结丹。

　　三藏脚踏了凡地，自觉心惊。八戒呵呵大笑道："好！好！好！这正是要快得迟。"沙僧道："好！好！好！因是我们走快了些儿，教我们在此歇歇哩。"大圣道："俗语云，'十日滩头坐，一日行九滩。'"三藏道："你三个且休斗嘴，认认方向，看这是甚么地方。"沙僧转头四望道："是这里！是这里！师父，你听听水响。"行者道："水响想是你的祖家了。"八戒道："他祖家乃流沙河。"沙僧道："不是，不是。此通天河也。"三藏道："徒弟啊，仔细看在那岸。"行者纵身跳起，用手搭凉篷，仔细看了，下来道："师父，此是通天河西岸。"三藏道："我记起来了，东岸边原有个陈家庄。那年到此，亏你救了他儿女，深感我们，要造船相送，幸白鼋伏渡。我记得西岸上，四无人烟。这番如何是好？"八戒道："只说凡人会作弊，原来这佛面前的金刚也会作弊。他奉佛旨，教送我们东回，怎么到此半路上就丢下我们？如今岂不进退两难！怎生过去！"沙僧道："二哥休报怨。我的师父已得了道。前在凌云渡已脱了凡胎，今番断不落水。教师兄同你我都作起摄法，把师父驾过去也。"行者频频的暗笑道："驾不去！驾不去！"你看他怎么就说个驾不去？若肯使出神通，说破飞升之奥妙，师徒们就一千个河也过去了；只因心里明白，知道唐僧九九之数未完，还该有一难，故羁留于此。

师徒们口里纷纷的讲，足下徐徐的行，直至水边，忽听得有人叫道："唐圣僧，唐圣僧！这里来，这里来！"四众皆惊。举头观看，四无人迹，又没舟船，却是一个大白赖头鼋在岸边探着头叫道："老师父，我等了你这几年，却才回也？"行者笑道："老鼋，向年累你，今岁又得相逢。"三藏与八戒、沙僧都欢喜不尽。行者道："老鼋，你果有接待之心，可上岸来。"那鼋即纵身爬上河来，行者叫把马牵上他身，八戒还蹲在马尾之后。唐僧站在马颈左边。沙僧站在右边。行者一脚踏着老鼋的项，一脚踏着老鼋的头，叫道："老鼋，好生走稳着。"那老鼋蹬开四足，踏水面如行平地，将他师徒四众，连马五口，驮在身上，径回东岸而来。诚所谓：

> 不二门中法奥玄，诸魔战退识人天。
> 本来面目今方见，一体原因始得全。
> 秉证三乘随出入，丹成九转任周旋。
> 挑包飞杖通休讲，幸喜还元遇老鼋。

老鼋驮着他们，蹦波踏浪，行经多半日，将次天晚，好近东岸，忽然问曰："老师父，我向年曾央到西方见我佛如来，与我问声归着之事，还有多少年寿，果曾问否？"原来那长老自到西天玉真观沐浴，凌云渡脱胎，步上灵山，专心拜佛及参诸佛菩萨圣僧等众，意念只在取经，他事一毫不理，所以不曾问得老鼋年寿，无言可答，却又不敢欺，打诳语，沉吟半晌，不曾答应。老鼋即知不曾替问，他就将身一幌，唿喇的淬下水去，把他四众连马并经，通皆落水。咦！还喜得唐僧脱了胎，成了道。若似前番，已经沉底。又幸白马是龙，八戒、沙僧会水，行者笑巍巍显大神通，把唐僧扶驾出水，登彼东岸。只是经包、衣服、鞍辔俱湿了。

师徒方登岸整理，忽又一阵狂风，天色昏暗，雷闪俱作，走石飞沙。但见那：

> 一阵风，乾坤播荡；一声雷，震动山川。一个闪，钻云飞火；
> 一天雾，大地遮漫。风气呼号，雷声激烈。闪掣红绡，雾迷星月。

风鼓的尘沙扑面，雷惊的虎豹藏形，闪幌的飞禽叫噪，雾漫的树木无踪。那风搅得个通天河波浪翻腾，那雷震得个通天河鱼龙丧胆，那闪照得个通天河彻底光明，那雾盖得个通天河岸崖昏惨。好风！颓山烈石松篁倒。好雷！惊蛰伤人威势豪。好闪！流天照野金蛇走。好雾！混混漫空蔽九霄。

唬得那三藏按住了经包，沙僧压住了经担，八戒牵住了白马，行者却双手抡起铁棒，左右护持。原来那风、雾、雷、闪乃是些阴魔作号，欲夺所取之经。劳攘了一夜，直到天明，却才止息。长老一身水衣，战兢兢的道："悟空，这是怎的起？"行者气呼呼的道："师父，你不知就里。我等保护你取获此经，乃是夺天地造化之功，可以与乾坤并久，日月同明，寿享长春，法身不朽，此所以为天地不容，鬼神所忌，欲来暗夺之耳。一则这经是水湿透了；二则是你的正法身压住，雷不能轰，电不能照，雾不能迷；又是老孙抡着铁棒，使纯阳之性，护持住了，及至天明，阳气又盛，所以不能夺去。"

三藏、八戒、沙僧方才省悟，各谢不尽。少顷，太阳高照，却移经于高崖上，开包晒晾。至今彼处晒经之石尚存。他们又将衣鞋都晒在崖旁，立的立，坐的坐，跳的跳。真个是：

一体纯阳喜向阳，阴魔不敢逞强梁。

须知水胜真经伏，不怕风雷闪雾光。

自此清平归正觉，从今安泰到仙乡。

晒经石上留踪迹，千古无魔到此方。

他四众检看经本，一一晒晾。早见几个打鱼人，来过河边，抬头看见，内有认得的道："老师父可是前年过此河往西天取经的？"八戒道："正是，正是。你是那里人？怎么认得我们？"渔人道："我们是陈家庄上人。"八戒道："陈家庄离此有多远？"渔人道："过此冲南有二十里，就是也。"八戒道："师父，我们把经搬到陈家庄上晒去。他那里有住坐，又有得吃，就教他家与我们浆浆衣服，却不是好？"三藏道："不去罢。在此晒干了，就收拾找路回也。"那几个渔人，行过南冲，恰遇着陈澄。叫道："二老官，前年在你家替祭儿子的师父回来了。"陈澄道："你在那里看见？"渔人回指道："都在那石上晒经哩。"

陈澄随带了几个佃户，走过冲来望见，跑近前跪下道："老爷取经回来，功成行满，怎么不到舍下，却在这里盘弄？快请，快请到舍。"行者道："等晒干了经，和你去。"陈澄又问道："老爷的经典、衣物，如何湿了？"三藏道："昔年亏白鼋驮渡河西，今年又蒙他驮渡河东。已将近岸，被他问昔年托问佛祖寿年之事，我本未曾问得，他遂淬在水内，故此湿了。"又将前后事细说了一遍。那陈澄拜请甚恳，三藏无已，遂收拾经卷。不期石上把《佛本行经》沾住了几卷，遂将经尾沾破了。所以至今《本行经》不全，晒经石上犹有字迹。三藏懊悔道："是我们怠慢了，不曾看顾得！"行者笑道："不在此！不在此！盖天地不全。这经原是全的，今沾破了，乃是应不全之奥妙也。岂人力所能与耶！"师徒们果收拾毕，同陈澄赴庄。

那庄上人家，一个传十，十个传百，百个传千，若老若幼，都来接看。陈清闻说，就摆香案，在门前迎迓；又命鼓乐吹打。少顷到了，迎入。陈清领合家人眷，俱出来拜见，拜谢昔日救女儿之恩。随命看茶摆斋。三藏自受了佛祖的仙品、仙肴，又脱了凡胎成佛，全不思凡间之食。二老苦劝，没奈何，略见他意。孙大圣自来不吃烟火食，也道："够了。"沙僧也不甚吃。八戒也不似前番，就放下碗。行者道："呆子也不吃了？"八戒道："不知怎么，脾胃一时就弱了。"遂此收了斋筵，却又问取经之事。三藏又将先至玉真观沐浴，凌云渡脱胎，及至雷音寺参如来，蒙珍楼赐宴，宝阁传经，始被二尊者索人事未遂，故传无字之经，后复拜告如来，始得授一藏之数，并白鼋淬水，阴魔暗夺之事，细细陈了一遍，就欲拜别。那二老举家，如何肯放，且道："向蒙救拔儿女，深恩莫报，已创建一座院宇，名曰救生寺，专侍奉香火不绝。"又唤出原替祭之儿女陈关保、一秤金叩谢，复请至寺观看。三藏却又将经包儿收到他家堂前，与他念了一卷《宝常经》。后至寺中，只见陈家又设馔在此。还不曾坐下，又一起来请。还不曾举箸，又一起来请，络绎不绝，争不上手。三藏俱不敢辞，略略见意。只见那座寺果盖得齐整：

山门红粉腻，多赖施主功。一座楼台从此立，两廊房宇自今兴。朱红隔扇，七宝玲珑。香气飘云汉，清光满太空。几株嫩柏还浇水，数干乔松未结丛。活水迎前，通天叠叠翻波浪；高崖倚后，山脉重重接地龙。

三藏看毕，才上高楼。楼上果装塑着他四众之像。八戒看见，扯着行者道："兄长的相儿甚像。"沙僧道："二哥，你的又像得紧。只是师父的又忒俊了些儿。"三藏道："却好！却好！"遂下楼来。下面前殿后廊，还有摆斋的候请。行者却问："向日大王庙儿如何了？"众老道："那庙当年拆了。老爷，这寺自建立之后，年年成熟，岁岁丰登，却是老爷之福庇。"行者笑道："此天赐耳，与我们何与！但只我们自今去后，保你这一庄上人家，子孙繁衍，六畜安生，年年风调雨顺，岁岁雨顺风调。"众等却叩头拜谢。只见那前前后后，更有献果献斋的，无限人家。八戒笑道："我的蹭蹬！那时节吃得，却没人家连请十请；今日吃不得，却一家不了，又是一家。"饶他气满，略动手，又吃过八九盘素食；纵然胃伤，又吃了二三十个馒头。已皆尽饱，又有人来相邀。三藏道："弟子何能，感蒙至爱！望今夕暂停，明早再领。"

时已深夜。三藏守定真经，不敢暂离，就于楼下打坐看守。将及三更，三藏悄悄的叫道："悟空，这里人家，识得我们道成事完了。自古道，'真人不露相，露相不真人'。恐为久淹，失了大事。"行者道："师父说得有理。我们趁此深夜，人皆熟睡，寂寂的去了罢。"八戒却也知觉，沙僧尽自分明，白马也能会意。遂此起了身，轻轻的抬上驮垛，挑着担，从庑廊驮出。到于山门，只见门上有锁。行者又使个解锁法，开了二门、大门，找路望东而去。只听得半空中有八大金刚叫道："逃走的，跟我来！"那长老闻得香风荡荡，起在空中。这正是：

丹成识得本来面，体健如如拜主人。

毕竟不知怎生见那唐王，且听下回分解。

第一百回

径回东土　五圣成真

且不言他四众脱身，随金刚驾风而起。却说陈家庄救生寺内多人，天晓起来，仍治果肴来献，至楼下，不见了唐僧。这个也来问，那个也来寻，俱慌慌张张，莫知所措，叫苦连天的道："清清把个活佛放去了！"一会家无计，将办来的品物，俱抬在楼上祭祀烧纸。以后每年四大祭，二十四小祭。还有那告病的，保安的，求亲许愿，求财求子的，无时无日不来烧香祭赛。真个是金炉不断千年火，玉盏常明万载灯。不题。

却说八大金刚使第二阵香风，把他四众，不一日，送至东土，渐渐望见长安。原来那太宗自贞观十三年九月望前三日送唐僧出城，至十六年，即差工部官在西安关外起建了望经楼接经。太宗年年亲至其地。恰好那一日出驾复到楼上，忽见正西方满天瑞霭，阵阵香风，金刚停在空中叫道："圣僧，此间乃长安城了。我们不好下去，这里人伶俐，恐泄漏吾像。孙大圣三位也不消去，汝自去传了经与汝主，即便回来。我在霄汉中等你，与你一同缴旨。"大圣道："尊者之言虽当，但吾师如何挑得经担！如何牵得这马！须得我等同去一送。烦你在空少等，谅不敢误。"金刚道："前日观音菩萨启过如来，往来只在八日，方完藏数。今已经四日有余，只怕八戒贪图富贵，误了期限。"八戒笑道："师父成佛，我也望成佛，岂有贪图之理！泼大粗人！都在此等我，待交

1063

西游记

径回东土

了经，就来与你回向也。"呆子挑着担，沙僧牵着马，行者领着圣僧，都按下云头，落于望经楼边。

太宗同多官一齐见了，即下楼相迎道："御弟来也？"唐僧即倒身下拜。太宗搀起，又问："此三者何人？"唐僧道："是途中收的徒弟。"太宗大喜，即命侍官："将朕御车马扣背，请御弟上马，同朕回朝。"唐僧谢了恩，骑上马。大圣抢金箍棒紧随，八戒、沙僧俱扶马挑担，随驾后共入长安。真个是：

当年清宴乐升平，文武安然显俊英。
水陆场中僧演法，金銮殿上主差卿。
关文敕赐唐三藏，经卷原因配五行。
苦炼凶魔种种灭，功成今喜上朝京。

唐僧四众，随驾入朝。满城中无一不知是取经人来了。

却说那长安唐僧旧住的洪福寺大小僧人，看见几株松树一颗颗头俱向东，惊讶道："怪哉！怪哉！今夜未曾刮风，如何这树头都扭过来了？"内有三藏的旧徒道："快拿衣服来！取经的老师父来了！"众僧

1064

问道：“你何以知之？”旧徒曰：“当年师父去时，曾有言道，‘我去之后，或三五年，或六七年，但看松树枝头若是东向，我即回矣。’我师父佛口圣言，故此知之。”急披衣而出，至西街时，早已有人传播说：“取经的人适才方到，万岁爷爷接入城来了。”众僧听说，又急急跑来，却就遇着。一见大驾，不敢近前，随后跟至朝门之外。唐僧下马，同众进朝。唐僧将龙马与经担，同行者、八戒、沙僧，站在玉阶之下。太宗传宣：“御弟上殿。”赐坐。唐僧又谢恩坐了，教把经卷抬来。行者等取出，近侍官传上。太宗又问：“多少经数？怎生取来？”三藏道：“臣僧到了灵山，参见佛祖，蒙差阿傩、伽叶二尊者先引至珍楼内赐斋，次到宝阁内传经。那尊者需索人事，因未曾备得，不曾送他，他遂以经与了。当谢佛祖之恩，东行，忽被妖风抢了经去。幸小徒有些神通赶夺，却俱抛掷散漫。因展看，皆是无字空本。臣等着惊，复去拜告恳求。佛祖道，‘此经成就之时，有比丘圣僧将下山与舍卫国赵长者家看诵了一遍，保佑他家生者安全，亡者超脱，止讨了他三斗三升米粒黄金，意思还嫌卖贱了，后来子孙没钱使用。’我等知二尊者需索人事，佛祖明知，只得将钦赐紫金钵盂送他，方传了有字真经。此经有三十五部，各部中检了几卷传来，共计五千零四十八卷。此数盖合一藏也。”太宗更喜，教：“光禄寺设宴，开东阁酬谢。”忽见他三徒立在阶下，容貌异常，便问：“高徒果外国人耶？”长老俯伏道：“大徒弟姓孙，法名悟空，臣又呼他为孙行者。他出身原是东胜神洲傲来国花果山水帘洞人氏。因五百年前大闹天宫，被佛祖困压在西番两界山石匣之内，蒙观音菩萨劝善，情愿皈依，是臣到彼救出，甚亏此徒保护。二徒弟姓猪，法名悟能，臣又呼他为猪八戒。他出身原是福陵山云栈洞人氏。因在乌斯藏高老庄上作怪，即蒙菩萨劝善，亏行者收之。一路上挑担有力，涉水有功。三徒弟姓沙，法名悟净，臣又呼他为沙和尚。他出身原是流沙河作怪者，也蒙菩萨劝善，秉教沙门。那匹马不是主公所赐者。”太宗道：“毛片相同，如何不是？”三藏道：“臣到蛇盘山鹰愁涧涉水，原马被此马吞之，亏行者请菩萨问此马来历，原是西海龙王之子，因有罪，也蒙菩萨救解，教他与臣做脚力。当时变作原马，毛片相同。幸亏他登山越岭，跋涉崎岖。去时骑坐，来时驮经，亦甚赖其力也。”太宗闻言，称赞不已。又问：“远涉西方，端的路程多少？”三

第一百回　径回东土　五圣成真

藏道："总记菩萨之言，有十万八千里之远。途中未曾记数。只知经过了一十四遍寒暑。日日山，日日岭。遇林不小，遇水宽洪。还经几座国王，俱有照验印信。"叫："徒弟，将通关文牒取上来，对主公缴纳。"当时递上。太宗看了，乃贞观一十三年九月望前三日给。太宗笑道："久劳远涉，今已贞观二十七年矣。"牒文上有宝象国印，乌鸡国印，车迟国印，西梁女国印，祭赛国印，朱紫国印，狮驼国印，比丘国印，灭法国印；又有凤仙郡印，玉华州印，金平府印。太宗览毕，收了。

早有当驾官请宴，即下殿携手而行。又问："高徒能礼貌乎？"三藏道："小徒俱是山村旷野之妖身，未谙中华圣朝之礼数。万望主公赦罪。"太宗笑道："不罪他，不罪他。都同请东阁赴宴去也。"三藏又谢了恩，招呼他三众，都到阁内观看。果是中华大国，比寻常不同。你看那：

> 门悬彩绣，地衬红毡。异香馥郁，奇品新鲜。琥珀杯，琉璃盏，镶金点翠；黄金盘，白玉碗，嵌锦花缠。烂煮蔓菁，糖浇香芋。蘑菇甜美，海菜清奇。几次添来姜辣笋，数番办上蜜调葵。面筋椿树叶，木耳豆腐皮。石花仙菜，蕨粉干薇。花椒煮莱菔，芥末拌瓜丝。几盘素品还犹可，数种奇稀果夺魁。核桃柿饼，龙眼荔枝。宣州茧栗山东枣，江南银杏兔头梨。榛松莲肉葡萄大，榧子瓜仁菱米齐。橄榄林檎，苹婆沙果。慈菇嫩藕，脆李杨梅。无般不备，无件不齐。还有些蒸酥蜜食兼嘉馔，更有那美酒香茶与异奇。说不尽百味珍馐真上品，果然是中华大国异西夷。

师徒四众与文武多官，俱侍列左右。太宗皇帝仍正坐当中。歌舞吹弹，整齐严肃，遂尽乐一日。正是：

> 君王嘉会赛唐虞，取得真经福有余。
> 千古流传千古盛，佛光普照帝王居。

当日天晚，谢恩宴散。太宗回宫，多官回宅。唐僧等归于洪福寺，只见寺僧磕头迎接。方进山门，众僧报道："师父，这树头儿今早俱忽然向东。我们记得师父之言，遂出城来接。果然到了！"长老喜之不胜，遂入方丈。此时八戒也不嚷茶饭，也不弄喧头，行者、沙僧个个稳重。只因道果完成，自然安静。当晚睡了。

次早，太宗升朝，对群臣言曰："朕思御弟之功，至深至大，无以为酬。一夜无寐，口占几句俚谈，权表谢意。但未曾写出。"叫："中书官来，朕念与你，你一一写之。"其文云：

盖闻二仪有象，显覆载以含生；四时无形，潜寒暑以化物。是以窥天鉴地，庸愚皆识其端；明阴洞阳，贤哲罕穷其数。然天地包乎阴阳，而易识者，以其有象也；阴阳处乎天地，而难穷者，以其无形也。故知象显可征，虽愚不惑；形潜莫睹，在智犹迷。况乎佛道崇虚，乘幽控寂。弘济万品，典御十方。举威灵而无上，抑神力而无下；大之则弥于宇宙，细之则摄于毫厘。无灭无生，历千劫而亘古；若隐若显，运百福而长今。妙道凝玄，遵之莫知其际；法流湛寂，挹之莫测其源。故知蠢蠢凡愚，区区庸鄙，投其旨趣，能无疑惑者哉！然则大教之兴，基乎西土。腾汉庭而皎梦①，照东域而流慈。古者，分形分迹之时，言未驰而成化；当常见常隐之世，民仰德而知遵。及乎晦影归真，迁移越世，金容掩色，不镜三千之光②；丽象开图，空端四八之相③。于是微言广被，拯禽类于三途；遗训遐宣，导群生于十地。佛有经，能分大小之乘；更有法，传讹邪正之术。我僧玄奘法师者，法门之领袖也。幼怀慎敏，早悟三空④之功；长契神清，先包四忍⑤之行。松风水月，未足比其清

---

① 腾汉庭而皎梦——传说汉明帝刘庄梦见金人顶有日月光，佛教因而传入中国。

② 不镜三千之光——佛教说法：佛的金容，光明可照三千大千世界。

③ 四八之相——佛教说法：佛的化相有三十二种。四八，是三十二的乘数。

④ 三空——佛教术语：我空、法空、我法俱空叫三空。一说，三空、无相、无愿的三解脱也叫三空。

⑤ 四忍——佛教术语：忍，安心忍耐，指对遭遇逆境不生不满之心，安心信守佛理而不动心。有二忍、三忍、四忍、五忍等种种说法。

华；仙露明珠，讵能方其朗润！故以智通无累，神测未形。超六尘而迥出，使千古而传芳。凝心内境，悲正法之陵迟；栖虑玄门，慨深文之讹谬。思欲分条振理，广彼前闻，截伪续真，开兹后学。是以翘心净土，法游西域。乘危远迈，策杖孤征。积雪晨飞，途间失地；惊沙夕起，空外迷天。万里山川，拨烟霞而进步；百重寒暑，蹑霜雨而前踪。诚重劳轻，求深欲达。周游西宇，十有四年。穷历异邦，询求正教。双林八水，味道餐风；鹿苑鹫峰，瞻奇仰异。承至言于先圣，受真教于上贤。探赜妙门，精穷奥业。三乘六律之道，驰骤于心田；一藏百箧之文，波涛于海口。爰自所历之国无涯，求取之经有数。总得大乘要文，凡三十五部，计五千四十八卷，译布中华，宣扬胜业。引慈云于西极，注法雨于东陲。圣教缺而复全，苍生罪而还福。湿火宅①之干焰，共拔迷途；朗金水②之昏波，同臻彼岸。是知恶因业坠，善以缘升。升坠之端，惟人自作。譬之桂生高岭，云露方得泫其花；莲出绿波，飞尘不能染其叶。非莲性自洁而桂质本贞，良由所附者高，则微物不能累；所凭者净，则浊类不能沾。夫以卉木无知，犹资善而成善，矧乎人伦有识，宁不缘庆而成庆？方冀真经传布，并日月而无穷；景福遐敷，与乾坤而永大也欤！

写毕，即召圣僧。此时长老已在朝门外候谢。闻宣急入，行俯伏之礼。太宗传请上殿，将文字递与长老，览遍，复下谢恩，奏道：“主公文辞高古，理趣渊微。但不知是何名目。”太宗道：“朕夜口占，答谢御弟之意，名曰《圣教序》③，不知好否。”长老叩头，称谢不已。太宗又曰：

　　朕才愧珪璋，言惭金石。至于内典，尤所未闻。口占叙文，诚

---

① 火宅——佛教的譬喻：认为生、老、病、死如火之燃烧不息，所以说三界之生死，譬如火宅。

② 金水——佛教的譬喻：金刚界把智慧喻成水，所以叫做金水。

③ 《圣教序》——传为唐太宗所撰。内容记述玄奘法师西域求经的过程。今所传刻的碑文，有褚遂良及集王羲之的书法两种。

为鄙拙。秽翰墨于金简，标瓦砾于珠林。循躬省虑，腼面恧心。甚不足称，虚劳致谢。

当时多官齐贺，顶礼圣教御文，遍传内外。太宗道："御弟将真经演诵一番，何如？"长老道："主公，若演真经，须寻佛地。宝殿非可诵之处。"太宗甚喜。即问当驾官："长安城寺，有那座寺院洁净？"班中闪上大学士萧瑀奏道："城中有一雁塔寺，洁净。"太宗即令多官："把真经各虔捧几卷，同朕到雁塔寺，请御弟谈经去来。"多官遂各各捧着，随太宗驾幸寺中，搭起高台，铺设齐整。长老仍命："八戒、沙僧，牵龙马，理行囊。行者在我左右。"又向太宗道："主公欲将真经传流天下，须当誊录副本，方可布散。原本还当珍藏，不可轻亵。"太宗又笑道："御弟之言，甚当！甚当！"随召翰林院及中书科各官誊写真经。又建一寺，在城之东，名曰誊黄寺。

长老捧几卷登台，方欲讽诵，忽闻得香风缭绕，半空中有八大金刚现身高叫道："诵经的，放下经卷，跟我回西去也。"这底下行者三人，连白马，平地而起。长老亦将经卷丢下，也从台上起于九霄，相随腾空而去。慌得那太宗与多官望空下拜。这正是：

> 圣僧努力取经编，西宇周流十四年。
> 苦历程途遭患难，多经山水受迍邅。
> 功完八九还加九，行满三千及大千。
> 大觉妙文回上国，至今东土永留传。

太宗与多官拜毕，即选高僧，就于雁塔寺里，修建水陆大会，看诵《大藏真经》，超脱幽冥孽鬼，普施善庆。将誊录过经文，传布天下不题。

却说八大金刚，驾香风，引着长老四众，连马五口，复转灵山。连去连来，适在八日之内。此时灵山诸神，都在佛前听讲。八金刚引他师徒进去，对如来道："弟子前奉金旨，驾送圣僧等，已到唐国，将经交纳，今特缴旨。"遂叫唐僧等近前受职。如来道："圣僧，汝前世原是我之二徒，名唤金蝉子。因为汝不听说法，轻慢我之大教，故贬汝之真灵，转生东土。今喜皈依，秉我迦持，又乘吾教，取去真经，甚有功果，加升大职正果，汝为旃檀功德佛。孙悟空，汝因大闹天宫。吾以甚深法力，压在五行山下，幸天灾满足，归于释教；且喜汝隐恶扬善，在途中炼魔降怪有功，全终全始，加升大职正果，汝为斗战胜佛。猪悟能，汝本天河水神，天蓬元帅。为汝蟠桃会上酗酒戏了仙娥，贬汝下界投胎，身如畜类。幸汝记爱人身，在福陵山云栈洞造孽，喜归大教，入吾沙门，保圣僧在路，却又有顽心，色情未泯，因汝挑担有功，加升汝职正果，做净坛使者。"八戒口中嚷道："他们都成佛，如何把我做个净坛使者？"如来道："因汝口壮身慵，食肠宽大。盖天下四大部洲，瞻仰吾教者甚多，凡诸佛事，教汝净坛，乃是个有受用的品级，如何不好！沙悟净，汝本是卷帘大将，先因蟠桃会上打碎玻璃盏，贬汝下界，汝落于流沙河，伤生吃人造孽，幸皈吾教，诚敬迦持，保护圣僧，登山牵马有功，加升大职正果，为金身罗汉。"又叫那白马："汝本是西洋大海广晋龙王之子。因汝违逆父命，犯了不孝之罪，幸得皈身皈法，皈我沙门，每日家亏你驮负圣僧来西，又亏你驮负圣经去东，亦有功者，加升汝职正果，为八部天龙马。"

长老四众，俱各叩头谢恩。马亦谢恩讫，仍命揭谛引了马下灵山后

五圣成真

1070

崖，化龙池边，将马推入池中。须臾间，那马打个展身，即退了毛皮，换了头角，浑身上长起金鳞，腮颔下生出银须，一身瑞气，四爪祥云，飞出化龙池，盘绕在山门里擎天华表柱[①]上。诸佛赞扬如来的大法。孙行者却又对唐僧道："师父，此时我已成佛，与你一般，莫成还戴金箍儿，你还念甚么紧箍儿咒揢勒我？趁早儿念个松箍儿咒，脱下来，打得粉碎，切莫叫那甚么菩萨再去捉弄他人。"唐僧道："当时只为你难管，故以此法制之。今已成佛，自然去矣。岂有还在你头上之理！你试摸摸看。"行者举手去摸一摸，果然无之。此时旃檀佛、斗战佛、净坛使者、金身罗汉，俱正果了本位。天龙马亦自归真。有诗为证。诗曰：

> 一体真如转落尘，合和四相复修身。
> 五行论色空还寂，百怪虚名总莫论。
> 正果旃檀皈大觉，完成品职脱沉沦。
> 经传天下恩光阔，五圣高居不二门。

五圣果位之时，诸众佛祖、菩萨、圣僧、罗汉、揭谛、比丘、优婆夷塞，各山各洞的神仙、大神、丁甲、功曹、伽蓝、土地，一切得道的师仙，始初俱来听讲，至此各归方位。你看那：

> 灵鹫峰头聚霞彩，极乐世界集祥云。金龙稳卧，玉虎安然。乌兔任随来往，龟蛇凭汝盘旋。丹凤青鸾情爽爽，玄猿白鹿意怡怡。八节奇花，四时仙果。乔松古桧，翠柏修篁。五色梅时开时结，万年桃时熟时新。千果千花争秀，一天瑞霭纷纭。

大众合掌皈依。都念：

> 南无燃灯上古佛。南无药师琉璃光王佛。南无释迦牟尼佛。南无过去未来现在佛。南无清净喜佛。南无毗卢尸佛。南无宝幢王佛。南无弥勒尊佛。南无阿弥陀佛。南无无量寿佛。南无接引归

---

① 华表柱——也叫恒表或望柱，古代立于宫门之外或墓前的石柱。

真佛。南无金刚不坏佛。南无宝光佛。南无龙尊王佛。南无精进善佛。南无宝月光佛。南无现无愚佛。南无婆留那佛。南无那罗延佛。南无功德华佛。南无才功德佛。南无善游步佛。南无旃檀光佛。南无摩尼幢佛。南无慧炬照佛。南无海德光明佛。南无大慈光佛。南无慈力王佛。南无贤善首佛。南无广主严佛。南无金华光佛。南无才光明佛。南无智慧胜佛。南无世静光佛。南无日月光佛。南无日月珠光佛。南无慧幢胜王佛。南无妙音声佛。南无常光幢佛。南无观世灯佛。南无法胜王佛。南无须弥光佛。南无大慧力王佛。南无金海光佛。南无大通光佛。南无才光佛。南无旃檀功德佛。南无斗战胜佛。南无观世音菩萨。南无大势至菩萨。南无文殊菩萨。南无普贤菩萨。南无清净大海众菩萨。南无莲池海会佛菩萨。南无西天极乐诸菩萨。南无三千揭谛大菩萨。南无五百阿罗大菩萨。南无比丘夷塞尼菩萨。南无无边无量法菩萨。南无金刚大士圣菩萨。南无净坛使者菩萨。南无八宝金身罗汉菩萨。南无八部天龙广力菩萨。

如是等一切世界诸佛，愿以此功德，庄严佛净土。上报四重恩，下济三途苦。若有见闻者，悉发菩提心。同生极乐国，尽报此一身。十方三世一切佛，诸尊菩萨摩诃萨，摩诃般若波罗密。”

《西游记》至此终。